GOLDMANN

Buch

1984 fand die US-Polizei die Leiche der Italoamerikanerin Teresa Benigno Taylor – sie war vergewaltigt und zu Tode geprügelt worden. Von Anfang an konzentrierten sich die Ermittlungen der Beamten auf den Ehemann der Ermordeten, Dr. Kenneth Taylor, einen außergewöhnlich gutaussehenden und redegewandten Arzt, dem kaum eine Frau widerstehen konnte. Wobei eines von Anfang an klar war: daß es mehr als schwierig sein würde, Dr. Taylor irgend etwas nachweisen zu können.
Die Beschäftigung mit der Vergangenheit des angesehenen Arztes ließ die Beamten nur zu schnell erkennen, daß sie es in der Person von Dr. Taylor mit einem hochgradig gefährlichen Psychopathen zu tun hatten. Schon in zwei vorausgegangenen Ehen hatte er einen beispiellosen Sadismus an den Tag gelegt, seine Ex-Frauen einem unglaublichen psychischen und physischen Terror unterzogen.
Aber noch schlimmer als die Wahrheit war der anschließende Kampf um das Sorgerecht für Teresas Kind: Der Taylor-Prozeß wurde zu einer der aufsehenerregendsten Gerichtsverhandlungen in der Geschichte Amerikas.

Autor

Peter Maas, der an der Duke University studierte, ist einer der Großmeister auf dem Gebiet der True-Crime-Literatur. Für »Der Taylor-Mord« erhielt er den begehrten EDGAR der Mystery Writers of America. Sein Bestseller »Serpico« wurde mit Al Pacino in der Titelrolle verfilmt.

Peter Maas

Der Taylor-Mord: Kampf um ein Kind

Die schockierende Geschichte eines Mannes, der seine Frau brutal ermordete und der Auseinandersetzung um ihren einzigen Sohn.

Aus dem Amerikanischen von
Regina Winter

GOLDMANN VERLAG

Die amerikanische Originalausgabe erschien unter dem Titel
»In a Child's Name« bei Pocket Books, New York.

Für Suzanne

Umwelthinweis:
Alle bedruckten Materialien
dieses Taschenbuches
sind chlorfrei und umweltschonend.
Das Papier enthält Recycling-Anteile.

Der Goldmann Verlag
ist ein Unternehmen der Verlagsgruppe Bertelsmann

Made in Germany · 1. Auflage · 5/93

Umschlaggestaltung: Design Team München
Umschlagfoto: Taurus-Film, München
Satz: IBV Satz- und Datentechnik GmbH, Berlin
Druck: Elsnerdruck, Berlin
Verlagsnummer: 42094
Lektorat: Sky Nonhoff/Dagmar Loy
Herstellung: Bernd Walser
ISBN 3-442-42094-6

»Ich habe mich immer darauf gefreut,
eines Tages in einem Haus
voller herumtobender Enkelsöhne
und niedlicher, verwöhnter Enkeltöchter
ein fröhlicher Großvater zu sein.«

Dr. Kenneth Z. Taylor

VORWORT

Als der erste Polizist am Fundort eintraf und die Decke von der Leiche der jungen Frau zog, wich er entsetzt zurück. Wie konnte man einen Menschen so grauenhaft zurichten?

Aber so schrecklich der Mord auch war – keiner, der mit dem Fall zu tun hatte, konnte voraussehen, welche hitzigen Diskussionen er auslösen würde, bis hin zu Debatten über Religion und Nationalität. Er sollte nicht nur die Brüchigkeit der amerikanischen Gesellschaft, sondern paradoxerweise auch ihre erstaunliche Widerstandskraft beweisen.

In einem Zeitalter der Vorwände und Ausflüchte wurde dieses Verbrechen schließlich zu einer Sache des Absoluten, zu einem Kampf des Guten gegen das Böse.

Auf dem Spiel stand die Zukunft eines Kindes, das damals fünf Monate alt war.

TEIL 1
DER MORD

Kapitel Eins

Marion, Indiana, 35874 Einwohner, liegt 60 Meilen nördlich von Indianapolis. Marion ist die Hauptstadt von Grand County, und auf beiden Seiten der Route 37 liegen Mais- und Sojabohnenfelder, soweit das Auge reicht. Silos ragen in den bewölkten Himmel. Man weiß sofort, daß man im berühmten Herzland der Nation ist – fleißig, freiheitsliebend, gottesfürchtig.

Tatsächlich ist Marion Marktforschern zufolge eine typische amerikanische Gemeinde, auf dem zwölften Platz der nationalen Liste idealer Orte, um neue Produkte, Werbekampagnen und ähnliches zu testen.

In diesen Tagen sieht die Stadt allerdings ein wenig heruntergekommen aus, die Zeit ging eben auch hier nicht spurlos vorbei, was bei den Einheimischen eine Art von defensiver »Also, für mich ist es gut genug«-Stimmung hervorgerufen hat. Die Einwohner von Marion, die über ein durchschnittliches Haushaltseinkommen von 17031 Dollar pro Jahr verfügen, sind überwiegend englischen und deutschen Ursprungs. Im Lauf der Zeit hat es diverse Einwanderungsquellen aus dem Süden gegeben – »Rednecks«, wie die von der alten Garde sie nennen –, besonders aus Kentucky und Tennessee. Etwa 12 Prozent der Einwohner sind Schwarze, und keiner von ihnen ist Anwalt oder Arzt. Die beiden größten Arbeitgeber der Stadt sind General Motors und ein französischer Elektronikkonzern, der in einer Transaktion, die allgemein für Unruhe sorgte, eine RCA-Fabrik für Farbbildröhren übernommen hat. Der bekannteste Sohn der Stadt war der Schauspieler James Dean, der seine Karriere als Vierjähriger in Zina Glads Schule für Tanz und Bühnenkunst in Marion begann. Sein Grab ist die größte Touristenattraktion, zusammen mit Tellern, Puzzles und Kaugummibildchen, auf denen er abgebildet ist.

Im basketballsüchtigen Indiana ist Marion besonders durch sein High-School-Team bekannt geworden, das in noch nie dagewesener Weise dreimal hintereinander die Staatsmeisterschaften gewann, von 1985 bis 1987. Die High-School ist die größte in Indiana, und die Sporthalle faßt 8000 Zuschauer. Vor ein paar Jahren stellte man fest, daß die Schule zugunsten besserer Ausbildungsmöglichkeiten eigentlich geteilt werden mußte, eine für den Südteil der Stadt und eine weitere für den Norden, aber man gab diesen Plan wieder auf, um das Basketball-Trainingsprogramm nicht zu behindern.

Marion gehört zum ›bible belt‹, dem ›Gürtel‹ aus fundamentalistischen Staaten durch die USA. Auf der Schrifttafel vor einem großen Supermarkt wird daher kein Sonderpreis für Schweinekoteletts angekündigt, sondern dort steht ›Jesus liebt dich‹. Auch ein Gebrauchtwagenhändler kennt seine potentiellen Kunden; sein Firmenzeichen verkündet: ›Christus ist die Freiheit‹.

Jahrelang war Marion die Welthauptstadt der Wesleyanischen Kirche und ist heute noch der Sitz der World Gospel Mission, einer nichtkonfessionellen, fundamentalistischen Organisation, die in Afrika, Lateinamerika und Asien intensiv missioniert. Neben so traditionellen Religionsgemeinschaften wie den Presbyterianern, Lutheranern und Methodisten gibt es Dutzende anderer Gemeinden, unter ihnen die Nazarener und die Mennoniten, Pentecostals und alle möglichen baptistischen Splittergemeinden.

Trotzdem gibt es einen unchristlichen Fleck in Marions Vergangenheit. Auf Seite 311 in *Alistair Cooke's America* zeigt ein Foto zwei schwarze Teenager, die man an einer

Ulme aufgehängt hat, während Dutzende von Männern und Frauen zusehen, einige von ihnen lachend. Die Bildunterschrift behauptet, daß diese Lynchaktion etwa 1919 im tiefen Süden stattgefunden hat. Tatsächlich ereignete sie sich ein wenig später, am 7. August 1930, und zwar in Marion. Ein Mob von fünftausend hatte die beiden Teenager verfolgt, sie der Vergewaltigung eines weißen Mädchens und des Mordes an ihrem Freund beschuldigt und sie an die Ulme gehängt, einen der zahlreichen Bäume, die das Justizgebäude von Grant County umgeben.

Jean und Everett Z. (Zach) Taylor zogen 1967 von Oak Hills, einer Schlafstadt westlich von Cincinnati, nach Marion. Zach war Vorarbeiter am Fließband bei einer Kosmetikfirma gewesen. Beide Taylors stammten aus der Gegend von Cincinnati, aber Zach, der damals 40 Jahre alt war, glaubte, in seiner alten Firma nicht mehr weiterkommen zu können. Eine ähnliche Tätigkeit in der RCA-Fabrik in Marion schien bessere Aufstiegschancen zu bieten.

Nachdem sie das Angebot an Religionsgemeinschaften in Marion systematisch erkundet hatte, entschied sich Jean Taylor für die Baptistenkirche, einen großen modernen Gebäudekomplex ein paar Häuserblocks vom Justizgebäude. Die Theologie dieser religiösen Gemeinschaft gibt sich bewußt locker, was sich in Botschaften wie »Die schlimmste Luftverschmutzung ist nicht Smog, sondern schlechte Laune« an der Kirchenfront niederschlägt.

Die Taylors kamen mit ihrer Tochter Nancy und ihrem jüngeren Sohn Tom nach Marion. Ihr Ältester, Ken, der noch an der Oak Hills High-School war, blieb bis zum Schulabschluß dort. Ken Taylor beschrieb seine Jugend als ausgesprochen glücklich, aber er verwendete dabei eine sehr bezeichnende Formulierung: er bestand darauf, seine Mutter und sein Vater seien »absolut keine Tyrannen« gewesen. »Sie waren Lehrer, sie leiteten uns an, sie waren wirklich liebende Eltern.« Er würde nie vergessen, wie er zusammen mit Mutter und Vater für das Titelblatt des Church-of-Christ-Kalenders in Oak Hills fotografiert wurde.

»Offensichtlich verkörperten wir das Idealbild der protestantischen amerikanischen Familie.« Er konnte sich nicht erinnern, wieso seine Schwester und sein Bruder nicht ebenfalls auf dem Foto waren. Vielleicht war Nancy noch dabeigewesen, ihr Chorgewand auszuziehen, und Tom, fast sechs Jahre jünger, war in der Sonntagsschule.

Das Problem dabei war, daß überhaupt kein Kirchenkalender mit einem Bild von Ken und seinen Eltern darauf existierte. Einmal, erinnerte sich Jean, war ein Fotograf vorbeigekommen, der versuchte, die Gemeindemitglieder zu überreden, sich draußen vor der Kirche zu Familienfotos aufzustellen. Jean hatte das abgelehnt, weil sie sowohl das aufdringliche Benehmen des Fotografen als auch den geforderten Preis mißbilligte.

Die alten Nachbarn gaben übereinstimmend an, daß Jean »die Hosen anhatte« und daß sie, nun ja, »merkwürdig« war. Es waren Kleinigkeiten, nichts wirklich Dramatisches. Jean konnte Partys nicht leiden, sie fand sie frivol, und die Taylors beteiligten sich nicht am üblichen nachbarschaftlichen Leben, nahmen keine Einladungen zum Abendessen an und luden auch niemanden ein. Das Leben zu Hause war straff durchorganisiert, ein Nachbar sprach von »einer Art Kaserne«. Nach dem Abwaschen wurde der Tisch sofort für das nächste Essen gedeckt. Freunde Kens und seiner Geschwister hatten nur zu einem Spielzimmer im Keller Zutritt, und die Tage, an denen die Kinder Freunde einladen durften, waren genau festgelegt, ebenso wie die Regeln zur Benutzung des Swimmingpools hinter dem Haus. Die Mutter eines Mitschülers von Ken erinnert sich, einmal wegen einer Kirchenangelegenheit im Haus der Taylors gewesen zu sein. Jean hatte ihr ein Glas Limonade angeboten. Noch bevor ihre Besucherin das Haus wieder verlassen hatte, nahm

Jean das Glas weg und wischte den Tisch ab, obwohl das Glas auf einem Plastikuntersetzer gestanden hatte.

Kens Jugendfreunden blieb am nachdrücklichsten in Erinnerung, daß er seine Schwester Nancy einmal »vor allen Leuten« an einen Stuhl gefesselt und ihr Haar grün angestrichen hatte, weil sie ihn ständig bei Jean verpetzte. Als Jean und Zach Taylor entdeckten, was geschehen war, »konnte man die Schreie im ganzen Viertel hören«, wie sich einer von Kens Freunden erinnerte. »Es war ziemlich unheimlich, wie er das alles machte und glaubte, ungeschoren davonkommen zu können. Es war, als wäre ihm plötzlich alles gleichgültig.«

Als Ken bei den Pfadfindern eintrat, wurde Zach Führer der Pfadfindergruppe, und auch Jean übernahm eine offizielle Funktion. Aber es waren die sportlichen Aktivitäten ihrer Kinder, bei denen sich die Taylors besonders ehrgeizig zeigten. Sie ermutigten Ken, sowohl Baseball als auch Basketball und Football zu spielen. Sein Vater war immer bereit, als Trainer und Manager mitzuwirken, während Jean als Zuschauerin und beim Aufschreiben der Punkte allgegenwärtig war. Einer von Kens Trainern an der High-School, Stephen Moore, sagte: »Ken nahm den Sport sehr ernst und war sehr engagiert. Er war nicht besonders talentiert, aber das machte er mit besonderem körperlichen Einsatz wieder wett. Kens Vater war ebenfalls sehr engagiert. Er war ein leidenschaftlicher Mann und sehr, sehr auf Sieg bedacht.«

In seinem letzten Jahr an der High-School wurde Ken schließlich Mitglied des Footballteams der Schule. Seine Schwester Nancy, ein Jahr jünger, spielte in der Blaskapelle das Glockenspiel. Allerdings hatte sich die Aufmerksamkeit der Eltern zu dieser Zeit schon Tom zugewandt, der ein ausgesprochen talentierter Sportler war. Jim Lockwood, ein Mitschüler Kens, erinnerte sich: »Man konnte sehen, daß es Ken weh tat, wenn sich alle Aufmerksamkeit auf Tom richtete, aber er sprach nie darüber.«

Trainer Moore berichtet, daß Kens Vater ihm sagte, er »habe genug« von Oak Hills, als die Taylors nach Marion zogen. »Ich nahm an, daß er mit dem Sportprogramm hier nicht zufrieden war. Er hoffte, für Tom bessere Bedingungen zu finden.«

Die Gleichaltrigen in der High-School fanden Ken im allgemeinen nett und unbeschwert; er war beliebt genug, in seinem letzten Jahr zum stellvertretenden Klassensprecher gewählt zu werden. Nach dem Umzug der Taylors nach Marion hätte Ken bei seinen Großeltern mütterlicherseits wohnen können, aber er wollte lieber im Elternhaus seines besten Freundes, Tom Chatham, bleiben. Jean war insgeheim erleichtert. Das Verhältnis zwischen ihr und ihrer Mutter war nie besonders gut gewesen. Ihre Mutter, eine ausgesprochen gutaussehende Frau, rauchte und trank und war nach Jeans Ansicht unerträglich kokett, sie »setzte sich bei Partys Männern auf den Schoß, lächelte sie an und tätschelte ihnen die Wangen«. Sie war achtzehn, als Jean zur Welt kam, und als Jean im Teenageralter war, pflegte ihre Mutter sie als »meine jüngere Schwester« vorzustellen. Jean, die viel von der feinen Schönheit ihrer Mutter hatte, war der Meinung, daß ihre Mutter die Aufmerksamkeit, die Jeans Vater seinem einzigen Kind widmete, übelnahm. Schon von klein auf war sie entschlossen, »niemals so wie Mutter zu werden«.

Jean heiratete Zach mit zwanzig, gleich nachdem er 1945 aus der Armee entlassen worden war. Zwei Jahre später, als sie mit Ken schwanger war, fauchte ihre Mutter sie an: »Ich bin noch zu jung, um Großmutter zu werden.« Einer der Punkte, die für Zach gesprochen hatten, war, daß er als einziger von Jeans Verehrern nicht mit ihrer Mutter geflirtet hatte. Als Jean ankündigte, daß sie ihn heiraten wollte, meinte ihre Mutter: »Ich kann ihn nicht leiden.« Jean erinnerte sich gern an ihre Antwort: »Wie schade, Mutter. Aber er kommt wegen *mir.*«

Ken lebte bei den Chathams nicht wie in einer Pflegefamilie, sondern eher wie in einer Pension. Befreit von strengen Anweisungen und Vorschriften, mußte er nur noch eine Regel befolgen, »vor Sonnenaufgang wieder im Haus« zu sein. Und wenn er in dem acht Jahre alten weißen Kombi seines Großvaters umherfuhr, konnte er sich endlich so verbotenen Genüssen hingeben wie einem Besuch im Varieté in der Vine Street oder in Clubs in Newport, Kentucky, auf der anderen Seite des Ohio.

Der Kombi gab Ken, der damals Mädchen gegenüber immer noch schüchtern war, auch die Gelegenheit, seine erste leidenschaftliche Affäre mit seiner frechen, selbstbewußten, sportlichen Mitschülerin Patsy Duncan, einem Mädchen mit schulterlangem braunem Haar, auszuleben. Rick Hillman, ein anderer Freund aus Kens Teenagertagen, sagte: »Der Kombi war *das* Thema in der Schule. Jeder nannte ihn nur das Sexmobil. Es war, als würde Ken eine tägliche Dosis brauchen. Er holte Patsy jeden Abend um sieben ab und parkte dann irgendwo mit ihr.«

Ken gab das Baseballspielen auf. Er nahm nach der Schule einen Job in einem Schuhgeschäft an, damit er genug Geld hatte, Patsy einzuladen, und Tom Chatham erinnerte sich, daß er oft das Mittagessen ausfallen ließ, um für einen Verlobungsring zu sparen. Nach dem Abschluß wollten Ken und Patsy aufs Eastern Kentucky College gehen. In ihrem ersten Jahr dort ließ sie ihn wegen eines anderen Jungen sitzen. »Er war verrückt nach ihr gewesen, und alle wußten, er war am Boden zerstört«, sagte Chatham, »aber er ließ sich fast nichts anmerken. Das Problem mit Ken war, daß er nie wirklich alle Karten auf den Tisch legte.«

Aber Ken schwor sich, daß nie wieder eine Frau die Oberhand über ihn gewinnen würde. Das Gelübde war um so leichter einzuhalten, als er zur Ball State University in Muncie, Indiana, wechselte, wo das Verhältnis von Mädchen zu Jungen beinahe vier zu eins war.

Zu dieser Zeit war Ken über 1,80 groß, 90 Kilo schwer, mit

blondem, sonnengebleichtem Haar und nach einem Sommerjob in einer kleinen Stahlfabrik in Marion gut in Form. In Ball State hielt er sich streng an einen Bodybuilding-Plan und kultivierte sorgfältig eine etwas ungeschickte, verlegene Haltung, nachdem er entdeckt hatte, daß er bei einem bestimmten Frauentyp Mutterinstinkte hervorrief. Er war so beliebt als Partner zum Ausgehen, daß es ihm beinahe lästig wurde. Dann – so erzählte er es später – fragte ihn plötzlich Emily Latrelle, eine Farmerstochter aus Indiana, Englischstudentin und ihm ein Jahr im Studium voraus, mit der er seit drei Monaten schlief: »Wollen wir heiraten?«, und er antwortete: »Okay, machen wir's.« Sie rissen nach North Carolina aus. Er war zwanzig.

Als er Emily nach Marion brachte, damit seine Eltern sie kennenlernen konnten, sagte er seiner Mutter: »Ich wollte eine Frau heiraten, die so ist wie du, Mom.«

Seine Schwester heiratete kurz darauf einen Offizier der Army, der in Deutschland stationiert werden sollte. Jean Taylor war begeistert, denn sie war selbst deutscher Abstammung. Doch sie würde nie die Gelegenheit nutzen und ihre Tochter in Deutschland besuchen; sie haßte es, zu reisen und weigerte sich, in Restaurants zu essen und in Motels oder Hotels zu übernachten. Tom war inzwischen zu dem Traumathleten herangewachsen, den seine Eltern sich immer gewünscht hatten. Er war in den High-School-Mannschaften für Football, Baseball und Basketball und hatte beste Aussichten auf ein Stipendium am College, wenn nicht sogar auf einen Vertrag als Profisportler im Baseball.

Dann bereitete Ken seinen Eltern eine weitere Überraschung. Er war als Student eher mittelmäßig gewesen, aber immer recht gut in Biologie, und er kündigte an, daß er auf eine Fachschule wechseln wollte, die auf das Medizinstudium vorbereitet. Er wollte Arzt werden. Diese Neuigkeiten lenkten Jeans und Zachs Aufmerksamkeit wieder auf ihren ältesten Sohn. Niemand in ihrer Familie hatte bisher das

College abgeschlossen, ganz zu schweigen von solchen beruflichen Würden.

Nach ihrem Abschluß konnte Emily in der Gegend von Muncie keine Stelle als Lehrerin finden und nahm einen Job als Schreibkraft an. Auch Ken arbeitete, als Pfleger im Ball Memorial Hospital. Obwohl seine Noten langsam besser wurden, waren sie nicht gut genug, um sich für ein Medizinstudium zu qualifizieren. Aber, wie Zach Taylor seinen Kollegen bei RCA stolz erzählte, Ken hatte durchaus noch Möglichkeiten. Er konnte immer noch Arzt werden – Zahnarzt. Er wurde im entsprechenden Zweig der Universitätsklinik von Indianapolis zur Ausbildung angenommen.

Ken pflegte allerdings eine andere Version dieser Geschichte zum besten zu geben, besonders gegenüber Frauen: Eines Nachts, als er als Pfleger Dienst tat, rief ihn eine OP-Schwester zu sich, übergab ihm ein in Tücher und eine Plastiktüte gewickeltes Bündel und bat ihn, es zur Autopsie zu bringen. Er hatte irgendwie angenommen, daß das Bündel einen amputierten Arm oder ein Bein enthielt, aber als die Schwester anordnete, er solle auf jeden Fall den Personalaufzug benutzen, weil vielleicht der Vater oder die Mutter draußen sein könnten, wurde ihm klar, daß er ein totes Baby im Arm hielt, und plötzlich hatte er die Vision, als Arzt eines Tages ebenfalls verzweifelte Eltern vom Tod ihres Kindes unterrichten zu müssen. Das, vertraute er seinen Zuhörerinnen mit einem angemessenen Schaudern an, hätte er niemals über sich bringen können.

In Indianapolis mußte Emily wieder einen Job als Sekretärin annehmen. Dann entdeckte Jean Taylor eine Anzeige der Marine, in der die vollständige Ausbildung zum Zahnarzt für vier Jahre aktiven Dienst angeboten wurde. Ken bewarb sich und wurde angenommen. Andere Bewerber hatten zwar bessere Zeugnisse, aber die Marine fand an ihm »herausragende Offizierseigenschaften«.

Im zweiten Jahr von Kens Ausbildung erhielt Emily schließlich eine Stelle als Lehrerin, allerdings in Ohio, was zur Folge hatte, daß sie sich nur noch an den Wochenenden sahen. Und Ken, der jetzt nicht nur frei von seinen Eltern war, sondern auch von seiner Ehefrau, fing an, Drogen zu nehmen, gemeinsam mit drei anderen Studenten, die wie er Jeans und Cowboystiefel bevorzugten und höhnisch auf die »Idioten in weißen Schuhen« herabsahen, die den Rest der Ausbildungsgruppe ausmachten. An der Ball State University hatte er hier und da einen Joint geraucht. Aber jetzt ging es um härtere Drogen und größere Mengen – LSD und pfundweise Marihuana und ganze Platten von Hasch, die sie über einen Mittelsmann beim Flughafenpersonal in Indianapolis erhielten. Hin und wieder gab es auch Kokain, aber das brauchten sie im Grunde nicht, denn alle Arten Amphetamine – »Speed« – waren ihnen durch einen Chemiker zugänglich, der für den Chemiekonzern Eli Lilly die Wirkung dieser Substanzen auf Versuchstiere testete. Barbiturate – »reds« und »bluepoints« – bekamen sie von einem weiteren Kontaktmann. Und diese ›Beziehungen‹ brachten ihnen noch weitere Vorteile: »Wer die Drogen hat, hat auch die Mädchen«, Horden von ihnen, wenn man Ken glauben durfte.

Während des Herbstsemesters in seinem ersten Jahr teilte ihm Emily mit, sie sei schwanger. Zuerst, so erinnerte sie sich, war er sehr erfreut. Dann wurde er immer mürrischer und zog sich zurück. Als sie an einem Wochenende nach Hause kam, fand sie in einem Schrank drei Mülltüten voll Haschisch oder Marihuana, »ich weiß nicht, was«. Sie wurde wütend und forderte ihn auf, das Zeug aus der Wohnung zu schaffen. Ein paar Monate später kam sie einen Tag früher als geplant zurück, weil es ihr nicht gutging. Ken kam nach Hause und hatte Plastiktüten voller Pillen in der Hand. Er behauptete, daß sie nicht ihm gehörten, daß er sie nur für einen Freund aufbewahren sollte. »Dann such dir neue

Freunde oder verschwinde«, sagte sie. Sie wollte es nicht hinnehmen, daß er sein Leben mit Drogen ruinierte.

Etwa einen Monat nach diesem Vorfall sagte Ken überraschend: »Also, du kannst hierbleiben, bis das Kind geboren ist, und dann gehst du, oder ich werde gehen.«

»Aber was ist mit dem Baby? Ist dir das gleichgültig?«

Und voller Entsetzen mußte sie hören, wie er antwortete: »Es ist sowieso nicht mein Kind. Du hast dich rumgetrieben.«

Irgendwie zwang sie sich, zu glauben, daß es nur ein Alptraum war, daß alles wieder gut werden würde.

Als Emily im siebten Monat war, arbeitete Ken als Nachtportier im Ramada Inn am Flughafen. Er hatte den Job durch einen seiner Kumpel in der Softball-Liga bekommen. Es gehörte auch zu seinen Aufgaben, die Besatzungen von Flugzeugen abzuholen, und eines Abends fuhr er eine Crew vom Flughafen zum Hotel. Gleich bei der ersten Begegnung kam es zu einem – wie er sagte, ›elektrisierenden‹ – Blickkontakt mit einer der Stewardessen. Sie war rothaarig, schlank und langbeinig. Sie hieß Marilyn Hope. Im hoteleigenen Kombi saß sie gleich neben ihm. Nachdem sie sich umgezogen hatte, kam sie in die Halle und lud ihn zu einem Drink ein.

Er arrangierte es so, daß er früher abgelöst wurde, und ging mit ihr in das Foyer. Marilyn war eine Offenbarung für ihn. Sie kam aus Brooklyn und hatte mitten in Manhattan gelebt. Sie hatte Ferien auf Hawaii gemacht, war in Aspen Ski gelaufen, kannte London, Rom und Paris. Er hatte noch nie eine so kultivierte Frau getroffen; sie war überwältigend. Sie war 29, vier Jahre älter als Ken. Er erzählte ihr, daß er Zahnmedizin studierte, und dann vertraute er ihr an, wieso er das Medizinstudium abgebrochen hatte. Als sie ihm sagte, sie hätte nicht gewußt, daß die Männer in Indiana so »feinfühlig« seien, wußte er, daß er einen Volltreffer gelandet hatte.

Sie gab ihm ihre Telefonnummer in New York, und als er

sie anrief, versprach sie, den Dienst mit einer anderen Stewardeß zu tauschen und in der nächsten Woche wieder nach Indianapolis zu kommen.

Emily war zwar immer eine willige Partnerin im Bett gewesen, aber er hatte nie die Spannung erlebt, wie Marilyn sie aufbaute, mit ihrer gewissen Art, sich zu bewegen. Zunächst wußte Marilyn nicht, daß er verheiratet war. Als sie es schließlich herausfand, bei einem ihrer häufiger werdenden Aufenthalte in Indianapolis, drohte sie, die Beziehung zu beenden. Er erklärte, daß seine Ehe nur noch dem Namen nach Bestand habe. Er würde sich scheiden lassen. So etwas hatte sie schon öfter gehört. »Vergiß es«, sagte sie. Sie wollte noch vor ihrem dreißigsten Geburtstag heiraten, und die Zeit wurde langsam knapp. Sie wollte Kinder haben.

Er zog alle Register: Er wollte mit keiner Frau lieber Kinder haben als mit ihr. Er war auf der High-School wahnsinnig in ein Mädchen verliebt gewesen, daß ihm den Laufpaß gegeben hatte. Bevor er Marilyn begegnet war, hatte er nicht geglaubt, sich noch einmal verlieben zu können. Er hatte nur versucht, die Zeit totzuschlagen. Er hatte viele Frauen gehabt, aber keine hatte ihm etwas bedeutet. Er wußte nicht, warum er Emily geheiratet hatte.

Ihm war klar gewesen, daß ihre Beziehung zu nichts führen würde, aber sie hatte ihn mit ihrer Schwangerschaft übers Ohr gehauen.

»Gib mir eine Chance«, sagte er zu Marilyn. »Du wirst schon sehen.«

Im Juni 1974 kam Emily nach Hause, im neunten Monat schwanger, und stellte fest, daß Ken verschwunden war, ohne eine Nachricht oder sonst etwas zurückzulassen. Sie sah ihn nie wieder. Etwa eine Woche später erfuhr sie, daß er zu einem seiner Freunde in dessen Wohnwagen gezogen war.

Als Marilyn eintraf, holte Ken sie am Flughafen ab und fuhr sie zum Wohnwagen, um ihr zu zeigen, was er getan hatte. Sie war beeindruckt. »Du siehst«, sagte er, »jetzt sind wir beide allein.« Zur Feier des Tages teilten sie sich einen Joint. Dann kam Kens Mitbewohner mit einer großen Tüte Marihuana, warf sie auf den Tisch und fing an zu teilen. Marilyn drehte durch. »Mein Gott«, rief sie, »was, wenn die Polizei kommt?« »Mach dir keine Sorgen«, sagte er. Er würde damit aufhören. Er hatte nur eine Frau wie sie gebraucht. Und tatsächlich senkte er seinen Konsum, besonders den von Beruhigungsmitteln. Er war so ausgeflippt, daß er einen großen Teil seiner Arbeit nicht zu Ende bringen konnte, und es wurde deutlich, daß er ein zusätzliches Jahr für seine Ausbildung brauchen würde. Er hatte sich deswegen schon an die entsprechende Behörde der Marine in Washington gewandt und erklärt, er habe familiäre Probleme gehabt. Zu seiner Erleichterung genehmigte die Marine ein weiteres Jahr.

Im selben Monat war Tom Chatham, jetzt als Versicherungsvertreter tätig, dienstlich in Indianapolis und wollte Ken und Emily besuchen. Er hatte Emily an der Universität kennengelernt und mochte sie gern, er hielt sie für eine ziemliche Steigerung zu Patsy Duncan in der Oak Hills High-School.

Chatham traute seinen Augen nicht. Emily, kurz vor der Niederkunft, hockte mutterseelenallein in einem winzigen, heißen Apartment ohne Klimaanlage – verzweifelt vor sich hin weinend.

Er hätte nie gedacht, daß Ken, sein guter alter Freund, zu so etwas fähig wäre. Er rief ihn an und sagte: »Lieber Gott, Mann, was machst du da?« Er erinnerte sich, wie Kens vertraute, sanfte, schleppende Stimme durchs Telefon tönte. Ohne den geringsten Versuch, sich zu verteidigen, sagte Ken: »Ich bin glücklich. Ich habe jemanden gefunden, den ich liebe.« Er fragte nicht einmal, wie es Emily ging.

Jean und Zach waren außer sich. Sie erfuhren, was geschehen war, als sie Emily anriefen, um zu fragen, wie es ihr ging.

Emily teilte ihnen mit, daß Ken sie verlassen hatte. Die Eltern riefen ihn sofort unter der Nummer an, die Emily ihnen gegeben hatte, und forderten ihn auf, er solle »sich mehr Mühe geben, es wären immer zwei Seiten beteiligt«, und daß sie »diese Angelegenheit gemeinsam ins Reine bringen sollten«. Eine Scheidung war »indiskutabel«.

»Was ist los, sind wir plötzlich katholisch?« fragte er.

Sie warfen ihm vor, er verhalte sich »unverantwortlich«. Das traf einen wunden Punkt. In seiner Jugend hatte man ihm endlos eingehämmert, was es bedeutet, Verantwortung zu tragen. Zum ersten Mal setzte er sich offen zur Wehr. »Das geht euch nichts an.«

Zach hatte zufällig beruflich in der Stadt zu tun und rief Emily an, die ihm erzählte, daß das Kind jeden Moment kommen konnte. Er setzte sich mit Ken in Verbindung und forderte, daß er wenigstens »seine Pflicht tun« solle und seine Frau ins Krankenhaus bringen, aber Ken weigerte sich. Also war Zach selbst im Krankenhaus, zusammen mit Emilys Mutter, als Emily am 3. Juli 1974 gegen Mittag einer Tochter das Leben schenkte.

Insgeheim war Jean Taylor der Meinung, daß ihre Schwiegertochter selbst schuld war. Sie erinnerte sich, wie gerne »Kenny« Softball gespielt hatte, aber Emily hatte sich nicht ein einziges Spiel angesehen. Und ganz besonders oft griff sie auf eine Erinnerung an ein Basketballspiel zurück, das sie mit Ken und Emily besucht hatte, um Tom anzufeuern. Mitten im Spiel war Emily »mürrisch und gelangweilt« aufgestanden und gegangen. Aber trotzdem gab es für Ken keine Entschuldigung.

»Gott wird dir das nicht vergeben«, sagte sie.

»Das Kind ist nicht von mir«, erwiderte er.

Ken bekam das Kind nie zu sehen. Emily heiratete später wieder, und ihr neuer Ehemann wollte die Tochter adoptieren. Dazu brauchten sie Kens Erlaubnis und schrieben ihm einen entsprechenden Brief.

Ken verweigerte die Erlaubnis.

Knapp fünf Jahre später, in der Nacht zum 16. April 1979, versuchte Ken Marilyn umzubringen.

Nachdem er Emily verlassen hatte, verbrachte er den Sommer in New York, in Marilyns Wohnung. Er interessierte sich für das Museum für Moderne Kunst und wollte ins Theater gehen, und er sah sich mit großem Vergnügen die Oberliga-Spiele im Shea-Stadion an. Im Herbst ging Marilyn mit ihm zurück nach Indiana. Die Fluggesellschaft bot ihr eine Stelle in Boston an, aber sie hatte die Möglichkeit, von Indianapolis nach Boston zu pendeln. Sie mieteten eine Wohnung mit Garten in der Nähe der Kleinstadt Noblesville, nicht weit von der Route 37 nach Marion. Marilyn war nicht allzu glücklich darüber, »am Rand der Welt« zu wohnen, aber Ken mußte seine Ausbildung beenden. Er war sicher, später an die Ostküste versetzt zu werden. Er wollte von seinen Drogenfreunden wegkommen, sagte er, und sie stimmte zu und entschuldigte sich für ihren Protest gegen die Wohngegend. Dann gingen sie ins Bett und hatten, was er »fantastischen Sex« nannte, und alles war wieder gut.

In diesem Herbst wurde Kens Scheidung von Emily rechtskräftig. Ken sollte 25 Dollar in der Woche für das Kind zahlen. Im Lauf der Jahre mußte Emily öfter zu juristischen Mitteln greifen, um an den Unterhalt zu kommen. Im Dezember wurden Ken und Marilyn von einem Friedensrichter getraut.

Obwohl Jean und Zach Taylor nur eine halbe Stunde entfernt wohnten, kamen sie nicht zur Hochzeit. Sie würden Marilyn während dieser Ehe nie begegnen, solange die Ehe dauerte. Vor der Hochzeit hatte Jean ihren Sohn in seiner Wohnung angerufen. Als Marilyn ans Telefon ging, sagte Jean: »Sie hätten wenigstens bis zur Scheidung warten können, bis Sie zu ihm ziehen.« Marilyn antwortete: »Wofür halten Sie sich eigentlich?«, und Jean erwiderte: »Ich bin Kennys Mutter.« Marilyn legte auf.

Ken war beeindruckt. Marilyn war ebenso hartgesotten wie seine Mutter. Alle anderen Mädchen, die er mit nach Hause gebracht hatte, waren bemüht gewesen, seiner Mutter zu gefallen. Und später, als Jean sogar versuchte, ihr Verhalten wiedergutzumachen, bestätigte Ken ihr, daß sie einen Fehler gemacht hatte. Es würde lange dauern, ihr Verhältnis wieder zu kitten.

Im darauffolgenden Juni ereignete sich etwas Merkwürdiges. Von gelegentlichen Joints abgesehen, nahm Ken keine Drogen mehr, allerdings trank er mehr als zuvor. Er war immer ein Biertrinker gewesen, doch jetzt ließ er sich mit seinem neuen Lieblingsgetränk, Jack Daniels Sour, vollaufen. Eines Sonntagsmorgens setzte er Marilyn in ihrem blauen Buick Skylark Kabriolet am Flughafen ab und fuhr weiter zu einem Softball-Spiel. Nach dem Spiel trank er einige Biere und außerdem Whiskey, und auf dem Heimweg kam er von der Straße ab und rammte eine Notrufsäule. Er schaffte es zurück zur Wohnung, aber der Wagen war auf der Fahrerseite eingebeult. Er parkte erst vor der Haustür und stellte den Skylark später auf einer Landstraße ab, wo die Polizei den Wagen fand. Seine Erklärung war, das Auto sei gestohlen worden, nachdem er es in unbeschädigtem Zustand vor dem Wohnblock geparkt hatte. Den Rest des Tages wollte er am Pool verbracht haben, ohne zu bemerken, daß sein Auto nicht mehr da war. Aber Zeugen aus drei Nachbarwohnungen gaben an, den Skylark am Nachmittag vor dem Haus gesehen zu haben, und zwar bereits mit der verbeulten Seite. Kens Anwalt zog dann die Diebstahlsanzeige zurück und handelte eine Fünfzig-Dollar-Strafe für die falsche Anzeige aus. Ken sagte Marilyn, er habe die Nerven verloren, als er daran denken mußte, wie sehr sie sich ärgern würde, und er bat sie, ihm zu verzeihen. Robert A. Smith, der mit der Untersuchung betraute Polizist, war erstaunt, daß Ken glaubte, mit einem solchen Ammenmärchen davonkommen zu können.

Kens letzter Akt der Auflehnung in Indiana bestand darin, nicht zu seiner Abschlußfeier zu erscheinen, was besonders seine Mutter enttäuschte. Doch dadurch wurde verhindert, daß sich Marilyn und Jean Taylor begegneten. Er wurde der U-Boot-Basis in Groton, Connecticut, zugewiesen, die New London an der Themse gegenüberliegt. Sie mieteten ein Apartment in einem Wohnblock in Cromwell, südlich von Hartford, in dem vor allem Singles und Jungverheiratete lebten. Ihre neue Wohnung war gleich weit von Groton und dem Flughafen von Windsor Locks entfernt, von dem aus Marilyn nach Boston fliegen konnte.

Ein wenig von der ersten Leidenschaft ihrer Ehe war abgeklungen. Ken war jetzt selbstbewußter. Er war kein Student mehr, sondern vollständig ausgebildeter Zahnarzt und außerdem noch ein »Offizier und Gentleman«. Kleinigkeiten fingen an, ihn zu ärgern. Wie schon Emily hatte Marilyn kein Verständnis für seine Sportbegeisterung.

In seiner ersten Dienstwoche, während Marilyn mit einem Flug unterwegs war, sagte eine Zahnarzthelferin zu ihm: »Sie sind aber ein Brocken, Lieutenant.« Er erinnerte sich später gut an sie, »einundzwanzig Jahre alt, eine hübsche Blondine mit blauen Augen, einem durchtrainierten Körper und draufgängerischem Benehmen«. Wenn er noch keine Pläne für diesen Abend hätte, schlug sie vor, könnten ihre Mitbewohnerin und sie ihn zum Abendessen einladen und ihn »auf dem Stützpunkt willkommen heißen«. Nach ein paar Drinks spielten sie Strip-Poker, und er schlief mit beiden.

Sie waren die ersten von vielen. Ihm wurde immer deutlicher, daß es bestimmten Frauen gefiel, wenn er den unbedarften Burschen vom Land spielte. Sie waren alle gleich, entschied er – Zahnarzthelferinnen, weibliche Sanitätskräfte, weibliche Offiziere, die Frauen seiner Kollegen, Sekretärinnen in seinem Wohnblock, selbst Geschäftsfrauen – alle wollten ihn. Er liebte die Oohs und Aahs, wenn sie sahen, wie groß sein Penis war, und er hörte gern, wenn sie flehten: »Bitte, tu mir damit nicht weh.«

Das Problem mit Marilyn war, daß sie glaubte, ihn erziehen zu können. Er hatte einen alten Drachen geheiratet. Sie hatte wie eine attraktive, leicht zu erobernde Beute ausgesehen, und er war selbst schuld, auf sie hereingefallen zu sein.

Sie hatten einen ernsthaften Krach, als sie am selben Abend, an dem er bei einem Softball-Spiel auf dem Stützpunkt mitmachen sollte, nach Hartford fahren wollte, um dort ein Theaterstück mit Angela Lansbury anzusehen. Langsam schöpfte sie Verdacht, daß er sich herumtrieb. Wenn sie beruflich unterwegs war, rief sie ihn manchmal spät an, und er war nicht zu Hause. Einmal kamen sie von einem Wochenende in New York zurück, und sie fand einen Zettel, den jemand unter der Tür durchgeschoben hatte: »Du hast mir gefehlt. Wo bist du gewesen?« Er behauptete, es sei eine Verwechslung, es gäbe im Haus noch einen Mann namens Ken.

Ein Nachbar hatte ihr von den Partys erzählt,die in ihrer Wohnung stattfanden, wenn sie unterwegs war – »Frauen in allen Größen, Farben und Formen«, sagte man ihr. Als sie Filzläuse bekam, fühlte sie sich schrecklich gedemütigt. Er beschuldigte sie, sich das Ungeziefer auf einer ihrer Flüge eingefangen zu haben. Sie wußte, das dies nicht der Fall sein konnte, sie hatte nichts mit anderen Männern gehabt. Sie schrie ihn an, er solle sie nicht mehr anfassen, und wurde immer kälter und abweisender.

Es hatte ihn immer gestört, daß sie ihren Mädchennamen behalten hatte – »wenn es dir so viel ausmacht«, sagte sie, »kannst du ja meinen Namen annehmen«. Bei einem Empfang, den der Kommandant des Stützpunkts ausrichtete, gab es als Höhepunkt ein Geschenk für jede Offiziersfrau. Als man »Marilyn Taylor« ausrief, blieb sie sitzen.

»Was ist los?« flüsterte er. »Steh auf und hol dein Geschenk ab.«

»So heiße ich nicht. Mein Name ist Marilyn Hope.«

»Gib Ruhe und hol dir einfach das Geschenk.«

»Nein.«

Schließlich mußte er selbst nach vorn gehen und das Geschenk entgegennehmen, wobei er sagte: »Ich danke Ihnen im Namen meiner Frau, Marilyn Hope.« Eine ungeheure Demütigung für Ken.

Er zog aus. Er mietete ein Haus an der Küste in Watford, ein paar Meilen westlich von Groton. Er fing wieder an, Drogen zu nehmen, Unmengen Marihuana und »Black Beauties«, ein starkes Amphetamin in Kapseln, die manche User auch öffneten, um den Inhalt wie Kokain zu schnüffeln. Schon immer war er ein großer Rockfan gewesen und konnte stundenlang Musik hören, besonders, wenn er bekifft war. Der Text von Steely Dans »Deacon Blues« wurde sein Motto: »Wie eine Viper schleiche ich durch die Stadt/liebe ihre Frauen, lässig und bittersüß./Ich steh erst auf, wenn die Sonne untergeht, weiß Bescheid, was in der Stadt los ist/das ist meine Welt, die zu mir paßt.«

Ein paar Monate später rief Marilyn an, hysterisch schluchzend. Ihr Vater, den sie abgöttisch liebte, hatte Halskrebs. Ken, der den alten Herrn selbst gut leiden konnte, tat sein Bestes, sie zu trösten. Sie sprachen noch öfter miteinander, und schließlich zog sie zu ihm in das Haus in Watford. Er fuhr mit ihr nach Manhattan, um ihren Vater im Krankenhaus zu besuchen. Eine Zeitlang glaubte sie, alles würde wieder gut werden.

Im Dezember 1978 wurde sie schwanger.

Zuerst, ähnlich wie bei Emily, schien er überglücklich zu sein, aber dann zog er sich immer mehr in sich selbst zurück. Marilyn wußte damals nicht, daß er wieder Drogen nahm, ihr wurde jedoch bald klar, daß er sich mit anderen Frauen traf; oft kam er erst frühmorgens taumelnd nach Hause zurück.

Wütend und elend und von Sorgen um ihren Vater gequält, sagte ihm Marilyn im vierten Monat, daß sie vorläufig vom Sex genug habe.

Sie schlug vor, zur Eheberatung zu gehen, aber Ken weigerte sich.

Anfang April entdeckte Marilyn, daß aus einer Spardose in der Küche, von deren Inhalt sie Babysachen kaufen wollte, 300 Dollar fehlten. Als sie Ken danach fragte, leugnete er, etwas darüber zu wissen. Sie schrien sich gegenseitig an. Plötzlich hob er die Faust, und sie wich zurück. Im letzten Augenblick schlug er statt auf sie auf die Kühlschranktür ein, dann rannte er hinaus. Als sie ihn wiedersah, war seine Hand in Gips. Gebrochen.

Eine Woche später, in der Nacht zum 16. April, kam sie von einem Besuch bei ihrem Vater aus New York zurück. Ken war im Arbeitszimmer und brütete über den Zulassungsbedingungen für Zahnärzte in Florida. Er wollte nach seinem Dienst bei der Marine vielleicht dort eine Praxis eröffnen. Erschöpft nach einem schrecklichen Tag – ihr Vater war wieder zur Behandlung in der Krebsklinik – bat sie Ken, ihr eine Tasse heiße Schokolade zu machen. »Gerne«, sagte er, aber als er das Getränk dann brachte, roch es merkwürdig. Ken schnupperte daran, tat überrascht und meinte, es müsse an einem Rest Spülmittel in der Tasse liegen. Er wollte ihr neue Schokolade kochen. Sie war gerührt von seiner Fürsorglichkeit, lehnte aber ab; sie war erschöpft und würde ohnehin gleich ins Bett gehen. Er blieb im Arbeitszimmer zurück und wünschte ihr eine gute Nacht.

Tatsächlich war die Schokolade mit Chloroform versetzt gewesen. Bei Einnahme kann Chloroform zu schweren Leberschäden führen. Wenn es inhaliert wird, kann es innerhalb von zwei bis fünf Minuten tödlich wirken. Und es ist sehr unwahrscheinlich, daß bei einer Autopsie noch Spuren festgestellt werden können.

Marilyn schlief unruhig, drehte sich von einer Seite auf

die andere. So gegen Mitternacht, sie war sich nicht sicher, wie spät es genau war, spürte sie, daß jemand im Zimmer war. Sie öffnete die Augen und sah einen Schatten auf der Türschwelle. Es war Ken. Sie beobachtete, wie er zum Bett kam und sich hinsetzte. In den alten Tagen, als zwischen ihnen noch alles in Ordnung war, hatte er oft seine Arbeit unterbrochen und ihr einen Gutenachtkuß gegeben. Zufrieden nahm sie an, daß er dies jetzt auch vorhatte, daß er sie für sein Verhalten entschädigen und ein bißchen verwöhnen wollte.

Aber er drückte seinen Arm so fest auf ihre Brust, daß sie sagte: »Hör auf, du tust mir weh.« Er drückte weiter zu. Er sagte kein Wort. Und dann schob er »dieses Ding« über ihren Mund und die Nase, und sie roch dieselben Dämpfe wie in der Schokolade, nur stärker.

Er drückte ein Küchenhandtuch auf ihr Gesicht, und in das Handtuch war ein chloroformgetränkter Schwamm eingewickelt.

Sie versuchte, sich zu befreien und so wenig wie möglich zu atmen. Sie schlug nach ihm und kratzte. Einmal gelang es ihr zu sprechen: »Bitte, bring mich nicht um! Ich tue, was du willst!« Er sagte immer noch nichts. Das Handtuch rutschte weg, und jetzt drückte er ihr den Schwamm direkt ins Gesicht. Sie konnte die rauhe Oberfläche spüren.

Ihre Gedanken rasten. Warum tat er das? Haßte er sie so sehr? War es wegen des Kindes? Sie würde jetzt sterben müssen, von ihrem Mann im eigenen Schlafzimmer umgebracht, »wie in einer bescheuerten Fernsehserie«. Sie konnte sich nicht mehr wehren.

Schließlich sah sie jedoch das Bild ihres Vaters vor sich, wie er um sein Leben kämpfte.

Was würde aus ihm werden, wenn sie tot war? Wer würde sich um ihn kümmern?

Mit letzter Kraft schlug sie um sich. Sein Griff lockerte sich einen Augenblick, und sie konnte sich aus dem Bett auf den Boden fallen lassen. Er war direkt über ihr, versuchte wieder, den Schwamm auf ihr Gesicht zu pressen. Sie drehte sich auf den Bauch. Jetzt spürte sie seine Gipshand im Nakken und dachte, er wollte sie mit dem Gips schlagen. Sie schrie laut um Hilfe.

Plötzlich ließ der Druck nach. Das Licht ging an. Benommen blickte sie auf und sah Ken vor sich stehen. Er starrte sie an. Sie wußte nicht, ob es eine Halluzination war, aber sie glaubte, daß in diesem Augenblick Gott wirklich im Zimmer gewesen war und ihr Leben gerettet hatte. Sie kniete sich hin und betete laut. Dann war auch Ken auf den Knien, neben ihr, und dankte Gott.

Er murmelte: »Was habe ich getan? Ich muß die Polizei rufen. Sie müssen mich mitnehmen.«

Marilyn war vollkommen verstört. Sie versuchte, wieder klar zu denken. Ken war krank. Er brauchte Hilfe, soviel war sicher. Aber war die Polizei die richtige Adresse? Sie fragte sich, ob Ken wieder zuschlagen würde. Sie mußte die Ruhe bewahren.

Sie wollte den Marinegeistlichen anrufen. Er würde wissen, was zu tun war. Er wohnte ganz in der Nähe. Sie sagte ihm am Telefon, daß etwas Schreckliches passiert war, daß er sofort kommen müsse. Ihr Gesicht tat weh. Sie warf einen Blick in den Spiegel und konnte sich kaum wiedererkennen. Ihr Gesicht war angeschwollen und bedeckt mit so etwas wie Brandwunden. Später erzählte man ihr, daß das vom Chloroform und dem rauhen Schwamm kam.

Als der Geistliche eintraf, saß Ken unbeweglich und mit gebeugtem Kopf da, während sie versuchte zu erklären, was geschehen war.

Der Geistliche fuhr beide zum Krankenhaus des Stützpunkts, damit Marilyns Gesicht behandelt und Ken in die Psychiatrische Abteilung eingewiesen werden konnte.

Der Chefarzt der Psychiatrie, Commander W. W. Pettit, hatte frei, und Ken wurde der Obhut von Lieutenant Commander Ronald C. Smith übergeben. Ken gestand Dr. Smith, daß er versucht hatte, seine Frau umzubringen, aber sein Gewissen habe gesiegt. Er gab zu, häufig Marihuana und Amphetamine zu nehmen. Die Drogen erhielt er von Leuten im Stützpunkt, die er nicht nennen wollte. An jenem Montagabend, als er auf Marilyn losgegangen war, hatte er drei Black Beauties geschluckt und im Lauf des Wochenendes vorher bereits mindestens sieben weitere. Er hatte Stimmen gehört, die ihm befohlen hatten, Marilyn umzubringen. Seine erste Ehe war schiefgegangen, und das hatte seine Eltern verärgert. Er gab an, daß seine Mutter ihn häufig kritisiert habe. Es sei ein »ständiger Kampf« gewesen, die Aufmerksamkeit seines Vaters zu erringen. Seine derzeitige Ehe war am Zerbrechen. Er fürchtete, daß seine Eltern ihn deshalb noch mehr ablehnen würden, und war, wie er es ausdrückte, »in einer Zwickmühle«.

Als Marilyn zwei Tage später ins Krankenhaus kam, um sich nach Ken zu erkundigen, teilte ihr Dr. Smith mit, ihr Mann sei ein »mordgieriger Verrückter«, und es wäre nur eine Frage der Zeit, wann er »die Sache zu Ende bringen« würde, wenn sie bei ihm bliebe. Zu ihrem eigenen Besten schlug er ihr vor, die Angelegenheit der Polizei zu melden. Das konnte nur sie selbst tun.

Das alles war mehr, als sie verkraften konnte. Zuerst die Krankheit ihres Vaters und jetzt das. *Mordgieriger Verrückter?* Sie wußte nicht, was sie tun sollte. Erinnerungen an wunderbare Augenblicke mit Ken schossen ihr durch den Kopf. Selbstverständlich brauchte er Hilfe, aber war es eine Lösung, ihn anzuzeigen und damit vermutlich sein ganzes Leben und seine Karriere zu zerstören?

Sie sprach darüber mit dem Geistlichen, der versuchte, ihr Dilemma zu verstehen. »Aber schließlich läuft es doch darauf hinaus«, sagte er, »daß Sie das Risiko nicht eingehen können. Ich verstehe, daß Sie sein Leben nicht zerstören wollen, aber das hat er schon selbst getan, sei es mit den Drogen oder einer Psychose oder was auch immer. Sie müssen an sich und an das Kind denken.«

Sie ging zur Polizei. Sie gab an, noch nicht in der Verfassung zu sein, eine Anzeige erstatten zu können, aber der Vorfall sollte zu den Akten genommen werden. Sie sagte auch, ihr Mann sei durchgedreht, weil er befürchtete, durch das Baby ihre Zuwendung zu verlieren. Und nach einer Untersuchung, in deren Verlauf zusätzliche Beweise gesammelt wurden, wurde Ken des versuchten Mordes beschuldigt.

Dann wurde Dr. Smith von seinem Vorgesetzten, W. F. Pettit, vom »Fall Taylor« abgezogen. Ein solcher Wechsel war ungewöhnlich, aber die Marine legte keinen Wert auf die Publicity, die ein solcher Prozeß mit sich bringen würde. Ken war im Stützpunkt sehr beliebt, der wichtigste Spieler im Softball-Team, und er hatte auch als Zahnarzt viele kommandierende Offiziere behandelt. Die einzigen Beschwerden über ihn betrafen seine mangelnde »militärische Haltung« und seine Neigung, ein bißchen zu viel Kontakt mit Angehörigen niederer Ränge zu suchen.

Pettit sagte Marilyn genau das, was sie hören wollte. Nach seinen Untersuchungsergebnissen war Ken »weder psychisch noch physisch drogenabhängig«. Es gab keine Anzeichen einer »Psychose«. Ken gehörte zu der Art von Männern, die »Schwierigkeiten haben, direkt mit ihren Gefühlen umzugehen und unter ständigem Druck dazu neigen, Gefühle aufzustauen«. Diese Disposition habe, zusammen mit exzessivem Alkoholgenuß und Drogen, zu dem »angeblichen Vorfall« geführt. Er nannte noch weitere Faktoren, die zu der Situation beigetragen hätten, darunter »schwindende Achtung und Wertschätzung durch die Ehefrau« und »Verlassenheitsgefühle in jüngster Zeit, wegen der häufigen Besuche seiner Frau am Krankenbett ihres Vaters«, was dazu führte, daß Marilyn anfing, sich schuldig zu fühlen.

Kens Beziehungen zu anderen Frauen wurden nicht erwähnt.

Pettit berichtete auch, daß Ken an einer Gruppentherapie teilnahm und sich wegen Alkoholmißbrauchs einer Beratung unterzog. Er hatte zugestimmt, einen Eheberater aufzusuchen. Inzwischen sollte Ken, nachdem er aus dem Krankenhaus entlassen war, im Stützpunkt bleiben, in einer der Wohnungen für unverheiratete Offiziere. Pettit bat Marilyn, jetzt mit ihm zusammenzuarbeiten.

In einem Telefongespräch teilte Ken Jean und Zach Taylor mit, was passiert war. Es gab da ein Problem, er hatte Marilyn tätlich angegriffen. Er war ausgerastet. Zu viel Kaffee und zu viele Pillen, Pillen zum Wachhalten und Schlafmittel, weil es Schwierigkeiten in seiner Ehe gab. Ein ranghoher Marinepsychiater hatte gesagt, daß viel davon darauf zurückzuführen sei, wie Marilyn ihn behandelt habe. Jetzt machte er eine Therapie, versuchte zurechtzukommen, sein »Selbstwertgefühl« wieder aufzubauen, das schwer gelitten hatte. Alles würde gut werden. Das Problem war nur, daß er zehntausend Dollar brauchte, um die Kaution zu hinterlegen und einen Anwalt zu bezahlen. Zach hob das Geld von seinem Sparkonto ab und überwies es an Ken. Ein Darlehen, das Ken nie zurückzahlen sollte. Jean war, ihrer Einschätzung von Marilyn entsprechend, nicht überrascht, daß die Ehe schiefgegangen war.

Marilyn quälte sich einige Zeit um eine Entscheidung und beschloß dann, keine Anzeige zu erstatten. Damit fand die Angelegenheit ein Ende, und den Gesetzen von Connecticut entsprechend wurden die Akten versiegelt.

Die Medien hatten über den Fall nicht berichtet. Die Öffentlichkeit würde nie erfahren, was geschehen war. Innerhalb des Stützpunktes war das selbstverständlich anders. Wenn man Ken glauben durfte, scharten sich nur noch mehr Frauen um ihn, fasziniert von seinem Ruf. Er erinnerte sich besonders an die gutaussehende Frau eines Offiziers, die zu ihm kam und über Zahnschmerzen klagte. Er konnte keine

Ursache dafür finden. Er machte eine Bemerkung über ihre Sonnenbräune, und sie fragte ihn: »Und wie finden Sie den Rest?«, hob ihren Pullover und entblößte ihre Brüste. »Mein Mann ist nicht da«, sagte sie. »Wie wäre es mit einer Einladung zum Abendessen?« Eheberatung hin oder her, diese Gelegenheit konnte er sich nicht entgehen lassen. Er mußte nur vorsichtiger sein als bisher.

Marilyn allerdings glaubte, die richtige Entscheidung getroffen zu haben. Als ihre Tochter Astrid geboren wurde, zeigte sich Ken als liebevoller Vater. In den Tagen vor dem Tod ihres eigenen Vaters stand er ihr in jeder Hinsicht hilfreich zur Seite. Und er schien auch die Therapie konsequent durchzuziehen. Als er im Juli 1979 aus der Marine entlassen wurde, ging er ihrem Wunsch nach, wieder nach New York zu ziehen und nahm eine Stelle in einer neuen Gemeinschaftspraxis in Brooklyn an. Auch sie ließ sich auf einen Kompromiß ein. Er wollte nicht in der Stadt leben, also entschieden sie sich für das abgelegenste Viertel New Yorks, Staten Island, mit großen Grünanlagen und Einfamilienhäusern.

Staten Island erinnerte beinahe an eine Stadt im mittleren Westen, und über die Verrazano-Brücke konnte man schnell zur Arbeit kommen – er nach Brooklyn und sie nach LaGuardia oder zum Kennedy Airport, denn sie hatte ihren Job, ihre Rückversicherung, nie aufgegeben.

Bald jedoch verfiel Ken wieder in alte Gewohnheiten. Er fing wieder an zu trinken. Er behauptete, sich nach den langen und anstrengenden Arbeitstagen in der Praxis entspannen zu müssen. Sie fand Reste eines Joints im Haus. Sie sah zwar nie, wie er andere Drogen nahm, bemerkte aber, daß er häufig gegen Wände stieß oder über seine eigenen Füße fiel. O Gott, dachte sie, jetzt geht es wieder los.

Und offensichtlich hatte er auch wieder angefangen, sich mit anderen Frauen einzulassen. Dafür gab sie sich zum Teil selbst die Schuld. Sie bemühte sich zwar, aber nach dem

Vorfall in Connecticut hatte sie im Bett kein Vertrauen mehr zu ihm. Es war allerdings unerträglich, daß er immer wieder erst um fünf Uhr morgens nach Hause kam. Sie stellte sich vor, wie ihre Tochter um diese Zeit aufwachte und sagte: »Oh, hier kommt Daddy nach Hause.«

Es kam zu einer neuen Krise. Obwohl sie selten genug miteinander schliefen, wurde sie wieder schwanger. Aus Angst vor der Zukunft, vor einer Wiederholung des Vorfalls von Connecticut und vor dem Alleinsein mit zwei Kindern, ließ sie abtreiben.

»Was willst du eigentlich, eine offene Ehe?« fragte sie ihn.

Sie bekam keine genaue Antwort. »Irgendwas«, sagte er.

Ihre Eifersucht konzentrierte sich besonders auf eine bestimmte Rivalin, eine junge Frau, die er in der Praxis in Brooklyn eingestellt hatte. Sie hatte sie zwei- oder dreimal gesehen und kannte ihr Parfüm. Und genau diesen Duft roch sie, als sie von einem längeren Flug nach Hause kam.

Marilyns Verdacht war begründet. Der Name der Frau war Teresa Benigno, damals einundzwanzig Jahre alt, eine frisch ausgebildete Zahnarzthelferin mit weichem dunkelbraunem Haar und tiefliegenden leuchtendblauen Augen.

Sie sollte Ken Taylors dritte Ehefrau werden.

Kapitel Zwei

Als Teresa Benigno 1977 die Moore Catholic High-School in Staten Island abschloß, schrieb ihr Vater Albert in ihr Jahrbuch: *Der Mann, den du heiratest, wird die entscheidende Rolle in deinem Leben spielen. Er sollte dir an Intelligenz und Reife gleich sein. Kein Mann darf dich je beherrschen. Kein Mann darf bestimmen, ob du dich sicher fühlst oder nicht, indem er Gewalt anwendet oder dich verängstigt. Eine Ehe kann nur durch gegenseitige Liebe und Achtung bestehen.*

Es ist nicht üblich, daß Eltern in die Jahrbücher ihrer Kinder schreiben, aber die Benignos waren eine sehr emotionale Familie. Und es war noch ungewöhnlicher, daß Al, wie jeder ihn nannte, diese Worte geschrieben hatte, denn er war nicht nur italienischer, sondern sizilianischer Herkunft, was ihn nicht gerade dafür prädestinierte, für Frauen gleiche Rechte wie für Männer zu fordern.

Sein Vater war 1920 aus Sizilien nach New York gekommen. Al wurde in Brooklyn geboren und wuchs dort auf. Er war ein schlechter Schüler und ging schließlich von der High-School ab – »Das einzige Fach, in dem ich bestanden habe, war Mittagspause«, scherzte er gerne –, um 1948 in die Armee einzutreten. Im Koreakrieg diente er als Funker. Nach seiner Entlassung bekam er den High-School-Abschluß und nutzte die den Ex-GIs zur Verfügung stehende Förderung, um sich zum Konstruktionszeichner ausbilden zu lassen. Er arbeitete als Assistent eines Architekten für die Vereinigung Höherer Schulen in New York und plante Schulgebäude bzw. deren Renovierung. Nach zehn Jahren nahm er eine Stelle als Zeichenlehrer an einer Berufsschule in Brooklyn an und arbeitete dort weitere 20 Jahre.

1955 hatte er Louise Arico geheiratet, die ebenfalls sizilianischer Abstammung war, ein schüchternes, hübsches Mädchen, das zu dieser Zeit als Sekretärin für eine Schiffahrtslinie arbeitete. Die beiden kannten sich seit ihrer Kindheit. Drei Jahre nach der Hochzeit wurde Louise schwanger. Sie mieteten eine Wohnung, die groß genug für die wachsende Familie war. Al dachte daran, ein Haus zu kaufen. Brooklyn war finanziell gesehen außerhalb ihrer Reichweite, also sah Al sich auf Staten Island um. Und 1960, ein Jahr nachdem ihre erste Tochter, Teresa, zur Welt gekommen war, kaufte er ein Haus im Ranch-Stil in New Dorp, an der Südküste von Staten Island.

Mit einer Hypothek konnte er den Kaufpreis von 17000 Dollar so gerade noch zahlen. Bis vier Jahre später die Verrazano-Brücke gebaut wurde, mußte er mit der Fähre nach Brooklyn pendeln. Zunächst war das Haus der Benignos von Bauernhöfen umgeben. Nach dem Bau der Brücke verwandelte sich die Gegend immer mehr in eine typische Vorstadtsiedlung mit Reihenhäusern und gepflegtem Rasen vor der Tür. Vor allem Italiener siedelten sich hier an. Tatsächlich ist ein Drittel der Einwohner von Staten Island italienischer Herkunft. Der Stadtbezirk, einer von fünfen in New York, besteht eigentlich aus einer Reihe von Dörfern, die sowohl geographisch als auch atmosphärisch gesehen vom Rest der Stadt getrennt sind. Die meisten anderen New Yorker haben noch nie einen Fuß dorthin gesetzt, es sei denn für eine spektakuläre Rundfahrt auf der Fähre, die an den Wolkenkratzern Manhattans vorbei bis zur Freiheitsstatue führt – für fünfzig Cent immer noch die Ausflugsfahrt mit dem besten Preis-Leistungs-Verhältnis der Welt.

Nach Teresas Geburt im Jahr 1959 folgte eine zweite Tochter, Celeste, die 1961 zur Welt kam, und schließlich 1964 ein Sohn, der nach Als Vater Philip genannt wurde. Es gab Schwierigkeiten mit Phil, einem gutaussehenden, kräftigen Jungen, der rebellisch war und nur ein mittelmäßiger Schüler. Aber Al erinnerte sich an seine eigene Jugend und glaubte daran, daß sich Phils Probleme auf die Dauer auswachsen würde.

Und dann war da Celeste, die Schönheit der Familie, sogar noch schöner als Teresa. Ihre leuchtenden hellgrauen Augen waren ganz anders als Teresas strahlendblaue Augen. Nach außen machte sie einen zerstreuten Eindruck, war in der Schule unaufmerksam und schien in einer anderen Welt zu leben, in der es keine Regeln gab. Aber Al zweifelte nie daran, daß sich unter dieser Oberfläche ein ausgesprochen zuverlässiges Mädchen verbarg. Mit zwölf hatte sie sich in Jeff White, einen Jungen aus der Nachbarschaft, verliebt, und keinen anderen mehr angesehen. Es erinnerte Al an sein eigenes Werben um Louise.

Wenn er jemals Celestes Kraft und ihre Fähigkeit, mit Situationen fertig zu werden, in Frage gestellt hatte, wurde er durch einen Vorfall eines Besseren belehrt, der sich ereignete, als sie achtzehn war. Celeste war nach Brooklyn gefahren, um ein Kleid für ihre Hochzeit mit Jeff anzuprobieren. An einer Straßenecke sah sie Polizeiwagen, hinter denen sich Polizisten mit gezogenen Waffen verschanzt hatten. Wow, hier wird ein Film gedreht, dachte sie und fuhr in eine Parklücke, um sich das Spektakel anzusehen. Plötzlich riß ein Mann mit einer abgesägten Schrotflinte in der Hand die Beifahrertür auf, zielte auf sie und befahl: »Fahr los, Miststück«. Und sie fuhr.

An der ersten roten Ampel sagte sie: »O nein, was soll ich jetzt tun?«, und er antwortete: »Durchfahren.« Es kam noch eine rote Ampel und noch eine. Sie fragte sich, wo die Polizei blieb.

»Hören Sie«, sagte sie, »ich bin erst achtzehn. Heute habe ich gerade mein Hochzeitskleid ausgesucht. Bringen Sie mich bitte nicht um. Ich sehe Sie absichtlich nicht an, damit ich Sie nicht identifizieren kann. Ich weiß verdammt nochmal nicht, wer Sie sind«, schwatzte sie weiter, »also bringen Sie mich gefälligst nicht um.«

Sie konnte Sirenen hinter sich hören und von vorn noch mehr Sirenen, und dann blitzte Blaulicht auf. »Fahr rechts ran«, sagte der Mann, und sie fragte: »Wieso?« Wenn es sein mußte, hätte sie ihn auch nach Kalifornien gefahren. »Steig einfach aus«, sagte er, und das tat sie, und dann erinnerte sie sich an die Lederjacke im Wagen, die Jeff ihr geschenkt hatte und die ihr so viel bedeutete, und sie rief: »Warten Sie! Meine Jacke!«, und der Mann warf ihr die Jacke zu, und dann war da noch ihr Notizbuch, und sie rief: »Mein Notizbuch! Mein Notizbuch!«, und er fluchte und warf auch das noch auf die Straße.

Stolpernd lief sie weiter und duckte sich hinter einen parkenden Wagen. In der Nähe saß ein Mann auf seiner Veranda und beobachtete die Szene. Sie fragte ihn: »Ist er weg?«, und dann spähte sie über den Kühler und sah den Mann mit dem Gewehr, wie er über die Straße lief und in eine Gasse einbog und die Polizisten ihn verfolgten.

Der Mann auf der Veranda, der sich während der ganzen Szene nicht gerührt hatte, schaute sie verblüfft an und sagte: »He, ich habe gedacht, du hättest Krach mit deinem Freund.«

Na ja, dachte sie, typisch New York.

Später einmal sollte Ken Taylor, der von all dem nichts wußte, die Kraft und die Entschlossenheit nicht verstehen, die die Schwester seiner dritten Frau an den Tag legte, und sie als Spinnerin abtun.

Du weißt, daß du immer mit deinen Problemen zu mir kommen kannst, hatte Al ebenfalls in Teresas Jahrbuch geschrieben. *Und vor allem solltest du eins nicht vergessen: auch wenn du einmal eine alte Dame bist, wirst du immer noch Daddys kleines Mädchen bleiben.*

Al sorgte sich um Teresa, weil sie so große Hoffnungen weckte. Anders als ihre Geschwister hatte sie an der St.-Charles-Grundschule in New Dorp beste Leistungen gebracht und war sofort in Moore, der konfessionellen Eliteschule von Staten Island, aufgenommen worden. Auch dort erzielte sie nur die besten Noten, ohne sich besonders anstrengen zu müssen. Al hatte Angst, daß sie all dies für einen Mann aufs Spiel setzen würde, der ihrer nicht wert war. Teresa war eine unheilbare Romantikerin, ihr jeweiliger Freund war immer der einzige für sie, *der* Mann, den sie heiraten wollte. Und sie hielt mit ihren Gefühlen nicht hinter dem Berg. Im Jahrbuch ihres damaligen Freundes steht, »Ich liebe dich, Pat. Für immer«, daneben hat sie eine Fotografie geklebt, auf der sie beide sich tief in die Augen schauten.

Es machte Al wahnsinnig, daß ihre Freunde sich nicht mit ihr messen konnten, nicht annähernd so klug waren wie sie.

Er fürchtete, daß sie Männern gegenüber ebenso unterwürfig war wie zu Hause stur und eigenwillig. Und das war keine unbegründete Angst. Eine ihrer Schulfreundinnen erinnerte sich: »Teresa fühlte sich, na ja, zu diesen Verlierer-Typen hingezogen. Als wollte sie ihnen helfen, ihre wahren Fähigkeiten zu erkennen. Und diese Männer, oder jedenfalls einige von ihnen, waren ziemlich gemein zu ihr und schlugen sie sogar.«

Noch etwas anderes machte Al große Sorgen. Eines Abends, als sie sich über das College unterhielten, sagte Al, daß Teresa sich dort bewerben sollte, wo sie wollte, selbst wenn die Familie deshalb umziehen müsse. Er würde das Geld schon zusammenkratzen, das sie zusätzlich zu den Stipendien brauchte. »Ich habe so viele Fehler gemacht«, sagte er, »und jetzt, wo ich älter werde, sehe ich, daß es mit meinem Leben nicht weitergeht, und ich möchte nicht, daß dir dasselbe passiert. Nicht, daß ich nicht glücklich bin, aber ich habe längst nicht alles erreicht, was ich mir wünschte.«

Er wollte ihr alles geben, was ihm möglich war. Damals verbrachte sie viel Zeit mit einer Gruppe von Mädchen, die von den Jungs in der Nachbarschaft »Glitzergänse« genannt wurden – sie waren immer darauf aus, das neueste Make-up und die modischsten Frisuren zu haben und gaben jeden Dollar für Kleider aus. Die anderen »Glitzergänse« kamen aus wohlhabenden Familien, und um mithalten zu können, mußte Teresa, eine kunstfertige Schneiderin, ihre Kleider selbst nähen. Al gestand, wie traurig es ihn machte, daß all ihre Freundinnen Autos und schöne Kleider hatten, die sie sich nicht leisten konnte.

Als er einmal wegen eines längeren Krankenhausaufenthaltes nicht genug verdiente, hatte Teresa ein falsches Alter angegeben, einen Job bei Burger King angenommen und den Gehaltsscheck jede Woche ihrer Mutter übergeben. »Es bricht mir das Herz, daß ich nicht der Vater bin, der ich sein möchte«, sagte er ihr an diesem Abend. »So muß ich für meinen Fehler zahlen, so werde ich immer wieder daran erinnert. Also: Auf welches College du auch immer gehen möchtest, melde dich ruhig an.«

Teresa sah beinahe ängstlich und ungewöhnlich verwundbar aus. Und sie sagte, daß sie jetzt noch nicht weggehen wollte. »Du glaubst vielleicht, daß ich klug bin und so«, meinte sie, »aber ich mache auch Fehler, und dann bin ich traurig. Ich möchte noch einige Zeit zu Hause bleiben.«

Weinend wollte sie aus dem Zimmer laufen, aber Al rief »Teresa«, und sie kam wieder zurück. Schweigend umarmten sie einander.

»Was einem an Teresa sofort auffiel«, erinnerte sich ihre beste Schulfreundin, Karen Oliveira, »war ihre Lebendigkeit. Sie konnte die banalste Geschichte spannend machen, mit ihrer Stimme, ihrem Blick und ihren Gesten. Man fühlte sich in ihrer Nähe einfach wohl. Und sie war so mitfühlend und aufmerksam. Als wir im ersten Jahr an der High-School waren, starb meine Großmutter, und meine Eltern mußten sich um die Beerdigung kümmern. Ich erzählte ihr, daß ich zu Hause bleiben und für meine jüngeren Brüder das Abendessen kochen mußte, aber ich konnte damals nicht einmal Wasser kochen, und gegen sechs Uhr stand sie mit zwei Pizzas vor unserer Tür, nicht mit gekauften, sondern selbstgemachten! Nicht viele Vierzehn- oder Fünfzehnjährige wären so umsichtig und rücksichtsvoll gewesen.«

In der High-School probierte Teresa laut Karen auch Marihuana. »Das taten beinahe alle, ich selbst eingeschlossen. Aber Teresa mochte es nicht.« Sie versuchte auch THC, ein Marihuana-Destillat, das Halluzinationen bewirkte. »Das Zeug war gerade an die Schule gekommen. Darauf beziehen sich alle Bemerkungen im Jahrbuch über den ›T-Tag‹. Ich habe es nicht ausprobiert. Teresa versuchte es, aber nur einmal. Sie sagte, ihr würde übel und schwindlig davon. Sie nahm nur Diätpillen, weil sie ihre Hüften und Oberschenkel zu dick fand – es machte sie wahnsinnig, daß Celeste dieses

Problem nicht im geringsten hatte –, und sie trank kaum Alkohol, vielleicht hier und da ein bißchen Wein oder Gin oder Wodka auf einer Party. Als sie Ken zum ersten Mal zu uns mitbrachte, konnte ich kaum meinen Ohren trauen, als sie um einen Jack Daniels bat. Sie sagte, das tränken Ken und sie am liebsten, und ich dachte, wenn sie plötzlich so starke Sachen trinkt, dann würde sie wirklich alles für diesen Kerl tun.«

Nachdem sie die High-School mit Auszeichnung abgeschlossen hatte, entschloß sich Teresa für eine solide Berufsausbildung. Sie schrieb sich im Brooklyn College für eine Ausbildung als Zahnarzthelferin ein, was Aussichten bot, bald einen gutbezahlten Job zu bekommen. Außerdem gab es ihr Zeit genug, zu entscheiden, was sie in Zukunft tun wollte. Daneben hatte sie auch eine neue Liebe, einen Jungen aus der Nachbarschaft namens Sal Aurelio.

Al hielt Sal Aurelio – einen Angestellten an der Wall-Street – zwar für Teresas bisherigen Freunden überlegen, aber er mißbilligte das arrogante Benehmen des jungen Mannes. Er hatte gehört, daß er von seiner Mutter, die ihn abgöttisch liebte, »Mein kleiner Heiliger« genannt wurde. Wie geriet seine Tochter nur immer an diese Typen? Als Teresa in den Sommerferien mit ihrer Familie Urlaub machen wollte, beschwerte sich Aurelio tatsächlich bei Al: »Und was soll ich ohne sie tun?«

»Dummes Geschwätz«, sagte Al. »Mach doch, was du willst. Du bist ein erwachsener Mann. Sie ist immer noch meine Tochter und lebt in meinem Haus. Wenn ihr beide heiratet, wird sie dir gehören. Ich wünsche mir sehr, daß sie bei dieser Reise mit dabei ist, und sie will es auch.«

Als Aurelio also plötzlich abgeschrieben war und Teresa sich statt dessen mit diesem Zahnarzt aus Indiana traf, war Al nicht gerade unglücklich. Na gut, er war anders als die anderen, aber was soll's? Er kam aus einem anderen Teil des Landes und hatte einen anderen Hintergrund. Es war unfair zu verlangen, daß er sich hundertprozentig einer lebhaften italoamerikanischen Familie anpaßte, die außerhalb der Pfarrgemeinde fast keine sozialen Kontakte hatte. Und es kümmerte Al nicht im geringsten, daß Ken, wie Teresa berichtete, geschieden war. Louise Benigno hingegen machte sich deshalb große Sorgen, und Teresa und sie stritten sich beinahe sofort wegen Ken. Louise war immer noch eine fromme Katholikin, obwohl Al schon lange keine Beziehung mehr zur Kirche hatte. Und Teresa selbst war nach ihrem High-School-Abschluß nur noch an den hohen Feiertagen zur Kommunion gegangen.

Zu dieser Zeit wußte keiner der Benignos – außer Teresa –, daß Ken immer noch mit Marilyn Hope verheiratet war, die ganz in der Nähe wohnte. Sie wußten auch nichts von dem versiegelten Gerichtsdokument in Connecticut, in dem festgehalten war, daß er versucht hatte, seine Frau zu ermorden. Nicht einmal Teresa wußte das. Sie hatten nicht die geringste Ahnung, daß Kens erste Frau allein in der gnadenlosen Hitze eines Zimmers in Indianapolis auf die Geburt ihrer Tochter hatte warten müssen, einer Tochter, die er nicht einmal sehen wollte.

Und im Gegenzug hatte Ken keine Ahnung, daß all die Lebhaftigkeit der Benignos, ihre Streitereien, ihre intensiv ausgelebten Gefühle, nicht viel zu bedeuten hatten. Er würde es auch nie verstehen. Er hörte, wie Teresa sich endlos darüber beschwerte, daß ihre Mutter immer an ihr herummeckerte; er würde nie erfahren, daß Teresa, als Louises Herzbeschwerden schlimmer wurden, alles liegen und stehengelassen hatte, um zu ihr zu eilen und den Haushalt zu führen. Er wußte nicht, daß Teresa, obwohl sie immer über Celeste lästerte, am Tag von Celestes Hochzeit mit Jeff White in beinahe hysterisches, untröstliches Weinen ausgebrochen war. Immer wieder hatte sie geschluchzt: »Jetzt verliere ich meine Schwester«, während Jeff versuchte, sie zu beruhigen: »Na, komm schon, Teresa, wir werden doch nur drei Blocks von hier wohnen.« Ken hatte keine Vorstellung davon, wie schnell und wirkungsvoll sich diese Familie zusammenschließen konnte, wenn sie sich bedroht fühlte.

Al mochte Ken sogar recht gern. Er fand ihn sympathisch und schätzte Kens respektvolles Benehmen ihm und Louise gegenüber. Und Ken war – »das mußte man ihm lassen« – ein Mann in gehobener Stellung, ein Zahnarzt.

Teresa hatte Ken zum ersten Mal im September 1980 im Fulton-Zahnpflegezentrum getroffen. Das Zentrum war von zwei Zahnärzten mit florierenden Privatpraxen gegründet worden. Ken leitete es seit seiner Entlassung von der Marine. Jetzt brauchte man eine weitere Helferin.

Ken war augenblicklich entzückt von ihren blauen Augen und ihrer »klassischen italienischen Sanduhr-Figur«. Ken erhielt vom Zentrum ein Grundgehalt und Gewinnbeteiligungen. Das Zentrum zog wegen seiner guten Lage viel Laufkundschaft an. Daher war es unabdingbar, über die Daten der Patienten auf dem laufenden zu bleiben. Als Ken mit Teresa sprach, wurde ihm schnell klar, daß sie ausgesprochen intelligent war. Das Zentrum brauchte zwar eine Arzthelferin, aber ihre wichtigsten Aufgaben würden darin bestehen, die Termine zu überwachen, dafür zu sorgen, daß das Wartezimmer immer voll und die drei angestellten Zahnärzte beschäftigt waren, und ganz allgemein organisatorische Aufgaben zu erledigen.

Es gefiel ihm, wie sie ihm in die Augen sah und sagte, »Ich glaube, ich werde alles zu Ihrer Zufriedenheit erledigen können.«

Er glaubte inzwischen, die Gedanken jeder Frau lesen zu können. Es war sicher, daß er ihr gefiel, aber er hatte lange genug mit ihr gesprochen, um zu wissen, daß sie nicht sofort mit ihm ins Bett gehen würde, wie eine der anderen Assistentinnen, die ihm jederzeit zur Verfügung stand. Teresa würde ihn einige Zeit kosten.

Und darin lag das Problem. Er arbeitete mindestens sechzig Stunden in der Woche im Zentrum, von Montag bis Samstag. Außer mit der Assistentin hatte er auch Verhältnisse mit einigen Patientinnen. Kokain hielt ihn in Gang. Viele der Patienten waren Schwarze. Er konnte Schwarze nicht ausstehen und machte keinen Hehl daraus. Als der Psychiater, der Ken im Marinestützpunkt behandelt hatte, erfuhr, daß mindestens eine der Frauen, mit denen Ken schlief, schwarz war, hatte er das Marilyn gegenüber als Zeichen dafür gedeutet, wie tief die Selbstachtung ihres Mannes gesunken war. Aber Ken fand heraus, daß einige Schwarze gute Verbindungen hatten und gegebenenfalls eine kostenlose Zahnbehandlung gegen ein Gramm oder zwei tauschten. Und wenn er in bar zahlen mußte, ließ es sich eben nicht ändern. Er entdeckte auch eine Bar im Westen von Staten Island, wo es Go-go-Stripperinnen gab; eine Rockerkneipe, in der man, wenn man die richtigen Leute kannte, alles bekommen konnte, was man wollte. Er brauchte sich keine Sorgen zu machen, dort von Bekannten gesehen zu werden, und er saß oft an der Bar und sah den Mädchen zu. Was ihn dorthin zog, war nicht die Erwartung, das Mädchen endlich nackt zu sehen, es war die Vorstellung, daß sie allein für ihn tanzten, trotz der Kerle, die ringsumher »Zieh's schon aus!« brüllten.

Teresa fuhr immer noch einen gebrauchten Skylark, den sie in ihrem letzten High-School-Jahr gekauft hatte. Etwa einen Monat nach ihrer Einstellung im Zahnpflegezentrum rief sie dort an, weil sie sich verspäten würde. Sie mußte den Wagen in die Werkstatt bringen und dann mit dem Bus fahren. »Paß mal auf«, sagte Ken zu ihr, »der Skylark pfeift sowieso aus dem letzten Loch. Ich mache mir Sorgen, wenn du morgens mit dieser Rostlaube im Berufsverkehr steckst. Man weiß nie, was passieren kann. Warum fährst du nicht einfach jeden Morgen die zehn Minuten zu meinem Haus? Dann kannst du mit mir zum Zentrum fahren.«

Ihm gefiel die Vorstellung, wie Marilyn, die jetzt beinahe

sechsunddreißig war und im Spiegel nach Falten suchte, dieser blühenden jungen Frau begegnen würde. Und so kam es dann auch. Marilyn saß im Morgenmantel in der Küche und trank Kaffee, als Teresa klingelte und nach »Doktor Taylor« fragte. Marilyns Miene erstarrte, und sie ging sofort ins Schlafzimmer. Ken bat Teresa, im Wagen auf ihn zu warten. Er ging ins Schlafzimmer, um seine Aktentasche zu holen.

»Das ist also dein neues Flittchen?«

»Mach dich nicht lächerlich. Sie arbeitet für mich.«

»Aber sicher. Tu mir wenigstens den Gefallen und bring deine Matratzen nicht noch hierher.«

Im Wagen fragte Teresa: »Was war denn los?«

»Mit so etwas muß ich leben«, antwortete Ken.

Danach vereinbarten sie, daß Teresa auf der Staten Island-Seite der Brücke warten sollte, von wo aus Ken sie mitnahm.

Während dieser Autofahrten wurden ihre Gespräche immer vertraulicher. Teresa erzählte Ken von ihrem Freund, Sal Aurelio, daß sie jetzt seit zwei Jahren miteinander gingen und er sie unbedingt heiraten wollte. Zuerst hatte sie geglaubt, wahnsinnig in ihn verliebt zu sein, aber jetzt war sie nicht mehr so sicher. Er war so schwierig, und einmal, während eines Streites, hatte er sie geschlagen. Ihr Vater mochte ihn nicht besonders, aber ihr Vater hatte die meisten ihrer Freunde nicht leiden können. Diesmal hatte er aber vielleicht recht. Sie wußte nicht, was sie tun sollte.

Er erzählte, wie schrecklich das Zusammenleben mit Marilyn war. Sie war eine unerträgliche Besserwisserin. Wenn er sagte, es sei Nachmittag, würde sie behaupten, es sei erst zwölf Uhr. Und außerdem war sie auch noch frigide. Einmal, als er noch bei der Marine war und sie in Connecticut lebten, hatte sie ihn sogar wegen Vergewaltigung angezeigt. »Wie kann man seine eigene Frau vergewaltigen?« fragte er. Sie hatte die Klage schließlich wieder zurückgezogen, aber das zeigte, wozu sie fähig war. Sie hatte ihn verführt, sie zu heiraten. Sie war viel herumgekommen und kannte alle Tricks, und er war noch ein unschuldiger Junge gewesen, mitten in der Ausbildung. Sie hatte ihn genommen, wie ein General eine Stadt nimmt. Er hätte sie längst verlassen, wenn die kleine Astrid nicht wäre. Er betete das Kind an.

Wenn man bedachte, wie wenig Interesse Marilyn an Sex hatte, war es ohnehin ein Wunder, daß das Kind existierte.

Teresa erzählte, daß sie daran gedacht hatte, Ärztin zu werden, als sie im Lauf ihrer Ausbildung so viel über Anatomie lernen mußte. Das ist interessant, meinte er. Auch er habe Arzt werden wollen. Wieder einmal erzählte er, wie man ihm das tote Kind in den Arm gedrückt hatte, als er Pfleger war, im Bell State Hospital. Teresa sah entsetzt aus, als er zum Ende seiner Geschichte kam, und drückte spontan seinen Arm.

Sie sprachen auch über Musik und tauschten Kassetten aus. Sie war ein Fan von David Bowie, und er gab ihr einige seiner Neil-Young- und Steely-Dan-Aufnahmen.

Schließlich brach der Skylark völlig zusammen, und Ken versprach, sie zu Hause abzuholen. Errötend gestand sie ihm, daß sie ihren Eltern erzählt hatte, er sei geschieden. Sie wußte nicht warum, es war ihr einfacher erschienen.

»Na ja, das war schon fast keine Lüge mehr. Früher oder später werde ich mich scheiden lassen.« Nachdem er ihr begegnet war, hatte er über so vieles nachgedacht.

Manchmal, wenn Teresa ein bißchen spät dran war, kam Ken auf eine Tasse Kaffee herein. Louise Benigno fragte ihn über seine Scheidung aus. Er war zwar kein Katholik, sagte er, aber seine Eltern seien sehr religiös und billigten Scheidungen nicht, und im Grunde ging es ihm ebenso. Was konnte er schon sagen? Er hatte zu jung geheiratet. Er und seine Frau paßten überhaupt nicht zusammen. Es war alles ein schrecklicher Fehler gewesen, aber man mußte sich zusammenreißen, sich seinen Fehlern stellen und ein sinnvolles Leben führen.

Louises Hobby war Malen, und er machte ihr Komplimente über ihre Bilder und ihre selbstgenähten Kleider. Offensichtlich hatte Teresa ihre Fähigkeiten als Schneiderin geerbt. Er bedauerte Al, weil es so schwierig war, die Kinder aus den Ghettos in der Stadt zu unterrichten, die sich – mit wenigen Ausnahmen – für nichts interessierten. Falls die Benignos jemals eine Zahnbehandlung brauchten, würde er ihnen jederzeit helfen. Mit ihrer wunderbaren Tochter als Assistentin wäre es ihm ein Vergnügen, ihnen behilflich zu sein.

Sie waren noch nicht miteinander ausgegangen, wenn man von einem Drink nach der Arbeit und einem schnellen Mittagessen in einem Fast-food-Restaurant absah. Sie zog eine Grimasse, als sie zum ersten Mal Jack Daniels probierte, aber ihm fiel auf, daß sie beim nächsten Mal von sich aus wieder Jack Daniels bestellte. Dann ergriff Ken die Initiative. Wenn Marilyn dienstlich unterwegs war, wohnte Astrid bei einer Frau, die Marilyn über eine Anzeige gefunden hatte. Im März, als seine Frau drei Tage weg war, fragte er Teresa, ob sie einen Abend Zeit hätte. Er bat sie, gut darüber nachzudenken. Immerhin sei sie so gut wie verlobt.

Teresa hatte nur auf eine solche Einladung gewartet. Sie erzählte Louise, sie würde die Nacht bei einer Freundin verbringen. Sie aßen in einem Steakhouse in Manhattan. Dann fuhr er sie zu seinem Haus. Was folgte, war laut Ken der beste Sex, den er je gehabt hatte. Er drosch dieselben Phrasen wie damals bei Marilyn. Fantastisch. Unglaubliche Höhepunkte der Leidenschaft. Feuerwerk. Als wäre in seinem Kopf Teresa zu Marilyn geworden, und Marilyn war jetzt Emily.

Im Frühherbst teilte ihm Teresa mit, sie sei schwanger.

»Ist es von mir?« fragte er.

Sie gab ihm eine Ohrfeige. Es war das erste Mal, daß ihn eine Frau geschlagen hatte, seit den Prügeln, die er als Kind von seiner Mutter bezogen hatte. Zu seiner Überraschung fühlte er sich ernüchtert. Er entschuldigte sich und küßte sie.

Sie hatte keine Wahl. Er war immer noch verheiratet, und sie konnte es ihren Eltern nicht sagen. Sie würde abtreiben müssen. Er widersprach ihr nicht. Nach der Abtreibung hielt er ihre Hand und sagte: »Unsere Zeit wird noch kommen.«

An Thanksgiving, nachdem er mit Marilyn, Astrid und Marilyns Bruder und Schwägerin gegessen hatte, verließ er seine Frau ohne ein Wort. Marilyn fand einen Zettel in der Küche, daß er sich melden würde.

Ein paar Tage später rief er an und wollte einen Besuch bei Astrid vereinbaren.

»Es ist diese Italienerin, nicht wahr?« fragte Marilyn.

»Es ist nicht nur das«, antwortete er. Wie konnte sie, nach all den Streitereien, jetzt ausgerechnet das Scheitern ihrer Ehe allein Teresa in die Schuhe schieben?

Er mietete eine kleine Wohnung auf Staten Island und schlief dort beinahe jeden Abend mit Teresa. Aber sie blieb nie die ganze Nacht. Manchmal schliefen sie ein, und dann klingelte um drei oder vier Uhr das Telefon, und Louise sagte: »Mach, daß du nach Hause kommst.« Es kam zu bitteren Auseinandersetzungen zwischen Mutter und Tochter. Einmal schrie Teresa: »Du glaubst doch nicht etwa, daß ich noch Jungfrau bin?« Al war fuchsteufelswild. »Sprich nie wieder so mit deiner Mutter. Es gibt Regeln in diesem Haus, und solange du hier wohnst, wirst du sie einhalten.«

Üblicherweise gab es bei den Benignos am Sonntag ein großes Abendessen. Sehr oft wurde daraus ein Familientreffen, zu dem auch diverse Onkel und Tanten, Nichten und Neffen, Cousins und Cousinen kamen. Bei einem dieser Essen geschah etwas, das alle Beteiligten, Ken eingeschlossen, nie mehr vergessen sollten.

Ken stand mit Teresa auf der obersten Stufe vor der Haustür, als ihr Großvater Philip, Als Vater, langsam und am Stock humpelnd, auf das Haus zukam. Er war damals dreiundneunzig und hatte in seinem Arbeitsleben Hunderte italienischer Einwanderer bei ihren Bemühungen um die amerikanische Staatsbürgerschaft beraten.

Er sah Ken zum ersten Mal, und als Ken sich vorbeugte, um ihm die Stufen hinaufzuhelfen, holte er plötzlich mit dem Stock aus, und der überraschte Ken fiel stolpernd die Treppe hinunter. »Weg mit dir!« schrie der alte Mann. »Bleib mir vom Leib!«

Ken drehte sich zu Teresa um und fragte: »Was habe ich denn falsch gemacht?«

»Nichts«, antwortete Teresa und fing vor Verlegenheit an zu weinen. »Er ist ein alter Mann. Er ist nicht richtig im Kopf. Komm, wir gehen.«

Später, drinnen im Haus, fragte Louise: »Papa, was war denn los?«

»Er ist kein guter Mann«, zischte Philip Benigno. »Das kann ich sehen. Er ist ein Mann mit Vergangenheit.«

»Was rätst du uns?«

»Werft ihn raus.«

Louise schlug die Hände über dem Kopf zusammen; auch sie fing an zu weinen. »Wir befinden uns aber im Jahre 1982. Es ist nicht mehr wie früher. Wenn ich ihn rauswerfe, geht sie mit ihm.«

In diesem Frühjahr verlor Teresa ihre Stelle im Fulton-Zahnpflegezentrum. Die beiden anderen Zahnärzte kritisierten ständig im nachhinein Kens Entscheidungen. Einer von ihnen, Dr. Irwin Azar, prüfte wöchentlich die Bücher nach. Einmal kritisierte er eine Behandlung, die Ken durchgeführt hatte, besonders scharf.

Teresa verteidigte Ken. Es kam zu einem Wortwechsel, und am nächsten Morgen mußte Ken Teresa mitteilen, daß Azar ihre Entlassung forderte.

Es machte ihr nichts aus, sagte sie, sie arbeitete ohnehin nicht gerne dort. Sie war zuversichtlich, eine andere Stelle finden zu können, und tatsächlich wurde sie noch am selben

Tag von einem Zahnarzt auf Staten Island eingestellt. Außerdem glaubte sie, Zeit für sich selbst zu brauchen. Sie hatte wegen Ken angefangen, ihre alten Freunde zu vernachlässigen. Vielleicht sollte sie sich auch weiterbilden.

»Weiterbilden worin?«

Sie wußte es nicht, aber sie hatte genug davon, »die andere Frau« zu sein. Ken hatte immer wieder Astrid als Begründung angeführt, sich nicht scheiden zu lassen. »Heutzutage werden jeden Tag Leute geschieden«, sagte Teresa.

»Und jeden Tag wird Kindern weh getan.«

Teresa wußte immer noch nichts von Emily und ihrer Tochter in Indiana. Sie würde es auch nie erfahren.

Sie beruhigte sich wieder, als er ihr sagte, daß Marilyn und er schließlich einen Anwalt aufgesucht hatten. Ein paar Monate später kündigte er schlechte Nachrichten an. Marilyn hatte ihn informiert, daß der Anwalt gestorben war. »Aber sie hat einen anderen gefunden«, sagte er. »Die Scheidung läuft immer noch.«

Um sie ein bißchen aufzuheitern, nahm er sie mit auf eine Wochenendreise nach Connecticut. Zum ersten Mal machten sie zusammen Urlaub. Louise und Al konnten nichts dagegen tun. Sie verbrachten die Nacht in New London, in einem Motel, in dem Ken schon mit vielen seiner zahlreichen Verhältnisse war, als er noch auf dem Marinestützpunkt stationiert gewesen war. Es war irgendwie merkwürdig, erinnerte er sich später, dort neben Teresa zu liegen und an all die anderen zu denken.

Am 7. Februar 1983, dem Abend von Kens Geburtstag, wartete Teresa in der Küche seiner Wohnung auf ihn. Sie hatte ihm eine teure Stereoanlage und Champagner gekauft. Er hatte zuerst noch Astrid besuchen wollen. Aber er war nicht nach Hause gekommen. Teresa hinterließ ihm einen Brief: *Es ist jetzt halb zehn. Vielleicht ist es dir nicht klar, wie sehr du mich quälst, Schatz. Ich weiß nicht einmal, ob du noch am Leben bist – vielleicht in der Notaufnahme ei-*

nes Krankenhauses, vielleicht in deinem Haus an der Travis Avenue (entschuldige: »Astrids Haus«, wessen Haus auch immer, es ist mir eigentlich egal)... ich habe nicht den Mut, in der Travis Avenue anzurufen, denn vielleicht erfahre ich nur, daß du schon vor längerer Zeit gegangen bist, und das würde dann bedeuten, daß dir wirklich etwas zugestoßen ist... Ich lebe nur für dich. Ich lebe nur für dich und will nur bei dir sein und mein ganzes Leben mit dir verbringen... Ich brauche es einfach, daß du mich in den Arm nimmst und küßt und mir sagst, daß du mich liebst... Schatz, bitte, es ist mir egal, ob du geschieden bist oder nicht. Ich brauche dich, dich allein, und ich werde warten – irgendwann wirst du schließlich geschieden werden. Es ist mir gleich, wenn ich dann zu alt sein werde, um Kinder zu haben. Das macht mir nichts aus, solange du bei mir bist.

Tatsächlich war Ken in dieser Nacht in seinem Haus in der Travis Avenue – im Bett mit Marilyn.

Sie hatte sich von einem Schönheitschirurgen die Brüste vergrößern lassen. Als er vorbeikam, um Astrid zu besuchen, erzählte sie ihm, daß alles gutgegangen war und wollte mit ihm feiern. Sie wollte, daß er als erster das Resultat sah. Mann, dachte er, Frauen waren wirklich komisch. Er war sicher, daß sie die Implantate nur hatte haben wollen, damit sie ihn von Teresa weglocken konnte, weil es ihr leidtat, daß sie ihn die ganze Zeit zurückgewiesen hatte. Na gut, er würde sich ganz besonders anstrengen und ihr zeigen, was sie versäumt hatte.

Am Telefon entschuldigte er sich zerknirscht bei Teresa. Er schwor, es würde nie wieder passieren. Er würde ihr nie wieder weh tun. Die Zeit war so schnell vergangen, als er Astrid besucht hatte, und er hatte es überhaupt nicht bemerkt. Und es gab gute Nachrichten, deshalb hatte er sich so auf seine Tochter konzentriert. Die Scheidung stand kurz bevor. Es ging nur noch um Wochen. Das hatte seine Überraschung für sie sein sollen.

Er schrieb einen Brief an Teresa, den sie finden sollte, wenn sie später in die Wohnung kam: *Vielleicht kannst du mich verstehen und mir verzeihen. Ich könnte dich nie verlassen. Ich hoffe, daß du mir verzeihst... Ich liebe dich von ganzem Herzen und werde dich bald zu meiner Frau machen, wenn du mich immer noch haben willst. Ich bin stärker geworden, und ich schwöre, daß ich dich immer lieben werde. An meinem Geburtstag. Ich liebe dich.*

Meine ganze Liebe, für immer. Ken.

Es gab vieles, was Teresa nie über Ken Taylor erfahren würde. Zum Beispiel, daß er gleich nach seinen Liebesschwüren Marilyn bat, das Scheidungsverfahren rückgängig zu machen. In der vergangenen Nacht war es sehr aufregend mit ihr gewesen, wie in alten Zeiten, es hatte ihn erregt, zu sehen, daß sie ihn praktisch anbettelte, zurückzukommen. Und es gab auch noch anderes zu bedenken. Eine Scheidung würde ihn in der Woche fünfhundert Dollar Unterhalt kosten. Und Marilyn würde das Haus bekommen, das schnell an Wert zunahm. Na gut, sie hatte den größeren Teil der Anzahlung beigesteuert – er war damals immerhin gerade erst von der Marine entlassen worden und schuftete sich halbtot, um seine Karriere in Gang zu bekommen – und die Hälfte der Hypothekenzahlungen, aber es war immer noch nicht fair.

»Ich habe über dich und Astrid nachgedacht«, sagte er zu Marilyn. »Teresa ist so unreif. Vielleicht können wir nochmal drüber reden und wieder zusammenkommen.«

Marilyn zögerte. Das schlimmste war, daß sie »diese Sprechstundenhilfe« gesehen hatte. Teresa war anders als die anderen, die sie nie zu Gesicht bekommen hatte. Seit ihrer Trennung von Ken war ein großer Teil der Spannungen zwischen ihnen verflogen. Er war Astrid gegenüber wirklich liebevoll gewesen und hatte sich gut um das Haus gekümmert, den Rasen gemäht und dergleichen. Sie hatte mit zwei anderen Flugbegleiterinnen über ihre Probleme mit Ken gesprochen, und beide hatten gesagt: »Du weißt doch, wenn ein Kerl zu Hause keinen Sex bekommt, wird er deshalb nicht enthaltsam bleiben.« Sie erinnerte sich daran, was der Psychiater über Kens geringes Selbstwertgefühl gesagt hatte, daß man ihn aufmuntern sollte. Schließlich entschied sie sich aber doch, die Scheidung durchzufechten. Danach konnte man abwarten, was passierte.

Einen Monat später war die Scheidung spruchreif. Und am 27. März, Teresas vierundzwanzigstem Geburtstag, schickte Ken Louise einen Blumenstrauß und dankte ihr dafür, eine so wunderbare Tochter zur Welt gebracht zu haben.

Teresa war sprachlos. Karen Oliveira erinnerte sich, daß Teresa sie angerufen und aufgeregt erzählt hatte, was für eine wundervolle und romantische Geste das gewesen war, wie wundervoll Ken doch war. Weder Karen noch ihre anderen alten Freundinnen von der High-School hatten viel von Teresa zu sehen bekommen, seit dieser Zahnarzt aus Indiana aufgetaucht war. Es sah Teresa so überhaupt nicht ähnlich und war doch gerade deshalb so bedeutungsvoll. Karen, die am Wagner College auf Staten Island hervorragend abgeschnitten hatte, war jetzt in einer Bank tätig und ließ sich von Ken nicht beeindrucken, als sie ihn schließlich kennenlernte. Er kam ihr unnahbar, desinteressiert und selbstgefällig vor, und er trug wenig zu dem Gespräch bei. Sie schloß daraus, daß er für Teresas Zurückhaltung ihren alten Freunden gegenüber verantwortlich war. Karen hatte diese Romanze zunächst nicht besonders ernst genommen. Teresa war eigentlich immer verliebt, eine Heirat schien immer kurz vor der Tür zu stehen. Aber jetzt, als sie von dem Blumenstrauß für Louise hörte, war sie sich ihrer Sache nicht mehr allzu sicher.

Sie machten aus, sich am nächsten Sonntag zum Brunch zu treffen. Als Karen eintraf, war Teresa schrecklich aufgeregt. Sie erzählte Karen eine merkwürdige Geschichte. Ken behauptete, seine Exfrau versuche, ihn um mehr Geld zu erpressen. Sie hatte Fotos, die Teresa nackt an irgendeinem Strand zeigten und die sie an Teresas Eltern schicken wollte.

Teresa hatte die Bilder nicht gesehen. Ken hatte gesagt, er könne es nicht über sich bringen, sie ihr zu zeigen.

»Ich bin noch nie in meinem Leben an irgendeinem Strand nackt herumgelaufen!« sagte Teresa. Wie konnte das sein? Aber einen Moment später beruhigte sie sich wieder. Ken hatte ihr erzählt, er habe sich die Fotos genau angesehen und den Eindruck gewonnen, es seien Fälschungen. Er würde der Erpressung nicht nachgeben.

Was für Spielchen spielt er, dieser Typ? fragte sich Karen. Sie wollte Teresa dasselbe fragen, hielt sich dann aber zurück. Sie wußte, es wäre sinnlos gewesen.

Der Hochzeitstermin wurde auf den 10. Juli 1983 festgelegt.

Ken hatte einfach vorgehabt, zum Standesamt zu gehen oder irgendwo einen Friedensrichter zu suchen. Aber Teresa wollte eine große Hochzeit. »Mach dir keine Sorgen«, meinte sie, »mein Vater wird alles bezahlen.«

Um Louise eine Freude zu machen, versuchte sie zu erreichen, daß der Gottesdienst in der Pfarrkirche St. Charles stattfinden konnte. Aber als der alte Monsignore erfuhr, daß Ken geschieden war, wollte er nichts davon wissen. Schließlich entschieden sie sich für die Reformierte Hugenottenkirche in der Nähe von Kens Wohnung. Ihre Schwester Celeste und die Brautjungfern würden rosa Kleider tragen. Ken sagte, er wolle seinen Bruder Tom zum Trauzeugen, und Teresa wollte seine Maße wissen; alle an der Zeremonie teilnehmenden Männer sollten hellgraue Smokings tragen.

Teresa telefonierte mit Jean und Zach Taylor. Sie erzählte ihnen, wie wahnsinnig glücklich sie war, wie gut ihr Sohn zu ihr war und wie offensichtlich sie das seiner guten Erziehung durch seine Eltern verdankte. Sie konnte es kaum erwarten, sie kennenzulernen. Sie glaubte, das glücklichste Mädchen auf der Welt zu sein.

Jean war ausgesprochen zufrieden. Sie war in Marion mittlerweile als Sonntagsschullehrerin an der Baptistenkirche und im Frauenkreis aktiv und führte jeden Dienstagabend Bibelkurse durch. Teresa Benigno, Katholikin oder nicht, war erheblich besser als diese Stewardeß, die sich ihren »Kenny« geschnappt hatte.

Vor der Hochzeit geschahen einige merkwürdige Dinge, die allerdings kaum auffielen, da alle so intensiv mit den Vorbereitungen beschäftigt waren.

Eine Woche vor der Hochzeit wandte sich Ken an Al Benigno und sagte ihm, daß sein Bruder Tom leider nicht kommen könne. Würde vielleicht Teresas Bruder Phil als Trauzeuge zur Verfügung stehen? Al meinte, da frage er den Falschen, aber Phil war schließlich einverstanden.

Ken äußerte sich nur unklar über die Gründe für Toms Fernbleiben. Tom hatte tatsächlich etwas anderes zu tun. Die brilliante Karriere als Sportler, die seine Eltern für ihn angestrebt hatten, war zu Ende. Kurz nach dem High-School-Abschluß zog er sich beim Training eine Knieverletzung zu. Plötzlich standen keine Stipendien oder Profiverträge mehr in Aussicht. Er zog wieder nach Hause, hatte einen Job nach dem anderen und nahm zunächst Marihuana und Hasch und dann schließlich Kokain, das im Südviertel von Marion leicht zu bekommen war.

Jean und Zach versuchten nie, sein Problem anzusprechen. Es war, als wäre er ein nur widerwillig geduldeter Eindringling in ihrem wohlgeordneten Leben.

Am Mittwochabend – die Hochzeit sollte am Sonntag stattfinden – machte Karen Oliveira Teresa darauf aufmerksam, daß ihr leuchtendblauer Lidstrich nicht ganz passend wäre. Vielleicht sollte sie zu Grabner's, einem Kaufhaus in der Nähe, gehen und sich im Kosmetiksalon schminken lassen? Wenn es ihr gefiele, könnte sie das auch vor der Hochzeit tun. Sie gingen zusammen hin. Und danach geriet Teresa in Panik. Sie war zu spät dran. Sie hatte Ken abholen sollen. Ken würde auf sie warten. Seine Eltern sollten heute ankommen. »Was soll's?« sagte Karen. »Du hast noch etwas für die Hochzeit vorbereitet. Deswegen kann er doch nicht böse sein.« Karen hatte Teresa schon aufgeregt erlebt, aber noch nie derart außer sich. In ihren Augen stand ein merkwürdiger Ausdruck, fast so etwas wie Angst.

Als man Ken nach einer Liste seiner Freunde fragte, nannte er nur die beiden Zahnärzte aus dem Zentrum. Insgesamt sollten bei der Zeremonie hundertfünfzig Gäste anwesend sein.

Auf dem Grillfest, das Al und Louise am Abend vor der Hochzeit gaben, war Jean Taylor sehr reserviert. Sie war, wie sie behauptete, »nicht an diese italienischen Sitten mit all den Umarmungen und Küssen gewöhnt«.

Der Star des Festes war Jeans Mutter, die aus Florida gekommen war. Im Wagen auf dem Weg zur Kirche fragte sie die Brautjungfern: »Macht es den Damen etwas aus, wenn ich rauche?« Als die Mädchen verneinten, seufzte sie und sagte: »Wenn *sie* dabei sind, kann ich nicht rauchen oder trinken, dann kann ich überhaupt nichts tun. Ich kann es kaum erwarten, wieder nach Florida zu kommen, mir die Klamotten vom Leib zu reißen und mich nackt in die Sonne zu legen, mit einem Gin Tonic.«

Der Empfang fand in Dellwood Manor statt, einem Restaurant, das auf Staten Island gern für Familienfeiern genutzt wurde. Das musikalische Thema des Tages war »Love, Look What You've Done To Me«.

Am nächsten Morgen fuhren Jean und Zach Taylor wieder nach Marion zurück. Dort erzählte Jean einem Nachbarn: »Es war eine richtige Hollywood-Hochzeit.«

Marilyn Hope erfuhr von Kens Heirat durch einen Freund, der die Anzeige im Lokalblatt gelesen hatte.

Ken und Teresa verbrachten ihre erste Nacht als Ehepaar in einem Hotel am Kennedy Airport. Dann flogen sie nach

Mexiko, nach Las Brisas, der bekannten Hotelanlage in Acapulco. Es war die Erfüllung von Teresas schönsten Träumen. John F. Kennedy hatte dort mit Jacqueline die Flitterwochen verbracht.

Sie sollten eine Woche dort bleiben.

Am folgenden Sonntagabend fuhren Al und Louise zum Flughafen, um sie abzuholen. Teresa und Ken waren nicht da. Al erkundigte sich am Schalter. Nein, Dr. Kenneth und Mrs. Taylor waren nicht an Bord der Maschine gewesen. Sie hatten nicht einmal gebucht.

Jetzt war es beinahe ein Uhr nachts. Auf dem Rückweg meinte Al: »Es hat ihnen vielleicht so gut gefallen, daß sie noch länger bleiben wollten. Vielleicht sind sie auch noch woandershin gefahren.«

»Und warum haben sie uns nicht angerufen?«

»Ach, weißt du, sie sind wohl beschäftigt. Sie sind doch auf Hochzeitsreise.«

In der Dämmerung wurde Al wach. Louise war nicht im Bett. Er ging in die Küche und sah sie dort am Tisch sitzen. Sie betete einen Rosenkranz.

»Mach dir keine Sorgen«, sagte Al. »Ich werde anrufen, wenn wir nichts von ihnen hören.«

Kapitel Drei

Al Benigno erhielt bei seinem ersten Anruf im Las-Brisas-Hotel am Montagmorgen eine sehr beunruhigende Auskunft. Nach kurzem Schweigen sagte eine Stimme, daß im Hotel kein Dr. Taylor mit Frau gemeldet sei.

Al verlangte, einen leitenden Angestellten zu sprechen. Ein zweiter Mann, der sich als stellvertretender Geschäftsführer vorstellte, sagte ihm, daß die Taylors das Hotel am vergangenen Donnerstag verlassen hätten. Als Al versuchte, weitere Fragen zu stellen, erwiderte der Mann, es tue ihm leid, aber er könne keine Informationen weitergeben. Obwohl der Mann höflich gewesen war, spürte Al, daß es etwas gab, was man vor ihm zurückhielt, ein Zögern im Tonfall des anderen. »Es tut mir leid, Sir, ich kann Ihnen nicht mehr sagen«, betonte der Angestellte.

Als nächstes rief Al beim mexikanischen Konsulat in Manhattan an, wo man ihm zum mexikanischen Fremdenverkehrsbüro verwies. Eine Angestellte dort schlug vor, man sollte den Vertreter der amerikanischen Regierung in Acapulco anrufen. Die Vereinigten Staaten hatten zwar kein Konsulat in diesem Urlaubsort, aber einen Bevollmächtigten. Wenn etwas passiert war, würde er sicher davon wissen. Sie nannte Al seinen Namen, L. J. Bon Urbanek, und seine Telefonnummer.

Al rief ihn sofort an. Er erklärte, daß seine Tochter auf Hochzeitsreise war und daß sie und ihr Mann, Dr. Kenneth Taylor, angeblich vor dem geplanten Abreisetag das Hotel verlassen hatten. Das war alles, was er wußte. Es paßte irgendwie nicht zusammen.

Wie sich herausstellte, wußte Urbanek sehr gut, was geschehen war. Teresa war im Krankenhaus, sie wurde wegen der Folgen »heftiger Schläge« behandelt. Die mexikanische Polizei hatte ihren Ehemann angeklagt, ihr diese Verletzungen zugefügt zu haben.

Al wurde beinahe übel. Er mußte sich am Türrahmen neben dem Telefon in der Küche festhalten.

»Krankenhaus, welches Krankenhaus?«

»Das Centro Medico in Acapulco«, antwortete Urbanek.

»Haben Sie Teresa gesehen?«

»Nein.«

»Haben Sie ihren Mann gesehen?«

»Ja.« Urbanek hatte Ken im Gefängnis aufgesucht. Ken wurde dort noch festgehalten.

»Wie lautet die Telefonnummer des Krankenhauses?«

Nachdem Urbanek ihm die Nummer gegeben hatte, bat er

Al, ihn wieder anzurufen, wenn er irgendwie behilflich sein könnte. Al konnte seinem distanzierten, bürokratischen Unterton entnehmen, daß er hoffte, dieser Anruf würde der einzige bleiben.

Er drehte sich zu Louise um und sagte ihr, was er erfahren hatte. Tränen schossen ihr in die Augen, aber in ihrem Blick lag auch noch etwas anderes: Haß. »Sagte er, Ken hätte sie geschlagen?« fragte sie.

»Das hat die Polizei behauptet.«

Al wählte die Nummer des Krankenhauses. Eine Stimme antwortete in Spanisch. Er könne kein Spanisch, sagte Al. War jemand in der Nähe, der Englisch sprach? *»Espera un momento«,* anwortete die Stimme. Nach einem Augenblick, der Al wie eine Ewigkeit vorkam, sagte eine andere Stimme: »Ja, bitte?« Al bat, seine Tochter sprechen zu können, Teresa Taylor, eine Patientin. Es sei dringend. Nach kurzem Zögern sagte die Person am anderen Ende, daß man Señora Taylor mit dem Rollstuhl zu einem Telefon fahren würde.

Al schloß die Augen. *Mit dem Rollstuhl!*

Dann sagte eine Stimme, so jämmerlich schwach und schleppend, daß er sie kaum hören konnte: »Hallo.«

Al versuchte, ganz ruhig zu klingen.

»Teresa, hier ist Daddy. Teresa, was ist passiert?«

»Ich weiß es nicht.«

»Wie geht es dir?«

»Ich weiß es nicht.«

»Was ist denn mit dir los?«

»Ich weiß es nicht.«

»Wo ist Ken?«

»Ich weiß es nicht.«

Al konnte sich nicht mehr zurückhalten. »Teresa, wie ist es möglich, daß du im Krankenhaus bist und nicht weißt, wieso?«

»Daddy«, flüsterte sie, »ich weiß nur, daß ich im Hotel ins Bett gegangen und im Krankenhaus wieder aufgewacht bin.«

»Teresa, ich werde zu dir kommen, sobald ich kann.«

Er wußte nicht, ob sie ihn gehört hatte. Sie antwortete nicht mehr, und dann war die Leitung tot.

Al rief Celeste und Jeff an. Sie versprachen, gleich vorbeizukommen. Kurz bevor sie eintrafen, klingelte das Telefon. Zu Als Überraschung war es Ken.

»Ken, wo bist du?« fragte Al.

»Im Krankenhaus bei Teresa.«

»Aber man hat mir gesagt, du wärest im Gefängnis.«

»Da war ich auch. Ich mußte mich freikaufen. Fünfhundert Dollar. Ich bin hier angekommen, kurz nachdem du Teresa angerufen hattest.«

»Ken, was ist da los?«

Er und Teresa, erzählte er, hatten in ihrer casita, ihrem Bungalow, geschlafen. Irgendwann mitten in der Nacht waren Einbrecher eingedrungen und hatten Schmuck und Geld gestohlen. Man hatte ihn auf den Kopf geschlagen, er war bewußtlos liegengeblieben, und die Diebe hatten Teresa brutal zusammengeschlagen. Als er wieder zu sich kam, sah er sie in einer Blutlache liegen. Er rief um Hilfe. Dann wurde er wieder ohnmächtig. Als nächstes sah er, wie sich der Hotelarzt und Polizisten über ihn beugten. Teresa wurde ins Krankenhaus gebracht. Ihn hatte man ins Gefängnis geschleppt. Seitdem war er dort unter schrecklichen Bedingungen festgehalten worden, bis man ihn ins Hotel brachte, wo er fünfhundert Dollar aus einem Versteck in seinem Koffer nehmen konnte. Erst nachdem er der Polizei das Geld gegeben hatte, war er entlassen worden. Er war das Opfer sadistischer Erpresser. »Al«, sagte er, »komm her, so schnell du kannst. Und bring viel Geld mit.«

Al sah Louise, Celeste und Jeff an. »Er sagt, er habe es nicht getan. Er behauptet, Einbrecher hätten sie bestohlen und angegriffen.«

»Was soll er auch sonst sagen?« schnappte Celeste. »Du fliegst auf keinen Fall ohne mich nach Acapulco.« Al hielt das für eine gute Idee. Wenn Teresa so schwer verletzt war, würde es sie beruhigen, ihre Schwester bei sich zu haben. Außerdem wollte er nicht gern alleine reisen.

Er rief einen Freund in einem Reisebüro an, der auch die Hochzeitsreise für Teresa und Ken arrangiert hatte. Der Freund versprach, ihnen Tickets zu besorgen und erinnerte Al daran, Geburtsurkunden als einen Beleg der Staatsbürgerschaft mitzubringen. Celeste stöhnte. Als sie in Brooklyn entführt worden war, hatte der Täter ihre Brieftasche mitsamt der Geburtsurkunde mitgenommen. Sie hatte sich nie eine neue besorgt. Dann erinnerte sie sich, daß Teresa eine zweite Urkunde besaß. Sie würde einfach diese Urkunde mitnehmen. Niemand würde den Unterschied merken.

Sie trafen am Dienstag, dem 19. Juli, nachmittags in Acapulco ein. Seit der Hochzeit waren erst neun Tage vergangen. Während des Fluges erinnerte sich Celeste, daß sie zunächst, wie alle anderen, Teresas Affäre mit Ken nicht ernst genommen hatte. Teresa hatte all ihre Freunde geliebt und jeden von ihnen heiraten wollen. Als es offensichtlich wurde, daß es diesmal anders war, sah sie sich Ken genauer an. Sie selbst hielt ihn nicht für etwas Besonderes. Es gefiel ihr nicht, wie abfällig er über New York sprach, immer von »Niggern« und »Spics« redete und sich über den Dreck und die miesen Schulen usw. beschwerte. Derjenige von Teresas Freunden, der ihr am besten gefallen hatte, war Klempner geworden, aber natürlich hatte das Teresa nicht genügt. Vor Ken hatte Teresa nie einen Freund mit College-Abschluß gehabt, das machte Kens Attraktivität aus. Intellektuell befand er sich auf ihrem Niveau, und er war Doktor. Doch selbst als Celeste ihn unangenehm »anders« fand, schrieb sie das seiner Herkunft aus Indiana zu. Er war eben kein New Yorker. Er war »keiner von uns«.

»Wenn dieser Dreckskerl sie angerührt hat, bringe ich ihn mit meinen eigenen Händen um«, sagte sie.

»Celeste, bitte«, beschwichtigte Al Benigno.

Sie nahmen ein Taxi zum Krankenhaus und wurden zu Teresas Zimmer geführt.

Auch ihre schlimmsten Vorstellungen hatten sie nicht auf diesen schreckenerregenden Anblick vorbereitet. Celeste konnte kaum einen Aufschrei unterdrücken. Sie erkannte ihre Schwester nur an ihrem Haar. Die gesamte rechte Seite ihres Gesichts war bandagiert, der Verband bedeckte verschiedene Schnittwunden. Die andere Seite ihres Gesichts war eine geschwollene, bläulich-violette Masse. Das Auge, das nicht verbunden war, war nur noch ein Schlitz. Ihre geschwollenen Lippen war schwärzlich und aufgesprungen. Sie hatte ihren Mund leicht geöffnet, und man konnte die abgebrochenen Stümpfe ihrer Schneidezähne sehen. Auch um den Hals hatte sie einen Verband, an der Kehle, wo sich eine tiefe Schnittwunde befand.

Ken saß neben ihr am Bett. Er stand auf, als sie eintraten. Sie nahmen ihn nicht zur Kenntnis.

Celeste lief zu Teresa hin, griff nach ihrer Hand und drückte sie sanft. »Ich bin da«, sagte sie.

Teresas nicht bandagiertes Auge öffnete sich ein wenig. Sie versuchte zu lächeln. »Hi, Schwesterchen«, murmelte sie.

Immer noch erschrocken starrte Al sie an. Ken stand neben dem Bett, aber es war, als wäre er nicht anwesend.

»Teresa, wie geht es dir?« fragte Al.

»Ich weiß es nicht.«

»Wer hat dir das angetan?«

»Ich weiß es nicht.«

»Die Polizei sagt, Ken wäre es gewesen. War es Ken?«

»Nein.«

»Woher weißt du, daß er es nicht war?«

»Weil er mich liebt.«

»Siehst du«, meinte Ken jetzt, »ich habe es dir doch gesagt.«

Al nahm ihn mit hinaus auf den Flur. Ken wiederholte die

Geschichte, die er schon am Telefon erzählt hatte. Al glaubte ihm. Wie konnte er an den Worten seiner eigenen Tochter zweifeln?

Der Arzt, der Teresa behandelte, kam herein. Er sagte Al, daß das Lid ihres bandagierten Auges tief eingeschnitten war. Man hatte nähen müssen. Glassplitter waren aus dem Auge entfernt worden. Die Operation war gut verlaufen, und er war zuversichtlich, daß das Auge keine dauerhaften Schäden davongetragen hatte. Schlimmstenfalls würde sie einige Zeit nicht so scharf sehen können. Sie war auch im Gesicht und am Hals genäht worden. Es würde Narben geben, aber keine entstellenden. Die beste Nachricht war, daß die neurologischen Befunde normal waren. Man behandelte sie nun noch mit Antibiotika, um Infektionen vorzubeugen.

Wann würde sie imstande sein zu reisen? fragte Al. Der Arzt vertröstete ihn.

Ken war hungrig. Er hatte in den vier Tagen seiner Haft nichts gegessen. Celeste ging mit ihm nach draußen, um ein Restaurant zu suchen.

Als sie nebeneinander die Straße entlanggingen, bekam sie plötzlich Angst. Wenn er und Teresa, wie er behauptet hatte, überfallen worden waren, wieso konnte dieser große, starke Kerl jetzt neben ihr herspazieren, während ihre Schwester schwerkrank im Krankenhaus lag? Es war alles so widersprüchlich! Er hätte sie auf der Stelle umbringen können, und wer würde es je erfahren?

Nachdem Ken und Celeste gegangen waren, kamen vier Männer an die Tür von Teresas Krankenzimmer und winkten Al hinaus. Nachdem Al sich vorgestellt hatte, wiesen sie sich als Polizisten aus. Sie fragten, wo Ken sei, und nachdem Al ihnen die entsprechende Auskunft gegeben hatte, sagten sie, sie würden am nächsten Tag wiederkommen. Al wurde langsam unruhig.

Kurz danach kam ein zweiter Arzt, Dr. Esteban Ortiz Pavon, der als Hotelarzt in Las Brisas arbeitete und Teresa als erster behandelt hatte. »Es ist ein Wunder, daß sie überlebt hat«, sagte er. Als er gesehen hatte, wie sie dort in ihrem Blut lag, hatte er sie zunächst für tot gehalten, bis er einen schwachen Pulsschlag fühlen konnte.

Al hatte an Ken keine sichtbaren Verletzungen bemerkt, und das wunderte ihn. Er fragte Dr. Ortiz, in welcher Verfassung Ken sich befunden hätte. Außer ein paar Kratzern an Händen und Knien, offensichtlich von dem zerbrochenen Glas, das überall auf dem Boden lag, hatte Dr. Ortiz nur noch eine kleine Beule an Kens Kopf feststellen können; nichts, was ärztliche Behandlung erforderte.

Dann ließ Dr. Ortiz die Bombe platzen: Als er auf dem Weg zu Teresas Zimmer gewesen war, hatte ihm eine Schwester von einem Gespräch zwischen den Polizisten erzählt, das sie zufällig mit angehört hatte: Die Polizei wollte unbedingt noch mehr Geld aus den Amerikanern herausholen. Er riet Al, Teresa so schnell wie möglich außer Landes zu bringen.

Nachdem Al dies Ken und Celeste gegenüber wiederholt hatte, betonte Ken, daß dies alles bestätigen würde, was er bisher behauptet hatte. Er war das Opfer einer haarsträubenden Verleumdungs- und Erpressungskampagne.

Al suchte Urbanek, den Bevollmächtigten der amerikanischen Regierung, auf, der meinte, ein Verbrechen läge außerhalb seines Einflußbereiches. Er riet Al, sich an einen Anwalt zu wenden.

Bevor Al nach Acapulco abgeflogen war, hatte ihm ein Nachbar in New Dorp Name und Telefonnummer eines Anwalts in Mexico City gegeben, für den Fall, daß er Hilfe benötigte.

Am nächsten Morgen rief Al diesen Anwalt an. Nachdem er ihm lange zugehört hatte, versprach der Anwalt, sich des Falles anzunehmen und bat Al, zurück zum Krankenhaus zu gehen.

Ein Mann und eine Frau betraten Teresas Zimmer. Die

Frau war eine sehr attraktive Rothaarige, der gutangezogene Mann offensichtlich Mexikaner. Die Frau übernahm das Gespräch. Für Al hörte sie sich sehr amerikanisch an. Sie befragte Ken über den angeblichen Einbruch im Las Brisas. Ken wiederholte seine Version. Als er fertig war, sagte die Frau: »Gut, ich denke, das war's.« Dann überreichte der Mann Ken ein Formular, in dem das Hotel von jeder Verantwortung für den Vorfall entlastet wurde. Ken und Teresa unterschrieben.

Ein paar Minuten später kam Teresas Arzt wieder. Diesmal sagte er, er sei sehr zufrieden mit ihren Fortschritten und sie dürfe das Krankenhaus verlassen.

Verwirrt über diese widersprüchlichen Ereignisse und Aussagen und vor allem darum bemüht, Teresa so schnell wie möglich nach Hause zu bringen, buchte Al Plätze in der Nachmittagsmaschine. Er gab bei der Fluggesellschaft an, daß seine Tochter schwer verletzt war und entsprechend behandelt werden müsse.

Dann tauchte Dr. Ortiz wieder auf. Er bot an, sie zum Flughafen zu bringen. Auf dem Weg dorthin waren Al und Celeste sehr nervös, weil Celeste nicht ihre eigene Geburtsurkunde dabeihatte. Wenn die Polizei sie aufhalten wollte – um mehr Geld aus ihnen herauszuholen, wie Ken immer wieder betonte –, würde der Vorwurf, daß sie unter falschem Namen eingereist war, genügen.

Aber am Flughafen wurden sie einfach durchgewinkt und brauchten keine der üblichen Formalitäten über sich ergehen zu lassen. Teresa wurde im Rollstuhl zum Flugzeug gefahren und an Bord getragen. Sie und Ken erhielten Plätze in der Ersten Klasse. Al und Celeste sollten woanders sitzen. Unmöglich, sagte Celeste. Sie würde bei ihrer Schwester bleiben. Die Besatzung war dieselbe wie auf dem Hinflug, und schließlich erlaubte man Celeste, sich zu Teresas Füßen hinzuhocken.

Als er erst einmal saß und in Ruhe nachdenken konnte,

fiel Al auf, daß offenbar jedermann in Mexiko bestrebt war, sich aus dieser Angelegenheit herauszuhalten.

Während des Fluges nach New York blieb Celeste dicht bei Teresa. Ken gab Teresa Pillen und nahm auch selbst welche. Celeste fragte ihn, welche Art von Arznei das sei. Es war Valium. Man hatte es ihm im Krankenhaus verschrieben, und er schlug vor, Celeste sollte auch welches nehmen. Sie sollten sich alle entspannen. Celeste fragte ihn: »Du hast sie geschlagen, nicht wahr?«, und er erwiderte: »Nein, das habe ich nicht.« Teresa stieß ihre Schwester wütend an.

Sie landeten gegen Mitternacht. Louise brach zusammen, als sie ihre Tochter sah, und mußte von Teresas Bruder Phil gestützt werden. Teresa flüsterte, »Hi, Ma«, was noch mehr Tränen hervorrief, aber diesmal waren es Tränen der Erleichterung. Immerhin hatte Teresa Louise erkannt.

Teresa wurde direkt ins Krankenhaus von Staten Island gebracht. Louise und Phil blieben die ganze Nacht an ihrem Bett. Al ging erschöpft nach Hause, und Celeste tat dasselbe. Ken kehrte in seine eigene Wohnung zurück, nachdem er in der Notaufnahme untersucht worden war.

Die Unterlagen des Krankenhauses geben an, daß Ken um 0.40 Uhr eingeliefert wurde, am 21. Juli. »Patient gibt an, man habe ihn auf den Kopf geschlagen und er habe das Bewußtsein verloren. War zur Zeit des Angriffs in Mexiko. Keine Spuren von Prellungen feststellbar.« In den Unterlagen ist auch festgehalten, daß Ken zwar in »benommenem Zustand« eingeliefert wurde, aber »lebhaft und orientierungsfähig« war, als er ging.

Teresa blieb noch eine Woche im Krankenhaus. Ihre Unterlagen besagen, daß sie außer an den beschriebenen Wunden auch noch unter »rückläufigem Gedächtnisverlust« litt, daß sie »sehr verängstigt« war und »viel Zuwendung« brauchte und daß sie »behauptete, ihr Ehemann habe ihr erzählt, eine Gruppe von Einbrechern wäre in ihren Bungalow eingedrungen und hätte sie zusammengeschlagen«.

Nach Kens Versuchen, Marilyn Hope zum Abbruch des Scheidungsverfahrens zu veranlassen, nach all den Bekundungen, daß er wieder mit ihr zusammenleben wollte, war sie fuchsteufelswild, als ein Freund anrief, um ihr mitzuteilen, daß er eben die Anzeige von Kens Hochzeit in der Zeitung gesehen hatte.

Ken hatte Marilyn gesagt, daß er Astrid eine Woche oder länger nicht besuchen würde, weil er Urlaub machen wollte, vielleicht seine Eltern in Indiana besuchen, und er hatte als Termin für seinen nächsten Besuch Montag, den 19. Juli, ausgemacht. Als er nicht auftauchte, rief sie im Zahnpflegezentrum an. Zuerst sagte man ihr einfach nur, daß er nicht da wäre. Dann erfuhr sie, daß er dort überhaupt nicht mehr zu erreichen war, daß er dort nicht mehr arbeitete.

In ihrem Kopf gingen die Alarmsirenen los. Sie hielt ihn für zu allem fähig. Vielleicht hatte er sich mit Teresa davongemacht, um keinen Unterhalt zahlen zu müssen. Vielleicht sollte sie besser das Haus verkaufen.

Sie wollte die Benignos nicht selbst anrufen, also sprach ihre Schwägerin mit Louise und berichtete danach, daß Ken und Teresa offenbar während ihrer Hochzeitsreise in Acapulco überfallen worden waren, daß sie im Krankenhaus und er in Haft war.

Marilyn wollte diese Nachrichten lieber aus erster Hand hören und entschloß sich nun doch, Louise anzurufen. Louise weinte so sehr, daß es schwer war, ihr eine zusammenhängende Schilderung zu entlocken. Eins wurde allerdings klar: Die Polizei verdächtigte Ken. Dann brach es aus Louise heraus: »Ist Ken einer, der seine Frau schlägt?«

Marilyn zögerte. Sie wußte nicht, was wirklich in Acapulco passiert war. Sie erinnerte sich an die Aussage des Psychiaters in Connecticut, der Angriff auf sie sei ein »einmaliger Vorfall« gewesen. Wie konnte sie jetzt sagen: Also, er hat dies und das getan und damit sein Leben zerstören? Sie war diesen Leuten ohnehin nichts schuldig.

»Ich merke, Sie antworten mir nicht«, sagte Louise.

Und Marilyn Hope entgegnete: »Ken hat mich nie geschlagen.«

Dann, vielleicht drei Tage nach diesem Gespräch, stand Ken vor ihrer Tür, lächelte und meinte, der Rasen müsse gemäht werden. Er würde das sofort erledigen. Sie brauche wirklich einen Mann im Haus.

Er erklärte, sie wären in Acapulco überfallen und ausgeraubt worden. Man habe ihn bewußtlos geschlagen und dann Teresa verprügelt. Er sagte, verschiedene Leute dort unten hätten ihm erzählt, daß die Einbrecher oft mit der Polizei zusammenarbeiteten, damit es so aussähe, als wäre der Ehemann der Schuldige. Dadurch sollte die Stadt aus der Angelegenheit herausgehalten werden und das Tourismusgeschäft keinen Schaden leiden.

Er gab Marilyn die Schuld daran, daß er wieder geheiratet hatte. Wenn sie nur die Scheidung verhindert hätte! Aber sie hatte ihn zurückgewiesen, und Teresa hatte ihr Ziel unbarmherzig verfolgt. Es war wichtig für ihn, glauben zu können, daß sich jemand um ihn sorgte, ihn liebte und achtete. Aber er hatte eingesehen, daß es mit Teresa nicht gutgehen konnte, und er würde sich bald wieder scheiden lassen. »Na gut«, meinte sie eisig, »dann bringst du es besser hinter dich, bevor du Teresa ein Kind gemacht hast und entdeckst, was es bedeutet, für zwei Frauen und Kinder Unterhalt zahlen zu müssen.«

Ken besuchte Teresa jeden Tag im Krankenhaus. Louise hatte die Schwestern auf der Station gebeten, ihre Tochter nie mit ihm allein zu lassen. Praktisch war das allerdings nicht durchführbar. Eine Schwester erinnerte sich, einen Schrei aus dem Krankenzimmer gehört zu haben, und als sie hereinkam, sah sie, wie Teresa auf eine Wand zustolperte. Ken stand in ihrer Nähe. Er behauptete, sie habe versucht aufzustehen und dabei das Gleichgewicht verloren. Der Schwester kam dies zwar merkwürdig vor, aber es gab keine

Beweise für einen Angriff, vor allem sagte Teresa nichts dazu, und die Schwester erwähnte den Vorfall zunächst nicht.

Ken sagte den Benignos, daß er gekündigt habe, weil er während Teresas Rehabilitation bei ihr sein wollte. Er würde später eine eigene Praxis auf Staten Island eröffnen und vielleicht sogar den jungen Phil als eine Art Bürochef einstellen.

Celeste war dabei, als Ken am Telefon jemandem – wahrscheinlich im Zahnpflegezentrum – erklärte, er würde nicht wiederkommen, weil er bei seiner Frau bleiben müsse, die seine Unterstützung brauche. Seine Stimme zitterte, als er Teresas Zustand beschrieb.

Tatsächlich hatte er aber gar keine andere Wahl gehabt als zu kündigen, was keiner der Benignos jemals erfuhr. Während seiner Abwesenheit hatten die beiden Zahnärzte, denen das Zentrum gehörte, Irwin Azar und sein Partner Edward Sutton, entdeckt, daß Ken mindestens fünftausend Dollar in bar und in Schecks unterschlagen hatte – vermutlich waren es sogar um die zehntausend. Sie entschieden sich, ihn nicht anzuzeigen, sie wollten ihn nur loswerden. Um dies nicht ans Licht kommen zu lassen, schrieb Ken einen Kündigungsbrief, den er Al und Louise zeigte. Er erwähnte nicht, daß außerdem die Steuerbehörde die Pfändung seines Gehalts in die Wege geleitet hatte.

Bei einem Abendessen bei den Benignos schilderte Ken detaillierter, was an jenem Donnerstag in Acapulco geschehen war. Beide waren mit einem kleinen Kater aufgewacht. Am Abend zuvor waren sie in der Stadt gewesen, um ein Kleid für Teresa abzuholen. Sie hatten es zwei Tage zuvor gekauft, aber beim Einpacken hatte die Verkäuferin Cola über das Kleid gegossen. Teresa hatte das bemerkt, und es war zu einem Streit zwischen den beiden Frauen gekommen, aber der Ladenbesitzer war sehr zuvorkommend gewesen und hatte ihr versprochen, ein anderes Kleid im selben

Stil am Mittwoch fertig zu haben. Teresa probierte es an und sah hinreißend aus. Danach fanden sie ein nettes Gartenrestaurant und verbrachten »ein paar schöne Stunden«, abgesehen davon, daß sie zu viel tranken.

Am Donnerstag blieben sie den ganzen Tag an dem privaten kleinen Pool, der zu ihrer casita gehörte, und versuchten, einen klaren Kopf zu bekommen. Am Abend fuhren sie in die Stadt zu einem Restaurant, das ein paar Freundinnen Teresa empfohlen hatten. Als sie es schließlich gefunden hatten, war es geschlossen, und sie gingen woandershin. Sie bestellten Getränke und Essen, aber das Essen wurde nicht serviert, obwohl andere Gäste, die nach ihnen gekommen waren, ihr Essen schon hatten. Teresa war wütend geworden, berichtete Ken, und hatte den Oberkellner beschimpft. Nachdem sie das Restaurant verlassen hatten, beruhigte Ken sie wieder, und sie beschlossen, in ein Restaurant in Las Brisas zu gehen, das El Arsenal hieß. Teresa hatte gerade erst einen Bissen von ihrem Salat gegessen, als sie eine Raupe entdeckte. Jetzt war sie wirklich außer sich, denn sie glaubte, ein Stück der Raupe verschluckt zu haben. Sie rannte zur Toilette, sicher, sich übergeben zu müssen, aber es passierte nichts.

Sobald sie jedoch wieder in der casita waren, lief sie direkt ins Badezimmer und übergab sich. Nachdem sie ihre Ringe und ein Armband abgenommen und auf den Nachttisch gelegt hatte, wusch sie sich und ging ins Bett. Ken hatte großen Hunger und bestellte sich etwas beim Zimmerservice. So gegen zehn Uhr überlegte er, ob er noch schwimmen oder gleich ins Bett gehen sollte. Er entschloß sich, schlafen zu gehen; irgendwie spürte er immer noch die Nachwirkungen des vergangenen Abends.

Er legte sich neben die schlafende Teresa. Gerade, als er am Einschlafen war, glaubte er, ein Geräusch von der Glastür her zu hören, die auf den Balkon hinausführte. Er stand auf und schaltete das Licht auf dem Balkon und am Pool ein.

Aber er konnte nichts entdecken, also schaltete er die Lampen wieder aus und ging zurück ins Bett.

Er schlief – vermutlich erst seit ein paar Minuten –, als er einen fürchterlichen Schlag auf den Kopf bekam. Er spürte, daß Hände nach seinen Füßen griffen und man ihn vom Bett zog. Angeblich hatte er noch versucht, sich aufzuraffen, aber dann bekam er einen Karateschlag ins Genick. Danach wurde ihm schwarz vor Augen.

Als er wieder zu Bewußtsein kam, lag er auf dem Boden. Er sah Teresa ganz in der Nähe, ebenfalls am Boden. Sie war blutüberströmt. Auch auf den Wänden war Blut. Auf dem Boden zwischen dem Bett und der Wand lagen überall Glassplitter und Scherben. Er sah das Telefon auf dem Boden und versuchte, über das Glas darauf zuzukriechen. Sein erster Anruf wurde in die Küche durchgestellt. Er versuchte es wieder und erreichte diesmal den Empfang. Er konnte sich nicht mehr erinnern, was er genau gesagt hatte, aber er hatte um Hilfe gerufen. Dann schleppte er sich zu Teresa und suchte ihren Puls. Sie war bewußtlos und blutete stark, aber sie lebte noch. Er hatte Angst, sie zu bewegen. Er wußte nicht, was mit ihrem Hals los war. In seiner Wange, seinen Händen und Knien hatte er Glassplitter. Er ging ins Bad, um sich zu säubern. Dann taumelte er auf den Balkon, um nachzusehen, ob jemand in der Nähe war. Dabei stolperte er über die Schwelle und wurde wieder ohnmächtig. Das nächste, woran er sich erinnerte, war, daß Angestellte des Hotels und dann Polizisten um ihn herumstanden.

»Ich wünsche meinem schlimmsten Feind keinen Aufenthalt in diesem Gefängnis.« Er war in einem Gefängnishof, auf den die Sonne gnadenlos brannte. Überall waren Fliegen und Kakerlaken. Nirgendwo konnte man sich waschen. Die einzige Toilette war ein Loch im Boden. Der Gestank war unerträglich. Schon beim Anblick des Essens wurde einem übel. Es war ihm gelungen, ein paar Dollars einzustecken, und am zweiten Tag konnte er sich ein paar Doughnuts und

Kaffee kaufen. Sie ließen ihn nicht an Teresa schreiben und sagten ihm auch nicht, wie es ihr ging. Sonntag abend wurde ihm schließlich klar, daß er sich den Weg in die Freiheit erkaufen mußte. Er sagte ihnen, daß er im Hotel noch Geld hatte, und am Montagmorgen wurde er nach Las Brisas gebracht, um es zu holen. Er war sicher, daß sie noch mehr wollten, deshalb hatte er Al gebeten, so viel wie möglich mitzubringen.

Louise Benigno hörte sich das alles an, fixierte Ken dabei und fragte dann mit einer gewissen Schärfe in ihrer sonst so sanften Stimme: »Was ich nicht verstehe, ist, wieso dir nichts passiert ist und meine Tochter im Krankenhaus liegt.«

Bei dieser Bemerkung senkte Ken den Kopf, zog seine Schultern hoch und drehte den Kopf langsam hin und her, wobei er mit der Hand über seinen Nacken rieb, als wundere er sich selbst, den Karateschlag überlebt zu haben. Er tat, als wollten sie dieses Wunder nicht begreifen: immerhin hätte er für immer gelähmt sein können, statt jetzt hier mit ihnen am Tisch zu sitzen. »Ich hatte Glück«, sagte er.

Das wahre Wunder bestand darin – so erinnerte sich Celeste –, wie ruhig und kühl er alles aufnahm. Er versuchte nie, sich zu verteidigen, hob nie die Stimme, zeigte nie die geringste Verärgerung, als verstünde er vollständig, daß sie ihm mißtrauten und an ihm zweifelten.

»Der Psychiater im Krankenhaus glaubt, daß du es getan hast«, sagte Louise.

»Was weiß dieser Psychiater denn schon?« antwortete er mit geringschätziger Geste. »Ich weiß. Er ist wie alle anderen auch. Wenn du glauben willst, daß ich es getan habe, glaubst du es eben. Aber warum nimmt keiner ernst, was Teresa sagt?«

Darin bestand der Fehler, den der Psychiater im Krankenhaus auf Staten Island gemacht hatte. Jedenfalls war Karen Oliveira dieser Meinung. Nachdem er mit Ken gesprochen hatte, kam er zu dem Schluß, daß Ken schuldig war. Aber es war ihm nicht möglich, Teresa eine entsprechende Aussage zu entlocken, und er wurde in ihren Augen nur ein weiterer Verleumder ihres Mannes. Teresa schaffte es, sich daran zu erinnern, daß sie »nackte Füße« gesehen hatte, als man sie angriff, aber das war, bevor sie sich völlig zurückzog. »Ken würde mir nie so etwas antun.« Darauf bestand sie und gab abrupt die Sitzungen mit dem Psychiater auf.

Wie beinahe jeder andere war auch Karen überzeugt, daß Ken es getan hatte. »Was ist passiert?« hatte sie ihre beste Freundin gefragt, und Teresa hatte ihr dieselbe Geschichte erzählt wie allen anderen. Aber nicht, was Teresa erzählte, störte Karen, sondern die Art, wie sie es sagte. Normalerweise war Teresa so lebhaft und aufmerksam. Aber wenn das Thema Acapulco aufkam, bekam sie einen abwesenden Blick, als ob ihr Kopf völlig leer wäre, und sie sprach mit monotoner Stimme über die Leute, die in ihr Zimmer eingebrochen waren. Es klang nicht echt, sondern wie auswendig gelernt, als würde sie etwas Vorgekautes wiederholen. Schließlich gab Karen auf. Teresa wollte – oder konnte – sich nicht an die Ereignisse dieses Abends erinnern.

Ebenso wie Karen ging es Celeste. Sie wiederholte wieder und wieder ihre Fragen nach Kens Schuld, bis Teresa sie anfuhr: »Hör endlich auf! Wie würde es dir gefallen, wenn du an meiner Stelle wärest und ich würde davon reden, daß Jeff dich geschlagen hat?«

Celeste erzählte das Louise. »Wir sollten besser damit aufhören, Ma, denn sonst wird Teresa nur wütend und will nichts mehr mit uns zu tun haben. Es ist ihr Mann, dagegen können wir gar nichts tun.«

Das war die schlimmste Befürchtung der Benignos. »Wir dürfen nicht vergessen, wie Teresa zu ihm steht«, sagte Al, als sie im Kreis der Familie darüber sprachen. »Er ist Zahnarzt und findet überall Arbeit. Wenn wir ihn schlecht behandeln, kann er jederzeit wegziehen und Teresa mitnehmen, und wir werden sie nie wiedersehen. Am besten ist es, sie so nahe wie möglich bei uns zu behalten.«

Al dachte wieder und wieder über das nach, was er in Acapulco gehört und gesehen hatte, und es ergab einfach keinen Sinn. Es war schließlich ihre Hochzeitsreise gewesen! Er konnte sich vorstellen, daß sie sich gestritten hatten. Sogar, daß ein Mann seiner Frau eine Ohrfeige gab. Aber er konnte einfach nicht glauben, daß Ken dieses schreckliche Verbrechen begangen haben sollte.

Nachdem Teresa aus dem Krankenhaus entlassen worden war, verbrachten sie und Ken noch beinahe einen Monat bei Al und Louise, in dem Zimmer, das Teresa früher mit Celeste geteilt hatte. Beim geringsten nächtlichen Geräusch schrak Louise auf und horchte auf etwas Verdächtiges. Sie schrieb einen Brief nach Las Brisas und bat um Informationen darüber, was wirklich geschehen war. Der stellvertretende Geschäftsführer schrieb zurück, daß nach seiner Ansicht ebenso wie nach der des Sicherheitschefs Ken der Schuldige war. Louis konfrontierte Teresa nicht mit diesen Informationen. Sie konnte schon hören, wie Ken sagte: Was erwartest du, was sie sagen? Ken versuchte sogar, Al zu überreden, das Hotel für seine unzureichenden Sicherheitsmaßnahmen zu verklagen, aber da dies erfordern würde, nach Mexiko zurückzukehren, war es eine ziemlich leere Geste.

Karen Oliveira spürte noch einen weiteren Verdacht. Um seine neue Praxis einzurichten, hatte Ken mit zwei Zahnärzten auf Staten Island einen Vertrag geschlossen, ihm zwei ihrer Räume und die Einrichtung zu überlassen. Der Vorteil für ihn bestand darin, daß die Praxis bereits eingerichtet war. Aber er brauchte Grundkapital.

Karens Vater war Bankangestellter, und er war mit der Finanzierung des Fulton-Zahnpflegezentrums befaßt gewesen. Teresa bat ihre Freundin, mit ihm über finanzielle Hilfe für Ken zu sprechen.

Karens Vater stand dem nicht besonders wohlwollend gegenüber. Er kannte Karens Ansichten über den Vorfall in Acapulco, und darüber hinaus hatte er Ken zwei-, dreimal getroffen und traute ihm nicht über den Weg. »Es war nichts Bestimmtes«, erklärte er später. »Ich mochte den Burschen einfach nicht.« Aber um Teresas willen, so sagte er Karen, würde er nichts unternehmen, um einen Kredit zu verhindern; er hielt sich zurück und ließ den Antrag durch die üblichen Kanäle laufen.

Das Ergebnis war verblüffend. Man hätte kaum jemanden finden können, der weniger kreditwürdig war als Ken. In Zeiten, wo Kreditkartenunternehmen in einer umfangreichen ausgeklügelten Kampagne versuchten, neue Kunden zu finden, hatte man jede einzelne Karte, die Ken besaß, wieder eingezogen. Bei Sears hatte er Schulden von fast 6000 Dollar. Ken hatte Teresas American-Express-Karte benutzen müssen, um ihre Krankenhausrechnung zu zahlen.

Aber wieder entkam Ken einer Konfrontation. Nachdem Kens Kreditantrag abgelehnt worden war, erzählte Ken ihrer Freundin einfach, daß die Hände ihres Vaters gebunden seien und er nichts für sie tun könne. Schließlich bekam Ken 7500 Dollar von einer Bank in Marion, nachdem Zach die Bürgschaft übernommen hatte.

Weder Jean noch Zach eilten nach Osten, um ihre neue Schwiegertochter im Krankenhaus zu besuchen; sie besuchten sie überhaupt nicht. »Nun ja, wir mußten an die Kosten denken; es wäre nötig gewesen, Urlaub zu nehmen und so«, sagte Zach, und Jean erklärte: »Ich hatte das Gefühl, daß die Benignos und Teresa eine Menge Freunde und Verwandte haben, und wir wären überflüssig gewesen. Und nach dem, was Ken erzählte, ging es *ihm* ja gut.«

Langsam erholte Teresa sich wieder, die Narben in ihrem Gesicht und auf ihrem Hals verblaßten. Ken führte Wurzelbehandlungen durch und überkronte ihre abgebrochenen Zähne. Er wollte eine Wurzel vollständig entfernen; es bestand angeblich die Gefahr, daß sich Abszesse bildeten. Aber sie war dagegen, wollte es auf keinen Fall zulassen. Sie wollte nicht noch ein Loch in ihrem Kopf, sagte sie. Allerdings hatte sie ständige Schmerzen. Ken verschrieb ihr ungewöhnlich hohe Dosen von Kodein.

Sie kehrte zu ihrer Arbeit in der Praxis von Dr. Ronald Avis auf Staten Island zurück. Er freute sich, sie wiederzuhaben.

Und wie die Narben, so schwand auch die Angst, die jeden verstört hatte. »Sie verging einfach mit der Zeit«, erinnerte sich Celeste. »Wir sprachen zwar immer noch darüber, aber als sie gesund wurde, ging das Leben eben weiter, und die ganze Angelegenheit wurde immer mehr beiseite geschoben. Teresa regte sich immer so auf, wenn jemand etwas darüber sagte.«

Einer der wenigen Menschen, die Teresas Erklärungen über den Vorfall in Acapulco Glauben schenkte, war Angela Arone, eine Cousine väterlicherseits. Angela bewunderte Teresa ungemein, und sie hatte schon ganz zu Anfang gesagt: »Teresa würde doch nicht lügen. Wenn sie sagt, daß es so passiert ist, dann stimmt das auch.« Es war gar nicht zu vermeiden, daß auch andere Freunde diese Ansicht übernahmen, mit Ausnahme von Louise, die schlimme Ahnungen hatte, sie aber vor allen verbarg.

Aber dann kam selbst Louise zu einer anderen Sichtweise. Im folgenden Herbst verkündete Teresa, sie sei schwanger. Es war die Katharsis, die alle gebraucht hatten. Acapulco war vergessen.

Ken schien ein anderer Mensch geworden zu sein, stolz und triumphierend, und ständig war er besorgt in der Nähe seiner Frau zu finden. Zum Ärger von Dr. Avis besuchte er Teresa häufig an ihrem Arbeitsplatz und benutzte die Rezeptblöcke dort, um für Teresa Rezepte für Tylenol 3 auszuschreiben, ein Medikament, das Kodein enthielt.

Kens Dreizimmerwohnung würde zu klein sein, wenn das Baby erst da war. Teresa wollte ein Haus. Sie war immer eifersüchtig gewesen, weil Marilyn ein Haus auf Staten Island hatte. Ken wollte am liebsten aufs Land ziehen. Sie sahen sich in New Jersey um und fanden ihr Traumhaus in Monmouth County, in dem Landstädtchen Manalapan Township. Es war ein zweistöckiges Holzhaus mit einem Schindeldach auf einem Eckgrundstück in einer relativ neuen Siedlung. Es hatte sogar einen Swimmingpool. Vom Haus aus konnten beide innerhalb einer Stunde ihren Arbeitsplatz erreichen.

Obwohl das Städtchen immer attraktiver wurde, hatten die Immobilienpreise ein wenig nachgegeben, und es war möglich, den Kaufpreis auf 89000 Dollar herunterzuhandeln. Am 3. Dezember 1983 zahlte Teresa die Anzahlung aus ihrem Sparguthaben.

In diesem Dezember, als er wieder einmal Astrid besuchte, erzählte Ken seiner zweiten Frau, daß er Vater würde. Sie bliebe seine einzige wirkliche Liebe, beteuerte er, und er würde am liebsten wieder mit ihr zusammenleben, aber jetzt war Teresa schwanger, was konnte er schon tun? Er mußte bei ihr bleiben, jedenfalls für einige Zeit.

Am Ende des Jahres kündigte Teresa ihre Stelle bei Dr. Avis. Sie erklärte, ihr Mann brauche sie in seiner eigenen Praxis. Bevor sie ging, vertraute sie ihre Geldsorgen Ann Toppino an, einer anderen Helferin, mit der sie sich angefreundet hatte.

Teresa sagte auch, Ken habe sie überreden wollen, ihre Schwangerschaft abzubrechen.

Kapitel Vier

Im März, kurz nach ihrem fünfundzwanzigsten Geburtstag, bekam Teresa im sechsten Monat vorzeitige Wehen. Man brachte sie schnellstens ins St.-Peter's-Krankenhaus nach New Brunswick.

Dort blieb sie vier Tage. Untersuchungen ergaben, daß der Fötus, ein Junge, gesund war. Man konnte keine körperlichen Ursachen für die frühen Wehen feststellen. Der Gynäkologe nahm nach einem Gespräch mit Teresa an, daß die Sorgen um die Praxis ihres Mannes zu ihrem Zustand beigetragen hatten.

Weiter in Kens Büro zu arbeiten, stand nicht mehr zur Diskussion. Teresa mußte drei Wochen lang ruhen. Auch danach durfte sie nur leichtere Hausarbeit erledigen. Louise und Celeste waren ständig in ihrer Nähe.

Für Teresa war das eine ebenso bittere wie schöne Zeit. Ihre Schwester hatte gerade erfahren, daß sie ebenfalls schwanger war. Kurz nach Kens und Teresas Umzug nach Manalapan kam das benachbarte Haus auf den Markt, und Teresa – begeistert von der Vorstellung, Celeste und Jeff in der Nähe zu haben – versuchte alles, sie zum Kauf zu überreden. Sie sprach sogar mit Karens Vater über eine Hypothek. Aber Jeff, der als Mechaniker bei der Fährgesellschaft arbeitete, konnte sein Konto nicht derart belasten und zog mit Celeste in eine Wohnung in New Dorp, nicht weit von Al und Louise.

Teresa hatte als Folge der Ereignisse von Acapulco Angst davor, allein gelassen zu werden. Als sie ständig liegen mußte, bat sie Al, ein Schloß an der Verbindungstür zwischen Haus und Garage anzubringen. Sie hatte Ken darum gebeten, aber er hatte nie Zeit. Der Aufbau seiner neuen Praxis belastete ihn stark.

Wenn weder Celeste noch Louise Zeit hatten, besonders,

nachdem Teresa wieder für kurze Zeit aufstehen durfte, kümmerte sich ihre Cousine Angela um sie. Angela, die jetzt eine kleine Tochter hatte, war mit Peter Rozek, einem stämmigen Stahlarbeiter polnischer Herkunft, verheiratet und lebte in East Brunswick, etwa zwanzig Autominuten entfernt. Diese Nähe hatte das Band zwischen den beiden Frauen verstärkt.

Angela war eine von Teresas Brautjungfern gewesen, und von allen Menschen in ihrer Umgebung war sie Ken gegenüber am wenigsten kritisch. Er war für sie »ein ziemlich netter Kerl, ruhig, zurückhaltend und klug«. Ihr fiel auf, daß es Teresa war, die Ken deutlich ihre Zuneigung zeigte, ihn in den Arm nahm, ihn küßte oder seine Hand hielt. Es war eindeutig, daß Teresa hier die Gebende war. Aber so etwas passierte eben, wenn man liebte; ihr war es mit Peter im Grunde nicht anders gegangen.

Von allen Bekannten Kens und Teresas waren die Rozeks nach dem Umzug nach Manalapan am häufigsten mit ihnen zusammen. Beide Frauen waren lebhaft und extrovertiert, und ihre Ehemänner, zurückhaltend und sportlich, interessierten sich beide für Golf und Tennis.

Aber ab und zu überschattete der Geist von Acapulco das Leben der Taylors. Im Februar fuhren sie mit den Rozeks und Peters Bruder und dessen Frau am Wochenende in einen Urlaubsort in Pennsylvania. Ihre Zimmer lagen nebeneinander. Bei der Anmeldung bestand Teresa darauf, das mittlere Zimmer zu bekommen. »Wenn etwas passiert«, sagte sie, »werdet ihr es gleich hören.«

Es gab zwei weitere Ereignisse, die Angela damals unbedeutend erschienen. Sie fällte ungern Urteile über Menschen; jeder, so glaubte sie, hatte einmal einen schlechten Tag, und was hinter geschlossenen Türen vorging, ging niemanden etwas an. Aber in den letzten Märztagen trafen sie und ihre Mutter – Teresas Tante – und ihre neun Monate alte Tochter sich mit Teresa zum Essen in einem Einkaufszentrum. Während des Essens nahm Angelas Mutter das Kind mit auf die Toilette, um die Windeln zu wechseln, und Teresa fragte überraschend: »Sag mir mal: Leckt Peter dich auch so gern, wenn du deine Periode hast?«

»Ii, nein«, sagte Angela und starrte sie an.

»Also, Ken tut das.«

»Das ist ja ekelhaft.«

Angela dachte damals, dies könne bei Teresas Schwangerschaft zur Zeit kein aktuelles Thema sein. Bevor eine der beiden mehr sagen konnte, war Angelas Mutter wieder da. Drei Tage später bekam Teresa die vorzeitigen Wehen, und Angela vergaß die Geschichte.

In den Wochen danach redeten die beiden stundenlang am Telefon, wenn es Angela nicht möglich war, Teresa zu besuchen, die immer noch Angst hatte, allein zu sein. »Der übliche Klatsch unter Frauen«, sagte Angela, »über Fernsehserien, über Filmstars, worum es gerade in welcher Serie ging und so.«

Gegen Anfang Mai machte gerade eine erfolgreiche Drogenfahndung Schlagzeilen, und in einem ihrer Gespräche sagte Teresa: »Ken raucht gerne Pot, um sich zu entspannen. Und er kokst. Er macht es, um über den Tag zu kommen.«

»Er behandelt die Leute, wenn er stoned ist?«

»Ja«, sagte Teresa. »Weißt du, die Mehrzahl seiner Patienten werden von der Staatlichen Gesundheitsfürsorge geschickt, es ist eine besonders anstrengende, langwierige Arbeit, und er geht hin und wieder ins Büro und schnupft eine Linie. Er bringt sich beinahe um, weil er die Praxis in Gang bringen will.« Die Telefonrechnung, die Gehälter, ihre Unfähigkeit, zu helfen, all das brachte der Praxis nur Verluste. Der Druck schien niemals nachzulassen.

Zu Hause kokste Teresa hin und wieder mit ihrem Mann. Er hatte ihr erzählt, daß es den Sex noch besser machte, und sie mußte ihm recht geben. Aber sie hörte damit auf, als sie schwanger wurde.

Ken kokst also, dachte Angela. Sie und Peter taten das nicht, aber sie kannte viele andere, die nicht abgeneigt waren.

Angela war gerührt, als Teresa, obwohl sie doch zu Hause bleiben sollte, zum ersten Geburtstag ihrer Tochter am 20. Mai zu Besuch kam. Und sie bemerkte, wie Ken Teresa zu einem Sofa half und darauf achtete, daß sie es auch bequem genug hatte, ihr Essen holte und sie verwöhnte. Angela hatte auch beobachtet, daß er wie ein Wilder am Haus arbeitete, Rosenbüsche, Petunien und Azaleen und im Hof eine Reihe Bäume pflanzte und den Gemüsegarten umgegraben und gedüngt hatte. Sie hielt Ken sogar ihrem Mann als gutes Beispiel vor Augen.

Am 3. Juni gab es eine Überraschungsparty für Teresa in ihrem Haus. Angela erinnerte sich, wie beeindruckt sie von all den Babysachen mit Schaukelpferd-Knöpfen war, die Teresa für ihren Sohn genäht hatte. An diesem Tag trafen sich Peter und Ken zum Golf, und später, als die Party noch im Gang war, schaute Angela aus dem Fenster und sah die beiden im Hof Bier trinken.

Später, als er Angela nach Hause fuhr, berichtete Peter Rozek, daß er einen sehr schwierigen Tag gehabt hatte. Auf dem Golfplatz hatte Ken einen Schlag verpatzt. Peter hatte noch nie gesehen, wie jemand so außer sich geriet. Man verpatzte doch immer mal Schläge, das gehörte sozusagen zum Spiel, aber diesmal war Ken in einen Zustand unglaublicher, unkontrollierbarer Wut geraten, hatte seinen Schläger dreißig oder vierzig Meter weit weggeworfen und war um sich tretend, fluchend und schreiend umhergestampft.

Und dann, als sie wieder zurück waren und im Hof saßen, hatte Ken Teresas Katze genommen – wie hieß sie noch, Cleo? Cleo hatte ihn offensichtlich gebissen, jedenfalls behauptete Ken das. Er hatte also die Katze genommen und sie zweimal an die Garagenwand geschleudert. Peter war sicher, daß das Tier nicht überleben würde, aber zu seiner Erleichterung rannte sie weg und behielt noch sechs Leben übrig. »Verdammte Scheißkatze!« hatte Ken geschrien.

Eine Woche später, am Abend des 10. Juni, telefonierte Teresa gerade mit Angela, als sie plötzlich ausrief: »Ich werde ganz naß. Jetzt ist wohl die Fruchtblase geplatzt.«

Teresa wurde in die Middlesex-General-Universitätsklinik in New Brunswick eingeliefert, kurz nach Mitternacht. Ihre Bauchmuskeln waren vom langen Liegen schwach, und die Wehen waren schmerzvoll und äußerst anstrengend. Sie dauerten über fünfzehn Stunden. Eine Zeitlang sah es so aus, als müsse ein Kaiserschnitt gemacht werden. Aber dann wurde Philip – benannt nach Teresas Bruder und ihrem Großvater – geboren.

An diesem Tag schrieb Ken Teresa einen Brief: *Heute hast du das allergrößte Geschenk mit mir geteilt, das Geschenk des Lebens. Dein Schmerz, deine Qualen, deine Freude und dein Entzücken haben mich mehr motiviert und inspiriert, als du dir je vorstellen kannst. Ich würde lieber sterben als zulassen, daß man dir weh tut. Deine Liebe zu mir ist endlos und so hingebungsvoll. Meine Gefühle für dich sind so tief, daß sie immer ein Teil von mir bleiben werden. Ich muß mein Bestes für dich tun, und das wird auch immer so bleiben. Ich liebe dich so sehr. Ich danke dir, daß du dieses Wunder hast geschehen lassen. Dein Ehemann, der dich immer lieben wird. Ken.*

Angela Rozek erinnerte sich, daß Ken ein »stolzer Vater« war, der die Vorderseite des Hauses in Manalapan mit blauen Papiergirlanden dekorierte und drei Dutzend blaue Ballons an Bäume und Büsche hängte, um die Rückkehr Teresas und des Babys am folgenden Donnerstag zu feiern.

Am nächsten Tag kamen Jean und Zach Taylor aus Marion. Ken zufolge konnte Teresa den Gedanken nicht ertragen, ihre »ständig meckernde, streitsüchtige Mutter« um sich zu haben, ebensowenig wie ihre »lästige Schwester«. So nahmen Jean und Zach hocherfreut Teresas »flehentliche Bitte« an, »ihr mit Rat und Tat zur Seite zu stehen«.

Jean arbeitete in einem Restaurant in Marion, um etwas dazuzuverdienen, aber sie war offensichtlich froh, einspringen zu dürfen. Sie erinnerte sich später, daß sie Teresa nach Louise gefragt hatte, und zitierte Teresas Antwort: »Meine Mutter kommandiert mich die ganze Zeit nur herum«, und was Celeste anging, würde sie ihrer Schwester nicht einmal ihre Katzen anvertrauen, viel weniger ein Baby. Auch Zach behauptete später, bemerkt zu haben, daß »Teresa und Celeste nicht miteinander auskamen. Sobald Teresa achtzehn wurde, war sie ausgezogen und hatte sich ein eigenes Apartment genommen«. Als man ihn darauf hinwies, daß dies nicht der Fall gewesen war, errötete er und sagte: »Na ja, das ist, was Ken mir erzählt hat.«

Für Jean war Teresa zu dieser Zeit ein »reizendes, süßes Mädchen«. Jean freute sich besonders, als sie mit Teresa über ihre Ansichten bei der religiösen Erziehung des Kindes sprach. Teresa war immer noch verärgert, weil der katholische Gemeindepriester sie nicht hatte trauen wollen und weil sie sich auch Kens Gefühlen in dieser Angelegenheit bewußt war, signalisierte sie ihrer Schwiegermutter ihre Offenheit. Es mußte ja nicht unbedingt die Baptistenkirche sein, meinte Jean. Sie würde Teresa Informationen über verschiedene Gemeinschaften schicken. Es gab viele akzeptable protestantische Gruppierungen. Wenn das Kind nur nicht katholisch getauft würde!

Die Teilnehmer an der Überraschungsparty für Teresa hatten einen anderen Eindruck, was die Tage vor der Ankunft Jeans und Zachs anging. Teresa sagte, Ken habe auf der Anwesenheit seiner Mutter bestanden, und sie habe selbstverständlich nachgegeben. Aber das war keine großartige Angelegenheit. Schwiegereltern gehörten zum Familienleben dazu. Sowohl Angela Rozek als auch Karen Oliveira erinnerten sich später, daß Teresa ein wenig kläglich gelacht hatte.

Sie hatte ihre Freundinnen gebeten, lieber keine Schwiegermutterwitze mehr zu erzählen.

Plötzlich war es allerdings nicht mehr so witzig. Jean Taylor war strenge Vegetarierin. Sie zwang zwar den Männern in ihrer Familie ihre Ernährungsvorstellungen nicht auf, aber bei Teresa versuchte sie es. Teresa stillte ihr Baby, und das Kind nahm nicht zu. »Ich verhungere! Ich brauche unbedingt ein bißchen Bier und rotes Fleisch«, beschwerte sich Teresa bei Angela, »ich bekomme nur rohe Möhren und Trauben. Ich kann es kaum abwarten, daß Kens Eltern wieder verschwinden.«

Teresa und das Baby wurden genauestens untersucht, aber man fand keinen Grund für den Gewichtsstillstand. Schließlich wurde das Kind auf Babykost umgestellt, und das Problem verschwand.

Am 6. Juli schloß Ken eine Lebensversicherung über 100 000 Dollar für Teresa ab und zahlte die erste Prämie von 247 Dollar in bar. Teresa wußte davon. Sie hatte eine schwere Geburt hinter sich, und wenn ihr etwas zustoßen würde, konnte Ken von dem Geld die Pflege des Babys und eine Haushälterin bezahlen.

Dann erhielt Ken eine erstaunliche Nachricht. Marilyn wollte das Haus auf Staten Island verkaufen und mit ihrer Tochter nach Pittsburgh ziehen.

Ken versuchte, sie davon abzubringen. Seine Neuigkeiten für Marilyn waren noch verblüffender. Teresa kokste angeblich regelmäßig. Seit Acapulco, seit er ihr Kodein gegen ihre Schmerzen verschrieben hatte, fälschte sie seine Unterschrift auf Rezepten und ebenso auf Schecks, um ihre Sucht zu finanzieren. »Falls du das nicht weißt: Kodein ist mehr als ein Schmerzmittel, mit Kodein kann man den Effekt von Koks verlängern, und es verschafft einem eine sanfte Landung nach dem Trip.«

Obwohl Ken sich niemals vorher über Teresas Drogenmißbrauch geäußert hatte – nicht einmal ihrem Frauenarzt gegenüber –, behauptete er jetzt, dies sei der wahre Grund für ihre vorzeitigen Wehen und ihre Unfähigkeit zu stillen.

Er befand sich an einem wichtigen Punkt. Er wollte Teresa verlassen, das Sorgerecht für das Baby bekommen und wieder zu seiner »Familie«, vor allem zu Marilyn und Astrid, zurückkehren. Er behauptete, Angst um das Baby zu haben.

Marilyn erwiderte nur: »Du mußt verrückt sein, wenn du glaubst, daß dir eine Mutter das Sorgerecht für ihr Kind überläßt.«

»Nein«, sagte Ken darauf, »so wie die Dinge liegen, kann ich nicht glauben, daß Teresa auf dem Sorgerecht bestehen wird. Außerdem führe ich ein genaues Tagebuch über ihren Drogenmißbrauch und ihre Diebstähle, um mich abzusichern. Ich will nur noch abwarten, bis mein Sohn sich gut eingewöhnt hat. Dann werde ich ein neues Leben anfangen.«

Er behauptete, selbst keine Drogen mehr zu nehmen. Er erzählte Marilyn, er habe seine Lektion in Connecticut gelernt, vor allem, was »das Leben, Verantwortung und Sorgfalt« anging. Das Blatt hatte sich gewendet. Er war nun in derselben Situation, in die er sie gebracht hatte.

Später schmückte Ken diese Geschichte noch aus. Teresa war schon kokainsüchtig gewesen, als er sie kennenlernte. Als sie zum ersten Mal zum Fulton-Zahnpflegezentrum in Brooklyn gekommen war, hatte sie ihm Drogen angeboten. Ständig war sie high. Deshalb hatte man sie im Zentrum auch gefeuert. Beliefert wurde sie von ihrem Bruder Phil, der in Manhattan Verbindungen zur Mafia hatte. Wie vor der Hochzeit versprochen, hatte Ken Phil als Bürochef in seiner Praxis angestellt, damit er sich um die Behandlungstermine und die Rechnungen kümmerte. Ken behauptete, er hätte Phil in einem kleinen Apartment über einer der Praxen erwischt, wie er mit Waagen und Plastiktütchen hantierte, um Kokain für den Verkauf vorzubereiten.

Er hatte Teresa angefleht, versucht, sie zu überreden, ihr gedroht – vergeblich. Nichts wirkte. Sie wollte nicht aufhören.

Als Karen Oliveira schließlich davon hörte, erklärte sie: »Ich habe Teresa mein Leben lang gekannt. Wir haben Geheimnisse miteinander ausgetauscht, die wir niemandem sonst anvertraut hätten. Wenn Teresa überhaupt Kokain schnupfte, dann war es wegen Ken. Sie hätte alles für ihn getan.«

Aber außer Marilyn wußte vorerst niemand etwas von Kens Behauptungen. An den Wochenenden kamen Louise und Al und Jeff und Celeste vorbei, um das Baby zu sehen, und saßen am Pool. Teresa trugt oft nur ein Bikinioberteil und Shorts. Al, der an Acapulco dachte, betrachtete sie genau und suchte nach Merkmalen körperlicher Mißhandlung. Aber er konnte nie etwas entdecken.

Gegen Ende August ging Teresa mit der nun im fünften Monat schwangeren Celeste in Staten Island einkaufen. Sie suchten Stoffe für Umstandskleider aus, die Teresa für Celeste nähen wollte. Als sie wieder in Teresas Cutlass Supreme saßen, warf Teresa einen Blick auf die Uhr und sagte: »Mein Gott, es ist schon so spät! Ich muß nach Hause.«

»Es ist doch so schön! Laß uns noch irgendwo einen Kaffee trinken gehen. Ruf Ken doch an und sag ihm, daß du später kommst.«

Teresa weigerte sich. Sie war ganz blaß geworden. »Ich muß gehen.« Celeste fand ihre Reaktion ein bißchen übertrieben, aber irgendwie weckte sie auch Schuldgefühle in ihr, und sie nahm sich vor, auch so eine vorbildliche Ehefrau zu werden wie ihre Schwester.

Am Labor Day-Wochenende fuhren Ken und Teresa mit dem Baby nach Marion. Jean mußte sich einer Darmoperation unterziehen, und Ken wollte bei seiner Mutter sein.

Jean und Zach erinnerten sich beide, daß Teresa ganz verliebt in Marion war. »Wenn mir jemals etwas zustößt«, hatte sie angeblich gesagt, »soll mein Sohn hier aufwachsen«.

Sie ging am Sonntag mit Ken und seinen Eltern in die Baptistenkirche, wo Philip »geweiht« wurde.

Der Pastor, Darrel Parris, erinnerte sich, daß Teresa es wunderbar fand, in einer Kirche zu sein, in die die Leute freiwillig kamen, anders als bei den Katholiken, wo der Kirchgang Pflicht war.

Als sie wieder zu Hause waren, fragte Angela, wie ihr Marion gefallen hatte, und Teresa antwortete, es sei schon in Ordnung, aber ein bißchen langweilig, »du weißt schon, die typische Durchschnittskleinstadt«. Jean sei »ein Fall für die Klapse«, ebenso wie Kens Bruder Tom. Die einzig Normalen schienen Ken und sein Vater zu sein. Als Teresa ihr von der »Weihe« erzählte, fragte Angela: »Meinst du damit, daß das Baby getauft wurde?«

Nein, erwiderte Teresa. Der Pastor hatte es ihr erklärt. Es bedeute, daß Philip der Gemeinde vorgestellt wurde. Es war nichts Offizielles. Man konnte bei den Baptisten nicht getauft werden, bevor man mündig war. Diese Weihe war nur ein erster Schritt. Teresa wußte nicht so recht, was sie tun sollte, aber sie erklärte, daß sie der Katholischen Kirche nie verzeihen würde. Kens Mutter bombardierte sie mit Broschüren, und dann mußte sie ja auch Kens Ansichten berücksichtigen. Sie dachte daran, das Kind vielleicht presbyterianisch zu erziehen, sie fand den Geistlichen in Manalapan sehr nett.

Aber das war nicht ihre Hauptsorge. Am meisten beschäftigte sie, daß Ken sie wieder in der Praxis anstellen wollte. Ohne ihre Mitarbeit würden sie nie aus den roten Zahlen kommen. Teresa war darüber nicht besonders erfreut. Sie wollte lieber ihre Zeit mit dem Kind verbringen, aber sie hatte keine Wahl.

Also arbeitete sie wieder als Assistentin für Ken. Morgens

ließ sie Philip bei Louise und holte ihn nach der Arbeit wieder ab.

Am 29. September geschah etwas, das Angela Rozek wieder an Acapulco denken ließ. Zum ersten Mal hatte sie Zweifel an Teresas Version der Geschichte. In der Woche zuvor hatte sie Geburtstag gehabt, aber nur ganz ruhig mit Peter und ihren Eltern gefeiert. Am 29. wollte Teresa eine Art Nachfeier organisieren. Angela war zum zweiten Mal schwanger, und Teresa wollte Maß für ein paar Kleider nehmen.

Um die Angelegenheit noch festlicher zu machen, lud Teresa auch Al und Louise ein. Sie buk einen Geburtstagskuchen und schenkte Angela ein paar Handschuhe und eine Seidenbluse. Irgendwann am Abend stand Teresa auf, um etwas zu suchen – Angela konnte sich nicht mehr erinnern, was – und öffnete Kens Aktenkoffer.

Plötzlich sagte sie »Oh!« und holte ein paar Ohrringe aus dem Koffer. »Ken, sind das nicht die Ohrringe, die ich in Acapulco hatte? Ich dachte, die wären geklaut worden. Wie sind sie hierhergekommen?«

Angela erinnerte sich, wie Ken Teresa angestarrt hatte. »Du irrst dich«, sagte er. »Das waren andere Ohrringe.«

Teresa blickte völlig verstört auf die Ohrringe in ihrer Hand. Schließlich sagte sie kaum hörbar: »Na gut.«

Was Angela dabei so verwirrte, war, wie schnell Teresa sich gefügt hatte, obwohl sie eindeutig sehr durcheinander gewesen war. »War das nicht merkwürdig?« fragte sie ihren Mann auf der Heimfahrt. »Es ist, als wüßte sie etwas, und wüßte es doch nicht.«

Andere unerwartete Dinge geschahen. Mitte Oktober kam Teresa alleine in die Praxis, nachdem sie Philip bei ihrer Mutter abgegeben hatte, obwohl der Terminkalender voll war.

»Wo ist Ken?« fragte ihr Bruder.

»Gleich nach dem Frühstück wollte er noch etwas einkaufen. Er sagte, er wäre gleich zurück.« Als Ken nicht wieder auftauchte, war Teresa nach draußen gegangen und hatte an der Windschutzscheibe des Autos einen Zettel gefunden. Sie zeigte ihn Phil. Auf dem Zettel stand: »Ich gehe für ein paar Tage weg, um einen klareren Kopf zu bekommen.« Außerdem stand dort: »Meine Praxis ist eine Pleite.«

»Ich nehme an, er ist nach Pittsburgh gefahren«, meinte Teresa. »Dort wohnt seine Exfrau.« Er hatte sich immer wieder darüber beschwert, daß er seine Tochter nicht sehen konnte. Teresa sagte ihm: »Du kannst sie doch einladen, sie ist hier herzlich willkommen.« Er entgegnete, seine Exfrau wäre damit nicht einverstanden. Aber hatte er nicht sogar ein gesetzliches Recht darauf? Kens Antwort war nur ausweichend gewesen.

Teresa hatte den Verdacht, daß es nicht nur um seine Tochter ging. Man konnte schwer sagen, was Ken wirklich dachte und fühlte. Er hatte sogar von Selbstmord gesprochen. Sie wußte nicht mehr, was sie tun sollte, und sie hatte Angst. Trotz der damit verbundenen Demütigung dachte sie ernsthaft über eine Scheidung nach. Sie sprach mit Celeste und auch mit Angela und Karen darüber. Und sie erzählte ihnen noch etwas anderes: Seit einiger Zeit hatte sie Alpträume, in denen sie mexikanische Stimmen hörte.

Während Ken verschwunden war, rief Karen Teresa an. Ihr Vater, der Bankangestellte, hatte von seinen Kunden eine Anzahl Gutscheine bekommen – für Läden wie Gucci und Tiffany. Am nächsten Tag, einem Samstag, würde sie mit ihrer Mutter nach Manhattan fahren, um sie einzulösen. Sie bat Teresa mitzukommen. Erst lehnte Teresa ab, »Ich habe so viel um die Ohren.«

»Genau deshalb sollst du ja mitkommen. Es wird wie in alten Zeiten sein!«

Aber so wurde es nicht. Als Teresa schließlich zustimmte und das Baby in der Obhut seiner Großmutter Louise ließ, war sie bedrückt und abwesend, wie in einer anderen Welt.

Langsam, im Lauf des Tages, kehrte sie jedoch ein wenig zu ihrer alten Lebhaftigkeit zurück und kicherte mit Karen über die unglaublichen Preise in den Läden an der Fifth Avenue. Sie beschlossen ihren Bummel mit einem Tee im Trump Tower. Karen erinnerte sich, wie verblüfft die in der Nähe sitzenden Yuppies reagiert hatten, als Teresa plötzlich ausrief »Na ja, das Geld sind wir glücklich los«. Man starrte sie an, als wären sie Falschmünzer.

Dann erzählte Teresa von den Alpträumen und den mexikanischen Stimmen. Karen dachte zufrieden, vielleicht erinnerte sie sich jetzt wieder und wird den Kerl endlich los.

Ken war tatsächlich nach Pittsburgh geflogen. Doch es war kein so spontaner Entschluß gewesen. Er hatte Marilyn am Abend zuvor angerufen und ihr gesagt, mit welchem Flug er ankommen würde.

Sie hatte ihn mit ihrer Tochter am Flughafen abgeholt. Er hatte eine Kulturtasche und eine Kamera dabei. Sofort fing er an, Fotos von Astrid zu machen. Dann gingen sie in ein Geschäft, wo er seiner Tochter Kleider kaufte.

Er sagte, er wolle eine Nacht bleiben, und dann wurden zwei Nächte daraus. In der zweiten Nacht schlief er mit Marilyn. Er konnte sehen, wie erfreut Marilyn war, daß er sie seiner neuen jungen attraktiven Ehefrau vorzog. Er machte ihr Komplimente über ihre Brustoperation. »Eigentlich wäre das nicht notwendig gewesen«, sagte er. »Mir haben deine Brüste auch vorher gefallen.«

»Weiß Teresa, wo du bist?«

»Das ist mir egal«, sagte er. »Sie ist sowieso bei ihrer Schwester.«

Marilyn fragte: »Du verschwindest, ohne Kleider mitzunehmen, und tauchst drei Tage später einfach wieder auf, und sie sagt nichts dazu?«

»Ihr wird langsam klar, daß unsere Ehe zu Ende geht.«

Marilyn lachte, und er fragte, wieso. Sie hatte an seine Kamera gedacht und wie er ihr einmal erzählt hatte, er ginge noch aus, um die Herbstblätter zu fotografieren. Auch damals war er erst drei Tage später wiedergekommen.

»Das war etwas anderes«, erklärte er. »Damals warst du wirklich ein Biest.«

Teresa erzählte sowohl Angela als auch Celeste, daß Ken zurückgekehrt war und sie um Verzeihung gebeten hatte. Er hatte Astrid unbedingt sehen wollen, und Marilyn hatte es ihm so schwer gemacht. Und dann hatte er sich einfach allein aufgemacht, um über seine Praxis nachzudenken, seine Gedanken zu sammeln. Er hatte ein bißchen Ruhe gebraucht. Er wolle nur das Beste für sie und das Baby.

»Das wäre auch besser so«, erklärte sie. »Ich werde mir so ein Verhalten nicht länger bieten lassen. Wenn er sich nicht ändert, schrecke ich auch vor dem Gedanken an Scheidung nicht zurück.«

Am 9. November, einem Freitag, kam Phil gegen zehn Uhr abends mit seiner Freundin Kathy zu dem Haus in Manalapan. Phil hatte Wein mitgebracht. Ken war sehr aufgekratzt. Stolz erklärte er: »Die Praxis ist jetzt über den Berg.« Er sah eine rosige Zukunft vor sich. Phil war da nicht so sicher. Er hatte einen Stapel von Unterlagen für Nachbehandlungen gefunden, die er Ken zur Durchsicht gegeben hatte und die dieser irgendwo versteckt hatte. Diese Nachbehandlungen waren für jede Praxis lebenswichtig. Was war hier eigentlich los? Was war los mit Ken? Aber Phil wußte, daß jetzt nicht der richtige Zeitpunkt für solche Fragen war. Er würde bis Montag warten.

Phil, seine Freundin und Teresa tranken Wein. Ken trank Jack Daniels. Dann steckte Ken einen Joint an und teilte ihn sich mit Phil. Nach etwa einer Stunde holte Ken ein Päckchen Kokain heraus und zog Linien auf dem Kaffeetisch. Phil würde dies später ziemlich lange leugnen, aber er und Teresa schnupften mit Ken ein paar Linien.

So gegen zwei Uhr gingen Ken und Teresa schlafen. Ken mußte am nächsten Morgen im Büro sein, und Teresa wollte sich mit Cindy Diaz, einer der »Glitzergänse« aus ihrer Schulzeit, treffen und sich einen Stoff in einem Großhandel in Brooklyn ansehen. Phil und Kathy blieben noch bis gegen vier Uhr wach, tranken den Wein aus und gingen dann zum Schlafen ins Gästezimmer. Als sie wach wurden, waren Ken und Teresa schon weg.

Kens Datsun 200 SX war in der Werkstatt, und Teresa hatte ihn zur Arbeit gefahren und dann Cindy abgeholt. Cindys Mann war Fotograf. Er probierte gerade eine neue Videokamera aus und machte sowohl im Haus als auch draußen Aufnahmen von Teresa und dem Baby. Als sie über die Brücke nach Brooklyn hinüberfuhren, stellte Cindy fest, daß Teresa nicht so überschwenglich war wie sonst. Teresa erklärte, sie habe einen kleinen Kater. »Mein Bruder war gestern abend zu Besuch, und wahrscheinlich habe ich zu viel Wein getrunken.« Nach einem Mittagessen in der Stadt fuhr sie Cindy nach Hause, holte Ken ab und fuhr zurück nach Manalapan.

Gegen halb vier an diesem Samstagnachmittag rief Angela an. Teresa hatte ihr gesagt, daß die Umstandskleider fertig waren, und sie hatten ausgemacht, daß Angela um halb sechs herüberkommen sollte. Angela wollte das nur noch einmal bestätigen. Aber Teresa sagte, sie sei müde. »Ich will mich ein bißchen hinlegen. Können wir es um ein paar Stunden verschieben?«

»Wie wär's mit halb acht?« schlug Angela vor.

»In Ordnung.«

Jede Minute dieses Abends würde sich für immer in Angelas Gedächtnis einprägen. Als sie, Peter und ihre Tochter Christie eintrafen, spürte Angela sofort die Spannung. Es war, als hätten Ken und Teresa sich gerade gestritten. Peter bemerkte allerdings nichts.

Angela hatte zwei Kuchen mitgebracht. »Großartig«,

meinte Teresa. »Ich bin am Verhungern.« Während sie geschlafen hatte, hatte Ken ihr etwas zu essen gemacht, »ein Stück Schweinefleisch«.

»Also wirklich«, sagte Ken, »ich habe dir ein komplettes Abendessen gekocht!«

»Ich habe aber immer noch Hunger.«

Teresa schob einen Kuchen in den Kühlschrank und tat den anderen auf den Teller. Angela bemerkte einen halbgerauchten Joint im Aschenbecher. Sie wußte, daß Teresa Marihuana nie gemocht hatte, nicht einmal in der High-School.

Ken war sehr aufgedreht. Er hielt ein Glas Jack Daniels in der Hand – jedenfalls nahm Angela an, daß es Jack Daniels war – und nötigte Peter mitzuhalten, obwohl er wußte, daß Angelas Mann kaum je Alkohol trank. Schließlich stimmte Peter zu, einen »Seven and Seven« zu nehmen – Seagram's 7 Whiskey mit Seven-Up. Ken öffnete alle möglichen Schranktüren und schlug sie wieder zu; er konnte kein Seven-Up finden.

»Genügt Soda?«

»Kein Problem«, meinte Peter. Aber Ken mixte den Drink so stark, daß Peter nach einem Schluck ein Gesicht zog und das Glas auf dem Tisch absetzte, wo es den Rest des Abends unberührt stehenblieb.

Teresa nahm Angela mit in das Zimmer gegenüber der Küche, um ihr die Kleider zu geben. In diesem Zimmer nähte sie. Hier herrschte ein ziemliches Durcheinander, Waschmaschine und Trockner standen da, Kens Golftasche und die Geräte, mit denen er trainierte.

Als Angela das Zimmer betrat, stolperte sie über eine Hantel mit Gewichten, die auf dem Boden lag, und fiel beinahe hin. Ken und Peter standen in der Tür. Angela sagte: »Du meine Güte, Ken, ich hätte mich mit dem Ding beinahe umgebracht«, und er hob die Hantel auf und legte sie neben den Heimtrainer.

Die beiden Männer gingen ins Wohnzimmer und sahen

fern. Peter sagte: »Jetzt fängt bald die Jagdsaison an. Willst du mitkommen?«

»Nein«, meinte Ken, »das ist nichts für mich; ich kann den Gedanken nicht ertragen, die Augen eines Hirsches sehen zu müssen, nachdem ich ihn erschossen habe.«

Von dem Zimmer abgesehen, in dem Teresa für gewöhnlich nähte, und einem anderen Zimmer daneben, das als zweites Gästezimmer eingerichtet werden sollte – es lag schon eine große Rolle Teppichboden darin –, war das Erdgeschoß offen, die Küche ging in die Wohn- und Eßbereiche über.

In der Küche setzte Teresa Kaffeewasser auf und nahm Teller für den Kuchen aus dem Schrank. Angela sprach darüber, wieviel Spaß es gemacht hatte, im vergangenen Februar zusammen ins Wochenende zu fahren. »Wir sollten sowas wieder machen, wenn das Baby erst da ist.«

Ken hatte Philip schon ins Bett gebracht. Christie, die jetzt achtzehn Monate alt war, fing an zu quengeln. Ken fragte sie, ob er sie zu ihrem kleinen Cousin ins Bett bringen sollte. Er trug sie nach oben, und unterwegs setzte er sie auf eine Treppenstufe und bat sie, dort zu bleiben. Er holte seine Kamera und machte ein paar Fotos von ihr. Angela dachte, Ken kann wirklich sehr nett sein.

Bei Kaffee und Kuchen kam das Gespräch auf Sex. Angela erklärte, es wäre wohl unvermeidlich, daß Sex nach einer bestimmten Zeit nicht mehr das Allerwichtigste war, daß dann andere Dinge in einer Beziehung zählten. Ken meinte plötzlich, nach den Prügeln, die er Teresa letzte Nacht verabreicht hatte, würde sie sicher nicht mehr wagen, ihn zurückzuweisen. Angela warf Teresa einen kurzen Blick zu, aber die Miene ihrer Cousine blieb ausdruckslos, und sie nahm an, Ken habe einen ziemlich lahmen Witz gemacht.

Dann erzählte Teresa, daß sie wieder die Pille nehmen wollte, sie aber im letzten Monat vergessen hatte. Ihre Periode war zunächst ausgeblieben, und sie hatte schon gefürchtet, wieder schwanger zu sein, aber dann hatte sie ihre Periode doch noch bekommen.

»Du hast deine Periode bekommen?« fragte Ken.

»Ja, sie ist schon fast wieder vorbei.«

Angela vergaß nie den Blick, den Ken seiner Frau zuwarf. Wenn Blicke töten könnten, dachte sie damals, wäre Teresa auf der Stelle tot umgefallen. Plötzlich fiel ihr wieder ein, daß Teresa ihr erzählt hatte, Ken wolle oralen Sex, wenn sie ihre Periode hatte.

Es gab eine peinliche Pause. Christie fing wieder an, Lärm zu machen. Angela sagte: »Es ist schon spät. Wir müssen jetzt gehen.« Ken versuchte nicht, sie zum Bleiben zu überreden. Teresa meinte, sie wäre wirklich fix und fertig.

Angela half ihr noch, den Tisch abzuräumen. Sie hatten den Kuchen nur halb aufgegessen. »Oh, verdammt noch mal«, fluchte Teresa. Ken hatte die Schachtel schon in den Abfall geworfen. »Sie liegt gleich obendrauf«, sagte Angela, »du kannst sie immer noch verwenden.«

»Auf gar keinen Fall«, erklärte Teresa, holte eine Rolle Alufolie und legte sie auf die Arbeitsplatte. »Kümmer dich nicht um die Teller«, meinte sie. »Das ist keine Arbeit. Ich wasche sie ab, sobald ihr weg seid.« Angela hatte keine Zweifel daran. So war Teresa nun mal. Alles mußte immer fleckenlos sauber sein.

Angela erinnerte sich noch an zwei weitere Dinge. Zum einen war Teresa den ganzen Abend lang nie außer Sichtweite gewesen, sie war nicht einmal zur Toilette gegangen.

Und zum anderen benahm sich Ken ungewöhnlich, als sie gingen. Normalerweise rührte Ken nie auch nur einen Finger, wenn die Rozeks zu Besuch kamen und Christies tragbare Liege, den Laufstall und das Spielzeug ausluden. Aber diesmal war er ganz hektisch, nahm die Liege, klappte den Laufstall zusammen und trug beides zum Auto.

»Seid ihr sicher, daß ihr auch alles habt?« fragte er, als sie gerade abfahren wollten.

Später schaute Angela auf die Uhr. Es war Viertel vor elf. Sie sagte zu ihrem Mann: »War das nicht komisch, daß Ken plötzlich angefangen hat, dir zu helfen?«

»Ja«, meinte Peter Rozek, »es sah so aus, als könnte er es kaum erwarten, daß wir endlich verschwinden.«

Kapitel Fünf

Am nächsten Tag, am Sonntag, dem 11. November, erwarteten Al und Louise Ken und Teresa nicht zum Mittagessen. Teresa hatte erklärt, daß sie an diesem Nachmittag auf der Taufe für das Baby einer anderen »Glitzergans«, Lorraine Taibbi, sein würde. Sie freute sich darauf, die alten Freundinnen wiederzusehen; zu so vielen hatte sie die Verbindung fast verloren. Sie versprach, Louise den ganzen neuen Tratsch zu erzählen, wenn sie Philip Montag früh auf dem Weg zur Arbeit abgeben würde.

Aber Teresa tauchte bei der Tauffeier nicht auf. Das wußten die Benignos zu diesem Zeitpunkt jedoch noch nicht.

Am Montagmorgen wurde es neun Uhr, dann neun Uhr dreißig. Keine Teresa. Louise rief in Manalapan an. Keine Antwort. Na gut, dachte sie, sie sind wohl unterwegs.

Phil Benigno, der immer noch bei Al und Louise wohnte, arbeitete tagsüber für Ken und besuchte danach Abendkurse an der Universität. Er war schon zur Arbeit gegangen. Und auch er fragte sich, als er in Kens Büro saß, was wohl seine Schwester und seinen Schwager aufgehalten hatte.

Gegen 10 Uhr 30 klingelte das Telefon. Es war Ken. Phil hörte ihm ungläubig zu. Ken erklärte, er sei unterwegs. Teresa war angeblich völlig ausgeflippt – der Grund waren Drogen, Kokain und Kodein. Sie hatte sich schließlich ihren Drogenproblemen gestellt und wollte eine Entziehungskur machen. Er hatte sie am Flughafen in Newark abgesetzt und war nun mit dem Baby unterwegs zu seinen Eltern nach Indiana. Teresa hatte es so gewollt. Sie wußte, daß er allein mit dem Kind nicht zurechtkommen würde, und hatte Louise nicht belasten wollen.

Dann wechselte Ken das Thema, als gäbe es dazu nichts mehr zu sagen. Er bat Phil, auf das Büro aufzupassen, dafür zu sorgen, daß der angestellte Zahnarzt am Ball blieb, und seine Termine abzusagen, bis er am Freitag zurück sein würde.

Phil mußte sich anstrengen, zu verstehen, worum es ging. Das war doch verrückt! Gut, er wußte, daß seine Schwester ab und zu mit Ken Kokain schnupfte. Aber wenn es hochkam, nahm sie das Zeug hin und wieder wie er selbst, wie die meisten jungen Leute, die Phil kannte. Sie war doch nicht süchtig! Und das Kodein! Er wußte, daß Ken Teresa Kodein verschrieben hatte, weil sie nach dem Überfall in Acapulco ständig Schmerzen hatte. Aber Ken hatte schon so viele Kodeinrezepte auf Phil ausgestellt und ihm einfach gesagt, er solle das Zeug für ihn abholen, daß Phil sich gefragt hatte, worum es dabei wohl ging. Er dachte, Kodein wäre ein Schmerzmittel. Konnte man von Kodein süchtig werden? Und Ken erzählte ihm etwas Neues über die Vorzüge von Kodein: wenn man es lange genug nahm, blieb es im Blutkreislauf und wirkte wie eine ständige Stimulanz. Er brauchte es, um auf den Beinen zu bleiben, hatte Ken gesagt.

»Wohin ist meine Schwester gegangen?«

»Das wollte sie mir nicht sagen. Sie will allein sein.«

»Verdammt, wie konntest du sie einfach zum Flughafen bringen und dort allein lassen?«

»Phil, deine Schwester kann sehr eigensinnig sein. Das solltest du eigentlich wissen. Sie macht, was sie will.«

»Wann, sagte sie, wird sie zurückkommen?«

»In zwei oder drei Wochen. Sie wollte in drei oder vier Tagen anrufen, wenn sie sich ein bißchen eingerichtet hat. Phil, vergiß nicht, meine Termine abzusagen.«

Phil erinnerte sich später, wie ruhig und gesammelt Kens

Stimme geklungen hatte, als wäre Phil unvernünftig, all diese dummen Fragen zu stellen.

»Hör zu, Phil, noch eine Sache«, fuhr Ken fort. »Teresa möchte nicht, daß Al und Louise sich, äh, irgendwie darüber aufregen, über ihre Drogenprobleme und daß ich sie nur zum Flughafen gebracht habe. Sie meinte, du solltest ihnen sagen, wir hätten uns kurzfristig entschlossen, zusammen für ein paar Tage nach Indiana zu meinen Eltern zu fahren.« Und dann, bevor Phil noch etwas sagen konnte, erklärte Ken: »Ich melde mich wieder« und legte auf.

Phil starrte den Hörer in seiner Hand an und merkte, daß seine Hand zitterte. Er wußte nicht, was er tun sollte. Aber irgend etwas mußte er tun. Seine Mutter würde jeden Augenblick in der Praxis anrufen. Also kam er ihr zuvor und erzählte ihr die Geschichte vom Urlaub in Indiana.

»Sie sind einfach so in Urlaub gefahren?« fragte Louise.

»Ja«, log Phil, »einfach so, Ma. Das hat er gesagt.«

Am Nachmittag konnte Phil es nicht mehr aushalten. Er mußte mit jemandem darüber reden. Er rief Celeste an, aber Jeff ging ans Telefon. Celeste war beim Frauenarzt. Jeff war zu Hause, weil er auf der Fähre Nachtschicht hatte. »Was ist denn los?«

Nachdem Phil ihm alles erzählt hatte, meinte Jeff: »Teresa soll drogensüchtig und zu einer Entziehungskur gefahren sein, und er weiß nicht, wohin?«

»Das hat er gesagt.«

»Phil, deine Schwester soll einen Entzug machen? Doch nicht Teresa! Was für ein Unsinn!«

»Ja, das weiß ich doch.«

»Es hört sich irgendwie komisch an. Er sagte, er bringt das Baby nach Indiana?«

»Ja. Ich weiß einfach nicht, was ich tun soll.«

»Hast du es deiner Mutter schon erzählt?«

»Ich habe ihr gesagt, sie würden Urlaub machen. Das war seine Idee.«

»Mach schon, du mußt ihr alles sagen. Wir müssen rausfinden, was wirklich los ist.«

»Also gut, ich sage es ihr. Aber ich warte, bis ich nach Hause komme. Dad ist immer noch in der Schule. Ma ist ganz allein.«

An diesem Abend gestand Phil Al und Louise, daß die Urlaubsgeschichte eine Lüge war. Al sah, wie Louise ganz grau im Gesicht wurde und in sich zusammensackte.

Sie fing an zu schluchzen. »Acapulco«, sagte sie. »Er hat es wieder getan.«

»Bitte, laß uns erst mal abwarten«, meinte Al. Im Herzen dachte er dasselbe, aber er hatte Angst, Louise noch mehr aufzuregen. Um jeden Preis mußte er die Ruhe bewahren.

Das Telefon klingelte. Aber es war weder Teresa noch Ken. Lorraine Taibbi rief an. War mit Teresa alles in Ordnung? Sie war nicht auf der Tauffeier gewesen, und in ihrem Haus ging niemand ans Telefon.

»Teresa ist überraschend verreist«, sagte Al. Er führte es nicht weiter aus. Er wußte nicht, was er sonst noch sagen sollte. Er fühlte sich so schrecklich hilflos.

»Dieser Bastard«, rief Al und nahm wieder das Telefon und rief die Taylors in Marion an. Zach antwortete. Nein, Kenny war nicht da. Aber sie erwarteten ihn. Schlechtes Wetter hatte ihn aufgehalten. Im Mittelwesten schneite es. Er hatte aus der Gegend von Columbus, Ohio, angerufen. Zach meinte, es würde noch etwa sechs Stunden dauern, bis er in Marion wäre. Er erwähnte Teresa nicht, und Al fragte auch nicht, ob er etwas wisse.

»Er soll mich anrufen, sobald er da ist«, sagte Al.

Gegen 12 Uhr 30 New Yorker Zeit rief Ken aus Marion an. »Dem Baby geht es gut«, sagte er. Er wiederholte die Geschichte, die er schon Phil erzählt hatte. »Teresa war süchtig nach Kokain und Kodein.«

Al erwiderte, das könne er nicht glauben.

»Nun, sie hatte schon lange Probleme mit Drogen«,

meinte Ken, »aber sie hat es vor dir verborgen, weil sie wußte, wie sehr du gegen Drogen bist.«

»Selbst wenn das stimmt«, sagte Al, »kann ich nicht verstehen, wie du sie einfach am Flughafen absetzen und davonfahren konntest, ohne zu wissen, wohin sie überhaupt wollte.«

»So ist deine Tochter nun mal«, erwiderte Ken. »Du weißt doch, wie sie sein kann.«

Es ist, wie wenn man gegen eine Wand anrennt, dachte Al. »Das ist mir egal«, sagte er. »Du hast die Situation völlig falsch eingeschätzt.«

Es gab eine Pause. Dann gab Ken zu, daß Al vielleicht recht hatte. Es war eine Kurzschlußreaktion gewesen. Als Teresa ihre Pläne angekündigt hatte, war er völlig verblüfft gewesen. Vielleicht hätte er ihr nicht nachgeben sollen. Aber jetzt konnte er nichts mehr tun. Seine Stimme wurde wieder optimistischer. Immerhin, sagte er, hat sie versprochen, in ein paar Tagen anzurufen, wenn sie alles arrangiert hat.

»Ich will, daß sie bei der Polizei als vermißt gemeldet wird«, forderte Al.

»Das erledige ich als erstes, sobald ich wieder in Manalapan bin«, sagte Ken. »Sobald ich das Baby meinen Eltern übergeben habe, mache ich mich auf den Rückweg. Mittwoch früh bin ich wieder zu Hause. Bis dahin sollte Teresa sich gemeldet haben.«

An diesem Dienstagmorgen hatte Celeste Unterricht. Obwohl sie Hausfrau und werdende Mutter war, wollte sie ihre Ausbildung fortsetzen, besonders in Englisch. Eines Tages, dachte sie, könnte sie vielleicht Lehrerin werden.

Sie bat Jeff, sie am Nachmittag abzuholen. Sie wurde die Vorstellung nicht los, daß Louise vielleicht recht hatte und es wieder so wie in Acapulco war. Vielleicht hatte Ken Teresa verprügelt, und sie versteckte sich voller Scham und ging deshalb nicht ans Telefon. Vielleicht hatten sie die ganze Geschichte nur erfunden, damit Teresas blaue Flekken und Gott weiß was noch heilen konnte.

Sie würde nach Manalapan fahren und die Wahrheit herausfinden. Sie wußte, es war weit hergeholt, aber es war immerhin eine Hoffnung. Und Hoffnung war alles, was sie haben konnte, Hoffnung, daß nicht noch Schlimmeres passiert war.

Sie parkten einen Häuserblock weiter, so daß Teresa sie nicht entdecken würde, falls sie im Haus war. Sie sahen Kens Datsun in der Einfahrt. Jeff versuchte es an der Vordertür. Sie war verschlossen. Er erinnerte sich, daß die Tür zur Garage meist offen war. So auch diesmal.

Furcht erfüllte Celeste, als sie daran dachte, was sie vielleicht vorfinden würden. Die Tür aus der Garage führte ins Eßzimmer. Die Küche lag direkt vor ihnen. Sie sahen die Reste eines Kuchens auf dem Tisch und eine Rolle Alufolie daneben. Das sah Teresa überhaupt nicht ähnlich. Sie würde keinen Kuchen so offen stehenlassen. Es paßte einfach nicht zu ihr.

Im Wohnzimmer stieß sie auf etwas ähnlich Merkwürdiges. Teresas Schlüsselring lag auf dem Kaffeetisch. Teresa hätte die Wohnung nie ohne Schlüssel verlassen!

Sie sahen im Nähzimmer nach, wo sich auch Kens Bodybuilding-Geräte befanden, und dann in dem Zimmer, das renoviert werden sollte. Jeff bemerkte, daß ein Stück des alten Teppichbodens abgerissen war.

Im ersten Stock, in den beiden Schlafzimmern und den Kinderzimmern, schien alles in Ordnung zu sein. Im Schlafzimmer von Ken und Teresa gab es an der Decke eine Falltür, die zu einem niedrigen Speicher führte. Celeste bat Jeff, dort hineinzuschauen und schloß dann ihre Augen voll schlimmer Ahnungen. Aber auch dort war nichts zu finden.

Sie gingen nach hinten in den Hof, an den Pool. Er war abgedeckt, wegen des Winters. Celeste verlangte, daß Jeff auch unter der Abdeckung nachsah. Wieder nichts. Sie war so gereizt, daß Jeff meinte, »Na, hör schon auf!« Aber sie konnte nichts dagegen tun. Nur in diesem Haus zu sein, strapazierte ihre Nerven schon ungeheuer.

Die Jungen von Teresas Katze Cleo miauten laut. Celeste erinnerte sich, wie sehr Ken Cleo haßte. Sie riefen nach der Katze, aber sie kam nicht. Also fütterten sie die Jungen.

Celeste rief Louise an. Sie erzählte ihr von dem Kuchen und dem Schlüssel.

An diesem Nachmittag nahm Al sich frei, ging zum örtlichen Revier der New Yorker Polizei und erläuterte dort sein Problem. Aber der Diensthabende konnte ihm auch nicht helfen. Teresa war Einwohnerin von New Jersey, und außerdem war ihr Mann derjenige, der eine Vermißtenanzeige aufgeben sollte.

Später, zu Hause, holte Al tief Luft und rief Angela Rozek an. »Es gibt hier ein kleines Problem«, sagte er und versuchte, seine Worte so vorsichtig wie möglich zu wählen. »Teresa ist weg. Ken sagt, er habe sie zum Flughafen in Newark gefahren. Sie brauchte angeblich Hilfe und wollte sich welche verschaffen. Er behauptet, sie sei drogenabhängig.«

Jetzt brach seine Stimme. »Du bist doch am Samstagabend dort gewesen. Was ist denn bloß passiert? Wenn du irgend etwas darüber weißt, daß Teresa Drogen genommen hat, dann sag es uns bitte.«

Angela hörte verblüfft zu. Dann riß sie sich zusammen und sagte: »Onkel Al, es ist überhaupt nichts Derartiges passiert. Du mußt mir glauben, Teresa ist nicht durchgedreht. Sie ist nicht so süchtig.«

Dann ging Celeste ans Telefon und beschrieb ihren Besuch in Teresas Haus. Sie erzählte Angela von dem Kuchen. Angela biß sich auf die Lippen. Was auch immer geschehen war, es mußte passiert sein, gleich nachdem sie und Peter abgefahren waren. Sie erinnerte sich, wie sehr Ken bemüht gewesen war, sie loszuwerden. Und nachdem sie den Hörer aufgelegt hatte, senkte Angela ihren Kopf und betete: »Lieber Gott, bitte laß nicht zu, daß meiner Cousine Teresa etwas passiert ist.«

Am Mittwoch klammerte sich Al an seinen Hoffnungsschimmer.

Celeste hatte mit Cindy Diaz gesprochen, mit der Teresa den vergangenen Samstagmorgen verbracht hatte. Cindy sagte ihr, daß eine andere von Teresas Freundinnen, Irene DeBlasio, am Sonntag von Newark nach Michigan geflogen war. Außer den Rozeks hatten vor allem Irene und ihr Freund in diesem Sommer viel Zeit bei den Taylors in Manalapan verbracht. Irene war Friseuse, und sie hatte im Ausgleich für Zahnbehandlungen Teresas und Kens Haar geschnitten. Vielleicht wußte sie etwas.

Louise rief Irenes Mutter an. Ja, Irene war nach Michigan geflogen, um ihre Schwester zu besuchen, die gerade dorthin gezogen war. Aber man konnte sie nicht erreichen. Die Schwester hatte noch kein Telefon. Irene sollte am Donnerstag spätabends zurückkommen.

Den ganzen Tag hörten sie nichts von Ken. Am Abend rief er schließlich an. Er war endlich zurückgekommen. In der Nähe von New Brunswick hatte er eine falsche Abzweigung genommen, sich verfahren und war dann in einem Stau steckengeblieben. Er hatte nichts von Teresa gehört. Und sie?

»Morgen früh gehe ich gleich zur Polizei. Ich bin fix und fertig. Die lange Fahrt hat mich erledigt.« Er entschuldigte sich, weil er nicht sofort zu ihnen gekommen war, aber er mußte sich ein bißchen ausruhen. »Ich komme vorbei, nachdem ich bei der Polizei gewesen bin.«

Al erzählte ihm, es bestünde die Möglichkeit, daß Teresa mit Irene DeBlasio nach Michigan geflogen sei. Ken hörte sich erfreut an. »Das sind ja großartige Neuigkeiten!« sagte er. Al fügte noch hinzu, daß Celeste und Jeff Irene am nächsten Abend vom Flugzeug abholen wollten. Ken meinte, er wollte auf alle Fälle gerne dabeisein.

Al reichte den Hörer an Louise weiter. Nach einer Entschuldigung, wieso er nicht schon an diesem Abend herübergekommen war, zögerte Ken und fragte Louise dann, ob irgend jemand während seiner Abwesenheit in seinem Haus gewesen war.

»Ja«, antwortete sie, »Celeste und Jeff waren dort, um nachzusehen, ob alles in Ordnung ist. Stimmt irgend etwas nicht?«

»Nein«, sagte er, »mir ist nur aufgefallen, daß die Luke zum Dachboden nicht ganz fest verschlossen war, und ich habe mich gefragt, wieso.«

Louise registrierte verwundert, daß seine Müdigkeit ihn offenbar nicht davon abgehalten hatte, sein Haus gründlich unter die Lupe zu nehmen.

Um 9.14 Uhr betrat Ken das Polizeirevier von Manalapan und gab eine Vermißtenanzeige auf. Er erwähnte nicht, daß Teresas Abwesenheit etwas mit Drogen zu tun hatte. Der Streifenpolizist David Visconti notierte:

Der Ehemann, Mr. Taylor, gab dem Diensthabenden an, daß er am 11. 11. 1984 seine Frau zum Flughafen Newark gefahren hat, weil sie ihm gesagt hatte, sie brauche etwas Abstand. Der Ehemann berichtet, daß sie sich gestreßt fühlte, als Reaktion auf Probleme bei der Arbeit und mit ihrer Familie... Mr. Taylor glaubt, seine Frau könne in Michigan sein. Ihre Freundin, Irene DeBlasio aus Staten Island, ist am 11. 11. 1984 zu ihrer Schwester nach Michigan geflogen.

Danach holte Ken Phil im Büro ab. Sie wollten zum Flughafen fahren und fragen, ob jemand Teresa gesehen hatte. Er hatte zwei Fotos von Teresa bei sich, eins davon zeigte sie mit dem Baby. Auf der Fahrt hielt er einmal an, um einen Sechserpack Bier und Zigarettenpapier zu kaufen. Er kam Phil, der selbst sehr unruhig war, ausgesprochen nervös vor. Er rollte einen Joint und zündete ihn an. Dann bat er Phil, ihm ein Bier zu reichen. Phil lehnte es ab, mitzutrinken, aber er rauchte ein paar Züge und versuchte, sich ein wenig zu entspannen.

In der Abflughalle zeigte Ken die Fotos am Ticketschalter. Ohne Resultat. Sie gingen in ein Restaurant und fragten den Kassierer und ein paar Kellnerinnen und versuchten es dann noch in einer Bar. Immer noch nichts. In der zweiten Bar jedoch sah sich der Barmann die Fotos eine Weile an und erklärte, ja, er habe diese Frau vielleicht gesehen, oder jedenfalls eine, die ihr sehr ähnlich sah, am vergangenen Sonntag. Ken triumphierte über diese offensichtliche Bestätigung seiner Geschichte.

Am frühen Nachmittag kam er zu den Benignos. Als er Louise gegenüberstand, fing er an zu weinen, als wäre er jetzt eins mit ihnen und teilte ihre Trauer. Er versuchte, die Fassung wiederzugewinnen und sagte, er hätte vor lauter Unruhe den ganzen Tag noch nichts gegessen. Louise machte ihm ein Brot. Als er ging, schüttelte er sorgenvoll den Kopf und sagte, »Ich liebe dich, Mom, und ich liebe Teresa. Ich verstehe nicht, wie sie uns das antun konnte.«

Am frühen Abend fuhr er wieder zum Flughafen, um zusammen mit Jeff und Celeste auf Irene DeBlasios Flug zu warten. Er begrüßte sie herzlich und teilnahmsvoll. Aber als sie sich die Ankunftstafel ansahen, konnten sie keinen Flug aus Detroit mit der angegebenen Ankunftszeit finden. Jeff rief Louise an und hörte, daß Irene schon angekommen war und angerufen hatte. Sie war auf einem anderen Flughafen gelandet. Sie erklärte, daß Teresa nicht bei ihr gewesen war und sie keine Ahnung hatte, wo sie sich aufhielt.

Als sie den Flughafen verließen, sagte Ken plötzlich: »Wie kommt es, daß ihr in meinem Haus wart?«

Celeste wich seinem Blick nicht aus. »Wir haben etwas gesucht«, sagte sie, »irgendeinen Hinweis.« Er antwortete nicht, aber sie würde sich immer an sein selbstzufriedenes Gesicht erinnern.

In Manalapan stellte Streifenpolizist Visconti inzwischen

fest, daß die Fluggesellschaften ihre Passagierlisten nur vierundzwanzig Stunden lang aufbewahrten. Es wurden häufig Personen bei der Polizei vermißt gemeldet, und im allgemeinen dauerte ihre Abwesenheit nicht lange. Visconti schrieb in seinen Bericht: »Zur Zeit sieht es so aus, als hätte die Frau ihre Familie verlassen wollen. Gewalt war nicht im Spiel. Der Fall wird abgeschlossen, bis neue Erkenntnisse vorliegen.«

Am Freitagmorgen rief Visconti Ken an und informierte ihn, daß »unter den bestehenden Umständen die Möglichkeiten der Polizei begrenzt« waren und daß der Fall vorläufig abgeschlossen würde.

In seinem Büro erzählte Ken das seinem Schwager als weitere Bestätigung seiner Geschichte. Er nahm einen Packen Briefe mit und erklärte, er wolle einen Patienten in der anderen Praxis behandeln und dann nach Hause gehen, um die Post durchzusehen. Bei all dieser Ablenkung könne er sich nicht auf die Arbeit konzentrieren.

Später am selben Morgen rief Phil Louise an und erzählte ihr, was Ken ihm über den Abschluß des Falles gesagt hatte. Celeste war gerade bei ihrer Mutter. Beide Frauen regten sich über die Nachricht auf, und zusammen riefen sie Visconti an, der zum ersten Mal von dem Vorfall in Acapulco hörte und daß nicht nur die Benignos, sondern auch die Polizei und die Hotelangestellten in Mexiko Ken für den Schuldigen hielten, obwohl man ihn nicht offiziell angeklagt hatte.

Visconti schrieb einen neuen Bericht für seinen Vorgesetzten, Jimmie Potts, und während der üblichen nachmittäglichen Besprechung in der Wache in Manalapan beschloß man, das Verschwinden von Teresa Taylor weiter zu untersuchen. Ein Fahnder, Robert Fausak, wurde mit der Untersuchung betraut.

Gegen fünf Uhr nachmittags rief Celeste Visconti an und

wurde mit Fausak verbunden. Diesmal schrie sie los. Wieso durfte Ken noch frei herumlaufen? Sie war sicher, daß er ihrer Schwester etwas angetan hatte. Wo war ihre Schwester? Was wurde unternommen, um sie zu finden? Sie war so wütend, daß Fausak beinahe aufgelegt hätte. Aber er spürte die Verzweiflung hinter ihren Beschimpfungen. Er beruhigte sie und ließ sich detaillierter von Acapulco erzählen. Das schloß auch eine lebhafte Beschreibung von Teresas körperlichem Zustand ein. Er zuckte zusammen, als er von Teresas ausgeschlagenen Zähnen und den furchtbaren Schmerzen, die sie aushalten mußte, hörte. Er hatte selbst schlechte Zähne und kannte diese Art von Schmerzen. Es gab überhaupt nichts Schlimmeres.

Dann sprach Fausak mit Al. Auf seine ernsthafte Art war Al noch beeindruckender als seine Tochter. Er wiederholte den Verdacht der Familie darüber, was in Acapulco wirklich geschehen war, stellte aber auch klar, daß seine Tochter immer behauptet hatte, ihr Mann habe sie nicht angegriffen. Das machte seine Einschätzung besonders überzeugend.

Fausak saß an seinem Schreibtisch. Er war ein begeisterter Golfspieler und hatte an diesem Morgen ein großes Spiel geplant, vielleicht die letzte Gelegenheit der Saison, achtzehn Löcher zu spielen. Dieser Fall einer vermißten Frau, die man am Flughafen abgesetzt hatte, war ein bißchen ungewöhnlich, aber auf der anderen Seite, dachte er, war in der Polizeiarbeit nichts mehr wirklich ungewöhnlich. Leute verschwanden immer wieder, Jugendliche, Ehemänner, Ehefrauen. Eigentlich hatte er vorgehabt, abzuwarten, was am Wochenende passieren würde.

Statt dessen rief er Ken zu Hause an. »Kann ich einmal bei Ihnen vorbeikommen?«

»Selbstverständlich, wann?«

»Jetzt.«

»Na gut«, sagte Ken, »aber wieso? Ich hatte angenommen, der Fall sei vorläufig abgeschlossen.«

»Sie wissen doch, wie das ist«, antwortete Fausak. »Es gibt immer noch die eine oder andere Unklarheit.«

Die kleine Stadt Manalapan, durch die Fausak jetzt fuhr, war gewaltig gewachsen, seit er bei der Polizei angefangen hatte. Es gab keine eigentliche Stadtmitte, und Manalapan war mehr, was die Zeitungen gerne »eine Schlafstadt« nannten. Im Norden hatten neue Siedlungen die Felder ersetzt. Nach Süden hin, wo das Haus der Taylors stand, in der Valley Road 23, konnte man immer noch leere Grundstücke finden, aber sie wurden schnell weniger. Fausak konnte es sich nicht leisten, dort zu wohnen. Er hatte Glück gehabt, eine kleine Wohnung für sich und seine Frau Joan direkt an der Stadtgrenze zu finden.

Fausak war ein schlanker, engagierter Mann, damals sechsunddreißig Jahre alt, der sich an keine Zeit in seinem Leben erinnern konnte, als er nicht Polizist sein wollte. Er kam aus einer Polizistenfamilie, sein Großvater und zwei Onkel waren Polizisten in Jersey City gewesen, wo er aufgewachsen war, und sein Vater arbeitete als Detektiv für die alte Eisenbahngesellschaft von New Jersey. Nachdem er seinen Abschluß auf dem Delaware Valley College gemacht hatte, bewarb er sich bei der Staatspolizei von New Jersey. Aber dann nahm er zunächst einmal eine Stelle als Lehrer an einer High-School an. Das Gehalt war mehr als tausend Dollar pro Jahr höher, und man hatte selbstverständlich an den Wochenenden frei. Vier Jahre später, als die Gemeinde Manalapan eine eigene Polizeitruppe aufstellte – bis dahin hatte die Staatspolizei hier das Gesetz vertreten –, waren die Gehälter gestiegen, und er bewarb sich. Er arbeitete inzwischen seit zwölf Jahren hier, seit der Gründung der Abteilung, und war einer von drei Zivilfahndern in der 32 Mann starken Truppe. Mit der Bevölkerungsexplosion hatte auch das Verbrechen in Manalapan Einzug gehalten, meist Einbrüche in Privathäuser und Geschäfte und hin und wieder Vergewaltigungen.

Ken begrüßte ihn leutselig. Sie setzten sich einander gegenüber an den Eßtisch. Ken erzählte, daß seine Frau schon seit ein paar Wochen deprimiert gewesen sei, wegen der anstrengenden Arbeit, Schwierigkeiten mit ihrer Familie und wegen des Babys. Er behauptete, es habe zwischen ihnen keine nennenswerten Streitigkeiten gegeben. Drogen erwähnte er nicht. Seine Frau habe gesagt, sie brauche »Abstand«. Als sie ging, habe sie ihre Master-Card und etwa achthundert Dollar Bargeld bei sich gehabt, zweihundert davon hatte er ihr noch gegeben. Ken wußte ziemlich genau, was sie angehabt hatte – einen weißen Pullover, eine weiße Jacke, Calvin-Klein-Jeans und schwarze Lederpumps.

Ken sagte, er habe sie nicht unter dem Druck ihrer Eltern als vermißt gemeldet, sondern weil sie ihn nicht, wie versprochen, nach drei Tagen angerufen hatte. Normalerweise war sie, was das anging, sehr zuverlässig.

Auf Teresas Bitte hin hatte er das Kind zu seinen Eltern in Indiana gebracht, weil ihre Mutter herzkrank war.

Ken fügte hinzu, daß die Möglichkeit bestand, seine Frau könne mit einer Freundin nach Michigan gefahren sein. Als wäre es ihm gerade erst eingefallen, erzählte er, daß sie zwar dem Kind einen Abschiedskuß gegeben habe, aber nicht ihm. Fausak hielt das für eine sehr merkwürdige Auskunft.

Er fragte, ob er sich einmal im Haus umsehen dürfte.

»Selbstverständlich«, entgegnete Ken, »aber wieso?«

»Oh«, meinte Fausak, »manchmal übersehen die Menschen die offensichtlichsten Dinge.«

Im Erdgeschoß schien alles in Ordnung zu sein. Oben bemerkte Fausak, wie gut Teresas Kleiderschrank aufgeräumt war, die Schuhe ordentlich nebeneinander, alle Kleiderbügel in dieselbe Richtung hängend. Es gab ein bißchen Platz, wo man Schuhe weggenommen hatte und Kleiderbügel leer waren. Alles wies auf eine geplante Abreise hin.

Dann fielen ihm im Badezimmer vier Zahnbürsten auf. »Wem gehören die?« fragte er Ken.

»Die beiden rechts sind meine«, sagte Ken, »und die anderen gehören meiner Frau.«

»Nanu«, meinte Fausak, »für jemand mit so schlimmen Zahnproblemen wie Mrs. Taylor ist es doch sehr ungewöhnlich, sie nicht mitzunehmen.«

»Nicht der Rede wert«, erklärte Ken. »Sie hat jede Menge davon, schließlich bin ich Zahnarzt.«

Fausak war auf dem Rückweg zum Revier sehr nachdenklich. Der Ehemann war einfach zu glatt gewesen, hatte zu schnell auf jede Frage eine Antwort gewußt. Und das mit den Zahnbürsten wunderte ihn am meisten. Wenn er selbst wegfuhr, war die Zahnbürste das erste, was er einpackte.

An seinem Schreibtisch stellte Fausak eine Suchmeldung zusammen, die er nach New Jersey, Pennsylvania, Ohio, Indiana und Michigan schicken wollte. Bei der Beschreibung Teresas gab er an, daß ihre beiden Vorderzähne überkront waren. Die Meldung wurde um 23 Uhr 15 durchgegeben. In letzter Minute hatte Fausak hinzugefügt: »Möglicherweise ist da etwas faul.«

Fausak kam gegen Mitternacht nach Hause. Als seine Frau fragte, was ihn aufgehalten habe, antwortete er: »Ich glaube, ich habe meinen ersten Mordfall.«

Um fünf Uhr nachts wurde Fausak vom Klingeln des Telefons geweckt. Es war der Diensthabende aus dem Revier in Manalapan. Es hatte eine Antwort auf die Suchmeldung gegeben, von der Staatspolizei in Pennsylvania. »Sie haben vielleicht etwas«, sagte der Diensthabende. »Ich habe ihnen gesagt, Sie wären gegen 8.30 Uhr hier.«

Fausak blieb wach liegen und dachte über Dr. Kenneth Taylor nach. Lag Taylor auch wach und grübelte? Um acht Uhr war Fausak im Büro. Es gab sogar drei Antworten aus verschiedenen Bundesstaaten, aber sie enthielten nur Bitten um weitere Informationen. Fausak mußte daran denken, wie viele Menschen im ganzen Land vermißt wurden.

Dann rief Gray Millward von der Staatspolizei in Pennsylvania an. Er sagte, daß die Leiche einer weißen Frau, zwischen zwanzig und fünfundzwanzig Jahre alt, in einem Vogelschutzgebiet am Fuß des Hawk Mountain, etwa fünfzig Meilen von der Grenze nach New Jersey entfernt. Es war eine sehr abgelegene Gegend. Die Leiche war vor zwei Tagen, am Dienstagmorgen gegen zehn Uhr fünfzehn von einem Mann entdeckt worden, der Blechdosen aufsammelte – etwa zu der Zeit, als Ken Teresa auf der Polizeistation von Manalapan vermißt gemeldet hatte.

»Die Leiche war in graues Zeug eingepackt, so eine Art Wattierung, wie man sie unter Teppichböden verlegt«, sagte Millward, »und sie steckte in einem gelbbraunen Schlafsack.« Das Opfer hatte schwere Kopfverletzungen erlitten, die ihm mit einem unbekannten stumpfen Gegenstand zugefügt worden waren. Daß am Fundort – einem Straßengraben – fast kein Blut war, ließ darauf schließen, daß man die Frau an einem anderen Ort umgebracht hatte.

Ihr Aussehen entsprach den Angaben in Fausaks Meldung, bis auf die Kleidung. Sie trug einen weißen Pullover, einen beigen Hosenrock und weiße Strumpfhosen, außerdem war da noch eine Damenbinde. Der Hosenrock, Strumpfhosen und die Binde waren heruntergezogen worden bis in Kniehöhe. Der Rock war hinten zerrissen. In ihrem Anus und der Vagina befand sich eine größere Menge Vaseline, ganze Klumpen davon.

»Übel, wie?« fragte Fausak.

»Ziemlich.«

Der Schmuck der Frau, berichtete Millward, bestand aus einer goldenen Pulsar-Uhr mit schwarzem Zifferblatt, einem Ehering, einem Ohrring mit Diamantsplitter (der zweite Ohrring fehlte), einer Halskette mit einem Anhänger in Form einer Zahnbürste und eines Zahns, und einer Halskette mit einem goldenen Anhänger, auf dem »Schwester Nr. 1« eingraviert war.

»Was ist mit ihren Zähnen?« fragte Fausak.

Einer der oberen Vorderzähne war dem Opfer ausgeschlagen worden, sagte Millward. Von dem anderen war ein Stumpf übrig, als wäre dieser Zahn überkront gewesen.

»Ich melde mich wieder bei Ihnen«, sagte Fausak.

Die Staatsanwaltschaft von Monmouth County war für die Gerichtsbarkeit in den 53 Gemeinden, darunter Manalapan, zuständig, und Fausak informierte das Dezernat für Gewaltverbrechen, daß vermutlich ein Mordfall vorlag.

Danach rief er die Benignos an und bekam Louise ans Telefon. »Könnten Sie und Ihr Mann heute früh aufs Revier nach Manalapan kommen?«

Louise fing an zu weinen. »Sie haben sie gefunden, nicht wahr?«

Fausak zog sich auf Formalitäten zurück. »Nein«, erklärte er. Er brauchte noch mehr Informationen. Er fragte nach dem Schmuck, den Teresa vermutlich getragen hatte. Er hatte kaum die Pulsar-Uhr erwähnt, als Louise aufstöhnte: »Meine Tochter, ach, meine arme Tochter!«

Fausak fand sich zum ersten Mal einer solchen Situation gegenüber; er war sehr nervös, und er haßte Ken Taylor schon jetzt. Zum Glück ging dann Al ans Telefon. Sie würden gegen Mittag da sein, sagte er und meinte, daß Celeste vielleicht helfen könnte, was den Schmuck anging.

Dann sagte Celeste, daß Teresa immer einen Anhänger getragen hatte, den sie ihr geschenkt hatte und auf dem »Schwester Nr. 1« eingraviert war. »Warum fragen Sie? Was wissen Sie darüber?« Ihre Stimme wurde schriller.

»Celeste, ich weiß noch beinahe überhaupt nichts. Ich versuche nur, Informationen zu bekommen.«

Fausak rief Millward wieder an und berichtete, daß er später am Tag mit Familienmitgliedern vorbeikommen würde, die die Leiche vielleicht identifizieren könnten.

Als Al und Louise eintrafen, nahm Fausak Al beiseite und sagte: »Wir müssen vielleicht nach Pennsylvania fahren. Sie haben eine Leiche gefunden, auf die die Beschreibung ihrer Tochter paßt. Aber wir können noch nichts mit Sicherheit sagen.« Al erklärte, daß er gern seinen Sohn anrufen und mitnehmen würde.

Sobald Louise von Pennsylvania hörte, brach sie weinend zusammen. »Louise, vielleicht ist sie es gar nicht«, sagte Al. »Wir wissen es noch nicht.«

»Doch, sie ist es«, beharrte Louise. »Du weißt genau, daß sie es ist. Er taugt nichts. Er hat es schon einmal versucht, und jetzt hat er sie umgebracht.«

Fausak entschuldigte sich und rief einen in Erster Hilfe geschulten Mitarbeiter herbei. Er schlug Al vor, daß es vielleicht besser wäre, Louise ins Krankenhaus zu bringen. Aber Louise wollte nichts davon hören. Angela und Peter Rozek kamen aus New Brunswick, und das half ihr ein wenig.

Fausak sprach kurz allein mit den Rozeks. Was hatte Mrs. Taylor am Samstagabend getragen, als sie dort gewesen waren?

»Einen weißen Pullover und einen Hosenrock aus Cord, bräunlich oder so«, sagte Angela. »Hat sie jemand gesehen?«

»Es ist nur, daß wir die Auskunft bekommen haben, daß sie vielleicht Jeans trägt, Calvin-Klein-Jeans.«

»Glauben Sie mir, Teresa würde nie in Jeans verreisen. Sie hat sich zu viele Gedanken wegen ihrer Hüften gemacht.«

Als er wieder den Benignos gegenübersaß, wünschte sich Fausak tausend Meilen weit weg. Er wünschte sich, er könnte etwas Tröstliches sagen.

Schließlich traf Phil Benigno ein. Er umarmte seine Mutter, und Fausak hörte, wie er flüsterte: »Gib die Hoffnung nicht auf, Ma.«

Louise ging mit den Rozeks. Fausak veranlaßte, daß ein Krankenwagen sich in Bereitschaft hielt. Dann fuhren er und Streifenpolizist Visconti mit Phil und Al los. Die Fahrt dauerte zwei Stunden. Am Anfang sagte keiner etwas. Dann fing Al an, von Acapulco zu erzählen, von all den Unklarheiten. Es war schwer zu sagen, wen er überhaupt ansprach – Fausak, Phil, sich selbst?

Nach weiterem Schweigen fragte Al Fausak, wieso er Polizist geworden sei und wie es war, einen solchen Beruf zu haben, und Fausak holte so weit wie möglich aus.

Als sie ihr Ziel erreicht hatten, nahm Millward Fausak beiseite und zeigte ihm ein paar Fotos. Fausak schauderte. Er hatte schon Menschen gesehen, die bei Autounfällen zerquetscht worden waren, aber noch nie jemanden, den man derart zusammengeschlagen hatte. Hoffentlich hat sie nichts mehr gespürt, wünschte er sich, und dann wurde ihm klar, daß sie selbstverständlich schon vom ersten Schlag bewußtlos gewesen sein mußte. Niemand hätte eine solche Grausamkeit bei Bewußtsein ertragen können.

Millward brachte sie zu einem Krankenhaus in Pottsville, der Hawk Mountain am nächsten gelegenen Klinik, wo man die Autopsie vorgenommen hatte. Dort warteten noch weitere Staatspolizisten. Die Leiche wurde in einen Flur vor der Leichenhalle gebracht. Der Pathologe deckte das Gesicht auf.

Phil rührte sich nicht. Er fing an zu weinen. Al trat näher an die Leiche heran. Auch er weinte. »Ja«, sagte er, »das ist meine Tochter.« Er beugte sich vor und küßte sie auf die Stirn.

Der Pathologe warf Phil einen Blick zu. »Ist das Ihre Schwester?«

»Ja, das ist meine Schwester.«

Fausak wandte sich ab. Er hatte sich so sehr gewünscht, daß die beiden hätten sagen können, nein, das ist sie nicht, das ist jemand anders.

Sie mußten den Formalitäten Genüge tun, Fragebögen ausfüllen, Papiere unterschreiben, und noch einmal dasselbe auf der Polizeiwache. Es war beinahe elf Uhr nachts, als sie ihre lange, schweigende Rückfahrt nach Manalapan antraten.

Bevor sie abfuhren, rief Al Celeste an. Jeff ging ans Telefon. Celeste war bei einer Freundin. Al sagte ihm, daß Teresa tot war.

Während Fausak in Pennsylvania war, traf Lieutenant William Lucia, der stellvertretende Leiter des Dezernats für Gewaltverbrechen bei der Staatsanwaltschaft, auf dem Revier in Manalapan ein. Er brachte Guy McCormick mit, einen seiner besten Fahnder. Bevor er zur Staatsanwaltschaft gegangen war, hatte McCormick zur Polizeitruppe von Manalapan gehört. Er hatte schon mit Fausak zusammengearbeitet und kam gut mit ihm aus.

Um eines mußten sie sich sofort kümmern. Ken Taylor war nirgendwo zu finden. Ein Streifenwagen war dreimal an seinem Haus vorbeigefahren. Es gab keine Spur von ihm oder von Teresas Wagen. Er war auch nicht in einer seiner Praxen auf Staten Island.

Die Beunruhigung wuchs, als Fausak meldete, daß die Leiche identifiziert worden war. Sie wollten Taylor, und sie wollten das Auto. Laut Fausak hatte die Staatspolizei sofort nach dem Auffinden der Leiche Umfragen angestellt. Ein Zeuge berichtete, den Cutlass – Teresas Auto – in der Nähe des Vogelschutzgebietes gesehen zu haben. Ein Mann habe am Steuer gesessen, allein. Er glaubte auch, das Nummernschild von New Jersey an dem Wagen erkannt zu haben. An die Nummer selbst konnte er sich nicht erinnern, nur an eine ›6‹ in der Mitte. Das Nummernschild des Cutlass war 464 YEE.

Gegen acht Uhr trat ein neuer Fakt hinzu. Peter Vanderweil, ein Lieutenant der Polizei von Manalapan, nahm einen Anruf entgegen. Er kam von einem Mann namens Robert Negliaccio von der städtischen Polizei von New York, der auf Staten Island stationiert war. Er sagte, er wäre sowohl ein Freund als auch ein Patient von Dr. Kenneth Taylor.

Taylor hatte ihn angerufen und ihn gebeten, bei der Suche

nach seiner Frau behilflich zu sein. Sie sei davongefahren, »völlig durchgedreht vor lauter Drogen«. Dies war das erste Mal, daß die Beamten in New Jersey etwas von Teresas angeblichem Drogenmißbrauch hörten.

Negliaccio wollte sich über den Stand der Ermittlungen informieren. Konnte er irgendwo helfen?

Alle hielten das für von Ken inszeniert. Selbst wenn dieser Negliaccio war, was er behauptete, was wollte er dann?

Vanderweil war vorsichtig. Er sagte nichts von dem Fund und der Identifzierung der Leiche. Die Suche nach Mrs. Taylor ging weiter. Hatte er eine Ahnung, wo sich Dr. Taylor aufhielt?

Ja, vielleicht, antwortete Negliaccio. Taylor hatte ihm eine Nummer in Pittsburgh gegeben, unter der man ihn vielleicht erreichen konnte.

Als man die Nummer ausprobierte, war am anderen Ende nur eine Frauenstimme von einem Anrufbeantworter zu hören, die erklärte, daß niemand zu Hause war. Man rief Fausak in Pennsylvania an und bat ihn, die Staatspolizei um Hilfe zu bitten. Die passende Adresse zu der Nummer wurde herausgefunden, aber als die Polizei dort ankam, fand man nur ein kleines leeres Bürogebäude. Kein Cutlass war zu sehen, weder auf dem Parkplatz noch vor den Nachbargebäuden. Später erfuhren die Beamten, daß man kein aktuelles Adressenverzeichnis verwendet hatte. Die Nummer war in diesem Gebäude längst abgemeldet und neu vergeben worden, aber zu diesem Zeitpunkt war das nicht mehr von Interesse.

Kurz nach Mitternacht rief McCormick Celeste an. Sie schrie: »Er hat sie umgebracht, er hat meine Schwester umgebracht!«

»Die Polizei tut alles Menschenmögliche, um Dr. Taylor zu finden«, sagte McCormick. »Er ist nicht in Manalapan. Haben Sie eine Ahnung, wo er sich aufhalten könnte?«

»Versuchen Sie es bei seinen Eltern in Marion, Indiana«,

sagte Celeste weinend und gab ihm die Nummer von Zach und Jean.

Zach Taylor nahm den Anruf entgegen. McCormick teilte ihm mit, daß man die Leiche seiner Schwiegertochter entdeckt habe und seinen Sohn so schnell wie möglich sprechen müsse.

Zach fragte, ob Teresa an einer Überdosis Drogen gestorben war.

Zu diesem Zeitpunkt, erklärte McCormick, verfüge er noch nicht über genug Details. Er wollte auf keinen Fall den Hauptverdächtigen in die Flucht schlagen.

Zach sagte, er wolle versuchen, Ken zu erreichen. Er war sicher, daß er seine Tochter in Pittsburgh besuchte, aber er hatte die Adresse nicht. Sein Sohn hatte das kleine Mädchen sehr gern, erklärte Zach. Er erwähnte nicht, daß Jean und er das Kind nur einmal gesehen hatten, als sie wegen Kens Heirat mit Teresa in den Osten gekommen waren.

Gegen ein Uhr nachts kam Fausak aus Pennsylvania nach Manalapan zurück. Al und Phil fuhren nach East Brunswick, um sich mit Louise und den Rozeks zu treffen. Ein paar Minuten später rief Ken an.

Lieutenant Vanderweil sagte, zu seinem Bedauern müsse er ihn vom Tod – von der Ermordung – seiner Frau unterrichten. Er sprach ihm sein Beileid aus. Ken fing an zu weinen. Wo war es passiert? Unter welchen Umständen? Wußten sie, wer Teresa umgebracht hatte?

Im Augenblick hatten sie noch keinerlei Hinweise, sagte Vanderweil. Daher brauchten sie dringend seine Hilfe. Es war unbedingt notwendig, den Weg seiner Frau vom Flughafen ab zu rekonstruieren. Vanderweil wollte, daß Ken überzeugt war, die Polizei glaube seine Geschichte.

»Lassen Sie mir etwas Zeit, alles zu organisieren«, bat Ken. Dann fügte er hinzu, er würde um acht Uhr morgens einen Flug von Pittsburgh nach Newark nehmen.

»Sollen wir Sie abholen?«

»Nein«, meinte Ken, »ich habe meinen Wagen am Flughafen geparkt. Ich fahre selbst zurück. Ich werde sicher noch vor zehn Uhr auf dem Revier sein. Hoffentlich kann ich Ihnen helfen.«

Zum zweiten Mal in dieser Woche war Ken bei Marilyn Hope in Pittsburgh gewesen.

Als er eine Woche zuvor angekündigt hatte, er würde sie besuchen, hatte sie erklärt, sie plane, mit Astrid einen Urlaub in Florida zu machen. Als sie Sonntagnacht spät zurückkamen, funktionierte ihr Anrufbeantworter nicht mehr. Montags rief sie ihn in seinen beiden Praxen auf Staten Island an. In einer erklärte man ihr, er sei im Urlaub, in der anderen hieß es, er sei wegen eines Notfalls nach Indiana gereist.

Am Dienstag rief er sie aus Marion an. Er habe schon vorher versucht, sie zu erreichen.

»Was machst du in Marion?« fragte sie.

»Teresa ist abgehauen«, erklärte er, »bis unter die Haarspitzen voll mit Kokain.« Sie wollte einen Entzug machen, also hatte er das Baby zu seiner Mutter gebracht. Er würde am Nachmittag nach Pittsburgh fahren.

Eigentlich sollte sie an diesem Abend an einer Elternversammlung teilnehmen. Die Lehrer streikten. Aber sie würde den Termin fallenlassen.

Ken traf gegen Mitternacht ein. Sie machte ihm ein überbackenes Käsebrot.

Er erzählte, Teresas Eltern verlangten, daß er sie bei der Polizei als vermißt meldete. Was hielt sie davon?

»Wie kann man jemanden vermißt melden, der angekündigt hat, daß er gehen will?« fragte sie. »Wohin wollte sie denn überhaupt? Was hatte sie vor?«

Er erzählte, daß er sie am Flughafen abgesetzt hatte.

»Und sie hat nicht gesagt, wohin sie gehen will?«

»Nein.«

Dann meinte er, er habe das Gefühl gehabt, sie wolle sich nur irgendwo in einem Hotel verstecken. Tatsächlich habe er ihr gesagt, er wolle gleich wieder nach Hause gehen, weil er hoffte, daß sie ihn anrufen würde und ihn bitten, sie wieder abzuholen.

Aber dann hatte er sich entschlossen, das Baby zu seiner Mutter zu bringen. Sie hatten das ausführlich besprochen. Es war das Beste für das Kind. Und eins war sicher: Zwischen ihm und Teresa war alles aus, für immer. »Es hat einfach nicht funktioniert«, sagte er.

Am Morgen meinte Marilyn: »Du solltest es besser der Polizei erzählen.« Und vor allem sollte er sie über Teresas Drogenmißbrauch informieren. Das würde die Polizei schon einmal in eine Richtung lenken: Sie würden wissen, was zu tun war.

Sie erinnerte sich später, daß er gezögert hatte. Er wollte nichts von den Drogen sagen, weil sie so viele Rezepte gefälscht und er nichts dagegen unternommen hatte. Das könnte ihm allen möglichen Ärger bringen. Er würde darüber nachdenken.

Dann kündigte er an, Freitag oder Samstag zurückzukommen.

Sie bat ihn, ihr vorher Bescheid zu sagen. Astrid war am Samstag zu einer Geburtstagsfeier eingeladen, und sie wollte nicht auf ihn warten müssen, ohne zu wissen, ob er nun unterwegs war oder nicht.

Am Samstag wollte sie gegen zwei Uhr nachmittags das Warten gerade aufgeben, als Ken anrief. Er war in Pittsburgh, am Flughafen. Sie erinnerte ihn an die Geburtstagsfeier. Er meinte, das ginge schon in Ordnung, er könne ja mitkommen.

Am Rand der Feier unterhielten sie sich über Teresa. Was konnte um Himmels willen mit ihr passiert sein?

»Sie würde sich doch nicht einfach umbringen, weil sie

denkt, daß zwischen uns etwas läuft, weil ihre Ehe kaputt ist?« fragte Marilyn. »Du kennst sie doch? Würde sie so reagieren?«

»Na ja, mit all den Drogen, die sie genommen hat, weiß man nie so recht«, antwortete er. »Man weiß nie, mit wem sie sich rumgetrieben hat.«

»Du meinst, sie wäre mit jemandem abgehauen, weil es in eurer Ehe nicht funktionierte, weil im Bett nichts los war?«

»Ich habe ihren Bruder gefragt«, meinte Ken, »und der hält das für absolut unmöglich.«

»Vielleicht«, überlegte Marilyn, »will sie, daß du nach ihr suchst und zeigst, daß du dir Sorgen machst. Du weißt, wie manche Leute reagieren, wenn eine Beziehung in die Brüche geht. Sie drehen einfach durch.«

An diesem Abend gingen sie in ein Restaurant namens Charlie's Place. »Wir aßen zusammen«, erinnerte sie sich später, »es war wunderbar, und meine Tochter war begeistert. Sie hatte ihr bestes Kleid an, und als wir nach Hause kamen, war es schon sehr spät. Sie schlief auf der Couch ein und ich auch. Ken sah sich einen Film an. Ich wachte dann wieder auf und zog Astrid einen Schlafanzug an, und ich mußte lachen, weil es so schwierig ist, ein schlafendes Kind umzuziehen. Er erklärte, das könne er nicht komisch finden.«

Als alle im Bett waren, klingelte das Telefon. Sie war verärgert, daß jemand mitten in der Nacht anrief, und nahm den Hörer nicht ab. Dann klingelte es wieder, und diesmal meldete sie sich. Es war Kens Vater, der nach seinem Sohn fragte. Sie hörte, wie Zach sagte, daß man Teresas Leiche gefunden hatte.

Sie konnte Kens Reaktion nur in Verbindung mit ihrer eigenen beschreiben. »Mir wurde übel«, erinnerte sie sich. »Ich fühlte mich wie ausgetrocknet und mußte Wasser trinken. Ich weiß, daß ich rief: ›Mein Gott!‹, und er weinte. Dann hat er wohl die Polizei angerufen und ihnen mitgeteilt, daß er zurückkommt, und dann redete er mit seinen Eltern darüber, wie sie nach Newark kommen konnten, und ich dachte, mein Gott, wird er damit fertig werden, allein zum Flughafen zu fahren und zurückzufliegen? Also fragte ich ihn, ob er wolle, daß ich ihn begleite, und er sagte: ›Ja‹, und ich kümmerte mich darum, daß Astrid bei den Leuten bleiben konnte, die die Geburtstagsfeier veranstaltet hatten. Ich glaube, ich war es, die daran dachte, ihn von Newark zur Polizeistation zu fahren und dann wieder zurück zum Flughafen, um seinen Eltern die Schlüssel zu geben.«

Captain Richard Canneto, der Chef des Dezernats für Gewaltverbrechen, brachte eine Gruppe von Untersuchungsbeamten nach Manalapan, um dort auf Kens Rückkehr zu warten. Alle höherrangigen Polizisten waren an diesem Sonntagmorgen im Dienst.

Aus einem Fenster des Reviers konnte Fausak kurz nach zehn Uhr morgens sehen, wie der Cutlass anhielt. Er beobachtete, wie Ken mit einer rothaarigen Frau sprach und ihr einen Kuß auf die Wange gab. Dann fuhr die Frau weiter.

Fausak ging Ken im Empfangsbereich entgegen und sagte ihm, wie sehr er die Umstände bedauerte, unter denen sie sich wiedersahen. Ken nahm dies mit dem resignierten Schulterzucken eines Trauernden zur Kenntnis.

Statt in ein Büro bat Fausak ihn in eines der Verhörzimmer. Es war eine vertrauliche Umgebung, die zugleich einschüchternd wirkte; der Raum war kaum groß genug für einen kleinen Tisch und drei Stühle.

Fausak stellte Ken Lieutenant Lucia vor, der ihn davon in Kenntnis setzte, daß er zu den Verdächtigen zählte. Lucia milderte diese Aussage, indem er erwähnte, daß im Anfangsstadium eines Falles beinahe jeder verdächtig sei. Er fing an, Ken seine Rechte vorzulesen, aber Ken winkte lässig ab und gab seine Zustimmung zur Befragung und zu einer Durchsuchung des Hauses in der Valley Road.

Lucia fragte Ken, ob er eine Tasse Kaffee wollte. Ken bejahte, und Lucia verließ den Raum. Draußen übergab er Guy McCormick die von Ken unterschriebene Einwilligung zur Durchsuchung des Hauses. Captain Canneto und zwei Spezialisten der Spurensicherung wurden sofort zu Kens Haus geschickt. McCormick würde die Verbindung zwischen ihnen und dem Verhörzimmer halten. McCormick setzte auch einen Antrag auf einen gerichtlichen Durchsuchungsbefehl auf, für den Fall, daß Ken die Erlaubnis wieder zurückzog. Er hatte auch noch nicht um einen Anwalt gebeten. Ein Zweck des Verhörs bestand darin, ihn lange genug festzuhalten, falls im Haus irgendwelche Beweise gefunden würden.

Fausak konnte bei Ken nicht das geringste Unbehagen entdecken. Er war angemessen ernsthaft und kooperativ, bemüht, der Polizei zu helfen.

»Fangen Sie ganz am Anfang an«, sagte Lucia, als er mit dem Kaffee zurückkehrte, »mit der Zeit, als Sie Ihre Frau kennenlernten. Dabei können wir vielleicht feststellen, ob sie irgendwelche Feinde hatte.«

»Nein«, erwiderte Ken schnell, »ich kann mir niemanden denken, der Teresa etwas antun wollte. Der einzige, der sich über unsere Beziehung geärgert hat, war Sal Aurelio, der Freund, von dem sie sich getrennt hat, nachdem sie mich kennenlernte. Aurelio hat sie einmal geschlagen, und davon ist ihr Trommelfell geplatzt.«

Lucia notierte sich sorgfältig Aurelios Namen. Er befragte Ken über die Zeit vom Kennenlernen Teresas bis zur Heirat. Ken erwähnte nicht, daß er vorher bereits zweimal verheiratet gewesen war. Dann befragte ihn Lucia eindringlich über Acapulco. Ken erzählte die alte Geschichte. Er war nie angeklagt worden. Die Polizei habe Geld von ihm »erpreßt«. Im Krankenhaus hatte man seine Frau und ihn »unter Drogen gesetzt«.

Teresa habe zwar »unter starkem Streß« gestanden, weil

sie vorzeitige Wehen bekommen hatte und sich außerdem mit ihrer Familie nicht verstand, aber davon abgesehen sei ihre Ehe sehr glücklich gewesen. Es habe keine größeren Probleme gegeben außer der Tatsache, daß seine Frau immer mehr von Drogen abhängig geworden war, was ihn sehr aufregte. Ken fügte hinzu, daß er, während Teresa im Wochenbett lag, nicht in der Praxis arbeiten konnte, weil er sich um sie kümmern mußte, und das habe große finanzielle Einbußen gebracht.

Am Abend des 10. November, nachdem die Rozeks weggefahren waren, war er kurz nach Mitternacht ins Bett gegangen. Teresa nicht. Er war gegen vier Uhr morgens wach geworden, und sie war immer noch im Erdgeschoß. Sie war sehr angespannt. Sie teilte ihm mit, daß sie sich entschlossen habe, ihr Leben ins reine zu bringen. Sie könne sich nicht um das Kind kümmern. Sie sprachen einige Zeit darüber, aber sie kam nicht zur Ruhe. Also ging er wieder ins Bett, alleine. Gegen 8.30 Uhr weckte sie ihn auf, um ihm zu sagen, daß sie gehen wollte. Dann fuhr er sie zum Flughafen. Er war absolut sicher, daß sie zu diesem Zeitpunkt Jeans getragen hatte.

Er wiederholte, daß Teresa ihn gebeten hatte, das Baby nach Indiana zu bringen. Er war gegen vier Uhr nachmittags losgefahren. Er konnte sich so genau an den Zeitpunkt erinnern, weil er sich vorher im Fernsehen ein Spiel der ›New York Jets‹ angesehen hatte.

Danach legte Lucia eine Pause ein, damit Ken zur Toilette gehen konnte. Ken war beeindruckend unerschütterlich geblieben. Wenn Fausak nicht die Benignos getroffen, mit den Rozeks gesprochen und eine Beschreibung von Teresas Kleidung an diesem Abend erhalten hätte, wenn die Leiche nicht in denselben Kleidern aufgefunden worden wäre, wäre Kens Version trotz einiger merkwürdiger Einzelheiten glaubhaft gewesen. Und er hätte schließlich sagen können, daß er sich geirrt hatte, was die Jeans anging.

Lucia bat ihn, genau anzugeben, wo er sich während der vergangenen Woche aufgehalten hatte, in Indiana, in Pittsburgh, dann wieder in Manalapan und schließlich wieder in Pittsburgh.

Sie machten eine Kaffeepause.

McCormick erwartete Lucia im Flur und teilte ihm mit, daß man im Haus etwas Wichtiges gefunden hatte: Ein Ohrring mit getrocknetem Blut, das Gegenstück zu dem, den Teresa getragen hatte, war in der Garage gefunden worden.

Fausak verließ das Verhörzimmer. Captain Canneto und Lieutenant Peter Vanderweil von der Polizei in Manalapan zwängten sich zu Ken und Lucia hinein. Canneto hatte ein Polaroidfoto, das man von dem Ohrring gemacht hatte, neben einem Lineal liegend, damit die Größe deutlich wurde.

»Doktor Taylor«, sagte Canneto, »was sehen Sie auf diesem Foto?«

»Ein Lineal.«

»Nein, ich meine das Ding daneben.«

Ken sah sich das Foto genauer an. »Eine Zigarettenkippe?«

Nein, antwortete Lucia, keine Zigarettenkippe. Ein Ohrring, einer von einem Paar. Man hatte ihn in Kens Garage entdeckt. Der andere Ohrring hatte sich an der Leiche seiner Frau befunden.

Aber Ken gab immer noch nicht auf. Das könne er erklären. Er sah sich das Foto noch einmal genauer an. Vielleicht hatte Teresa jemanden am Flughafen getroffen, sagte er, und war dann ins Haus zurückgekommen, und dort hatte diese Person sie umgebracht, vielleicht jemand, der mit Drogen zu tun hatte.

»Das ergibt doch keinen Sinn«, erklärte Lucia. Ein Fremder, der sie auf dem Flughafen aufgelesen, zurück ins Haus gebracht und dort umgebracht hat, hätte die Leiche nicht woanders hingeschafft. »Doc, haben Sie Ihre Frau umgebracht?«

Ken stritt alles ab. »Was Sie vermuten, ist Unsinn.« Er liebte seine Frau wahnsinnig. Warum standen sie nicht auf seiner Seite?

»Denken Sie darüber nach«, sagte Lucia. »Lassen Sie sich Zeit. Das ist für uns alle das beste.« Zum ersten Mal bemerkte er kleine Schweißperlen auf Kens Stirn. Er und Canneto verließen das Zimmer.

Vanderweil blieb dort. Er starrte Ken an. »Ich glaube, daß Sie Ihre Frau umgebracht haben. Vielleicht gab es Gründe dafür, die wir noch nicht kennen.«

Tränen schossen Ken in die Augen. Vanderweil erinnerte sich später, daß er auch kaum merklich genickt hatte.

Lucia und Canneto kamen zurück und brachten Kaffee mit.

Ken blickte zu ihnen auf. Seine Lippen zitterten.

Nach kurzem Schweigen sagte er zu ihnen: »Was würden Sie tun, wenn Sie eines Morgens die Treppe herunterkämen und Ihre Frau sehen würden, wie sie mit ihrem fünf Monate alten Sohn oralen Sex hat?«

»Ist es so gewesen, Doc?« fragte Lucia.

»Ja.«

Dann fing Ken an, heftig zu schluchzen.

Lucia ließ ihm ein paar Minuten Zeit, die Fassung wiederzugewinnen. Dann sagte er: »Ich weiß, daß es sehr schwer für Sie ist, jetzt weiterzureden, aber wir brauchen noch mehr Fakten.«

Auf Nachfragen erklärte Ken, es sei etwa acht Uhr gewesen, als er aufwachte und Teresa beim oralen Sex mit dem kleinen Philip entdeckte. Das Kind, sagte er, habe auf dem Eßtisch gelegen.

Er sei die Treppe herunter gerannt, als er sah, »was sie dem Baby antat«. Er hatte genug von ihren Drogenexzessen.

Er schrie sie an, und Teresa rannte ins Nähzimmer. Er war ihr gefolgt. Sie hatte eine Hantel genommen und nach ihm geschlagen, als sie ihn in der Tür stehen sah. Er hatte sich geduckt und ihr die Hantel entrungen.

»Und dann«, fügte er hinzu, »habe ich es ihr gezeigt.«

Er fing wieder an zu schluchzen.

»Haben Sie mehr als einmal auf Ihre Frau eingeschlagen?« fragte Lucia.

Beinahe indigniert antwortete Ken: »Natürlich, was ist das denn für eine Frage?«

Lucia erklärte, daß es notwendig sei, alle Fakten zu sammeln, wie schwer es ihm auch fallen mochte, sich zu erinnern.

Ken verkündete plötzlich, daß er keine Fragen mehr beantworten wolle. Er wollte einen Rechtsanwalt.

Als man ihn hinausführte, um ihn zu fotografieren, Fingerabdrücke zu nehmen und ihn in eine Zelle zu führen, schluchzte er weiter. »Ich konnte es einfach nicht mehr aushalten.«

TEIL 2
DIE UNTERSUCHUNG

Kapitel Sechs

Die grauenhaften Details kamen nach und nach ans Licht.

Als Ken in Pittsburgh ein überbackenes Käsebrot gegessen und Marilyn erzählt hatte, daß es mit Teresa einfach nicht funktionierte, hatte die Leiche seiner Frau im Kofferraum des Cutlass gelegen, den er vor Marilyns Wohnung geparkt hatte.

In Marion war die Leiche ebenfalls im Kofferraum gewesen, die ganze Zeit, als der Wagen in der Einfahrt von Kens Elternhaus stand.

Die Autopsie ergab, daß jemand neun mörderische Schläge gegen Teresas Gesicht und Kopf geführt hatte. Am Hinterkopf war ihr Schädel in drei Teile zerschmettert.

Ken hatte sie in den Kofferraum gepackt, das Blut aufgewischt, das Baby in einem Kindersitz neben sich untergebracht und war nach dem Spiel der ›Jets‹ von Manalapan aus losgefahren.

Zuvor hatte er in Marion angerufen und mit seinem Vater gesprochen. Er kündigte an, mit Philip vorbeizukommen. Einen genauen Zeitpunkt nannte er nicht. Zach wollte wissen, ob irgend etwas nicht in Ordnung war. »Ich werde alles erklären, wenn ich bei euch bin«, sagte Ken.

In Stoudsburg, Pennsylvania, hatte er an einem Howard Johnson's angehalten, um auf die Toilette zu gehen und Philips Windeln zu wechseln. Im Fernsehen waren die ›Dallas Cowboys‹ zu sehen, seinen Lieblingsmannschaft. Er ging über die Straße zu einem McDonald's und kaufte sich einen Hamburger und Pommes frites.

Immer noch in Pennsylvania bog er von der Interstate 80 ab, um in einem Holiday Inn zu übernachten. Als er sich eintrug, fragte der Hotelangestellte, wie viele Personen sich das Zimmer teilen würden. Ken antwortete: »Drei.«

»Drei?«

»Oh, ich meine natürlich zwei«, sagte er. »Ich weiß nicht, was heute mit mir los ist.«

Die Leute im Holiday Inn waren sehr hilfsbereit und brachten ihm gleich ein Kinderbett aufs Zimmer. Am nächsten Morgen rief er Phil Benigno an, um ihm zu sagen, daß Teresa weggegangen war, um einen Entzug zu machen. Es schneite. Er telefonierte hin und wieder von unterwegs mit seinen Eltern, um zu berichten, wie weit er gekommen war. Er brach ein Gespräch mit seiner Mutter ab, indem er sagte: »Ich muß jetzt Philip füttern. Alles kam so überraschend.«

Jean erinnerte sich später an Kens Worte, als er ihr Philip übergab: »Sohn, jetzt bist du in guten Händen.«

»Achte auch darauf, seinen Penis sorgfältig zu untersuchen und gut zu waschen«, hatte er sie gebeten. Das hatte sie zu diesem Zeitpunkt gewundert; ihr war an dem Kind nichts außergewöhnlich vorgekommen. Später würde sie voller Empörung verkünden, daß sie seine Bitte jetzt verstand.

Es gab einen Augenblick der Spannung, als Zach Kens Bruder Tom anwies, das Gepäck zu holen. Tom trug den Koffer mit Philips Sachen und eine Reisetasche von Ken herein, die auf dem Rücksitz gestanden hatten. »Der Kofferraum war abgeschlossen«, sagte er. »Gib mir den Schlüssel.«

»Vergiß es«, sagte Ken scharf. »Mehr Gepäck habe ich nicht. Es ist Teresas Wagen, und es gibt nur einen Kofferraumschlüssel. Den hat sie.«

Dann erzählte er Jean und Zach, wie Teresa sich, zerrüttet von Drogen, endlich zum Entzug entschlossen und ihn mit dem Baby zurückgelassen hatte. Er wußte nicht, wohin sie gegangen war. »Ihr könnt euch überhaupt nicht vorstellen, wie es ist, mit einer Drogensüchtigen zusammenzuleben.«

Er erklärte, daß er zwei oder drei Tage in Marion bleiben wolle. Aber am nächsten Morgen, nachdem er Windeln gekauft hatte, kündigte er plötzlich an, er wolle wieder losfahren. Er rief Zach an seinem Arbeitsplatz an und sagte ihm: »Ich muß zurückfahren und sie finden. Ich bin für sie verantwortlich. Vielleicht ist sie schon wieder zu Hause.«

Zu Jean sagte er: »Ich hoffe, daß das Baby nicht zu viel Arbeit macht.« Jean erinnerte sich später, daß er ihr »sehr deprimiert« vorgekommen war, »so gar nicht er selbst«. In seiner Schublade fand sie nach seiner Abfahrt eine Zwanzig-Dollar-Note. Daran hing ein Zettel, auf dem stand: »Alles Liebe, Ken.« Seine Rücksichtnahme rührte sie.

Nachdem er die Nacht in Pittsburgh mit Marilyn verbracht hatte, fuhr er mit Teresas Wagen, jetzt ihrem »Leichenwagen«, wie er es ausdrückte, zurück Richtung Manalapan. In der Dämmerung sah er an der Interstate 80 ein Hinweisschild auf das Vogelschutzgebiet am Hawk Mountain. »Völlig auf Autopilot geschaltet« bog er von der Schnellstraße ab und fand sich bald auf einer schmalen, kurvenreichen Straße, wo er sich der Leiche seiner Frau entledigte.

Wieder auf der Interstate, begann er, über Selbstmord nachzudenken. Ein Leben ohne Teresa war nicht lebenswert für ihn, er wollte bei ihr sein. Als er dann wieder in der Garage war, schloß er die Tür, steckte den Filterschlauch für den Swimmingpool in den Auspuff und führte ihn durch das Rückfenster ins Wageninnere. Dann startete er den Motor wieder, trank ein paar Schluck aus einer Flasche Jack Daniels und wartete auf sein Ende.

Nichts geschah. Er stieg wieder aus und entdeckte, daß der Schlauch sich vom Auspuff gelöst hatte. Er machte den Motor aus. Dann fing er an, seine Selbstmordgedanken zu hinterfragen. »Visionen« seiner Kinder tanzten vor seinem geistigen Auge. Es wäre unverantwortlich, sie vaterlos zurückzulassen.

Er ging ins Haus und rief die Benignos an, um ihnen mitzuteilen, daß er zu müde sei, noch vorbeizukommen. Er rief seine Eltern an und meldete seine sichere Heimkehr. Nein, von Teresa hatte er noch nichts gehört. McCormick ermittelte später, daß Ken an diesem Abend auch noch zwei weitere Telefongespräche geführt hatte, beide mit derselben Nummer in Hartford, Connecticut – einem Massagesalon, der sich als Fitneßclub für Männer tarnte. Nach den Angaben der Polizei in Hartford wurden die Kunden dort gebeten, sich auszuziehen, bevor sie über ihre sexuellen Präferenzen sprachen.

Obwohl er den Benignos erzählt hatte, er sei zu müde, fuhr Ken an diesem Mittwochabend doch noch nach Staten Island – in den Go-go-Club mit den nackten Tänzerinnen, den er schon öfter aufgesucht hatte.

Kurz nachdem Ken sein Verhör auf der Polizeiwache von Manalapan abgebrochen hatte, kamen Jean und Zach dort an, in dem Cutlass, den Marilyn am Flughafen gelassen hatte. Sie brachten das Baby mit. Fausak und Guy McCormick begrüßten sie. Fausaks erster Eindruck war: »Die typischen Durchschnittsbürger aus dem mittleren Westen, gut angezogen, mit guten Manieren.« Er erklärte ihnen, daß ihr Sohn den Mord an seiner Frau gestanden hatte und jetzt im Gefängnis war. McCormick teilte ihnen mit, daß man den Cutlass zur Untersuchung zurückbehalten müsse und bat um die Schlüssel.

Die Taylors baten darum, ihren Sohn sehen zu dürfen.

Fausak gab es an Lucia weiter, aber Ken lehnte ab.

Nachdem Lucia die Eltern darüber persönlich informiert hatte, sagte Jean: »Aber er muß. Sagen Sie ihm, daß ich es so will.«

Diesmal erklärte sich Ken bereit, mit ihnen zu sprechen, aber nur in Gegenwart von Lucia. Sie trafen sich in Lucias Büro, wo sie sich umarmten und Ken den kleinen Philip halten durfte.

Er fragte sie, ob man ihnen etwas über die Umstände von Teresas Tod erzählt hatte. Sie nickten. Dann meinte Jean: »Hast du mich deshalb gebeten, Philips Penis genau zu untersuchen und zu baden?«

»Ja«, antwortete Ken und warf Lucia einen kurzen Blick zu, als wolle er sich vergewissern, daß er es gehört hatte.

Jean war offenbar von einem Aspekt des Falles besonders fasziniert. Wieso war er so lange mit Teresa im Kofferraum herumgefahren? Hatte er keine Angst vor einem Unfall gehabt oder vor der Polizei?

»Mom, ich bin doch vorsichtig gefahren. Schließlich hatte ich meinen kleinen Sohn dabei.«

Er zögerte, als hätte er noch mehr darüber zu sagen, was er mit Teresas Leiche gemacht hatte. »Ich habe sie geliebt, und ich wollte mich nicht von ihr trennen. Ich wußte nicht, was ich tun sollte. Ich habe sie so lange wie möglich bei mir behalten. Sie war gerne draußen«, sagte er traurig, mit schleppender Stimme, »sie hatte Vögel gern.«

Dann wurde er plötzlich ärgerlich. Warum hatte sie das Baby dabei? War ihnen denn nicht klar, wieso er Philip nach Indiana nach Marion gebracht hatte?

Fausak fuhr die Taylors zu dem Haus in der Valley Road. Ken wurde ins Gefängnis von Monmouth County in Freehold, dem Verwaltungssitz des Bezirks, gebracht. Die Kaution wurde auf fünfhunderttausend Dollar festgesetzt. Statt der üblichen Zahlung von zehn Prozent würde der gesamte Betrag hinterlegt werden müssen. Ken bat um Papier und Bleistift, um Briefe schreiben zu können. Man informierte ihn, daß seine Korrespondenz überwacht werden würde.

In einem Brief an »Mom, Dad, Philip und Tom« schrieb er: *Ich habe es getan, weil ich von Abscheu erfüllt wurde, als ich sah, was Teresa tat, und als sie mit der Hantel nach meinem Kopf schlug, verlor ich die Kontrolle über mich. Ich habe mit immer größerem Widerwillen darauf reagiert, wenn sie Drogen nahm, auch weil sie dafür so viel Geld aus-*

gab. Bitte helft Marilyn und Astrid zu verstehen, daß ich nur das Beste gewollt habe... Ich bin wütend geworden, aber erst, als sie nach mir geschlagen hat, habe ich sie angerührt. Das soll euch helfen, für Philip zu sorgen. Ich möchte, daß ihr seine Eltern seid, ebenso wie Tom. Kämpft, um ihn für mich zu erhalten.

Ein zweiter Brief ging an Marilyn und Astrid:

Mom und Dad wissen, was geschehen ist. Ich weiß, daß ich es in dieser Umgebung nicht aushalten kann. Ich wünsche mir so sehr, daß wir zusammensein könnten. Wenn ich nur ein wenig länger geschlafen hätte, hätte ich nicht gesehen, wie Teresa mit meinem Baby Fellatio treibt. Mir ist so elend, und ich glaube, ich werde hier lange, lange Zeit bleiben... Ich habe dich wirklich geliebt, und ich weiß, daß du das weißt. Wir hätten es geschafft, aber irgend jemand ist uns immer in den Weg gekommen. Vielleicht war es von Anfang an falsch. Bitte, grüße Astrid von mir und laß sie wissen, wie sehr ich sie liebe. Du hast mir das größte Geschenk der Welt gegeben – ein Kind. Bitte mach ihr klar, wie sehr ich sie und dich geliebt habe. Mit all meiner Liebe.

Ken sollte am Montag dem Haftrichter vorgeführt werden. Zach durchforstete die Gelben Seiten auf der Suche nach Anwälten. Ein Name, Barry Shapiro, erregte seine Aufmerksamkeit. Er erinnerte sich, daß Kens Anwalt in New London ebenfalls Shapiro geheißen hatte. Vielleicht waren die beiden ja verwandt.

Es bestand tatsächlich eine Verbindung, wenn auch anderer Art. Shapiro wohnte ebenfalls in der Valley Road, obwohl er Ken nie begegnet war. Als Zach ihn anrief, wußte er schon über den Fall Bescheid. Es hatte auf der Titelseite der Lokalzeitung, der *Ashbury Park Press*, gestanden. Eine vierspaltige Schlagzeile tönte: »Zahnarzt angeklagt: Ehefrau ermordet.«

Zach erklärte die Situation und betonte dabei, was er als »die nie öffentlich gewordene Drogensucht Teresas« bezeichnete. Shapiro sagte, er sei leider gerade zum Mitglied des Stadtrates gewählt worden und könne deshalb den Fall nicht übernehmen. Er würde Ken allerdings vor dem Haftrichter vertreten.

Ken erzählte Shapiro, einem jungen Mann, der selbst ein kleines Kind hatte, von Teresas Drogensucht. In den drei Tagen vor jenem Sonntagmorgen sei sie vor lauter Drogen so aufgeputscht gewesen, daß sie überhaupt nicht mehr geschlafen hatte. Und dann hatte sie völlig den Verstand verloren.

Shapiro warnte Ken vor den Pressefotografen vor dem Gerichtsgebäude. Ken sollte die Ruhe bewahren und seinem Anwalt das Reden überlassen. Er würde auf nicht schuldig plädieren. Man würde einen Termin für die Verhandlung festsetzen und Ken wieder ins Gefängnis bringen. Aber das war nur eine Formalität. In der kommenden Woche würde er vor dem Obersten Gerichtshof einen Antrag auf Herabsetzung der Kaution stellen. Weil Ken ein solider Bürger der Gemeinde war, würde man dem Antrag mit Sicherheit Folge leisten.

»Und nach dem zu schließen, was Sie mir erzählt haben, wird es eine Menge mildernder Umstände geben. Eine Mordanklage steht überhaupt nicht zur Debatte«, versicherte er Ken. »Eine Klage wegen Totschlag oder vielleicht sogar ein Freispruch sind viel wahrscheinlicher, wenn erst alle Fakten bekannt sind.« Vielleicht wäre auch zeitweilige Unzurechnungsfähigkeit genau die Lösung. Shapiro empfahl diverse Verteidiger. Ken konnte sich denjenigen aussuchen, der ihm zusagte.

Ein Resultat von Shapiros Auftritt vor dem Haftrichter war die Schlagzeile des folgenden Tages: »Anwalt des Verdächtigen versichert: ›Frau hat Sohn mißbraucht.‹« Man zitierte Shapiro: »Ich glaube, die Beweisaufnahme wird zeigen, daß seine Frau drogensüchtig war und dem Kind Schaden zugefügt hat, und das beschwor jenen Vorfall herauf, der dann zu ihrem Tod führte.«

Zach Taylors Bemerkungen gegenüber den Journalisten wurden ebenfalls wiedergegeben: »Unsere Schwiegertochter hatte wirklich ein Drogenproblem. Es war so schlimm, daß man Schäden für das Kind befürchten mußte.«

Zach hatte Marilyn Hope angerufen und ihr erklärt, daß Teresa an allem schuld war. Nachdem Ken gesehen hatte, wie seine Frau mit dem Kind oralen Sex hatte, war er auf sie losgegangen. »Sie nahm eine Hantel und versuchte, ihn damit zu schlagen. Er schlug zurück«, hatte Zach ihr gesagt.

Dann, nach dem Termin beim Haftrichter, bekam Marilyn einen Anruf von Ken.

»Ich möchte nicht, daß du mich für ein Ungeheuer hältst«, sagte er. »Weißt du, was sie getan hat?«

»Ja, dein Vater hat es mir erzählt.«

»Mein Anwalt sagt, ich hätte gute Chancen, weil sie meinem Sohn so etwas angetan hat. Und sie wollte mich schlagen. Was hättest du getan, wenn es um dein Kind gegangen wäre?«

»Das weiß ich nicht.«

»Genau.«

»Ken, ich weiß nicht mehr, was ich glauben soll und was nicht.«

»Wenn das hier vorbei ist, möchte ich immer noch mit Astrid und dir zusammenleben. Ich liebe dich immer noch. Das mußt du wissen. Das habe ich dir schon seit Monaten immer wieder gesagt.«

Sie spürte, wie sie sich über einiges klarer wurde. »Ich weiß nur, daß ich für den Rest meines Lebens meine Ruhe haben möchte.«

»Das sagst du jetzt!«

»Ich kann einfach nicht glauben, daß du nach all dem noch hierhergekommen bist, zum Haus deiner eigenen

Tochter. Wieso rufst du mich an? Sie werden wissen wollen, wieso.«

»Hör zu«, sagte er, »das erste Mal, daß ich mich überhaupt wieder wohl gefühlt habe, war, als ich dich anrief und ein Freizeichen bekam und wußte, daß ich dich erreichen würde. Mit dir zu reden, gibt mir Kraft. Ich werde dich nicht mit hineinziehen.«

»Ich weiß, daß ich in die Sachen nicht verwickelt bin.«

»Ich meine, falls du irgendwelche Schuldgefühle haben solltest, du weißt schon, du hast einmal gesagt, du hoffst, sie nicht dazu getrieben zu haben.«

»Das muß ich jetzt aber klarstellen: Ich habe nur gesagt, ich hoffe, daß sie nicht Selbstmord begangen hat, weil sie dachte, wir hätten etwas miteinander.«

Marilyn befürchtete, jeden Moment zusammenzubrechen. »Ich werde jetzt auflegen«, erklärte sie. »Gott segne dich.«

»Warte bitte! Hat dich irgend jemand, du weißt schon, verhört?«

»Noch nicht.«

»Ich habe mit meinem Anwalt über Connecticut gesprochen. Er sagt, niemand weiß etwas davon. Es ist nicht in den Akten. Die Anklage wurde fallengelassen. Es muß nicht erwähnt werden.«

Sie schwieg, weil sie Angst hatte zu sagen, daß alles ans Licht kommen würde, daß sie die Wahrheit sagen müßte.

»Ich habe dir einen Brief geschrieben«, sagte er. »Wenn du ihn gelesen hast und dann nicht mehr mit mir reden willst, werde ich dich nicht mehr belästigen, solange du lebst – oder solange ich lebe. Ich denke die ganze Zeit an Selbstmord. Ich habe dem Psychologen hier gesagt, daß mir das Bild von Teresa, als sie das mit Philip machte, einfach nicht aus dem Kopf geht.«

Seine Stimme begann zu zittern. »Wenn du nichts mehr mit mir zu tun haben willst«, sagte er, »werde ich nach Indiana gehen und bei meinen Eltern leben und meinen Sohn dort großziehen.«

»Gut.«

Und dann erklärte er plötzlich: »Sie werden mich nie von dir und von Astrid fernhalten können.«

»Was meinst du damit?«

»Sie ist meine Tochter. Ich bin ihr Vater.«

»Ja, das stimmt, du bist ihr Vater.« Marilyn brach in Tränen aus. Und dann legte sie auf. Am nächsten Tag ließ sie ihre Telefonnummer ändern. Sie würde nie wieder mit Ken sprechen.

Die Totenmesse für Teresa wurde am Mittwoch, dem 21. November, in ihrer alten Pfarrkirche St. Charles gelesen.

In ihrem Schmerz um den Tod ihrer Schwester, einen Monat vor der Geburt ihres eigenen Kindes, klammerte sich Celeste an den Teil von Teresa, der noch geblieben war *und der auch ein Teil von ihr selbst war* – an das Baby Philip.

Als ihr Vater und ihr Bruder nach Pennsylvania gefahren waren, an jenem Samstag, als die Polizei sagte, vielleicht ist sie es, vielleicht auch nicht, hatte sie sich gezwungen zu glauben, daß es nicht Teresa war. So etwas passierte einem selbst nie, so etwas passierte nur Leuten in der Zeitung. Jeff arbeitete in der Schicht von drei bis elf Uhr auf der Fähre, und sie wollte an diesem Abend nicht allein sein, also besuchte sie eine Freundin. Das hatte sie wieder aufleben lassen, denn der Mann ihrer Freundin war Polizist in New York und erzählte von Vermißten und den Methoden, sie zu finden und daß häufig die vermißte Person gefunden wurde oder wieder auftauchte.

Als Jeff anrief, nachdem er mit Al gesprochen hatte, sprach er nicht mit ihr. Er sagte der Freundin nur: »Sag Celeste, sie soll nach Hause kommen«, und sie hatte angenommen, er sei schlimmstenfalls ein bißchen verärgert, weil sie nicht zu Hause geblieben war.

Ein Blick auf Jeffs verzweifeltes Gesicht genügte. »Es tut mir so leid!« sagte er.

»Ich habe es gewußt!« schrie sie. »Sie ist tot. Dieser Dreckskerl hat sie umgebracht.«

Celeste beugte sich nach vorn, trotz ihres Bauches, und hämmerte mit den Fäusten auf ihre Knie und Oberschenkel, stöhnend und weinend. Dann fing sie an, gegen die Wand zu schlagen. Jeff zog sie weg, und sie schlug statt dessen auf ihn ein. Er versuchte nicht, sie abzuwehren.

Erschöpft hörte sie schließlich von selbst damit auf. Er führte sie zu einem Stuhl. »Wo sind Daddy und mein Bruder?« fragte sie, und Jeff antwortete, sie seien noch immer auf dem Rückweg von Pennsylvania. Sie dachte an ihre Mutter bei den Rozeks. Sie hatte früher am Tag mit Louise gesprochen. »Ma«, hatte sie gesagt, »laß uns abwarten.« Sie überlegte, ob sie sie jetzt anrufen sollte, aber sie wußte nicht, ob Louise schon Bescheid wußte.

»Kann ich dir etwas holen?« fragte Jeff.

Sie hätte jetzt viel für einen Wodka gegeben, aber während der Schwangerschaft trank sie keinen Alkohol. Sie sehnte sich nach einer Zigarette, aber auch mit Rauchen hatte sie aufgehört. »Ja«, sagte sie, »ein Glas Wasser.«

Jeff erinnerte sich später, wie sie plötzlich den Kopf geschüttelt und ihn angesehen hatte. »Wo ist er?« fragte sie. »Er könnte herkommen und uns alle umbringen. Hat die Polizei ihn noch nicht gefunden?«

»Ich weiß es nicht«, sagte Jeff. Ihre Angst war echt, das war ganz deutlich zu sehen. Wie sollte man sich gegenüber einem Mörder verhalten?

Er brachte sie ins Bett. »Oh lieber Herr Jesus«, sagte sie und barg ihren Kopf an Jeffs Schulter. »Das Baby! Wir müssen das Baby holen! Bist du dabei?«

»Selbstverständlich«, sagte er, ohne zu zögern. Später würde er sich erinnern, daß dies ein wichtiger Wendepunkt gewesen war, sowohl für sie beide als auch für die Benignos.

Am nächsten Morgen fuhren sie zu den Rozeks. Gegen vier Uhr nachmittags rief Bob Fausak aus Manalapan an und berichtete, daß Ken gestanden hatte. Fausak erwähnte keine Einzelheiten.

Sein Anruf ließ die Spannung plötzlich abfallen. Im Haus der Rozeks wandelte sich die Stimmung von Schmerz über Ärger hin zu Schuldgefühlen.

»Als es erst einmal passiert war, war es keine Frage mehr, wer es getan hat«, sagte Jeff später. »Ich meine, keiner hat gefragt: ›War es Ken?‹ Alle haben gleich gesagt: ›Dieses elende Schwein‹, weil alle es wußten. Und die gesamte Wut über Acapulco kam nachträglich heraus. Nicht nur darüber, daß wir jetzt ganz sicher wußten, daß er es getan hatte, sondern Wut auf uns, weil wir seine Lügengeschichten irgendwie geglaubt hatten. Daß wir übersehen hatten, was uns hätte ins Auge stechen sollen; daß so etwas geschehen war, und wir alle hätten in der Lage sein sollen, es zu verhindern, und hatten es nicht getan. Ich kann nur für mich allein sprechen, aber ich habe schreckliche Schuldgefühle. Tatsächlich hätten wir natürlich überhaupt nichts verhindern können. Aber irgendwie brachen plötzlich all diese Gefühle über uns herein, die Tatsache, daß Teresa tot war, die Tatsache, daß wir wegen Acapulco nichts unternommen hatten, die Tatsache, daß wir diesen Dreckskerl nicht einmal in die Hände bekommen konnten, um ihn selbst zu erwürgen. Ich kann nicht leugnen, wenn Phil und Ken zu diesem Zeitpunkt im selben Zimmer gewesen wären, hätte ich nicht zwischen sie geraten mögen. Und Phil, das könnte ich garantieren, wäre als einziger lebend aus dem Zimmer gekommen. Wer Phil so hätte dasitzen sehen, würde das verstehen. Teresa war seine Schwester, er liebte sie so sehr, sie standen sich so nahe.«

Am Abend kam Phil mit Jeff und Celeste in ihre Wohnung. Phil sagte, er wolle sich ein bißchen hinlegen. Ein wenig später sagte Celeste, sie wolle nach ihm sehen.

Nach einiger Zeit fing Jeff an, sich Sorgen zu machen, und

ging ihr nach. Phil lag auf der Seite, das Gesicht zur Wand, mit angezogenen Knien, seine Finger verschränkt, als würde er beten. Celeste lag hinter ihm, die Arme fest um ihn geschlungen. Beide schliefen.

Am folgenden Tag, nach Kens Termin vor dem Haftrichter, rief Celeste in Manalapan an. Zach ging ans Telefon. »Wir möchten das Baby sehen«, sagte sie.

Zu diesem Zeitpunkt wußte sie ebensowenig wie der Rest der Familie Benigno etwas von der Begründung, die Ken der Polizei für seinen Mord an Teresa gegeben hatte.

Zach war am Telefon sehr herzlich. »Kein Problem«, sagte er, und für den Abend wurde ein Besuch arrangiert.

Al und Louise begleiteten Jeff und Celeste. Zunächst schienen beide Familien in ihrem Schmerz vereint. Es gab eine bedrückte Begrüßung und ein paar Tränen. Kurz nach der Ankunft der Benignos brachte Jean Philip nach oben in sein Bettchen. Er war offensichtlich übermüdet. Die Benignos wußten das nicht, aber die Taylors waren gerade erst mit ihm aus dem Gefängnis zurückgekommen, wo sie Ken besucht hatten. Sie wußten auch noch nicht, daß sich der Mord im Haus ereignet hatte, daß Ken Teresas Leiche direkt an dem Sofa und den Sesseln vorbeigezogen hatte, auf denen sie jetzt saßen.

Jean servierte Äpfel als Erfrischung.

Dann sprach Al Zach an: »Ich möchte, daß Sie wissen, daß wir Sie für das, was Ihr Sohn getan hat, nicht verantwortlich machen. Er ist ein erwachsener Mann. Es ist seine Verantwortung, nicht Ihre, und wir haben nichts gegen Sie.«

Zach preßte die Lippen zusammen.

»Wir sind hier, um über Philip zu sprechen«, erklärte Celeste.

Leicht errötend sagte Zach: »Da gibt es nichts zu reden.«

In diesem Moment, so erinnerte sich Jeff später, waren die Stellungen unweigerlich bezogen.

»Was soll das heißen?« fragte Celeste.

»Philip gehört uns. Kenny will, daß wir ihn behalten, und wir werden ihn behalten.«

Kenny will es also, dachte Celeste. Dieses Ungeheuer hat meine Schwester umgebracht, und sein Vater sitzt hier und erzählt uns, was er will.

»Es ist das Baby meiner Schwester, über das Sie da reden«, sagte sie. »Darüber müssen wir sehr wohl sprechen.«

»Nein, absolut nicht. So bald wie möglich werden wir ihn nach Indiana bringen.«

»Wann?«

»Am Donnerstag.«

Diesmal hielt Celeste sich zurück. Sie warf Jeff und ihren Eltern einen warnenden Blick zu. Die drei verstanden. Wenn sie jetzt drohten, würden die Taylors vielleicht auf der Stelle mit dem Kind verschwinden, und niemand könnte etwas dagegen tun.

»Ich hoffe, wir dürfen Philip noch einmal sehen, bevor Sie fahren«, sagte Celeste so freundlich sie konnte.

»Selbstverständlich. Rufen Sie nur vorher an.«

Draußen im Wagen sagte Celeste empört: »Die sind doch nicht normal! Nichts zu reden! Könnt ihr das glauben?«

»Jedenfalls haben wir Glück gehabt und wissen jetzt, was sie vorhaben«, sagte Jeff zu ihr.

»Wir müssen sofort etwas unternehmen«, forderte Celeste.

Am nächsten Morgen waren sie im Büro des Familienanwalts der Benignos auf Staten Island. Er würde einen Anwalt aus New Jersey einschalten müssen, sagte er, aber sie sollten sich keine Sorgen machen, er würde alles persönlich überwachen. Und am Mittwoch, dem Tag, an dem Teresa beigesetzt wurde, präsentierte man den Taylors eine einstweilige Verfügung. Den Papieren zufolge ging es um das Sorgerecht für ein fünf Monate altes Kind, dessen Vater des Mordes an der Mutter des Kindes angeklagt war. Es bestand die Gefahr, daß die Eltern der Angeklagten, die jetzt über das Kind verfügten, einen ordentlichen Einwohner von New Jersey, dieses Kind, in Kürze der Gerichtsbarkeit des Staates entziehen würden. Bis ein endgültiges Urteil über den Angeklagten gefällt war, hatten Jeff und Celeste das Sorgerecht für den kleinen Philip beantragt.

Eine Anhörung zur einstweiligen Verfügung wurde auf den folgenden Dienstag, den 27. November, festgesetzt. Inzwischen war es Jean und Zach verboten, mit Philip den Staat New Jersey zu verlassen. Sie selbst konnten gehen, aber nur ohne das Kind.

Ken war wütend. Wie hatten Jean und Zach so dumm sein können? Er nahm an, daß Al und Louise die Rädelsführer bei dieser Angelegenheit waren. Die letzte, die er verdächtigt hätte, war »diese komische Celeste«.

Inzwischen wußte Celeste, welche Begründung Ken für seinen tödlich endenden Angriff auf Teresa gegeben hatte.

Ihre Wut stand seiner nicht nach.

Die Spezialisten der Spurensicherung hatten Fasern der Teppichboden-Unterlage im Kofferraum des Cutlass gefunden, die zu denen in dem Zimmer im Erdgeschoß paßten, das renoviert werden sollte. An einem Ende einer Hantel ohne Gewichte war ein bräunlicher Fleck. Tests ergaben, daß es menschliches Blut war. Die Hantel hatte unter Kens Heimtrainer gelegen.

So viele Schläge auf Teresas Kopf mußten heftige Blutungen hervorgerufen haben, aber es gab keine weiteren sichtbaren Spuren. Für einen Burschen, der angeblich im Affekt gehandelt hat, dachte Bob Fausak, hat er ziemlich gut saubergemacht.

Für denselben Mittwoch war ein Luminol-Test angesetzt. Luminol ist eine Chemikalie, die auf die geringsten Spuren von Blut reagiert; ganz gleich, ob die Oberfläche geschrubbt worden war, Luminol zeigte auch mikroskopisch kleine Spuren.

Fausak erhielt einen zweiten Durchsuchungsbefehl und informierte die Taylors. Er ging mit zwei Experten der Staatsanwaltschaft und zwei Leuten der Spurensicherung von den Labors der Staatspolizei von New Jersey zu dem Haus. Sie warteten, bis es draußen stockfinster war. Nur noch die Lichter vorbeifahrender Autos erhellten mitunter die Nacht. Fausak ordnete an, daß die Taylors sich in ihr Schlafzimmer zurückziehen und das Licht löschen sollten.

Das Luminol befand sich in einer Flasche, die für Fausak wie eine der Sirupflaschen im Restaurant aussah. Oben an der Flasche war eine Spraydüse. »Sie müssen es nur aufsprühen«, sagte einer der Chemiker, »und es sich dann setzen lassen und sehen, was passiert.«

Die Chemiker versuchten es als erstes im Nähzimmer, wo Teresa laut Ken nach ihm mit der Hantel geschlagen hatte. Aber nur ein kleiner Fleck auf der Waschmaschine leuchtete schwach. Dann besprühten sie das Nebenzimmer, das renoviert werden sollte. Nichts.

Im Flur vor diesem zweiten Zimmer gab es jedoch eine sehr deutliche Reaktion, ein unheimliches grünliches Licht, das plötzlich vom Boden aufstrahlte. Die Chemiker verfolgten die Spur um die Ecke in den Wohnbereich und dann durch die Küche zum Garagentor, in die Garage und den Hof.

Fausak hatte so etwas noch nie erlebt. Er kam sich vor wie in einem Science-fiction-Film. Anfänglich war überall dasselbe bläßlich-grüne Licht. Dann wurde es heller und heller. Es fing an zu leuchten. Und in dem Leuchten konnte man die Blutspur sehen. Die Spur war deutlich, aber mit einigen verwischten Stellen, als hätte jemand einen großen nassen Mop ausgewrungen und dann über den Boden gezogen. Die Länge der Schleifspur betrug beinahe zwanzig Meter.

Das Leuchten hing noch in der Luft, in Höhe von Fausaks Knien. Es war so hell geworden, daß er die Gesichter der

Spurensicherer sehen konnte. Er warf einen Blick nach oben zum Treppenabsatz und sah dort das geisterhafte Gesicht von Ken Taylors Vater, der auf die Szenerie hinabstarrte.

Fotos wurden gemacht. Dann schaltete einer der Experten das Licht wieder an. Und die Blutspur verschwand sofort. Fausak war, als hätte er das alles nur geträumt.

Er fragte die Chemiker: »Wenn wir eine Oberfläche haben, die plastikbeschichtet ist, ganz glatt, zum Beispiel bei einem Tisch, funktioniert Luminol dann auch?«

»Selbstverständlich«, sagte man ihm. »Nichts auf dieser Welt ist vollständig glatt. Es gibt immer einen Riß oder ein Loch, irgendeine Winzigkeit, in die das Blut eindringt. Selbst wenn Sie saubermachen, bleibt ein Rest, auf den das Luminol reagiert, und Sie haben ja gesehen, was dann passiert.«

Fausak dachte an Ken Taylors Geschichte darüber, daß seine Frau ins Nähzimmer gerannt war, das Zimmer, wo die Gewichte waren, eine Hantel aufgehoben und damit nach ihm geschlagen hatte, bevor er sie ihr abnehmen und zurückschlagen konnte – vielleicht stimmte diese Geschichte überhaupt nicht. In diesem Zimmer war jedenfalls kaum eine Spur von Blut zu sehen.

Die Blutspur fing im Flur vor dem zweiten Zimmer an. Vielleicht war er nach einer heftigen Auseinandersetzung in das Nähzimmer gegangen, hatte sich die Hantel geholt und sie verfolgt.

Später traf sich Fausak mit Guy McCormick in der Old Silver Tavern, einem beliebten Lokal ein paar Meilen vom Polizeirevier von Manalapan entfernt. McCormick hatte im Büro der Staatsanwaltschaft die Rozeks, die Benignos, Jeff und Celeste, Kens Eltern und den New Yorker Stadtpolizisten Robert Negliaccio befragt, der nach Kens Verschwinden angerufen hatte. Bei der Befragung von Negliaccio hatte sich herausgestellt, daß Ken diese Verbindung benutzt hatte, um herauszufinden, was die Polizei in Manalapan wußte und was nicht.

»Glaubst du, daß er diese Mißbrauchs-Geschichte erst in letzter Minute ausgeheckt hat?« fragte Fausak.

»Nein«, antwortete McCormick. »Ich glaube, er hatte sie schon in petto für den Fall, daß alles andere nicht funktioniert.«

Kapitel Sieben

Paul Chaiet, einer der stellvertretenden Staatsanwälte von Monmouth County, war ein untersetzter, kräftig gebauter Mann mit einem Stiernacken und einer für seine Erscheinung unpassenden tiefen Stimme, die einen wirklich aufschrecken ließ, wenn er sie erhob. Er hielt sich mit Joggen und Gewichtheben in Form. Es war nicht schwer, ihn sich gut als herausragenden Footballspieler des Albright College in Pennsylvania vorzustellen, wo er sein Studium abgeschlossen hatte. Er hatte es auch in der Baseball-Mannschaft versucht, aber mit geringerem Erfolg. »Ich hielt mich für den kommenden Champion«, sagte er, »aber es hat nicht geklappt.«

Noch während seiner Ausbildung heiratete er eine Lehrerin, und sie hatten zwei Kinder, einen Jungen und ein Mädchen. Er hatte immer schon im Bereich des Strafrechts arbeiten wollen. Also trat er nach einem vertanen Jahr in einer Privatfirma, die sich auf Zivilrecht spezialisiert hatte, 1973 eine Stelle bei der Staatsanwaltschaft an. In den vergangenen sechs Jahren, seit 1978, war er dort als Staatsanwalt tätig gewesen und hatte sich mit Schwerverbrechen befaßt, darunter einer Reihe von Mordfällen.

Und er sah sofort, daß der Fall Taylor zu den kniffligsten gehören würde. *Weil es kein Motiv gab.* Wenn man einmal von Kens Erklärung, was sich im Haus in Manalapan abgespielt hatte, absah – was Chaiet sofort tat –, gab es kein Motiv, was die Geschworenen überzeugen konnte, keinen Raub, es war kein Geld im Spiel, keine Geliebte, keines der üblichen Motive. Zur Mordzeit waren nur zwei Erwachsene im Haus gewesen. Einer war tot, und der andere sagte nicht die Wahrheit, und es bestand wenig Aussicht, daß er das jemals tun würde.

Chaiet mußte nicht beweisen, daß Ken Teresa umgebracht hatte. Das hatte Ken bereits zugegeben. Es ging um die Umstände des Mordes. Er mußte beweisen, daß Kens Aussage falsch war, daß die Version der Ereignisse, die Ken für den Morgen des 11. November angab, nicht der Wahrheit entsprach, daß er seine Frau »wissentlich und vorsätzlich« umgebracht hatte.

Und Chaiet wollte eine Verurteilung wegen Mordes. Jede geringere Strafe hätte er als unerträglichen Fehlschlag betrachtet, als einen Justizirrtum.

Der Mord an Teresa Taylor war einer der ungeheuerlichsten Fälle, von denen Chaiet je gehört hatte. Der einzige vergleichbare Fall hatte sich in seiner Heimatstadt ereignet, in Oceanport, und es hatte Chaiet sehr persönlich betroffen. Als er nämlich das Opfer, eine Frau, die an dreiundzwanzig Stichwunden gestorben war, ansah, erkannte er in ihr die Mutter des Babysitters seiner Kinder. Die Hauptverdächtigen waren der Ehemann des Opfers und seine Freundin.

Es vergingen mehr als anderthalb Jahre, ohne daß sich genug Beweise für eine Verurteilung gefunden hätten. Dann erhielt Chaiet mitten in der Nacht, gegen drei Uhr, einen Anruf von Bill Lucia aus dem Dezernat für Gewaltverbrechen. Die Freundin hatte ihn soeben aus New York angerufen und gestanden, die Frau im Auftrag ihres Mannes erstochen zu haben. Sie hatte sich offensichtlich von dem Mann getrennt und nahm ihm jetzt übel, sie in diese Lage gebracht zu haben.

Die Freundin wurde verhaftet und bekam die Gelegenheit,

als Kronzeugin auszusagen. Sie besaß eine Tonbandaufnahme eines längeren Gesprächs zwischen ihr und dem Ehemann des Opfers, in dem sie den Mord planten.

Chaiet hatte aus diesem Fall wertvolle Lehren gezogen. Eine davon war, Geduld zu haben. Die andere war, daß er versuchen mußte, sich in den Psychopathen hineinzuversetzen. Lügendetektoren waren in New Jersey vor Gericht nicht zugelassen. Aber sowohl die Freundin als auch der Ehemann hatten zugestimmt, sich einem Test zu unterziehen, um Chaiet ihre Unschuld zu beweisen – und beide hatten den Test eindeutig bestanden. Eine weitere Lehre bestand darin, nie mehr zu glauben, die Reaktionen der Geschworenen einschätzen zu können. Während der Verhandlung behauptete der Ehemann weiterhin, nicht schuldig zu sein. Sein Verteidiger argumentierte, daß er von seiner Freundin mit dem Telefongespräch, das zum Hauptbelastungsmittel wurde, übertölpelt worden war.

Chaiet war sicher, daß es zu einer Verurteilung kommen würde. Aber die Geschworenen zogen sich über vier Stunden zurück. Er würde nie vergessen, wie er in seinem Büro gesessen, das Band wieder und wieder gespielt und sich davon überzeugt hatte, daß niemand dieses Band anhören konnte – mit all den blutrünstigen Details –, ohne den Angeklagten für schuldig zu befinden. Schließlich taten das die Geschworenen auch. Die Auseinandersetzung im Geschworenenzimmer hatte sich um den Grad der Schuld gedreht: wer war der Anstifter zu diesem Mord gewesen?

Und jetzt, im Fall Taylor, hatte er es nicht nur mit diesem außergewöhnlichen Verbrechen zu tun, sondern auch mit einer außergewöhnlichen – und völlig neuartigen – Begründung des Mordes. So etwas war ihm noch nie untergekommen, und das machte ihm Sorgen. Man konnte sich auf nichts stützen, es gab keine Gelegenheit, den Geschworenen mit angemessenem Sarkasmus vor Augen zu halten: »Das haben wir schließlich schon öfter gehört, nicht wahr?«

Taylor könnte sich auf Unzurechnungsfähigkeit berufen, aber die alte McNaughton-Regel, die aus der englischen Rechtsprechung kam – konnte der Angeklagte zwischen richtig und falsch unterscheiden? –, wurde in New Jersey immer noch angewandt. Zeitweilige Unzurechnungsfähigkeit war eine Möglichkeit, aber wie *zeitweilig* konnte sie sein, wenn Taylor noch sorgfältig das ganze Haus geschrubbt hatte in dem Versuch, jede Spur des Verbrechens zu beseitigen, mit der Leiche vier Tage lang im Land herumgefahren war und sich so lange wie möglich an die Erklärung geklammert hatte, daß Teresa eine Entziehungskur machen wollte. Chaiet fürchtete, daß es zu einer Verurteilung wegen grob fahrlässigen Totschlags oder Totschlag im Affekt kommen würde. Allerdings hatte Taylor seine Frau nicht nur einmal mit der Hantel auf den Kopf geschlagen, sondern neunmal. Chaiet hatte die Fotos gesehen, und sie waren schrecklich.

Je mehr er darüber nachdachte, desto deutlicher wurde ihm, daß Ken einiges verheimlichen mußte. Es mußte eine Vorgeschichte geben. Man fing nicht einfach mit derartigen Gewalttaten an. Chaiet erklärte Lucia und Guy McCormick im Dezernat für Gewaltverbrechen und Fausak von der Polizei in Manalapan, daß es unabdingbar sei, Kens gesamte Vergangenheit genau unter die Lupe zu nehmen.

»Wir müssen so viel wie möglich über diesen Kerl herausfinden«, sagte Chaiet. »Fangen wir mit der anderen Frau an.«

Aber Marilyn wollte nicht mit der Polizei zusammenarbeiten. Als Lieutenant Lucia sich bei ihr meldete, forderte sie ihn auf, sich an ihren Anwalt, Carl Gainor, zu wenden. Dann beauftragte sie Gainor, sie aus dieser Geschichte herauszuhalten. Sie konnte keinerlei Informationen über den »Vorfall« geben. Sie schien auch gewisse Probleme mit ihrer eigenen Rolle in dem Fall zu haben:

Er sagte, sie wolle nicht verstehen, wieso ich ein Haus hatte & sie keins, usw., usw., schrieb Marilyn. Und dann hat er ihr im ersten Jahr ein Haus, ein Auto usw. gekauft und regte sich auf, weil ich Astrid nicht zu ihm lassen wollte. Die Abmachung bei unserer Scheidung hatte darin bestanden, daß er Astrid bei mir treffen sollte. Er kam nicht sehr oft, für gewöhnlich nach der Arbeit, & er bezahlte (sic) mich mit Schecks. Er war wütend auf mich. Er sollte das Kind sonntags besuchen, & offensichtlich ließ seine Frau das nicht zu.

Etwa im April letzten Jahres teilte Ken mir mit, daß seine Frau Drogen nahm & Geld von ihm stahl. Sie hatte im sechsten Monat vorzeitige Wehen. Also nahm ich an, daß diese Drogengeschichte stimmte. Er sagte, er wolle sie verlassen, aber er könne es nicht, bevor das Baby nicht geboren war & einen guten Einstieg ins Leben gefunden hatte. Er sagte, er würde Beweise für den Drogenmißbrauch sammeln & für die Diebstähle, damit er das Sorgerecht für das Kind bekommen konnte. Nach der Geburt des Kindes schrieb er einen Brief, in dem er sein ehrliches Bedauern über all die Schwierigkeiten ausdrückte, die er Menschen in seinem Leben gemacht hatte.

Es schien, daß Ken endlich seine Lektion gelernt hatte und jetzt verantwortungsbewußt und liebevoll war. Jetzt war er in einer ganz ähnlichen Situation wie ich damals, als er Drogen nahm. Manchmal sagte er, daß er sich um die Sicherheit des Kindes sorgte, weil seine Frau einfach mit dem Leben nicht fertig wurde. Er erklärte, daß er sie verlassen wollte, das Sorgerecht für das Kind bekommen und wieder zu seiner »Familie« zurückkommen würde (zu Astrid und mir).

Er besuchte uns in Pennsylvania und erzählte bei dieser Gelegenheit, daß sie verschwunden war, weil sie kokainsüchtig war und einen Entzug machten wollte.

Sie fragen, ob ich meine Ansicht über Ken geändert habe?

Ich habe einen Mann gekannt, der außergewöhnlich zärtlich war & mir dann nur einen kurzen Brief in einer Teedose zurückließ, als er ging.

Ich habe gesehen, wie ein Mann,der sich an Blumen in seinem Garten freuen kann, alle herrenlosen Tiere füttert und stundenlang mit einem Kind spielt, versucht hat, mir das Leben zu nehmen.

Ich habe erlebt, wie er mich übel beschimpfte und später mit einem Rosenstrauß zurückkam.

Ich habe gehört, wie er sich bei allen für den Schmerz, den er den Menschen zugefügt hat, entschuldigte & andeutete, daß er damit nicht mehr leben könnte.

Ich habe diesen Mann jämmerlich über einen traurigen Film weinen sehen – gerade erst vor ein paar Monaten. Jetzt höre ich, daß der Vater dieses Mannes behauptet, Ken habe seine Frau beim oralen Sex mit ihrem Sohn erwischt und sie verfolgt, und sie habe versucht, auf ihn mit einer Hantel einzuschlagen. Dann hat er sie umgebracht.

Habe ich meine Ansicht über ihn geändert...?

Ich habe keine Ansicht. Ich bin keine Ärztin. Ich bin verzweifelt. Ich weiß absolut nicht mehr, was ich denken soll.

Gainor versuchte, Chaiet zu beschwichtigen. »Mrs. Hope will einfach nur alles hinter sich lassen. Es ist zu traumatisch für sie. Sie glaubt nicht, daß sie helfen kann. Sie wußte nichts von der Leiche im Kofferraum. Sie hatte von nichts eine Ahnung. Sie möchte nur in Ruhe gelassen werden.«

Aber Chaiet war unbeirrbar. Marilyn war eine wichtige Zeugin. Er konnte sie nicht direkt vorladen lassen, weil sie keine Bürgerin von New Jersey war. Aber er konnte einen anderen Weg wählen, unter Berufung auf ein Statut, das allgemein die Anwesenheit von Zeugen auf Bundesebene sicherte. Wenn sie sich weigerte, mit den Untersuchungsbeamten zu sprechen, würde er dieses Statut nutzen, um sie zu einer Aussage vor Geschworenen zu zwingen. »Glauben sie mir«, sagte er, »ich mache keine Witze.«

Gainor erklärte seiner Klientin die Vor- und Nachteile, und sie lenkte ein.

Am 27. November flogen Lucia und Fausak nach Pittsburgh, um in Gainors Büro mit Marilyn zu sprechen. Fausak fiel auf, wie unbeteiligt sie zunächst wirkte. Dann wurde sie schrecklich nervös. Er hatte das erwartet. Was er nicht erwartet hatte, war, wie bald Marilyn ihnen verblüffende Informationen geben würde, wie sie beinahe aus ihr hervorsprudelten, als strömten all ihre zurückgehaltenen Gefühle aus ihr heraus. Es fing schon während des Vorgesprächs an, noch bevor das offizielle, auf Tonband aufgezeichnete Verhör beginnen sollte.

Lucia fragte sie, ob ihr Exmann ihr gegenüber jemals körperliche Gewalt angewendet habe, und sie sagte ganz einfach ja, er habe einmal versucht, sie umzubringen, als sie im Bett lag und schon halb schlief.

Lucia zwinkerte nicht einmal, sondern nickte statt dessen langsam und bestätigend, als würde ihre Aussage etwas erklären, was er schon länger vermutet hatte.

»Und wann ist das passiert?«

»Waterford«, sagte sie, und die Worte sprudelten nur so. »In Connecticut, als er bei der Marine war. Ich habe es der Polizei gemeldet.«

Mit unbewegtem Gesicht entschuldigte sich Fausak und ging hinaus, um McCormick in Freehold anzurufen.

Zum ersten Mal hörten sie, daß Ken noch einmal verheiratet gewesen war.

»Wissen Sie, wie seine Exfrau hieß, ich meine, die Frau, mit der er vor Ihnen verheiratet war?« fragte Lucia.

»Zu dieser Zeit? Emily Taylor.«

»Kennen Sie vielleicht ihren Mädchennamen?«

»Ich glaube, es war Latrelle. Ja, genau.«

»Wissen Sie irgend etwas über diese Ehe oder über Probleme, die sie vielleicht hatten?«

»Eigentlich nicht. Er hat nur erzählt, daß er einmal wahnsinnig in ein Mädchen verliebt gewesen war. Sie verließ ihn, und er hatte das Gefühl, nie wieder jemanden so lieben zu können, und dann ging er mit Emily und ein paar anderen Mädchen aus. Emily war als erste daran interessiert zu heiraten, und als er einundzwanzig war, beschloß er, es eben zu tun, und sie heirateten, und er sagte, daß es von Anfang an nicht gutging. Nach dem, was er erzählte, trennten sie sich, fanden wieder zusammen, trennten sich wieder usw., und irgendwann wurde sie schwanger und hat später zugegeben, daß sie es absichtlich getan hat, um die Ehe zusammenzuhalten. Sie beschlossen, bis zur Geburt des Kindes zusammenzubleiben.«

»Hatten Sie, während Sie mit Ken ausgingen oder irgendwann während Ihrer Ehe Probleme?«

»Ja.«

»Würden Sie mir sagen, worum es dabei ging?«

»Als wir verheiratet waren? Ich hatte einfach das Gefühl, daß er sich herumtreibt, Affären hat, wissen Sie.«

Sie erinnerte sich, einen Zettel gefunden zu haben – »Wo bist du gewesen?« –, den jemand unter ihrer Wohnungstür durchgeschoben hatte. Dann hatte sie Filzläuse bekommen. »Ich fragte eine Krankenschwester oder rief in einem Krankenhaus an und fragte, ob es möglich sei, Filzläuse bei der Arbeit in einem Krankenhaus zu bekommen, und sie antwortete, na ja, wenn man die entsprechenden Leute anfaßt, kann das schon passieren. Ein anderes Mal bekam ich die Krätze, das ist, wie wenn kleine Insekten direkt unter der Haut kribbeln, und dann hieß es, na ja, das sind eben die ungewaschenen Seeleute, aber ich habe mich immer gefragt...«

Sie weinte, als sie über jene schreckliche Nacht sprach, in der Ken versucht hatte, sie mit Chloroform zu töten, nachdem sie von einem Besuch bei ihrem krebskranken Vater zurückgekehrt war.

»Sie sagen, man hätte Ken in der Psychiatrie des Marinekrankenhauses untersucht. Wissen Sie noch den Namen des Arztes oder der Ärzte, die ihn untersucht haben?«

»Da war ein Dr. Smith. Ich weiß nicht mehr, ob er Captain war, er hatte einen Offiziersrang. Aber ich kann mich nicht an seinen Vornamen erinnern. Und noch ein anderer Arzt. Bill Pettit.«

»Hatten Sie die Möglichkeit, mit den Ärzten über die Untersuchungsergebnisse zu sprechen?«

»Ich wollte Ken besuchen, und Dr. Smith sagte: ›Wollen Sie ihn wirklich sehen?‹ Ich bejahte, er sagte, und ich weiß nicht, ob ich ihn ganz korrekt zitiere: ›Wieso wollen Sie ihn sehen? Er ist nur daran interessiert, Sie kaltzumachen.‹

Das hat mich erschreckt, aber ich fand es auch ziemlich merkwürdig, daß ein Arzt so etwas sagte. Er meinte auch: ›Andere Mütter haben auch schöne Söhne. Sie sind eine attraktive Frau. Was wollen Sie mit einem Kerl wie dem?‹

Und dann bin ich nach Hause gegangen. Ich habe Ken nicht besucht. Ich war zu aufgeregt.«

Sie begann wieder zu weinen. Nach einer kurzen Pause sagte Lucia: »Gut, können wir mit Dr. Smith weitermachen?«

»In Ordnung. Danach rief er mich an und erklärte, daß ich die Polizei über den Vorfall informieren solle, weil sie Ken aus dem Krankenhaus entlassen müßten und er das Gefühl hatte, Ken sei ein mordgieriger Verrückter. Wenn Ken herauskäme, würde er nur zu Ende bringen wollen, was er angefangen hatte. Ich sagte zu ihm: ›Wie kommt es, daß Sie ihn entlassen, wenn Sie so von ihm denken?‹, und ich hatte den Eindruck, daß er unbedingt will, daß ich zur Polizei gehe. Irgendwie konnte das nicht von seiten der Marine aus geschehen. Ich rief alle möglichen höheren Offiziere an, die mir gerade einfielen, und fragte, wie das möglich war. Wie konnte er so was sagen und Ken dann rauslassen? Ich wollte, daß man sich um Ken kümmerte. Ich hielt ihn für sehr krank. Und gleichzeitig hatte ich Angst davor, daß er entlassen würde. Also rief ich den Marinegeistlichen an, und wir setzten uns zusammen und überlegten, was man tun könne... Schließlich wurde es dann doch der Polizei gemeldet. Ich habe angerufen und es ihnen erzählt.«

»Ich glaube, Sie haben gesagt, daß es da noch einen anderen Arzt gab, einen Dr. Pettit. Was hat er Ihnen gesagt?«

»Dr. Pettit meinte, soweit ich mich erinnern kann, es sei ein einmaliger Vorfall gewesen. Es hätte etwas mit Drogen zu tun, und die Diagnose lautete, daß Ken sich nicht in das Leben eines Erwachsenen hineinfinden könne. Er sagte mir, daß sich Ken in seinem ganzen Leben nie einem Problem gestellt habe. Er hat mir ein Beispiel erzählt von jemandem, der immer mehr Zeug in einen Schrank packt, und eines Tages paßt nichts mehr rein und die Tür springt auf, und alles, was einen gestört hat, kommt raus. Und Ken stand unter großem Druck, weil er immer wieder mit mir nach New York und zurück fuhr, um meinen Vater zu besuchen, und ich nicht mehr viel Aufmerksamkeit für ihn übrig hatte. Er fühlte sich allein gelassen. Ich überlege, um was es noch ging... Geringes Selbstwertgefühl. Es erklärt vieles, was zur Zeit dieses Vorfalls auch noch passiert ist.«

»Erfuhren Sie erst als Resultat dieses Vorfalls von Kens Drogenmißbrauch und seiner Beziehung oder Beziehungen zu anderen Frauen?«

»Ja. Ken hatte erklärt, daß er in dieser Nacht drei Black Beauties genommen und Stimmen gehört hatte, und in der Therapie stellte sich dann heraus, daß er auch andere Drogen nahm. Es war wohl die Rede von Speed, Aufputschmitteln, Betäubungsmitteln und was auch immer, und sie fanden pornographische Zeitschriften im Haus, hinter den Gipsplatten an der Wand.«

»Wer fand das?«

»Die Polizisten. Sie haben das Haus durchsucht.«

»Was für eine Art von Pornographie war es? Kamen auch Kinder darin vor?«

»Die Polizisten sagten mir, es wäre sowohl homosexuelle als auch heterosexuelle gewesen. Einer von ihnen fragte mich, ob ich das Zeug sehen wolle. Er meinte, es wäre nur das übliche homosexuelle oder heterosexuelle Zeug, also sagte ich nein. Man hat dann, ich glaube im Mülleimer, ein Foto von Ken gefunden, ein Polaroid, vom Hals abwärts, nackt, und auch einen Brief an einen Sexclub in New York. Er wollte seinen Namen nicht preisgeben, hatte er geschrieben, weil er Zahnarzt war, und er wollte, wenn möglich, nichts mit homosexuellen Praktiken zu tun haben.«

»Haben Sie je Einzelheiten über eine seiner Beziehungen erfahren?«

»Na ja, ich habe von einem schwarzen Mädchen gehört und konnte das kaum glauben, weil er solche Vorurteile hatte, und sie sagten, das hinge mit seinem niedrigen Selbstwertgefühl zusammen. Er würde sich mit Leuten einlassen, von denen er selbst nicht viel hielt.«

»Waren Sie je Zeuge, wie Ken Drogen nahm?«

»Ich habe ihn nur Marihuana rauchen sehen.«

»Regelmäßig?«

»Nur hin und wieder.«

»Sie sahen nie, wie er irgendwelche Pillen nahm oder andere Drogen, Kokain oder so etwas?«

»Nein.«

»Sie sagten, Ken sei erst im Krankenhaus geblieben und dann in ein Quartier für unverheiratete Offiziere gezogen?«

»Genau. Er ging zur Gruppentherapie und in Kurse über Alkoholmißbrauch. Die Marine stellte uns auch einen Eheberater. Wir trafen uns zum Mittag- oder Abendessen, wissen Sie. Wir sind sogar, ja, wir sind auch in die Tanzstunde gegangen. Es ging alles darum, uns wieder zum normalen Eheleben zurückzubringen. Er ging zu Sitzungen der Anonymen Alkoholiker. Ich bin manchmal mitgegangen, weil es wichtig war, alles über Alkoholmißbrauch zu erfahren. Die Marine habe nichts mit Drogen zu tun, sagte man, deshalb gab es auch keine Entzugsmöglichkeiten für Drogensüchtige.«

»Sind Sie wieder zusammengekommen?«

»Ich habe weiterhin meinen Vater besucht, und als sich alles langsam beruhigte, bat ich Ken, ins Haus zu kommen und die Katzen zu füttern. Ich bot ihm an, daß er an den Wochenenden im Haus bleiben könne, wenn ich in die Stadt fuhr, und von da an ging es irgendwie weiter.«

»Sie haben erzählt, daß Sie und Ken nach seiner Entlassung etwa anderthalb Jahre auf Staten Island lebten. Was führte schließlich zu der Trennung?«

»Na ja, ich hatte Schwierigkeiten, was Sex anging, wegen all dem, was in Connecticut passiert war. Der Doktor hatte das schon vorausgesagt. Aber wir machten auch keine weiteren Fortschritte. Zu diesem Zeitpunkt, glaube ich, hatte er schon ein Verhältnis mit der Helferin aus seiner Praxis.«

»War das Teresa, dieselbe Teresa, die jetzt ermordet wurde?«

»Genau. Teresa arbeitete für ihn.«

»Wie war ihre Beziehung von da an?«

»Na ja, im allgemeinen versuchten wir, freundlich miteinander umzugehen. Ich dachte immer, was für eine Tragödie, daß wir nicht imstande sind, mit unseren Problemen zurechtzukommen. Es war irgendwie traurig, daß wir nicht miteinander leben konnten, nachdem wir all das durchgemacht hatten; wir haben es einfach nicht geschafft.«

»Hat er nach der Scheidung Unterhalt gezahlt?«

»Einigermaßen, bis zu seiner Heirat. Es gab Wochen, wo ich überhaupt nichts bekam. Ich dachte, du lieber Gott, wie soll ich diese Rechnungen bezahlen, aber dann brachte er wieder Schecks, mit ziemlich großen Summen, auch für die Zeit vorher. Ich würde sagen, für das Kind habe ich angemessene Unterstützung bekommen, aber was meinen Unterhalt angeht, blieb nicht viel übrig.«

Lucia leitete zu Kens Heirat mit Teresa über und zu dem

»Einbruch« in Acapulco, wie Ken es genannt hatte. Dann fragte er: »Wie war Ihre Beziehung zu Ken nach Ihrem Umzug nach Pittsburgh?«

»Immer noch gut. Manchmal redete er davon, daß er gerne zu mir und Astrid zurückkommen wollte.«

»Deutete er an, daß Teresa Drogen nahm, das Kind mißbrauchte oder ähnliches in dieser Richtung?«

»Ich glaube, das war im vergangenen Jahr. Er sagte mir, sie sei schwanger und nähme Drogen. Sie nahm Kodein, behauptete er, und fälschte dazu Rezepte von seinem Rezeptblock. Außerdem hat sie angeblich auch seine Schecks gefälscht. Ich glaubte ihm, weil er auch erzählte, daß sie vorzeitige Wehen bekommen hatte, und ich dachte, so etwas ist wohl möglich, wenn man Drogen nimmt. Aber ich bin kein Arzt. Ich sagte ihm nur: ›Du solltest wirklich mit ihrem Arzt darüber reden, schließlich geht es auch um das Baby.‹«

»Hat er jemals Ihnen gegenüber angedeutet, daß sie das Kind mißhandelte?«

»Er sagte nur hin und wieder, wenn er sich angekündigt hatte und dann doch nicht gekommen war: ›Du kannst dir nicht vorstellen, wie das bei mir zu Hause ist. Ich mache mir Sorgen um die Sicherheit des Kindes.‹ Er erwähnte nie etwas Genaueres. Er meinte nur, sie könne offenbar nicht damit fertig werden.«

»Hat Ken Taylor Sie am 13. November in Pittsburgh besucht?«

»War das der dreizehnte? Sind schon wieder zwei Wochen vergangen seitdem? Ja, er kam zu mir nach Hause.«

»Haben Sie sein Auto gesehen?«

»Ja, er hatte es vor meinem Haus geparkt.«

»Hat er jemals auf irgendeine Weise angedeutet, daß er etwas mit Teresas Tod oder Verschwinden zu tun hatte?«

»Nie.«

»Hat sich Teresas Mutter jemals an Sie gewandt und Sie gefragt, ob es in Ihrer Ehe mit Ken Probleme gegeben hatte?«

»Na ja, als diese Sache in Acapulco passiert war, erzählte sie mir immer wieder, ihre Tochter sei brutal zusammengeschlagen worden.«

»Gibt es einen bestimmten Grund, wieso Sie ihr nichts von dem Vorfall in Connecticut berichtet haben?«

»Äh, ja, der Psychiater sagte, es sei ein einmaliger Vorfall gewesen, ein Ergebnis seiner damaligen Schwierigkeiten, und wissen Sie, ich konnte doch nicht einfach sagen: ›Na ja, er hat das und das getan‹ und damit sein Leben ruinieren. Ich weiß immer noch nicht, was wirklich in Acapulco passiert ist. Vielleicht sind sie ja tatsächlich überfallen worden. Wissen Sie, ich hatte wirklich keine Ahnung, was ich sagen sollte.«

Bis dahin hatte Marilyn Bob Fausak leid getan. Nach dieser Aussage war das nicht mehr der Fall.

Nachdem Fausak ihn in der Abteilung für Gewaltverbrechen in Freehold angerufen hatte, telefonierte Guy McCormick mit der Polizei in Waterford. Man verband ihn mit Detective Sergeant Joseph San Juan. »Klar«, sagte San Juan, »ich erinnere mich an den Fall. Wie kann man so etwas vergessen?«

Es war, wie sich Fausak später erinnerte, die übliche, gar nicht mehr komische Geschichte mit der guten und der schlechten Nachricht. Die gute Nachricht war, daß San Juan alles bestätigte, was Taylors Exfrau erzählt hatte. Die schlechte Nachricht war, daß Paul Chaiet es nicht würde nutzen können. McCormick gab das alles in seinem Bericht wieder:

Der Unterzeichnete nahm Kontakt zur Polizei in Waterford auf, um herauszufinden, ob Kenneth Taylor je mit dieser Behörde zu tun gehabt hatte oder nicht.

Det. Sgt. Joseph San Juan erklärte, er glaube, Kenneth Z. Taylor sei als Lieutenant auf dem Marinestützpunkt in Groton stationiert gewesen, und am 16. April 1979 habe Kenneth Z. Taylor versucht, Marilyn Hope, zu dieser Zeit seine Ehefrau, umzubringen.

Nach den Angaben von Sgt. San Juan war Miss Hope im Bett, als Kenneth Taylor einen chloroformgetränkten Schwamm auf ihr Gesicht drückte und sie beinahe damit erstickte. Sgt. San Juan gibt an, daß Taylor verhaftet und später des Mordversuches angeklagt wurde, aber die Anklage wurde fallengelassen, weil Marilyn Hope bei Gericht vorstellig wurde und die Anzeige zurückzog. Sgt. San Juan gibt ebenfalls an, daß die Polizei im Verlauf ihrer Untersuchung im Haus der Taylors alle möglichen Arten von Korrespondenz mit sexuellem Inhalt fand. Die Korrespondenz war an verschiedene Pornozeitschriften gerichtet, außerdem wurden Nacktfotos von Kenneth Taylor gefunden. Diese Fotos zeigten Taylors Genitalbereich und waren offenbar von ihm selbst mit Hilfe eines Spiegels gemacht worden.

Ich wurde von Sgt. San Juan unterrichtet, daß ihm nicht gestattet war, mir Berichte über die Untersuchung zukommen zu lassen, da die Klage gegen Taylor fallengelassen wurde. Er gab mir den Namen einer Frau, die mit Kenneth Taylor verheiratet gewesen sein soll, bevor er Marilyn Hope heiratete. Ihr Name ist Emily Latrelle, und sie lebt in Indianapolis. Der Unterzeichnete versuchte, sie unter der angegebenen Nummer zur erreichen, bisher jedoch erfolglos.

Chaiet konnte es nicht glauben.

Er rief einen Beamten beim Berufungsgericht von Connecticut an, erklärte den Hintergrund seiner Anfrage und erhielt die Auskunft, daß, sobald eine Anzeige in einem Kriminalfall in Connecticut zurückgezogen wird, der Fall abgeschlossen ist, *gelöscht* wird.

Darüber hinaus darf keines der für den Fall erstellten Dokumente in einem anderen Verfahren benutzt werden. Das alles entsprach den Gesetzen von Connecticut, Allgemeine Verordnungen, §§ 54-142a (a).

»Hören Sie, ich brauche dieses Material einfach. Ich dachte, wir stünden alle auf derselben Seite«, schnaubte Chaiet wütend.

»Es tut mir leid«, erklärte der Beamte, »ich wünschte, ich könnte Ihnen helfen.«

Am selben Tag, an dem Marilyn Hope von Lucia und Fausak verhört wurde, fand vor dem Jugend- und Familiengericht von Monmouth County eine Anhörung über das Sorgerecht für den fünf Monate alten Philip Andrew Taylor statt. Richterin war Julia L. Ashbey.

Nachdem Jeff und Celeste verhindert hatten, daß Kens Eltern Philip mit nach Indiana nehmen konnten, beanspruchten sie jetzt das volle Sorgerecht für den Jungen. Barry Shapiro, der Anwalt, der Ken bei der Hauptprüfung vertreten hatte, trat hier für die Taylors auf. Das Kind könne in keine besseren, erfahreneren Hände kommen, argumentierte er. Nicht nur hatte der Vater – der bisher nicht verurteilt war – gewünscht, daß sein Sohn von Jean und Zach betreut würde, sondern auch die verstorbene Mutter des Jungen hatte oft erklärt, sie wolle, daß er von seinen Großeltern väterlicherseits erzogen würde, wenn ihr und ihrem Mann etwas zustoßen sollte.

Richterin Ashbey verhielt sich abwartend und ordnete ein gemeinsames Sorgerecht der Parteien an, bis Kens Verfahren abgeschlossen sei. Das Kind sollte bei den Taylors in Manalapan bleiben, bis auf die Zeit von Dienstag, acht Uhr morgens bis Donnerstag, 18 Uhr. Diese Zeit sollte es bei Jeff und Celeste auf Staten Island verbringen. Wenn Celeste ins Krankenhaus kommen würde, um ihr eigenes Baby zu bekommen, sollte diese Regelung ausgesetzt werden, bis Celestes Gynäkologe schriftlich mitteilte, daß sie gesundheitlich wieder in der Lage war, sich um Philip zu kümmern. Die Vorstellung, daß die Taylors den kleinen Philip zu Teresas Mörder mitnehmen würden, quälte Celeste, aber immerhin brauchte sie keine Angst mehr zu haben, das Kind nie mehr zu sehen, falls man es nach Indiana bringen würde. Jedenfalls im Augenblick nicht.

Chaiet war an diesen Vorgängen nicht direkt interessiert. Er ließ sich jedoch informieren, für den Fall, daß sich irgend etwas für den Mordfall Relevantes ergeben würde. Und genau das geschah tatsächlich.

Die Ermittlerin Barbara Coleman berichtete, der Arzt, der Philip entbunden hatte, könne bezeugen, daß es zur Zeit der Geburt des Jungen bei Teresa keine Anzeichen von Drogenmißbrauch gegeben hatte.

Auch wenn Teresa Tag und Nacht im Kokainrausch gewesen wäre, hätte das nach Chaiets Ansicht den Mord nicht gerechtfertigt. Nachdem er den Autopsiebericht gelesen und die Fotos gesehen hatte, fiel es ihm nicht schwer, den Schluß zu ziehen, daß wohl eher Ken durch Drogenmißbrauch den Verstand verloren hatte.

Die medizinische Fachsprache vermittelte keinen Eindruck davon, wie schrecklich die Verletzungen gewesen waren. »MASSIVE VERLETZUNGEN AM HINTERKOPF, IM GESICHT UND IN DER CRANIOCEREBRALREGION DURCH EINWIRKUNG EINES STUMPFEN GEGENSTANDES«, hieß es da. »KOMPLIZIERTE UND EINFACHE BASIS- UND KONVEXITÄTSFRAKTUREN, AUF BEIDEN SEITEN, AUSTRITT DER GEHIRNMASSE. AKUTE SUBABACHNOIDALBLUTUNGEN, SOWOHL OFFEN ALS AUCH SUBKUTAN, BEIDSEITIG, SCHWERE BLUTUNGEN IM GESAMTEN GESICHTS- UND GEHIRNBEREICH.«

Ken Taylor hatte die über dreißig Zentimeter lange stählerne Hantel mit der vorstehenden Halterung für die Gewichte mit unglaublicher Gewalt immer wieder wie einen Hammerkopf auf Teresas Gesicht und ihren Kopf niedersausen lassen. Ihr Mund war eingeschlagen. Die meisten Schläge hatten die linke Seite ihres Gesichts und ihres Kopfes getroffen. Einer war direkt über ihrem linken Auge, unterhalb der Augenbraue, niedergegangen, ein anderer gleich darüber, auf ihre Stirn. Vier weitere hatten sie im Umkreis des linken Ohrs getroffen, einer auf jeder Seite des Ohrs, zwei weiter oben. Einer dieser Schläge hatte eine klaffende Wunde von beinahe sechs Zentimetern Länge und anderthalb Zentimetern Breite hinterlassen, aus der Gehirnmasse ausgetreten war. Drei weitere Schläge hatten ihren Hinterkopf mit solcher Wucht getroffen, daß ihr Schädel in drei Einzelteile gespalten wurde und aus den tief klaffenden Wunden ebenfalls Gehirnmasse ausgetreten war.

Chaiet forderte eine Untersuchung auf Rückstände von Kodein und Kokain in Teresas Leiche an. Diese Aufgabe wurde dem renommierten Laboratorium für Bioanalyse und Toxikologie unter Leitung von Dr. Frederick Rieders übertragen. Der Bericht gab an, daß in Teresas Körper 121 Nanogramm pro Milliliter Kodein gefunden worden waren. Kokain hingegen war nicht nachzuweisen. Aber es gab Benzoylecgonin – 0,04 Anteile auf eine Million –, ein Zerfallsprodukt von Kokain.

Chaiet rief Rieders an. Er sollte auf jeden Fall als Zeuge der Anklage auftreten, und es war wichtig, daß er seine Untersuchungsergebnisse in einer einfachen Sprache formulieren würde.

Nach dem Gespräch fühlte sich Chaiet ziemlich gut. Die gefundene Menge Kodein entsprach der üblichen Dosis bei einer Anwendung als Schmerzmittel.

»Würden Ihre Untersuchungsergebnisse die Behauptung, daß diese Person zum Zeitpunkt ihres Todes im Kokainrausch gewesen ist, eher bestätigen oder negieren?«

Das Maß an Benzoylecgonin ließ laut Rieders darauf schließen, daß Kokain zur Entspannung genommen worden war, keinesfalls wies es auf eine Sucht hin. Kokain begann sofort zu zerfallen, also konnte man kaum sagen, ob es am Todestag eingenommen worden war oder zwei, drei Tage zuvor. Auf jeden Fall war nicht genug von dem Zerfallsprodukt vorhanden, um auf einen gestörten oder unzurechnungsfähigen Zustand schließen zu lassen.

Es gab auch keinen Alkoholwert von 0,4 Promille, der aber mit höchster Wahrscheinlichkeit auf die beginnende Verwesung zurückzuführen war.

»Und das würden Sie alles bezeugen?« fragte Chaiet.

»Selbstverständlich.«

Das waren von seiten der Mediziner die besten Nachrichten für Chaiet. Soweit es ihn anging, reichte das aus. Aber wer auch immer Taylor verteidigen würde, es war sicherer, die Kokaingeschichte von allen möglichen Seiten zu beleuchten. Und niemand wußte schließlich, wie das den einen oder anderen Geschworenen beeinflussen konnte, wenn es um eine Verurteilung wegen Mordes ging. He, schließlich hat sie Kokain genommen, oder?

Vor diesem Hintergrund konnte Chaiet die Möglichkeit nicht ganz ausschließen, daß die Verteidigung einen oder mehrere Zeugen fand, die schwören würden, daß Teresa kokainsüchtig gewesen war. Früher oder später würde das kommen, und schon vor der Verhandlung würde er es wissen. Nach den Gesetzen von New Jersey mußte der Ankläger alle faßbaren Beweise, die er benutzen würde, offenlegen. Die Verteidigung allerdings auch.

Chaiet würde nicht warten, bis man ihn überraschte. McCormick und Fausak sollten nicht nur Kens Vergangenheit erforschen, sondern auch alles über Teresa herausfinden, was möglich war. Von diesem Zeitpunkt an arbeiteten sie bei beinahe jedem Aspekt des Falles zusammen.

Wie Fausak kam auch McCormick aus einer Polizistenfamilie. Zur Zeit der Untersuchung war er 36, ein Mann, dem man so leicht nichts vormachen konnte. Sein Vater war 41 Jahre lang Polizist gewesen und als Chef der Kriminalpolizei von Monmouth County in den Ruhestand getreten. Guy war verheiratet und hatte zwei Söhne, und er hatte immer versucht, sich weiterzubilden. Er hatte als Fahrdienstleiter bei der Polizei von Manalapan angefangen und nebenbei am Trenton State College Strafrecht studiert. Nach seinem Eintritt in die Staatsanwaltschaft 1977 setzte er sein Studium fort und schloß mit einem Magistergrad in Öffentlicher Verwaltung ab. Jetzt war er seit fünf Jahren im Morddezernat, und 55 Mordfälle hatten ihm einen mehr als oberflächlichen Einblick in die menschliche Natur erlaubt.

Von Anfang an war ihm Kens Bericht darüber, was zu Teresas Tod geführt hatte, nicht nur absurd, sondern trotz der grotesken Einzelheiten auch typisch erschienen. Verdächtige in dieser Art von Fällen verhielten sich immer vorhersagbar. Gleich nach dem Geständnis brachten sie Gründe vor, die sie entlasteten und versuchten, sich in ein besseres Licht zu rücken.

Was McCormick faszinierte, war der Verdächtige selbst. Solchen Abgründen der Seele war er vorher noch nicht begegnet. Das war kein Mann, bei dem man sofort spürte, wie schlecht er war. An der Oberfläche sah alles gut aus. Ken war ein Geschäftsmann, charmant, ein Zahnarzt mit vielversprechender Zukunft, einem netten Haus, einer netten Frau, die er angeblich liebte, einem kleinen Jungen, und dann wurden plötzlich alle Informationen über ihn widersprüchlich. McCormick wurde klar, daß er es hier tatsächlich mit dem personifizierten unfaßbaren Bösen zu tun hatte.

Als erstes nahmen er und Fausak zu allen Apotheken im Gebiet von Freehold und Manalapan und entlang der Route 9 zum Garden State Parkway und der Straße nach Staten Island Kontakt auf. Sie fanden eine Anzahl von Rezepten, für gewöhnlich für Tylenol 3, für Teresa. Andere waren auf Phil Benigno ausgestellt – insgesamt fünf davon – und für Tom Taylor, Kens Bruder. Sie wußten damals noch nicht, daß auch Tom Drogenprobleme hatte und bei Ken und Teresa zu Besuch gewesen war.

Sie kannten Angela Rozeks Bericht darüber, daß Teresa

ihr von Kens Kokaingenuß erzählt hatte und davon, daß sie mitunter mitmachte. Dann verhörten sie auch Irene DeBlasio.

»Welcher Art war Ihre Beziehung zu der verstorbenen Teresa Taylor, und wie lange kannten Sie sie schon?«

»Wir waren gute Freundinnen, etwa seit zwölf Jahren bis sie anfing, mit Ken Taylor auszugehen. Dann habe ich nichts mehr von ihr gesehen. Aber wir blieben in Verbindung. Als sie nach ihrer Rückkehr aus Acapulco im Krankenhaus war, besuchte ich sie dort. Sie schrieb mir einen Brief, als sie schwanger war. Ich rief sie an, und wir trafen uns wieder häufiger. Ich schnitt ihr und Ken die Haare, und Ken kümmerte sich um meine Zähne. Ich ging zu der Babyparty, die in ihrem Haus veranstaltet wurde. Danach verbrachten mein Freund und ich oft die Sonntage bei ihnen, und wir übernachteten auch dort.

»Wann haben Sie Teresa Taylor zum letzten Mal gesehen?«

»Am Montag, dem 5. November. Ich ging in die Praxis, wegen einer Zahnbehandlung. Ich wollte einen Termin für den kommenden Montag vereinbaren, weil ich meine Schwester in Michigan besuchen und vier oder fünf Tage bei ihr bleiben wollte. Ich sagte ihnen, daß ich am frühen Sonntagmorgen mit einer Maschine des People's Express vom Flughafen Newark abfliegen würde.«

»Haben Sie nach Ihrem Besuch in der Praxis, als Sie Ken und Teresa von Ihrer geplanten Reise erzählten, noch einmal mit Teresa gesprochen?«

»Nein.«

»Nachdem Sie aus Michigan zurückgekehrt waren, sprachen Sie da mit Ken Taylor?«

»Am Freitagmorgen rief ich ihn an und weckte ihn, so gegen neun Uhr, bevor ich zur Arbeit fuhr. Ich hatte mir Sorgen gemacht und angerufen, um zu erfahren, ob er etwas von Teresa gehört hatte. Er verneinte. Während unseres Gesprächs fragte ich ihn, ob Teresa sich vielleicht an Acapulco und den Überfall erinnert habe, und er sagte: ›Das weiß ich nicht; wieso fragst du?‹ Er erklärte, alle hätten angenommen, sie wäre mit mir geflogen, er ebenfalls. Am Telefon machte er keinen besorgten Eindruck. Seitdem habe ich nicht mehr mit ihm gesprochen.«

»Wie häufig und wie viele Male waren Sie bei den Taylors und sind über Nacht geblieben?«

»Sechs- oder achtmal in den vergangenen drei Monaten.«

»Haben Sie jemals gesehen, daß Ken Taylor Teresa angegriffen hat oder irgendwelche Anzeichen bemerkt, daß er sie geschlagen hatte?«

»Keine.«

»Haben Sie Kenntnis davon, daß Teresa irgendwelche Drogen nahm?«

»Sie schluckte Diätpillen, und während ihrer Schwangerschaft bekam sie auch Pillen von ihrem Arzt. Außerdem nahm sie Kodein wegen ihrer Zähne.«

»Als Sie bei den Taylors übernachteten, wurden da irgendwelche Drogen genommen?«

»Nur einmal. Als wir ankamen, hatten sie Kokain da. Mein Freund und ich hatten ein wenig Marihuana mitgebracht. Ken und er rauchten es, aber sie boten Teresa nichts an, weil sie es nicht mochte. Ken hatte Kokain. Wir sahen uns ›Star Search‹ an, und ich bat Teresa, Ken zu fragen, ob er das Kokain verkaufen würde. Sie tat es, und später war Kokain auf dem Tisch, Ken gab uns allen etwas davon. Es war einfach auf dem Tisch. Mein Freund gab Ken fünfzig Dollar. Wir alle, Teresa eingeschlossen, schnupften das Kokain.«

»Wie oft haben Sie in Kens und Teresas Haus Kokain genommen?«

»Einmal. Es war entweder beim zweiten oder dritten Besuch dort.«

»Wie sind Sie darauf gekommen, daß Ken Taylor Kokain hatte oder es besorgen könnte?«

»Weil er Zahnarzt war.«

»Haben Sie bei Ihren Besuchen im Haus der Taylors noch öfter beobachtet, daß Teresa oder Ken irgendwelche Drogen nahmen?«

»Nur Alkohol. Teresa trank nicht besonders viel. An diesem Abend haben wir uns allerdings alle betrunken – an dem Abend, wo das Kokain auf dem Tisch lag.«

»Haben Sie Teresa in den zwölf Jahren Ihrer Bekanntschaft jemals unter Einfluß von Alkohol oder Drogen gesehen?«

»Wir haben hier und da etwas getrunken, wenn wir zusammen ausgegangen sind – vor ihrer Heirat. Ich habe sie nie Drogen nehmen sehen, nur die Diätpillen, weil sie sich Gedanken wegen ihres Gewichts machte.«

»Hat Teresa Ihnen gegenüber jemals angedeutet, daß es in ihrer Ehe Schwierigkeiten gab?«

»Nein. Sie erwähnte nur, daß sie mit dem Baby, dem Haus und der Praxis unter großem finanziellen Druck standen.«

»Hat Teresa jemals angedeutet, daß sie intimere Probleme hatte?«

»Nur einmal. Im vergangenen Monat erwähnte mein Freund, daß wir sexuelle Probleme hatten. Teresa meinte, das sei auch bei ihnen der Fall, und Ken lächelte nur. Die Bemerkung meines Freundes ging in die Richtung, daß ich nicht oft genug Sex haben wollte oder überhaupt keinen.«

»Sind Sie über den Vorfall von Acapulco informiert und was dort geschah?«

»Ich habe sie kaum wiedererkannt, damals im Krankenhaus auf Staten Island, so schlimm war sie zugerichtet. Später, als mein Freund und ich sie zum ersten Mal zu Hause besuchten, zeigte sie uns Bilder von Acapulco und sprach längere Zeit darüber, was geschehen war. Sie sagte, sie wären zum Essen ausgegangen, hatten Schwierigkeiten im Restaurant, und Ken deutete an, daß Teresa vielleicht einen der Kellner beleidigt hatte und deshalb jemand eine Rechnung begleichen wollte. Ken sagte auch, daß die gläserne Schiebetür zu ihrem Zimmer vielleicht nicht verschlossen gewesen war, und als sie schliefen, habe sich jemand hereingeschlichen und sie auf den Kopf geschlagen. Teresa sagte, sie erinnere sich an nackte Füße, aber an nichts anderes.«

Irene DeBlasio würde eine hervorragende Zeugin sein, dachte McCormick. Sachlich und realitätsbewußt. Sie hätte die Episode mit dem Kokain nicht erwähnen müssen. Wenn man diese Aussage zusammen mit dem Bericht des Toxikologen und der Aussage Angela Rozeks präsentierte, würde es das ideale Gegengift gegen sämtliche Behauptungen der Verteidigung darstellen, Teresa sei drogensüchtig gewesen und hätte das Baby mißbraucht.

Man konnte sich keine bessere, liebevollere Mutter vorstellen, sagte Cindy Diaz. Teresa hatte ihr immer am Telefon von den Fortschritten des kleinen Philip berichtet. Wie Irene kannte auch Cindy Teresa schon seit ihrer Teenagerzeit. Sie hatten sich ein wenig aus den Augen verloren, nachdem Teresa Ken kennengelernt hatte, aber sie hatte Teresa nie Drogen nehmen sehen. Neben den Rozeks war Cindy die letzte von Teresas Freundinnen, die sie lebend gesehen hatte, am Morgen des 10. November, als sie mit Teresa in Brooklyn einkaufen war.

»Hat Teresa jemals angedeutet, daß sie Probleme mit Ken hatte?« fragte McCormick.

»Nein, eigentlich nicht. Sie sprach nur über finanzielle Schwierigkeiten.« Cindy zögerte und sagte dann: »Ich bekam den Eindruck, daß sie Angst hatte, Ken zu verärgern. Zum Beispiel, indem sie zu spät kam.« An diesem Tag hatte Teresa, nachdem sie aus Brooklyn zurückgekommen waren, gesagt: »Ich muß gehen. Ich werde zu spät kommen. Wenn ich ihn nicht rechtzeitig abhole, bringt Ken mich um.«

Sie waren spät drangewesen, erzählte Cindy, weil ihr Mann Teresa und das Baby auf Video aufgenommen hatte.

McCormick spitzte die Ohren. »Was ist das für ein Band? Kann ich vielleicht eine Kopie bekommen?«

»Ich habe es selbst noch nicht gesehen, aber ich kann selbstverständlich meinen Mann um eine Kopie bitten.«

Es war eine Sache, dachte McCormick, um belegen zu können, wie gut Teresa als Mutter war. Trotzdem würde sie für die Geschworenen abstrakt bleiben. Auf diese Weise hätten sie die Geschworenen jedoch lebendig vor Augen.

Cindy Diaz erwähnte auch Teresas früheren Freund Sal Aurelio. Als er befragt wurde, schien Aurelio immer noch verärgert zu sein, weil Teresa ihn fallengelassen hatte, aber er erklärte auch, daß er in den zwei Jahren, in denen sie miteinander gegangen waren, nie beobachtet hatte, daß Teresa Kokain nahm.

In Brooklyn verkündete Dr. Irwin Azar boshaft, er habe Teresa gefeuert, weil sie ihm »Widerworte gegeben« hatte. Er wußte nichts von Drogenproblemen, weder bei Teresa noch bei Ken. In seinen letzten Wochen im Zahnpflegezentrum hatte Ken Schwierigkeiten mit dem Finanzamt gehabt. Kens Erklärung für den Diebstahl von Tausenden von Dollars in bar und in Schecks war gewesen, er brauche das Geld, um seine Ausgaben für die Flitterwochen in Acapulco zu decken. Azar war nicht daran interessiert, Ken Taylor jemals wiederzusehen.

Auf Staten Island gab Dr. Ronald Avis, Teresas nächster Arbeitgeber, zu Protokoll, daß Teresa eine erstklassige Helferin gewesen war, eine Bereicherung für die Praxis. Keinerlei Probleme.

Avis' Partner, Dr. Stanley Weinstein, hielt Ken für ein »unangenehmes Individuum«. McCormicks Notizen zufolge hatte Weinstein noch weitere Kommentare:

Dr. Weinstein erinnert sich, daß Kenneth Taylor Teresa in der Praxis besuchte und von dort aus diverse Apotheken anrief und Medikamente bestellte, und Weinstein hatte das Gefühl, daß Teresa diese Medikamente dann mitnahm. Das sei einer der Gründe, wieso er Kenneth Taylor nie getraut habe. Er gab auch an, daß Teresa, nachdem sie sich von den Verletzungen aus Acapulco erholt hatte, in Dr. Weinsteins Praxis von Kenneth behandelt werden sollte, aber Teresa war sehr ängstlich gewesen und hatte es nicht zugelassen. Dr. Weinstein glaubt, daß Teresa Taylor sich vor Kenneth Taylor fürchtete.

Neben ihrer Aussage darüber, daß Ken von Teresa verlangt hatte, eine Abtreibung vornehmen zu lassen, berichtete Ann Toppino, Teresas Kollegin in der Praxis, daß Ken und Teresa einmal einen fürchterlichen Streit gehabt hatten und Teresa verängstigt gewesen sei, »wegen der Art, wie er sie angesehen hat«. Zu dieser Zeit hatte Ken immer noch seine Mietwohnung auf Staten Island.

Der Vermieter des Zweifamilienhauses erinnerte sich, daß Ken und Teresa häufig »lautstarke Auseinandersetzungen« gehabt hatten. Bei einer dieser Auseinandersetzungen hatte der Sohn des Vermieters nach beträchtlichem Geschrei gehört, wie »etwas oder jemand« gegen eine Wand geworfen wurde, danach folgte Schweigen und dann Entschuldigungen von Ken.

Fausak ging in der Nachbarschaft des Hauses in Manalapan von Tür zu Tür. Hatte irgend jemand etwas Ungewöhnliches gesehen oder gehört?

Eine Hausfrau einen Block weiter erinnerte sich, Schreie aus der Richtung des Hauses an der Valley Road gehört zu haben, die sie mitten in der Nacht geweckt hatten. Sie hatte aus dem Fenster geschaut, aber nichts gesehen. Ihr Mann bestätigte ihre Aussage. Ein weiteres Paar, vier Häuser weiter, hatte ebenfalls die Schreie gehört. Niemand hatte die Polizei gerufen. Sie hatten angenommen, jemand anderes würde es schon tun.

Außerdem konnten sie keinen genauen Zeitpunkt angeben. Es war vor zwei oder drei Wochen gewesen, kurz vor dem Wochenende. Vor zwei Wochen, das wäre etwa zur Zeit des Mordes gewesen.

Am Wochenende davor waren Ken und Teresa bei den Benignos gewesen. Am Abend desselben Tages hatten Irene DeBlasio und ihr Freund vorbeikommen wollen, aber Teresa hatte den Besuch abgesagt. Sie sagte, Ken sei in der Badewanne ausgerutscht und habe sich den Knöchel verletzt. Aber am Montag, als Irene wegen der Zahnbehandlung im Büro vorbeikam, schien alles in Ordnung zu sein.

Dr. John Bobinski, ein Zahnarzt, den Ken für seine neue Praxis angestellt hatte, konnte nicht viel beitragen. Wenn er in der einen Praxis arbeitete, war Ken in der anderen. Ken und Teresa schienen glücklich miteinander zu sein, und beide liebten das Baby abgöttisch.

Die anderen Angestellten in den beiden Praxen, alles Frauen, bezeichneten Teresa als »gute Mutter«. Eine von ihnen, eine junge Vietnamesin, lobte allerdings ausschließlich Ken als liebevollen Vater. Es sah so aus, dachte McCormick, als versuche sie, etwas Negatives über Teresa zu sagen, könne aber nichts finden. Er fragte sich, ob Ken wohl eine Affäre mit ihr gehabt hatte.

Was den Zwischenfall in Acapulco anging, gaben alle dieselbe Version wieder: Banditen waren eingebrochen, hatten Ken niedergeschlagen und Teresa verprügelt.

Um 11.44 Uhr, am 7. Dezember, ging auf dem Polizeirevier von Manalapan ein Anruf ein, während Fausak und McCormick zu Verhören unterwegs waren. Die Anruferin, dem Telefonisten zufolge eine »verstörte Frau«, wollte mit »dem Detective reden, der für den Fall Teresa Taylor zuständig ist«. Sie weigerte sich, ihren Namen zu nennen.

Das Tonbandgerät des Reviers wurde eingeschaltet und der Anruf zu Captain Jimmie Potts durchgestellt.

»Ich rufe wegen diesem Mann an, wissen Sie, der seine

Frau umgebracht hat, Kenneth Taylor. Wir haben in Acapulco Urlaub gemacht, als sie dort waren. In der Zeitung hat nicht gestanden…«

»Entschuldigen Sie«, sagte Potts, »Ich kann Sie kaum verstehen.«

Die Verbindung war schlecht. Potts überlegte, ob er sie bitten sollte, noch einmal anzurufen. Aber er beschloß, es nicht zu tun. Ihre Stimme klang sehr angespannt. Es wäre möglich, daß sie sich nie wieder melden würde. »Ja?« sagte er.

»In ihren Flitterwochen. In Acapulco.«

»Ja?«

»Wir waren im Hotel. Es gab einen großen Skandal seinetwegen.«

»Ja?« sagte Potts. Die Stimme der Frau hatten einen schwachen Akzent, aber wegen der schlechten Verbindung konnte er ihn nicht identifizieren.

»Und ich wollte jetzt wirklich mal wissen, was mit ihm passiert. Ich meine, immerhin hat er seine Frau umgebracht.«

»In Ordnung. Der Fall ist noch nicht abgeschlossen. Können Sie mir bitte Ihren Namen sagen?«

»Nein, das will ich nicht. Ich habe Familie.«

»Ich verstehe«, antwortete Potts. »Aber Sie müssen auch verstehen, daß Ihre Informationen sehr hilfreich für uns sein könnten.«

»Also, ich, äh, ich habe ich nur gefragt, ob er damit davonkommen könnte? Wissen Sie, ich mache mir Sorgen.«

»Ich weiß nicht, was Sie mit ›davonkommen‹ meinen.«

»Na ja, wird er bestraft werden für das, was er getan hat?«

»Sprechen Sie von der Sache in Acapulco oder…«

»Ich spreche von dem Mädchen, Teresa!«

»Das weiß ich«, sagte Potts. »Aber geht es um Acapulco oder um den Mord?«

»Um den Mord. Die Sache in Acapulco – wissen Sie, ich war dort mit meinem Mann und den Kindern. Alles, was ich weiß, ist, daß das Mädchen am Empfang mir gesagt hat, Teresa wolle ihn nicht anzeigen. Sie hatte Schmerzen, und er hatte den Leuten im Hotel gesagt, daß vier Männer eingebrochen waren, oder zwei Männer. Dann fanden wir heraus, was wirklich passiert war, daß er es getan hatte... daß, wissen Sie, er hat sie während der ganzen Flitterwochen geschlagen.«

Potts spürte, wie sich jetzt die Spannung auch in seiner Stimme niederschlug. Die Frau am anderen Ende kam dem Punkt näher, über den sie eigentlich reden wollte. Es war wichtig, sie am Sprechen zu halten.

»Sie waren zur selben Zeit im Hotel?«

»Ja«, sagte sie.

»Und in welchem Monat war das?«

»Im Juli 1983. In der zweiten Juliwoche.«

»Ja.«

»Wir sind mit ihnen zusammen vom Flughafen aus ins Hotel gefahren, im selben Wagen. Wir waren die einzigen anderen Gäste in dem Wagen, meine vier Kinder, mein Mann und ich. Und wir luden sie auf unser Zimmer ein, wissen Sie, zu einem Drink, weil es doch ihre Flitterwochen waren. Wir haben auf ihre Hochzeit getrunken.«

Ihre Stimme wurde schwankend.

»Ja!« sagte Potts.

Schließlich kam es dann.

»Wir haben sie danach nicht mehr gesehen«, sagte die Frau. »Als wir dann abreisten, kam er mit den Polizisten in die Hotelhalle und rief meinen Namen. Ich schaute ihn an und sah, daß er unrasiert war. Ich fragte ihn, was passiert war. Er sagte, er sei vier Tage im Gefängnis gewesen. Er sagte: ›Es hat Streit gegeben.‹ Und, wissen Sie, ich dachte, er hätte Streit in einer Bar gehabt oder so. Aber dann erklärte er: ›Meine Frau ist im Krankenhaus‹, und ich sagte: ›Was haben die mit ihr gemacht?‹, und er sagte: ›Nein, nicht die, ich. Wir hatten Krach, und ich habe sie verprügelt.‹«

O Mann, dachte Potts.

»Ich habe mich gefragt, ob Sie darüber Bescheid wußten«, sagte sie.

»In Ordnung, lassen Sie mich etwas sagen: Was Sie mir da erzählt haben, ist sehr, sehr wichtig. Es könnte in der Verhandlung entscheidend sein. Darf ich bitte persönlich mit Ihnen sprechen, damit Sie eine Aussage machen können? Es ist außerordentlich wichtig.«

»Ich habe Angst.«

»Sie brauchen keine Angst zu haben. Er ist immer noch im Gefängnis.«

»Er ist im Gefängnis?«

»Ja, er ist noch drin.«

»Aber ich habe trotzdem Angst. Er könnte frei herumlaufen.«

»Er läuft nicht frei herum. Sie brauchen keine Angst zu haben.«

»Nein?«

»Ganz sicher«, erklärte Potts. »Ich bin selbst verheiratet, und ich würde meiner Frau nichts anderes sagen.«

»Wissen Sie, wenn etwas passieren würde und er freikäme...«

»Er würde Ihnen nichts tun, glauben Sie mir. Im Moment ist er nur daran interessiert, wieder aus dieser Angelegenheit herauszukommen. Aber Sie wissen ja, jede Kleinigkeit kann helfen. Was Sie mir erzählt haben, würde bestimmt helfen.«

»Ich muß es mir überlegen. Ich möchte erst mit meinem Mann darüber sprechen.«

»In Ordnung«, sagte Potts. Er fühlte, wie ihm der Schweiß über den Oberkörper lief. »Ich möchte Sie selbstverständlich zu nichts zwingen, auf keinen Fall. Und Sie wissen ja, also, es wäre wirklich großartig, wenn die Staatsanwaltschaft Ihre Aussage aufnehmen könnte, und vielleicht wird der Ankläger sie bei der Verhandlung überhaupt nicht brauchen. Sie könnte als Hintergrundinformation dienen und uns sicherlich bei der Untersuchung helfen.«

»Was meinen Sie damit?«

»Na ja, wissen Sie, ich weiß ja nicht genau, was passieren wird. Ich habe hier keine Kristallkugel vor mir. Aber nehmen wir mal an, Sie werden sagen: ›Na ja, das war ein einmaliger Vorfall‹, ja?«

»Ein was?«

»Ein einmaliger Vorfall, als er sie, wissen Sie, mit einem stumpfen Gegenstand geschlagen hat. Und jetzt könnten wir beweisen, daß es ein Verhaltensmuster gibt, und Ihre Aussage, daß er erklärt hat: ›Ich habe es getan‹ – die könnte wirklich wichtig sein. Wirklich, Sie sollten aussagen.«

»Ich möchte es ja auch.«

Jetzt habe ich sie, dachte Potts. Nur noch ein bißchen weiter überreden. »In Ordnung«, sagte er. »Ich möchte Ihren Nachnamen gar nicht wissen. Wie ist denn Ihr Vorname?«

Damit war er wieder am Anfang. »Ach nein, ich möchte es nicht sagen. Ich glaube, ich habe wirklich Angst... Es ist einfach furchtbar, schrecklich.«

»Ich weiß. Genau deshalb sollten Sie ja eine Aussage machen. Ich habe Sie doch nur nach Ihrem Vornamen gefragt.«

»Ich frage mich, wie es den Eltern des jungen Mädchens geht. Man hat ihre Mutter überhaupt nicht erwähnt. Lebt sie noch?«

»Ob die Mutter noch lebt? Ja, sie lebt. Ja.«

»Oh, es muß sie wahnsinnig machen. Weil, in der Zeitung stand, daß der kleine Junge, ihr kleines Kind, seinen Eltern übergeben wurde.«

Jetzt war *er* kurz davor, wahnsinnig zu werden. »Na ja, das ist die Sache des Gerichts«, meinte er.

»Ich weiß, aber ich hätte gedacht...«

»Sicher. Ich kann Sie verstehen.«

»Es ist so schrecklich. Ich habe eine Tochter, die ist dreiundzwanzig Jahre alt.«

Potts sprang darauf an. »Dann können Sie ja nachfühlen, was die Mutter jetzt durchmacht.«

»Ja, es ist schrecklich, fürchterlich. Vielleicht braucht er Hilfe. Aber man sollte nicht zulassen, daß er damit davonkommt.«

»Nein, das wollen wir ja auch nicht. Ob er Hilfe braucht oder nicht, ich möchte auch nicht, daß er damit davonkommt.«

»Ich werde Sie in ein paar Tagen wieder anrufen.«

»Bitte sagen Sie mir zuerst Ihren Vornamen, damit ich weiß, mit wem ich spreche.«

»Lieber nicht. Wie heißen Sie denn?«

»Potts. Captain Potts. Mit zwei ›t‹.«

»Sie wissen doch, wie ich mich fühle. Ich habe Angst.«

»Ich versichere Ihnen, es gibt keinen Grund, Angst zu haben. Selbst wenn er auf Kaution rauskommt, wird er nur versuchen, seine eigene Haut zu retten. Er ist nicht so blöd, daß er versuchen würde, jemandem etwas zu tun.«

»Ich werde Sie zurückrufen.«

Potts resignierte. Mehr würde er nicht bekommen. Jetzt war es wichtig, sicherzustellen, daß sie auch wirklich zurückrief. »In Ordnung«, sagte er, »wann werden Sie wieder anrufen?«

»In der nächsten Woche. Das verspreche ich. Am Dienstag oder Mittwoch.«

»Und Sie wollen mir wirklich Ihren Vornamen nicht sagen?«

Diesmal schwieg sie kurz.

»Sorayda«, sagte sie schließlich.

»Sorayda? Woher kommt das?«

»Es ist ein spanischer Name.«

»Aha, spanisch. Ein sehr schöner Name.«

»Vielen Dank.«

»Also, Sorayda, mein Name ist Jimmie. Ich hoffe, von Ihnen zu hören.«

Potts entschloß sich, es noch ein letztes Mal zu versuchen. Er erzählte von Kitty Genovese, einer jungen Frau, die eines Nachts in Queens, New York, auf dem Weg nach Hause war, als man sie überfiel und erstach. Das löste einen unglaublichen Skandal aus. Potts erzählte, was geschehen war. Die Leute in den Häusern der Nachbarschaft hörten ihre Hilfeschreie. Aber niemand rief die Polizei. »Sie wollten nicht darin verwickelt werden«, meinte er.

»Oh, das ist ja schrecklich. Ich weiß, was Sie sagen wollen. Ich wünschte, ich könnte diesem jungen Mädchen, dieser Teresa, helfen. Aber sie ist tot.«

»Sie können ihr immer noch helfen, Sorayda. Und auch anderen. Wenn er freikommt, wird er seine Tat vielleicht wiederholen, und was dann?«

»Ja, er könnte es wieder tun.«

»Und ich glaube auch, daß Teresa irgendwo, irgendwie nach Gerechtigkeit ruft. Kann ich vorbeikommen und mit Ihnen reden?«

»Ich werde Sie wieder anrufen.«

In ihrem Tonfall lag etwas Endgültiges. »Ja, bitte tun Sie das«, sagte Potts. »Ich danke Ihnen, daß Sie mich angerufen haben. Ich rechne es Ihnen wirklich hoch an. Ich werde am Dienstag auf Ihren Anruf warten. Vielleicht können Sie ja sogar schon am Montag anrufen.«

Aber sie meldete sich nicht wieder.

Kapitel Acht

Am 28. November, zehn Tage nachdem er das Polizeirevier von Manalapan betreten hatte, beauftragte Ken Jack Venturi, einen dreiunddreißigjährigen Anwalt mit draufgängerischem, jungenhaftem Charme, mit seiner Verteidigung.

Er war der dritte Anwalt, den Barry Shapiro empfohlen hatte. Die beiden anderen, ältere Männer, waren für Kens

Geschmack zu autoritär gewesen. Venturi jedoch erkannte sofort, daß Ken größten Wert auf die Verteidigungsstrategie legte, und er erklärte ihm, daß er ihn zwar beraten würde, Ken selbst jedoch die Entscheidungen über das Vorgehen fällen sollte.

Es gefiel Ken, daß er und Jack etwa im selben Alter waren und deshalb gut miteinander harmonierten. Es gefiel ihm auch, daß Venturi gleich zu Beginn sagte, eine Verurteilung wegen Mordes wäre »unmöglich«. Ihm gefiel, daß Venturi aus New Brunswick im Middlesex County kam und nicht aus Monmouth, denn so würde er nicht unbedingt »in jeden Arsch im Gerichtssaal kriechen müssen«. Und ganz besonders gefiel ihm, daß Venturi nicht nur Vater einer kleinen Tochter und eines Sohnes war, sondern daß es mit seiner Ehe ziemlich schlecht aussah.

Er erzählte Venturi sofort von Teresas Drogenmißbrauch. »Sie war unersättlich«, sagte er. Um high zu werden, hatte sie gewaltige Mengen an Kokain konsumiert – ein bis zwei Gramm, sogar mehr. Und in der Zeit von Donnerstag bis Samstag, während ihres ununterbrochenen, verhängnisvollen Rausches, hatte sie nicht eine Stunde geschlafen. Er erklärte, daß Teresa schon unter normalen Umständen eine sehr an Sex interessierte Frau gewesen war, und Venturi könne sich vorstellen, welchen Einfluß das Kokain gehabt habe. »Aber kein Mensch kann den Schock ermessen, als ich sah, was sie unserem Sohn antat.«

Laut Venturis Notizen sagte Ken: »Es traf mich wie ein Schlag. Die gefälschten Rezepte, die gefälschten Schecks, wie sie unser Geld für Kokain verschwendet hatte! Wenn sie high war, konnte sie sich nicht um unseren Sohn kümmern. Sie bat mich dann, ihn zu nehmen – ›Bitte, Ken, ich kann nicht damit zurechtkommen, wenn ich high bin.‹ Ich schrie sie an: ›Verdammt, was machst du denn da?‹, und sie lief weg und ich hinter ihr her, und dann ging sie mit der Hantel auf mich los, und ich schlug sie.«

Venturi sagte: »Vielleicht hat sie das Baby nur geküßt. Sind Sie sicher, daß sie das getan hat? Sie haben es sich nicht nur eingebildet?«

»Ich weiß es«, erwiderte Ken. »Ich habe es gesehen. Ihr Kopf bewegte sich rauf und runter. Was sonst hätte mich dazu veranlassen können, so etwas zu tun?«

Venturi war sich zwar darüber im klaren, daß dies noch nicht die Bedingungen eines scharfen Kreuzverhörs waren, aber er fand Kens Haltung ausgesprochen beeindruckend. Ken wirkte eher resigniert als wütend. »Ich habe sie geliebt«, sagte er.

Soweit Venturi es beurteilen konnte, lagen weder Wille noch Vorsatz vor, wie es das Recht von New Jersey für eine Verurteilung wegen Mordes forderte. Wahrscheinlich würde Ken wegen Totschlags verurteilt werden.

Er entwarf verschiedene Szenarios. Totschlag ohne mildernde Umstände – definiert als grob fahrlässige Gleichgültigkeit gegenüber der hohen Wahrscheinlichkeit eines tödlichen Ausgangs – zog eine zwanzigjährige Haftstrafe nach sich, mit »harten« zehn Jahren, die nicht wegen guter Führung verringert werden konnten. Aber selbst das war weit entfernt von den dreißig Jahren ohne Bewährung – oder der Todesstrafe – die aus einer Verurteilung wegen Mordes resultieren würden.

Es gab auch grob fahrlässigen Totschlag – der gleiche Fall wie oben beschrieben, nur daß es hier um eine mögliche statt einer wahrscheinlichen Todesfolge ging, und die Strafe betrug zehn Jahre, davon fünf »harte«. Und schließlich Totschlag im Affekt als Folge einer Provokation. Hier gab es einen gewissen Handlungsspielraum, was die Strafe anging: ein Maximum von zehn Jahren, aber es bestand auch die Möglichkeit einer nur dreijährigen Haftstrafe. Im stillen nahm Venturi an, daß man eine Verurteilung wegen grob fahrlässigen Totschlags als Gewinn betrachten könne. Totschlag im Affekt zu beweisen, wäre ein Triumph, aber er glaubte, eine Chance dazu zu haben, wenn er die Umstände bedachte: Teresas Drogenmißbrauch, Eheprobleme, zu sehen, was Ken gesehen hatte, dann Teresas Angriff mit der Hantel – alles ausreichende Provokationen, um eine Affekthandlung hervorzurufen.

Im Gefängnis von Monmouth County sagte Ken: »Was denn sonst?«

Plötzlich wurde Venturi deutlich, daß Ken nicht das geringste Interesse an mildernden Umständen hatte. Er wollte überhaupt keine Strafe. Er wollte von jedem Verdacht freigesprochen werden.

»Zeitweilige Unzurechnungsfähigkeit.«

Ken wehrte sofort ab. »Das will ich nicht«, sagte er. »Ich bin nicht verrückt. Ich habe in dieser Hinsicht keinerlei Probleme.« Er reagierte, als hätte ihn der Vorschlag persönlich beleidigt.

Venturi versuchte zu erklären, daß medizinische und juristische Unzurechnungsfähigkeit nicht dasselbe waren, obwohl es zweifellos Überschneidungen gab.

Aber sein Klient blieb hart. Später erfuhr Venturi, daß Ken einen der anderen Anwälte abgelehnt hatte, weil er darauf bestanden hatte, Unzurechnungsfähigkeit sei die einzig mögliche Strategie.

Gut, meinte Venturi, es ging auch noch um Notwehr. Und um die Verteidigung einer dritten Partei, des Kindes.

Ken beugte sich vor und lächelte ihn an. »Das ist genau, was ich wollte.«

»Aber es gibt da ein Problem«, sagte Venturi. »Von dem Augenblick an, als Sie Teresa die Hantel abgenommen haben, war es keine Notwehr mehr.«

Ken starrte Venturi an und erwiderte: »Ich war ziemlich unter Druck. Ich war verwirrt, als ich das der Polizei erzählt habe, *wenn* ich es denn gesagt habe. Aber es gab *zwei* Hanteln. Sie müssen verstehen: Ich war wahnsinnig wütend, als ich sie von der Treppe aus anschrie. Sie glotzte mich an.

Dann rannte sie durch die Küche davon. Ich verfolgte sie bis ins Nähzimmer. Ich sah einen Blitz und aus dem Augenwinkel eine Bewegung. Sie schlug mit der Hantel nach mir, und ich versuchte auszuweichen. Sie erwischte mich an der Schulter. Ich verlor das Gleichgewicht und fiel im Flur auf den Rücken. Sie warf sich auf mich und schlug auf meine Brust ein. Eine andere Hantel hielt die Tür offen, als Türstopper. Ich griff nach links hinüber und packte die Hantel. Dann rollte ich mich unter Teresa weg und kam auf die Beine. Sie griff mich mit gesenktem Kopf an, als wolle sie mich umrennen.

Ich schlug ihr auf den Kopf. Sie war wie im Wahn. Sie griff mich wieder an, und ich schlug wieder zu. Das ist alles, woran ich mich erinnern kann. Das ist die Wahrheit.«

Mit einem Blick auf Kens hochgewachsenen, muskulösen Körper meinte Venturi: »Ich muß sagen, es wird nicht leicht sein, das glaubhaft zu machen.«

»Manchmal ist die Wahrheit eben schwer zu glauben.«

Venturi wünschte, er hätte die Notwehr nie erwähnt. Er hätte darauf bestehen sollen, daß dies ein Fall von Totschlag war und damit basta. Aber er war auch sicher, daß Ken ihn in diesem Fall nicht mit seiner Verteidigung betraut hätte. Und Jack Venturi wollte diesen Fall. Das Honorar war sehr gut – zunächst 20000 Dollar und erste 5000 für Spesen, 15000 Dollar mehr, falls die Anklage auf Mord lauten sollte, einen Bonus von 10000 Dollar für eine zehnjährige Haftstrafe mit Minimum von drei Jahren und weitere 5000 Dollar für einen Freispruch oder einen Freispruch wegen zeitweiliger Unzurechnungsfähigkeit. Und es war ein Fall, mit dem man sich profilieren konnte, jedenfalls auf lokaler Ebene, genau die Art Fall, wie ihn jeder Verteidiger am Beginn seiner Karriere haben wollte, besonders einer, der wie Venturi erst seit zwei Jahren eine eigene Kanzlei hatte.

Unter seinen Kollegen in New Jersey hatte er den Ruf, klug, hart und erfindungsreich zu sein. Er war ein schlanker, gepflegter Mann, immer höflich, ein leidenschaftlicher Skiläufer und erfahren in Tae Kwon Do, einem koreanischen Kampfsport, und er konnte gut mit Geschworenen umgehen. Einmal hatte ein Geschworener nach einer Verhandlung zu ihm gesagt: »Viele von uns hielten Ihren Klienten für schuldig, aber Ihr Stil hat uns gefallen, und so haben wir Ihnen den Vorteil des Zweifels eingeräumt.« – »Jack wirkt wie einer, den jede Mutter gern zum Schwiegersohn hätte«, sagte ein Anwalt, der ihn vor Gericht erlebt hatte. »Er hat eine hervorragende Körpersprache.«

Anders als viele Verteidiger hatte Venturi nie für die Staatsanwaltschaft gearbeitet. Und nichts in seiner Familie – sein Vater war im Schrotthandel tätig – hatte ihn für eine Laufbahn im Strafrecht prädestiniert. Aber schon als Kind hatte er die Lebensgeschichte von Clarence Darrow gelesen, und danach hatte er keinen anderen Berufswunsch mehr. Er verschlang alles, was er über den großen Anwalt in Erfahrung bringen konnte. Er konnte sich kaum mehr erinnern, wie oft er ins Kino gegangen war, um sich *Wer den Wind sät* anzusehen, einen Spielfilm nach dem berühmten Scopes-Prozeß, in dem der Held gegen William Jennings Bryan für das Recht kämpfte, die Evolutionstheorie unterrichten zu dürfen. Er vergaß nie, daß Darrows Sieg mit all seinen weitreichenden Konsequenzen auf etwas basierte, das damals als »technische Freiheit« verlacht worden war.

Venturi war in New Jersey aufgewachsen. Nach seinem Abschluß an der juristischen Fakultät der New York University arbeitete er für einen Richter am Landgericht in Newark, der vor allem Kriminalfälle verhandelte, dann wurde er Pflichtverteidiger. Als nächstes war er bei einer der bekanntesten Kanzleien des Staates beschäftigt, bevor er seine eigene eröffnete. Er blickte bereits auf eine Reihe bemerkenswerter Erfolge zurück. Bei einem Verfahren gegen einen großen Drogenschmugglerring war sein Klient der einzige gewesen, der freigesprochen wurde. Er erzielte auch einen

Freispruch für einen Sergeant der Polizei, der angeklagt war, einen Dealer zum Krüppel geschlagen zu haben, der behauptete, der Sergeant hätte versucht, ihn zu erpressen. Und gegen hochbezahlte Anwälte und Gutachter hatte er vor kurzem eine Schadensersatzklage im Wert von 700 000 Dollar gegen den Autokonzern Ford durchgesetzt.

Jetzt würde er Ken Taylor verteidigen. Der Fall hatte nicht die Größe des Scopes-Falls. Aber bei einem der bekanntesten Kriminalfälle in der Geschichte Chicagos – der Ermordung eines Jungen namens Bobby Franks in den 20er Jahren – hatte Darrow die Angeklagten Leopold und Loeb auch vor der sicheren Todesstrafe gerettet, indem er auf zeitweilige Unzurechnungsfähigkeit plädierte.

Eigentlich glaubte Venturi nicht, daß Teresa das Baby mißbraucht hatte. Er nahm an, falls überhaupt Kokain im Spiel gewesen war, hatten es beide genommen, und irgendwann in dieser Nacht war etwas Explosives geschehen, bei irgendeinem Streit war die Situation außer Kontrolle geraten, vielleicht ging es in der Auseinandersetzung um Sex, um Dinge, über die sein Klient nicht sprechen wollte. Aber das war für Jack Venturi noch kein Grund für Mord.

»In Ordnung«, sagte er zu Ken. Fürs erste würden sie ihre Strategie auf Notwehr aufbauen. Aber die Vorsicht riet, alles noch einmal genau zu überdenken, nachdem die Anklage die Beweise präsentiert hatte, die sie bei Gericht vorzulegen gedachte. Er war noch nicht bereit, den Gedanken an Totschlag oder Unzurechnungsfähigkeit völlig aufzugeben. Wenn sie erst genau wüßten, wo sie standen, konnte Ken endgültig über die einzuschlagende Strategie entscheiden.

»Das ist in Ordnung«, sagte Ken und lächelte wieder, ein ziemlich zufriedenes Lächeln, dachte Venturi, als freue er sich, Venturi von der Rechtmäßigkeit seines Falles überzeugt zu haben; als wäre das allein wichtig.

Dann, als Venturi gehen wollte, fügte Ken hinzu: »Es gab da einen Vorfall in Connecticut mit meiner Exfrau, den sie vielleicht aufgreifen werden. Ich habe sie angegriffen und geschlagen. Sie weigerte sich, mit mir zu schlafen, und ich versuchte, sie mit etwas Chloroform zu erschrecken. Aber das Wichtigste ist, daß sie die Anzeige zurückgezogen hat, also glaube ich nicht, daß sie etwas darauf aufbauen können.«

Es war doch immer dasselbe, dachte Venturi. Nie hörte man die ganze Geschichte schon am Anfang. Aber wenn die Anzeige wirklich zurückgezogen worden war, konnte sie nicht viel schaden. Er fragte sich jedoch, wie viele andere Fallstricke es noch geben mochte.

Am nächsten Tag reichte er bei Gericht einen Antrag auf Reduzierung der Kaution auf hunderttausend Dollar ein.

Am 3. Dezember, fünf Tage nachdem Venturi sein Mandat erhalten hatte, erhielten Cindy Diaz und ihr Mann zu ihrer Überraschung einen Brief von Ken.

Ich wollte Euch schon länger schreiben, aber Kummer und Schmerz haben mich davon abgehalten. Ich wende mich an Euch, weil Teresa und ich sehr viel von Euch gehalten haben, weil wir das Gefühl hatten, daß Ihr uns und unsere Beziehung kennt und versteht. Teresa und ich verstanden uns großartig. Wir haben einander wirklich geliebt. Wir liebten unseren Sohn mehr als unser Leben. Das alles ist über alle Maßen tragisch.

Ich darf nicht darüber schreiben, was geschehen ist oder was die ganze Situation bewirkt hat. Ich kann nur sagen, daß Teresa Schwierigkeiten mit ihrer Familie hatte, die dazu führten, daß sie zu Drogen griff. Ich kann mich nicht genauer äußern, obwohl ich wünschte, ich könnte ein paar der vielen Fragen über unsere Beziehung beantworten. Leider darf darüber vor der Verhandlung nicht gesprochen werden.

Etwas, das viele immer wieder erwähnen, sind unsere Flitterwochen. Es ist genau das passiert, was Teresa und ich jedermann erzählt haben. Ich habe einen Detektiv engagiert, der das beweisen wird, denn ich fürchte, ihre Familie will die Geschichte gegen mich benutzen. Ich habe meine Frau verloren, und mein Leben wird nie mehr so sein wie zuvor. Teresa und ich waren mit Freude und Glück und Zuneigung gesegnet, wie man es auf dieser Welt nicht leicht finden wird. Der Richter, die Geschworenen, der Staatsanwalt und mein Verteidiger werden alles in Ordnung bringen, darauf vertraue ich… aber es geht noch um eine andere Sache, um einen absoluten Justizirrtum.

Ich bitte nicht um Hilfe, sondern um Verständnis und um die Wahrheit! Celeste versucht, mir meinen Jungen wegzunehmen! Wie sie sich um meinen Sohn kümmert, übersteigt meine wildesten Vorstellungen. Teresa hat mir und all ihren Freunden erzählt, daß sie nicht will, daß sich Celeste und ihre Mutter um Philip kümmern, und wie schlecht sie für ihn gesorgt haben, mit falscher Ernährung, zu wenig Schlaf usw. Ihr wißt beide, daß Teresa dagegen war. Wie Ihr Euch sicher erinnert, war es TERESA, die nach der Geburt des Kindes meine Eltern bat, aus Indiana zu kommen, weil sie nicht wollte, daß jemand von ihrer Familie hier herumhing und im Weg war und alles störte. Meine Eltern lieben meinen Sohn, als wäre es ihr eigenes Kind, sie lieben ihn wirklich und können ihm die beste Fürsorge geben. Aber vor Gericht haben sich Louise und Celeste benommen, als hätten sie die besten Beziehungen zu Teresa gehabt, obwohl wir doch alle wissen, wie falsch und ungerecht das ist.

Wenn nicht um meinetwillen, so versucht doch, um Teresas und meines Sohnes willen Verständnis zu haben. Ihr braucht nichts weiter zu tun, als die Tatsache zu bestätigen, daß Teresa nicht wollte, daß Celeste und/oder Louise sich um unseren Sohn kümmerten. Jetzt, wo Celeste selbst ein Kind haben wird, kann ich mir vorstellen, wie fürchterlich es sein wird, wenn sie sich um zwei Babys kümmern muß. Und Ihr wißt so gut wie ich, welchem der beiden Babys sie ihre Aufmerksamkeit zuwenden wird. Ich bin verzweifelt. Ich habe meine Frau verloren, und jetzt versuchen diese Leute, mir meinen Sohn wegzunehmen.

Diese Tatsachen werden in der Verhandlung noch einmal offengelegt werden. Alle Tatsachen, also behaltet bitte einen kühlen Kopf, aber denkt bitte auch über meine Bitte in bezug auf Teresa, mich und Philip nach, wenn es nach dem Prozeß um das Sorgerecht geht... Ich bin sicher, daß Eure Gefühle gemischt sind, also vergeßt mich am besten und denkt an Teresa und unseren Sohn. Ich habe jetzt vielleicht zu viel geschwätzt, aber ich konnte nicht anders. Gott segne Euch. Frohe Weihnachten.

P. S.: Ich hoffe, ich habe Euch richtig verstanden und kann in dieser Angelegenheit auf Euch zählen. Euer Vertrauen in mich schätze ich sehr hoch.

Cindy las den Brief voller Unglauben. Sie fand Kens Bemerkungen über seine »Liebe« zu Teresa und daß er sie »verloren« hatte schlichtweg widerwärtig. Sie hoffte inständig, daß er recht hatte, wenn er schrieb, daß sein Leben »nie mehr so sein wird wie zuvor«, aber nicht in seinem Sinn.

Aber was sie mehr als alles andere entsetzte, war, daß keine der Behauptungen in dem Brief zutraf. Teresa hatte Celeste und Louise nie schlechtgemacht, wie Ken es beschrieb. Natürlich hatte sich Teresa über ihre Mutter beschwert, genau wie *sie* sich über ihre eigene Mutter beschweren würde, und Celeste war immer die »kleine Schwester« gewesen. Aber es war Ken gewesen, der sie wirklich heruntergemacht hatte, Louise als »eine Katastrophe« und Celeste als »Spinnerin« bezeichnet hatte. Er hatte gesagt: »Ich weiß nicht, wo sie die aufgegabelt haben.«

Was hatte er vor? Wollte er sich selbst etwas vormachen? Oder *sie* durcheinanderbringen? Aus schwarz weiß machen? Es muß einen Grund dafür geben, dachte sie. Als sie ihrem Mann den Brief zeigte, fragte er nur: »Spinnt der?«

Jean und Zach sagten Venturi, sie wüßten über den »Vorfall« in Connecticut nicht viel, aber sie bestätigten, daß Marilyn die Anzeige zurückgezogen hatte und das Verfahren eingestellt worden war. Er konnte sich das auch von Kens Anwalt in New London, Max Shapiro, bestätigen lassen, der, wie Zach stolz anmerkte, Partner von L. Patrick Gray war, dem Chef des FBI zu Nixons Zeiten. Ken war unter dem Streß der Arbeit, ehelicher Probleme und zu vieler Medikamente zusammengebrochen. Es war »einfach nur ein Ehestreit« gewesen. Sowohl Ken als auch Marilyn hatten sich einer Therapie unterzogen, und alles war in Ordnung gewesen, bis Teresa auf die Bildfläche kam.

Vor dem neuesten »Vorfall«, sagte Jean, hatte sie nie etwas von Teresas Drogenproblemen gehört. Sie hatte sie immer für ein »liebes, nettes Mädchen« gehalten. Es war schockierend, daß sie ihren Kenny so weit getrieben hatte. »Er muß außer sich gewesen sein. Er liebte sie innig. *Das* war sein normales Selbst. Er hätte sie nie absichtlich verletzt.«

Dann erzählte sie: »Philip ist mindestens zweimal ›durchgedreht‹ wegen der Drogenrückstände in der Muttermilch, als Teresa ihn stillte. Und vor ein paar Wochen war Teresa so stoned, daß sie von der Couch fiel.« Obwohl Jean nicht Augenzeugin dieser Ereignisse gewesen war, beschrieb sie sie als Tatsachen. Sie fügte hinzu, Teresa hätte das Kokain wahrscheinlich von »einer Freundin, die sie häufig besuchte«, erhalten, von ihrem Bruder Phil und von »Kennys Praxisangestellten«.

Zach schlug vor, man sollte Teresas Umfeld und ihre Vergangenheit untersuchen. Er war sicher, daß es dort jede Menge Dreck gab. Venturi erwiderte, daß er einen Privatdetektiv engagiert habe.

In einer Notiz für Venturi beschrieb Zach kurz nach einem Besuch bei Ken im Gefängnis, daß er sich jetzt an Anzeichen von Teresas Drogenkonsum erinnerte:

Ken und Teresa besuchten uns zu Hause in Marion am Labour-Day-Wochenende zusammen mit dem kleinen Philip.

Teresa hatte ganz offensichtlich irgendwelche Schwierigkeiten. Sie schnüffelte häufig, trank schwarzen Kaffee, rauchte Zigaretten, hatte Kopfschmerzen und aß sehr wenig. Sie legte sich oft ins Bett.

Er deutete auch an, daß Teresa lesbische Neigungen hatte:

Einmal, als wir zu einem Spiel fuhren, saß meine Frau vorn im Auto und Teresa saß auf dem Rücksitz. Sie fing an, die Haare meiner Frau zu streicheln und ihr Komplimente zu machen, weil sie so weich waren, sagte, meine Frau solle ihr Haar färben. Teresa streichelte es immer weiter und schmeichelte meiner Frau. Jean bat sie, damit aufzuhören.

Als wir im Juni hier waren und meine Frau sich um Philip und Teresa kümmerte, gingen sie eines Tages zusammen einkaufen. Meine Frau hatte ein kurzes grünkariertes Kostüm an. Sie sagte: »Ich sollte mich umziehen. Es gehört sich nicht für eine ältere Frau wie mich, so herumzulaufen.« Teresa sagte: »Jung oder alt, mir gefällst du.«

Was das alles miteinander zu tun haben sollte, wurde Venturi erst klar, als ihm die Staatsanwaltschaft ihr Beweismaterial zugänglich machte.

Eine von Guy McCormicks ersten Aktionen war es gewesen, sich die Unterlagen der Telefongesellschaft über die Gespräche zu verschaffen, die zwischen Samstag, dem 10. November, und Sonntag, dem 18. November, von dem Haus in Manalapan aus geführt worden waren.

McCormick stellte fest, daß Ken am Mittwochabend, nachdem er sich im Vogelschutzgebiet von Hawk Mountain der Leiche entledigt hatte, zweimal einen Massagesalon in Hartford angerufen hatte. Ken bestritt dies heftig und bestand darauf, es handele sich um einen Irrtum der Telefongesellschaft.

Aber die Berichte gaben auch an, daß in den frühen Morgenstunden des 11. November, etwa drei Stunden nachdem Angela und Peter Rozek Teresa zum letzten Mal lebend gesehen hatten, zwischen 2 Uhr 23 und 5 Uhr 48 sechsundzwanzig weitere Anrufe geführt worden waren. Sie gingen nach San Francisco, Los Angeles, Beverly Hills, Santa Monica, Las Vegas, Chicago und New York City. Einige Anrufe zur selben Nummer wurden in schneller Folge hintereinander gemacht, mit ein- oder zweiminütigem Abstand. McCormick wählte alle Nummern. Einige Anschlüsse waren inzwischen abgemeldet, aber die meisten waren noch in Betrieb. Unter allen Nummern bis auf drei wurde Telefonsex angeboten. Die übrigen drei Anrufe waren an ein Bordell in Manhattan gegangen, wo man Informationen über das Angebot erhielt und Preise nannte.

Da zu dieser Zeit nur zwei Erwachsene im Haus gewesen waren, nahm McCormick zu Recht an, daß Ken behaupten würde, Teresa hätte telefoniert.

McCormick ließ auch Kens finanziellen Hintergrund untersuchen. Trotz eines Jahreseinkommens von 110000 Dollar war er nicht kreditwürdig. Außerdem hatte er beim Kreditinstitut der Marine Schulden von 26000 Dollar. McCormick fragte sich, wieviel von diesem Geld durch Kens Nase gegangen war.

Die Vorverhandlung fand am 14. Dezember statt. Paul Chaiets Hauptzeuge war Lieutenant Lucia. Chaiet befragte ihn Schritt für Schritt nach den Ereignissen von der Vermißtenmeldung bis zu Kens Geständnis auf dem Polizeirevier von Manalapan. Der entscheidende Punkt von Kens Aussage kam, nachdem er beschrieben hatte, wie Ken schließlich zusammengebrochen war und zugegeben hatte, Teresa mit einer Hantel, die er ihr abgenommen hatte, erschlagen zu haben.

Dann sagte eine der Geschworenen, genau wie Chaiet erwartet hatte: »Es wurde eine Andeutung gemacht, daß Mrs. Teresa Probleme mit Drogen hatte.«

»Ja, so behauptet Dr. Taylor«, antwortete Lucia.

»Er behauptet es?«

»Jawohl, Ma'am.«

Chaiet warf ein: »Er sagte uns, daß sie Drogen nahm.«

»Er sagte, sie wäre süchtig?«

»Ich weiß nichts von einer Sucht. Sie hatte angeblich Probleme mit Drogen. Wir untersuchen in diesem Zusammenhang noch, und wir haben Belege dafür, daß sie hin und wieder Drogen nahm. In welchem Ausmaß, wissen wir noch nicht sicher. Ist das korrekt?« fragte Chaiet Lucia.

»Das ist korrekt.«

Ein anderer Geschworener fragte: »Haben Sie seine Geschichte jemals überprüft? Oder war das nicht nötig – Sie wissen schon, daß er nach – nach Pittsburgh und wieder zurück gefahren ist.«

»Sie sind in Pittsburgh gewesen, nicht wahr?« fragte Chaiet Lucia.

»Ja, Sir.«

»Sie haben seine Exfrau befragt?«

»Ja.«

»Sie haben eine ausführliche Aussage bekommen?«

»Das stimmt.«

Unsicher darüber, ob er jemals die Unterlagen bekommen würde, die er brauchte, erwähnte Chaiet nichts über den Vorfall in Connecticut.

Am nächsten Freitag wurde die Vorverhandlung fortgesetzt. Nachdem die Beweise der Spurensicherung vorgelegt worden waren – darunter eine bildhafte Beschreibung der beinahe zwanzig Meter langen Blutspur, die der Luminol-Test ergeben hatte –, trat Zach Taylor in den Zeugenstand.

Beinahe sofort fragte Chaiet nach Teresas angeblichem Drogenmißbrauch.

»Nach ihrer Heirat im Juli 1983, wie oft haben Sie die beiden in New Jersey oder Staten Island besucht?«

»Wir besuchten sie nach der Hochzeit erst wieder, als das Baby da war... Das war im Juni 84. Wir waren zehn Tage lang dort.«

»Und dann kehrten Sie nach Indiana zurück?«

»Ja, Sir.«

»Haben Sie sie vor ihrem Tod noch einmal gesehen?«

»Teresa und Kenny besuchten uns mit dem Baby am Labour-Day-Wochenende. Sie waren zwei Tage lang bei uns.«

»Haben Sie während Ihres Besuches in Manalapan irgendwann gesehen, daß Teresa oder Ihr Sohn Drogen nahmen?«

»Nein, Sir.«

»Hatten Sie persönlich irgendeine Ahnung davon, daß Teresa Taylor Drogen nahm? Haben Sie entsprechende Beobachtungen gemacht?«

»Nicht persönlich und nicht durch eigene Beobachtungen. Wenn Sie damit meinen, daß ich sie direkt dabei gesehen habe, wie sie etwas nahm...«

»Bei dem Besuch am Labour Day fiel uns auf, daß etwas merkwürdig war. Aber meine Frau und ich, ich meine, wir wußten nicht, worum es ging.«

»Sie sagen, Ihnen wäre etwas aufgefallen: Was meinen Sie damit?«

Zach wiederholte beinahe wörtlich, was er Venturi nach seinem Besuch bei Ken gesagt hatte – daß Teresa geraucht, Kaffee getrunken, Kopfschmerzen gehabt und einen großen Teil der Zeit im Bett verbracht hatte. »Sie schien einfach, ich weiß nicht, wie ich es sagen soll, ein ganz anderer Mensch zu sein.«

Chaiet schnitt ihm das Wort ab. »In Ordnung. Haben Sie zu dieser Zeit Ihrem Sohn Fragen darüber gestellt?«

Zach rutschte unbehaglich auf dem Zeugenstuhl hin und her. »Nein, nicht daß ich wüßte, nein, ich glaube nicht.«

Und dann erfuhren die Geschworenen zum ersten Mal von Acapulco. »Wußten Sie etwas von den Schwierigkeiten, die Teresa und Doktor Taylor während ihrer Flitterwochen im Juli 1983 hatten?«

»Ein wenig, ja.«

»Sie sagen, ein wenig. Erzählen Sie mir, was Sie über die Ereignisse in Acapulco wissen.«

»...Soweit ich mich erinnern kann, sagte Kenny, also, Kenneth sagte, daß man in ihr Zimmer eingebrochen ist und ihn niedergeschlagen hat; er hatte geschlafen, und bevor er richtig wach war, hatte man ihn bewußtlos geschlagen.

Als er wieder aufwachte, war Glas, ja, er sagte wohl Glas, auf dem Boden, von einer zerbrochenen Lampe. Er sah seine Frau. Ich kann mich nicht erinnern, ob er sagte, daß sie auf dem Boden lag oder immer noch im Bett oder was, aber zuerst dachte er, sie wäre tot. Sie war geschlagen worden und hatte Schnittwunden, und er rief am Empfang an, nehme ich an, ich weiß nicht genau, ob er dort anrief oder bei der Polizei, oder was auch immer.

Als sie kamen, brachten sie beide ins Krankenhaus, und Kenny wurde entlassen und dann von der mexikanischen Polizei verhaftet.«

Chaiet wandte sich den Geschworenen zu und sah dann wieder Zach an. »Wäre es angemessen zu behaupten, daß Teresas Verletzungen weit schwerwiegender waren als seine?«

»Ja.«

»Die Informationen, die Sie uns jetzt gegeben haben, ist das eine Wiedergabe dessen, was Ihnen Ihr Sohn erzählt hat, so gut Sie sich erinnern?«

»Ich würde sagen ja. Aber ich habe Schwierigkeiten, das genau zu sagen, weil auch Mr. Benigno mir Sachen erzählt hat am Telefon. Alles, was ich gesagt habe, wurde mir auch am Telefon erzählt.«

»Von Ihrem Sohn?«

»Ja.«

»Haben Sie mit Ihrem Sohn darüber gesprochen, daß ihn die mexikanischen Behörden festhielten? Was hat er Ihnen davon erzählt?«

»Er sagte mir nur, daß man ihn verhaftet hat. Und daß er im Gefängnis gewesen ist und man offenbar in Mexiko den Gefangenen nichts zu essen gibt. Er wollte etwas essen, und einer der Aufseher sagte: ›Für 50 Dollar hole ich dir was.‹ Er bekam eine Tasse Kaffee und ein Brötchen. ... ich weiß nicht genau, wann sie ihn wieder freigelassen haben. Aber man entließ ihn, nachdem er einem Polizisten eine Gebühr von 500 Dollar gegeben hatte, die dieser einfach einsteckte sozusagen.«

»Das hat er Ihnen erzählt?«

»Ja.«

»Was hat Teresa von dem Einbruch erzählt? Hat sie Ihnen gesagt, sie wüßte, wer es getan hat? Hat sie die Täter beschrieben?«

»Teresa sagte, sie könne sich an nichts mehr erinnern. Sie hat niemanden gesehen, absolut niemanden... Zuerst war sie im Bett und hat geschlafen, und dann war sie im Krankenhaus. Vielleicht war sie sogar im Krankenhaus noch bewußtlos.«

Chaiet befragte Zach dann nach Kens Erklärung, wieso er das Baby nach Indiana gebracht hatte. Hin und wieder unterbrach er Zach, wie er es auch bei dem Thema Acapulco getan hatte: »Ist es das, was Ihnen Ihr Sohn erzählt hat?«, und Zach, dessen Gesicht immer röter wurde, antwortete: »Ja.«

Schließlich fragte Chaiet, was Ken seinem Vater im Polizeirevier von Manalapan am Sonntag, dem 18. November, mitgeteilt habe. »Was hat er Ihnen darüber erzählt, was mit Teresa passiert ist?«

»Wir gingen in den Raum, wo er war; ich glaube, Mr. Lucia war bei uns und... er... ich kann mich wirklich nicht mehr daran erinnern, was er uns erzählt hat, nur daß... ich weiß es wirklich nicht mehr. Vielleicht haben die Polizisten mir erzählt, was er ausgesagt hat.«

»Ich frage Sie, was Ihr Sohn Ihnen gesagt hat... ich möchte, daß Sie versuchen, sich zu erinnern. Es ist mir klar, daß das schwer für Sie ist, und Sie stehen zudem unter Eid. Aber man sollte doch annehmen, daß Sie sich an ein Gespräch erinnern, das Sie mit Ihrem Sohn geführt haben, in einer Situation, in der er Ihnen vom Tod seiner Frau erzählt.«

»In Ordnung, ich glaube, er sagte, daß er Sonntagmorgen aufwachte und die Treppe hinuntergehen wollte und hinunterschaute und sah, daß seine Frau ihren Sohn zu oralem Sex mißbrauchte. Und er schrie sie an. Sie rannte weg. Er rannte hinter ihr her. Und sie hat nach ihm *(sic)* geschlagen, mit einem, mit einer Hantel, so einem Ding, das man zum Bodybuilding benutzt. Dann konnte er nicht mehr weiterreden.«

(Als Ken das Protokoll der Vorverhandlung bekam, kreuzte er diesen letzten Satz an, unterstrich ihn und kritzelte »Gut. AUFHÖREN.« an den Rand. Er schrieb auch, als wolle er sich selbst daran erinnern: »Angeklagter weinend, gefühlsbetont.«)

Chaiet hatte nicht vorgehabt, Acapulco schon zum Thema zu machen. Anders als andere Vorverhandlungen, die sich zu kleinen Ausgaben der Hauptverhandlung auswuchsen, war diese einigermaßen knapp ausgefallen. Die einzige Fragestellung war, ob es Grund gab, anzunehmen, daß hier ein Mordfall vorlag, und das wurde durch Lucias Aussage deutlich gemacht.

Acapulco zur Sprache zu bringen, war eine spontane Entscheidung gewesen. Chaiet war seiner Intuition gefolgt. Er wußte nur von dem Verdacht der Benignos und dem anonymen Anruf. Aber er hielt es für eine gute Idee, das Thema in die Akten zu bringen. Es betraf Kens Glaubwürdigkeit ganz unmittelbar. Wenn er über eine Sache die Unwahrheit gesagt hatte, warum nicht auch über eine andere? Und in dem Moment, wo die Geschworenen von einer früheren gewalttätigen Szene zwischen den Taylors erfuhren, spitzten sie die Ohren.

Chaiet hatte bereits beschlossen, keine Anklage wegen Mord zu verlangen. Er war kein Anhänger der Todesstrafe, vor allem, weil er nicht an ihre abschreckende Wirkung glaubte. Wenn es nach ihm gegangen wäre, wäre die ideale Strafe lebenslänglich ohne Bewährung. In Taylors Fall, nach den Gesetzen von New Jersey, würde es voraussichtlich auf eine Verurteilung zu einer dreißigjährigen Haftstrafe hinauslaufen, was, wenn man das Alter des Angeklagten bedachte, praktisch lebenslänglich bedeutete.

In New Jersey wurde die Todesstrafe mit einer todbringenden Spritze vollzogen. Aber seit der Oberste Gerichtshof der Vereinigten Staaten die Todesstrafe legalisiert hatte, war in diesem Staat keine einzige mehr vollzogen worden. Doch es gab auch noch andere praktische Überlegungen. Ohne sichergehen zu können, daß das Gericht entweder Informationen über Connecticut oder Acapulco zum Verfahren zuließ, würde es schwierig genug werden, eine so schwerwiegende Verurteilung durchzusetzen. Chaiet wollte nicht, daß die Geschworenen sich auch noch mit der Todesstrafe auseinandersetzen mußten. Bei einer Debatte darüber bestand die Gefahr, daß alle Formen von Totschlag zur Diskussion kämen, und wer weiß, wo das enden würde?

Die Anklage durch die Geschworenen der Vorverhandlung wurde am Freitag, den 4. Januar 1984, bekanntgegeben. Jack Venturi sagte zu Journalisten: »Dr. Taylor ist selbstverständlich sehr erschüttert und deprimiert. Aber er ist insgesamt bei guter Gesundheit und wartet zuversichtlich auf die Möglichkeit, seine Unschuld zu beweisen.«

In seinem Antrag, die Kaution herabzusetzen, hatte Venturi betont, wie wichtig es war, daß sein Klient für ihn unmittelbar zugänglich blieb, um gemeinsam mit ihm die Verteidigung vorzubereiten. Dabei seien sie derzeit durch die sinnlose Inhaftierung des Klienten behindert. Der Angeklagte sei ein angesehener Bürger und werde sich der Gerichtsbarkeit nicht entziehen. Er sei der Empfänger eines Stipendiums der Marine gewesen, das nur vergeben wurde, nachdem der »hervorragende« Leumund und Charakter des Bewerbers belegt war. Er war nie wegen eines Verbrechens verurteilt worden. Er war sowohl in seiner militärischen Laufbahn als auch in der beruflichen Karriere erfolgreich gewesen. Den Tod seiner Frau hatte er erst verursacht, nachdem er gesehen hatte, wie sie »ihr Baby auf sexuelle Weise mißbrauchte und ihn mit einer tödlichen Waffe angegriffen hatte«.

Venturi war überrascht über die Heftigkeit, mit der Chaiet dagegen Einspruch erhob. Diesmal, nicht an die Regeln einer Verhandlung gebunden, brachte Chaiet auch Connecticut zur Sprache. Er führte Aussagen aus Verhören an, die seine Ermittler durchgeführt hatten, und nach denen der Angeklagte nicht nur seiner Frau die Hantel entrungen »und es ihr gezeigt« hatte, er hatte auch bereits versucht, seine zweite Frau umzubringen, während sie schlief. Er war ein gewalttätiger Mann und eine Bedrohung für alle, die mit ihm in Kontakt kamen.

In Chaiets Unterlagen wurde behauptet, daß Kenneth Taylors drei Ehen von Unverantwortlichkeit, Gewalttätigkeiten und finanziellen Problemen gekennzeichnet waren. Seine Ermittler hatten herausgefunden, daß der Angeklagte seine erste Frau verlassen hatte, als sie kurz vor der Geburt stand, daß er sein Kind nie gesehen hatte und mit dem Unterhalt tausend Dollar im Rückstand war. Er führte auch Ann Toppinos Aussage an, daß Ken einmal versucht hatte, Teresa zu einer Abtreibung zu überreden.

Der Angeklagte hatte nicht nur von seinen Arbeitgebern

Geld gestohlen, sondern schuldete auch dem Kreditinstitut der Marine 26000 Dollar. Es bestand die Gefahr, daß er sich der Gerichtsbarkeit des Staates entzöge.

Nachdem diese Dokumente der Öffentlichkeit zugänglich gemacht worden waren, bekamen die Informationen über Connecticut Nachrichtenwert. Die Schlagzeile der *Asbury Park Press* war: »Angeblicher Mörder hat es schon einmal versucht.«

Auf seiner Kopie des Protokolls malte Ken einen Kreis um Chaiets Namen und schrieb »ARSCHLOCH!« Er beschwerte sich bei Venturi. Chaiet behandele *ihn,* »einen bisher glücklich verheirateten, ergebenen Familienvater, der ein schicksalhaftes Erlebnis überstanden hat«, als wäre er ein Massenmörder, »ein Ted Bundy oder Richard Speck oder Charles Manson«. Er flehte Venturi an: »Holen Sie mich hier raus, bitte. Ich will wieder ein freier Mann sein!« Sein Zellenblock mit vierzehn Insassen sei eine »erbärmliche, dreckige, überfüllte Bruchbude«. Man habe »kein privates Eckchen, immer nur Lärm, nur eine einzige Dusche, schreckliches Essen und keinen körperlichen Kontakt« – wie er es ausdrückte – »mit denen, die man liebt.«

Venturi tat sein Bestes.

Er konterte, sein Klient streite ab, der Polizei gesagt zu haben, daß er »seiner Frau die Hantel abgenommen und ›es ihr gezeigt‹ hat«.

Außerdem habe Dr. Taylor »nach seiner glaubwürdigen Information seine erste Frau nach der Scheidung zweimal getroffen und auch seine Tochter gesehen. Dr. Taylor hat Unterhalt gezahlt. Es gibt Bankbelege, die das beweisen.«

Was Connecticut anging, erklärte Venturi, daß »die Klage gegen Dr. Taylor fallengelassen wurde, weil es keine ausreichenden Beweise gab, die Untersuchungen fortzusetzen«.

»Als Antwort auf die Aussagen von Mrs. Ann Toppino muß angeführt werden, daß sich nach mir vorliegenden Informationen Teresa Taylor und Mrs. Toppino nie gut verstanden haben. Teresa hatte ihrem Mann erzählt, daß Mrs. Toppinos Mann, ebenfalls ein Zahnarzt, Kokain mitgebracht und es an Teresas Arbeitsplatz an die Angestellten verkauft habe. Dr. Taylor war auch sehr glücklich, als Teresa schwanger wurde. Es war Teresa, die Schwierigkeiten hatte, weil ihre Mutter und ihre Schwester beide davon abrieten, so kurz nach dem Vorfall während ihrer Flitterwochen in Acapulco schwanger zu werden. Sie war immer noch zu instabil, um ein Baby zu haben.«

Was Chaiets Behauptung anging, der Angeklagte habe Gelder des Fulton-Zahnpflegezentrums veruntreut, erklärte Venturi: »Es gab Pläne für eine Umsatzbeteiligung, daher kann man nicht von Diebstahl sprechen.«

Und jegliches Geld, das der Angeklagte bei Kreditinstituten aufgenommen hatte, sei zu Teresas Nutzen verwendet worden: »Nach dem Vorfall in Acapulco, als er und Teresa Flitterwochen machten, war Teresa sehr labil. Dr. Taylor hielt es für sicherer, aus der Gegend von Brooklyn, New York, wegzuziehen. Dr. Taylor lieh sich Geld vom Kreditinstitut der Marine, um seine neuen Praxen zu eröffnen, und er und seine Frau zogen nach New Jersey.

Aus all den obengenannten Gründen«, faßte Venturi zusammen, »wird darum gebeten, daß dem Antrag auf Herabsetzung der Kaution stattgegeben wird.«

Venturis Antrag wurde abgelehnt.

Dann beantragte er eine Verschiebung des Verhandlungstermins, der auf den 19. Februar festgesetzt war. »Dies ist ein Fall«, schrieb er, »der ausführliche Vorbereitungen und Untersuchungen erfordert. Mein Terminplan ist bereits bis zum April hin belegt, und deshalb kann ich mich vor Mai nicht angemessen auf diesen Fall vorbereiten.«

Ein neuer Termin wurde auf den 20. Mai festgelegt.

Paul Chaiet war erfreut. Auch er mußte noch viele Ermittlungen anstellen.

Im Gefängnis zog Ken über Chaiet her, nannte ihn »dieses

Dreckschwein von einem Mann«. Zu seiner Mutter und seinem Bruder Tom, der nach Manalapan gekommen war, weil Zach an seinen Arbeitsplatz zurückkehren mußte, sagte er: »Eine Anklage wegen Mordes ist eine Sache, aber eine Verurteilung eine andere. Macht euch keine Sorgen. Ich werde es schon schaffen.«

Kapitel Neun

Al Benigno gab Chaiet den Brief, den Louise aus Las Brisas bekommen hatte als Antwort auf ihre Bitte um Informationen über den Überfall auf Teresa – den Brief, den sie Teresa nicht hatte zeigen wollen aus Angst, daß ihre Tochter es übelnehmen und den Kontakt mit ihr abbrechen würde.

Der Brief trug das Datum des 13. September 1983 und war vom Assistenten des Geschäftsführers unterschrieben:

Soeben erhielt ich das Duplikat Ihres Briefes an Dr. Ortiz.

Ich kann Ihre Fragen wie folgt beantworten: Mr. Taylor telefonierte gegen 21.30 Uhr um Hilfe; er rief »Überfall, Überfall«. Der Anruf wurde vom stellvertretenden Geschäftsführer entgegengenommen. Er sagt, Dr. Taylor sei atemlos gewesen, als habe er etwas Anstrengendes hinter sich.

Der stellvertretende Geschäftsführer und der Schichtleiter der Sicherheitsmannschaft gingen zusammen mit dem Portier sofort zum Bungalow der Taylors, den sie in einem schrecklichen Zustand vorfanden, mit zerbrochenen Flaschen und Blutspritzern an den Wänden. Ihre Tochter lag am Boden neben dem Bett, das dem Telefon am nächsten stand; es sah aus, als habe sie vergeblich versucht, das Telefon zu erreichen. Nach unseren Berichten wurde Ihre Tochter 20 bis 30 Minuten nach dem ersten Anruf ins Krankenhaus gebracht.

Leider war Ihre Tochter an diesem Abend nicht mehr im-

stande, Sie anzurufen; sie war bewußtlos. Ob sie es vorher versucht hat, ist uns nicht bekannt.

Wie Sie vielleicht wissen, ist Las Brisas nicht jedermann zugänglich, Fremde können nicht ohne Kenntnis unserer Sicherheitsabteilung ins Hotel gelangen. Außerdem befand sich ein Sicherheitsmann in der Nähe des Bungalows Ihrer Tochter und hätte jeden gesehen, der die casita betreten oder verlassen hätte und jeden angehalten, der kein Hotelgast war. Wir sind daher überzeugt, daß Ihrer Tochter die Verletzungen von jemandem im Zimmer zugefügt wurden und nicht von jemandem, der von draußen kam.

Es tut mir leid, daß ich so offen sein muß, aber alle Anzeichen weisen darauf hin, daß Dr. Taylor für den Überfall verantwortlich war.

Dr. Ortiz hat mir mitgeteilt, daß er Ihnen den medizinischen Bericht aus dem Krankenhaus zuschicken will. Der Polizeibericht enthält in etwa die Angaben, die auch oben von mir gemacht wurden. Ich kann nur noch hinzufügen, daß Dr. Taylor aus dem Gefängnis entlassen wurde, weil Ihre Tochter sich weigerte, Anzeige zu erstatten.

Anfang Januar, gleich nach der offiziellen Bestätigung des dringenden Tatverdachts, sprach Reyes Quinones, ein spanisch sprechender Ermittler des Dezernats für Gewaltverbrechen, am Telefon mit Dr. Esteban Ortiz Pavon, dem Hotelarzt von Las Brisas. Er berichtet:

Der Doktor gab an, daß man ihn von einem Überfall unterrichtet hatte, der im Bungalow der Taylors stattgefunden hatte und bei dem Mrs. Taylor beinahe getötet worden war…

Mr. Taylor behauptete, sie seien überfallen worden, aber bei Nachfragen durch den Sicherheitschef des Hotels und durch die Polizei gestand er, selbst für die Tat verantwortlich zu sein. Mr. Taylor unterschrieb ein Schreiben, das das

Hotel von jeder Verantwortung für den Vorfall entbindet. Dr. Ortiz Pavon gibt an, daß für ihn wie auch für die Polizei von Anfang an festgestanden hatte, daß Mr. Taylor der Angreifer gewesen war.

Dr. Ortiz Pavon sagte außerdem aus, daß Mrs. Taylor aus ihm unbekannten Gründen keine Anzeige gegen ihren Mann erstatten wollte. Der Doktor nimmt an, sie wollte ihrem Mann den Gefängnisaufenthalt ersparen. Dr. Ortiz Pavon hat zugesagt, dem Ermittler eine Kopie seines Berichts zuzusenden und zu versuchen, eine Kopie des Polizeiberichts zu erhalten. Er befürchtet jedoch, daß es keinen offiziellen Bericht gibt, da Mrs. Taylor sich weigerte, Anzeige zu erstatten.

Quinones erreichte dann auch Gabriel Santoyo, den Sicherheitschef von Las Brisas, der ihn mit Miguel Lugo verband. Lugo war in der Nacht des Angriffs am Schauplatz gewesen:

Lugo gab an, daß er am fraglichen Tag mit zehn anderen Sicherheitskräften zum Bungalow der Taylors gegangen war... Mr. Taylor wurde festgenommen und zum örtlichen Polizeirevier gebracht, wo er nach etwa zwölfstündigem Verhör »inoffiziell« zugab, daß er für den Angriff auf seine Frau verantwortlich war.

Der Ermittler fragte, ob es einen offiziellen Polizeibericht über den Vorfall gäbe, und erfuhr, daß Mrs. Taylor, nachdem sie das Bewußtsein wiedererlangt hatte, sich geweigert hatte, Anzeige zu erstatten, mit der Begründung, sie liebe ihren Mann und wolle ihn nicht im Gefängnis sehen.

Dann gab Santoyo Quinones den Namen und die Telefonnummer des Leiters des örtlichen Polizeireviers. Santoyo bot Quinones an, sich auf ihn zu berufen, da er mit diesem Mann persönlich befreundet sei.

Trotz wiederholter Versuche gelang es Quinones jedoch nicht, den Revierleiter zu erreichen. Man sagte ihm, er sei in den Bergen auf Verbrecherjagd. Schließlich erreichte Quinones seinen Stellvertreter, woraufhin sich ausgesprochen rätselhafte Dinge ereigneten. Nachdem Quinones angegeben hatte, er rufe auf den Rat von Santoyo an, erklärte der stellvertretende Leiter, er könne ihm nicht weiterhelfen, denn Santoyo sei von Las Brisas wegversetzt worden und dort nicht mehr Sicherheitschef. Quinones wollte gerade sagen »Na und?«, als der Mann auflegte.

Verblüfft rief Quinones wieder in Las Brisas an. Zu seinem Erstaunen ging Santoyo sofort an den Apparat. Er erklärte: »Ich habe keine Ahnung, was das soll. Es ist ja wohl eindeutig genug, daß ich nicht versetzt worden bin, und die Polizei hat inzwischen nicht versucht, mich zu erreichen.« Er erklärte sich bereit, die hoteleigenen Berichte über den Vorfall zur Verfügung zu stellen, wenn Quinones eine formelle Anfrage an den Geschäftsführer des Hotels richtete. Eine Kopie der Anfrage solle an den stellvertretenden Geschäftsführer und an ihn selbst gehen.

Quinones versprach, die Anfrage sofort abzuschicken.

Inzwischen schrieb man den 31. Januar.

Detective Bob Fausak war die zusätzliche Aufgabe zugeteilt worden, die Identität der anonymen Anruferin zu ermitteln, die behauptet hatte, in Las Brisas gewesen zu sein und gehört zu haben, wie Ken zugab, daß er Teresa geschlagen hatte – immer vorausgesetzt, diese Anruferin existierte.

Nachdem er das Band abgehört hatte, glaubte Fausak daran, daß der Anruf authentisch war. Für eine der üblichen Verrückten hatte die Frau zu lange gesprochen, und in ihrer gepflegten Stimme lag zu viel Besorgnis.

Er rief ebenfalls in Las Brisas an und bat um eine Liste der Hotelgäste der Zeit, als Ken und Teresa dort wohnten. Ein entsetzter Angestellter antwortete, daß einer der Vorzüge eines großen Luxushotels in der Wahrung der Privatsphäre bestand, die man in einem solchen Hotel erwarten konnte.

Eine Gästeliste herauszugeben, könnte dem Ruf des Hotels schaden.

Dann erfuhr Fausak, daß Las Brisas einem amerikanischen Konzern gehörte, der Hotelkette Westin, deren Hauptsitz in Seattle war. Als er dort anrief, sagte man ihm, der einzige, der ihm helfen könnte, sei der Rechtsberater des Konzerns. Er war in Urlaub, und man konnte ihn nicht erreichen. Danach war er angeblich krank. Fausak, der von den Schwierigkeiten erfahren hatte, die man Quinones gemacht hatte, fragte sich, ob die Krankheit des Anwalts nicht auch diplomatische Gründe hatte.

Aber schließlich erreichte er den Mann. Wieder wurde das Thema der Wahrung der Privatsphäre aufgeworfen. In der fraglichen Woche waren über fünfhundert Gäste in Las Brisas gewesen. Wer wußte schon, ob sie die Zeit dort wirklich mit ihren Ehefrauen oder -männern verbrachten? Eine Menge sehr wichtiger Leute logierte dort. Der Anwalt befürchtete eine wahre Lawine von Anzeigen.

»Aber hier geht es um einen Mordfall!« wandte Fausak ein. »Wenn nötig, werden wir die Liste offiziell über Amtshilfe anfordern.« Der Anwalt entgegnete, er bezweifle den Erfolg einer solchen Aktion. Auf jeden Fall würde sie sehr lange Zeit in Anspruch nehmen. Aber er wollte durchaus behilflich sein. Konnte Fausak keine genaueren Angaben machen?

Fausak entschloß sich, es zu versuchen. Die Zeitungsausschnitte zu dem Fall, die er bisher gesehen hatte, zeigten, daß sich neben der Lokalpresse und den Zeitungen in Pennsylvania, wo man die Leiche gefunden hatte, vor allem die *New York Post* mit dem Fall befaßt hatte. Es gab dort Fotos von Ken, von Ken und Teresa und dem kleinen Philip und eine Schlagzeile, die tönte: ZAHNARZT DES MORDES AN SEINER FRAU ANGEKLAGT.

Fausak erklärte, er wolle nur die Namen und Adressen der Gäste aus New Jersey, New York und Pennsylvania wissen.

Der Anwalt des Westin-Konzerns stimmte zu, wegen der »außergewöhnlichen Umstände der Angelegenheit«, unter der Bedingung, daß Las Brisas nicht als Informationsquelle genannt würde, wenn die Polizei Kontakte zu irgendwelchen Gästen aufnahm.

Es gab zwanzig Reservierungen, die in Frage kamen. Fausak sah sie am 31. Januar zum ersten Mal, an dem Tag, als Quinones seine Anfrage wegen der Berichte aus Las Brisas abschickte. Er studierte die Anmeldungen genau und suchte nach dem Namen Sorayda. Der Name wurde nirgendwo erwähnt.

In seinem Büro machte Paul Chaiet eine Bestandsaufnahme. Er hatte zwei hervorragende Stützpfeiler für eine Mordanklage. Ken Taylor hatte in Connecticut versucht, seine zweite Frau umzubringen. Aber so wie die Dinge standen, konnte Chaiet dies nicht als Beweis anführen. Und er hatte eine Zeugin, die beweisen konnte, daß Ken Taylor Teresa in Acapulco zusammengeschlagen hatte. Aber er wußte nicht, wer oder wo diese Zeugin war.

Chaiet beschloß, sich auf Connecticut zu konzentrieren. Wiederholte Gespräche mit dem stellvertretenden Staatsanwalt in Connecticut öffneten die Türen einen Spaltbreit. Die Akten würden zwar unter Verschluß bleiben, aber man erlaubte Chaiet, mit den Polizisten in Waterford zu sprechen.

Chaiet hatte auch noch eine andere Idee. Ken Taylor war zu jener Zeit im aktiven Dienst der Marine gewesen, und es hatte zweifellos auch dort eine Untersuchung zu dem Vorfall gegeben. Er bat Guy McCormick, sich danach zu erkundigen. McCormick kannte einen Agenten im Sicherheitsdienst der Marine, der in Monmouth County stationiert war, im nahegelegenen Munitionsdepot von Colts Neck. Diesmal stellte man ihm nichts in den Weg. McCormicks Kontaktmann versprach, sofort nach den Akten suchen zu lassen.

Am 15. Februar trafen sich McCormick und Fausak in Waterford mit den beiden Polizisten, die an dem Fall gearbeitet hatten, Sergeant Joseph San Juan und Sergeant Joseph Faldman. Die Regeln besagten, daß McCormick und Fausak sich Notizen zu dem machen durften, was ihnen vorgelesen wurde; in Wahrheit lasen sie den größten Teil der Berichte selbst.

Den Berichten zufolge hatte Marilyn die Polizei am späten Nachmittag des 18. April 1979 angerufen, einen Tag nachdem Ken versucht hatte, sie mit Chloroform zu töten. Die Berichte bestätigten im großen und ganzen, was Marilyn Fausak und Lucia in Portsmouth mitgeteilt hatte.

Aber andere Aspekte der Ermittlungen in Waterford warfen ein Licht auf das Wesen des unergründlich Bösen, das McCormick bei Ken Taylor gespürt hatte.

Einer der ersten, an den sich die Polizei gewandt hatte, war Lieutenant Commander Ronald C. Smith gewesen, der Psychiater der Marine, der Ken anfänglich behandelt hatte. Er hatte Ken als »mordgierig« bezeichnet und Marilyn überredet, ihren Mann anzuzeigen:

Dr. Smiths Aussage zufolge hatte Kenneth Taylor ihm mitgeteilt, er habe seine Frau umbringen wollen, nachdem er herausgefunden hatte, wie er das Chloroform benutzen konnte. Er gab Dr. Smith gegenüber weiterhin zu, daß er das Chloroform auf dem Schiff, auf dem er seinen Dienst tat, der USS Fulton, entwendet hatte. Taylor hatte es schon ein paar Tage zuvor in seiner Aktentasche mitgenommen. Er gab als Grund für den Mordversuch Eheprobleme an, die er nicht länger habe ertragen können.

(Der Bericht der Polizei gibt zu diesem Thema wörtlich an: TAYLOR erklärt, zur Zeit zum zweiten Mal verheiratet zu sein. Er wurde vor einigen Jahren von seiner ersten Frau geschieden. Er sagt, seine zweite Frau sei im vierten Monat schwanger. Er wollte sich aus dieser zweiten Ehe lösen, fürchtet aber den Druck von Freunden und Familie... er hat Angst, daß die Leute erklären: »Ich habe es dir ja gesagt!«)

Dr. Smith teilte den Ermittlern mit, daß der Angriff auf seine damalige Frau zweifellos geplant war und daß Kenneth Taylor genau wußte, was er tat. Er sagte, er habe noch nie jemanden erlebt, der so »kalt und ruhig« einen Mord geplant hatte und den Plan dann ausführte. Er konnte keinerlei geistige oder körperliche Schäden feststellen, die Taylors Verhalten beeinflußt haben könnten.

In einem Verhör, das zwei Tage nach dem Versuch, Marilyn umzubringen, stattfand, schilderte Ken die Ereignisse des 17. April:

Kenneth Taylor berichtete den Ermittlern, daß er am 17. April ab 1 Uhr nachts mehr und mehr daran gedacht hatte, seine Frau umzubringen. In der Vergangenheit waren ihm zwar auch schon solche Gedanken gekommen, aber er hatte nie versucht, seine Pläne auszuführen. Er beschloß, Chloroform zu benutzen. Er war zwar nicht sicher, ob es tödlich wirken würde, aber wenn nicht, würde sie wenigstens bewußtlos sein und er konnte sie ersticken.

...Taylor gab weiterhin an, nicht zu wissen, woher das Chloroform kam oder wie es in sein Haus gekommen war. Nach dem Ende des Kampfes (sein Gewissen hatte gesiegt) steckte er den Schwamm in eine Plastiktasche und bat seine Frau, die Polizei zu rufen. Er rief im Lawrence-and-Memorial-Krankenhaus an und bat um Hilfe, weil er sich unter Einfluß von Drogen befinde. Im Krankenhaus riet man ihm, sich als Marineangehöriger an das Marinekrankenhaus zu wenden. Kenneth Taylor gab außerdem an, vor dem Mordversuch drei schwarze Kapseln genommen zu haben, aber er weigerte sich, zu erklären, was sich in diesen Kapseln befunden und woher er sie erhalten hatte.

Dann erfuhren Fausak und McCormick zu ihrem Erstaunen, daß Ken tatsächlich sieben Gründe aufgezählt hatte, wieso er Marilyn umbringen wollte:

Die Gründe lauteten:

1. Seine Frau hatte ihn beschimpft.
2. Seine Frau brachte ihm nicht den angemessenen Respekt entgegen.
3. Seine Frau hatte sich entschlossen, nach der Heirat ihren eigenen Nachnamen zu behalten.
4. Keine Zuneigung.
5. Sexuelle Abstinenz.
6. Die Vermutung, seine Frau sei bisexuell.
7. Die Aussage seiner Frau, falls das Baby ein Junge würde, sollte er lieber homosexuell als athletisch werden.

Ken war am 19. April verhört worden, zwei Tage nach seiner Aufnahme im Marinekrankenhaus. An diesem Abend hatte er die Polizei angerufen. Er befürchtete, seine Frau könne pornographisches Material entdecken, das er in seinem Kleiderschrank versteckt hatte. »Sie hat schon genug durchgemacht«, erklärte er.

Noch am selben Abend durchsuchte die Polizei die Wohnung. Tatsächlich hatte Marilyn schon früher an diesem Tag der Polizei Dinge übergeben, die sie in einer Mülltonne gefunden hatte, unter anderem ein Foto, das Ken nackt zeigte, vom Hals abwärts. Im Band seines Hutes hatte sie einen zusammengefalteten Brief von einem »Gary« an »Ken« gefunden, der homosexuellen Inhalts war.

Die Polizei von Waterford fand noch weiteres pornographisches Material, darunter ein weiteres Foto von Kens Genitalien, einen Stapel von Polaroidfotos nackter Frauen und Korrespondenz mit verschiedenen Sexblättern.

Auf einem Notizblock auf seinem Schreibtisch fand sich eine handgeschriebene Liste mit denselben »Gründen«, Marilyn umzubringen, die er der Polizei mitgeteilt hatte. Die Liste war vom 7. April. Ken mußte sie geschrieben haben, bevor er mit dem chloroformgetränkten Schwamm ins Schlafzimmer gegangen war.

Die Berichte der Polizei in Waterford beleuchteten auch die heftige Auseinandersetzung zwischen Dr. Smith und seinem Nachfolger Commander W. F. Pettit darüber, wie Ken zu behandeln sei. Detective Paul Liparulo hatte durch ein Telefongespräch mit Dr. Smith davon erfahren:

Im Verlauf dieses Gesprächs teilte Dr. Smith Detective Liparulo mit, daß Dr. Pettit gerade aus dem Urlaub zurückgekommen war und den Fall Taylor übernommen hatte.

Dr. Smith sagte Detective Liparulo, daß er immer noch bei der aus seinen Untersuchungen resultierenden Ansicht bleibe, Taylor sei ein potentieller Mörder und in keinster Weise geistesgestört oder verwirrt. Taylor solle vor Gericht gestellt werden. Smith gab an, mehr als bereit zu sein, vor Gericht als Zeuge aufzutreten.

Dr. Smith erklärte, da Taylor ein Offizier der Marine sei, habe Dr. Pettit den Fall übernommen und versuche, ihn zu »vertuschen«. Dr. Smith gab an, Dr. Pettit habe sowohl ihm als auch anderen Angestellten des Krankenhauses mitgeteilt, Taylor sei völlig gesund.

Dr. Smith erklärte, die einzige Behandlung, der Dr. Pettit Taylor unterziehen wollte, sei ambulanter Art. Dr. Smith teilte Detective Liparulo mit, Dr. Pettit sei der Ansicht, er (Smith) habe die Ermittlungen der Polizei nicht unterstützen sollen.

All diese Fragen wurden rein theoretisch, als Marilyn ihre Anzeige zurückzog. Unvermeidlich mußten McCormick und Fausak daran denken, ob Teresa wohl noch am Leben wäre, hätte Dr. Smith sich durchsetzen können.

Mit der persönlichen Aussetzung der Untersuchung blieben auch viele Widersprüche ungelöst. Einer der bedeutsamsten war, daß Ken zwar behauptet hatte, nach drei Black Beauties – einem starken Aufputschmittel – »nicht mehr er selbst« gewesen zu sein, zur Zeit seiner Aufnahme im Marinekrankenhaus aber »keine Spur von Drogen mehr festgestellt werden konnte. Am Tag der Aufnahme wurden Urinproben genommen, und das Resultat der Untersuchung auf Drogen war negativ.«

Und es gab noch eine haarsträubende Anmerkung. Nachdem er den Mordversuch an seiner Frau gestanden hatte, bedauerte Ken vor allem, »daß so viele Jahre der Ausbildung jetzt umsonst gewesen« waren.

Zehn Tage nach seiner Reise nach Waterford erhielt McCormick Kens Akte vom Sicherheitsdienst der Marine. Sie enthielt einen zusammenfassenden Bericht von Dr. Pettit, der Ken von jeder Schuld grundlegend freisprach:

DER VORFALL: Der 30 Jahre alte, verheiratete Marinezahnarzt mit 2 Jahren und 10 Monaten aktiven Dienstes, zur Zeit an Bord der USS FULTON stationiert, wurde am 17. April 1979 ins Marinekrankenhaus des Stützpunkts Groton, Connecticut, aufgenommen, nachdem man ihn in der Notaufnahme untersucht hatte. Dr. Taylor und seine Frau wurden vom Marinegeistlichen ins Krankenhaus gebracht, den sie um Hilfe gebeten hatten.

Dr. Taylor gab an, an diesem Tag während der Arbeit zwölf Tassen Kaffee getrunken zu haben. Danach trank er am Abend weitere acht Tassen Kaffee und nahm drei »Black Beauties« (jede Kapsel enthielt 10 mg Amphetamin und 10 mg Dextroamphetamin). Er gab an, außerdem einen oder zwei Joints geraucht zu haben.

Im Verlauf des Abends bemerkte er ein Gefühl der Unruhe, als würde er »in die Ecke gedrängt« und sein Kopf dehne sich weiter und weiter aus. Während der nächsten

Stunden wurde er immer unruhiger, wütend, angespannter und bekam Angst und heftiges Herzklopfen. Er ging in das zweite Schlafzimmer, um sich auf Prüfungen (in Florida) vorzubereiten.

Während dieser Zeit bemerkte er ein wachsendes, immer drängender werdendes Bedürfnis, seine Frau umzubringen. Er hörte eine Stimme in seinem Innern, die ihn aufforderte, sie zu töten. Nachdem er etwa anderthalb Stunden gegen diese Impulse angekämpft hatte, tränkte er ein Handtuch mit Chloroform, ging zum Bett seiner Frau und drückte das Handtuch auf ihr Gesicht. Es gab einen kurzen Kampf, und er wurde sich plötzlich dessen bewußt, was geschah und was er getan hatte. Er und seine Frau beteten gemeinsam.

Danach überlegten beide, wie er Hilfe in einem Krankenhaus finden könne. Er leugnete, bereits vorher die Ermordung seiner Frau geplant zu haben. Er stritt ebenfalls ab, Pläne gemacht zu haben, wie er sich der Leiche entledigen konnte.

Er gab zu, am Samstag zwei »Black Beauties« genommen zu haben, drei am Sonntag und drei weitere am Abend vor dem Vorfall. Er gab zu, etwa drei Wochen zuvor an einem Tag zwei »Black Beauties«, am folgenden Tag drei weitere und am Tag darauf wieder drei »Black Beauties« genommen zu haben. An diesem dritten Tag schlug er bei einem Streit mit seiner Frau auf den Kühlschrank und brach sich dabei den Mittelhandknochen. Er behauptete, er habe auf den Kühlschrank geschlagen, um nicht seine Frau zu treffen.

Er stritt ab, regelmäßig Amphetamine genommen zu haben, gab allerdings zu, sie bei der Vorbereitung auf wichtigere Prüfungen hin und wieder benutzt zu haben. Er gab zu, Valium eingenommen zu haben, im Durchschnitt eine oder zwei Tabletten pro Tag, während seines Studiums der Zahnmedizin. Er hat zweimal mit LSD experimentiert und während des Studiums einige Zeit lang circa zweimal monatlich 50 mg Seconal genommen.

Außerdem hatte er 1976 zweimal Kokain geschnupft. Er

gab zu, regelmäßig Marihuana zu rauchen, einen oder zwei Joints, allerdings nicht täglich, etwa seit 1971. Er sagte aus, Marihuana zur Entspannung und gegen innere Unruhe zu benutzen. Er gab auch an, regelmäßig etwa 10-12 Tassen Kaffee am Tag zu trinken und zwei bis drei Päckchen Zigaretten zu rauchen.

Die Vorgeschichte seines Alkoholmißbrauchs verlief wie folgt: erster Alkoholgenuß mit 17; zum ersten Mal betrunken mit 18. Er sagte aus, 1975 einen Autounfall unter Alkoholeinfluß gehabt zu haben. Er gibt zu, ein- oder zweimal in der Woche 2-3 Drinks zu sich zu nehmen und sich etwa einmal im Monat zu betrinken. Nach seinen Angaben benötigt er etwa einen halben Liter Whiskey, um betrunken zu werden.

Dr. Taylor gab an, daß es in seiner Ehe in den letzten zwei Monaten größere Schwierigkeiten gegeben hatte. Er fühlte sich von seiner Frau nicht mehr genug geliebt und respektiert. Er sagte aus, ausgeprägte Probleme bei der Äußerung von Gefühlen zu haben und extreme Angst vor verbalen Auseinandersetzungen mit anderen Menschen, besonders mit seiner Frau.

KINDHEIT: Er ist der älteste von drei Kindern aus einer intakten Familie der Mittelschicht. Er gibt an, als Acht- bis Neunjähriger Fingernägel gekaut zu haben, als sein jüngerer Bruder die Aufmerksamkeit des Vaters für sich in Anspruch nahm. In der Grundschule war er erfolgreich, hatte aber Probleme in der 7. Klasse, nachdem er sich den Fuß gebrochen hatte. Er hat einen High-School-Abschluß und war stellvertretender Klassensprecher. Er spielte mit Erfolg Basketball, Football und Baseball. Er schloß das College ab und studierte Zahnmedizin, wobei er halbtags berufstätig war.

Zum ersten Mal heiratete er während seiner Collegezeit und wurde nach einem Jahr der Trennung im Oktober 1974 geschieden. Er heiratete seine derzeitige Frau im Dezember 1974.

Er beschreibt seinen Vater als 52 Jahre alten Facharbeiter,

einen sehr ruhigen, stolzen Mann, der hart arbeitet. Er erklärte, gut mit ihm ausgekommen zu sein, allerdings hatte er bemerkt, daß das Interesse seines Vaters an ihm in Zusammenhang mit seinen sportlichen Leistungen stand und fiel. Er beschrieb seine Mutter als 52 Jahre alte Hausfrau, die »überaus bestrebt ist, ihre Familie glücklich zu sehen«. Er gab zu, daß sie »auf subtile Weise den Ton in der Familie« angab und sich häufig in sein Leben einmischte.

GESUNDHEITSZUSTAND: Zur Zeit der Aufnahme wurde er als »ziemlich ruhig, gesammelt, klar« beschrieben. Anfänglich erhielt der Patient 5 mg Stelazin pro Tag und 2 mg Artan viermal täglich (Tranquilizer), die Diagnose war akute psychotische Reaktion infolge von Drogenmißbrauch.

Er wurde zunächst von Dr. Ron Smith behandelt. Am 20. April 1979 übernahm Dr. William F. Pettit die Behandlung des Patienten, nachdem dieser einen anderen Arzt verlangt hatte.

Während sechs Tagen im Krankenhaus wurde sich der Patient seiner emotionalen Probleme in angemessener und effektiver Weise bewußt. Er gab an, immer besser zu verstehen, daß er zu viel herunterschluckte und keine angemessenen Möglichkeiten fand, seinen Gefühlen Ausdruck zu verleihen. Er schien sehr motiviert, was die Behandlung anging, und las ein Buch über Gefühle, das man ihm gab, in einem Tag aus. Er war motiviert zur Einzel- und Gruppentherapie und zeigte auffallende Einsicht in seine Probleme.

Es ist nicht anzunehmen, daß der Patient abhängig von Drogen ist. Es gibt keine Belege für eine Psychose oder Depression. Er stritt Selbstmord- und Mordgedanken ab.

Ein abschließender Bericht von Dr. Pettit enthielt auch die Ergebnisse des Multiphasen-Persönlichkeitstests von Minnesota (MMPI), der konstruiert wurde, um die Angepaßtheit einer individuellen Persönlichkeit zu messen. Dem Bericht zufolge ergab der Test für Ken ein »grundlegend unauffälliges Profil. Es läßt keinerlei Schlüsse auf eine Neurose, Psychose oder charakterliche Probleme zu.«

Dr. Pettit fuhr fort:

Mein allgemeiner Eindruck ist, daß dieser Mann chronische Schwierigkeiten dabei hat, mit seinen Gefühlen umzugehen, und es deshalb zu Staus von Ängsten und Spannungen kommt. Ein Großteil seiner Probleme beim Ausdruck von Gefühlen hängt mit seinem enormen Bedürfnis nach Anerkennung und der entsprechenden Angst vor Zurückweisung zusammen.

Nach meiner Ansicht hat eine Kombination von Einzelfaktoren, die sich zu explosiven Ausmaßen gesteigert hatten, zu dem Vorfall geführt:

1. Wachsende Unzufriedenheit mit seiner Ehe, begleitet von Gefühlen der »Leere, Hoffnungslosigkeit und Hilflosigkeit«, was die Ehe anging.

2. Ein wachsendes Gefühl, von seiner Frau nicht genügend geliebt und geachtet zu werden.

3. Angst, die Achtung seiner Eltern zu verlieren, wenn seine Ehe scheiterte.

4. Chronische Angstgefühle, entstanden durch seine Unfähigkeit, Emotionen und Frustrationen in angemessener Weise auszudrücken.

5. Akute Verlassenheitsgefühle in Zusammenhang mit der häufigen Abwesenheit seiner Frau wegen der Krankheit ihres Vaters.

6. Wirkung von 3000 mg Koffein in Verbindung mit der Einnahme von Amphetaminen, die in mörderischen Impulsen kulminierte.

Im Verlauf der beiden Wochen nach seiner Entlassung aus dem Krankenhaus hatte man folgendes festgehalten:

1. Der Patient hat aktiv an Gruppen- und Einzeltherapie teilgenommen.

2. Keinerlei Hinweise auf Alkoholismus. Trotzdem wird

Dr. Taylor auf meine Empfehlung ab 15. Mai 1979 an einem 36-stündigen Kurs über Alkoholabhängigkeit teilnehmen. Zur Zeit planen er und seine Frau, den Kurs gemeinsam zu besuchen.

3. Er und seine Frau haben sich um eine Ehetherapie bei einem zivilen Therapeuten bemüht und werden diese in naher Zukunft beginnen.

4. Während einer vierzehntägigen Periode hat er etwa 14 Stelazin-Tabletten gegen Spannung und Angstgefühle genommen. Mordabsichten sind angeblich nicht wieder aufgetreten. Seine Stimmung und sein Geisteszustand sind normal und seiner derzeitigen Situation angemessen.

Nach Ansicht der Ärztekommission lautet die Diagnose wie folgt:

1. Akute toxische Reaktion auf Drogen (Amphetamine, Koffein und Marihuana) mit vorübergehenden Mordimpulsen.

2. Schwere Anpassungsprobleme an das Erwachsenen- und Eheleben.

Die Ärztekommission empfiehlt, daß Dr. Taylors Dienst sechs Monate lang eingeschränkt wird; während dieser Zeit sollte er ein- oder zweimal pro Woche an einer Gruppentherapie und an Einzeltherapien teilnehmen. Der kurzfristige Gebrauch von angstlindernden Medikamenten wird für angemessen erachtet. Der Patient wurde auch dazu angehalten, seinen Koffeinkonsum zu reduzieren. Außerdem wurde ihm geraten, ein körperliches Trainingsprogramm durchzuführen, um sein Selbstwertgefühl zu erhöhen und die Spannungen abzubauen.

Dr. Taylor wurde von den Erkenntnissen der Kommission informiert und wünscht nicht, Widerspruch einzulegen.

Die »Ärztekommission« bestand aus Pettit und Smith.

Beide hatten den abschließenden Bericht unterschrieben, Dr. Smith würde allerdings später erklären, er habe keine andere Wahl gehabt.

Der Bericht – auf der Grundannahme beruhend, daß vor allem der Drogenmißbrauch zu dem Angriff auf Marilyn geführt hatte – ging den gesamten Dienstweg bis zur Zentrale für Personalakten der Marine, und dort lag er, bis McCormick ihn anforderte. Das Berichtsdatum war der 14. Mai 1979.

Beinahe ein Monat verging, bevor am 11. Juni Tests, die der Sicherheitsdienst der Marine angefordert hatte, ergaben, daß in der Nacht, als er im Krankenhaus aufgenommen worden war, keine Spuren von Drogen, Amphetamine eingeschlossen, in Kens Stoffwechsel gefunden worden waren. Zu diesem Zeitpunkt war das jedoch offensichtlich nicht mehr von Belang.

Die Untersuchung des Sicherheitsdienstes der Marine, die unabhängig von der psychiatrischen Untersuchung Kens durchgeführt worden war, hatte sich auf Drogenkonsum durch ihn und weiteres Personal des Stützpunkts, mit dem er regelmäßig Kontakt hatte, konzentriert. Ein Dutzend Offiziere und Mannschaftsgrade wurden verhört. Ken selbst »verweigerte auf Anraten eines Anwalts jede Äußerung«.

Der Leiter der zahnärztlichen Abteilung berichtete, man habe Ken »informell« wegen seines engen Kontakts zu »Unteroffizieren und Mannschaften« getadelt.

Ein Seemann, der aus der Marine ausgeschieden war, gab zu, von Ken Marihuana gekauft zu haben. Der Rest leugnete jegliche Kenntnisse über Kens Drogenkonsum oder Eheprobleme und verweigerte weitere Aussagen. Zwei Frauen im Mannschaftsgrad, so wurde gemurmelt, hätten Affären mit ihm gehabt. Beide leugneten jegliche »romantische Verbindung«.

Der vertrauliche Informant NL-P-1, der in der Position ist, glaubhafte Informationen liefern zu können, wurde befragt. NL-P-1 sagte aus, Kenntnis von häufigem Marihuanakonsum und gelegentlichem Konsum von Amphetaminen durch das SUBJEKT zu haben. NL-P-1 weiß auch, daß das SUBJEKT an Bord der USS FULTON illegale Drogen von Mannschaftsgraden gekauft hat. NL-P-1 berichtet, daß das SUBJEKT häufig während der Mittagszeit Marihuana rauchte und daher unter dem Einfluß von Marihuana Patienten behandelte.

Und ganz vergraben in den Akten des Sicherheitsdienstes der Marine fand sich noch eine weitere Bemerkung, die nur allzuleicht übersehen werden konnte:

»Offenbar hat das SUBJEKT in vielen Fällen Kodein verschrieben, obwohl die Behandlung dies nicht erforderte.«

Der Sicherheitsdienst der Marine schloß seine Akten über Ken Taylor mit einem Fernschreiben ans Hauptquartier ab: DIE ANZEIGE WEGEN VERSUCHTEN MORDES WURDE VOR DEM LANDESGERICHT IN NEW LONDON, CT, FALLENGELASSEN, ALS DIE EHEFRAU DES ANGEKLAGTEN SICH WEIGERTE, GEGEN IHREN MANN AUSZUSAGEN... DIE GESETZE DES STAATES CONNECTICUT ERFORDERN, DASS IN DIESEM FALL DIE AKTEN VERSIEGELT WERDEN. DIE AKTEN DES SICHERHEITSDIENSTES ENTHALTEN KEINE ZUSÄTZLICHEN INFORMATIONEN DIESEN FALL BETREFFEND.

Nachdem er die Akten der Marine eingesehen hatte, bat Paul Chaiet McCormick, Dr. Ronald C. Smith ausfindig zu machen. Falls die Verteidigung auf Unzurechnungsfähigkeit plädieren würde, zeitweilige oder nicht, könnte er ein wichtiger Zeuge sein.

Chaiet war durchaus nicht unzufrieden. Laß doch die Verteidigung den anderen Psychiater, Pettit, in den Zeugenstand rufen. Laß Pettit doch erklären, wie Taylors »mangelndes Selbstwertgefühl« ihn dazu gebracht hatte, die arme Teresa umzubringen.

Chaiet wußte auch, daß er seine Anstrengungen verstärken mußte, die Original-Akten der Polizei von Waterford in die Hände zu bekommen. Selbst wenn er sie wegen dieser idiotischen Gesetzgebung in Connecticut nicht als Beweismittel aufführen konnte, baute er darauf, die Polizisten und Marilyn Hope in den Zeugenstand zu rufen, und er wollte keine versehentlichen Widersprüche bei der Befragung über die Ereignisse des 17. April 1979 riskieren.

Im Gefängnis von Monmouth County sagte Ken zu Jack Venturi: »Sie müssen Connecticut heraushalten. Das habe ich wirklich getan. Aber mit Acapulco habe ich nichts zu tun. Ich schwöre Ihnen, das ist die Wahrheit.«

KAPITEL ZEHN

Jacks Idee gefiel Ken ausgesprochen gut. Venturi wollte den berühmten Psychiater Dr. Robert L. Sadoff als Gutachter für die Verteidigung beauftragen. In einem der bekanntesten Mordfälle der 70er Jahre hatte Sadoff ein Gutachten über Jeffrey MacDonald angefertigt, den Militärarzt, der angeklagt wurde, seine Frau und seine Kinder umgebracht zu haben. Damals hatte Sadoff erklärt, daß MacDonald nach seiner Ansicht unfähig war, ein derartiges Verbrechen zu begehen.

Sadoff war eine anerkannte Autorität, was die Verwendung von Sodiumamytal anging, besser bekannt unter der unzutreffenden Bezeichnung Wahrheitsserum. Wenn der Test schlecht ausging, brauchte Venturi die Resultate Chaiet nicht zugänglich zu machen, denn das schrieben die Regeln der Beweisvorlage zwischen den Parteien nicht vor. Wie Lügendetektoren waren auch Sodiumamytal-Tests in New Jersey vor Gericht nicht zugelassen, um Schuld oder Unschuld zu beweisen, weil ihre Zuverlässigkeit nicht »wissenschaftlich belegt« war. Paradoxerweise war diese Vorschrift nach einem Prozeß erlassen worden, dessen Urteil nicht rechtskräftig geworden war, nachdem der Ankläger behauptet hatte, der Angeklagte müsse schuldig sein, weil er sich nicht dem Test unterziehen wollte.

Das Problem bestand darin, daß ein wirklicher Psychopath hier ebenso wie bei den Lügendetektoren die »Wahrheit« manipulieren konnte. Oder, wie es Dr. Sadoff Venturi erklärte: »Man sollte wissen, daß Menschen unter dem Einfluß von Sodiumamytal lügen können, und ebenso können sie phantasieren oder Antworten geben, die nicht die objektive Wahrheit widerspiegeln. Meist glaubt die Person, was sie sagt, sei die Wahrheit, aber es ist möglich, daß die Fakten des Falls ganz anders liegen.«

Bei Strafverfahren hatte Sadoff Sodiumamytal nur angewandt, wenn es darum ging, verlorene Erinnerungen wieder deutlich zu machen, wenn ein Angeklagter in bezug auf ein bestimmtes Ereignis Gedächtnisverlust erlitten hatte. Er hatte keine hundertprozentige Erfolgsquote, aber »im allgemeinen« war das Ergebnis positiv. Sadoff mußte allerdings zugeben, daß keine standardisierte Auswertung des Tests möglich war. Die Interpretation blieb »dem jeweiligen Mediziner überlassen, der die Befragung durchführte«, und leider wurden die Ergebnisse nicht von allen Psychiatern akzeptiert.

Im stillen hoffte Venturi, daß Sadoff Kens Unzurechnungsfähigkeit beweisen würde. Dadurch könnte er den Test als »diagnostische Hilfe« in der Verhandlung einbringen, was nach den Regeln des Obersten Gerichtshofes von New Jersey erlaubt war. Und es wäre auch ein Schutz gegen eine weitere Möglichkeit gewesen, die er befürchtete. Angeklagte, die Venturi erfolgreich verteidigt hatte, gaben ihm die besten Noten. Diejenigen im Gefängnis waren nicht so freundlich. Er konnte sich gut vorstellen, daß Ken gegen eine Verurteilung wegen Mordes Berufung einlegen und dies mit der Inkompetenz des Verteidigers begründen würde, weil er nicht auf zeitweilige Unzurechnungsfähigkeit plädiert hatte.

Eine psychologische Voruntersuchung wurde von einem Mitarbeiter Dr. Sadoffs am 25. Januar durchgeführt. Die Sodiumamytal-Sitzung sollte am 6. März stattfinden. Ken konnte es kaum abwarten. »Sie werden schon sehen«, sagte er zu Venturi.

Davor kamen auf Venturi allerdings noch andere Schwierigkeiten zu. Ein Teil der Beweisunterlagen von Chaiet war eingetroffen. Ganz oben auf der Liste standen die Telefonate, die in der Mordnacht bis beinahe sechs Uhr morgens geführt worden waren.

Venturi mußte Ken das Material übergeben. Ken schien nicht im geringsten verwirrt. »Sehen Sie«, erklärte er, »ich wollte das nicht der Polizei oder irgend jemand sonst erzählen. Nicht einmal Ihnen.«

Jene Nacht war nicht ganz so verlaufen, wie er es dargestellt hatte. Er hatte nur Teresa nicht noch mehr bloßstellen wollen.

Gegen Mitternacht, nachdem die Rozeks gegangen waren, hatte er zu Teresa gesagt: »Ich gehe schlafen. Du solltest auch ins Bett kommen. Du brauchst endlich Schlaf.«

Venturis Notizen zufolge wiederholte Ken, daß Teresa seit Donnerstag nicht geschlafen hatte. Sie hatte Kokain geschnupft, einen Teil des Stoffs, den sie von ihrem Bruder bekommen hatte. Er gab das Telefongespräch mit Cindy Diaz als Beweis an. Teresa war am Samstag mit Cindy einkaufen gewesen, und Cindy hatte bestätigt, daß sie »kreidebleich« ausgesehen hatte. Und Teresa hatte immerhin zugegeben, einen Kater zu haben, oder?

»Ich sagte ihr, sie solle ins Bett kommen. Sie sagte: ›Ich

nehme noch ein bißchen Coke, und dann komme ich ins Bett.‹ Ich sagte: ›Teresa, wenn du jetzt noch ein bißchen Coke nimmst, wirst du nicht ins Bett kommen, bis du fix und fertig bist. Zum Teufel, ich gehe jetzt schlafen.‹

Ich wache gegen zwei, halb drei auf. Teresa ist nicht im Bett. Ich gehe ins Kinderzimmer. Das Baby schläft. Dann gehe ich pinkeln. Ich höre, wie Teresa unten telefoniert. Also frage ich sie vom Treppenabsatz aus: ›Mit wem zum Teufel telefonierst du mitten in der Nacht?‹ Sie sagt: ›Komm runter, ich möchte, daß du dir das anhörst.‹

Also gehe ich hinunter und höre zu, und es ist so ein Telefonsex-Zeug. Sie ist ein sehr sinnliches Mädchen, aber so was hat sie noch nie gemacht. Woher hat sie die Nummern? Jeff und Celeste waren dagewesen, und Jeff hatte einen *Hustler* mit all diesen Telefonnummern liegengelassen. Die Zeitschrift lag auf dem Tisch.

Eine Frau erzählte ihr Sexphantasien. Sie sagte: ›Ich werde eine andere Nummer anrufen.‹ Manchmal war es ein Band, manchmal auch Live, meist aber Bänder. Dann wollte Teresa oralen Sex mit mir, während ich zuhöre. Also gut, sagte ich, wie du willst. Ich muß zugeben, daß ich einen Orgasmus hatte, und dann legte ich das Telefon auf und ging ins Bett zurück.

Ich wachte wieder auf, so etwa gegen sieben, und sah als erstes, daß Teresa nicht im Bett war. Das Baby auch nicht. Ich ging zum Treppenabsatz, schaute hinunter und sah, was ich sah.«

Diesmal entschloß sich Venturi, Ken ein wenig härter zuzusetzen. Die Autopsie hatte ergeben, daß dicke Vaselineschichten in und um Teresas Vagina und Anus verschmiert waren. Was hatte das zu bedeuten?

Ken zeigte sich kein bißchen verwirrt. Als Teresa mit dem Baby oralen Sex machte, hatte sie »ihre Hand zwischen den Beinen. Ihr Hosenrock war heruntergezogen. Nicht bis zum Boden oder zu den Knien, aber heruntergezogen, ihr halber

Arsch ist zu sehen. Ich weiß, daß mir alles klarwurde in dem Augenblick, wo ich sah, daß sie ihre Hand zwischen den Beinen hatte. Und ich sah, was auf dem Tisch vorging und rannte die Stufen hinunter, um mich zu überzeugen, ob ich auch wirklich richtig gesehen hatte.«

Wie hatte Teresa so schnell ins Nähzimmer rennen können, wenn ihr Rock heruntergezogen war?

Sie hat es einfach getan, erklärte Ken.

Nicht gerade die beste Antwort, dachte Venturi. Dann brachte er noch einen weiteren Aspekt zur Sprache. Als man Teresas Leiche gefunden hatte, war die Rückseite des Hosenrocks aufgerissen, die ganze Naht entlang, als hätte jemand versucht, ihn ihr vom Leib zu reißen.

Als er sie gesehen hatte, war der Hosenrock nicht zerrissen gewesen, nur der Reißverschluß offen. Davon wich Ken nicht ab.

Anderes Beweismaterial der Anklage enthielt das Verhör von Marilyn Hope über Kens Angriff auf sie und die folgenden Gespräche zwischen McCormick, Fausak und den Polizisten in Waterford.

Ken sagte: »Zunächst heißt es, sie dürfen keine Informationen rausgeben, weil die Klage fallengelassen wurde. Die Akten wurden versiegelt. Und dann machen sie es doch. Wie kann das sein? Sie müssen Einspruch erheben.«

Außerdem gab es da noch die ausweichenden, widersprüchlichen Informationen, die Reyes Quinones von den Leuten des Hotelsicherheitsdienstes in Acapulco und von der örtlichen Polizei erhalten hatte – und den anonymen Anruf einer »verwirrten Frau« über einen Krach zwischen Ken und Teresa in Las Brisas. Venturi hatte zu diesem Zeitpunkt nur eine kurze Notiz von Captain Potts über den Anruf vorliegen, die besagte: »Die Anruferin konnte schließlich überredet werden, ihren Vornamen zu nennen, den sie als ›SORAYDA‹ (so buchstabierte sie ihn) angab.«

»Wer ist diese Sorayda?« fragte Venturi.

»Keine Ahnung«, antwortete Ken. »Ich werde darüber nachdenken.«

Am Abend des 6. März wurde Ken in das wenige Meilen vom Gefängnis entfernte Krankenhaus von Neptune gebracht, um sich dem Sodiumamytal-Test zu unterziehen.

Nachdem er Ken seine Vertrauenswürdigkeit versichert hatte, sagte Dr. Sadoff: »Dr. Taylor, darf ich Sie Ken nennen?«

»Ja.«

»Gut. Ich werde Ihnen jetzt eine kleine Spritze geben, eine Probedosis, damit wir sehen können, ob Sie irgendwie darauf reagieren. Ich nehme an, daß dies nicht der Fall ist, weil Sie mir gesagt haben, daß Sie nicht allergisch gegen Medikamente sind.«

»Das stimmt.« Ken, bekleidet mit einem kurzärmeligen Hemd und Freizeithosen, lag auf dem Untersuchungstisch. Eine Videokamera war auf ihn eingestellt. Er hatte den Kopf nach rechts gedreht und sein Gesicht Dr. Sadoff zugewandt.

»...es kann passieren, daß Sie Worte äußern, die Sie nicht sagen wollen, oder sich versprechen, aber das ist in Ordnung. Es ist uns allen bewußt, daß das vom Medikament kommt und nichts mit Ihnen zu tun hat.«

»Gut.«

Forsch und voller Selbstvertrauen sagte Dr. Sadoff: »Ich werde Sie den Tod Ihrer Frau wiedererleben lassen, ebenso wie andere Erfahrungen. Und mit ›wiedererleben‹ meine ich, daß ich Sie dazu bringen werde, wirklich dort zu sein und mir nicht nur davon zu erzählen. Ich möchte, daß Sie sehen, was passiert, daß Sie sich umsehen...«

»Gut.«

»...und auf diese Weise werden Sie tatsächlich noch einmal erleben, was geschah. Es könnte sein, daß Sie emotional darauf reagieren, und das ist in Ordnung. Sie dürfen brüllen und schreien, Sie dürfen weinen, Sie dürfen alles mögliche tun. Das ist ebenfalls in Ordnung. Also gut, ich injiziere jetzt. Spüren Sie schon, wie Ihre Zunge taub wird?«

»Nein, noch nicht.«

Nachdem er ihn nach den Spielen seiner Kindheit und nach seiner Familie gefragt hatte, sagte Sadoff: »Hatten Sie einen besonderen Freund?«

»Meinen Bruder.«

»Was ist er für ein Mensch?«

»Tom ist ein sehr guter Mensch«, sagte Ken. Deshalb wollte er auch, daß das Baby in Toms Obhut kam – und die seiner Mutter –, bis er selbst nach dem Prozeß wieder nach Marion zurückkehren würde.

»Erzählen Sie mir etwas über Ihre Mutter.«

»Auch ein sehr guter Mensch. Ich weiß nicht. Sie ist sehr religiös, aber sie hat eine starke Position innerhalb der Familie. Sie hält die Familie zusammen. Sie kann sehr gut mit Kindern umgehen. Das ist ein weiterer Grund, wieso ich will, daß sie meinen Sohn bekommt.«

»Wie ist sie mit Ihnen als Kind umgegangen?«

Zum ersten Mal zögerte Ken. »Ach, sehr geduldig. Sehr verständnisvoll, liebevoll.«

»Waren Sie ihr Lieblingskind?«

»Das könnte man sagen.«

»Wie hat sie es Ihnen gezeigt?«

»Na ja, sie hat es nicht groß gezeigt, ich habe es einfach so verstanden. Ich weiß, daß sie sehr stolz auf mich war, als ich meine Ausbildung machte. Sie sagte mir, sie wäre von meinem Bruder enttäuscht, weil er nichts aus sich gemacht hatte.«

»Sind Sie auch enttäuscht von ihm?«

»Ja, das bin ich.«

»Aber Sie vertrauen ihm trotzdem Ihren Sohn an?«

»O ja. Wir hatten einfach ein paar Schwierigkeiten miteinander. Das war alles. Unter Männern. Aber wir haben immer darüber geredet.«

»... in welchem Alter hatten Sie Ihre ersten sexuellen Erfahrungen?«

In Kens Verhalten war keine Änderung sichtbar. »Meinen Sie Geschlechtsverkehr? Mit etwa 16 oder 17. Es war nett.«

»Haben Sie auch schlechte sexuelle Erfahrungen gemacht, oder war alles immer positiv?«

Er antwortete, Sex sei für ihn immer »positiv« gewesen, sogar mit Teresa, »trotz allem, was ich wußte«.

»Was wußten Sie?«

»Na ja, vielleicht war sie ein bißchen... zu sehr auf Sex fixiert, aber ich habe das nie als Problem gesehen.«

»Was meinen Sie mit ›zu sehr auf Sex fixiert‹?«

Ken schien nach einer Antwort zu suchen. »Oh, sie, äh, warten Sie mal, diese Geschichte mit dem Telefonsex, zum Beispiel.«

»War das Teresas Idee?«

»Ja.«

Jack Venturi saß ebenfalls im Untersuchungszimmer, allerdings an einer Stelle, wo Ken ihn nicht sehen konnte. Er wartete darauf, daß Ken anfing, Ereignisse zu »durchleben« – daß er die Emotionen zeigte, die Sadoff vorausgesagt hatte. Aber während Sadoff Ken durch alle Qualen und Ärgernisse von Teresas angeblicher Drogensucht führte, sogar als er andeutete, daß das Baby einmal von Teresas Milch ›high‹ geworden war, blieb Ken völlig entspannt, wie bei beiläufiger Konversation. Er bewegte sich nur einmal, um seinen Kopf mit der linken Hand zu stützen, damit er bequemer liegen konnte.

Als Sadoff schließlich nach Acapulco fragte, war Venturi sicher, daß Kens Verhalten sich jetzt ändern würde. Aber Ken blieb weiterhin ruhig, während er sich an den Eindruck erinnerte. Das einzige neue Element, das er hinzufügte, war, daß er zwei Männer im Zimmer gesehen hatte. »Als ich aufstehen wollte, trat man mir gegen den Kopf. Ich sah den Mann, der mich getreten hatte und einen anderen Mann, vielleicht von der Taille abwärts. Das ist alles.« So, wie er es beschrieb, konnte das alles ganz anderen Leuten passiert sein, nicht Teresa und ihm.

»Wie ist mein Puls?« fragte Ken.

»Ganz normal. Siebzig, fünfundsiebzig.«

Dann hörte Venturi verwundert zu, wie Ken Sadoffs Fragen über die Nacht beantwortete, in der er versucht hatte, Marilyn mit Chloroform zu töten. Obwohl Ken mindestens drei Polizisten in Waterford, dem Marinegeistlichen und zwei Psychiatern der Marine gestanden hatte, daß er sie hatte umbringen wollen – er hatte ja sogar die Gründe dafür schriftlich aufgelistet –, erklärte er nun Dr. Sadoff unter Einfluß von Sodiumamytal, er habe Marilyn vergewaltigen wollen, nicht umbringen. »Wir waren fünf, vielleicht sechs Jahre verheiratet«, sagte er. »Sie war vollständig frigide geworden und hielt mich für ein Schwein. Ein männliches Schwein. Ich hatte sexuelle Beziehungen, Affären, wenn Sie es so nennen wollen, mit vielen Mädchen bei der Marine. In dieser Nacht, als ich den Schwamm mit Chloroform tränkte und ihn auf ihr Gesicht drückte, wollte ich sie bewußtlos machen und vergewaltigen.«

Ken sah jetzt ein bißchen benommen aus. Sein Tonfall wurde langsam schleppend. Er hatte die Version mit der Vergewaltigung bereits einmal bei Venturi ausprobiert. Vielleicht glaubt er das wirklich, dachte Venturi. Vielleicht ist er völlig durchgeknallt.

Aber dann machte Ken einen geringfügigen Fehler. Er erklärte, sofort die Polizei gerufen zu haben. »Ich sagte: ›Sie müssen mich verhaften. Ich habe meine Frau angegriffen.‹ Sie fragten: ›Ist sie verletzt?‹, und ich antwortete: ›Nein, offensichtlich nicht.‹ Und daraufhin sagten sie: ›In diesem Fall können wir keine Streife vorbeischicken.‹ Also rief ich den Geistlichen an.« Leider stand in den Akten – und das wußte Venturi –, daß die Polizei nicht vor dem folgenden Tag benachrichtigt worden war, als der Marinepsychiater Smith

Marilyn überredete, den Angriff anzuzeigen. Und Marilyn, nicht Ken, hatte den Geistlichen angerufen.

Als Sadoff anfing, mit Ken über die Nacht von Teresas Tod zu sprechen, kam eine vollkommen andere Geschichte zum Vorschein, die sich in vielen Einzelheiten von der unterschied, die Ken der Polizei von Manalapan erzählt hatte, und auch von der Version, die er Venturi gegeben hatte. Jetzt berichtete Ken, daß er den größten Teil der Nacht des 11. November überhaupt nicht geschlafen hatte, sondern wach gewesen war – zusammen mit Teresa.

»...Gegen 2.30 Uhr wachte ich auf, weil ich aufs Klo mußte. Ich sagte: ›Teresa, wieso bist du noch wach?‹ Sie antwortete: ›Na ja, ich bin high gewesen, und jetzt werde ich wieder high. Ich werde bald ins Bett kommen.‹ Um 7.30 Uhr wachte ich wieder auf. Nein, entschuldigen Sie, um 3.30 Uhr wachte ich auf und sie schlief immer noch nicht. Um 3.30 Uhr fingen wir mit diesem, wie nannte man das, diesem Telefonsex an. Sie wollte, daß ich mit einer Frau rede und die Frau mit mir redet, während sie sich sexuell an mir betätigt.«

»Was meinen Sie mit ›sexuell betätigt‹?«

»Keinen Geschlechtsverkehr. Oralen Sex. Petting und einmal auch Analverkehr.«

Als er dies hörte, fiel Venturi Teresas zerrissener Hosenrock ein. Er erinnerte sich an sein Gefühl, daß etwas sehr Vehementes passiert sein mußte, etwas, daß außer Kontrolle geraten war.

»Mit Ihnen?« fragte Sadoff.

»Ja, während die Frau am Telefon mit mir sprach. Das dauerte etwa drei Stunden. Ich glaube, sie haben Belege für diese Telefongespräche. Die geben auch die Zeit an.«

»Also von drei bis sechs Uhr?«

Ken starrte mit leerem Blick vor sich hin. »Kann er mich verstehen?«

»Selbstverständlich«, sagte Sadoff.

»Also, wegen dieser Gespräche. Sie benutzte ihre Kreditkarte. Sie bat mich, anzurufen, es war ihr peinlich. Wieso, weiß ich nicht. Sie brauchte *(sic)* ein Telefongespräch mit ihrer Kreditkarte. Und ich auch. Zwei Leute wollten nicht akzeptieren, daß es ihre Karte war. Also sagte ich: ›Gut, dann rufen wir woanders an.‹ Danach ging ich ins Bett. 4.30 Uhr. Gegen 7.00 Uhr oder 7.30 Uhr, ich glaube, eher 7.30 Uhr, wachte ich auf. Meine Frau war nicht oben. Ich schaute ins Zimmer meines Sohnes. Er war nicht da. Er schlief nicht. Ich dachte, sie ist vielleicht unten und wechselt seine *(sic)* Windeln. Also ging ich hinunter, und dann konnte ich meinen Augen nicht trauen.«

»Ich möchte, daß Sie jetzt dort sind.«

»Das bin ich.«

»Können Sie dort sein?«

»Ich bin's.«

»Was sehen Sie?«

»Ich bin da. Ich bin auf der Treppe. Ich glaube, es sind achtzehn Stufen.« Ken hob die linke Hand und machte eine vage Geste, dann stützte er wieder seinen Nacken. Er hatte Schwierigkeiten, sich verständlich zu artikulieren. »Orangefarbener Teppich. Echte Länder. Rechts Länder... Geländer. Ich ging zwei Drittel der Treppe herunter, und sie sah mich nicht. Aber sie hat gute Ohren. Sie hört nachts immer Geräusche. Und dann weckt sie mich. Ich sagte: ›Teresa, das ist nur das Haus, das sich ausdehnt oder zusammenzieht. Das hat nichts zu bedeuten.‹«

»Was ist da passiert?«

»Oh, das ist die Nacht, in der meine Frau umgekommen ist«, sagte er mit ruhiger Stimme. »Ich bin halbwegs die Treppe hinuntergegangen und sagte zu mir selbst: ›Ich glaube, meine Frau macht da Fellatio mit meinem Sohn.‹ Ich komme zum Ende der Treppe und bin überzeugt. Ich sage: ›Was machst du da, verdammt noch mal?‹ Sie glotzt mich mit glasigen Augen an, mit sehr – ihre Augen waren rot. Ganz glasige Augen. Voller Drogen. Sie hatte in dieser Nacht vielleicht ein Gramm Kokain genommen. Ein Gramm Kokain.

Sie hatte den Hosenrock heruntergezogen. Und ich wußte es zu der Zeit noch nicht, aber bei der Autopsie haben sie festgestellt, daß sie Vaseline über die Pobacken, den Anus und die Vagina geschmiert hatte. Und jetzt macht sie Fellatio mit meinem Sohn und versucht, sich die Finger in den Anus oder ins Rektum, Anus und Vagina zu stecken, ich weiß nicht, wohin.«

Er schwieg einen Moment. »Sie sah mich an, wie ich schon sagte, und rannte los – huschte – ihr Rock und die Strumpfhose waren runtergezogen. Man hat mich deswegen befragt. Wie schnell kann eine Frau mit runtergezogener Strumpfhose rennen? Sie huschte. Durch den Flur, etwa drei, vier Meter durchs Zimmer in den Flur und dann ins Nähzimmer. Ich hob meinen Sohn vom Tisch, weil ich wußte, daß er sonst heruntergefallen wäre, und legte ihn in die Trage.«

Ken holte tief Luft und atmete langsam wieder aus. Seine Stimme wurde tiefer. »Ich folgte meiner Frau ins Nähzimmer, und sie versuchte, mich umzubringen. Sie versuchte, mich umzubringen. Sie holte mit einer Hantel nach meinem Kopf aus. Man hat mir inzwischen gesagt, daß die Hanteln zwischen fünfundzwanzig und dreißig Pfund wiegen, das ist nicht überraschend. Sie war einen Meter fünfundsechzig groß, aber kräftig.«

Er gähnte. »Ich wußte nicht, ob sie mich bewußtlos schlagen wollte oder weiterrennen und meinen Sohn schlagen. Also kämpfte ich. Irgendwie ging ich zu Boden. Ich griff mir die Hantel, die neben der Tür wartete *(sic)*, um die Tür aufzuhalten. Ich packte die Hantel und schlug Teresa auf den Kopf. Sie fiel auf den Boden. Es war, als wäre sie gegen die Wand gerannt und einfach umgefallen. Ein paar Augenblicke später kam ich wieder zu mir aus diesem roboter- oder trancehaften Zustand. Ein trancehafter Zustand. Danach bin ich zum Roboter geworden. Ich habe bei meiner Frau nach Lebenszeichen gesucht, aber da waren keine. Sie sah aus, als wäre sie in schlechtem Zustand. Offensichtlich war sie in schlechtem Zustand. Offensichtlich hatte ich sie mehr als einmal geschlagen. Offensichtlich, der Autopsiebericht spricht von neun, äh, Schädelbrüchen.«

Während der ganzen Zeit war Kens Tonfall sehr sachlich geblieben. Sadoff nötigte ihn, sich an mehr zu erinnern. »*Versuchen Sie,* ganz dort zu sein. Sie haben sie geschlagen. Mit der Hantel?«

»Ja.«

»Erinnern Sie sich, wie oft Sie sie geschlagen haben?«

Ken bedeckte die Augen mit der Hand, als würde er nachdenken. »Zweimal. Und sie fiel um. Ich schlug sie einmal und noch einmal, als sie am Fallen war.«

»Erinnern Sie sich an mehr als diese zwei Schläge?«

»Nein, Sir.«

»Ist das das erste Mal, daß Sie sich erinnern, sie zweimal geschlagen zu haben? Sonst haben Sie immer von einem Mal gesprochen.«

»... Das zweite Mal war, als sie fiel und nach meinem Bein griff, um mich zu stoßen, zu krallen oder zu packen.«

»Haben Sie schon jemandem erzählt, daß Sie sie zweimal geschlagen haben?«

»Nein, Sir... Ich glaube, ich habe es meinem Anwalt gesagt.«

»Er hat mir nämlich gesagt, daß Sie sie einmal geschlagen haben. Können Sie sich auch an das dritte Mal erinnern?«

»Nein, Sir.«

»An das vierte Mal?«

»Nein, Sir.«

»Glauben Sie, daß ihr Schädel an neun Stellen geborsten sein kann, wenn Sie sie zweimal geschlagen haben?«

»Nein. Ich glaube, ich habe sie öfter geschlagen.«

»Warum erinnern Sie sich nicht?«

Ken antwortete nicht. Er schob die Unterlippe vor und runzelte die Stirn. Er kratzte sich am Ohr.

»Was ist passiert, daß Sie sich nicht erinnern?« fragte Sadoff.

»Es ist nicht so, daß ich mich nicht erinnere. Es ist nur, daß neun Brüche von drei Schlägen kommen könnten.«

»Warum nicht nur von zwei Schlägen?«

»Das könnte auch möglich sein. Ich sage bloß, es ist wahrscheinlicher, daß es drei Schläge waren.«

»Oder vielleicht neun Schläge. Glauben Sie, Sie könnten sie neunmal geschlagen haben?«

»Sie waren alle im selben Bereich.«

»Alle im selben Bereich? Also könnten ein paar feste Schläge neun Brüche verursacht haben. Sie mußten sie nicht mehr als zweimal schlagen, nicht wahr?«

Ken seufzte tief. »Ich... ich weiß nicht.«

»Nun ja«, meinte Dr. Sadoff, »bis zu diesem Punkt haben Sie sich an alles sehr detailliert erinnert.«

»Ich wußte, daß sie atmete.«

»Sie tat was?«

»Sie atmete.«

»Sie atmete. Und Sie wissen, daß Sie sie geschlagen haben. Erinnern Sie sich, sie zweimal geschlagen zu haben?«

Ken gähnte wieder. Er antwortete nicht.

»Warum denken Sie, wenn Sie sie ein drittes oder viertes Mal geschlagen haben, würden Sie sich nicht erinnern?« versuchte Sadoff ihn zu überreden.

»Würde ich das nicht?«

»Doch.«

»Sie meinen, wegen des Medikaments?«

»Nun ja. Gerade jetzt haben Sie sie ein drittes Mal geschlagen. Sie liegt am Boden. Sie nehmen die Hantel und schlagen ihr weiter den Schädel ein. Erinnern Sie sich nicht?«

»Ich glaube nicht... Ich habe Schädel seziert und weiß, wo die Knochen aneinanderstoßen. Und ich weiß, daß eine

Fraktur an dieser Stelle«, Ken zeigte auf seinen Kopf, »sehr wahrscheinlich auch zwei oder drei andere Brüche mit sich bringt.«

»Also ist es möglich, daß Sie sie nur zweimal geschlagen haben?«

»Das ist sehr wahrscheinlich.«

»Okay. Dann fielen Sie in eine Art Trance?«

»Ja. Ich erinnere mich, daß ich an der Tür zusammengesackt bin.«

»Woran haben Sie gedacht, als Sie sie schlugen?« bohrte Sadoff weiter. »Woran haben Sie gedacht? Was war los?«

»Ich dachte daran, daß ich mein Leben und das meines Sohnes rette. Ich wußte nicht, daß sie tot war, bis ich wieder aus der Trance erwachte.«

»Hatten Sie vor, sie umzubringen?«

»Nein.«

»Was wollten Sie tun?«

»Ich wollte mich verteidigen.«

»Gegen was?«

»Gegen den Angriff auf mich, dagegen, daß sie mit der Hantel nach meinem Kopf schlug.«

»Wie haben Sie das Leben Ihres Sohnes gerettet?«

»Ich habe ihr den Kopf eingeschlagen und die Hantel weggenommen.«

»Was hat Sie auf die Idee gebracht, sie wolle Ihrem Sohn Schaden zufügen?«

»Sie fügte ihm bereits Schaden zu.«

»Wie?«

Kens Stimme wurde immer schleppender. »Indem sie oralen Sex mit ihm hatte.«

»Das schadet ihm wirklich. Was empfanden Sie...«

»Es schadet ihm nicht körperlich, aber ich kann mir vorstellen, was für einen Komplex er später einmal bekommen wird, wenn er wegen oralem Sex zu seiner Mutter geht.«

»Was empfanden Sie, als Sie sahen, was Ihre Frau tat?«

»Rasende Wut«, erklärte Ken mit ausdruckslosem Gesicht.

»Rasende Wut? Was machte Sie so rasend?«

»Ich wußte, daß sie high war. Ein paar Stunden zuvor hatten wir diese Telefonsex-Sache gemacht – wo sie das mit mir machte und dabei mich und die Frau am anderen Ende hatte. Ich dachte einfach, jetzt reicht's. Jetzt reicht es wirklich.«

Sadoff wartete einen Augenblick und sagte dann: »Als Sie mir erzählt haben, wie Sie sahen, was sie mit Ihrem Sohn tat, hörten Sie sich nicht gerade rasend vor Wut an. Sie haben es mir nur sehr ruhig beschrieben. Aber tatsächlich sind Sie sehr wütend geworden?«

»Ja.«

»Wieso sind Sie jetzt nicht wütend, wenn Sie darüber reden?«

»Das bin ich. Aber ich glaube, das Sodiumamytal schafft mich.«

»Wenn Sie ohne das Sodiumamytal darüber reden, regen Sie sich mehr auf?«

»Ja. Ich werde wütend und fange an zu weinen.«

»Sie weinen jetzt auch ein wenig. Ein paar Gefühle zeigen Sie doch.«

»Ich habe viel geweint, als Dr. Cook *(Sadoffs Assistent)* mit mir gesprochen hat.«

»Tatsächlich? Wieso?«

Ken lächelte. »Mann, Sie haben eine Art, Fragen zu stellen. Er erwähnte meine Tochter. Meine Tochter und ich standen uns sehr nahe. Es ist,weil ich nicht mit ihr reden kann, sie nicht anrufen. Ich kann ihr nicht schreiben. Ich kann sie nicht treffen. Kann sie nicht in den Arm nehmen. Ich kann nicht mit ihr spielen.«

»Sie scheinen mehr Gefühle für sie zu haben als für Ihren Sohn.«

»Nein, das ist nicht wahr.«

Dann fragte Dr. Sadoff: »Wissen Sie von einer anderen Mutter, die oralen Sex mit ihrem Sohn gemacht hat?«

Kens Stimme war immer undeutlicher, und Venturi beugte sich vor, um ihn besser zu verstehen.

»Ja.«

»Wer?«

»So ein widerwärtiges Paar. In Ohio.«

»Leute, die Sie kannten?«

»Ja.«

Schnell – vielleicht zu schnell nach der Ansicht eines anderen Psychiaters, der das Videoband später sah– fragte Sadoff: »Jemand aus Ihrer Familie?«

»Nein.«

»Erinnert Sie das, was Sie bei Ihrer Frau und Ihrem Sohn gesehen haben, an irgend etwas zwischen Ihnen und Ihrer Mutter?«

Das Sodiumamytal zeigte jetzt deutliche Wirkung auf Ken. Die Augen fielen ihm beinahe zu: »Ja, sie hatte dasselbe mit mir ein paar Stunden vorher gemacht.«

»Nicht Ihre Frau. Ich rede von Ihrer Mutter.«

Ken riß sich zusammen. Seine Stimme wurde wieder lauter. »Meine Mutter? *Nein.*«

»Die Mutter Ihres Sohnes tut ihm so etwas an. Haben Sie zu dieser Zeit überhaupt nicht an Ihre Mutter gedacht?«

»Nein. Absolut nicht.«

Venturi hatte verlangt, daß Fragen gestellt werden, die seine Notwehr-These untermauern konnten. Sadoff sagte: »Was Ihre Frau Ihrem Sohn damit angetan hat, war eine Sache. Haben Sie auch geglaubt, sie wolle ihn körperlich verletzten?«

»Nicht, bevor sie ins Nähzimmer rannte, die Hanteln *(sic)* aufhob und versuchte, mich umzubringen.«

»Glaubten Sie, sie würde ihm etwas tun?«

»Ich dachte, wenn sie mich erst niedergeschlagen hatte, würde sie ihn umbringen.«

»Wieso? Wieso sollte sie das tun?«

»Teresa war völlig durchgedreht. Ich rede von Monaten voller Kodein und Kokain.«

»Und wie erklären Sie sich den tranceähnlichen Zustand, in den Sie gefallen sind?«

»Ich denke, ich habe es geglaubt und doch nicht wahrhaben wollen. Ich konnte nicht glauben, daß meine Frau tot war. Und sie war so gut zu meinem Sohn gewesen. Außer, was die Fellatio anging. Und sie war so gut zu mir gewesen.«

»Wann erwachten Sie wieder aus dieser Trance?«

»Drei Stunden.«

»Drei Stunden?«

»Weniger. Zwei Stunden.«

»Nach zwei Stunden. Und was taten Sie dann?«

»Zuerst, zuallererst ging ich nachsehen, ob mein Sohn noch in der Kindertrage lag. Er war eingeschlafen. Dann eilte ich zurück zu meiner Frau, und sie hatte keinen Puls mehr.«

»Sie hatte keinen Puls? Was haben Sie zu diesem Zeitpunkt empfunden?«

»Also, ich weiß, daß ich meine Frau auf den Kopf geschlagen hatte, äh, zweimal, und ich hielt sie für tot.«

»Was haben Sie getan?«

»Was habe ich getan? Ich habe sie in die Unterlage für den Teppichboden gewickelt. Ich brachte sie zum Auto und legte sie in den Kofferraum des Oldsmobile. Ich beschloß, meinen Sohn nach Indiana zu bringen und dann zurückzukommen und mich entweder zu stellen oder umzubringen. In Marion habe ich gesagt: ›Also, mein Sohn, jetzt bist du sicher bei deiner Mam *(sic)*.‹«

Warum, fragte Sadoff, war Ken so lange mit Teresas Leiche umhergefahren?

»So lange. Weil es kalt war und die Leiche noch nicht angefangen hatte zu riechen.«

»Warum haben Sie sie nicht begraben?«

»Ich wollte sie nicht verlassen.«

»Wieso nicht?«

»Ich habe sie geliebt. Was geschehen war, war verrückt. Wir waren miteinander so glücklich gewesen. Ich bin dreimal verheiratet gewesen. Ich wußte, was für eine Hölle die Ehe sein kann. Ich wußte, wo diese Probleme lagen. Wir hatten solche Probleme nicht. Wir waren am Anfang die besten Freunde. Wir haben uns gegenseitig unterstützt und zueinander gehalten.«

»Sie haben Sie also so lange wie möglich bei sich behalten?«

»Genau.«

»Wieso haben Sie sich nicht selbst umgebracht?«

»Ich habe es versucht... und dann habe ich an meine Kinder, meine Eltern, meine Familie gedacht. Sie hatten das nicht verdient. Sie haben Teresa verloren. Mich auch noch zu verlieren, würde nicht helfen. Ich riskiere es, ich gehe ins Gefängnis.«

Schließlich sagte Sadoff: »Gibt es noch etwas, was Sie mir sagen wollen, oder was ich fragen soll?«

Und Ken sagte: »Ich wollte wissen, und ich glaube, Jack *(Venturi)* hat das erwähnt... daß es bei mir ein psychosexuelles Problem geben könnte.«

»Bei Ihnen?«

»Ja.«

»In welcher Hinsicht?«

»Na ja, ich weiß nicht. Ich kann das nicht so recht verstehen. Ich bin nicht homosexuell. Ich habe nie jemanden vergewaltigt. Ich habe versucht, meine zweite Frau zu vergewaltigen. Ich habe es nicht mit Kindern gemacht. Einmal mit zwei Frauen. Nie mit einem Mann.«

»Zwei Frauen gleichzeitig?«

»Ja. Aber ich weiß nicht, was das bedeutet – psychosexuelle Probleme.«

»Ich bin nicht sicher, ob wir diese Frage jetzt beantworten können.«

»Also gut. Ich hatte diese Acapulco-Sache. Ich hatte diese Sache. Ich hatte das Chloroform.«

»Was Acapulco angeht, sagten Sie, es wären Leute eingebrochen.«

Kens Augen waren geschlossen gewesen. Er öffnete sie sofort wieder. »Das stimmt«, sagte er.

»Wenn das stimmt, gibt es kein psychosexuelles Problem, nicht wahr?«

Ken nickte. »Genau.«

»In Ordnung«, meinte Sadoff. »Ich denke, das reicht. Sind Sie müde? Geht es Ihnen gut?«

»Ich könnte jetzt schlafen«, erwiderte Ken.

Dr. Sadoff nahm Venturi zur Seite. »Mehr können wir nicht erreichen«, sagte er. »Aber ich kann Ihnen jetzt schon mitteilen, daß Taylor nicht im juristischen Sinn unzurechnungsfähig ist, weder zeitweilig noch dauerhaft. Er wußte, was er tat. Selbstverständlich werde ich das alles auch in meinem Bericht anführen.« Venturi hatte keinen Zweifel, daß er das tun würde. Sadoff bekam für die Untersuchung zweitausend Dollar plus Spesen.

Es war ganz gut, die Geschichte jetzt zu beenden, dachte Venturi. Eins war jedenfalls sicher: Paul Chaiet würde das Videoband nie zu sehen bekommen. Es wäre ein Fest für Chaiet – Kens Leugnen, daß er versucht hatte, Marilyn umzubringen, trotz aller Berichte aus Connecticut, die das Gegenteil bewiesen, sein neues Geständnis, daß er in der Mordnacht für Stunden wach gewesen war; der Analverkehr in dieser Nacht; die Art, wie er plötzlich Acapulco mit seinen Gewalttätigkeiten in Connecticut und Manalapan in Verbindung brachte. Venturi konnte Chaiet geradezu hören. Was ist denn nun die Wahrheit, Dr. Taylor? Was sollen wir denn glauben? Würden Sie uns vielleicht ein paar Hilfestellungen geben?

Was Venturi am meisten beunruhigte, war die ganze Atmosphäre der Untersuchung – wie kühl und emotionslos Ken gewesen war. Es hatte überhaupt nicht so ausgesehen, als würde er irgend etwas noch einmal erleben.

Ganz gleich, der Test würde jetzt keine Rolle mehr spielen. Ohne auf Unzurechnungsfähigkeit zu plädieren, konnte das Videoband vor Gericht nicht eingebracht werden. Venturi hoffte, Sadoff würde einen angemessenen Bericht schreiben, vielleicht konnte er Teile davon einbringen, ohne das Sodiumamytal zu erwähnen.

Ken jedoch war, nachdem er sich ausgeruht und später das Band angesehen hatte, in Hochstimmung. Endlich waren seine Aussagen bestätigt worden! Das Band belegte alles, was er über Teresa und das Baby ausgesagt hatte; darüber, wie sie ihn angegriffen hatte. Er fragte Venturi wieder und wieder: War es nicht so?

Venturi wollte sich auf keinen Streit einlassen. Schließlich warf er ein, daß Ken vielleicht ein bißchen zu kalt gewesen sei, ein »Mann aus Eis«.

Plötzlich wurde Kens Blick hart, sein Körper versteifte sich. Aber er sagte nichts. Nur dieser Blick.

Später erhielt Venturi einen Brief von Ken, in dem seine unterdrückte Wut zu spüren war.

Jack,
nach dem Gespräch am 6. 3. 1985 kann ich einiges über meinen Fall und meine Persönlichkeit besser verstehen. Bis vor zwei Jahren war ich nicht ›kalt‹, wie Sie und andere es beschreiben. Dafür gibt es verschiedene Gründe. Zunächst einmal hatte ich ein sehr chaotisches und hartes Leben, nachdem ich erwachsen wurde. Ich habe viele Schmerzen und Enttäuschungen erleben müssen. Ich habe viel gesehen und verdammt viel durchgemacht. Ich habe Dinge erlebt, die auch den härtesten Mann verändern können. Ich bin stark, aber ich habe so viel erlebt, daß es mich hart gemacht hat. Ich kann mit Druck umgehen, das konnte ich schon im-

mer. Ich bin in schwierigen Situationen zurechtgekommen, aber auf die Dauer haben die schwierigen Situationen mich geschliffen und meine Persönlichkeit verändert.

Ich kann immer noch mit Druck umgehen, aber jetzt werde ich der ›Mann aus Eis‹. Ich liebe meine Familie und meine Kinder wie sonst nichts und jetzt mehr denn je. In allen Sportarten und Spielen, an denen ich teilgenommen habe, war ich immer der Mann, der die Kohlen aus dem Feuer holte. In der Marine hat sich mein Captain auf mich verlassen, und ich habe den größten Druck abbekommen. Es gab Zeiten, da mußte er zugeben, daß ich »seinen Arsch gerettet habe«, indem ich die ganze Arbeit auf mich nahm und den Betrieb am Laufen hielt, während die Belegschaft auf die Hälfte reduziert wurde und wir immer noch dieselbe Menge an Arbeit hatten.

In Brooklyn habe ich sechzig Stunden in der Woche gearbeitet und zehn Mädchen, vier Zahnärzte, die Bücher im Büro und die Ausbildung der Zahnärzte gemanagt und daneben noch die Hälfte aller Zahnbehandlungen durchgeführt. Es war die Hölle, aber ich habe es geschafft. (Das Studium war auch so eine Sache, aber darüber will ich lieber reden statt zu schreiben.) Tatsächlich würde ich insgesamt lieber darüber reden, also höre ich jetzt auf zu schreiben. Ich habe so vieles gesehen und getan, ich weiß, wieso ich hart geworden bin.

Eine Reihe von Notizen waren dem Brief beigefügt. Sie waren in großen Blockbuchstaben geschrieben, beinahe so, als hätte Ken sie in das Papier eingraviert.

KALT?

I. ALS PFLEGER IM KRANKENHAUS –

1. DREI NACHTWACHEN AUF DER INTENSIVSTATION (ZWEI DIESER LEUTE STARBEN, WÄHREND ICH ›WACHTE‹).

2. ICH GING IN EIN KRANKENZIMMER, UM DIE LEBENS-

FUNKTIONEN ZU ÜBERPRÜFEN, UND ALS ICH DEN PULS FÜHLTE, STELLTE ICH FEST, DASS DER PATIENT TOT WAR.

3. ICH MUSSTE VIER BABYS INS LEICHENSCHAUHAUS TRAGEN UND SIE FÜR DIE AUTOPSIE IN DEN KÜHLSCHRANK LEGEN (VIER EINZELNE VORFÄLLE).

4. ICH HALF EINEM CHIRURGEN BEI EINER OPERATION – ER SAGTE MIR NICHT, WORUM ES GING. ER BAT MICH, DAS BEIN DES (16JÄHRIGEN) JUNGEN ZU HALTEN. ER NAHM EIN INSTRUMENT UND AMPUTIERTE DAS BEIN DES JUNGEN VOM OBERSCHENKEL. ICH STAND DA UND HIELT DAS ABGETRENNTE BEIN. ER LACHTE!

5. ICH MUSSTE MICH UM EINEN VÖLLIG GELÄHMTEN MANN (29 JAHRE) KÜMMERN, IHN BETTEN, WASCHEN, DIE URINFLASCHE FÜR IHN HALTEN.

II. DIE FRAUEN SIND ZU MIR GEKOMMEN – BEI DER MARINE (OFFIZIERSFRAUEN, FRAUEN DER MANNSCHAFTEN, ZAHNARZTHELFERINNEN, PATIENTINNEN USW., USW.) – UND HABEN ALLES MÖGLICHE GETAN, MICH GEBETEN, SIE ZU NEHMEN, ODER SICH EINFACH AUSGEZOGEN. EIN KOMMANDIERENDER OFFIZIER EINES U-BOOTES BAT MICH, SEINE FRAU ZU NEHMEN, WÄHREND ER AUF SEE WAR. ICH BIN AUF SO VIELFÄLTIGE WEISE VON FRAUEN BOMBARDIERT WORDEN, DASS ICH GEFÜHLLOS GEWORDEN BIN. ICH KONNTE NICHT GLAUBEN, WIE VIELE EHEFRAUEN UND ANDERE, FREUNDINNEN ANDERER MÄNNER USW., ZU MIR KAMEN. ES HAT MIR WIRKLICH NICHT GEFALLEN (SIE KAMEN SOGAR ZU MIR INS HAUS!).

WENN ICH EINEN GEFÜHLLOSEN EINDRUCK MACHE, LIEGT DAS VIELLEICHT DARAN, *DASS ICH ES BIN.* ABER ES GIBT FÜR ALLES EINEN GRUND.

ICH HATTE ZIEMLICH VIELE KOMISCHE FREUNDINNEN. DROGENSÜCHTIGE, GO-GO-GIRLS UND SOGAR ZWEI NUTTEN. AUSGERECHNET MICH HABEN SIE SICH AUSGESUCHT. SECHSMAL HABEN GO-GO-TÄNZERINNEN *MICH GEBETEN,* NACH DER ARBEIT MIT IHNEN ZU GEHEN.

ICH HABE DR. COOK VON DER ANHALTERIN ERZÄHLT, DIE MICH PRAKTISCH VERGEWALTIGT HAT. SIE WAR HINREISSEND. SO WAS PASSIERT ANDEREN LEUTEN EINFACH NICHT.

ZWEI STEWARDESSEN HABEN (BEI ZWEI VERSCHIEDENEN GELEGENHEITEN) MICH WÄHREND DES FLUGES ANGEMACHT (MARILYN HOPE NICHT EINGESCHLOSSEN). JEDE GAB MIR EINEN ZETTEL – DIE EINE WOLLTE SICH MIT MIR IN INDIANAPOLIS TREFFEN UND DIE ANDERE, DASS ICH ZU IHR HINTEN INS FLUGZEUG KOMME.

JACK, WENN ICH EINEN KALTEN EINDRUCK MACHE, DANN HAT DAS GUTE GRÜNDE.

III. DIE BEIDEN ZERBROCHENEN EHEN HABEN MICH SEHR MITGENOMMEN. ASTRID ZU VERLIEREN WAR SCHRECKLICH. DIESES KLEINE MÄDCHEN HAT MICH GERN. ICH KANN AN SIE DENKEN, OHNE DASS MIR DIE TRÄNEN KOMMEN.

IV. DROGENMISSBRAUCH – KEINE ERKLÄRUNG NOTWENDIG.

V. TERESA –

Abrupt hörten die Großbuchstaben auf.

Sie war die Verkörperung all dessen, was ich mir wünschte. Sie war wahrhaftig nicht die attraktivste Frau, die ich hatte. Sie war rundlich. Teresa war so gut zu mir und liebte mich ohne Vorbehalte. Wir waren die besten Freunde. Wir waren die besten Liebenden. Sie war die Frau, mit der ich ein Leben lang hätte zusammenleben wollen. Teresa und ich konnten uns alles sagen und alles miteinander tun.

Nach all der Herumtreiberei mit Frauen hatte ich die Frau gefunden, die ich als Mensch liebte. Wir waren Partner. Wir waren Freunde, Liebende, Eheleute, Eltern, Nestbauer usw. Jack, ich habe sie verloren. Die einzige Frau, der einzige Mensch, meine beste Freundin ist gegangen. Sie ist tot. Und Sie fragen sich, wieso ich kalt bin? Ich hätte mein ganzes Leben mit ihr verbringen und immer glücklich sein können.

Ja, ich bin kalt. Ich habe meine Frau, meinen Beruf, meine

Tochter verloren, und jetzt versucht man, mir auch noch meinen Sohn zu nehmen. Ich habe Erinnerungen und Alpträume, die die meisten Leute reif für die Zwangsjacke machen würden, aber ich funktioniere weiter. Ja, ich bin kalt, aber ich liebe meine Familie und meine Kinder. Ich möchte ein einfaches Leben führen, für meine Familie sorgen und ihnen das Beste geben. Ich will meine Freiheit, und ich brauche sie. Jetzt, wo ich sicher bin, was passiert ist, weiß ich auch, daß ich in Ordnung bin.

P. S.: Ich könnte immer weiter über die Erfahrungen und Situationen in meinem Leben schreiben, die mich härter gemacht haben, aber ich denke, Sie haben verstanden, was ich meine.

Venturi hatte Ken auch um seine Meinung zu den Personen gebeten, die McCormick und Fausak verhört hatten. Ken ging sie der Reihe nach durch und schrieb zu jeder einzelnen Person, sie sei entweder ebenfalls drogensüchtig oder ein Lügner.

Aber in einer Hinsicht, das wußte Venturi jetzt, hatte Ken absolut recht: Um eine Verurteilung wegen Mordes zu verhindern, mußte Connecticut aus der Verhandlung herausgehalten werden.

Zu diesem Zeitpunkt hatte Venturi Acapulco mehr oder weniger vergessen.

Kapitel Elf

Am 11. März, fünf Tage nach dem Sodiumamytal-Test, beschloß Chaiet, McCormick und Fausak nach Acapulco zu schicken. Reyes Quinones fuhr ebenfalls mit, als Dolmetscher.

Nach außen hin schien Connecticut alles zu sein, was

Chaiet brauchen würde, um ein Muster tödlicher, bewußter und absichtlicher Gewalttätigkeit bei Ken aufzuzeigen, das in dem Mord an Teresa kulminiert war. Aber Chaiet war entschlossen, nichts dem Zufall zu überlassen. Ken Taylor mußte für den Rest seines Lebens hinter Schloß und Riegel kommen, und was immer er dazu brauchte, Chaiet war bereit, es zu leisten.

Beinahe ein Monat war vergangen, seit Quinones die Unterlagen des Sicherheitsdienstes von Las Brisas über den angeblichen Überfall auf Ken und Teresa erhalten und übersetzt hatte. Sobald Chaiet alles gelesen hatte, wußte er, wie er weiter vorgehen mußte. Ein Bericht erklärte, Teresa habe »in einer Lache von Blut« gelegen, ihr Mann habe dagegen »unverletzt ausgesehen«. In einem anderen Bericht stand: »Mr. Taylor hatte eine kleine Schnittwunde, die nicht so aussah, als sei sie durch einen Schlag hervorgerufen worden.« Ein dritter Berichterstatter hatte bemerkt, daß das Bett, in dem Ken und Teresa angeblich geschlafen hatten, »immer noch ordentlich gemacht war«.

Um sie in der Verhandlung benutzen zu können, mußte man all diesen Punkten nachgehen. Und es gab noch einen weiteren Grund für die Reise. Die örtliche Polizei hatte keinerlei Berichte geschickt. Chaiet bat McCormick, wegen der Zahlung von 500 Dollar, die Ken angeblich hatte leisten müssen, diplomatisch vorzugehen. Die Leiche eines amerikanischen Drogenfahnders namens Enrique Camarena war soeben erst, mit deutlichen Spuren von Folterungen, in Mexiko aufgefunden worden, und die Presse in den Staaten war voll mit Artikeln über Korruption in der mexikanischen Polizei.

Quinones hatte arrangiert, daß die drei Ermittler im gleichen Zimmer wohnen konnten – casita 249 –, das Ken und Teresa bewohnt hatten. Nach ihrer Ankunft versuchte Quinones als erstes, den ausweichenden Revierleiter, Comandante Alvaro Gutierrez Mendoza, zu sprechen, den er von New Jersey aus nicht hatte erreichen können. Aber Gutierrez war immer noch nicht auffindbar. Diesmal war er angeblich Bankräubern auf der Spur. Niemand konnte sagen, wann er wieder im Büro sein würde.

Dann sprachen sie mit Gabriel Santoyo, dem Sicherheitschef von Las Brisas. McCormick notierte:

Santoyo gab an, zu Hause gewesen zu sein, als man ihn anrief, und bat, sofort zum Hotel zu kommen. Er sollte auch die Polizei informieren. Als er zum Zimmer 249 kam, waren mehrere Personen anwesend. Taylor saß auf dem Balkon, und Mrs. Taylor war im Zimmer. Santoyo erinnerte sich, einen Hotelangestellten namens José Romero gebeten zu haben, er solle Dr. Taylor fragen, wieso er seine Frau angegriffen habe. Danach wurde Taylor wütend und fing an zu schreien. Mrs. Taylor wurde ins Krankenhaus gebracht und Taylor von der Polizei mitgenommen.

Später wurde Santoyo gefragt, ob um den 14. Juli 1983 – dem Tag der angeblichen Überfälle auf die Taylors – andere Vorfälle bemerkt worden waren, die auf die Anwesenheit von Dritten auf dem Gelände schließen ließen. Er gab an, daß seit Beginn seiner Tätigkeit als Sicherheitschef in Las Brisas – also während der letzten fünf Jahre – überhaupt nur zwei derartige Überfälle registriert worden waren, einer im Mai 1984, der andere im Juni. Bei beiden Zwischenfällen wurden die Täter festgenommen. Santoyo gab an, daß 1983 im Hotel 192 Fälle von Diebstahl gemeldet wurden. Man ging davon aus, daß der größte Teil dieser Diebstähle von bestimmten Angestellten verübt wurde, aber solange sie nicht auf frischer Tat gefaßt würden, ließ die Gewerkschaft nicht zu, daß sie gefeuert wurden.

Chaiet hatte detaillierte Informationen über das Sicherheitssystem des Hotels gewünscht. Santoyo nahm die Ermittler zu einem Rundgang mit. McCormick war beeindruckt – drei

Schichten mit je zwanzig Mann jeden Tag, fünf mobile Patrouillen und eine Patrouille zu Fuß entlang eines Maschendrahtzauns.

McCormick und Fausak befragten auch Miguel Lugo, den Leiter der Sicherheitsmannschaft an jenem Abend. Lugo gab an, sofort die Männer seiner und der nachfolgenden Schicht zusammengerufen zu haben, die dann das Gelände um casita 249 absuchten. Der Haupteingang des Hotels war verschlossen gewesen.

Taylor war vor dem Zimmer, auf dem Balkon, zusammen mit José Romero. Lugo ging auf den Balkon und fragte Romero, was geschehen sei. Durch Romero ließ Taylor ihm mitteilen, daß eine Person mit blauen Hosen in den Raum eingedrungen war und ihn bewußtlos geschlagen hatte, als er im Bett lag.

Lugo sagte aus, sehr mißtrauisch gewesen zu sein, denn zu dieser Zeit glaubte jeder, Taylor nicht ausgeschlossen, Mrs. Taylor sei tot, und Taylor schien dies nichts auszumachen. Lugo ging wieder ins Zimmer und hinüber zu Mrs. Taylor. Er legte eine Hand auf ihre Brust und spürte einen schwachen Herzschlag... Lugo ging wieder zurück auf den Balkon und ließ Taylor durch Romero mitteilen, daß seine Frau noch am Leben war und man einen Krankenwagen gerufen hatte. Taylor blieb einfach ohne sichtbare Emotionen sitzen und blieb auch offensichtlich regungslos, nachdem Mrs. Taylor angefangen hatte zu stöhnen und um Hilfe zu rufen. Lugo ging zu ihr und versuchte, sie zu trösten. Danach ließ er Romero Taylor nach einer besseren Beschreibung des Angreifers fragen. Taylor antwortete, er sei »wie Sie« gewesen, womit er meinte, er sei etwa so groß wie Lugo gewesen. Lugo ließ Taylor aufstehen und sagte ihm, er könne nicht verstehen, wie ein Mann von Taylors Körpergröße von jemand so kleinem wie ihm angegriffen werden konnte.

Lugo untersuchte Taylor und bemerkte Kratzer von Fingernägeln an der Innenseite von Taylors Unterarmen. Er bemerkte auch einen kleinen rötlichen Fleck auf Taylors Stirn, andere Verletzungen konnte er allerdings nicht feststellen. Lugo fügte hinzu, daß die Taylors gegen 21.30 Uhr etwas beim Zimmerservice bestellt hatten, und ein Teil des servierten Essens war vor dem Überfall um 22.30 Uhr gegessen worden.

Der Arzt traf ein und kümmerte sich um Mrs. Taylor, die ins Krankenhaus gebracht wurde. Als man sie aus dem Zimmer trug, begann sie wieder vor Schmerzen zu stöhnen und um Hilfe zu bitten. Taylor unternahm keinen Versuch, sie zu trösten.

Am folgenden Tag lösten McCormick und Fausak das Geheimnis der rothaarigen Frau, die in Teresas Krankenzimmer aufgetaucht war, als Al Benigno am Bett seiner Tochter gesessen hatte. Sie war ebenfalls ein Hotelgast, eine zweisprachige Texanerin, die der Geschäftsführer des Hotels dazu gebracht hatte, sich von den Taylors eine Bescheinigung geben zu lassen, die das Hotel von jeder Verantwortung freisprach.

Valentino Nada, der Geschäftsführer, bestätigte, daß die Polizei Ken am 18. Juli ins Hotel zurückgebracht hatte – dem Tag, an dem Ken angeblich die Bestechungssumme von 500 Dollar gezahlt hatte. Man hatte ihm sein Eigentum zurückerstattet, das in einem Tresorraum untergebracht gewesen war. Mehr konnte Nada dazu nicht sagen.

Er war entsetzt, als McCormick ihm ein Foto des eingeschlagenen Gesichts von Teresas Leiche zeigte. Er hatte angenommen, es wäre im Krankenhaus aufgenommen worden. Genau so hatte sie damals ausgesehen.

Ebenso wie Nada dachte auch Dr. Ortiz Pavon, der Teresa anfänglich in Las Brisas behandelt hatte, es sei ein im Krankenhaus von Acapulco aufgenommenes Foto. Ortiz zufolge hatte Ken, als Ortiz die casita betreten hatte, auf dem Boden zwischen dem Zimmer und dem Balkon gelegen.

Der Doktor kümmerte sich zunächst um Kenneth Taylor, denn weil er auf den ersten Blick keine Wunde sehen konnte, nahm er an, Taylor sei erschossen worden. Der Doktor war nicht imstande, irgendwelche Anzeichen von Schlägen zu finden, die zu einer Bewußtlosigkeit geführt haben konnten. Dann wandte er seine Aufmerksamkeit Teresa Taylor zu, die zusammengekrümmt auf dem Boden in einer Ecke des Zimmers saß.

Dr. Ortiz sagte aus, Teresa habe wie tot ausgesehen. Sie war blutüberströmt. Überall auf den Wänden war Blut, ebenso auf dem Boden, wo sie saß. Mrs. Taylors Puls war schwach. Er kümmerte sich sofort um ihr Auge und die tiefe Schnittwunde an ihrem Hals. Teresa Taylor war so übel geschlagen worden, daß sie keine Kontrolle mehr über ihre Darmfunktionen hatte.

Er gab an, an Mrs. Taylors Atem keinen Hinweis auf Alkoholgenuß festgestellt zu haben, konnte aber diesbezüglich nichts über Taylor aussagen, weil er sich nicht lange genug in seiner Nähe aufgehalten habe. Er gab auch an, nicht zu wissen, ob Mr. und Mrs. Taylor unter Einfluß von Drogen gestanden haben könnten.

Während er Mrs. Taylor behandelte, brachten die Sicherheitsleute Taylor auf den Balkon, wo er sich auf einen Stuhl setzte. Dr. Ortiz sagte aus, Taylor habe sich sehr ruhig und beherrscht verhalten.

...Ein paar Tage nach dem Überfall ging Dr. Ortiz ins Centro Medico, um Mrs. Taylor einen Besuch abzustatten. Er erklärte, Taylor sei bei ihr gewesen, und als Ortiz Mrs. Taylor fragte, was geschehen sei, wurde Taylor offensichtlich ängstlich. Mrs. Taylor sagte, sie wolle lieber nicht darüber sprechen. Als Mrs. Taylors Vater im Krankenhaus ankam, wurde Taylor wieder ängstlich – er wurde nervös und begann zu zittern und fragte Dr. Ortiz wiederholt, wann seine Frau transportfähig sein würde.

Mrs. Taylors Vater fragte Dr. Ortiz Pavon, was geschehen

sei, und der Doktor sagte, er wisse es wirklich nicht. Er fürchtete, angeklagt zu werden, falls er seine Ansicht, daß Taylor selbst seine Frau geschlagen hatte, äußerte. Mrs. Taylors Vater sagte dann, er wolle das Krankenhaus so schnell wie möglich mit seiner Tochter verlassen, also fuhr Dr. Ortiz sie zum Flughafen.

McCormick und Fausak spürten, daß viele Hotelangestellte befürchteten, etwas Falsches zu sagen, was das Hotel in Mißkredit bringen und sie ihre Jobs kosten könnte. Dadurch wurden sie eher zögernd und ungenau in ihren Aussagen. Nicht jedoch José Francisco Romero, der stellvertretende Geschäftsführer, der in jener Nacht im Dienst gewesen war. Romero war genau der Zeuge, auf den sie gewartet hatten. Er sprach nicht nur fließendes Englisch und war sehr offen, er hatte auch lebhafte Erinnerungen an die Ereignisse von dem Augenblick an, als er am Telefon die Worte »Überfall, Überfall« gehört hatte. Der Anrufer, sagte er, war eindeutig männlichen Geschlechts, und seine Stimme klang schwach, »beinahe, als würde er es nur spielen«. Romero nahm sich einen Jeep. Mit einem weiteren Angestellten und einem Sicherheitsmann fuhr er die hoteleigene Straße entlang und rannte dann die Treppen zur casita 249 und der danebenliegenden casita 250 hinab. Die zweite casita war zu diesem Zeitpunkt unbewohnt. Er klingelte und hörte ein Stöhnen aus dem Zimmer. Es schien direkt von der anderen Seite der Tür zu kommen. Die Tür war zweifach verschlossen. Er bat den Sicherheitsmann, per Funksprechgerät Hilfe zu holen. Er ging um die casita herum und einen Abhang hinunter zum Pool. Im Zimmer und auf dem Balkon brannten die Lichter. Vom Abhang aus konnte er Ken in der offenen Balkontür liegen sehen, sein Kopf oben auf der Treppe, die zum Pool führte. Er stöhnte.

Erschrocken zog sich Romero zur Straße zurück, bis etwa zehn Minuten später Verstärkung eintraf. Dann kehrte er zur Mauer des Pools zurück. Ken war nicht mehr auf dem Balkon. Romero kletterte über die Mauer, gefolgt von mehreren Sicherheitsleuten.

Mr. Romero gibt an, Blut und Exkremente gerochen zu haben, sobald er ins Zimmer kam. Er bemerkte, daß Taylor jetzt im Zimmer auf dem Boden lag, in der Nähe des Bads. Taylor trug ein kurzärmeliges Hemd und eine gelbe Badehose. Er schien benommen zu sein. Die Duschkabine war offen, und Wasser lief. Taylors Beine sahen naß aus.

Romero wandte sich dann der Ecke des Zimmers zu, in der Teresa lag, blutüberströmt. Sie trug ein rosafarbenes Baby-Doll-Nachthemd. Der Boden unter ihr war mit Blut bedeckt. Eine zerbrochene grüne Wasserflasche lag auf dem Boden, außerdem war auch auf dem Bett zerbrochenes Glas. Romero gab an, der Bettüberwurf habe sich nicht mehr auf dem Bett befunden, aber das Bett habe noch unbenutzt ausgesehen.

Romero ging nach draußen, bis der Arzt eintraf. Die gesamte Umgebung wurde von Sicherheitskräften abgesucht, aber man konnte niemanden entdecken. Taylor wurde auf den Balkon gebracht, wo Romero dann für Captain Lugo von der Sicherheitsmannschaft dolmetschte. Lugo bat ihn, Taylor zu fragen, woher er kam, was er in Las Brisas tat, wie der Name seiner Frau sei und was er beruflich mache. Taylor beantwortete all diese Fragen korrekt und ohne Zögern.

Als die Polizei eintraf, dolmetschte Romero weiter. Ken bot einen möglichen Verdächtigen an: Als er an diesem Nachmittag mit Teresa in Acapulco einkaufen war, hatte sich ihnen ein Junge genähert und versucht, Schmuck zu verkaufen. Sie hatten ihn abgewiesen, und der Junge war wütend geworden. Taylor meinte, es könne dieser Junge gewesen sein, der ins Zimmer eingedrungen war und ihn »mit der grünen Wasserflasche auf den Kopf geschlagen« hatte. Er beschrieb den Jungen als Mexikaner, etwa achtzehn Jahre alt, mit Jeans und einem roten T-Shirt bekleidet.

Romero gab an, mit Ken und den Polizisten zum Revier gefahren zu sein, wo Ken weiterhin bei seiner Geschichte von dem Eindringling blieb. Die Polizei versuchte auch, Teresa im Krankenhaus zu befragen, aber sie war »nicht vernehmungsfähig«.

Im Zimmer 249 befanden sich das Badezimmer und die Kleiderschränke gleich rechts. Dahinter, ebenfalls auf der rechten Seite, war ein großes Doppelbett, hinter dem Bett eine Schiebetür zum Balkon. Links befanden sich eine Minibar, ein runder Marmortisch und Stühle.

Von einer zerbrochenen Lampe, den Scherben der Wasserflasche und der Tatsache, daß sich der Bettüberwurf jetzt auf dem Bett befand, abgesehen, war Romero zufolge das Zimmer immer noch so eingerichtet wie am 14. Juli.

Eine schwere grüne Wasserflasche – eine wie jene, die die meisten Verletzungen bei Teresa verursacht hatte und mit der Ken angeblich niedergeschlagen worden war – stand auf der Minibar in der Ecke des Zimmers, die am weitesten von der Balkontür entfernt war. Stellte man die Wasserflaschen immer hier hin? »Ja, immer«, erwiderte Romero. Das ist interessant, dachte McCormick. Diese angeblichen Einbrecher waren so gut vorbereitet, daß sie am Bett, an Ken und Teresa vorbeikriechen mußten, um eine Waffe zu finden, mit der sie ihre Opfer dann angreifen konnten.

McCormick und Fausak baten Romero, ihnen bei einer Rekonstruktion der Szene jener Nacht zu helfen. McCormick und Romero gingen nach draußen. Fausak legte sich innen im Zimmer an die Tür und stöhnte. »Ja«, erklärte Romero, »so hat es sich angehört.« Fausak ging zur Balkontür, wo Romero Ken später gesehen hatte, und stöhnte wieder. Vor der Zimmertür konnte man das Stöhnen überhaupt nicht hören. Romero schätzte, etwa drei Minuten gebraucht zu haben, bis er um die casita herumgegangen war und Ken halb auf dem Balkon gesehen hatte. Dann hatte er zehn Minuten später das Zimmer betreten und Ken auf dem Boden beim Badezimmer gefunden. Sie spielten den Ablauf wiederholt durch, einmal mit Dusche in Betrieb, einmal ohne. Das Resultat war gleich. Für einen Mann, den man angeblich bewußtlos geschlagen hatte, war Ken Taylor ziemlich aktiv gewesen.

Als wäre er Teresa, hockte sich Romero zusammengekrümmt an die Wand neben dem Bett, als wolle er Schläge abwehren. Die Polizisten starrten einander an. Beide hatten denselben Gedanken. Fausak sprach ihn als erster aus: Sie mußte gewußt haben, wer ihr Angreifer war, daß es ihr Mann war.

McCormick und Fausak war es erst seit kurzem bewußt, daß geschlagene Ehefrauen häufig wieder zu ihren Männern zurückkehren oder sich weigern, sie anzuzeigen, weil sie sich schämen, die Demütigung befürchten, sich schuldig fühlen und Angst haben. War es nicht auch bei Marilyn Hope so gewesen? Wie unverständlich es ihm auch vorkam, McCormick glaubte, es müsse mit Teresa wohl ähnlich gewesen sein.

Fausak hatte noch eine andere Idee. Vielleicht hatte Teresa durch die schrecklichen Schläge ein Trauma erlitten, das einen Gedächtnisverlust bewirkte. Es gab viele solcher Fälle. Er erinnerte sich, daß einige von Teresas Freunden erwähnt hatten, sie habe angefangen, »Stimmen« über Acapulco zu hören. Vielleicht waren ihre Erinnerungen langsam zurückgekehrt. Aber Fausak war klar, daß er es nie wirklich erfahren würde. Niemand würde es je erfahren.

Trotz wiederholter Anrufe im Hauptquartier der Polizei von Acapulco war Comandante Gutierrez nicht zu erreichen. »Zur Hölle mit ihm«, sagte McCormick zu Quinones. »Er versucht offensichtlich, uns auszuweichen. Jetzt gehen wir unangemeldet hin.«

Fausak blieb zurück, um Zeichnungen und Fotos von der Umgebung der casita anzufertigen und die Positionen der

Nachtwächter und die Häufigkeit der Sicherheitspatrouillen festzuhalten.

Casita 249 lag auf einem abschüssigen Grundstück an einer hoteleigenen Straße. Die Betonmauer um den privaten Swimmingpool, oberhalb dessen die casita lag, war etwa einen Meter hoch. Hinter der Mauer, in Richtung der Acapulco Bay, befand sich ein drei Meter hoher Windschutzwall, an dessen Oberseite Stacheldraht angebracht war. Hinter der Umzäunung gab es nur noch steil abschüssige Felsen, etwa fünfzehn Meter tief, bis zu einer öffentlichen Straße.

Fausak fuhr diese Straße entlang und untersuchte die Felsen. Es war ja alles möglich, dachte er, aber höchstens Spiderman wäre dort hochgekommen. Wenn jemand sich in der casita eine gewaltige Beute versprochen hätte, Tausende von Dollars oder den Hope-Diamanten, wäre es vielleicht den Versuch wert gewesen. Aber selbst die Wertsachen, die Ken als gestohlen gemeldet hatte, lohnten kaum eine so selbstmörderische Kletterei. Und nach Romeros Angaben hatten weder die Schränke noch die Schubladen ausgesehen, als wären sie durchwühlt worden.

Comandante Gutierrez saß tatsächlich hinter seinem Schreibtisch, als McCormick und Quinones eintrafen und von seiner hinreißenden Sekretärin hereingeführt wurden. McCormick überlegte, ob sie wohl der Grund für Gutierrez' häufige Abwesenheiten war.

McCormick erwähnte die Schwierigkeiten nicht, die sie gehabt hatten, überhaupt mit dem Comandante zusammenzutreffen. Auch Gutierrez, ein eher kleinwüchsiger Mann mit rundlichem Gesicht und wachen schwarzen Augen, sprach nicht darüber. Selbstverständlich erinnerte er sich an die amerikanische Frau, die so schwer zusammengeschlagen worden war. Und beinahe, als wolle er McCormick herausfordern, erzählte er, Señora Taylor sei für seine Besorgnis so dankbar gewesen, daß sie ihm ihre Uhr geschenkt habe.

»Selbstverständlich war es der Ehemann, der sie geschlagen hat«, sagte er. Während eines seiner Besuche im Krankenhaus hatte er gehört, wie sich Taylor bei seiner Frau dafür »entschuldigt« hatte.

Vorsichtig fragte McCormick nach, wieso man gegen Taylor keine Anklage erhoben habe. Ach, meinte Gutierrez mit einem Achselzucken, ein Mexikaner wäre nicht so davongekommen. Aber da es hier um Touristen ging, verlangten die Gesetze, daß die geschädigte Partei Anzeige erstattete. »Wer kann schon schlechte Presse gebrauchen?« Mrs. Taylor hatte sich geweigert, ihren Mann anzuzeigen, und deshalb gab es auch keine Berichte.

McCormick fragte, ob er mit einigen der Männer sprechen könnte, die den Schauplatz gesehen hatten. Kein Problem, meinte Gutierrez, und schließlich bekam McCormick, was er die ganze Zeit gewollt hatte. Armando Vallerino, ein zweisprachiger Polizist, der für Touristenangelegenheiten zuständig war, hatte die Untersuchung geführt. Bei einem Mittagessen in einem der besten Restaurants teilte Vallerino Quinones und McCormick mit, daß Ken auch nach mehrstündiger Befragung darauf bestanden hatte, zwei »Terroristen«, schwarzgekleidet und mit Masken, hätten ihn und seine Frau angegriffen und beraubt. Schließlich hatte Vallerino zu Ken gesagt: »Versuchen Sie nicht, mich zum Narren zu halten.« Wenn irgend jemand unter diesen Umständen zu einer blutigen Masse geschlagen worden wäre, dann der Mann, nicht die Frau. »Sie lügen«, hatte er zu Ken gesagt und ihm ins Gesicht geschlagen. McCormick hatte den Eindruck, es müsse ein ziemlich fester Schlag gewesen sein. Danach hatte Ken Vallerino angesehen und gestanden, er habe einen Streit mit seiner Frau gehabt, aber sie habe angefangen.

Vallerino berichtete, daß der US-amerikanische Bevollmächtigte in Acapulco, L. J. Bon Urbanek, zum Gefängnis gekommen war. Am folgenden Tag suchte McCormick Urbanek auf. Für ihn war Urbanek der typische aufgeblasene Repräsentant des Außenministeriums mit gestreiften Hosen wie aus einer Karikatur. Urbanek gab an, sich nur »vage« an den Vorfall zu erinnern. »Das ist ein bißchen ungewöhnlich«, meinte McCormick. »Werden so viele amerikanische Staatsbürger in Acapulco zusammengeschlagen? Hat Sie nicht der Vater des Opfers mindestens zweimal angerufen? Haben Sie nicht selbst den Ehemann im Gefängnis besucht?«

Urbanek versteifte sich. »Das muß ich erst mit der Botschaft in Mexico City klären«, meinte er. Er entschuldigte sich und kam ein paar Minuten später mit der selbstzufriedenen Miene eines Mannes wieder, der sich mit seiner Bürokratie auskennt. Bevor er irgendwelche Informationen weitergeben dürfe, müsse man erst eine schriftliche Anfrage ans Außenministerium richten.

»Haben Sie jemals für den Bundesstaat Connecticut gearbeitet?« fragte McCormick.

»Wie bitte?«

»Vergessen Sie's.«

Nachdem sie noch Angestellte des Krankenhauses befragt und eine beeidigte Erklärung von Vallerino erhalten hatten – Comandante Gutierrez verweigerte ein solches Statement –, kehrten die drei Ermittler nach New Jersey zurück. Vallerino, Romero und Dr. Ortiz hatten zugesagt, vor Gericht auszusagen, falls es nötig sein würde.

Jetzt war selbst Paul Chaiet davon überzeugt, daß eine Verurteilung Ken Taylors wegen Mordes so gut wie sicher war.

Jack Venturi, der noch nichts von Chaiets neuen Ermittlungsergebnissen wußte, bekam einen verärgerten Brief von Jean Taylor. Nachdem Celeste ihr erstes Kind entbunden hatte, eine Tochter, hatte das Jugend- und Familiengericht nicht nur die Sorgerechtsregelung wieder in Kraft gesetzt, sondern Jeff und Celeste einen zusätzlichen Tag zugesprochen. »Es ist einfach unglaublich«, schrieb Jean. Jedesmal, wenn sie das Baby zurückbekam, war es am Po wund. Offensichtlich war Celeste als Mutter untauglich und wußte nicht, wie man für ein Kind sorgen mußte. Offensichtlich hatte sie nicht die geringste Ahnung von Hygiene.

»Sie sollten einmal sehen, wie Kennys Augen vor Freude aufleuchten, wenn wir bei unseren täglichen Besuchen im Gefängnis den kleinen Philip mitbringen, und wie verärgert er ist, zu hören, daß so etwas mit *seinem* Sohn passiert.«

Das war Venturi neu. Sein Klient, der vielleicht Wichtigeres im Kopf hatte, hatte es ihm gegenüber nicht erwähnt.

Auch Zach schrieb einen wütenden Brief an Venturi und verlangte zu erfahren, wieso nichts gegen die »Verunglimpfung von Teresas Charakter« unternommen wurde. Venturi antwortete umgehend: »Nehmen Sie bitte zur Kenntnis, daß ich davon nichts weiß.«

Als er einen Privatdetektiv eingestellt hatte, hatte Venturi selbstverständlich gehofft, Informationen über Teresas Drogenkonsum zu erhalten. Das war außerordentlich wichtig, wenn man Kens Behauptungen über ihr Verhalten am 11. November bekräftigen wollte. Aber es konnte nichts festgestellt werden, das Kens Berichte über ihre Kokainsucht oder etwas Ähnliches bestätigte. Sie schien ein liebevoller, großzügiger Mensch gewesen zu sein. Das Schlimmste, was man ihr nachsagen konnte, war ihr aufbrausendes Temperament, und das rechtfertigte kaum, sie umzubringen.

Konnte Ken nicht einige Namen liefern? Aber das hatte er doch. Cindy Diaz, Irene DeBlasio, die Rozeks, Teresas früherer Freund und ihr Bruder. Sie logen alle. Venturi übte mehr Druck auf Ken aus. Wie stand es mit *seinen* Freunden? Er hatte keine. Er hatte nicht die Zeit gehabt, Freunde zu finden. Er war zu sehr mit dem Aufbau seiner Praxis beschäftigt gewesen.

Trotzdem sah es nicht völlig hoffnungslos aus. Die Analyse, die Dr. Sadoff nach der Sodiumamytal-Sitzung erstellt hatte, war besser, als Venturi zu hoffen gewagt hatte. Dr. Sadoff stellte unter anderem fest:

...Ich halte ihn nicht für psychotisch, und er ist nicht geistig krank. Er braucht keinerlei psychiatrische Behandlung. Er ist zurechnungsfähig im juristischen Sinn, er kennt seine derzeitige Situation und deren Folgen und kann mit dem Anwalt bei der Vorbereitung seiner Verteidigung zusammenarbeiten.

Was seinen Geisteszustand zur Zeit der Tat angeht, gehe ich davon aus, daß Dr. Taylor sich in einer Verfassung befand, in der er glaubte, daß seine Frau oralen Sex mit ihrem Sohn hatte und daß sie eine massive Bedrohung für das Kind darstellte, daß sie unter Einfluß von Alkohol und Drogen stand und er sie für »völlig durchgedreht« hielt. Darüber hinaus wurde sein Geisteszustand davon beeinflußt, daß sie ihn angriff und ihn mit einer der Hanteln aus dem Nähzimmer niederschlug. Er glaubte, sein Leben und das seines Sohnes sei in Gefahr. Er reagierte instinktiv, indem er den nächstbesten Gegenstand aufhob und zuschlug, um seine Frau davon abzuhalten, ihn und seinen Sohn zu verletzten. Er schlug sie mit diesem Gegenstand, und er erinnert sich selbst unter Sodiumamytal nur an zwei Schläge mit der als Türstopper benutzten Hantel.

Es gibt keinerlei Anzeichen, daß Dr. Taylor zur Zeit dieses Vorfalls unzurechnungsfähig im Sinne der McNaughton-Regel war, und es gibt keinerlei Anzeichen, daß er halluzinierte oder seine Wahrnehmungsfähigkeit verzerrt war. Sein Bericht über Mrs.Taylors Angriff auf ihn und das Baby ist folgerichtig. Nach meiner Ansicht handelte er, um sich selbst und seinen Sohn vor schweren körperlichen Schäden oder Tod durch die Hand seiner Frau zu schützen, die unter dem Einfluß von Drogen stand und sich irrational verhielt.

Nun konnte Venturi immerhin Sadoff als Gutachter der Verteidigung aufführen, was Kens Geisteszustand anging. Wenn er sicherstellte, daß das Sodiumamytal nicht erwähnt wurde, konnte das Gericht ihn nicht ablehnen. Sadoffs Leumund war tadellos. Immerhin hatte er gerade erst seinen Auftritt als Hauptzeuge vor einer Juristenkommission in New Jersey gehabt, wo es ebenfalls um den McNaughton-Test zur Unzurechnungsfähigkeit gegangen war – darum, ob jemand imstande war, rechtmäßige von unrechtmäßigen Handlungen zu unterscheiden. Sadoffs Aussage hatte ein lebhaftes Echo in den Medien gefunden. Sadoff hatte bewiesen, daß der Test fair war, jedenfalls besser als entsprechende Verfahren in anderen Staaten, und er war der Held des Tages gewesen.

Sobald Ken Sadoffs Bericht gelesen hatte, sah er ihn als sicheren Schlüssel zu seinem Freispruch. Alle Feindseligkeit, die nach Venturis »Mann aus Eis«-Bemerkung aufgekeimt war, verschwand. Voller Euphorie schrieb er an Venturi: »WENN DIE GESETZGEBER DES STAATES SO VIEL VERTRAUEN IN DR. SADOFF SETZEN, DANN SOLLTEN AUCH DER RICHTER, DER STAATSANWALT UND DIE GESCHWORENEN SEINEM URTEIL ÜBER MICH VERTRAUEN SCHENKEN. ICH DENKE, DIE GESCHWORENEN WERDEN VON SEINEM RUF UND SEINER GLAUBWÜRDIGKEIT SEHR BEEINDRUCKT SEIN!«

Eine Flut aufgeregter Notizen Kens folgte:

Jack,
nachdem ich mir die ersten Beweise der Anklage und das Sodiumamytal-Gespräch angesehen habe und weiß, was der Wahrheit entspricht und was nicht, habe ich bestimmte Schlüsse gezogen. Es sind einige falsche Aussagen gemacht worden, besonders von Teresas Verwandten, deren Verlogenheit wir nicht beweisen können. So wie ich es sehe, steht ihr Wort gegen meines.

(1) Ich habe keine Rezepte für sie ausgestellt und mir die Medikamente zurückgeben lassen. Alle Rezepte, die ich für sie ausstellte, waren auch für sie bestimmt.

(2) Teresa hat meine Rezepte gefälscht. Ich habe sehr viele Rezepte für sie ausgeschrieben.

(3) Ich habe während der Arbeitszeiten in meinem Büro keine Drogen genommen. Hin und wieder nahm ich nach der Arbeit Kokain, bevor ich nach Hause gegangen bin.

(4) Die Sache in Acapulco wurde von der mexikanischen Polizei und dem Hotelsicherheitsdienst getürkt, damit sie sich gegen einen Prozeß absichern konnten. Jack, ich habe Ihnen schon gesagt, ich war es nicht. Alle Aussagen gegenteiligen Inhalts sind falsch und dazu gedacht, das Hotel vor Schadensersatzklagen zu bewahren.

(5) Azar & Sutton – ich habe Ihnen schon am Anfang gesagt, daß ich etwas von ihnen gestohlen habe, und ich sagte auch, wieso.

(6) Der Sodiumamytal-Test zeigt genau, was zu Hause geschehen ist. Alles, was das Gegenteil besagt, kommt (a) entweder von falschen Zeugen oder entstand (b) unter Druck oder in verwirrtem Zustand, als ich meine Aussage vor der Polizei machte, was die Schläge gegen Teresa angeht.

(7) Wie ich mit Teresas Leiche umgegangen bin und alle anderen Handlungen und/oder Aussagen über den Vorfall hatten alle mit meinem Bedürfnis zu tun,die unvermeidliche Entdeckung aufzuschieben, damit ich mich von Marilyn und Astrid verabschieden und die Gesundheit und Sicherheit meines Sohnes meiner Familie anvertrauen konnte.

Alles andere in dem Beweismaterial wird das sein, was es ist, und ich teile Ihnen meine ehrlichen Ansichten über das Material mit.

Unter den »falschen Zeugen«, über die Ken sich wieder und wieder erregte, war auch ein gewisser Joseph Shamonsky, ein Mann, dem er nie begegnet war, der in der Nähe des Hawk-Mountain-Vogelschutzgebiets lebte. Shamonsky war von der Staatspolizei von Pennsylvania an einer der Straßensperren verhört worden, die man nach dem Fund von Teresas Leiche aufgestellt hatte. Er berichtete, etwa zwanzig Minuten nach Mitternacht im Schutzgebiet ein Auto gesehen zu haben. Wie Teresas Cutlass war der Wagen zweifarbig gewesen, mit einem weißen Dach. Es hatte New Yorker Nummernschilder gehabt, und Shamonsky erinnerte sich, daß unter den Nummern eine ›6‹ gewesen war – wie bei Teresas Auto. Der einzige Insasse des Wagens, ein Mann, habe sich offenbar auf der Straße nicht recht ausgekannt.

Obwohl Shamonsky bei der Untersuchung einer der unwichtigsten Zeugen war, tauchte sein Name in den Berichten immer wieder auf, und jede Erwähnung schien Ken beinahe in den Wahnsinn zu treiben. »Unwahr!« schrieb er. »Dieser Zeuge irrt«, schrieb er an anderer Stelle. »LÜGEN«, kritzelte er in seiner kurzen Notiz an Venturi.

Bestenfalls bedeutete es einfach, daß Ken die Möglichkeit gehabt hatte, nach Manalapan zurückzukehren, bevor er Teresas Leiche im Vogelschutzgebiet gelassen hatte. Die ganze Angelegenheit wurde noch verwirrender dadurch, daß seine Erklärungen, wo er sich aufgehalten hatte – in einer Go-go-Bar, nachdem er die Benignos, seine Eltern und einen Massagesalon in Hartford angerufen hatte –, seinem Ruf nicht gerade dienlich waren. Aber er bestand darauf: »An jenem Abend waren zwei blonde Tänzerinnen dort. Der Besitzer wird das bestätigen! Fragen Sie Lori, die Barfrau, ob ich dort war. Ich bin sicher, daß sie sich an mich erinnert. Wir haben uns unterhalten.«

Es war, als hätte Ken endlich einen Fehler in der Beweisführung gegen sich gefunden, und wie geringfügig er auch sein mochte, er ließ davon ebensowenig ab wie ein Hund von seinem Knochen.

Er schien auf Hawk Mountain fixiert zu sein:

Es wurde ausgesagt, daß die Gegend, wo man Teresas Leiche fand, stark bewaldet ist. Ich habe das ebenfalls festgestellt. Trotzdem hatte ich nicht vor, ihre Leiche zu verstekken. In meinem verwirrten Zustand wollte ich sie in diesem Schutzgebiet lassen, weil es ein Ort des Friedens und der Naturschönheiten ist, und ich wußte, daß man sie bald finden würde. Ich hatte mich verabschiedet, unseren Sohn bei meinen Eltern untergebracht und war nun bereit, nach Hause zu fahren und meinem Leben ein Ende zu setzen.

Am 20. März, zwei Monate vor dem Prozeß, schrieb er an Venturi:

Jack,
ich möchte, daß Sie etwas über zwei Fälle erfahren, von denen ich hier gehört habe:

Erstens Joe Mulvahill. Ich schicke Ihnen einen Artikel über ihn. Er hat seine Frau umgebracht. Er hat sie mit einem Baseballschläger bewußtlos geschlagen und sie dann in der Badewanne ertränkt: Er bekam eine Strafe von 10 Jahren wegen Totschlags.

Zweitens Joe Taylor, ein 27 Jahre alter Staatspolizist. Er wußte, daß seine Freundin ihn betrog. Er ging zu ihrem Haus, nahm eine Pistole mit und trat die Tür ein. Er schoß zweimal auf den Mann und einmal auf das Mädchen. Der Mann starb. Er bekam 20 Jahre, davon 10 ohne Bewährung, wegen Totschlags.

Im Licht dieser beiden Fälle und der Resultate des Sodiumamytal-Tests komme ich mir schon besser vor als diese beiden Burschen. Ich möchte einfach nur ein guter Vater sein. Ich weiß, daß Sie Ihr Bestes tun, und ich bete, daß meine Verteidigung es möglich macht, daß ich hier rauskomme.

Venturi versuchte, Ken dazu zu bewegen, die Verteidigung auf Totschlag im Affekt aufzubauen. Aber das Hindernis war immer, daß eine Haftstrafe nicht auszuschließen war. Jetzt hatte Sadoffs Bericht Ken nur noch hartnäckiger gemacht. War Sodiumamytal etwa kein »Wahrheitsserum«? Hatte nicht alles, was er unter Einwirkung des Medikaments gesagt hatte, mit seinen sonstigen Aussagen übereingestimmt? Das Sodiumamytal *bewies* doch seine Unschuld!

Venturi war einfach nicht in der Lage, ihm klarzumachen, daß er sich nicht auf den Sodiumamytal-Test berufen konnte, wenn es nicht um Unzurechnungsfähigkeit ging. Eines war jedenfalls sicher, dachte Venturi. Er hatte einen Klienten mit einer bemerkenswerten Begabung, nicht zu hören, was er nicht hören wollte.

Indem er Dr. Sadoff in den Zeugenstand holte, hoffte Venturi, verdeutlichen zu können, daß Ken »instinktiv reagiert« hatte, als er sah, daß Teresa mit seinem Sohn oralen Sex hatte und ihn dann angriff. Auf diese Weise könnte er die Provokation und den folgenden Affekt belegen, der Ken außer Kontrolle gebracht hatte.

Das letzte, was er wollte, war, näher auf diese Sache mit den zwei Hanteln einzugehen. Venturi konnte schon sehen, wie Chaiet geiferte. Leider war die Hantel ohne Gewichte die mit den Blutspuren. Die andere, die einzige, die Teresa hätte benutzen können, hatte Gewichte angebracht und wog über dreißig Pfund. »Na ja«, hatte Ken gesagt, »sie war viel stärker, als sie aussah.« Vielleicht, aber Venturi wollte die Geschworenen damit lieber nicht verwirren. Außerdem ergab sich dadurch eine andere prekäre Frage: Wieso hatte ein so großer und starker Mann wie Ken ihr die Hantel nicht einfach abgenommen?

Bis dahin hatte Venturi die Vorteile einer Verteidigungsstrategie herausgestrichen, die auf Totschlag im Affekt beruhte. Jetzt versuchte er eine negative Herangehensweise – er versuchte, alle Probleme, die eine Strategie auf dem Hintergrund von Notwehr mit sich brachte, auszuschalten. Der Autopsiebericht belegte, daß Teresas Schädel neun einzelne Frakturen hatte. Selbst wenn man davon ausging, daß das nicht unbedingt auch neun Schläge erfordert hatte, mußte es sicher mehr als der eine oder vielleicht die zwei gewesen sein, an die Ken sich erinnerte. Venturi hatte zu dieser Frage Nachforschungen angestellt. Fünf Schläge waren das beste Ergebnis, das man einem Mediziner wahrscheinlich im Kreuzverhör entlocken konnte. »Kurz gesagt«, erklärte er Ken mit so viel Ironie wie möglich, »selbst fünf Schläge sind für Notwehr ein bißchen übertrieben.« Und die Behauptung, er sei in eine »mechanische Trance« gefallen, würden die Geschworenen nicht schlucken.

Venturi hätte am liebsten gesagt: »Paß auf, du Schwachkopf, du bezahlst mich, um deinen Arsch zu retten, also solltest du mir besser zuhören.« Er wollte, daß Ken sagte: »Gut, ich bin einfach durchgedreht, als ich sah, was sie tat, und ich weiß nicht, wie oft ich sie geschlagen habe, weil ich zu diesem Zeitpunkt einfach nicht bei Verstand war.«

Aber die Worte mußten von Ken kommen. Venturi konnte ihm nicht seinen Text schreiben. Von der Berufsethik einmal gar nicht zu reden, wollte er nicht riskieren, daß Ken oder seine Eltern sich beklagen würden, wenn seine Strategie fehlschlug, und ihn bezichtigten, er habe seinen Klienten veranlaßt, einen Meineid zu leisten.

Venturi sagte zu Ken: »Denken Sie sorgfältig darüber nach, bevor Sie mir etwas dazu sagen. Wir werden in ein paar Tagen wieder darüber sprechen.«

Aber Ken blieb gebannt von seinem Auftritt bei dem Sodiumamytal-Test. Er blieb bei seiner Trance-Geschichte.

Kapitel Zwölf

Am 15. April erhielt Paul Chaiet nach wochenlangem gutem Zureden schließlich Kopien der Polizeiakten von Waterford über Kens Versuch, Marilyn umzubringen. Ein beigefügter Brief des stellvertretenden Staatsanwalts informierte ihn nochmals über die Gesetze des Staates über die Versiegelung von Akten und warnte ihn: Keines der Dokumente konnte direkt in den Mordprozeß einbezogen werden.

Das war Chaiet gleichgültig. Er konnte nun Marilyn und die damals zuständigen Polizisten vorladen lassen und sie befragen.

Bei den Dokumenten lag auch ein Brief des Leiters einer staatlichen psychiatrischen Klinik, des Fairfield-Hills-Krankenhauses, der von Kens Anwalt als Gutachter eingeschaltet worden war. Der Inhalt dieses Briefes hatte Marilyn mehr als alles andere dazu bewogen, die Anzeige zurückzuziehen:

Die Untersuchung zeigte einen deprimierten und ängstlich wirkenden Weißen, der sich kooperativ verhielt und in jeder Hinsicht versuchte, hilfreich zu sein. Ich hatte während der Untersuchung den Eindruck, daß er insgesamt die Wahrheit sagte.

Von der bereits erwähnten Depression und der Ängstlichkeit abgesehen, zeigte Lt. Taylor keine anderen auffälligen psychopathologischen Anzeichen außer denen, die sich daraus erklären, daß er in einem hohen Maß unter einer passiven, unterwürfigen, abhängigen Persönlichkeit leidet (was keine größere psychische Störung darstellt, obwohl es die Lebensweise eines Menschen prägt). Zusätzlich zu dem Obengenannten berichtete Lt. Taylor noch von Drogen- und Alkoholmißbrauch.

Der Lieutenant berichtete mir, in der Nacht des Verbrechens nicht nur deprimiert und enorm verärgert über seine

Frau gewesen zu sein, er hatte auch noch Amphetamine genommen und behauptete, eine Stimme hätte ihm befohlen, seine Frau umzubringen. Seinem Bericht zufolge versuchte er, seine Frau mit Chloroform zu töten. Sie flehte ihn an, er gab den Mordversuch auf, und danach beteten beide. Durch eine Reihe von unglückseligen Zusammenhängen landete er schließlich im Krankenhaus des Stützpunktes, wo ein Psychiater, der ihn kurz untersucht hatte, offensichtlich der Frau gegenüber äußerte, sein aggressives Verhalten könne sich wiederholen und sie solle den Vorfall der Polizei melden. Andererseits wurde der Lieutenant nach dieser ersten Untersuchung von einem ranghöheren Psychiater untersucht und behandelt und befindet sich auch zur Zeit meiner Untersuchung noch in Behandlung. Außerdem ist anzuführen, daß die »geschädigte« Ehefrau nicht nur wieder mit dem Angeklagten zusammenlebt, die beiden haben auch auf Anraten des Marinepsychiaters einen Ehetherapeuten aufgesucht.

Es wurde im Verlauf des Gesprächs offensichtlich, daß der Lieutenant schon längere Zeit Probleme hatte, mit Frauen umzugehen, und nie fähig gewesen ist, Gefühle wie Angst und Wut angemessen zu äußern. Sein Ärger über die tatsächliche oder eingebildete Demütigung durch seine Frau kulminierte in einem Akt hilfloser Wut. Es sollte festgehalten werden, daß er bei einem anderen Vorfall lieber gegen die Wand schlug, als auf seine Frau einzuschlagen, was einen gewissen Grad von Selbstkontrolle zeigt. Darüber hinaus war er trotz des Einflusses von Drogen zur Zeit des Vorfalls schließlich in der Lage, sich wieder unter Kontrolle zu bekommen und seinen Mordversuch abzubrechen.

Aber es war der letzte Satz des Gutachtens, von dem Chaiet endgültig übel wurde:

Ich sollte außerdem anführen, daß durch die Behandlung, der er sich bereits unterzieht, und neue Einsichten und posi-

tive Veränderungen, die eingesetzt haben, eine Wiederholung seines aggressiven Verhaltens praktisch ausgeschlossen werden kann. Ein Gefängnisaufenthalt würde wenig helfen, und auf der anderen Seite könnte weitere psychiatrische Behandlung diesen jungen Arzt darin unterstützen, die ihm bestimmte Rolle eines Wohltäters der Gesellschaft einzunehmen.

Zusammen mit den Akten aus Connecticut erhielt Chaiet auch gute Nachrichten von Guy McCormick. Die Suche nach Dr. Smith war zunächst erfolglos verlaufen. Offenbar hatte die Marine die falsche Sozialversicherungsnummer notiert, als er aus dem aktiven Dienst ausgeschieden war, und McCormick hatte ihn unter den Mitgliedern des Berufsverbandes der Psychiater in Washington nicht ausfindig machen können. Schließlich fand ihn der Sicherheitsdienst der Marine nach diversen falschen Fährten in Huntington Beach, Kalifornien. Er war ziemlich krank und hatte seinen Beruf aufgegeben, aber er konnte sich gut an Ken erinnern. Nach einem Telefongespräch mit ihm schrieb McCormick:

Dr. Smith gab an, daß er der erste war, der Kenneth Taylor behandelte, bevor der Patient von Dr. Pettit übernommen wurde. Dr. Smith gab an, daß Kenneth Taylor ihn darüber informiert hatte, er habe tatsächlich seine Frau umbringen wollen und zu diesem Zweck Chloroform von dem Schiff, auf dem er Dienst tat, gestohlen.

Dr. Smith gab an, Taylor habe seine Frau angeblich deshalb umbringen wollen, weil sie sexuell nicht auf ihn reagierte. Taylor hatte darüber hinaus behauptet, seine Frau nörgele ständig an ihm herum.

Dr. Smith informierte den Ermittler, daß Mr. Taylor ihm sogar einige Sex-Magazine mitgebracht hatte und ihm eine Anzeige zeigte, die er aufgegeben hatte, ebenso wie ein Nacktfoto, daß er verschickte. Dr. Smith gab an, daß Kenneth

Taylor bizarre sexuelle Vorstellungen habe und sexuell pervertiert sei. Dr. Smith berichtete, daß Taylor zugegeben hatte, sich Kleider seiner Frau anzuziehen, wenn er masturbierte.

Dann, als er seine Berichte noch einmal durchlas, bemerkte McCormick, daß er sich nicht um das Videoband gekümmert hatte, das Cindy Diaz' Mann von Teresa und dem Baby am Samstagmorgen vor Teresas Tod gemacht hatte.

»O Gott, ich hatte es auch vergessen«, sagte Cindy. Am nächsten Tag, als McCormick das Band abholte, gab Cindy ihm auch eine Fotokopie des Briefes, den sie und ihr Mann kurz nach seiner Verhaftung von Ken bekommen hatten. In diesem Brief hatte er sie um ihre Unterstützung dabei gebeten, zu verhindern, daß Celeste und Jeff das Sorgerecht für den kleinen Philip bekamen.

McCormick nahm das Band mit nach Hause, um es sich in Ruhe anzusehen. Etwas Besseres hätte er nicht finden können. Seine Frau Anne fing an zu weinen, noch bevor das Band zu Ende war. Es zeigte Teresa, jung und attraktiv und absolut ohne Scheu vor der Kamera, wie sie Philip küßte und mit ihm schmuste. Ihre Liebe zu dem Kind war nicht zu übersehen.

»Das sollte deutlich genug zeigen, was für eine Mutter sie war«, sagte McCormick, nachdem er es Chaiet vorgeführt hatte.

»Ja, wenn man es als Beweisstück anerkennt.« Chaiet wußte, daß Venturi auf jeden Fall Einspruch dagegen erheben würde. Das Band war tatsächlich von starker emotionaler Durchschlagskraft.

McCormick brütete weiter über die Anrufe, die in den frühen Morgenstunden des 11. November von dem Haus in Manalapan aus gemacht worden waren. Wenn Ken jemals in den Zeugenstand kommen würde, brauchte man keine Kristallkugel, um vorhersagen zu können, daß er sie einer sexbesessenen Teresa in die Schuhe schieben würde.

Er fragte die Benignos, ob Teresa jemals für längere Zeit von ihrem Mann getrennt gewesen war, um vielleicht sie oder eine ihrer Freundinnen zu besuchen. Die einzigen Fälle, an die sie sich erinnern konnten, waren die Zeit von Teresas vorzeitigen Wehen und natürlich als sie zur Geburt ihres Sohnes im Krankenhaus gewesen war.

Also verlangte McCormick Einsicht in Kens Telefonakten während der letzten Monate von Teresas komplizierter Schwangerschaft. Und er landete einen Treffer. In der Mordnacht waren drei Anrufe in ein Bordell in Manhattan gegangen. Dieselbe Nummer war auch in einer anderen Nacht, am 11. Juni, angerufen worden, als Teresa immer noch im Krankenhaus war, nur Stunden nach der Geburt des Babys.

McCormick bedauerte langsam, daß Chaiet nicht die Todesstrafe beantragen wollte.

Ende April 1985, einen Monat vor dem festgesetzten Termin für die Verhandlung, verhörten McCormick und Fausak Emily Latrelle in Indianapolis. Die Polizei von Waterford hatte während der Untersuchung des Mordversuchs auf Marilyn mit ihr telefoniert, und sie hatte zwar erzählt, daß ihr ehemaliger Mann zu Wutausbrüchen neigte, aber er sei nie gewalttätig geworden.

Als McCormick versuchte, sie zu erreichen, war ihr Telefonanschluß nicht mehr geschaltet. Er wandte sich an die Polizei in Indianapolis und erhielt einen Anruf des Direktors der Schule, an der Emily unterrichtete. Der Direktor erklärte, Emily habe Ken seit Jahren nicht mehr gesehen und sei sehr beunruhigt, weil sie in diese Angelegenheit hineingezogen werden sollte. War es wirklich notwendig, sie zu verhören? McCormick erwiderte: »Es tut mir sehr leid, aber in einem Mordfall darf der Ankläger auch die kleinste Information über den Angeklagten nicht vernachlässigen.«

Durch einen Anwalt in Indianapolis wurde ein Termin für ein Gespräch im Hauptquartier der Polizei vereinbart. Emily Latrelle hatte dunkelbraunes Haar und sah sehr frisch aus. Sie trug eine hochgeschlossene Bluse und einen Rock und hatte so gut wie kein Make-up aufgelegt. Sie trug auch keinen Schmuck. Ihre Hände hielt sie auf dem Schoß gefaltet. Wenn Fausak sie in einem Wort hätte beschreiben müssen, wäre ihm nur »nett« eingefallen. Sie sah, nun ja, eben wie eine Lehrerin aus.

McCormick fragte: »Wie lange ist es her, seit Sie Mr. Taylor zum letzten Mal gesehen oder von ihm gehört haben?«

»Ich habe ihn seit unserer Scheidung im Juni 1974 nicht mehr gehört oder gesehen... Ich habe ihn kennengelernt, als wir beide Studenten an der Ball State University in Muncie, Indiana, waren.«

»Wie lange waren Sie mit Kenneth Z. Taylor verheiratet?«

»Vier oder fünf Jahre.«

»Könnten Sie bitte die Umstände Ihrer Scheidung von Mr.Taylor beschreiben?«

»Während unserer Ehe hatte er angefangen, Drogen zu nehmen und mit anderen Frauen Affären zu haben. Gegen Ende unserer Ehe lernte er ein Mädchen kennen, ich glaube, ihr Name war Marilyn Hope, mit der er ausging, und als ich im neunten Monat schwanger war, trennten wir uns und wurden ein paar Monate später geschieden.«

»Können Sie bitte nähere Angaben über Mr. Taylors Drogenkonsum machen?«

»Während unserer Ehe gingen Kenneth Taylor und ich zu verschiedenen Parties, und dort wurde Pot herumgereicht, und wir rauchten. Dann, nach ein paar Jahren Ehe, fing ich an zu arbeiten und ernährte die Familie, und die Leute, mit denen ich zu tun hatte, unterschieden sich ziemlich von denen, mit denen Ken umging. Er wollte seine Art von Leben nicht aufgeben. Ich war nicht besonders daran interessiert. Zu dieser Zeit fing mir an klarzuwerden, daß wir uns auseinandergelebt hatten, und wir bekamen Schwierigkeiten. Kurz vor dem Ende unserer Ehe, etwa ein halbes Jahr vor der Trennung, hatte er im Schrank des Gästezimmers große Plastiktüten voll Pot oder Haschisch versteckt. Ich wurde wütend, und das Zeug verschwand sofort. Später, als ich einmal krank von der Arbeit zurückkam und er mich nicht erwartete, kam er mit mehreren großen Tüten voller Pillen nach Hause.«

»Wo arbeitete Mr. Taylor in dieser Zeit?«

»Er studierte Zahnmedizin.«

»Sie haben erwähnt, daß Sie die Familie ernährten.«

»Ich arbeitete als Lehrerin.«

»Haben Sie den Lebensunterhalt für Sie beide verdient?«

»Ja, das habe ich.«

»Gab es irgendwelche Anzeichen, daß er Sie verlassen wollte?«

Bis dahin war ihre Stimme ruhig und sachlich gewesen. Nun konnte Fausak eine gewisse Anspannung feststellen.

»Ken und ich haben uns gestritten«, sagte sie, »aber wir haben nicht geplant, uns zu trennen. Eines Tages kam ich nach Hause, und er packte seine Sachen und zog aus.«

»In welcher körperlichen Verfassung waren Sie zu diesem Zeitpunkt?«

»Ich war im neunten Monat schwanger.«

»Emily, hatten Sie seit der Geburt Ihrer Tochter Kontakt zu Kenneth Z. Taylor?«

Sie hob unwillkürlich die Hand, machte eine flatternde Bewegung. »Ich habe Kenneth nicht mehr gesehen seit jenem Tag im Juni 1974, als er mich verlassen hat«, sagte sie. »Er reichte dann im Spätsommer oder Herbst die Scheidung ein... Ich mußte bei der Anhörung nicht anwesend sein, weil er der Antragsteller war. Man ordnete an, er solle pro Woche 25 Dollar Unterhalt für das Kind zahlen. In den ersten zwei oder drei Jahren zahlte er sehr unregelmäßig. Der Unterhalt kam in merkwürdigen Beträgen, etwa wie zweiunddreißig Dollar und neunundvierzig Cents oder hundertzweiundzwanzig Dollar und zwei Pennies. Solche Schecks schickte er mir. Irgendwann im zweiten oder dritten Jahr hatte ich eine Zeitlang überhaupt keinen Unterhalt mehr bekommen. Ich versuchte, Ken über die Marine zu erreichen, und sprach sehr kurz mit ihm am Telefon, vielleicht für eine Minute oder zwei, über die Unterhaltszahlungen. Ich habe diverse Male bei Gericht Beschwerde eingereicht.«

»Hat Mr. Taylor irgendwie gezeigt, daß er über Ihre Schwangerschaft ärgerlich oder unglücklich war?«

»Also, zu Beginn der Schwangerschaft, noch bevor ich bei einem Arzt gewesen war, schien er sehr erfreut zu sein. Er erzählte vielen seiner Freunde, daß ich schwanger sei, und er schien sehr glücklich darüber zu sein, daß wir ein Kind haben würden. Während der restlichen Monate zeigte er mir gegenüber keinerlei Zuneigung mehr.«

Sie schaute McCormick an, als erwarte sie von ihm eine Antwort. »Wissen Sie, er hat keine besondere Rücksicht wegen der Schwangerschaft genommen, aber ich kann auch nicht sagen, daß er mich in dieser Zeit vernachlässigte.«

»Erinnern Sie sich an Situationen,wo es zu einer körperlichen Auseinandersetzung hätte kommen können?«

»Nur, nachdem wir schon getrennt waren. Eines Abends sprach ich am Telefon mit seinen Eltern. Sie wollten mit ihrem Sohn reden, und ich erzählte ihnen, daß er ausgezogen war, daß er offensichtlich beschlossen hatte, er wollte nicht mehr verheiratet sein. Sie fragten, wo er sei. Ich gab ihnen die Telefonnummer eines seiner Freunde, weil ich glaubte, daß er sich dort aufhielt. Sie erklärten, sie wollten ihn anrufen und sich dann wieder melden. Später am Abend riefen sie an und erzählten, sie hätten mit ihm gesprochen und er würde bei mir vorbeikommen. Als Ken in die Wohnung kam, war er sehr wütend. So wütend hatte ich ihn noch nie gesehen. Er nahm einen Basketball, warf ihn nach einem Schaukelstuhl und zerbrach damit die Lehne des Stuhls.«

»Emily«, sagte McCormick, »würden Sie uns bitte mitteilen, ob Sie von Mr. Taylor oder seiner Familie angesprochen wurden oder Briefe erhielten, die den vorliegenden Fall und die Anklage gegen ihn betreffen?«

Sie rutschte unbehaglich auf ihrem Stuhl herum. Sie starrte ins Leere, dann sah sie ihren Anwalt an und schließlich wieder McCormick.

»Ja«, gab sie zu. »Ich habe einige Briefe von seiner Mutter bekommen. Kenneths Mutter wollte mich wohl über die Ereignisse informieren. Sie schrieb mir über die Frau, mit der er jetzt verheiratet war, die jetzt verstorbene Teresa Taylor, und teilte mir einiges über sie mit, darunter, daß Teresa seit ihrem fünfzehnten Lebensjahr mit Drogen zu tun hatte und krankhaft sexbesessen war. Sie behauptete, daß sie, Teresa, in der Nacht vor ihrem Tod mehrere Ferngespräche geführt hatte, mit Leuten, die Telefonsex anbieten. Sie behaupteten, daß ihr Unterkörper, von der Taille abwärts, mit Vaseline bedeckt gewesen war und das etwas mit ihrer sexuellen Perversion zu tun gehabt hätte.«

McCormick und Fausak sahen einander verblüfft an. McCormick fragte: »Emily, gibt es zu diesem Zeitpunkt noch irgend etwas, das Sie hinzufügen möchten?«

»Nein.«

Als sie gingen, mußte McCormick einfach sagen: »Sie hatten Glück, daß er Sie nur verlassen hat.«

»Ja«, erwiderte sie. »Ich weiß.«

Später meinte Fausak: »Der Kerl hat schon eine komische Mutter!«

»Ja«, sagte McCormick. »Ich frage mich, wie ihre selbstgebackenen Kuchen so sind?«

Am 1. Mai, drei Wochen vor Beginn des Prozesses, erhielt Chaiet beunruhigende Nachrichten. Er brauchte die Aussagen von José Romero, Dr. Ortiz Pavon und Armando Vallerino, um Acapulco ins Spiel bringen zu können. Quinones unterrichtete ihn, daß Romero immer noch bereit war zu kommen, aber Ortiz hatte abgesagt. Er war nicht nur Hotelarzt im Las Brisas, sondern auch noch in mehreren anderen Hotels in Acapulco. Er konnte es sich nicht leisten, Urlaub zu machen. Noch schlimmer war, daß Vallerino erklärte, ein Visum zu beantragen, die Reise zu organisieren, von seiner Familie getrennt zu sein und ein paar Tage kein Geld zu verdienen sei zu viel für ihn. Er sagte mit Bedauern ab.

Vallerinos Aussage war aber wesentlich. Er war der einzige, der bezeugen konnte, daß Ken den Angriff auf Teresa zugegeben hatte.

»Er weiß, daß er eine Entschädigung bekommen wird?« fragte Chaiet.

»Ja, Sir«, antwortete Quinones. Chaiet bat ihn, er solle sich bereithalten, wieder nach Acapulco zu fliegen. Dann rief er Fausak herein. Jetzt stand die geheimnisvolle »Sorayda« wieder im Mittelpunkt der Aufmerksamkeit. Wenn alles nach Plan lief, wenn Vallerino, ein Polizist, vielleicht doch noch in den Zeugenstand trat, konnte sie, wie Fausak es ausdrückte, auf der Reservebank sitzen.

»Finden Sie sie«, sagte Chaiet.

Die Anmeldungen für das Hotel durchzugehen, war wie aus Teeblättern zu lesen. Wenn es nicht doch eine Verrückte war, die angerufen hatte, dann hatte die Frau offensichtlich ihre Ansicht geändert. Selbst wenn Fausak einfach alle auf den Anmeldungen genannten Personen anrief, konnte nichts verhindern, daß die wirkliche Anruferin einfach leugnete.

Fausak hörte sich wieder und wieder das Band an. Es war nicht gerade hilfreich, daß die Verbindung von Anfang an schlecht gewesen war. Aber als er es das sechste oder siebente Mal laufen ließ, bemerkte er etwas, was ihm vorher nicht aufgefallen war – die Frau war mit ihrem Mann und ihren Kindern in Las Brisas gewesen.

Einen Moment mal, sagte er sich. Er erinnerte sich an eine

Fernsehsendung über »Das Leben der Reichen und Berühmten«. Der Bursche dort hatte gesagt, Las Brisas sei eines der besten Hotels der Welt für romantische Ferien. Vor allem frisch Verheiratete, Paare in den zweiten Flitterwochen und Eheleute, die über genügend Dollar oder Yen verfügten, um ein paar Tage dort zu verbringen, fuhren nach Las Brisas. Nicht gerade der Ort, um Urlaub mit der Familie zu machen.

Fausak sah sich die Anmeldungen noch einmal an. Diesmal fand er eine, auf der stand: »Mr & Mrs L. Peraino & Kinder«, die einzige, die auf eine Familie hinwies. Sie hatten als einzige zwei Zimmer belegt, 520 und 521. Die Adresse war in einer der wohlhabendsten Vorstädte Long Islands, Locust Valley.

Unten auf der Anmeldung stand der Name eines Reisebüros in Long Island, und um ganz sicherzugehen, daß er richtig vermutete, rief Fausak dort an und verlangte den Geschäftsführer. Er sagte: »Mein Name ist Bob Fausak. Ich komme mir ein bißchen blöd vor, aber vielleicht können Sie mir helfen. Ich war letztes Jahr in Las Brisas – im Juli –, und ich habe dort eine Familie namens Peraino getroffen. Wir haben hier und da etwas zusammen getrunken und so weiter, und ich möchte sie gerne wiedersehen, aber ich habe ihre Adresse verloren.«

»Ach ja«, sagte der Geschäftsführer, »Louis und Sorayda Peraino. Ein reizendes Paar. Sie reisen oft mit uns. Sie sind mit ihren Jungs hingefahren, glaube ich. Großartige Burschen.«

»Das sind sie, genau.«

»Es tut mir leid, ich darf Ihnen leider die Adresse nicht geben. Aber wenn Sie einen Brief an uns schicken, werden wir ihn gern weiterleiten.«

»Das werde ich tun. Herzlichen Dank!«

Die Telefonnummer der Perainos stand ebenfalls auf der Anmeldung. Fausak wählte.

»Mrs. Peraino? Sorayda Peraino?«

»Ja.«

Fausak stellte sich vor. »Ich rufe an, weil Sie mit Captain Potts über den Mord an Teresa Taylor gesprochen haben.«

»Sie irren sich. Sie müssen mich mit jemand verwechseln.«

»Ich weiß, daß Sie es sind. Ich weiß, daß Sie in Las Brisas waren, als Teresa Taylor dort war.«

»Nein, nein, ich sage Ihnen doch, das ist eine Verwechslung.«

»Mrs. Peraino, ich muß Sie davon informieren, daß der Anruf aufgezeichnet wurde. Ihre Stimme ist identisch mit der auf dem Band. Es ist sehr wichtig, daß Sie mit mir sprechen.«

Es gab eine Pause, und dann fing sie an zu weinen. »Dieses arme, arme Mädchen. Warum hat er das nur getan?«

»Das ist einer der Gründe, wieso wir Ihre Hilfe brauchen.«

»Ist er immer noch im Gefängnis?«

»Ja. Bald wird ihm der Prozeß gemacht werden.«

Wieder eine Pause. Deshalb hatte sie damals angerufen, sagte sie. Um herauszufinden, wo er war. Sie hatte es einfach nicht glauben können, als sie den Artikel in der *New York Post* las. Sie hatte sich melden wollen. »Aber dann habe ich mit meinem Mann darüber gesprochen, und er meinte, die Polizei hätte sicher schon genug Beweise, wenn sie ihn verhaftet und ins Gefängnis gesteckt hatten.«

Sie war ohnehin schon nervös genug. Fausak wollte ihr nicht sagen, daß sie, so wie die Dinge im Augenblick standen, die Hauptzeugin für Acapulco war.

Er sagte: »Wir haben andere Zeugen. Aber wir brauchen so viele Bestätigungen wie möglich – Sie wissen doch, um alles verifizieren zu können. Wie haben Sie Teresa Taylor und ihren Mann kennengelernt?«

Sie hatten sich beim Transfer vom Flughafen zum Hotel zum ersten Mal gesehen, sagte sie. »Wir erfuhren, daß sie frisch verheiratet waren. Am nächsten Abend luden wir sie in unsere Suite ein, und wir tranken Champagner auf ihre Hochzeit. Sie blieben etwa eine Stunde, und wir sprachen darüber, uns später in der Woche noch einmal zu treffen. Aber das kam nie zustande.« Sie fing wieder an zu weinen.

»Ja?«

»Ich war in der Halle«, erzählte sie. »Wir wollten gerade das Hotel verlassen, als ich ihn – Ken Taylor – in der Halle sah. Zwei Männer waren bei ihm, Polizisten, glaube ich. Sie waren zwar in Zivil, aber er sagte, sie wären Polizisten. Er sah ganz unordentlich aus. Er erklärte, er wäre im Gefängnis gewesen, er und Teresa hätten getrunken, und dann habe sie ihm ins Fußgelenk gebissen und er habe sie geschlagen. Er habe ihr die Zähne ausgeschlagen, aber obwohl er ein Zahnarzt sei, würde man nicht zulassen, daß er sie behandele.«

»Sagte er noch etwas anderes?«

»Ja, daß er Geld brauche, um aus dem Gefängnis rauszukommen.«

Sorayda Peraino konnte jetzt ihr Schluchzen nicht mehr unterdrücken.

»Ich danke Ihnen, Mrs. Peraino«, sagte Fausak. »Ich werde mich wieder bei Ihnen melden.«

Er rief sofort Chaiet an. »Sorayda«, sagte er. »Ich habe sie gefunden.«

Fausak merkte, wie aufgeregt Chaiet war. An seiner Stimme war das nicht festzustellen – er bemühte sich immer, sehr ruhig zu sprechen – aber an der Art, wie schnell er seine Fragen abfeuerte. Normalerweise wartete er immer ein wenig, bevor er die nächste Frage stellte.

»Was hat sie gesagt?« fragte Chaiet, die Worte überstürzten sich nur so. »Was hat sie über Taylor gesagt? Und was noch? Wann werden Sie sich mit ihr treffen?«

»Ich habe nur angekündigt, daß ich mich wieder melden würde«, sagte Fausak. »Sie war furchtbar nervös, aber sie hat es nicht abgelehnt.«

»Tun Sie sich mit McCormick zusammen«, sagte Chaiet. »Treffen Sie sich mit ihr.«

Als Fausak sie zurückrief, zögerte sie zunächst, erklärte sich dann aber bereit, mit ihm zu sprechen. Am 7. Mai fuhren Fausak und McCormick zu ihr nach Hause, nach Locust Valley. Das Haus war groß und hatte weiße Säulen, einen ausgedehnten Rasen mit gewaltigen, alten Bäumen, ein Kutscherhaus, einen Swimmingpool und Tennisplätze. Reich und prächtig, dachte Fausak.

Sorayda Peraino war ausgesprochen attraktiv. Sie hatte langes schwarzes Haar und trug ein graues Seidenkleid mit einer doppelten Perlenschnur um den Hals. Fausak schätzte sie auf Mitte dreißig. Er war erstaunt zu hören, daß sie Söhne und Töchter hatte, die über zwanzig waren. Ihr Mann war an ihrer Seite, älter, ein offensichtlich erfolgreicher Geschäftsmann, der eine Elektro-Großhandelskette besaß.

Sie berichtete nochmals, wie sie und ihr Mann die Taylors kennengelernt hatten. Dann fragte McCormick sie: »Wann haben Sie Kenneth oder Teresa Taylor das nächste Mal gesehen?«

»Am letzten Tag unseres Aufenthaltes sah ich Ken Taylor. Er war in der Hotelhalle. Dort stand er mit zwei Mexikanern. Ich glaube, es waren mexikanische Polizisten. Das sagte jedenfalls Ken Taylor. Ken hatte mich gesehen und meinen Namen gerufen. Er erzählte mir, er müsse sein Geld holen und etwas bezahlen, um aus dem Gefängnis zu kommen, und fragte mich, ob ich ihm Geld leihen würde, wenn das seine nicht ausreichte.«

»Was hat Ken Taylor Ihnen über seine Situation berichtet?«

»Er sagte mir: ›Es gab einen Streit.‹ Ich nahm an, er meinte, in der Stadt, und ich fragte: ›Wo ist Teresa?‹ Er antwortete: ›Sie ist im Krankenhaus.‹ Ich nahm immer noch an, daß sie Streit mit jemandem in der Stadt gehabt hätten. Und ich fragte, in welchem Krankenhaus Teresa sei, und er fing an, mir zu erzählen, daß er und Teresa sich geprügelt hatten. Er sagte mir, man wolle ihn Teresa nicht sehen lassen, er habe ihr die Zähne ausgeschlagen, und man wolle nicht zulassen, daß er sich um ihre Zähne kümmerte, obwohl er ein Zahnarzt sei. Dann fuhr er fort, daß sie ihm in den Fuß gebissen habe, und sagte wieder: ›Ich habe sie geschlagen.‹ Sie hätten getrunken und sich geprügelt. Danach bin ich ganz erschrokken weggegangen, und später sprach ich mit einer Mexikanerin, die im Hotel arbeitete, und sie erzählte mir, wie schrecklich seine Frau verletzt war, daß er angerufen und gesagt hatte, vier Mexikaner wären in ihr Zimmer eingebrochen, aber er habe auch beim Verhör gestanden, daß er seine Frau selbst verprügelt hatte.«

»Erinnern Sie sich an irgend etwas, das Kenneth Taylor in Ihrer Suite sagte, als Sie auf ihre Hochzeit tranken?«

»Er war sehr still, aber als Teresa etwas davon erzählte, daß er Zahnarzt sei und sie jetzt verheiratet wären und dann etwas über Kleider, die sie gekauft hatte, meinte er: ›Jetzt, wo wir verheiratet sind, werde ich ihr das schon austreiben.‹ «

»Können Sie sich noch an etwas anderes erinnern?«

»Nur daran, wie lebhaft sie war und wie ruhig er dagegen wirkte. Er erzählte uns, er sei Vietnam-Veteran.«

McCormick konnte sehen, wie angespannt sie war, und er beendete das Gespräch. Sie hatten bereits bekommen, was sie wollten. Fausak hatte eine Schreibmaschine mitgebracht und tippte ihre Aussage sofort. Sorayda Peraino las sie durch und unterschrieb. Ihr Mann, der während des Gesprächs im Zimmer geblieben war, unterschrieb als Zeuge.

»Ich muß doch nicht zur Verhandlung kommen, oder?« fragte sie. »Ich glaube nicht, daß ich das durchstehen würde.«

»Das kann ich wirklich nicht sagen«, erklärte McCormick.

Im Gefängnis von Monmouth County sagte Jack Venturi zu Ken: »Erinnern Sie sich, daß Sie gesagt haben, zu dem Namen ›Sorayda‹ fiele Ihnen nichts ein? Ihr voller Name ist Sorayda Peraino. Fällt der Groschen jetzt?« Dann gab Venturi ihm eine Kopie ihrer Aussage gegenüber McCormick und Fausak.

Nachdem er sie gelesen hatte, meinte Ken: »Ja, jetzt erinnere ich mich. Sie war dieses alte Biest, das wir dort unten getroffen haben. Das ist doch alles Mist! Wieso hätte ich ihr das erzählen sollen? Du lieber Himmel, Jack, selbst wenn ich Teresa verprügelt hätte, würde ich dann rumrennen und es erzählen? Also wirklich! Diese Frau ist geisteskrank. Wieso sollte ich mich als Vietnam-Veteran ausgeben?«

Am nächsten Tag erhielt Venturi eine Notiz von Ken, die über Sorayda Peraino nicht so schnell hinwegging:

SORYADA (sic)

Als ich mit meiner Eskorte von fünf Polizisten im Hotel ankam, bemerkte ich Soryada in der Halle nahe dem Empfang. Als sie mich sah, rief sie: »Was ist mit Ihnen passiert, Ken?«

Ich war in schlechter Verfassung. Ich war dreckig und ziemlich fertig, weil ich seit vier Tagen nichts gegessen hatte und weder meine Kleider wechseln noch mich waschen konnte. Ich war unrasiert und sah wie ein Penner aus, weil ich im Gefängnis auf dem Boden geschlafen hatte, weil es keine Betten oder Matratzen gab.

Ich erzählte ihr, ich müßte der Polizei 500 Dollar geben, damit ich aus dem Gefängnis rauskommen und Teresa sehen könnte. Die Polizisten (einer auf jeder Seite von mir) standen etwas weiter hinten. Die anderen drei hatten sich in der Halle verteilt: einer sprach mit dem Mann an der Rezeption, und die beiden anderen unterhielten sich mit zwei Zimmermädchen.

Ich erzählte ihr, daß Teresa übel zusammengeschlagen worden war und man mich auf den Kopf geschlagen hatte, an Armen und Händen und auch am Fuß geschnitten. Ich erzählte ihr, daß ich von der Polizei erfahren hatte, Teresas

Zähne seien ausgeschlagen, und ich wollte wenigstens ihre Zähne richten und ihr helfen.

Ich sagte, die Polizei habe mich ins Gefängnis gesteckt, um die Fehler der Hotelsicherheit zu bemängeln. Ich sagte ihr, die Polizei habe keine Anklage erhoben, weil ich nichts getan hatte, sie wollten einfach nur mir die Schuld zuschieben, statt ihren Ruf im Touristengeschäft zu verlieren.

In diesem Augenblick kam Mr. Nilo Lopez, der Empfangschef, zu mir und nahm mich mit in ein Büro, wo all unser Gepäck aufgehoben wurde. Von dort aus konnte ich sehen, daß sich zwei der Polizisten mit Sorayda unterhielten. (Sie sprach spanisch, und deshalb konnten ihr diese beiden »Polizisten« ihre Version der Geschichte erzählen.)

Als ich das Gepäck durchsah, stellte ich fest, daß ein dreifarbiges Goldarmband fehlte, ein goldenes Feuerzeug und mein Füllfederhalter, den der Polizeichef, Gutierrez Mendoza, gestohlen hatte. Als ich bei Teresa in ihrem Hotelzimmer (sic) *war, hörte ich, daß sie zwei Paar Ohrringe und ihren Verlobungsring mit Diamanten vermißte.*

Ich habe mich an die USAA-Versicherung in San Antonio, Texas, gewandt. Weil die Gegenstände nicht einzeln versichert waren, zahlte man uns eine Pauschale von 500 Dollar für den gestohlenen Schmuck. (Ich glaube, es waren 500 Dollar. Ich hatte den Gesamtwert auf 2500 Dollar angesetzt.)

Nachdem Ken seine Geschichte über den gestohlenen Schmuck losgeworden war, schien er seine barschen Worte über Mrs. Peraino gegenüber Venturi zurücknehmen zu wollen:

Soryada wollte gerade aus dem Hotel abreisen und war aufgeregt und ärgerlich. Sie sprach fließendes Spanisch, und sie schien Teresa und mich zu mögen. Ich bin sicher, daß sie mich mißverstanden hat und die »offizielle Version« von den Polizisten erfuhr.

Venturi bat den von ihm beauftragten Detektiv, mit ihr zu sprechen. Auf jeden Fall mußte er wissen, wie fest sie auf ihrer Aussage beharrte. Aber der Detektiv berichtete, sie weigere sich, mit ihm zu reden. Das war beunruhigend. Jetzt wußte Venturi, daß er sich mit zwei weiteren Problemen auseinandersetzen mußte: mit Acapulco und mit Connecticut.

Venturi reichte noch einmal einen Antrag auf Herabsetzung von Kens Kaution von 500000 Dollar auf 100000 Dollar ein mit der Möglichkeit, zunächst nur 10 Prozent hinterlegen zu müssen. Er argumentierte, daß die Vorbereitung der Verteidigung bereits schwerwiegend behindert worden war. Die Behauptung der Polizei, sein Klient habe der Verstorbenen die Hantel abgenommen und sie damit geschlagen, sei falsch. Sein Klient habe »instinktiv« eine andere Hantel aufgehoben, als er angegriffen wurde. Als Beweis führte er den Test mit dem »Wahrheitsserum« an, den ein »weltbekannter« Psychiater mit seinem Klienten durchgeführt habe, und der »diesen Test schon in Hunderten von Fällen angewandt hat«.

Darüber hinaus besaß der Angeklagte nicht nur ein Haus in dieser Gemeinde und befand sich mitten in einem Rechtsstreit um das Sorgerecht um seinen zehn Monate alten Sohn, sondern es war auch eindeutig zu erwarten, daß seine Unschuld bewiesen würde.

Chaiets Antwort war kurz, sie hatten das alles schließlich schon einmal durchexerziert. Die Aussage des Angeklagten war in den Grundzügen dieselbe, ganz gleich, was Dr. Sadoff davon hielt. Das Ergebnis der Anhörung über die Kaution war »vernünftig« gewesen. So kurz vor der Verhandlung wäre es »waghalsig, dem Angeklagten die Gelegenheit zu geben, sich der Gerichtsbarkeit zu entziehen«.

Der für die Festsetzung der Kaution zuständige Richter, Michael D. Farren, lehnte Venturis Antrag ab. Er zitierte Kens Lügen darüber, Teresa zum Flugplatz gebracht zu haben; Lügen, die er erst widerrufen hatte, nachdem man ihre Leiche gefunden hatte. »Ich denke, die Beweise sprechen sehr stark für eine Verurteilung«, meinte der Richter. Er fügte hinzu, daß Sodiumamytal, das »Wahrheitsserum«, bei der Verhandlung nicht zugelassen würde, und er sehe nicht ein, wieso es in der Anhörung über die Kaution zulässig sein sollte.

Im Gefängnis von Monmouth County brach Ken sich den Fuß bei einem Basketballspiel. Er wurde ins Gefängniskrankenhaus verlegt.

»Dort ist es besser«, sagte er zu Venturi. »Es gibt mehr Freiheit.«

TEIL 3
DIE VERHANDLUNG

Kapitel Dreizehn

Am 8. Mai, einen Tag nachdem Fausak Sorayda Peraino gefunden hatte, benachrichtigte Venturi Chaiet offiziell: »Hiermit unterrichte ich Sie davon, daß Dr. Kenneth Taylor plant, auf Notwehr und Verteidigung eines Dritten zu plädieren.«

Das überraschte Chaiet. Er hatte angenommen, es liefe auf Totschlag im Affekt hinaus. Chaiet fragte sich, wie Venturi erklären wollte, daß nur eine Hantel, nämlich die ohne Gewichte, einen Blutfleck aufwies? Wie hätte Teresa, die nicht sehr kräftig war, mit der einzigen anderen Hantel, die mit Gewichten über dreißig Pfund wog, nach Taylor schlagen können?

Aber der kritische Punkt bei dieser Verteidigungsstrategie war der »Geisteszustand«. Daher war es so wichtig zu beweisen, daß Ken schon früher gewalttätig war. Richter Farren hatte zwar bei der Zurückweisung des Antrags auf Herabsetzung der Kaution erklärt, es lägen genügend Beweise vor, um eine Verurteilung wahrscheinlich zu machen, aber er hatte nicht deutlich gemacht, ob er an eine Verurteilung wegen Mordes oder Totschlags dachte.

Venturi wollte beide vorangehenden Anschläge aus dem Prozeß heraushalten. Eine Entscheidung, sie zur Beweisaufnahme zuzulassen, würde die Atmosphäre für die gesamte übrige Verhandlung prägen und im Grunde den Sieg oder die Niederlage der Verteidigung vorwegnehmen. Wenn man Connecticut und Acapulco außer acht lassen konnte, wären jedoch die einzig bleibenden Hürden Kens Lügengeschichten nach dem Tod Teresas. Aber hier konnte Venturi argumentieren, Ken sei in Panik geraten.

Farren setzte die erste Sitzung für den 10. Mai an.

Er war ein pausbäckiger Mann, der, je nach politischem Standpunkt des Betrachters, für ausgesprochen intelligent oder sehr durchtrieben galt; er war ein führendes Mitglied der Republikaner. Als Chaiet bei der Staatsanwaltschaft angefangen hatte, war er stellvertretender Staatsanwalt gewesen. Danach war er in eine Privatkanzlei eingetreten und stellvertretender Vorsitzender der Bezirksanwaltskammer geworden. Als ein Republikaner, Thomas Kean, zum Gouverneur gewählt wurde, holte er Farren ans Landesgericht. Dies war sein erster großer Prozeß.

Venturi zählte darauf, daß Farren keine Entscheidung riskieren würde, die eine Berufung nach sich ziehen könnte. Um den Vorfall in Connecticut auszuschließen, würde er sich auf § 55 des Staatsgesetzes zur Beweisaufnahme berufen, die besagte, daß Beweise dafür, daß jemand ein ähnliches Verbrechen zu einem früheren Zeitpunkt begangen hatte, nicht zugelassen werden durften, um die Neigung eines Angeklagten zu belegen, ein Verbrechen wie das zur Verhandlung stehende zu begehen.

Chaiet erwartete, daß Venturi auf diese Regelung zurückgreifen würde, also zitierte er einen anderen Paragraphen, nämlich § 48, der besagte, daß § 55 außer Kraft gesetzt werden konnte, um andere Sachverhalte zu beweisen, besonders Motiv, Vorsatz, Plan oder Kenntnis. »Vorsatz« war hier der wichtige Punkt, argumentierte er.

Der versuchte Mord an seiner zweiten Frau war »ein wichtiger Beweis« im Hinblick auf den späteren tödlichen Angriff des Angeklagten auf Teresa Taylor. Beides war »aus sich zuspitzenden ehelichen Problemen entstanden«. In Manalapan hatte Ken zugegeben, er hätte »es einfach nicht mehr ausgehalten«. In Connecticut hatte er über »Eheprobleme« geklagt, »die für ihn nicht mehr zu ertragen waren«.

In Acapulco zeigte der Angriff auf das Opfer den gleichen »böswilligen Vorsatz des Angeklagten wie der vorliegende Fall«. Die Tatsache, daß dieser Vorfall schon zu einem anderen, früheren Zeitpunkt geschehen war, sei »ohne Bedeutung«. Wichtig sei nur die Tatsache an sich. Chaiet erklärte, darauf vorbereitet zu sein, »kompetente Zeugen« zu präsentieren, »die damals anwesend waren und Gelegenheit hatten, die Kommentare des Angeklagten zu seiner Tat zu hören«.

Keiner der früheren Vorfälle, erklärte er, sollte aufgeführt werden, um die Neigung des Angeklagten zu Verbrechen wie dem vorliegenden zu beweisen, sondern es ginge einzig darum, »Motiv und Vorsatz zu belegen und die Behauptung des Angeklagten, er habe in Notwehr gehandelt, zu entkräften«.

Nun hing also nach all den Monaten der Ermittlungsarbeit, der sorgfältigen Suche nach Fakten und dem mühsamen Aufspüren von Zeugen die Chance zu einer Verurteilung wegen Mordes von der Interpretation spitzfindiger Formalitäten über die Zulassung von Beweismitteln ab.

Farren verschob seine Entscheidung.

Dann ließ er am 15. Mai die Bombe platzen. Er schloß, entsprechend § 55, Material über Connecticut aus.

Chaiet war verblüfft – und kochte vor Wut. Selbstverständlich gab es da eine Verbindung. Erst eine Ehefrau und dann die andere, das Ganze von Taylor durch bizarre Erklärungen verdeutlicht. Darin bestand die wirkliche Verbindung, dachte Chaiet. Aber er konnte überhaupt nichts tun. Farren sorgte sich offensichtlich um die Rechtmäßigkeit der Beweisführung. In einem einzigen Augenblick war die Hälfte von Chaiets Beweisen, die zeigen sollte, daß Kens Gerede von Notwehr Heuchelei war, unbrauchbar geworden.

Kurioserweise hatte Farren, was Acapulco anging, noch alles offengelassen. Darüber wollte er erst während des Prozesses seine endgültige Entscheidung treffen. Seine endgültige Entscheidung sollte sich auf »klare und eindeutige Beweise« dazu stützen, daß Ken Teresa in ihren Flitterwochen zusammengeschlagen hatte.

Venturi bestürmte seine Ermittler, ihre Anstrengungen, mit Sorayda Peraino sprechen zu können, zu verdoppeln. Und wenn Chaiet Polizisten aus Mexiko in den Zeugenstand holen wollte, würde er sie wegen des Geldes, das Ken hatte zahlen müssen, festnageln.

Der Prozeß, der ursprünglich am 20. Mai beginnen sollte, wurde verschoben, um allen Beteiligten die Möglichkeit zu geben, ihre Strategien diesen Gegebenheiten anzupassen. Richter Farren kündigte an, daß die Geschworenen am 28. Mai wieder zusammentreten sollten.

Für die Journalisten war ein Fall, den sie bisher als weitgehend erledigt betrachtet hatten, plötzlich wieder aktuell. Die Schlagzeile in der *Ashbury Park Press* war: Verteidiger: Ehefrau griff zuerst an.

Sobald Chaiet wieder in seinem Büro war, schickte er Reyes Quinones nach Acapulco. Er wollte, daß der mexikanische Polizist, Vallerino, aussagte, aber Quinones sollte auch versuchen, Dr. Ortiz Pavon zu überreden, doch noch in den Zeugenstand zu treten. Chaiet wollte den Geschworenen die schrecklichen Fotos des zerschlagenen Gesichts der toten Teresa zeigen und sie dann Ortiz vorlegen. Die Geschworenen sollten hören, wie Ortiz erklärte, Teresa sähe darauf genauso aus wie nach den Schlägen in Mexiko.

Aber nach zwei Tagen berichtete Quinones, daß sie sich keine Hoffnungen machen sollten, was Ortiz anging. Er wollte seine Stellung bei den verschiedenen Hotels, für die er als Arzt arbeitete, nicht gefährden. Die Nachrichten über Vallerino indessen waren gut. Quinones hatte ihm ein Visum besorgt und ihm einen Vorschuß auf die Entschädigung gezahlt. Sie würden am Nachmittag des folgenden Tages abfliegen. Dann rief Quinones wieder an. Er hatte Vallerino zum Flughafen gebracht, aber dort hatte der Polizist sich plötzlich geweigert, ins Flugzeug zu steigen.

»Er sagt, er kann nicht«, sagte Quinones. »Er hat Angst.«

»Wovor? Nach dem Geld gefragt zu werden, das Taylor gezahlt hat?«

»Ja, da bin ich sicher.«

Inzwischen hatte der Aufruhr über die Verbindung zwischen dem Mord an dem amerikanischen Drogenfahnder – Enrique Camarena – und der Korruption der mexikanischen Gesetzeshüter einen neuen Höhepunkt erreicht.

»Wie ist die Atmosphäre da unten?« fragte Chaiet.

»Feindselig. Sehr feindselig.«

»Zur Hölle damit. Kommen Sie zurück, ehe Ihnen auch noch etwas passiert.«

Chaiet hatte Fausak und McCormick einen Termin für ein Gespräch mit Sorayda Peraino in ihrem Haus in Locust Valley vereinbaren lassen. In dem Augenblick, als er sie zum ersten Mal sah, wußte er, was für eine eindrucksvolle Zeugin sie abgeben würde. Wie sie sich an die Hand ihres Mannes klammerte, zeigte ihm den Konflikt in ihrem Inneren – sie wollte wirklich, daß Taylor bestraft würde, aber sie hatte Angst, er könne zurückschlagen.

Fausak erinnerte sich später, wie Chaiets Persönlichkeit, damals das ganze Zimmer auszufüllen schien. Seine Stimme wurde tief und gleichzeitig autoritär und tröstend. »Ich kann verstehen, wieso Sie zögern«, sagte er. »Ich hatte viele ähnliche Fälle, und ich kann Ihnen versichern, daß nicht einer meiner Zeugen irgendwelchen Racheakten zum Opfer fiel. Informationen über Ihren Wohnort oder andere persönliche Dinge werden nicht abgefragt werden.«

Fausak konnte spüren, daß Mr. Peraino sich deutlich entspannte. Er drückte die Hand seiner Frau ermutigend.

Chaiet sagte: »Wenn wir der Gerechtigkeit dienen wollen, dann ist Ihre Aussage ungeheuer wichtig. Es ist Ihre Pflicht als Staatsbürgerin.«

»Warum ich?« fragte sie. »Muß ich denn wirklich?«

Chaiet hätte sie vorladen können. Aber er erwähnte es nicht einmal. Er wollte, daß sie freiwillig kam. »Sie liefern uns die einzige Möglichkeit, zu beweisen, daß Kenneth Taylor seine Frau in Mexiko geschlagen hat.« Er starrte sie an. »Mrs. Peraino, irgendwo dort oben ist eine tote Frau und sieht auf uns herab, auf Sie, und sie will nicht mehr von Ihnen, als daß Sie die Wahrheit sagen. Sie ruft um Hilfe. Irgend jemand muß ihr helfen.«

»Was hätte ich zu tun?«

»Sie müßten zweimal vor Gericht erscheinen. Beim ersten Mal werden Sie dem Richter erzählen, was Sie zu sagen haben. Und dann hängt es von seiner Entscheidung ab, ob Ihre Aussage zugelassen wird. In diesem Fall müssen Sie noch einmal vor den Geschworenen aussagen. Kenneth Taylors Verteidiger wird Sie ins Kreuzverhör nehmen und Ihnen viele Fragen stellen, aber wenn Sie die Wahrheit sagen – und das werden Sie –, besteht kein Grund zur Sorge.«

»Jemand, den dieser Anwalt geschickt hat, so ein Detektiv, hat versucht, mit mir zu sprechen. Ich habe mich geweigert.«

»Mrs. Peraino«, sagte Chaiet, »Sie müssen mit niemandem reden, mit dem Sie nicht reden wollen. Das schließt auch mich ein.«

»Ich danke Ihnen.«

Das war's, dachte Fausak. Selbst wenn sie es nicht direkt gesagt hatte: sie würde aussagen.

»Wir lassen Sie wissen, wann es soweit ist«, erklärte Chaiet. »Detective Fausak wird Sie abholen und auch wieder hierher zurückfahren.«

Als er wieder in seinem Büro in Freehold war, ließ Chaiet sich mit der Abteilung für Inneramerikanische Angelegenheiten im Außenministerium verbinden. Er hatte bereits zweimal schriftlich um Informationen darüber gebeten, was der Bevollmächtigte in Acapulco, Urbanek, über Ken und

Teresa berichtet hatte. Bisher hatte er keine Antwort bekommen.

»Wir sind dabei, uns darum zu kümmern«, sagte eine Stimme, die auf eine Ausbildung an teuersten Schulen und Universitäten schließen ließ. »Wir haben bereits Kontakt mit Mexiko aufgenommen.«

»Verdammt noch mal«, donnerte Chaiet, »es geht hier um einen Mordfall! Machen Sie gefälligst ein bißchen Dampf!«

Chaiet hatte sich noch nicht entschieden, welche Mitglieder der Familie Benigno er in den Zeugenstand rufen würde. Mit Sicherheit Al. Und Teresas Bruder Phil. Aber vorher würde er sich erst einmal ernsthaft mit Phil unterhalten.

Dr. Frederick Rieders, der Toxikologe, der an dem Autopsiebericht mitgearbeitet hatte, würde bezeugen, daß Teresa hin und wieder, aber nicht regelmäßig, Kokain genommen hatte. Dafür gab es stichhaltige medizinische Beweise. Immerhin hatte man Rückstände von Kokain in ihrem Körper gefunden, und Jack Venturi würde dafür sorgen, daß dies den Geschworenen nicht entging. Chaiet mußte sich damit offen auseinandersetzen, bevor es Venturi tat.

Chaiet kam es am wahrscheinlichsten vor, daß Teresa am Freitag, am Abend des 9. November Kokain genommen hatte, als Phil und seine Freundin in Manalapan zu Besuch gewesen waren. Das würde auch mit Dr. Rieders Erkenntnissen übereinstimmen. Als Phil zum ersten Mal von Fausak und McCormick befragt worden war, hatte er behauptet, Ken sei der einzige gewesen, der Kokain geschnupft hatte. Chaiet glaubte ihm kein Wort.

Er lud Phil in sein Büro – zusammen mit Al.

Chaiet erklärte: »Wir müssen die Wahrheit über jeglichen Drogenkonsum von Ihnen und Teresa wissen. Es wird von der Verteidigung aufs Tapet gebracht werden, und wenn Sie wollen, daß der Gerechtigkeit genüge getan wird, muß ich alles wissen. Ich glaube, das ist bisher nicht der Fall. Was genau ist am Abend des 9. November passiert, als Sie und Ihre Freundin dort zu Besuch waren?«

McCormick warf Phils Vater einen Blick zu. Al starrte seinen Sohn an.

»Fangen wir am Anfang an«, sagte Chaiet. »Um welche Zeit sind Sie angekommen?«

»Gegen zehn oder zehn Uhr dreißig.«

»Und Sie sind über Nacht dortgeblieben, nicht wahr?«

»Ja.«

»Und dann geschah was? Sie sagten, Sie hatten Wein mitgebracht, zwei Flaschen.«

»Ja, und ich und Kathy tranken das meiste davon. Teresa hatte zwei oder drei Gläser, und Ken trank Jack Daniels. Er rauchte einen Joint, und ich rauchte ein bißchen davon mit.«

»Wann war das?«

»So gegen elf.«

»Was taten Sie da?«

»Wir saßen einfach auf der Couch und redeten. Ich glaube, Teresa zeigte uns ein Fotoalbum.«

»Was dann?«

»Taylor holte ein Päckchen Kokain raus.«

»Wer hat es genommen?«

Phil zögerte. Seine Augen füllten sich mit Tränen. »Ich und Teresa und Ken.«

»Haben Sie jemals vorher gesehen, daß Teresa Kokain nahm?«

»Ja. Einmal.«

»Und was war mit Kenneth Taylor?«

»Ich habe ihn häufig dabei gesehen. Sogar in der Praxis.«

Phil erzählte, daß Ken und Teresa so gegen zwei Uhr ins Bett gegangen waren. Er und seine Freundin blieben noch auf, um sich im Fernsehen einen Film anzusehen. Als sie am nächsten Morgen wach wurden, hatten Ken und Teresa das Haus schon verlassen.

Chaiet glaubte ihm. Bei ihren Ermittlungen hatten McCormick und Fausak keinen Hinweis darauf finden können, daß Phil drogensüchtig oder ein Dealer war, wie es Ken behauptet hatte. Er hätte bei seiner ersten Version der Ereignisse bleiben können, aber er hatte die Wahrheit sogar in Gegenwart seines Vaters zugegeben. Das konnte ihm nicht leichtgefallen sein.

Jack Venturi war aufgefallen, daß in einem der Acapulco-Berichte McCormicks angegeben war, der Bevollmächtigte des Außenministeriums hätte sich geweigert, Informationen über den Überfall ohne Erlaubnis des Außenministeriums herauszugeben. Merkwürdig, daß darüber nicht mehr vorlag.

Also unternahm er auf gut Glück selbst eine Anfrage und schickte einfach einen Brief los, adressiert an das Außenministerium, Washington, D.C.

Sofort erhielt er eine Antwort vom Koordinator für Informationen im Verwaltungszentrum für auswärtige Angelegenheiten. Er würde eine Gebühr zahlen müssen. Überrascht, daß er überhaupt so weit vorgedrungen war, schickte Venturi einen Scheck über 50 Dollar.

Er setzte sich auch mit verschiedenen Toxikologen in Verbindung, in der Hoffnung, einer würde Rieders' Erkenntnissen widersprechen. Ken hatte immer wieder darauf herumgeritten, je näher der Prozeßtermin rückte. Und es schien Venturi jeder Logik zu widersprechen, daß man nach so vielen Tagen der Verwesung noch exakt hatte messen können, wieviel Kokain Teresa konsumiert hatte, in einer Leiche, die fast kein Blut mehr enthielt. Er schickte Rieders Analyse zu den Toxikologen und telefonierte mit ihnen. Aber er bekam nur negative Antworten.

Alle drei erklärten, auf der Basis der ihnen vorliegenden Informationen würden sie mit Rieders übereinstimmen und wären auch bereit, das zu bezeugen. Venturi konnte es immer noch nicht verstehen. Er rief einen der Toxikologen an, S. K. Niyogi aus Philadelphia, der die besten Empfehlungen hatte, und bat ihn, alles noch einmal durchzugehen. Immerhin stand eine Menge auf dem Spiel. Niyogi erklärte sich dazu bereit, aber er hielt ein anderes Ergebnis für unwahrscheinlich. Na gut, dachte Venturi, man würde an den gesunden Menschenverstand der Geschworenen appellieren müssen. Ganz gleich, was ein Gutachter behauptete, Teresa war zu lange tot gewesen. Zu viel Zeit war vergangen, und wer wußte schon, wieviel Kokain sich schon zersetzt hatte, bevor man schließlich die toxikologische Untersuchung durchgeführt hatte.

Dann bot ihm Ken kurze Skizzen der Benignos in ihrer Rolle als mögliche Zeugen an.

Al Benigno, kritzelte er, »könnte der härteste sein, weil er am intelligentesten ist«. Er »flog nach Mexiko, um uns nach Hause zu holen, und er erlebte die Korruption und das Benehmen der Polizei aus erster Hand und *sagte, Teresa und ich seien überfallen worden.* Aber JETZT hat er sich gegen mich gewandt, weil er weiß, daß die mexikanischen Bullen bei ihrer Geschichte bleiben, daß ich Teresa geschlagen habe usw., usw.«. Er fügte hinzu, daß Al einmal Geld in ein Spekulationsgeschäft gesteckt habe, und als sein Partner das Geld verlor, »versuchte er, seinen Partner umbringen zu lassen«!

Ken hielt Louise für nicht besonders gefährlich, außer, wenn sie im Zeugenstand »Sympathie für Teresa wecken« würde. Er sagte: »Sie sagt, sie hätte mir ein Brot gemacht, als ich aus Indiana zurückkam. Sie sagt nicht, daß sie *darauf bestanden hat,* dieses Brot zu machen.«

Phil war ein »Tunichtgut und Drogenhändler«. Teresa »bettelte mich an, damit ich ihm eine Stelle gab, um ihn von den Drogen abzubringen«. Phil hatte ihn auch bedroht. »Jack«, schrieb Ken, »Sie sollten das unbedingt einbringen, um zu zeigen, wie voreingenommen er ist.« An einem der

Abende, als Celeste und Jeff nach dem geteilten Sorgerecht das Kind hatten, hatte Ken vom Gefängnis aus angerufen, um zu fragen, wie es dem Baby ging, und Phil hatte den Hörer abgenommen und gesagt: »KEN, ICH WERDE DICH UMBRINGEN. ICH SCHWÖRE BEI ALLEM, WAS MIR HEILIG IST, ICH WERDE DICH UMBRINGEN.«

Aber nichts machte Ken wütender, als sich mit Jeff und Celeste auseinandersetzen zu müssen. »JEFF WHITE – ruhig, aber nicht besonders intelligent. Jeff kann sehr gut ›schummeln‹, aber er ist wahrscheinlich leicht durcheinanderzubringen. Zu Beginn ihrer Ehe haben sie vom Handel mit Coke gelebt... CELESTE WHITE – eine sehr dumme Frau. Sehr leicht zu verwirren. Und sehr verwirrend, wenn sie etwas erklären will. Kann leicht manipuliert werden und hört sich dann ganz durcheinander an... ich kann nicht genug betonen, wie durcheinander und wie leicht erregbar diese Frau ist. Sie ist außerdem sehr emotional und hat im wahrsten Sinne des Wortes nicht den geringsten gesunden Menschenverstand. Sie ist eine pathologische Lügnerin.«

Immerhin, stellte Venturi fest, war das kühle, beinahe unheimliche Selbstvertrauen verschwunden, das Ken bei ihrer ersten Begegnung an den Tag gelegt hatte. Am Vorabend seines Auftritts vor Gericht erhielt er eine letzte Mitteilung von seinem Mandanten:

Jack,
bevor der Prozeß losgeht, möchte ich, daß Sie etwas über mich wissen, mit dem wir zurechtkommen müssen. Ich habe meine kostbare Frau während der Flitterwochen nicht geschlagen. Nie und nirgendwo habe ich Kokain verkauft. Ich habe Teresa mehr als mein Leben geliebt. Sie war die Welt für mich, und jetzt ist meine Welt nicht mehr da. Denken Sie über mich, was Sie wollen, und Gott weiß, es gibt genügend Gründe, aber was ich oben gesagt habe, ist die Wahrheit. Einige Anklagepunkte treffen zu, ich bin nicht rein und un-

schuldig, und das wissen Sie. Aber glauben Sie mir, ich habe Teresa geliebt. Ich werde alles tun, um meine Kinder zu schützen, und ich habe nie Kokain verkauft.

Mir ist klar, daß dieser Fall sehr schwierig wird. Gott segne Sie für Ihre Fähigkeiten, Ihre Mühen und Ihre Sorge.

Er unterschrieb ganz formell: *Dr. Kenneth Z. Taylor.*

Die Auswahl der Geschworenen dauerte zwei Tage. Sechzehn Geschworene, zwölf Männer und vier Frauen, wurden zunächst in die Liste eingetragen. Die zwölf unter ihnen, die das Urteil abgeben sollten, würden durch Losentscheid ermittelt werden. Während des ganzen Winters hatte es diverse Berichte in den Medien gegeben, und die meisten hatten gegen Ken Stimmung gemacht. Venturi befragte mögliche Geschworene, wie genau sie den Fall verfolgt hatten. Er lehnte jeden ab, der den Eindruck erweckte, befangen zu sein. Er suchte nach Menschen, die mit Zahnärzten schlechte Erfahrungen gemacht hatten, und fand zwei heraus. Er versuchte, jüngere Geschworene zu finden, die mit der Drogenkultur vertraut waren.

Chaiet suchte solide Bürger aus der Mittelschicht mit einem starken Rechtsempfinden, und er wollte Männer, die sich selbst an Kens Stelle sehen konnten, als Teresa ihn angeblich angegriffen hatte. Schließlich bekamen Anklage und Verteidigung eine Mischung von Geschworenen, mit denen beide Seiten zufrieden waren. Chaiet hatte gegenüber Geschworenen eine pragmatische Einstellung: Wenn man sich auf sie verließ, war man wirklich verlassen. Aber er war immer noch überzeugt zu gewinnen, besonders, wenn er Acapulco ins Spiel bringen konnte.

Während seines Eröffnungsplädoyers am Donnerstag, den 30. Mai, war von Chaiets üblicherweise zur Schau getragenen Ruhe nichts mehr zu bemerken, er erhob seine Stimme dramatisch, voll Verachtung und Wut. »Wir sind hier versammelt, um ein Urteil über einen brutalen, sinnlosen Mord zu fällen. Ich zähle darauf, daß Sie diesen Angeklagten des Mordes für schuldig befinden, denn es war Mord, als er am 11. November 1984 Teresa Taylors Schädel einschlug.«

Kenneth und Teresa Taylor hatten sich kennengelernt, geheiratet und ein Baby bekommen. »Alles hätte so schön sein können, und es ist soviel Falsches daraus entstanden.«

Ken hatte seine Frau auf schändliche Weise niedergeschlagen. Er hatte ihren Schädel mit einer Hantel »in Stücke geschlagen«. Sie war schweren Kopfverletzungen und Frakturen, »neun an der Zahl«, erlegen. Er hatte das ganze blutbesudelte Haus sorgfältig gereinigt. Dann hatte er die Leiche seiner Frau in den Kofferraum gestopft und war mit ihr und dem Kind nach Indiana gefahren. Und eine Woche lang hatte er versucht, sein Verbrechen zu bemänteln. Er hatte die Familie seiner Frau angelogen. Er hatte seine Eltern angelogen. Er hatte fälschlicherweise behauptet, seine Frau sei drogensüchtig und habe ihn verlassen, weil sie »Abstand« brauchte. Die Geschworenen würden von 26 Telefonaten sexuellen Inhalts erfahren, die in jener Nacht geführt worden waren, als der Angeklagte angeblich geschlafen hatte.

Er hatte die Leiche seiner Frau in Pennsylvania in einen Graben geworfen – Teresas Hosenrock und Strumpfhose waren heruntergezogen gewesen, ihr Pullover blutdurchtränkt. Und was hatte er am Abend, bevor er seine Frau als vermißt gemeldet hatte, getan? Er war in eine Go-go-Bar gegangen, um sich Oben-ohne-Tänzerinnen anzusehen.

An dieser Stelle sprang Venturi auf und meldete Einspruch an. Richter Farren wies den Einspruch ab.

Und wo war Ken Taylor gewesen, als die Mitglieder von Teresas Familie die Leiche identifiziert hatten? Er war in Pittsburgh und besuchte seine Exfrau.

Die Geschworenen würden noch hören, daß Detective Fausak, als er auf Bitten von Teresas Familie ihr Verschwinden untersuchte, den Angeklagten zu Hause fand, »ruhig, sachlich und nicht übermäßig besorgt«.

Erst nach stundenlangen Verhören durch die Polizei und der Konfrontation mit immer mehr Beweisen gegen ihn war der Angeklagte schließlich zusammengebrochen und hatte seine Tat zugegeben. Aber selbst dann hatte er eine »schmutzige« Geschichte erfunden: seine Frau, durch ihre Kokainsucht um den Verstand gebracht, habe das Baby sexuell mißbraucht und ihn mit einer Hantel angegriffen, als er sie davon abhalten wollte. Eine toxikologische Untersuchung hatte allerdings ergeben, daß sich in Teresas Körper nur eine winzige Menge von Kokain befunden hatte. Und wie stand es um seine »Notwehr«? Er hatte selbst zugegeben, seiner Frau die Hantel abgenommen und sie dann damit totgeschlagen zu haben.

Er zitierte Ken: »Ich konnte es einfach nicht mehr aushalten. Sie stahl meine Rezepte und stahl mir mein Geld.« Die Staatsanwaltschaft würde beweisen, daß die Behauptung, Kenneth Taylor habe in Notwehr gehandelt, ebensowenig zutraf wie alles andere, was er behauptete. Während er sprach, war Chaiet dichter an den Tisch, an dem Ken saß, herangetreten. Jetzt zeigte er aus kürzester Entfernung mit dem Finger auf Ken. »Diese perverse Lügengeschichte«, rief er, »werden wir als solche entlarven. Eine perverse Lügengeschichte, erdacht von einem finsteren und durchtriebenen Geist.«

Als er sein Eröffnungsplädoyer vorbereitet hatte, hatte sich Venturi eine Notiz gemacht: »Ich habe nicht so ein Talent fürs Dramatische wie Mr. C.«

Trotzdem konnte er sich einen Seitenhieb nicht verkneifen. Die Geschworenen, sagte er, würden hin und wieder den Gerichtssaal verlassen, während »ausführliche Diskussionen« stattfänden. Das würde geschehen, »weil ich erwarte, daß Dr. Taylor von der Anklage nur verächtlich behandelt wird und daß die Staatsanwaltschaft alles Erdenkliche in die Beweisführung einbeziehen wird, Schmierentheater eingeschlossen, um Ihr Mitgefühl und Ihre Vorurteile zu wecken und Sie gegen Dr. Taylor aufzubringen.«

Chaiet brachte einen Einspruch vor.

»Stattgegeben«, sagte Richter Farren. »Mr. Venturi, bitte beschränken Sie Ihre Feststellungen auf die Darstellung der Position Ihres Klienten.«

»Genau das tue ich ja, Euer Ehren.«

»Ich habe Sie genau verstanden. Der Ankläger erhebt Einspruch dagegen. Ich gebe seinem Einspruch statt.«

Venturi glaubte, hier und da ein Lächeln und ein paar Sympathien gewonnen zu haben, als Farren ihn zurückwies. Dann kehrte er zu seinem Grundthema zurück: »Trauer, Schmerz, Verlust. Es gibt hier keine Gewinner.«

Dr. Taylor, erklärte er, hatte sich schreckliche Fehler zuschulden kommen lassen. Er hatte die Arbeit der Justizbehörden behindert, falsche Aussagen gemacht. Aber dafür stand er jetzt nicht vor Gericht. Man klagte ihn des Mordes an.

»Während des Plädoyers des Anklägers konnte ich sehen, daß einige von Ihnen sich unbehaglich fühlten, weil sie wußten, sie sind hier mit einem Mann zusammen, der einen anderen Menschen getötet hat. Ich kann das verstehen, und mir ginge es nicht anders, wenn ich auch nur für einen Augenblick annehmen würde, daß dieser Mann, Doktor Kenneth Taylor, ein Mörder wäre. Aber das wird man nicht beweisen können.«

Venturi ging langsam auf die Geschworenen zu. »Denn, meine Damen und Herren, hier geht es nicht um Mord. Hier geht es um eine Familientragödie.

Die Ehe der Taylors war nicht ohne Probleme, aber zwischen den beiden herrschte eine liebevolle Beziehung. Eines ihrer Probleme war Teresas Mißbrauch von Kodein und Kokain. Und von Alkohol ebenfalls.

In dieser Nacht, der Nacht, in der es geschah, stand Teresa unseligerweise unter dem Einfluß aller drei Drogen. Teresa konnte und wollte nicht schlafen. Doktor Taylor war aufgewacht, und er und Mrs. Taylor hatten eheliche Beziehungen gehabt, die man vielleicht als etwas außergewöhnlich bezeichnen könnte.

Als er früh am Morgen wieder aufwachte und die Treppe hinunterging, sah er, was schon der Ankläger in seinem Plädoyer angesprochen hat, etwas absolut Schockierendes und Unglaubliches. Und es war so schockierend und unglaublich, gerade weil Teresa Taylor eine so gute Mutter gewesen war. Er traute seinen Augen nicht. Er brüllte und schrie, und er jagte sie in seinen Übungsraum, ins Nähzimmer, ins Gästezimmer, aber er hat ihr keine Hantel abgenommen. Als er sie sah, war sie vollkommen durchgedreht. Aus irgendeinem Grund verhielt sie sich wie verrückt, irrational.

Es gab noch eine zweite Hantel. Teresa war keine schwache Frau, absolut nicht. Es ist hier nicht von schweren Hanteln die Rede. Wir sprechen hier von kleinen Hanteln. Sie traf ihn an der Schulter, und er ging zu Boden. Und auf dem Boden, verwendet als Türstopper, war die andere Hantel, und weil er Schlimmes befürchtete, nicht nur für sich, sondern auch für seinen kleinen Jungen, reagierte Kenneth Taylor instinktiv, hob diese andere Hantel auf und fing an, damit nach Teresa zu schlagen.

Er erinnert sich an mindestens zwei Schläge. Vielleicht hat es auch mehr gegeben. Aber an einem bestimmten Punkt hatte er einen Blackout. Als er wieder zu sich kam und sah, daß seine Frau tot war, geriet er in Panik.

Ja, Dr. Taylor hat eine Lügengeschichte erfunden und sie zu lange aufrechterhalten. Er wollte nicht, daß irgend jemand erfuhr, was er gesehen hatte. Er wollte diese perverse Geschichte nicht erzählen, auf die sich der Ankläger vorhin bezogen hat.

Jetzt geht es darum, ob der Staatsanwalt ohne jeglichen Zweifel beweisen kann, daß Dr. Kenneth Taylor sich des Mordes schuldig gemacht hat, oder ob Dr. Taylor nicht schuldig ist, weil er zur Zeit dieses Vorfalls sich selbst und sein Baby vor schweren Schäden bewahren wollte.«

Die Verhandlung wurde auf Montag vertagt.

Jack Venturi stellte fest, daß die Schlagzeilen günstig waren. Eine besagte, daß Ken »gezwungen war, seine Frau abzuwehren«. Eine weitere: »Zahnarzt behauptet: Meine Frau hat unser Kind mißbraucht.« Vielleicht sahen die Geschworenen das auch so.

Am Wochenende, als Jean und Zach Ken im Gefängnis besuchten, fragte Jean: »Wie konnte Jack zulassen, daß dieser Mann so schreckliche Dinge über dich sagt?«

»Ich weiß es nicht, Mom. Hast du gesehen, was für Schweinsäuglein er hat? Er ist ein Tier. Er wird alles tun, um mir zu schaden. Betet für mich.«

Kapitel Vierzehn

Am Morgen des 3. Juni stellte Venturi seine Unterlagen für einen Befangenheitsantrag zusammen. Er wollte, daß Farren von dem Fall zurücktrat, wegen seines voreingenommenen Kommentars gegenüber der Presse, daß die »Beweise stark für eine Verurteilung sprechen«.

Farren lehnte ab.

Jean und Zach brachten das Baby mit in den Gerichtssaal. Philip erregte sofort die Aufmerksamkeit der Fotografen und Fernsehteams. Chaiet erhob Einspruch: »Ein billiges Manöver, um Sympathien für den Angeklagten zu gewinnen.«

Venturi argumentierte, daß die Eltern seines Klienten extra aus Indiana gekommen waren, um an dem Prozeß teilzunehmen. An den Tagen, an denen sie das Sorgerecht hatten, blieb ihnen überhaupt nichts anderes übrig, als das Kind mitzunehmen. »Ich habe keine Einwände«, erklärte Richter Farren, warnte Zach allerdings, daß »ein Gerichtssaal so etwas ist wie eine Kirche, wenn der Pfarrer spricht. Bei der ersten Unterbrechung durch Geschrei bringen Sie das Baby raus.«

Die Atmosphäre zwischen Venturi und Chaiet wurde gereizter, als Venturi Dr. Sadoff als Zeugen präsentierte, ohne das Sodiumamytal auch nur zu erwähnen. Venturi hatte bereits einen Brief des Psychiaters vorgelegt, der besagte, daß das Barbiturat »nie verwendet werden sollte, um Schuld oder Unschuld von Personen festzustellen, sondern in erster Linie, um verlorene Erinnerungen wieder hervorzurufen«.

Sadoff schrieb, daß er in drei vorangegangenen Fällen »die Resultate des Sodiumamytal-Tests als allgemeine Ergebnisse meiner Untersuchungen der Person präsentiert« hatte, »ohne dabei das Sodiumamytal besonders zu erwähnen«. Nach seiner Ansicht hatte »Dr. Taylor gut auf das Sodiumamytal angesprochen, und ohne den Gebrauch des Medikaments wären bestimmte Erinnerungen nicht zugänglich gewesen«.

Chaiet wehrte sich. Er konnte Sadoff nicht richtig ins Kreuzverhör nehmen, ohne vorher das Videoband gesehen zu haben. Venturi hatte versprochen, eine Kopie zu liefern, aber bisher war dies nicht geschehen. Darüber hinaus kündigte Chaiet an, daß er vielleicht seinen eigenen Gutachter in den Zeugenstand rufen wollte, der das Band ebenfalls vorher sehen müsse.

Farren gab Venturi zwei Tage Zeit, sich zu entscheiden. »Entweder Sie übergeben dem Ankläger eine Kopie des Bandes, oder Dr. Sadoff wird nicht zugelassen.«

Chaiets erste Zeugen waren Polizisten und Leute von der Spurensicherung, die eine Beschreibung der Leiche abgaben, wie sie sie gefunden hatten, über das Blut auf der Hantel berichteten, die als Mordwaffe angesehen wurde, und über die beinahe zwanzig Meter lange Schleifspur, die der Luminol-Test im Haus der Taylors sichtbar gemacht hatte.

Chaiet fragte einen Staatspolizisten aus Pennsylvania namens Eugene R. Taylor nach dem Material, in das Teresas Leiche eingepackt gewesen war. »Ihr Kopf war noch einmal besonders eingepackt?«

»Ja, er war in ein kleineres Stück dieses Materials eingepackt, Sir.«

*(In seinen Notizen zum Prozeß schrieb Ken: Mein Gott. Habe mir wirklich Sorgen um sie gemacht, nachdem ich sie umgebracht hatte. Was zum Teufel ist das für eine Logik? WAHNSINN, das ist es, du Blödmann! Ach Scheiße! Immerhin wissen jetzt die Geschworenen, daß ich ihren Körper schützen wollte. Nachdem ich sie umgebracht hatte? O MANN, Jack, WARUM PLÄDIEREN WIR NICHT AUF ZEITWEILIGE UNZURECHNUNGSFÄHIGKEIT???)***

Bei der Leiche befand sich auch ein buntes Handtuch, erklärte der Polizist.

(Handtuch? Gütiger Gott! Ein Handtuch! Wieso habe ich noch ein Handtuch mit dazugepackt? Wahrscheinlich eins der Tücher, mit denen ich das Blut von den Wänden und dem Boden abgewischt habe. Was habe ich mit den anderen Handtüchern gemacht? Gute Frage, du Arschloch. Was ist das nur für eine Scheiße!)

»In Ordnung. Haben Sie am Fundort auch Blut gesehen?«

»Nein, Sir.«

»Haben Sie überhaupt darauf geachtet?«

»Ja, Sir.«

(SIR, SIR, WARUM KRIECHST DU IHM NICHT GLEICH VOLLSTÄNDIG IN DEN ARSCH, TAYLOR, TAYLOR? WAS FÜR EIN NAME FÜR DEN ERSTEN ZEUGEN DER ANKLAGE!)

Chaiets Hauptzeuge an diesem Tag war Dr. Richard Bindie, der Pathologe aus Pottsville, der die Autopsie durchgeführt hatte. Venturi erhob Einspruch dagegen, daß Fotos

* Diese und andere kursiv und in Klammern gedruckten Bemerkungen Ken Taylors auf den folgenden Seiten stammen direkt aus seinen Prozeßnotizen oder seinen Anmerkungen auf seinem Exemplar des Prozeßprotokolls.

vorgelegt wurden, die Teresas schrecklich zerschlagenes Gesicht und ihren Kopf zeigten. Er behauptete, sie seien nicht nur unnötigerweise in Farbe, sondern mit einer »rötlichen Tinte« koloriert, die sie nur noch widerwärtiger machten; und tatsächlich waren die Geschworenen nach dem Anblick der Fotos sichtbar erschüttert. Chaiet wies die Behauptung, die Fotos seien bearbeitet, als lächerlich zurück. Farren lehnte Venturis Einspruch ab. Venturi warf ihm Befangenheit vor. Zur Kenntnis genommen und abgelehnt, erwiderte Farren.

(NATÜRLICH, DU SELBSTGEFÄLLIGER, WIDERLICHER KERL. WARUM NICHT? WIESO LÄSST DU SIE NICHT GLEICH WIEDER AUSGRABEN?)

Mit der leidenschaftslosen Stimme eines Mannes, der schon fünfzehnhundert Autopsien durchgeführt hat, sagte Bindie: »Zunächst untersuchte ich den Rücken der Leiche. Anal- und Genitalbereich wurden zuerst untersucht. Ich bemerkte eine größere Menge einer Salbe, weißes klebriges Material, auf den Pobacken, um den Anus und die Vagina und auf der Binde. Dieses Material kam mir wie Vaseline vor.«

»Können Sie angeben, wieviel es etwa war?«

»Es war eine große Menge. Es klumpte – Klumpen davon klebten am Haar und an der Binde und auf der Haut und in den Körperöffnungen.

Die Leiche trug einen zerrissenen bräunlichen Hosenrock aus Cord. Er war nicht bis zur Taille hochgezogen, sondern der Rockbund befand sich etwa in der Mitte der Oberschenkel. Hinten am Rock war ein zerrissener Reißverschluß. Vorn auf dem Rock befanden sich vereinzelte Blutspritzer.«

(Ich hätte sie umziehen sollen, bevor ich sie bewegte. Verdammt noch mal, ich konnte sie nicht einmal ansehen. Zu spät, sich jetzt aufzuregen, du Idiot. Du hast es vermasselt.)

»Was verstehen Sie unter vereinzelt?«

»An einer oder zwei Stellen konzentriert.«

»Haben Sie im Verlauf der Autopsie diverse Verletzungen des Kopfbereiches festgestellt?«

»Ja.«

»Könnten Sie uns die Anzahl der Verletzungen nennen?«

»Ich fand neun Verletzungen.«

Chaiet führte ihn Schritt für Schritt weiter, Foto um Foto, Wunde um Wunde. »Wir haben hier eine Wunde von etwa sechs Zentimetern«, sagte Bindie. »Eine offene, klaffende Wunde, unter der der Schädelknochen freilag, und ich konnte – man konnte durch den Bruch im Schädelknochen das Hirn sehen. An der Oberfläche der Wunde befanden sich Stücke von Gehirnmasse.

Das hier ist ein Foto des Bereiches um das linke Auge, und es zeigt Verletzung eins, zwei und drei aus der Nähe.«

Chaiet fragte: »Haben Sie an der Leiche irgendwelche Spuren länger zurückliegender Verletzungen finden können?«

Bevor er antworten konnte, näherte sich Venturi der Richterbank. »Euer Ehren, alle hier, ich selbst eingeschlossen, könnten eine Pause brauchen. Mein Klient wird ein bißchen nervös.«

Dann erhob er Einspruch gegen die Erwähnung früherer Verletzungen. Sie seien nicht relevant »in bezug auf die Ereignisse, die zum Tod von Teresa Taylor führten«. Jeder wußte, woran er dabei dachte – an die drohende Erwähnung von Acapulco.

Chaiet verzog keine Miene. Um den Bericht zu vervollständigen, mußte er die körperliche Verfassung des Opfers beschreiben. »Die Geschworenen werden ihre Entscheidung nicht treffen, weil sie eine Narbe am Hals hatte«, sagte er.

»In Ordnung«, meinte Richter Farren. »Ich weise den Einspruch zurück. Ich lasse die Aussage des Arztes zu, soweit sie die Ergebnisse seiner Autopsie betrifft. Wenn er herausgefunden hat, daß sie ein gebrochenes Bein hatte, wird ihm gestattet, dies zu erwähnen... Ich mache allerdings die Geschworenen darauf aufmerksam, daß wir nicht wissen, wie diese früheren Verletzungen entstanden sind. Niemand sollte anfangen zu spekulieren.«

Venturi gab auf und erklärte, in diesem Fall wolle er seinen Einspruch zurückziehen. »Es ist mir lieber, wenn dieser Angelegenheit nicht noch zusätzliche Aufmerksamkeit gewidmet wird durch derartige Anweisungen an die Geschworenen.«

Beinahe alle älteren Verletzungen im Bereich des Kopfes, die Bindie gefunden hatte, waren auf den Angriff in Las Brisas zurückzuführen. Venturi hatte immer noch keine Ahnung, ob Farren Acapulco letztendlich zur Beweisaufnahme zulassen würde. Chaiet hatte nichts zu verlieren. Er wettete, daß Farren nachgeben würde.

Dann fragte er seinen Zeugen: »Bei ihrer Untersuchung des gesamten Körpers, haben Sie da noch mehr von der vaselineähnlichen Substanz gefunden?«

(DU MIT DEINER SCHEISSVASELINE, CHAIET! BIST SCHON VÖLLIG DAVON BESESSEN!)

»Es befand sich eine bemerkenswerte Menge der vaselineähnlichen Substanz in der Vagina sowie in der Leistenbeuge und im Schamhaar, und die Haare waren dadurch, wie ich schon sagte, verklebt. Alle klebten durch diese Substanz zusammen.«

»In Ordnung. Fiel Ihnen bei Ihrer allgemeinen Untersuchung der Leiche noch etwas anderes auf?«

(»Die Leiche«!! Gott sei mir gnädig. Damit werden sie mich einsargen.)

»Die Untersuchung der Körperoberfläche zeigte Anzeichen von Zersetzung, Stellen, an denen sich die Haut bei geringstem Druck ablöste und grünliche Verfärbungen im Bauchbereich, die üblichen Anzeichen von Zersetzung.«

(DAS WAR'S DANN. Gerade habe ich mir eine Strafe von 30 Jahren eingehandelt. Sich ablösende Haut, grüner Bauch –

macht die Lichter aus, die Party ist zu Ende. Die Geschworenen werden gleich kotzen. Ich bin fertig.)

Die Autopsie hatte einen Alkoholgehalt von 0,4 Promille in Teresas Leiche ergeben. In seinen Bemerkungen zu Anfang des Protestes hatte Venturi Alkohol als eine der Substanzen genannt, die Teresa in der Nacht ihres Todes zu sich genommen hatte.

»Bildet sich denn auch Alkohol bei einem solchen Zersetzungsprozeß?« fragte Chaiet.

»Ja.«

»Würden Sie uns bitte sagen, ob die von Ihnen vorgefundenen 0,4 Promille auf den Zersetzungsprozeß zurückgeführt werden könnten?«

»Ja, das könnte man sagen. Ich vertrete dazu eine ganz bestimmte Theorie.«

»Wie lautet die?«

»Daß ein Wert dieser Höhe sehr wahrscheinlich ein Produkt der Zersetzung ist.«

»Eher als ein Produkt von Akoholgenuß.«

»Es könnte auch auf die Einnahme von Alkohol zurückzuführen sein.«

»Tatsächlich? Aber Sie sind der Ansicht, daß der Wert nicht auf Alkoholgenuß zurückzuführen ist?«

»Ja. Ich habe in den Blutgefäßen und im gesamten Körper Gasbildung festgestellt, was darauf hinweist, daß eine Fermentierung stattfand, oder Zersetzung. Ich würde diesen Wert der Zersetzung zuschreiben.«

Venturi erhob Einspruch. Nichts war wissenschaftlich begründet worden. Eine Theorie war nicht mit wissenschaftlicher Sicherheit gleichzusetzen.

Richter Farren griff ein. »Können Sie bezeugen, daß mit einem angemessenen Grad medizinischer Wahrscheinlichkeit das in der Leiche gefundene Maß an Alkohol auf Zersetzung zurückzuführen ist und nicht auf Alkoholgenuß?«

»Ja, das kann ich.«

Farren wies Chaiet an fortzufahren.

Noch einmal kehrte Chaiet zu der Vaseline und dem zerrissenen Hosenrock zurück. Aber es war schwer zu beweisen, daß irgendeine sexuelle Perversion bei Teresas Tod eine Rolle gespielt hatte. Es war kein Sperma zu finden gewesen.

Wie Venturi war auch Chaiet überzeugt, daß in dieser Nacht etwas Explosives stattgefunden hatte. Seine Theorie war, daß Ken Teresa aus Wut über eine Zurückweisung umgebracht hatte. Er wußte, daß Kokain intensive Begierde wecken und dann ebenso schnell den Vollzug des Geschlechtsverkehrs verhindern konnte. Er glaubte, daß sämtliche Telefonsex-Gespräche von Ken geführt worden waren, »in einer Art von Wahn«, nachdem Teresa tot war. So machte die ganze Geschichte Sinn. Connecticut hatte ein Schlaglicht auf Kens absonderliche sexuelle Vorstellungen geworfen. »Ich habe das Gefühl, er hat sie erst umgebracht und dann angerufen«, hatte Chaiet zu McCormick gesagt.

Chaiet hatte selbstverständlich keine Möglichkeit, dies zu beweisen, und als der Arzt erwähnte, daß kein Sperma zu finden gewesen war, tat er, was er immer in Fällen unklarer Beweislage machte: Er warf das Thema als erster auf, brachte Venturi so weit, daß die Verteidigung versuchte, etwas daraus zu machen und demonstrierte schließlich den Geschworenen, daß die ganze Sache überhaupt keine Rolle spielte, soweit es die Schuld oder Unschuld des Angeklagten betraf. Vielleicht konnte er damit sogar erreichen, daß die Geschworenen anfingen, sich zu fragen, wieso es in einem derart deutlichen sexuellen Kontext kein Sperma gegeben hatte. Außerdem hielt er es nach seiner Einschätzung von Ken durchaus für wahrscheinlich, daß dieser behaupten würde, Teresa habe in der Nacht angerufen, um irgendwelche merkwürdigen Sexspielchen mit ihm zu spielen.

»Was die Spermatozoen angeht: Können Sie uns sagen, wie das Ergebnis des Tests aussah?«

»Ich habe Abstriche der Vagina, des Analbereiches und der Mundhöhle gemacht, und die Resultate waren alle negativ.«

»In Ordnung. Wenn Sie jetzt bitte einmal davon ausgehen wollen, Doktor, daß der Tod in diesem Fall am 11. November 1984 eintrat und die Leiche am 15. November gefunden wurde und Sie die Autopsie am 16. durchgeführt haben: Wenn es vor dem Tod, kurz vor dem Tod sexuelle Aktivitäten gegeben hätte, würden Sie bei der gegebenen Zeit zwischen Tod und Autopsie annehmen, Spermatozoen zu finden?«

»Ja.«

»Können Sie uns sagen, wieso das der Fall ist?«

»Spermatozoen sind männliche Samenzellen, die das Ei befruchten können, und wenn eine Person – wenn eine Ejakulation stattfindet und Samen in die Vagina kommt, also, was wir dann finden, wenn diese Person – in einer toten Person können Spermatozoen noch einige Tage nach dem Tod festgestellt werden, weil der Körper sich dieser Spermatozoen nicht mehr entledigt, sie nicht mehr ausspült, und deshalb kann man Spermatozoen noch viele Tage nach dem Tod finden.«

»Und innerhalb welchen Zeitraums vor dem Tod müßte der Geschlechtsverkehr stattgefunden haben, damit man noch Spermatozoen feststellen kann?«

»Etwa innerhalb eines Tages – immer vorausgesetzt, daß die Person sich hinterher nicht geduscht oder gebadet hat oder daß – es hängt auch noch von dem Maß der Aktivität der Person ab.«

»Sie haben keine Spermatozoen gefunden?«

»Nein.«

»Würde die vaselinartige Substanz irgendeinen Effekt auf die Möglichkeit haben, Spermatozoen nachzuweisen?«

»Nein«, erklärte Dr. Bindie.

»Nun, Doktor, haben Sie als Resultat Ihrer Autopsie der

Leiche, als Resultat der Fallgeschichte und begründet auf Ihre Erfahrung und Ihre Erkenntnisse eine Ansicht darüber entwickelt, innerhalb der Grenzen medizinischer Wissenschaft – wodurch der Tod von Teresa Taylor verursacht wurde?«

»Nach meiner Ansicht starb Teresa Taylor an schweren Schädelverletzungen, hervorgerufen durch Schläge mit einem stumpfen Gegenstand.«

»Könnten Sie noch einmal kurz die Ergebnisse der Autopsie zusammenfassen?«

»Einspruch«, rief Venturi.

»Einspruch stattgegeben«, erklärte Richter Farren.

Im Kreuzverhör konnte Venturi nur erreichen, daß Bindie zugab, die neun Schädelbrüche könnten auch von »sechs oder sieben« Schlägen herrühren. Also versuchte er eine andere Taktik.

»Wenn es da zum Beispiel einen Türrahmen gab, oder die Kante eines Türrahmens, und der Kopf wurde gewaltsam gegen diese Kante geschleudert, könnte das eine oder mehrere dieser Verletzungen verursacht haben?«

»Ich halte es für sehr unwahrscheinlich, daß Verletzungen von diesen Ausmaßen durch so etwas entstehen könnten.«

»Unwahrscheinlich, aber nicht unmöglich, je nachdem, mit welcher Wucht der Kopf zurückgerissen wurde?«

»Ja, alles ist möglich.«

Während des Sodiumamytal-Tests, als er seine letzte Version der Ereignisse zum besten gegeben hatte, hatte Ken von oralem und analem Sex mit Teresa gesprochen. Wenn er jemals den Zeugenstand betrat, würde er das mit Sicherheit wiederholen. Was die Spermien anging, konzentrierte sich Venturi deshalb auf ein Enzym mit dem Namen saure Phosphatase, eine Substanz im Samen. War es nicht in Teresas Körper gefunden worden?

»Ja, aber nur sehr geringe Mengen.«

»Aber es war vorhanden?«

»Ja.«

»Und Sie haben auch darauf hingewiesen, daß sich die Aktivitäten dieses Enzyms während der Zersetzung verringern – trifft das zu?«

»Ja.«

»Und bei dieser Untersuchung haben Sie ein hohes Maß an Zersetzung festgestellt, nicht wahr?«

»Ja.«

»So daß man annehmen könnte, wäre die Autopsie zu einem früheren Zeitpunkt durchgeführt worden, hätten Sie eine größere Menge saure Phosphatase feststellen können?«

»Ja.«

Dann konzentrierte sich Venturi auf die Alkoholspuren in Teresas Leiche.

»Sie haben die Ansicht vertreten, daß der vorgefundene Alkohol in der Leiche nicht im Widerspruch zu Alkoholgenuß steht – trifft das zu?«

»Es läßt sich nicht mit Bestimmtheit daraus schließen – ich glaube, das ist es, was ich gesagt habe.«

»Wenn Doktor Taylor also der Polizei erzählt hat, daß seine Frau an diesem Abend getrunken hatte, würde das im Widerspruch zu Ihren Untersuchungsergebnissen stehen?«

»Nein, das würde es nicht.«

Venturi bemerkte, wie die Geschworenen das aufnahmen. Es war entscheidend, daß sie Teresa als willige Mittäterin der Ereignisse des 11. November sahen.

Aber dann griff Chaiet in seinen nachfolgenden Fragen das Thema Alkohol wieder auf.

»Ich bin ein wenig verwirrt. Als wir über den Alkoholwert von 0,4 Promille gesprochen haben, waren Sie der Ansicht, daß – soweit in diesem Bericht von Sicherheit die Rede sein kann – der Wert auf Zersetzung zurückzuführen sei. Habe ich recht oder irre ich mich?«

»Ja, diese Ansicht habe ich vorgetragen.«

»Und der Verteidiger fragte Sie dann, ob man den Wert auch mit Alkoholgenuß in Verbindung bringen könne, und Ihre Antwort war ja. Das verstehe ich nicht.«

»Ich meinte damit, daß ein Alkoholwert dieser Höhe entweder von Alkoholgenuß in der Höhe von einem oder zwei Gläsern oder mit der Zersetzung in Zusammenhang stehen könnte. Unter Berücksichtigung aller mir bekannten Umstände nehme ich an, daß er in diesem Fall auf Zersetzung zurückzuführen ist.«

»Also sagen Sie uns, daß in diesem Fall, bei der Autopsie von Teresa Taylor, der Wert von 0,4 Promille von der Zersetzung herrührt?«

»Ja.«

»Jetzt zu dem geringen Maß an saurer Phosphatase im Körper. Wäre ein höheres Maß davon durch die Zersetzung zerfallen?«

»Ja. Wir haben auch noch die Vaseline oder was immer diese Substanz sonst ist, und die könnte einen Teil der Enzymaktivität behindern. Es gibt da viele Faktoren. Das Niveau an Enzymaktivität liegt absolut im normalen Bereich. Es muß überhaupt nichts zu bedeuten haben.«

»Mit anderen Worten, Sie sagen uns, daß man aus der sauren Phosphatase im Körper Teresa Taylors nicht ablesen kann, ob diese Person kurz vor ihrem Tod Sex hatte oder nicht?«

»Nein, man kann es nicht ablesen.«

»In Ordnung. Also können wir von der sauren Phosphatase vollständig absehen?«

»Ja.«

»Und Spermatozoen haben Sie nicht gefunden?«

»Nein.«

Venturi hoffte, die Geschworenen genügend verwirrt zu haben. Er war sich seiner Sache ziemlich sicher, als Chaiet sich plötzlich verärgert an den Richter wandte und sich darüber beschwerte, daß Venturis Klient während Bindies Aussage »ständig ablehnend den Kopf geschüttelt oder zustimmend genickt« habe. »Ich bitte das Gericht, ihn aufzufordern, nicht mehr in dieser Form auf Zeugenaussagen zu reagieren.«

Venturi erklärte: »Ich glaube nicht, daß das einem Menschen möglich ist. Immerhin geht es hier um sein Leben.«

»Wenn ich unterbrechen darf«, sagte Richter Farren, »es geht für Ihren Klienten nicht um die Todesstrafe.«

»Nun, es geht darum, ob er den Rest seines Lebens im Gefängnis verbringen wird... er kann hier nicht so sitzen – es ist unmöglich, daß er hier wie ein Roboter sitzt.«

»Um ehrlich zu sein«, sagte Farren zu Chaiet, »ich glaube nicht, daß er das tut, um die Geschworenen zu beeinflussen. Ich glaube, es ist eine spontane Reaktion auf die Zeugenaussage. Ich werde Mr. Venturi bitten, dem Angeklagten klarzumachen, daß er nicht versuchen soll, die Geschworenen zu beeinflussen, indem er nickt oder den Kopf schüttelt, und damit sollte es gut sein.«

»Selbstverständlich, kein Problem«, meinte Venturi.

Die Schlagzeile in der Lokalzeitung war: »Opfer starb an Kopfverletzungen.«

Nicht gerade etwas Neues, dachte Venturi. Es hätte schlimmer sein können.

Am zweiten Prozeßtag holte Chaiet Linda Jankowski, eine Gerichtschemikerin der Staatspolizei, in den Zeugenstand, um über die Blutspuren im Haus und im Kofferraum des Wagens zu berichten. Es hatte sich auch »menschliches Blut« auf der Hantel ohne Gewichte gefunden, nichts dagegen auf der anderen. Und wieder fragte Chaiet, bevor es Venturi tun konnte, nach dem Zustand der Blutproben, die man aus Teresas Leiche entnommen hatte.

»Das Blut befand sich in einem Stadium der Verwesung.«

»Welchen Effekt hatte das auf die einzelnen Tests?«

»Es könnte eine große Auswirkung auf viele der Enzyme haben. Die Möglichkeit, daß es bei den Enzymtests keine Reaktionen oder keine schlüssigen Ergebnisse gibt, ist ziemlich groß.«

(Es versaut ganz einfach die Resultate, Linda. Wir geben zu, daß das Blut auf dem Ohrring, auf der Teppichbodenunterlage usw. von Teresa stammt. Aber dieses ziemlich verweste Blut hat bestimmt keine guten Resultate bei der Prüfung auf Drogen geliefert.)

In seinem Kreuzverhör wandte sich Venturi der vermutlichen Tatwaffe zu.

»Also, das Blut auf der Hantel ist menschliches Blut, aber man hat keine weiteren Tests durchgeführt. Stimmt das?«

»Ja.«

»Dieses Blut wurde also nicht mit Blutproben von Teresa Taylor oder Doktor Taylor verglichen?«

»Genau.«

Chaiet hob bei seinen Fragen die Möglichkeit hervor, daß die Hantel, ebenso wie der Rest des Hauses, gereinigt worden war, so daß die Experten nur eine »Spur« von Blut feststellen konnten.

»Und das einzige, was Sie über dieses Blut sagen konnten, war, daß es sich –

»– um menschliches Blut handelt.«

»Und für andere Untersuchungen war nicht genug vorhanden?«

»Genau.«

Angela Rozek berichtete über ihren und den Besuch ihres Mannes am Abend des 10. November im Haus der Taylors.

»Haben Sie an diesem Abend die ganze Zeit mit Teresa und dem Angeklagten verbracht?« fragte Chaiet.

»Also, Teresa und ich waren im Eßzimmer, und Ken und mein Mann saßen im Wohnzimmer, aber beides ist eigentlich ein einziger großer Raum. Wir alle hatten einander jederzeit im Blickfeld.«

»Gab es an diesem Abend irgendeinen Streit?«

»Nein.«

»Haben Sie etwas getrunken?«

»Nur Kaffee.«

»Konnten Sie beobachten, ob Teresa Taylor Alkohol trank?«

»Sie trank ebenfalls nur Kaffee.«

»Was war mit Ihrem Mann? Trank er etwas?«

»Er hatte einen Longdrink.«

»Und bemerkten Sie, ob der Angeklagte Alkohol trank?«

»Ja, das tat er.«

»Bemerkten Sie, daß jemand Drogen konsumierte?«

»Nein.«

»Sie haben nicht gesehen, daß Teresa Taylor irgendwelche Rauschmittel nahm?«

»Das habe ich nicht.«

»In Ordnung. Können Sie uns sagen, wie sich Teresa Taylor in der Zeit zwischen 7.30 Uhr und 10.30 Uhr verhielt?«

»So wie immer.«

»Und wie sah das aus?«

»Wie sich jeder andere auch benehmen würde. Sie saß einfach da und trank Kaffee und wir redeten. Nichts Außergewöhnliches.«

»War das Baby wach, als Sie dort waren?«

»Ja.«

»Haben Sie gesehen, wie sie sich um das Baby kümmerte?«

»Ja, das habe ich.«

»Und können Sie mir beschreiben, wie sie mit dem Baby umgegangen ist?«

»Sehr gut.«

(Gott gebe ihrer Seele Frieden. Teresa, es tut mir so leid. Es war alles so unnötig.)

Die Geschworenen konnten selbst sehen, wie groß und kräftig Ken war. Chaiet wollte, daß sie hörten, wie Teresa im Vergleich zu ihm aussah, wie absurd die Behauptung war, er habe in dieser Nacht um sein Leben fürchten müssen.

»Wissen Sie, wie groß Teresa war?«

»So ungefähr eins sechzig.«

»Und ihr Gewicht?«

»Das ist schwer zu sagen. Teresa sah schlanker aus, als sie war. Ich würde sagen, sie wog zwischen 68 und 70 Kilo... Teresa hatte Probleme mit ihrem Gewicht. Sie zog sich geschickt an, um es zu verbergen, wissen Sie, sie täuschte damit über ihre breiten Hüften hinweg.«

(Genau deshalb ist sie nie in unserem Pool geschwommen. Nicht EINMAL, NICHT EINMAL hat sie den Pool benutzt. Was für eine Verschwendung. Was für eine gottverdammte Verschwendung.)

»Gut. Und wie war ihr Oberkörper, Sie wissen, die Arme –«

»Da war sie eher schmal gebaut. Kein großer Busen, keine breite Brust, wissen Sie.«

»Und können Sie uns anhand Ihrer Beobachtungen etwas über ihre Körperkraft sagen?«

»Teresa war nicht – ich glaube nicht, daß sie besonders stark war. Vielleicht so stark wie ich, das ist nicht gerade viel.«

Nach einem zögernden, zurückhaltenden Anfang entpuppte sich Angela als überraschend gute Zeugin. Bisher hatte Venturi nicht viel einwenden können. Dann fragte Chaiet, ob sie auch über Teresas Abendessen gesprochen hatten. Venturi erhob sofort Einspruch. Das gefährdete seine Darstellung von Teresa als Drogensüchtige. Kokain machte einen nicht hungrig, eher im Gegenteil: wer high von Kokain war, hatte kein Interesse am Essen.

»Was liegt Ihrem Einspruch zugrunde?« fragte Richter Farren.

»Der Ankläger versucht, banale Aussagen zu sammeln.«

Die Geschworenen wurden aus dem Gerichtssaal entlassen.

Chaiet erklärte, daß er Angela nicht nur über Teresas Essen befragen wollte, sondern auch über Teresas Gespräch mit Angela, in dem sie ihr mitgeteilt hatte, Ken schnupfte Kokain und sie mache hin und wieder mit. Noch einmal erhob Venturi Einspruch. Angela dürfe alles, was sie wolle, über Teresas Kokainkonsum sagen, aber nichts über Ken.

Chaiet argumentierte, daß bei der Autopsie bereits Reste von Essen in Teresas Magen festgestellt wurden. »Meine zweite Begründung ist, daß der Verteidiger in seinem Eröffnungsplädoyer vor den Geschworenen gesagt hat, daß Teresa wegen Drogen, Alkohol, Kodein, Kokain völlig den Verstand verloren hatte... und wie sich dieses Problem plötzlich in dieser besonderen Nacht zeigte. Ich glaube, der Drogenkonsum des Angeklagten hat mit dem Fall zu tun, ebenso wie Teresa Taylors Drogenkonsum, deshalb denke ich, Berichte darüber sollten zugelassen werden.«

Farren stimmte Chaiet zu. Die Tatsache, daß Teresa etwas gegessen hatte, war im Rahmen der Autopsieergebnisse bereits in die Beweisaufnahme eingegangen. Was den Drogengenuß anging, sei er »Teil des Musters in diesem bestimmten Verbrechen, oder angeblichen Verbrechen, wenn man den Eröffnungsplädoyers folgt«.

Als Angela in den Zeugenstand zurückkehrte, sagte Chaiet: »Ich glaube, ich habe Sie danach gefragt, ob Teresa Taylor Ihnen etwas über ihr Abendessen erzählte.«

»Ja.«

»Und was hat sie Ihnen erzählt?«

»Daß sie Schweinefleisch gegessen hat.«

»Sagte sie, um welche Zeit?«

»Nein.«

»Gut. Sie deuteten an, daß Sie in dieser Nacht im Haus der Taylors keinen Drogenkonsum bemerkten. Trifft das zu?«

»Das stimmt.«

»...Haben Sie jemals mit Teresa Taylor über Kokain gesprochen?«

»Ja.«

»Gut. Was hat sie Ihnen darüber erzählt?«

»Daß sie Kokain nahmen.«

»›Sie‹ bedeutet in diesem Fall...?«

»Sie und Ken.«

»Und sagte sie, wie oft?«

»Gelegentlich, sagte sie.«

»Gelegentlich?«

»Ja.«

»Aber an diesem Abend sahen Sie nichts davon?«

»Genau.«

»Gab es irgendeinen Hinweis darauf, daß irgend jemand an diesem Abend unter dem Einfluß von Drogen stand?«

»Absolut nicht.«

»Während Ihrer Gespräche mit Teresa an diesem Abend, kam da auch das Thema Sex auf?«

»Ja.«

Venturi erhob Einspruch.

Die Geschworenen verließen den Gerichtssaal, und Chaiet erklärte, er wolle Kens Bemerkung über die »Prügel« einführen.

Venturi argumentierte, das könne bei den Geschworenen zu Voreingenommenheit führen.

Farren entschied: »Es ist keine belanglose Aussage. Die Bemerkung wurde an jenem Abend gemacht, an dem sie angeblich von ihrem Mann umgebracht wurde. Die Position des Angeklagten ist, daß er die Tötung zwar zugibt, aber behauptet, er habe in Notwehr gehandelt. Ich halte diese Bemerkung für relevant. Ich glaube nicht, daß sie die Geschworenen derart gegen ihn einnehmen wird, das man die Aussage darüber ausschließen sollte.«

Chaiet fuhr fort. »Ich bin nicht an Einzelheiten interessiert, aber so ganz allgemein: Worüber haben Sie gesprochen? Was war das Thema dieses Gespräches über Sex?«

»Wir sprachen darüber, daß es schwierig ist, während der Schwangerschaft Sex zu haben.«

»Sagte der Angeklagte irgend etwas dazu oder machte eine Bemerkung?«

»Ja, das tat er... Er drehte sich herum und meinte, Teresa würde ihn nicht zurückweisen nach den Prügeln, die er ihr in der vergangenen Nacht verpaßt hatte.«

»Wie antwortete sie darauf?«

»Überhaupt nicht. Sie sah ihn nur an.«

»Was sagten Sie?«

»Nichts.«

Dann zeigte Chaiet Angela ein Foto von Teresas Nähzimmer, in dem sich auch Kens Trainingsgeräte befanden.

Sie bezeugte, daß es im großen und ganzen so ausgesehen hatte, als sie an jenem Abend dort hineingegangen war, um sich die Umstandskleider anzusehen.

»Wie Sie sehen«, Chaiet deutete auf das Foto, »ist hier ein Gewicht und hier eine kleine Hantel. Erinnern Sie sich daran, wo genau sich diese Gewichte am Samstagabend befanden?«

»Dieses Gewicht lag etwa dort. Ich bin beinahe darüber gestolpert, als ich mir das Kleid ansehen wollte, das auf der Bank lag.«

»Sie sagen, dieses Gewicht, die Hantel, an –«

»Genau.«

»– an der einige Gewichte befestigt sind?«

»Ja, genau.«

Das war die Hantel, die Teresa angeblich benutzt hatte, und Chaiet sagte: »Sie wissen nicht mehr, ob sie ganz genau dort lag?«

»Das weiß ich nicht, aber sie lag auf dem Boden.«

»In diesem Bereich des Zimmers?«

»In diesem Bereich, ich bin ja darüber gestolpert.«

»Erinnern Sie sich, ob die Tür zu diesem speziellen Zimmer einen Türstopper hatte, oder ob eine Hantel als Türstopper diente?«

»Nein, daran erinnere ich mich nicht.«

»Sie können sich nicht erinnern?«

»Nein.«

Noch einmal, bevor er seine Befragung abschloß, wollte Chaiet ein Bild von Teresa heraufbeschwören, das in starkem Gegensatz zu ihrer angeblichen Drogensucht stand.

»Sagte Teresa an diesem Abend irgend etwas darüber, wie sie sich fühlte?«

»Sie war müde.«

»Sie sagte, daß sie müde sei?«

»Ja.«

»Sagte sie Ihnen auch, warum?«

»Am Abend zuvor hatten sie Besuch gehabt, und es war spät geworden.«

Venturi konnte Angela auch mit beißenden, anklagenden Bemerkungen nicht erschüttern.

»Sie sind Teresas Cousine, nicht wahr?«

»Ja.«

Sie hatte bezeugt, daß sie und ihr Mann und Teresa und Ken einander an diesem Abend jederzeit im Blickfeld hatten. Waren das ihre Worte gewesen oder eine Formulierung, die die Polizei vorgeschlagen hatte?

»Man kann einander sehen«, sagte sie. »Das Rückenteil des zweisitzigen Sofas steht eigentlich schon im Eßzimmer. Es trennt die beiden Bereiche voneinander ab.«

»Ich verstehe, daß Sie einander sehen konnten. Aber stammt die Formulierung ›im Blickfeld‹ von Ihnen?«

»Sie stammte von mir.«

»Hat Teresa das Baby denn an diesem Abend nicht gebadet? Sie hat doch keine Schwierigkeiten gehabt, ihn in die Wanne und wieder herauszuheben, nicht wahr?«

»Das stimmt.«

»Teresa mußte auch die Nähmaschine auf den Tisch heben, wenn sie damit arbeiten wollte, oder?«

»Ich weiß es nicht. Ich kann nicht nähen.«

»Diese Bemerkung über die ›Prügel‹, die Ken angeblich gemacht hatte, war die ernstgemeint oder ein Witz?«

»Es hörte sich wie ein Witz an.« So, wie Angela es sagte, klang es jedoch nicht, als fände sie es noch besonders witzig. Venturi versuchte es noch einmal.

»Sie hielten es für einen Witz. Stimmt das?«

»Genau. Das stimmt«, sagte sie beinahe spöttisch.

»Und Mrs. Taylor hat Ihnen an diesem Abend nicht erzählt, daß ihr Mann sie geschlagen hatte. *Stimmt* das?«

»Das stimmt.«

»Hat Teresa gesagt, wieso sie müde war?«

»Sie sagte, daß sie am Abend zuvor lange aufgeblieben war, mit ihrem Bruder und dessen Freundin.«

»Erwähnte sie auch, daß sie mit ihnen an diesem Abend Kokain geschnupft hat?«

»Nein, das tat sie nicht.«

»Sagte sie, sie habe einen Kater?«

»Sie sagte einfach nur, sie sei müde.«

»Sagte sie, sie wären bis gegen vier Uhr nachts wachgeblieben?«

»Ja.«

»Und als Sie im Nähzimmer waren, sahen Sie ein paar Gewichte auf dem Boden – ist das korrekt?«

»Ja.«

»Erinnern Sie sich, ob es so wie in dem Bild war, eine Hantel mit und eine ohne Gewichte, oder hatten beide keine Gewichte, oder haben Sie nur die einzelnen Gewichte gesehen?«

»Ich sah nur die Gewichte, die auf der Bank lagen, und die Hantel unten vor der Bank auf dem Boden.«

»Waren an dieser Hantel Gewichte angebracht?«

»Es waren – es waren zwei kleine Gewichte dran, ja.«

»Hoben Sie sie auf und bewegten sie?«

»Nein.«

»Sie sagen, Sie seien beinahe darüber gefallen?«

»Ich bin darüber gestolpert, aber ich habe sie nicht aufgehoben. Ich war schwanger. Ich habe überhaupt nichts gehoben.«

»Hob Teresa die Hantel auf und nahm sie aus ihrem Weg?«

»Nein.«

Dann wandte sich Venturi kurz der Geschworenenbank zu, drehte sich wieder zu Angela um und fragte: »Haben Sie jemals Kokain genommen?«

»Nein.«

»Keine Fragen mehr«, sagte er, die Hände in einer resignierten Geste erhoben, als wäre Angelas letztes Wort die letzte in einer ganzen Reihe von Lügen gewesen.

(Rieders wird gefährlich sein, wahrscheinlich schlimmstes Unheil anrichten. Noch ein Wissenschaftler, aber dieser hier ist Toxikologe.)

Das folgende Thema würde für die zentrale Frage der Notwehr entscheidend sein – Teresas angeblicher Drogenwahn.

Dr. Frederick Rieders war in den späten Fünfzigern, mit Fliege, wirr in die Stirn fallendem Haar und schlurfendem Schritt. Er hatte das ein wenig zerstreute Auftreten eines Mannes, der sich in einem Laboratorium mit Reagenzgläsern, Objektträgern und Mikroskopen zu Hause fühlte. In den vergangenen fünfzehn Jahren hatte er als Gutachter für Gerichtschemie häufig vor Gericht ausgesagt, in den letzten fünf Jahren auch als Toxikologe.

Er war Cheftoxikologe für den offiziellen Leichenbeschauer in Philadelphia gewesen, bevor er Laborchef beim National Medical Service wurde, einem Privatunternehmen, das seine Dienste amtlichen Leichenbeschauern im ganzen Land zur Verfügung stellte und einen weiteren Schwerpunkt auf dem Gebiet der Diagnose von Krankheiten mit ungeklärtem Ursprung hatte.

»Toxikologie«, erklärte er, »ist die Lehre von den Schäden, die Chemikalien Tieren oder Menschen oder Systemen zufügen können. In einem toxikologischen Labor wird zunächst entschieden, welche Analysen notwendig sind, dann werden diese Analysen dort durchgeführt und ihre Ergebnisse interpretiert.«

Gleich zu Anfang wies Chaiet noch einmal darauf hin, daß es in Teresas Leiche fast kein Blut mehr gegeben hatte, das man einem Test hätte unterziehen können.

»Ja«, antwortete Rieders, »wir haben die Tests auf Kokain anhand von Körperflüssigkeit durchgeführt, die ihrem Brustkorb entnommen wurde, und anhand von Flüssigkeit aus dem Glaskörper des Auges. Aber das macht keinen Unterschied. Es gibt zwar ein gewisses Problem, weil es einige Zeit dauert, bis Chemikalien aus dem Blut auch in anderen Körperteilen nachzuweisen sind, aber die Flüssigkeit aus dem Glaskörper zersetzt sich viel langsamer als andere Körperflüssigkeiten – mit der Ausnahme von Urin, der in diesem Fall ebenfalls nicht zur Verfügung stand.«

Hatte man Spuren von Kodein feststellen können?

Das war möglich gewesen.

»Könnten Sie uns in Zusammenhang damit sagen, was für eine Art von Droge Kodein ist?«

»Kodein ist ein Schmerzmittel. Es hat auch die Fähigkeit, dämpfend auf das zentrale Nervensystem zu wirken und kann dadurch auch Schläfrigkeit verursachen. Deshalb wird es zu den narkotischen Analgetika gerechnet, nicht narkotisch in einem juristischen Sinn, sondern narkotisch als schlafförderndes Schmerzmittel.«

»Wie viele Rückstände dieses Mittels haben Sie gefunden?«

»Nun, man kann sagen, es handelte sich um die Konzentration, die man in einem Flüssigkeitskreislauf erwartet... bei einem Individuum, das eine Dosis davon genommen hat – eine normale schmerzlindernde Dosis, die auch gewisse beruhigende Wirkungen hat.«

»Meinen Sie damit, daß es sich um eine Dosis handelt, die z. B. auch mir von einem Arzt in dieser Höhe verschrieben würde, wenn ich Schmerzen hätte?«

»Ja.«

»...Nun, Doktor, könnte nach Ihrer Ansicht eine solche Dosis dazu führen, daß sich die Person, die sie eingenommen hat, danach in einer Art Drogenwahn befindet?«

»Nein. Kodein wirkt nicht stimulierend. Es wirkt dämpfend, und nach pharmakologischen und physiopathologischen Gesichtspunkten ist nicht zu erwarten, daß es eine derartige Wirkung hervorruft. Im Gegenteil, wahrscheinlich würde es beruhigend wirken und schläfrig machen.«

Chaiet kam auf den Alkohol in Teresas Leiche zurück. Was war seine Meinung zu dem Wert von 0,4 Promille?

»Nach meiner Ansicht ist dieser Alkoholwert in der Flüssigkeit aus dem Brustkorb – in der Glaskörperflüssigkeit war kein Alkohol nachzuweisen – auf die nach dem Tod einsetzende Zersetzung zurückzuführen. Eine geringe Konzentration von Alkohol wie diese wird gewöhnlich in Leichen festgestellt, die sich in diesem Stadium der Verwesung befinden, aufgrund der Fermentierung der Moleküle des Zukkers.«

Chaiet schwieg für kurze Zeit. Er blätterte in seinen Papieren herum. Dann sah er die Geschworenen an und wandte sich wieder Rieders zu.

»Haben Sie auch nach Kokainrückständen gesucht?«

»Ja.«

»Und haben Sie Kokain gefunden?«

»Nein.«

»Was fanden Sie bei dieser Untersuchung ansonsten heraus?«

»Ich fand kein Kokain. Allerdings war ich auf Kokainspuren besonders aufmerksam gemacht worden, und da ich weiß, daß sich Kokain üblicherweise im Körper in eine andere Substanz zersetzt, führten wir eine weitere, unabhängige Untersuchung nach dieser Substanz durch, die Benzoylecgonin heißt, ein Zerfallsprodukt von Kokain, und wir fanden dieses Zerfallsprodukt in den Proben – 0,4 Anteile auf eine Million.«

»Erzählen Sie uns von diesem, äh, Benzoylecgonin. Ich kann es nicht einmal richtig aussprechen.«

»Benzoylecgonin selbst hat keine pharmakologische Wirkung. Es wirkt weder stimulierend noch dämpfend. In diesem besonderen Fall ergab die Analyse kein Kokain zu dem Zeitpunkt, an dem die Person verstorben ist, aber es waren zum Zeitpunkt, als die Autopsie durchgeführt und die Proben entnommen wurden, Zerfallsprodukte von Kokain nachzuweisen – das zeigt, daß die Person zu einem früheren Zeitpunkt, vielleicht schon viele Stunden vor ihrem Tod, Kokain genommen hat. Deshalb ließ sich das Benzoylecgonin nachweisen. Das sind die Ergebnisse der von mir durchgeführten Analysen.«

»Gut. Sie sagen also – meinen Sie damit, daß zu dem Zeitpunkt, als sie umgebracht wurde, das Kokain bereits zu dieser Substanz zerfallen war?«

Venturi erhob Einspruch, weil er versuchen wollte, die gespannte Aufmerksamkeit der Geschworenen von Rieders Aussage über die Wirkung dieser berühmten Droge zu unterbrechen. Er warf Chaiet vor, eine Suggestivfrage gestellt zu haben.

»Ich lasse diese Frage zu«, sagte Farren, der ebenso fasziniert zu sein schien wie alle anderen Zuhörer. »Machen Sie weiter. Einspruch abgelehnt.«

»Nein«, antwortete Rieders. »Das kann ich nicht sagen. Alles, was ich mit Sicherheit angeben kann, ist, daß ich nicht weiß, ob zum Zeitpunkt ihres Todes Kokain aktiv in ihrem Stoffwechsel wirkte oder nicht. Zum Zeitpunkt, als die Analyse durchgeführt wurde, war in den Proben nur noch das Zerfallsprodukt festzustellen. Ob dieser Zerfall vor oder nach dem Tod eingetreten ist, kann ich nicht sagen. Ich habe nur Belege für das Vorkommen von Benzoylecgonin, das eine nicht aktive Substanz ist.«

»In anderen Worten, man wird von dieser inaktiven Substanz nicht high?«

»Nein, davon wird man nicht high. Es hat überhaupt keinen Effekt.«

»Der Effekt von Kokain dauert wie lange?«

»Im allgemeinen hat die übliche, zur Entspannung genommene Dosis von hundert Milligramm etwa für die Dauer einer Stunde eine stimulierende Wirkung. In einigen Fällen kann es etwas länger dauern.«

»Gut«, sagte Chaiet. »Können Sie auf der Basis des von Ihnen gefundenen Benzoylecgonin auf die Menge des eingenommenen Kokains schließen?«

»Ja, das kann ich, jedenfalls, wenn man davon ausgeht, daß das Kokain kurz vor dem Tod der betreffenden Person eingenommen wurde und daß es sich bis zu einem gewissen Maß im Blutkreislauf ausgebreitet hatte, als die Person ums Leben kam. Wenn nun das ganze Kokain zu Benzoylecgonin zerfallen ist – und das ist aus Gründen, die ich später kurz erläutern werde, eine höchst ungewöhnliche Annahme –, hätte es zum Zeitpunkt des Todes oder kurz davor etwa die übliche, zur Entspannung verwendete Dosis sein müssen, die jemand nimmt, um sich besser zu fühlen, stimuliert zu sein und sich für großartig zu halten... eine angenehme Stimulation, aber nicht die aggressiven halluzinatorischen Störungen, die bei schwerem Kokainkonsum auftreten.«

Rieders fuhr fort und erklärte, daß Kokain sofort nach der Inhalation, dem Schlucken oder Spritzen zu zerfallen beginnt. Aber selbst wenn man davon ausging, daß Teresa sofort nach Einnahme des Kokains gestorben war und die vorhandenen Zersetzungsprodukte auf die ursprüngliche Dosis hochrechnete, ergab dies immer noch nicht genug, um etwas auch nur annähernd Ähnliches wie »Drogenwahn« zu produzieren. In der Tat konnte man aus der Menge der Zerfallsprodukte nur darauf schließen, daß sie etwa die Hälfte der üblichen Entspannungsdosis genommen hatte, wenn sie denn direkt nach der Einnahme getötet worden war.

Wie ein Illusionist versuchte Venturi, Ablenkungseffekte hervorzubringen, um Rieders Aussage zu unterminieren.

War sich der Toxikologe dessen bewußt, daß bei »dieser jungen Frau« gerade ihre Periode begonnen hatte?

»Ich habe das nicht in Erwägung gezogen.«

Rieders wußte also nicht, welche Wirkung dies vielleicht auf ihre Persönlichkeit gehabt hatte?

»Nein, das weiß ich nicht.«

Vielleicht hatte er schon einmal von PMS – dem prämenstruellen Syndrom gehört?

»Ja, davon habe ich gehört.«

»Ist das nicht eine medizinisch wohldokumentierte Erscheinung?«

»Das nehme ich an«, sagte Rieders. Er wollte das Thema jetzt endgültig fallenlassen. »Aber es handelt sich nicht um ein toxikologisches Problem.«

Venturi war erfreut. Vielleicht waren die weiblichen Geschworenen nicht so amüsiert von Rieders' Herablassung.

Und wie stand es mit Wochenbett-Depressionen? Wußte Rieders, daß Teresa ab und zu darunter gelitten hatte?

»Nein. Aber das hat ebenfalls nichts mit meinen Erwägungen zu tun.«

Aber war Kokain denn besonders für Menschen, die unter Depressionen litten, nicht geradezu *die* Droge überhaupt?

Chaiet erhob Einspruch, und Farren wies Venturi zurecht. »Er ist Toxikologe. Ich glaube nicht, daß das zu seinem Sachgebiet gehört.«

»Gut«, meinte Venturi. »Aber Kokain wirkt doch stimulierend, oder?«

»Das stimmt.«

»Und in Ihrem Gutachten, und bei Ihren Arbeiten und in der Literatur, die Sie gelesen haben, haben Sie sich doch sicher auch damit befaßt, wieso Menschen Kokain nehmen. Trifft das zu?«

»Ich habe einige Bücher zu diesem Thema gelesen, aber nur eine begrenzte Auswahl, denn es ist ja wohl eher eine psychologische Frage, wieso Menschen so etwas tun, als eine der Toxikologie.«

Venturi bohrte weiter nach. Gab es denn keine »Verbindung zwischen Depressionen und Kokainmißbrauch«?

»Einspruch, Euer Ehren«, sagte Chaiet.

»Abgelehnt.«

»Es ist eine Droge, die zur Entspannung beiträgt«, sagte Rieders, offensichtlich verärgert, »und bestimmte Menschen werden sie vielleicht benutzen, wenn sie deprimiert sind.«

Venturi ließ den Geschworenen Zeit, das zu verdauen, bevor er sich der Glaskörperflüssigkeit zuwandte, die für die meisten Tests verwendet worden war. »Es hatte nicht viel davon zur Verfügung gestanden, nicht wahr?«

»Da muß ich zustimmen, aber es handelte sich immerhin um eine Flüssigkeit, die viel weniger der Zersetzung nach dem Tod unterworfen ist als alle anderen Körperflüssigkeiten außer Urin.«

Hatte Rieders gewußt, daß in Teresas Leiche nicht einmal genug Blut gewesen war, um eine komplette Blutanalyse durchzuführen?

»Das wußte ich nicht. Es betraf meine Arbeit allerdings auch nicht.«

Venturi setzte seine Befragung unter einem anderen Blickwinkel fort. Kokain wurde häufig mit anderen Chemikalien gestreckt. Waren die Kokainrückstände in Teresas Leiche auf Methamphetamine – Speed – oder andere halluzinatorische Drogen untersucht worden, wie z. B. auf PCP, im allgemeinen als »Angel Dust« bekannt?

Nein, das war nicht geschehen. Aber Methamphetamin war nicht stärker als Kokain. Und was PCP anging: »Ich bin bei allen Mischungen, die wir im Auftrag der Polizei untersucht haben, und das müssen Tausende gewesen sein, nie auf eine Mischung von Kokain und PCP gestoßen. Theoretisch ist es möglich, aber nach meiner Erfahrung absolut unwahrscheinlich.«

Venturi versuchte es weiter. Aber es war theoretisch im Bereich der Möglichkeiten, und man hatte keine diesbezügliche Untersuchung durchgeführt. Traf dies zu?

»Ja«, mußte Rieders zugeben.

Dann berief sich Venturi auf eine andere ungewöhnliche Drogenmischung. Dämpfte Kodein das zentrale Nervensystem und wirkte beruhigend?

»Unter anderem, ja.«

»Nun, Heroin wirkt auch stark dämpfend, nicht wahr?«

»Mittelmäßig stark. Es ist, was die dämpfende Wirkung angeht, nicht stärker als Kodein.«

»Nicht stärker?«

»Nicht in bezug auf die dämpfende Wirkung.«

Nicht stärker als Kodein?«

»Nein.«

»Haben Sie davon gehört, daß Heroin und Kokain zusammen verwendet werden?«

»Ja.«

»Im Zusammenhang mit John Belushi wurde viel darüber geschrieben. Man nennt es Speedball, und –«

Chaiet erhob Einspruch.

Sogar Richter Farren war verblüfft. »Mr. Venturi, wir wollen doch jetzt nicht John Belushis Todesursache untersuchen, oder?«

»Nein, Sir.«

»Gut.«

»Ich führte es nur als Analogie an«, erklärte Venturi.

Rieders teilte Farren mit, daß er wisse, wovon Venturi gesprochen hatte, und der Richter erlaubte die Fortsetzung des Kreuzverhörs.

»Und der Grund, diese beiden Komponenten zu verbinden, ist, ein stärkeres Resultat zu bekommen?«

»Euer Ehren«, sagte Chaiet, »ich erhebe Einspruch wegen der mangelnden Relevanz.«

»Stattgegeben. Liegen irgendwelche Beweise vor«, fragte Farren, »daß die Verstorbene diese Kombination benutzte?«

»Nicht mit Heroin, Euer Ehren. Wir haben das Heroin als Beispiel angeführt, als eine Analogie zum Kodein, was der Zeuge als stärker als Heroin bezeichnete.«

»Wir verlieren uns in Spekulationen«, sagte Farren. »Es sei denn, Sie legen mir einen Beweis vor, daß die Verstorbene tatsächlich vor ihrem Tod eine solche Drogenkombination eingenommen hat.«

»Nein, nein, nein. Das ist nicht passiert.«

»Das führt alles zu weit vom Thema ab«, klagte Farren. »Er ist Toxikologe und Pharmakologe. Und wenn Sie keine Verbindung herstellen können, werde ich dem Einspruch stattgeben.«

»Ich werde eine Verbindung herstellen.«

»Dann stellen Sie bitte eine Verbindung zu der Verstorbenen her. Wir werden nicht zulassen, daß die Geschworenen darüber spekulieren, ob die Verstorbene etwas so Ungewöhnliches wie Speedball genommen hat oder was auch immer. Es sei denn, es liegen handfeste Beweise vor –«

Venturi hoffte, daß die Geschworenen genau darüber nachdenken würden, darüber und über die Auswirkungen des prämenstruellen Syndroms, Wochenbett-Depression und die Tatsache, daß es Beweise für das Vorhandensein von Kokain und Kodein in Teresas Leiche gegeben hatte. »Sie haben schon davon gehört, daß Leute Kodein –«

»Mr. Venturi«, unterbrach ihn Farren, »Sie scheinen mich nicht verstanden zu haben.«

»Ich wende mich einem anderen Thema zu, Euer Ehren.«

»In Ordnung.«

Venturi sprach wieder Rieders an. »Sie haben davon gehört oder gelesen, daß Leute Kodein nehmen, wegen des betäubenden Effekts, und dazu Kokain, um den stimulierenden Effekt zu ergänzen. Trifft das zu?«

»... Die Kombination führt dazu, daß sie sich wohl fühlen, was immer sie darunter auch verstehen mögen. Sie fühlen sich gut, sorgenfrei und eins mit der Welt.«

»Aber wenn beide Substanzen zusammen genommen werden, kann es auch passieren, daß die entgegengesetzten Wirkungen Verwirrung hervorrufen – trifft das zu?«

»Sie können auch unabhängig voneinander Verwirrung hervorrufen, und in der Verbindung könnte das ebenfalls der Fall sein... sie könnten dazu führen, daß eine Person ihre Umgebung verzerrt wahrnimmt und falsch interpretiert.«

Dann schoß Venturi über das Ziel hinaus. »Könnte diese Verwirrung nicht auch in einer Art Drogenwahn resultieren, einem dieser Zustände, über die der Ankläger sich ständig lustig zu machen versucht?«

»Ich selbst gehe davon aus, und im allgemeinen wird angenommen, daß Drogenwahn Aggressivität beinhaltet. Und das ist in diesem Zusammenhang, bei einer Kombination dieser Drogen, sehr unwahrscheinlich... Es hängt sehr stark von der einzelnen Person ab. Kokain regt eher an. Kodein dämpft die Erregung wieder. Also kann man nicht sagen, wozu ein wenig von beidem führt.«

Venturi merkte, daß er nicht mehr aus diesem Thema herausholen konnte. »Keine Fragen mehr«, erklärte er.

Jean und Zach Taylor brachten ihrem Sohn für den nächsten Verhandlungstag neue Kleidung ins Gefängnis, ein weißes

Hemd mit blauer Krawatte und einen dunkelblauen Nadelstreifenanzug – ganz die nüchterne Kleidung, zu der Venturi geraten hatte. Venturi hatte auch eine rahmenlose Brille vorgeschlagen, um das Bild des sanftmütigen Zahnarztes abzurunden. Aber dagegen hatte Ken sich gewehrt. Die Brille war ihm zu unbequem.

Jetzt war er außer sich. Durch diese Sprechanlage, mit der er sich trotz der Glasscheibe mit seinen Eltern verständigen konnte, tobte er über das »verwesende Blut«. Hatten Sie diese Aussage gehört? Wie konnte man damit Tests durchgeführt haben? Und hatten sie gehört, wie dieser »wieselgesichtige« Farren behauptet hatte, es ginge für ihn nicht um sein Leben? Was glaubte er denn, was dreißig Jahre ohne Bewährung sonst darstellten? Wieso hatte Venturi keinen anderen Toxikologen gefunden? Wieso hatten sie nicht auf zeitweilige Unzurechnungsfähigkeit plädiert?

Zach sagte mit brechender Stimme: »Das müssen wir jetzt durchstehen, Junge.«

Jean war mit ihren Gedanken woanders. Es war der Teil der Woche, in dem das Baby bei Jeff und Celeste war. »Es ist einfach nicht recht, daß diese beiden das Kind bei sich haben dürfen«, sagte sie wieder und wieder.

»Mach dir keine Sorgen«, sagte Ken zu seiner Mutter. »Dem werde ich ein Ende setzen.«

Ken hatte Venturi bereits angegriffen, weil er nicht weiter auf die Probe des verwesenden Blutes eingegangen war. Venturi erinnerte ihn, daß die Tests nicht mit dieser Probe durchgeführt worden waren, daß es vergeblich war, sich auf eine Auseinandersetzung mit einem medizinischen Gutachter einzulassen. Aber wie gewöhnlich hatte sein Klient nur gehört, was er hören wollte.

Insgesamt hätte der Tag einen gewaltigen Rückschlag für die Verteidigung bringen müssen, aber es war nichts geschehen. Venturi nahm an, daß sein Appell an den gesunden

Menschenverstand – anzudeuten, daß zu viel Zeit vergangen war und niemand sagen konnte, wieviel Kokain sich schon zersetzt hatte – gewirkt hatte, und zweifellos war klargeworden, daß Teresa kein Engel gewesen war. Sie hatte Kokain genommen, ohne Frage. Er würde nicht zulassen, daß irgend jemand diese Tatsache vergaß.

Venturi hatte sich besonders gefreut, als er auf dem Parkplatz des Gerichtsgebäudes einigen Geschworenen begegnet war, und sie nicht versucht hatten, den Blick abzuwenden oder ihn auf andere Art zu ignorieren. »Gute Nacht, Herr Anwalt«, hatten sich alle höflich von ihm verabschiedet.

Kapitel Fünfzehn

Am Mittwoch, dem 5. Juni, dem dritten Tag der Beweisaufnahme, führte Chaiet Lieutenant Bill Lucia durch die ganze Litanei von Lügen, die Ken auf dem Polizeirevier von Manalapan erzählt hatte, um Teresas Verschwinden zu erklären

»Würden Sie uns jetzt bitte erzählen, was um 15.02 Uhr geschah, als Sie in das Verhörzimmer zurückkehrten?«

(Ich erinnere mich sehr genau an diesen Augenblick. Ich gab auf. Ich war am Ende, keine Hilfe in Sicht.)

»Ich sah Dr. Taylor an«, berichtete Lucia. »Er wirkte sehr nachdenklich und ziemlich bestürzt, und er schaute mich an und sagte: ›Setzen Sie sich, ich möchte Ihnen etwas erzählen.‹ Ich erwiderte: ›In Ordnung‹ und setzte mich hin... Er sagte: ›Was würden Sie tun, wenn Sie eines morgens die Treppe herunterkämen und sehen würden, wie Ihre Frau mit Ihrem fünf Monate alten Sohn oralen Sex hat?‹ Damit brach er zusammen und fing an zu weinen.«

»Und haben Sie ihn danach weiter befragt?«

»Wir haben ihm ein bißchen Zeit gelassen, und er sagte, sie habe ihn mit einer Hantel schlagen wollen. Er sagte, er habe ihr die Hantel abgenommen und ›es ihr gezeigt‹.«

»Und die Worte ›es ihr gezeigt‹«, fragte Chaiet mit erhobener Stimme, »waren das seine Worte, oder kamen die von Ihnen?«

»Nein. Das waren seine Worte.«

(Eine DREISTE, widerwärtige, nur der Anklage nützliche LÜGE!)

»Fahren Sie fort.«

»In Ordnung... Ich stellte Dr. Taylor dann genauere Fragen darüber, was passiert war. Er deutete daraufhin an, daß er von ihren Drogenproblemen genug gehabt hatte. Daß es am Sonntagmorgen, gegen acht Uhr, passiert war. Er hatte vorher im oberen Stockwerk geschlafen... Er sah, ›was sie dem Baby antat‹. Er schrie. Sie lief ins Nähzimmer und packte eine Hantel. Sie schlug damit nach ihm. Er wich aus und nahm ihr die Hantel ab.«

»Erzählte er, was daraufhin geschah?«

»Zu diesem Zeitpunkt sagte er nur noch, daß er gerade in der Tür des sogenannten Nähzimmers stand. Wie ich schon sagte, behauptete er, daß er dem Schlag ausgewichen war, ihr die Hantel abgenommen und sie damit geschlagen hatte. Seine letzte Bemerkung war, daß er sie mehrere Male mit der Hantel geschlagen hatte.«

»Mehrere Male?«

»Ja.«

Venturi ging sofort auf Lucia los.

War der Angeklagte nicht sehr erregt gewesen, hatten seine Lippen nicht »gezittert«?

»Ja, Sir.«

»Also dauerte es ein paar Minuten, bis er sich wieder gefaßt hatte und wieder sprechen konnte – nach seiner ersten Aussage?«

»Ich würde sagen, es dauerte nicht so lange.«

»Aber als er weiterredete, war er da immer noch aufgeregt und weinte, wie Sie es beschrieben haben?«

»Ja, Sir.«

»Zum Beispiel, als er Ihnen erzählte, daß sie ins Nähzimmer rannte, die Hantel nahm, er sie packte und es ihr zeigte – trifft das zu?«

»Ja.«

»Ist es nicht möglich«, Venturi wählte seine Worte sehr bedachtsam, als würde jetzt endlich die Wahrheit enthüllt, »daß er sagte, sie rannte ins Nähzimmer, schlug mit der Hantel nach ihm und *er duckte sich* und zeigte es ihr?«

Lucia zögerte. »Nein, das ist – ich erinnere mich, daß er – das waren seine genauen Worte, was er zu mir gesagt hat. Ich habe sehr genau aufgepaßt. Er wollte mir schließlich etwas mitteilen, worauf ich schon längere Zeit gewartet hatte.«

Venturi starrte Lucia an. »Wurde eine Tonbandaufnahme der Aussage gemacht?«

»Nein, Sir.«

»War ein Stenograph anwesend, als der Angeklagte diese Aussage machte?«

»Nein, Sir.«

»Also gibt es kein Transkript dieser Aussage? War eine Stenotypistin dabei?«

»Nein, Sir.«

Venturi wandte sich von Lucia ab und schüttelte in gespieltem Unglauben den Kopf. »Keine Fragen mehr«.

Chaiet rief den Lieutenant der Polizei von Manalapan, Peter Vanderweil, in den Zeugenstand, um Lucias Aussage zu bestätigen. Vanderweil zitierte Kens Bemerkung nach dem Geständnis: »Ich konnte es einfach nicht mehr aushalten. Sie fälschte meine Rezepte und stahl mein Geld. Ich konnte es einfach nicht mehr aushalten.«

Vanderweil sagte auch, er habe gehört, wie Ken erklärte, daß Teresa im Grunde hilflos gewesen war, als er nach ihr geschlagen hatte, nachdem er ihr die Hantel weggenommen hatte. »Ich habe es ihr gezeigt.«

Venturi wiederholte seinen Angriff.

»Als Dr. Taylor an diesem Morgen aufs Revier kam, war er bereits der Hauptverdächtige in diesem Mordfall. Stimmt das?«

»Er war ein Verdächtiger, ja.«

»Gab es denn noch andere Verdächtige?«

»Zu diesem Zeitpunkt nicht.«

»Und es haben ihn zwei Polizisten befragt, während andere zu seinem Haus gingen?«

»Ja.«

»An diesem Morgen waren eine Menge Leute bereits sehr aktiv gewesen, nicht wahr?«

»Ja.«

»Aber niemand hat ein Tonbandgerät organisiert oder einen Stenographen, obwohl an diesem Morgen jeder wußte, daß Mr. Taylor vorbeikommen würde.«

»Das stimmt.«

»Am Mittag, gegen 13.15 Uhr, erhielten Sie eine zusätzliche Information [Teresas Ohrring auf dem Garagenboden], nicht wahr?«

»Ja.«

»Und dadurch veränderte sich die Befragung Dr. Taylors?«

»Ich weiß nicht, was geschehen ist, bevor ich hinkam, aber wir verhörten ihn weiter wie schon am Morgen.«

»Und niemand holte ein Tonbandgerät, um die Aussage aufzunehmen, oder eine Schreibmaschine, um mitzuschreiben, oder einen Stenographen?«

»Das stimmt.«

»Und zu diesem Zeitpunkt, am Nachmittag, war Dr. Taylor nicht einfach ein Verdächtiger, er war *der Hauptverdächtige,* ist das korrekt?«

»Das ist korrekt.«

Paul Chaiet ging auf Vanderweil zu. Die schwelende Feindseligkeit zwischen ihm und Venturi war deutlich im Gerichtssaal zu spüren.

»Lieutenant, könnten Sie mir erklären, wie üblicherweise vorgegangen wird, wenn eine Aussage entgegengenommen wird, bevor erforderlich ist, sie in schriftlicher Form oder als Aufnahme auf Tonband niederzulegen? Was geschieht, wenn Sie in Manalapan einen Verdächtigen vernehmen?«

»Einspruch«, sagte Venturi. »Ich bitte um eine kurze Unterbrechung.«

»Abgelehnt«, entgegnete Richter Farren. »Fahren Sie fort, Mr. Chaiet.«

Chaiet bat: »Würden Sie meine Frage jetzt bitte beantworten?«

Vanderweil erklärte: »Mit jedem Verdächtigen in jeglicher Untersuchung wird zunächst ein mündliches Verhör durchgeführt. Man erreicht dann einen Punkt – jedenfalls sollte es so sein, manchmal gelingt es uns nicht – also man erreicht einen Punkt, an dem der Verdächtige zum Gegenstand der Untersuchung Aussagen macht. Danach sammelt man immer noch weitere Informationen. Das geht immer weiter... man läßt den Verdächtigen seine Geschichte erzählen, bis man das Gefühl hat, jetzt genug Informationen gesammelt zu haben, daß man alle erreichbaren Informationen zusammengetragen hat. Dann fängt man wieder von vorn an – entweder mit einem Stenographen oder einem Aufzeichnungsgerät – und geht die gesamte Aussage noch einmal durch.«

»Sie wissen also, was Sie tun?«

»Genau.«

»Es gab also nichts anderes als diese übliche Vorgehensweise, was Sie davon abgehalten hat, die Aussage des Angeklagten aufzuzeichnen?«

»Nein.«

Chaiet rief Cindy Diaz in den Zeugenstand.

Sofort gab es in Abwesenheit der Geschworenen einen weiteren erregten Disput zwischen Chaiet und Venturi. Chaiet hatte vor, das Videoband vorzuführen, das Cindys Mann von Teresa und dem Baby am Morgen des 10. November aufgenommen hatte.

Venturi erhob wütend Einspruch. »Was für eine billige Taktik! Außerdem ist diese Aufnahme nicht im geringsten relevant.«

Chaiet widersprach. Von Anfang an hatte die Verteidigung die mütterliche Sorgfalt der Verstorbenen zu einem Verhandlungspunkt gemacht. Die Geschworenen hatten ein Recht darauf, ihre Beziehung zu dem Kind mit eigenen Augen beurteilen zu können. Sie hatten auch ein Recht, sich ein Bild von ihrer körperlichen Konstitution zu machen.

Farren sprach sich für Chaiet aus.

Venturi warf ihm Fehler in der Prozeßführung vor.

»Sie können fortfahren, Mr. Chaiet«, sagte Farren.

Chaiet befragte Diaz dazu, wie Teresa mit dem Baby umging.

»Das Baby bedeutete ihr alles, einfach alles auf der Welt. Sie redete über nichts anderes mehr – sie rief mich an und sagte, oh, das Baby tut jetzt dies und das, es bewegt den Kopf. Sie erzählte mir von all den Dingen, die sie für das Kinderzimmer gekauft hatte, schon bevor das Baby zur Welt kam. Danach erzählte sie mir von einer Baby-Waage, die sie gekauft hatte, und jeden Tag wog sie ihn, um zu sehen, ob er zunahm – das Baby war ihr ein und alles!«

Das Band wurde vorgeführt. Es dauerte etwa zehn Minuten. Guy McCormick, der am Tisch des Anklägers saß, achtete nicht mehr auf den Film. Er hatte ihn oft genug gesehen. Er beobachtete statt dessen die Geschworenen. Von dem Augenblick an, als Teresas lächelndes Gesicht erschien, waren alle Blicke auf den Bildschirm fixiert. Und als das Band vorbei war, konnte er sehen, wie ernst ihre Mienen geworden waren. Einige der Geschworenen wischten sich sogar Tränen aus den Augen. Es war, als wäre Teresa von den Toten auferstanden. Jetzt, dachte McCormick, hat es Taylor erwischt. Darauf hätte er seinen Kopf gewettet.

Chaiet nahm ebenfalls an, daß alle Vorteile, die Venturi daraus gewonnen hatte, daß Kens Aussage nicht aufgezeichnet worden war, damit zunichte gemacht waren. Chaiet war nicht glücklich darüber, daß kein Transkript des Verhörs vorhanden war, aber Lucia hatte ihm erzählt, es wäre einfach nicht die Zeit dazu gewesen. Es war schwierig genug gewesen, Taylor zu knacken, und als es dann geschah, kam es sehr plötzlich. Sie hatten gerade vorgehabt, das Bandgerät anzuschließen, als Taylor plötzlich abbrach und nach einem Anwalt verlangte. Chaiet hatte beschlossen, diesen Punkt nicht weiterzuverfolgen. Es würde die Angelegenheit nur komplizierter machen. Besser wäre es, offen zu sein. Man war der üblichen Routine gefolgt. Darüberhinaus konnte Venturi den Polizisten bestenfalls Untauglichkeit vorwerfen. Um Lucias und Vanderweils Zeugenaussage direkt anzugreifen, müßte Ken Taylor sich selbst in den Zeugenstand begeben, und dann hätte Chaiet ihn vieles zu fragen.

Die Spannung hielt an. Als Jeff White im Zeugenstand war, beschrieb er die Szene auf dem Parkplatz des Flughafens von Newark, nachdem er, Celeste und Ken vergeblich auf Irene DeBlasios Rückkehr aus Michigan gewartet hatten.

»Als wir den Flughafen verlassen hatten«, erzählte Jeff, »und zum Auto gingen, ich weiß nicht, da machte er so ein Gesicht, so selbstzufrieden – das ist nur meine Interpretation –, als hätte er jemanden reingelegt.«

Venturi sprang auf und erhob Einspruch.

»Einspruch stattgegeben«, sagte Farren. »Die Geschworenen werden gebeten, es nicht zur Kenntnis zu nehmen. Ich möchte nicht, daß Sie es vergessen. Ich möchte, daß Sie es nicht zur Kenntnis nehmen. Ich möchte, daß Sie sich erinnern, wenn es bei Ihrer Beratung jemand zur Sprache bringt, der Richter hat Sie gebeten, es nicht zur Kenntnis zu nehmen, diese selbstzufriedene Miene, ›als hätte er jemanden hereingelegt‹. Vergessen Sie das nicht, Sie dürfen es nicht benutzen. Fahren Sie fort, Mr. Chaiet.«

»Gut, beschreiben Sie einfach nur seinen Gesichtsausdruck.«

Jeff wiederholte: »Ich würde ihn als selbstzufrieden bezeichnen.«

(MEIN GOTT! Er hat es schon wieder gesagt! Ich wette mein letztes Geld, daß Chaiet das alles vorher mit ihm eingeübt hat.)

Dann, beim Kreuzverhör, fragte Venturi, ob Jeff und Celeste nicht an einem Sorgerechtsstreit um das Baby beteiligt waren »gegen Dr. Taylor und seine Eltern... und haben Sie nicht, als Sie gegen die Sorgerechtsregelung Widerspruch einlegten, einem der zuständigen Beamten gesagt, Dr. Taylors Eltern sollten kein Sorgerecht bekommen, weil sie bereits einen Mörder großgezogen hätten?«

»Nein, Sir, das habe ich nie gesagt.«

»Nun«, konterte Venturi und hielt ihm ein Stück Papier hin, »frischt das Ihr Gedächtnis wieder auf?«

»Was ist das?« fragte Richter Farren.

»Es ist ein Bericht des Vormundschaftsamtes von Monmouth County.«

Jeff sagte, er brauche keinerlei Auffrischung, er habe diese Aussage einfach nie gemacht, Punkt.

»Also gut, Mr. Venturi«, sagte Richter Farren. »Er braucht keine Auffrischung.«

Wütend stürmte Chaiet zur Richterbank. Er hatte den Bericht des Vormundschaftsamtes, den Venturi gerade herumgezeigt hatte, nicht bekommen.

»Sie müssen deswegen nicht schreien, Mr. Chaiet«, meinte Farren. »Ich sitze direkt vor Ihnen. Mr. Venturi, wieso hat Mr. Chaiet keine Kopie davon erhalten?«

»Euer Ehren... wenn dieser Bericht nicht fotokopiert und

ihm zugeschickt wurde, möchte ich mich dafür entschuldigen.«

»Entschuldigungen bringen in diesem Fall nichts. Wir sind inmitten der Beweisaufnahme, und er hat diese Information nicht erhalten. Mr. Chaiet wendet sich an Sie mit der Bitte um Auskunft, und ich hoffe, Sie werden ihm Folge leisten.«

Nun gut, konterte Venturi, und was war mit den Strafregistereinträgen der Zeugen der Anklage, um die er gebeten hatte, sofern welche vorlagen?

Farren seufzte. »Mr. Chaiet hat zu Beginn der Verhandlung bekanntgegeben, daß er über keinerlei derartige Unterlagen verfügt. Er hat sie angefordert, und sie werden Ihnen übergeben werden. Wie Sie wissen, verläuft die Beweisvorlage zweigleisig, Mr. Venturi, und ich bin nicht gerade froh über diese Geschichte mit dem letzten Zeugen, dessen Aussage Mr. Chaiet nicht zugänglich gemacht wurde. Wie ich schon einmal sagte: Ich will nicht, daß so etwas noch einmal passiert.«

Dann, nachdem man die Geschworenen für diesen Tag entlassen hatte, fragte Farren nach Dr. Sadoff. Würde Venturi Chaiet das Band mit dem Sodiumamytal-Test übergeben und den Psychiater als Zeugen anrufen? »Sie sollten sich bis heute um vier Uhr entschieden haben. Ich nehme an, Sie haben Ihre Entscheidung bereits gefällt. Ich weiß, daß es erst fünf Minuten vor vier ist. Sie werden diese fünf Minuten wohl nicht mehr brauchen, ob sie ihn nun als Zeugen wollen oder nicht.«

(Aufgeblasenes bescheuertes Arschloch!)

Venturi gab sich geistreich. »Da haben Sie nicht unrecht. Wir haben eine Entscheidung gefällt.«

»Und die lautet?«

»Wir werden Dr. Sadoff nicht als Zeugen aufrufen.«

»In Ordnung. Noch etwas, Mr. Chaiet?«

»Eigentlich nicht«, meinte Chaiet. Er war nicht überrascht

über Venturis Entscheidung wegen des Bandes. Von dem Augenblick an, als Venturi auf seine Fragen dazu ausgewichen war, hatte er angenommen, daß einiges auf dem Band war, das Venturi ihm lieber nicht zugänglich machen wollte.

Als erste Zeugin für den kommenden Tag meldete Chaiet Marilyn Hope an.

Farren hob sich seine große Überraschung bis zuletzt auf. Wenn noch Zeit bliebe, würde er am folgenden Tag eine Anhörung über die Zulässigkeit des Materials über Acapulco veranstalten.

Bei einem kurzen Treffen mit Venturi fing Ken keinen weiteren Streit über Sadoff an. Sie hatten es oft genug durchgekaut. Als könne er seine Gedanken lesen, meinte Venturi, falls Ken ihn jemals wegen Inkompetenz bei der Verteidigung verklagen wolle, wäre diese Sache mit dem Band ein großartiger Aufhänger.

Nicht einmal die Aussicht auf Sorayda Peraino im Zeugenstand beunruhigte Ken so wie die Nachricht, daß Marilyn aussagen würde. Connecticut war zwar von der Beweisaufnahme ausgeschlossen, aber was, wenn sie es trotzdem erwähnte?

»Machen Sie sich keine Sorgen«, meinte Venturi. »Ich habe mit Ihrer Exfrau und Ihrem Anwalt gesprochen. Sie ist ein bißchen durcheinander, aber sie will Ihnen nichts Böses. Sie hätten bei ihr bleiben sollen.«

Sie sprachen nicht miteinander, als sie den Gerichtssaal betrat, in einem anthrazitgrauen Kostüm mit einer weißen Bluse, aber Ken war sicher, eine Sekunde lang ihren Blick eingefangen zu haben.

(Vielleicht komme ich mit einer Mindeststrafe hier raus. Und dann? Ich werde wiederkommen, um mein Mädchen zu sehen, meine kleine Astrid. Was hast du ihr erzählt? Hast du

ihr gesagt, daß ich TOT bin? Krank? Im Gefängnis? Weggelaufen? WAS? Was HAST du ihr erzählt, Marilyn, verdammt noch mal.)

Chaiet hatte Marilyn ursprünglich vorgeladen, um über Connecticut auszusagen. Und er war sogar nach Pittsburgh gefahren, um mit ihr zu sprechen. Das Gespräch war nicht gut verlaufen. Sie war ziemlich durcheinander gewesen, sehr nervös und emotional, sogar ängstlich, als stünde *sie* irgendwie unter Anklage dafür, daß sie Ken geheiratet hatte. Während des gesamten Gesprächs hatte Chaiet ihre Ablehnung beinahe körperlich spüren können.

Es wäre nicht schwierig gewesen, sie über den Mordversuch mit dem Chloroform zu befragen. Er hatte sämtliche Untersuchungsberichte, wußte genau, was er zu fragen hatte und was sie antworten mußte. Als dies nicht mehr zur Debatte stand, hatte er kurz darüber nachgedacht, ob er sie überhaupt noch vorladen sollte. Aber immerhin konnte er so eine Zeugenaussage aus erster Hand bekommen, daß Taylor die Nacht mit ihr verbracht hatte, während Teresas Leiche draußen im Kofferraum lag. Sollten die Geschworenen doch darüber einmal nachdenken.

Chaiet erhob Einspruch gegen eine Bibel, die weithin sichtbar vor Ken auf dem Tisch des Verteidigers lag. Er wollte sie entfernen lassen. Dann stellte sich heraus, daß Marilyn sie Venturi gegeben hatte, der sie Ken übergeben sollte. Farren wies den Einspruch zurück. Die Geschworenen seien »erfahren« genug, um damit umgehen zu können.

(Chaiet, du jämmerliches, übelnehmerisches, elendes Arschloch!)

Sie fing schon bei der ersten Antwort an zu weinen – ja, sie kannte den Angeklagten, Kenneth Taylor, und ja, sie war seine zweite Frau gewesen.

Schließlich gelang es Chaiet, indem er sie beinahe wie eine Zeugin der Gegenseite behandelte, ihr zu entlocken, daß »Ken und ich vom ersten Tag nach unserer Trennung an immer wieder darüber gesprochen haben, wieder zusammenzukommen«.

Hatte er jemals erwähnt, daß Teresa ihm Geld oder Schecks gestohlen hatte?

»Ja, er erzählte, daß sie Rezepte von seinem Block fälschte und seine Unterschrift unter Forderungen an die Krankenversicherungen setzte, um mehr Geld erstattet zu bekommen, als rechtmäßig war.«

(WIESO HAST DU DAS ERWÄHNT? ER HAT DICH DOCH NICHT EINMAL DANACH GEFRAGT!)

»Sprach er mit Ihnen darüber im Zusammenhang mit der Frage, ob er bei Teresa bleiben sollte oder nicht?«

»Das ist schwer zu sagen.«

(Hervorragend. Mach ihn fertig. Du treibst ihn die Wände hoch.)

»Könnten Sie uns mitteilen, was er Ihnen über seine Ehe und eventuelle Probleme erzählte?«

»Na ja, es gab ein paar Schwierigkeiten... Er erzählte, daß sie Drogen nahm... Er meinte, mit all diesen Schwierigkeiten würde es vielleicht nicht gutgehen.«

»Sprach er auch Teresa Taylors Fähigkeiten an, für das Baby zu sorgen, nachdem es geboren war?«

»Auch in diesem Zusammenhang hat er ihre Drogenprobleme erwähnt. Er hatte das Gefühl, daß sie nicht in der Lage war, sich angemessen um das Baby zu kümmern.«

»Erwähnte er Einzelheiten?«

»Nein.«

»Haben Sie jemals darüber gesprochen, daß er das Sorgerecht für das Baby bekommen wollte?«

»Ja.«

(OH, SCHEISSE, MARILYN, WIESO HAST DU JA GESAGT? DU HAST ES BISHER DOCH SO GUT GEMACHT, SO VERDAMMT GUT!)

»Und deutete er an, auf was er seinen Antrag auf Gewährung des Sorgerechts stützen wollte?«

»Ich versuche gerade, mich zu erinnern.«

Chaiet wandte sich achselzuckend den Geschworenen zu, als wolle er seine Frustration mit ihnen teilen. Er legte ihr ein Dokument vor. Es war ein Brief, den sie ihrem Anwalt, Carl Gainor, geschrieben hatte, als sie anfangs versucht hatte, eine Zeugenaussage zu umgehen. Gainor hatte den Brief an Chaiet weitergeleitet, in der Hoffnung, er könne den Staatsanwalt überzeugen, seine Leute zurückzupfeifen. »Frischt das Ihre Erinnerung auf? Sie haben das doch geschrieben, oder nicht?«

»Ja.«

»Und was hat der Angeklagte Ihnen über das Kind und darüber, ob er bei Teresa bleiben wollte, gesagt – wenn er sich denn dazu geäußert hat?«

»Er wollte das Sorgerecht für das Kind bekommen.«

»Sagte er, ob er Teresa verlassen wollte oder nicht?«

»Ganz wörtlich?«

»Was steht denn in dem Brief? Was haben Sie geschrieben?«

»Soll ich es vorlesen?«

»Nein! Ich möchte, daß Sie es mir sagen.«

»Er wollte, daß das Baby einen sicheren Start ins Leben hat und sich eingewöhnen kann.«

»Bevor er was tut?« hakte Chaiet nach.

»Bevor er sie verlassen wollte«, sagte Marilyn mit kaum vernehmbarer Stimme.

Chaiet fragte weiter nach Kens Ankunft in ihrer Wohnung am Dienstag, dem 13. November, zwei Tage nach Teresas Tod, einen Tag, bevor er die Leiche im Vogelschutzgebiet von Hawk Mountain gelassen hatte.

»Können Sie beschreiben, wie er sich verhielt, als er von Dienstag abend bis Mittwoch nachmittag bei Ihnen war?«

»Wie gewöhnlich.«

»Ist Ihnen nichts Ungewöhnliches aufgefallen?«

»Sie meinen, ob er sich irgendwie anders verhalten hat?«

»Genau.«

»Nein, ich habe nichts bemerkt.«

(DU MACHST WOHL WITZE, MARILYN!)

Und wie, fuhr Chaiet fort, hatte sich der Angeklagte verhalten, als er am folgenden Samstag nach Pittsburgh gekommen war?

»Ich würde sagen normal; besorgt, aber ruhig.«

»Besorgt um Teresa?«

»Ja, das nehme ich an – ja.«

»Er weinte nicht oder war durcheinander?«

»Nein.«

Chaiet hätte die Geschworenen am liebsten an die Vaseline auf Teresas Körper und den heruntergerissenen Hosenrock erinnert. »Erinnern Sie sich an Gespräche über seine sexuellen Beziehungen zu Teresa?«

Venturi sprang auf: »Einspruch! Ich erhebe Einspruch, sowohl gegen die Form der Frage als auch gegen ihren Inhalt... Erstens handelt es sich um eine Suggestivfrage. Zweitens ist eine Diskussion seiner sexuellen Beziehungen, ob er Sex hatte oder nicht, völlig irrelevant in bezug auf dieses Verfahren und führt zu Voreingenommenheit. Es hat nichts mit dem Motiv zu tun. Es trägt nur dazu bei, daß die Geschworenen anfangen zu spekulieren.«

Richter Farren zögerte. Er setzte an, dem Einspruch stattzugeben, aber dann bremste er sich. Venturi hatte das Thema selbst eingeführt. »Ich erinnere mich an Ihr Eröffnungsplädoyer, Mr. Venturi, in dem Sie den Geschworenen sagten, der Angeklagte habe, äh, sich auf eine bestimmte Art am fraglichen Abend sexuell betätigt.«

Chaiet wiederholte seine Frage: »Hat er Ihnen gegenüber irgendwelche Bemerkungen über seine sexuellen Beziehungen zu Teresa Taylor gemacht?«

»Also, er machte ein paar Bemerkungen darüber, daß sie an Sex nicht interessiert sei, irgendwas im Zusammenhang mit Drogen.«

»Erhielten Sie in den frühen Morgenstunden am Samstag des 18. November einen Anruf?«

»Ja.«

»Und was hörten Sie? Woran können Sie sich erinnern?«

»Ich erinnere mich vor allem daran, daß man Teresa gefunden hatte. Sie war tot.«

Marilyn Hope war in Tränen aufgelöst. Eine Pause von fünf Minuten wurde anberaumt.

Danach fuhr Chaiet unbeirrt fort: »Konnten Sie den Angeklagten sehen, als er die Nachricht bekam?«

»Ich hörte am zweiten Telefon mit.«

(DIREKT NEBEN MIR IM BETT WÄRE ZUTREFFENDER, ABER TROTZDEM VIELEN DANK.)

»Haben Sie danach irgendwann – ich bin sicher, daß sie es getan haben – mit dem Angeklagten darüber gesprochen?«

»Ja.«

»Und können Sie seine Gefühle zu diesem Zeitpunkt beschreiben?«

»Seine Gefühle? Sie meinen, wie er auf mich wirkte?«

»Ja.«

»Wie betäubt. Er weinte ein bißchen und hörte dann wieder auf und weinte dann wieder und überlegte, wie er nach New Jersey zurückkommen konnte.«

»Und Sie haben ihn begleitet?«

»Ja.«

»Und als Sie nach New Jersey kamen, stand das graue Oldsmobile auf dem Parkplatz?«

»Grau... sein Wagen war dort.«

»Und haben Sie auf dem Flug oder während der Fahrt nach Manalapan mit ihm darüber gesprochen, was mit Teresa geschehen war, wie sie ums Leben gekommen war?«

»Na ja, ich habe wahrscheinlich eine ganze Menge geredet, aber es gab keine Gespräche, weil Ken ziemlich außer sich geriet. Und dann versuchte ich einfach nur, still zu sein, um ihn nicht noch mehr aufzuregen.«

»Wie äußerte sich das, wenn er sich aufregte?«

»Er weinte«, sagte sie und weinte ebenfalls.

Chaiet erklärte: »Mehr Fragen habe ich nicht, Euer Ehren.«

Venturi lächelte sie an. »Beim Kreuzverhör«, sagte er, »darf ich sogenannte Suggestivfragen stellen. Das wird es vielleicht leichter machen.«

»Mr. Venturi«, warf Farren ein, »wir brauchen keine Anleitungen. Stellen Sie der Zeugin einfach Ihre Fragen.«

(HALT ENDLICH DIE SCHNAUZE UND SETZ DICH AUF DEINEN VOREINGENOMMENEN ARSCH, DU AUFGEBLASENER DRECKSKERL!)

»Mrs. Hope, wenn Ken mit Ihnen über Teresa sprach, war das für Sie nichts Ungewöhnliches, denn Sie hatten eine sehr enge Beziehung, nicht wahr?«

»Wir haben immer versucht, Freunde zu bleiben, ja. Ich hielt uns immer für Freunde.«

»Und wenn er über sie sprach, sagte er, daß sie kein schlechter Mensch war. Sie hatte nur dieses Problem. Hat er es so ausgedrückt?«

»O ja.«

»Und er wollte sie nicht schlechtmachen. Tatsächlich hat er sogar versucht, sie zu schützen, nicht wahr?«

»Ich würde sagen ja. Meinen Sie Klatsch – böswilligen Tratsch? Ich kann mich nicht erinnern, daß Ken jemals so etwas getan hat.«

(ICH DANKE DIR. ABER HÖR JETZT AUF, VERFOLGE DAS THEMA NICHT WEITER.)

»Und wenn es darum ging, wie sie sich um das Baby kümmerte, wenn er sagte, daß sie es nicht schaffte, stand das in Zusammenhang mit Bemerkungen über ihre Drogensucht – trifft das zu?«

»Ich glaube ja.«

»Tatsächlich gab es Situationen, in denen er seine Besuche absagen mußte, und Sie fragten, warum, und er sagte, daß Teresa es morgens nicht geschafft hatte und er das Kind zum Arzt bringen mußte und so weiter. Solche Situationen?«

»Manchmal mußte er auch plötzlich aus der Praxis kommen, wissen Sie.«

»Und er sagte nie definitiv, daß er sich von Teresa scheiden lassen wollte, nie, daß er sie verlassen und zu Ihnen zurückkommen wollte, nicht definitiv, nicht wahr?«

»Sie meinen endgültig? Das könnte ich nicht behaupten, nein.«

»Und war er nicht am meisten besorgt und beunruhigt und wollte gehen... als Teresa vorzeitige Wehen bekam?«

»Ja, daran erinnere ich mich.«

»Und sie war drei Monate lang krank, und danach gab es eine Zeit, in der sie auch sehr schwach war, und in dieser Zeit hatte er keine sexuellen Beziehungen zu ihr. Erinnern Sie sich daran?«

»Ich, äh, ich weiß nicht, wann das war.«

»Nach der Geburt des Babys, als er Sie besuchen kam, deutete er damals an, daß sich die Situation gebessert hatte, daß sie sich wegen des Babys mehr zusammennahm? In dieser Zeit hat er entsprechende Bemerkungen gemacht, nicht wahr?«

»Na ja, er sagte – ja, hin und wieder.«

Sie sah aus, als würde sie bald wieder zusammenbrechen, und Venturi fragte sie schnell: »Und zu einem bestimmten Zeitpunkt hat er mit Ihnen darüber gesprochen, daß sie die finanzielle Situation nicht versteht, daß er Unterhalt zahlen muß, solche Dinge, und daß sie nicht verstehen kann, wieso Sie ein Haus haben und sie nicht?«

»O ja. Das war... als sie kurz verheiratet waren, und sie wollte wissen, wieso sie kein eigenes Haus hat.«

(ZWISCHEN MEINEN FRAUEN HERRSCHTE BESTIMMT KEINE BESONDERE ZUNEIGUNG.)

»Danke«, sagte Venturi, »mehr Fragen habe ich nicht.«

(Sie hat mir nicht geholfen, aber sie hat mir auch nicht geschadet, bis auf ein paarmal. Sie hätte mir schaden können. Vielleicht ist das ihre Art zu sagen »Es tut mir leid« und »Lebewohl«. Werde ich sie jemals wiedersehen? Jetzt kommt dieses Miststück Peraino.)

An diesem Morgen war Detective Bob Fausak nach Long Island gefahren, um Sorayda Peraino abzuholen.

Chaiet hatte sie am Abend zuvor angerufen. »Ich bedaure, daß Sie erst so kurz vorher Bescheid bekommen.« Sie hörte sich immer noch angespannt an, aber sie sagte: »Ich bin bereit.« »Gut«, erwiderte Chaiet, »ich kann Ihnen überhaupt nicht sagen, wie wichtig dies für die Sache der Gerechtigkeit ist. Für Teresa.«

Sie war schwarzgekleidet, und ihr schwarzes Haar umrahmte ihr Gesicht; Fausak konnte es kaum fassen, wie hinreißend sie aussah. Und sie wirkte auch nicht mehr so nervös. Vielleicht war es die Gegenwart ihrer beiden Söhne, dunkelhaariger, gutaussehender junger Burschen. »Mom, bist du sicher, daß wir nicht mitkommen sollen?« fragte einer von ihnen immer wieder, und sie antwortete: »Nein, das ist schon in Ordnung.« Der andere Sohn sagte zu Fausak: »Was meinen Sie? Sollen wir mitkommen?«

Fausak erwiderte: »Das hängt wirklich von Ihrer Mutter ab. Ich werde sie gern auch zurückbringen. Das ist kein Problem.« Aber sie meinte: »Nein, nein, es geht schon«, und er dachte, das ist wirklich ein gutes Zeichen.

Sie fuhren eine kurvenreiche Straße entlang, eine Abkürzung, wie sie sagte, als er ein Auto bemerkte, das ihnen folgte, mit eingeschalteten Scheinwerfern. Er hielt an. Was nun?

Es waren die beiden Söhne. »Mom, wir kommen mit«, sagte der ältere. »So können wir dich später nach Hause bringen.« Trotz ihrer Proteste schien sie sich zu freuen. Noch besser, dachte Fausak.

Im Wagen, auf dem Weg nach Freehold, erzählte sie Fausak, daß sie noch nie in einem Gerichtssaal gewesen war. Was würde passieren? »Na ja, Sie gehen hinein, und dann müssen Sie die linke Hand auf eine Bibel legen und Ihre rechte Hand erheben und schwören, die Wahrheit zu sagen, und das tun Sie dann.«

Sie fing an, über ihre erste Begegnung mit den Taylors zu reden und was in der Hotelhalle von Las Brisas geschehen war, wie entsetzt sie über Kens Geständnis gewesen war. Dreimal wiederholte sie: »Das arme, arme Mädchen. Warum hat er ihr das angetan? Wie konnte er nur?«

Fausak dachte wieder daran, was für eine hervorragende Zeugin sie sein würde. Sie war ihrer Aussage von Anfang an treu geblieben – ihre Worte ihm und McCormick gegenüber, was sie beim zweiten Mal zu Chaiet gesagt hatte, ihr Anruf bei der Polizei von Manalapan: Es war immer dieselbe Aussage gewesen.

Er wartete mit ihr vor dem Gerichtssaal. Dann kam Chaiet vorbei und sprach kurz mit ihr. Er erklärte noch einmal, bei dieser Anhörung würden keine Geschworenen anwesend sein. Es sollte entschieden werden, ob man erlaubte, daß sie in den Zeugenstand trat. Das hatte mit ihr persönlich nichts zu tun. Es war eine juristische Frage. Er würde genau die Fragen stellen, die er ihr auch zu Hause gestellt hatte. Alles, was sie tun mußte, war, zu erzählen, woran sie sich erinnerte.

Fausak war beeindruckt, wie beruhigend Chaiet mit ihr umging. Weil er selbst als Zeuge auftreten würde, hatte Fausak nicht an der Verhandlung teilgenommen. McCormick hatte ihm jedoch erzählt, wie wütend Chaiet werden konnte – über einige der Taktiken von Venturi, aber besonders über Taylor, wie Taylor die Zeugen der Anklage anstarrte und seinen harten Blick auch gegen Chaiet selbst einzusetzen versuchte. Einmal hatte er sich sogar unversehens zu Taylor umgedreht und ihn gefragt: »Stimmt etwas nicht?«

Im Zeugenstand heftete Sorayda ihren Blick fest auf Chaiet.

Ken hätte ebensogut überhaupt nicht im Saal sein können. Als sie mit fester, wohlklingender Stimme ihre Geschichte erzählte, war jede Spur ihrer früheren Furchtsamkeit verschwunden. Nachdem Ken ihr in der Hotellobby gesagt hatte, daß es einen Streit gegeben hatte und Teresa im Krankenhaus war, erklärte sie: »Ich sagte: ›Was ist mit ihr geschehen?‹, und er antwortete: ›Sehen Sie, der Streit fand in unserem Zimmer statt... Sie wissen ja, wie das ist. Wir haben ein bißchen getrunken und angefangen, uns zu streiten... Ich habe ihr die Zähne ausgeschlagen.‹ Und dann sagte er: ›Sie wollen nicht zulassen, daß ich sie sehe. Ich möchte ihr die Zähne richten. Ich bin Zahnarzt.‹«

Chaiet schloß, indem er mit ihr über ihren anonymen Anruf sprach.

»Können Sie mir bitte sagen, wieso Sie angerufen haben?«

»Ich hatte eine New Yorker Zeitung gekauft, und dort sah ich sein Foto. Ich las den Artikel und fühlte mich sehr, sehr schlecht. Es beunruhigte mich. Ich wußte, daß er in Acapulco ihr gegenüber sehr gewalttätig gewesen war.«

»Wieso haben Sie angerufen?«

»Er hatte den Reportern gesagt, er habe sie nie geschlagen, und ich wußte, das stimmte nicht.«

»...und Sie nannten dem Polizisten Ihren vollen Namen?«

»Nein, das habe ich nicht. Nur meinen Vornamen.«

»Nur Ihren Vornamen. Haben Sie gesagt, ob Sie wieder anrufen wollten oder nicht?«

»Ich sagte, ich würde darüber nachdenken und ihn in einer Woche oder so wieder anrufen.«

»Haben Sie das getan?«

»Nein.«

»Warum nicht?«

»Ich hatte irgendwie Angst.«

»Warum hatten Sie Angst?«

»Weil es hier um so viel Gewalt geht. Wegen dem, was mit Teresa passiert ist.«

»Also deshalb haben Sie nicht mehr angerufen?«

»Ich wollte ja. Ich wußte, es war meine Pflicht. Es war nur, daß ich noch darüber nachdenken mußte.«

Weil er sich nicht um die Reaktionen von Geschworenen kümmern mußte, forderte Venturi sie mit seinem Sarkasmus erbarmungslos heraus. Irgendwie mußte er sie erschüttern, sie tyrannisieren, wenn es nötig war, sie durcheinanderbringen, sie auf Widersprüche festnageln, irgendein verborgenes Motiv herausfinden. Aber nichts funktionierte.

»Mrs. Peraino, sprechen Sie spanisch?«

»Ja.«

»Und als Sie in der Hotelhalle standen, war das der 18. Juli?«

»Entweder der 18. oder der 17., glaube ich.«

»Und erinnern Sie sich an die beiden Männer, die wie Polizisten aussahen? Haben Sie mit ihnen gesprochen?«

»Ich sagte Ihnen nur, wie beunruhigt ich über das war, was ich gehört hatte.«

»Sagten Sie ihnen, *was* Sie von Dr. Taylor gehört hatten?«

»Nein.«

»Sie sprachen mit ihnen, erzählten ihnen, wie beunruhigt sie waren wegen dem, was Sie gehört hatten?«

»Ich sagte: ›Ich bin entsetzt über das, was dieser Mann sagt.‹ «

»Über das, was *er* sagt?«

»Ja.«

»Redeten sie mit Ihnen und erzählten Ihnen, wessen er angeklagt war?«

»Sie sagten mir nur, daß er vier Tage lang im Gefängnis gewesen war.«

Venturi beugte sich zu ihr. »Aber sie sagten Ihnen nicht, daß er vier Tage im Gefängnis gewesen war, weil er seine

Frau zusammengeschlagen und ihr die Zähne ausgeschlagen hatte?«

»Nein, das erwähnten sie nicht.«

So aggressiv, wie er es nur wagen konnte, bohrte Venturi weiter: »Es war also nicht die Polizei, die Ihnen das erzählte? Es war Dr. Taylor?«

»Ja.«

»Und als Dr. Taylor Ihnen das sagte, wußten Sie, daß er etwas sehr Schlimmes getan hatte?«

»Das Gefühl hatte ich.«

»Sie wußten, daß er etwas sehr Schädliches getan hatte, ja?«

»Finden Sie nicht, daß es schrecklich war, was er getan hatte?«

»Richter!«

Farren versuchte mit einiger Anstrengung, ein ernstes richterliches Gesicht zu machen. »Mrs. Peraino, ich möchte Sie um Vorsicht bitten. Nicht Sie sollten hier die Fragen stellen oder Behauptungen aufstellen. Wenn Sie eine Frage nicht verstehen, sagen Sie mir das, und ich lasse ihn die Frage anders formulieren. In Ordnung?«

Also machte Venturi weiter. »Sie wußten, daß er etwas sehr, sehr Schädliches getan hatte, stimmt das, *Ma'am?*«

Sie ließ sich nicht einschüchtern. »Ja, weil er mir sagte, was er getan hatte.«

»Er hatte etwas getan, wofür er nach Ihrer Ansicht bestraft werden sollte?«

Sie errötete leicht. »Nein, ich meine, ich habe ihn nicht verurteilt. Ich war einfach nur entsetzt.«

»Aber Sie hielten es für falsch und waren entsetzt?«

»Ich war entsetzt und aufgeregt.«

»Und es waren zwei Polizisten dort, das stimmt doch?«

»Ja.«

»Und Sie erzählten ihnen nicht, was dieser Mann Ihnen soeben gesagt hatte?«

»Nein.«

»Und dieser Mann, der Ihnen gerade erzählt hatte, was er Schlimmes getan hatte, bat Sie um Geld, damit er aus dem Gefängnis kommen konnte?«

»Nein, das hatte er vorher getan.«

»Er bat Sie vorher?«

»Ja.«

»Erst bat er Sie um Geld, und dann erzählte er, was er getan hatte?«

»Er sagte etwas wie: ›Wenn ich nicht genug Geld habe, würden Sie mir dann bitte aushelfen?‹ Weil er zu seinem Schließfach gehen wollte oder wie immer sie das im Hotel nannten, um Geld zu holen und eine Kaution zu zahlen.«

»Und nachdem er Sie um Geld gebeten hatte, um Sie zu überreden, ihm Geld zu geben, erzählte er, daß er seine Frau zusammengeschlagen hatte?«

»Nein, nein. Er wollte mich nicht überreden, irgend etwas zu tun.«

»Nicht? Er bat Sie um Geld, aber er versuchte nicht, Sie zu überreden, es ihm zu geben? *Ist es das, was Sie sagen?*«

»Genau.« In ihrer Stimme klang ein gewisser Trotz mit.

Venturi versuchte einen neuen Anlauf.

»Als Sie sich am Flughafen kennenlernten, haben Sie sich mehr mit Teresa Taylor als mit ihm angefreundet – stimmt das?«

»Nein, das stimmt nicht.«

»Nun, Sie sagten [in der schriftlichen Zeugenaussage], daß Sie meist mit ihr gesprochen haben.«

»Nein.« Sorayda Peraino ließ sich nicht irritieren. »Ich sagte, daß sie gesprächiger war als er.«

»Er hat nicht mit Ihnen gesprochen?«

»Er hat mit mir gesprochen. Nicht sehr viel.«

»Nun ja, Ihre Meinung von ihr war vom ersten Augenblick an gut, nicht wahr?«

»Es war nur meine Ansicht über jemanden, den ich gerade kennengelernt hatte und den ich für nett und freundlich hielt.«

»Ich glaube, Sie beschrieben sie als freundlich und übersprudelnd.«

»Ich habe dabei gedacht: was für eine glückliche Person. Sie schien überzusprudeln, ja, es war ihre Art zu reden.«

»Und Ihre Meinung von Dr. Taylor war nicht so gut?«

»Ich hatte keine Meinung. Ich erinnere mich nur, daß er sehr ruhig war und nicht viel sagte.«

»Er hat Sie nicht etwa beleidigt?«

»Nein.«

»Aber er zog sich zurück und wollte nicht viel mit Ihnen reden?«

»Das habe ich doch schon gesagt.« Ihre Verärgerung war jetzt sehr deutlich.

Venturi hoffte, das würde dazu führen, daß sie mit etwas herausplatzte, was er benutzen könnte. Er kehrte zu der Szene in der Hotelhalle zurück, als sie Ken begegnete.

»Also, Sie standen dort in der Schlange, Sie sagten, er war unrasiert, seine Kleider waren schmutzig, er hatte abgenommen? War es deutlich für Sie, daß er abgenommen hatte?«

»Ja.«

»Und diese beiden Polizisten, standen sie neben ihm, links und rechts von ihm?«

»Ja, soweit ich mich erinnere.«

»Und Sie haben nicht zuerst mit den Polizisten gesprochen? Sie haben gleich mit ihm gesprochen?«

»Ja.«

»Als erstes fragte er Sie nach Geld, falls er nicht genug haben sollte, nicht wahr? Das waren seine ersten Worte an Sie?«

»Also, er erklärte, wieso er in der Schlange stand. Ja.«

»Und er sagte, er sei vier Tage im Gefängnis gewesen?«

»Ja.«

»Sagte er, daß er den Polizisten gestanden hatte, was er getan hatte?«

»Ich erinnere mich nicht, daß er darüber gesprochen hat.«

»Als er Ihnen erzählte, was er getan hatte – es konnte also sein, daß er es der Polizei nie gestanden hatte?«

»Ich weiß nicht einmal, wieso er es mir erzählt hat.«

»Aber Sie erzählten den Polizisten nicht, was er Ihnen gesagt hatte?«

»Nein, ich wollte einfach weg.«

»Sie sprachen aber mit ihnen?«

»Ich erinnere mich nicht, worüber ich mit ihnen gesprochen habe. Ich war so erschrocken.«

Venturi versuchte es noch einmal von einer anderen Seite und unterstellte, daß ihre Worte vielleicht nicht ihre eigenen gewesen waren, daß ihre Aussage kunstvoll von der Anklage manipuliert worden war. Hatte sie sich nicht geweigert, mit einem der Ermittler zu sprechen, »mit einem Mann namens Kurt«?

»Ich erinnere mich nicht an seinen Namen... Jemand rief an und sagte, er habe etwas mit Dr. Taylors Anwalt zu tun.«

»Und haben Sie sich geweigert, mit ihm zu sprechen?«

»Nein, das habe ich nicht getan. Ich sagte ihm – zunächst einmal: er redete sehr schnell. Und es war schwer zu verstehen, worum es überhaupt ging.«

Venturi konnte nicht widerstehen: »Entschuldigen Sie«, sagte er, »Sie haben doch keine Schwierigkeiten, Englisch zu verstehen, oder?«

»Glauben Sie, daß das der Fall ist?«

»Also, Mrs. Peraino«, schaltete sich Farren wieder ein. »Noch einmal: Stellen Sie bitte keine Fragen. Er fragte Sie, ob Sie Schwierigkeiten haben, Englisch zu verstehen.«

»Nein, habe ich nicht.«

»Also«, fuhr Venturi fort, »bat er Sie, mit Ihnen sprechen zu dürfen, und Sie weigerten sich?«

»Ich sagte ihm, ich würde vielleicht mit meinem Anwalt darüber reden.«

»Haben Sie ihm jemals erzählt, daß der Ermittlungsbeamte McCormick Sie gebeten hat, mit niemandem zu reden?«

»Nein, das habe ich nicht getan.«

»Hat er Sie nach dem Namen Ihres Anwalts gefragt, und Sie weigerten sich, ihm den Namen zu nennen?«

»Das habe ich getan, ja.«

»Und Sie haben am 22. Mai mit dem Ermittlungsbeamten McCormick gesprochen, nicht wahr? Und am 7. Mai?«

»Ich glaube schon. War das der Tag? Ich kann mir Daten so schlecht merken.«

Gleich von Anfang an, als er zum ersten Mal aus den Beweisunterlagen von dem mysteriösen anonymen Telefonanruf erfahren hatte, hatte Venturi angenommen, man würde die Frau nie finden können. Zu dieser Zeit war ihm das vollkommen unwichtig erschienen, besonders, nachdem Ken ihm anfänglich erzählt hatte, er könne sich nicht an sie erinnern. Und jetzt saß sie hier vor ihm auf dem Zeugenstuhl und fügte ihm mehr Schaden zu als jeder andere der Zeugen.

Es war nicht ihre Aussage in dieser Anhörung, die ihn so in Rage versetzte, sondern daß sie vielleicht zur Verhandlung zugelassen würde. Für Venturi als Verteidiger brachte das sein gesamtes Konzept von Recht und Gesetz ins Wanken. Es war gleichgültig, ob Ken Teresa in Acapulco geschlagen hatte – inzwischen hatte Venturi wenig Zweifel daran, daß dies der Fall gewesen war –, es stellte einfach die Möglichkeit einer fairen Verhandlung vollständig in Frage. Die Aussage durfte einfach nicht zugelassen werden. Es war himmelschreiend unfair und würde die Geschworenen total gegen Ken einnehmen. Dieses Argument wollte er auch gegenüber Farren anführen.

Ihm fiel auf, wie schlau Farren gewesen war. Er hatte sich

gegen Connecticut entschieden. Und jetzt wollte er plötzlich den Angriff in Acapulco zulassen, weil ein »eindeutiger und überzeugender Beweis« vorlag, daß der Angeklagte diese Tat begangen hatte.

Aber etwas Eindeutigeres und Überzeugenderes als Connecticut war nicht zu bieten. Venturi konnte sich vorstellen, wie vorbildlich Farren jetzt dastand, weil er die Gesetze so ausgewogen auslegte. Und die Ironie war nun, daß Acapulco sich als viel schädlicher erwies als Connecticut. Er würde jede Wette eingehen, daß Chaiet damit auch nicht gerechnet hatte. Man mußte sich nur sein Material ansehen. Praktisch bis zur letzten Minute hatte er sich ganz auf Connecticut konzentriert.

In einer kurzen Pause flüsterte Ken, daß Sorayda Perainos Aussage von Hotelangestellten beeinflußt sein mußte. Sie hatten es alle auf ihn abgesehen gehabt, weil er sich so oft über den schlechten Service beschwert hatte.

Venturi unternahm noch einen Versuch. Es war alles, was ihm noch blieb.

»Als Dr. und Mrs. Taylor Sie in Ihrem Zimmer besuchten, sprachen Sie darüber, wie wunderbar Sie Mexiko und Las Brisas fanden – stimmt das?«

»Ja.«

»Doktor Taylor sagte nicht, daß er es wunderbar fand, nicht wahr?«

»Wenn ich mich recht erinnere, sagte er, er fände es nett dort.«

»Er beschwerte sich nicht über das Hotel?«

»Nein.«

»Er beschwerte sich nicht über die Leute, die dort arbeiteten?«

»Nein.«

»Er beschwerte sich nicht über den schlechten Service?«

»Nein.«

»Keine Fragen mehr.«

Als Sorayda Peraino aus dem Gerichtssaal kam, bemerkte Fausak, der im Flur wartete, wie vollständig verändert sie war – »sie kochte vor Wut, man konnte beinahe den Dampf aus ihren Ohren kommen sehen«.

»Wofür hält sich dieser Anwalt?« fauchte sie. »Versucht, es so aussehen zu lassen, als wüßte ich nicht, worüber ich rede und mich als Lügnerin darzustellen. Und dieser Ken Taylor«, fuhr sie fort, »wie der mich anstarrte, als ich hinausging. Was bildet dieser Mann sich ein, mir so einen Blick zuzuwerfen?«

Sie sagte: »Richten Sie Mr. Chaiet aus, wenn er mich wieder braucht, muß er niemanden vorbeischicken, ich werde hier sein.«

»Ich werde es ihm gleich sagen«, meinte Fausak. »Und vielen Dank.«

Der nächste Zeuge war Al Benigno.

Chaiet ließ ihn erzählen, wie schrecklich es gewesen war, zu erfahren, was mit seiner Tochter in Acapulco geschehen war, und er fragte ihn nach seinem Flug mit Celeste nach Mexiko. Langsam und präzise gab Al Kens Version davon wieder, was in dem Bungalow in jener Nacht geschehen war, und er schluchzte kurz auf, als er beschrieb, wie er Teresa im Centro-Medico-Krankenhaus gesehen hatte und noch einmal, als er über Dr. Ortiz Pavons anfängliche Befürchtung sprach, daß sie verblutet sei. »Als er entdeckte, daß sie noch lebte, gab er ihr keine Chance, durchzukommen. Er sagte, es sei ein wahres Wunder, daß sie es geschafft hat.«

Dann, bevor Venturi es tun konnte, fragte Chaiet, ob Al seine Tochter nicht immer wieder nach ihren Erinnerungen an die Ereignisse von Las Brisas befragt hatte.

»Ja, das habe ich, besonders, seit sie angefangen hatte, sich stückweise wieder zu erinnern. Ich sagte zu ihr: ›Teresa, ist dir irgend etwas eingefallen? Erinnerst du dich wieder?‹ Und sie antwortete: ›Nein, ich erinnere mich an nichts.‹ «

»Aber sie hat Ihnen nie gesagt, daß Ken es getan hat?«

»Sie sagte immer, daß Ken es nicht war«, erwiderte er und schüttelte verwundert den Kopf.

Al Benigno hatte Chaiet vier Fotos von Teresa gegeben, die im Krankenhaus von Staten Island aufgenommen worden waren, während sie sich von den Verletzungen aus Acapulco erholte. Chaiet zeigte sie ihm jetzt.

»Ja, hier liegt Teresa im Bett. Ihr Gesicht ist stark geschwollen und voll blauer Flecken... das zeigt Teresa mit einer Bandage über dem Auge. Ihre Zähne sind alle abgebrochen, man sieht das auf den anderen Bildern.«

»Zeigen diese Fotos genau, wie ihr Gesicht ausgesehen hat?«

»Nein, das tun sie nicht.«

»Das tun sie nicht?«

»Sie zeigen, wie sie zu dieser Zeit ausgesehen hat. In Mexiko war es noch viel schlimmer.«

Chaiet glaubte zu sehen, daß Farren zusammenzuckte, als er sich die Fotos ansah. Wenn Acapulco zugelassen würde, würden die Geschworenen sie ebenfalls zu Gesicht bekommen. Chaiet hatte sich gewünscht, Dr. Ortiz Pavon würde aussagen, daß er die Fotos der Leiche für Bilder von Teresa in Acapulco gehalten hatte.

Jetzt brauchte er Ortiz nicht mehr. Die Geschworenen konnten den Vergleich selbst ziehen.

Die Anhörung wurde bis zum Montag unterbrochen.

Nach der Verhandlung wurde Ken in die relative Freiheit des Gefängniskrankenhauses überstellt, wo er sich seit seiner Verletzung beim Basketball aufgehalten hatte. Obwohl er keinen Gips mehr am Fußgelenk trug, bestand er darauf, daß das Gelenk noch weh tat, und der Arzt ließ ihn weiterhin im Krankenhaus bleiben.

An diesem Wochenende kam ein Aufseher, mit dem er

schon öfter gesprochen hatte, vorbei, um sich mit ihm zu unterhalten. Der Aufseher war ein junger Mann, viel freundlicher als seine Kollegen und frisch geschieden. Sie hatten anfangs immer über Frauen gesprochen, welchen Ärger sie machten und daß man sie eben doch brauchte.

Zunächst war der Aufseher zuversichtlich gewesen, was Kens Chancen anging. »He, Doc, ein Mann wie Sie schafft das schon, keine Angst.« Später war er dann pessimistischer geworden. »Mann, mir wird schlecht, wenn ich daran denke, daß Sie vielleicht Ihr halbes Leben im Knast verbringen.« Das war ein schlechtes Zeichen, dachte Ken. Er fragte sich, ob das wohl die allgemeine Ansicht bei Gericht war.

Und jetzt sagte der Aufseher: »Ich habe gehört, es ist nicht so gut gelaufen« und: »Mann, dreißig Jahre bis lebenslänglich, das wünsche ich Ihnen wirklich nicht.«

»Glauben Sie, daß Sie mir helfen könnten? Irgendwas tun, um mich hier rauszubringen?«

»Na ja, wir können ja mal darüber reden. Es würde einiges kosten.«

»Ich habe Eigentum.«

»Was denn?«

»All das Zeug in meinem Haus.«

Der Aufseher dachte einen Moment lang nach. Er hatte eine neue Freundin, die ständig von ihm verlangte, er solle den ganzen Ramsch aus seiner ersten Ehe aus dem Haus werfen. Sie wollte ein neues Sofa und solche Sachen, aber mit seinen Unterhaltszahlungen war das schwierig. »Was ist das Zeug denn in etwa wert?«

»Mindestens zwölftausend.« Dann fragte er ihn: »Wieso sehen Sie sich das Zeug nicht selbst an? Ich sage meinen Eltern Bescheid, daß jemand zu Besuch kommt, der vielleicht etwas von dem Zeug kaufen will.«

Am Sonntag, nachdem er in der Valley Road gewesen war, kam der Aufseher wieder zu Ken. »Also gut. Was wollen Sie von mir?«

Ken meinte, er wäre sich noch nicht sicher. »Warten wir bis nach der Verhandlung. Warten wir ab, was passiert.«

»In Ordnung«, sagte der Aufseher. »Man weiß ja nie.«

Kapitel Sechzehn

Am Montag, den 10. Juni, identifizierte Bob Fausak Fotos und Zeichnungen der casita und der Umgebung und beschrieb danach die Organisation der Hotelsicherheit von Las Brisas. Nach seiner Expertenmeinung war es »ausgesprochen unwahrscheinlich«, daß ein Einbruch, wie der Angeklagte ihn geschildert hatte, geschehen sein konnte. Eine Bergziege hätte vielleicht an den Felsen unterhalb der casita nach oben klettern können, aber kaum ein Mensch.

Chaiet rief dann José Romero in den Zeugenstand, den stellvertretenden Geschäftsführer, der Kens telefonischen Hilferuf entgegengenommen hatte und der als erster die casita betreten und Teresa in der Ecke liegen gesehen hatte.

Als er aus Mexiko ankam, hatte Romero Guy McCormick gefragt, welche Aussagen man von ihm erwartete.

»Beantworten Sie einfach die Fragen. Was Sie gesehen haben. Woran Sie sich erinnern.«

»Das ist alles?« fragte Romero, für den das offensichtlich eine völlig neue Art von Umgang mit der Justiz darstellte.

Nachdem Romero eine bildhafte Beschreibung von Teresas Zustand gegeben hatte, fragte Chaiet ihn nach sichtbaren Verletzungen bei Ken.

»Er hatte ein paar Kratzer am Arm«, sagte Romero, »und ich erinnere mich noch an einen Schnitt an seinem Finger.«

»Hatte er Prellungen oder Schnitte im Gesicht?«

»Nein, nicht im Gesicht.«

»An seinem Kopf?«

Romero zeigte auf die rechte Seite seines eigenen Kopfes, an den Haaransatz. »Hier hatte er eine kleine Beule.«

»War es ein Schnitt?«

»Nein, nur eine Beule. Eine kleine Beule.«

»Kein Blut?«

»Kein Blut.«

Auf Romero folgte Derek Gore, ein Verwaltungsangestellter von Las Brisas. Groß, weißhaarig und sehr britisch, war er auch der offizielle Vertreter Großbritanniens in Acapulco. Er hatte sich freiwillig bereit erklärt zu kommen, vor allem, um den Ruf des Hotels zu schützen.

Von Anfang an war Gore ein Problem gewesen. Er hatte sich beschwert, daß er ein Zimmer mit Romero teilen mußte. Dagegen konnte man nichts tun, sagte ihm McCormick. Die Staatsanwaltschaft hatte nur ein beschränktes Budget.

Im Zeugenstand bezeichnete sich Gore selbst als »Troubleshooter« für das Hotel. Er berichtete, daß 1983, als die Taylors in Las Brisas waren, 193 Diebstähle gemeldet worden waren, aber keiner war mit körperlichen Angriffen verbunden gewesen – tatsächlich hatte es in den gesamten fünfzehn Jahren, in denen er für das Hotel arbeitete, nicht einen Vorfall gegeben, der im entferntesten mit dem Angriff auf Teresa vergleichbar gewesen wäre.

Dann übertrieb es Gore. Er zeigte die Erklärung vor, die Ken und Teresa unterschrieben hatten, eine Erklärung, die er vorbereitet hatte und deren Unterzeichnung er persönlich bezeugen konnte, in der sie angaben, keinerlei Schadensersatzansprüche an das Management für Teresas Verletzungen zu stellen.

Endlich hatte Venturi einen Aufhänger gefunden. Offenbar war Gore zu keiner Zeit, als sich Teresa dort aufhielt, im Krankenhaus gewesen, und Teresa war nie ins Hotel zurückgekommen, bevor man sie nach Hause brachte. Zweimal ließ er Gore wiederholen, daß er die Unterschrift bezeugen könne.

Chaiet kümmerte sich nicht näher darum. Offensichtlich

hatte Gore die Abtrittserklärung »bezeugt«, nachdem man sie ihm zurückgegeben hatte. Das war nicht rechtens, passierte aber jeden Tag. Chaiet sah, worauf Venturi zusteuerte: Wenn Gore über seine »Zeugenschaft« log, dann vielleicht auch über alles andere? Und vielleicht logen auch Chaiets andere Zeugen? Aber es brauchte schon gewaltige Anstrengungen, diese Verbindungslinien zu ziehen. Im Grunde beruhigte Venturis Angriff auf Gore Chaiet. Es zeigte, daß die Verteidigung auf wackligen Beinen stand. Gore war letztlich nur Dekoraktion. Was er sagte oder nicht sagte, hatte nichts mit der Aussage der einzigen Zeugin zu tun, die wirklich zählte – mit Sorayda Peraino.

An diesem Nachmittag rief Venturi fünf Zeugen für die Verteidigung auf: Schwester Donna Campbell, eine Krankenschwester, die sich während Teresas vorzeitiger Wehen im St.-Peter's-Krankenhaus um sie gekümmert hatte; Nicholas Gjudice, einen Nachbarn aus der Valley Road; Dr. John Bobinski, einen jungen Zahnarzt, den Ken in seiner Praxis angestellt hatte, und zwei Frauen, eine Sekretärin und eine Arzthelferin, die ebenfalls für Ken gearbeitet hatten. Alle bezeugten, daß Teresa nie behauptet hatte, Ken habe sie in Acapulco geschlagen, und daß beide, Ken und Teresa, immer nur berichtet hatten, sie seien von Einbrechern angegriffen worden.

Am Dienstagmorgen rief Venturi Ken in den Zeugenstand.

Während der gesamten Verhandlung hatte Ken immer wieder behauptet, wenn er nur eine Chance hätte, seine Geschichte zu erzählen, würde sich alles ändern. Dieses Hearing, in Abwesenheit der Geschworenen, war eine gute Gelegenheit, herauszufinden, ob er sich gegen Chaiet durchsetzen konnte.

Venturi erhielt seine Antwort. Und es war nicht die, die er sich gewünscht hätte. Innerhalb von Minuten platzte Ken beinahe vor Wut. Man konnte seine Aggression im Gerichtssaal beinahe körperlich spüren. Genau die Art von blinder Wut, dachte Venturi, die einen Mann dazu bringen konnte, seine Frau in Sekunden totzuschlagen.

Ohne Vorrede ging Chaiet gleich aufs Ziel los: »Ich möchte, daß Sie mir genau wiederholen, was Sie zu Mrs. Peraino gesagt haben, als Sie Ihre Kleidung, das Gepäck oder was immer aus dem Hotel holten.«

»Ich sagte Mrs. Peraino, nachdem sie mich gefragt hatte, was los sei... sie sagte mir – Nein! Ich sagte ihr, ich brauchte 500 Dollar, um aus dem Gefängnis zu kommen.«

»Haben Sie jemals gesagt ›Es gab einen Streit‹ oder ›Wir hatten einen Streit‹?«

»Nein, Sir.«

»Sie sprachen mit ihr nur über das Geld?«

»Ja.«

»Fragte sie Sie nach Ihrem Zustand, was mit Ihnen los sei?«

»Ja. Ich sagte ihr, ich sei für drei oder vier Tage im Gefängnis gewesen.«

»Sie fragte Sie nicht, wieso?«

»Ich sagte ihr, die Polizei habe mich festgehalten und behauptet, ich hätte meine Frau geschlagen. Und daß sie 500 Dollar wollten, um mich freizulassen.«

»Sie haben ihr also gesagt, daß die Polizei Sie festhielt, weil Sie Ihre Frau geschlagen hatten?«

»*Sie* sagte, man habe *ihr* das erzählt.«

»Und was tat sie danach?«

»An diesem Punkt fragte sie die Polizisten, was passiert sei.«

Chaiet fragte: »Wann sind Sie ihr zum ersten Mal begegnet?«

»Am Montag, den 11. Juli.«

»Wo?«

»Am Flughafen.«

»Haben Sie mit ihr gesprochen?«

»Auf dem Weg ins Hotel sprachen wir innerhalb einer Gruppe von Leuten miteinander.«

»Haben Sie mit ihr gesprochen?«

»Ja, das tat ich.«

»Erinnern Sie sich, was Sie gesagt haben?«

»Ich glaube, ich erwähnte, daß es Schwierigkeiten gab. Man hatte uns alle wie eine Viehherde auf dem Flughafen zusammengetrieben. Unser Gepäck war nicht im Bus. Ich sagte, wir seien in den Flitterwochen. Die übliche Unterhaltung.«

»Sprach Teresa mit ihr?«

»Ja.«

»Mit wem hat Mrs. Peraino mehr gesprochen, mit Ihnen oder mit Teresa?«

»Mit Teresa.«

»Und dann trafen Sie sich, um etwas zusammen zu trinken?«

»Am Dienstagabend gingen wir auf ihr Zimmer für einen Drink, bevor wir zum Abendessen gehen wollten ... Wir sind nicht lange geblieben. Ich würde sagen, eine halbe Stunde.«

»Erinnern Sie sich, daß Mrs. Peraino Sie fragte, wo Teresa sei?«

»Wann?«

»Als Sie mit den Polizisten in der Schlange am Empfang standen.«

»Nein. Ich sagte ihr, daß Teresa im Krankenhaus ist. Daß sie mich nicht zu ihr lassen wollten, bis ich das Geld gezahlt hätte.«

»Sie fragte nicht, wo Teresa war? Die Auskunft kam von Ihnen?«

Ken warf Chaiet einen wütenden Blick zu. »Ja.«

Chaiet ging dichter an ihn heran. »Sagten Sie ihr, daß Sie Teresa die Zähne ausgeschlagen haben?«

»Nein, Sir. Das habe ich nicht getan.«

»Sagten Sie irgend etwas über Alkohol? Darüber, daß es einen Streit gab?«

»Nein, das tat ich nicht.«

»Sie haben Mr. Romero erzählt, daß Sie in Ihrem Zimmer geschlafen hatten.«

»Das stimmt.«

»Erzählen Sie mir, was von diesem Punkt an, als Sie schliefen, geschehen ist.«

»Ich hörte ein Geräusch, und ich stand auf und ging zum Balkon und schaute nach, ob irgend etwas zu sehen war.«

»War das Licht an oder aus?«

»Aus.«

»Der Raum war völlig dunkel?«

»Ja.«

»Das Licht im Hof war nicht an?«

»Das Licht im Hof war, soweit ich mich erinnern kann, an.«

»Was geschah dann?«

»Ich war wieder auf dem Weg ins Bett, als man mich schlug.«

»Sie gingen gerade zurück zum Bett, als man Sie schlug?«

»Ich war dabei, ins Bett zu steigen. Wenn ich mich recht erinnere, lag ich schon beinahe auf dem Bauch.«

»Beinahe auf dem Bauch?«

»Genau.«

»Lagen Sie schon?«

»Fast«, sagte Ken. Venturi konnte sehen, wie er sich anspannte.

»Fast?«

»Ja.«

»Und wohin hat man Sie geschlagen?«

»Hinten, auf die rechte Seite des Hinterkopfes.«

»Auf die rechte Seite des Hinterkopfes? Zeigen Sie bitte, wo.«

Ken sah aus, als würde er Chaiet gleich an die Kehle springen. Um die angespannte Situation zu durchbrechen, erhob Venturi Einspruch gegen Chaiets »ständige Wiederholungen« der Antworten seines Klienten.

Richter Farren sagte: »Ich werde Mr. Chaiet nicht sagen, wie er seine Fragen zu stellen hat, ich werde ihn bitten, etwas langsamer vorzugehen. In Ordnung, zeigen Sie ihm, wo man Sie geschlagen hat.«

»Genau hier«, sagte Ken finster.

»Genau hier?«

»Ja.«

»Hatten Sie Schnittwunden?«

»Nein.«

»Sie hatten keine Schnittwunden? Gut, haben Sie gesehen, womit man Sie geschlagen hatte?«

»Mit etwas Schwerem.«

»Etwas Schwerem? Was war das? An was erinnern Sie sich?«

»Ich erinnere mich, daß ich Sternchen gesehen habe.«

»Sie haben Sternchen gesehen?«

»Genau.«

»Und woran können Sie sich dann erinnern?«

»Ich wurde an den Füßen aus dem Bett auf den Boden gezogen.«

»Das ist das nächste, woran Sie sich erinnern können?«

»Ja.«

»Wer zog Sie?«

»Das konnte ich nicht sehen. Man hatte mich auf den Kopf geschlagen. Ich habe einfach nur Sternchen gesehen.«

»Können Sie mir sagen, ob eine Person, zwei Personen, *drei* Personen im Zimmer waren?«

»Ich glaube, zwei Personen.«

»Zwei Personen? Worauf begründen Sie diese Aussage?«

»Als ich über den Boden gezogen wurde und versuchte, aufzustehen, erhaschte ich einen Blick auf eine Person auf der anderen Seite des Bettes.«

»Beschreiben Sie mir diese Person«, sagte Chaiet. Er war so nah wie möglich an Ken herangerückt.

»Ich konnte die Person nur etwa von der Mitte der Brust ab nach unten sehen. Ich sah, daß die Person so etwas wie Jeans anhatte. Und ein Hemd.«

»Was trug sie an den Füßen?«

»Ich konnte die Füße nicht sehen. Er war auf der anderen Seite des Bettes.«

»Das konnten Sie sehen, als man Sie zog?«

»*Nein.* Ich versuchte, aufzustehen, nachdem man mich gezogen hatte.«

»Und was geschah dann?«

»Man hat mich entweder getreten oder geschlagen. Ich glaube, ich wurde getreten, weil es sich an meinem Kopf anders anfühlte. Es fühlte sich vielleicht wie die Sohle eines Schuhs oder einer Sandale oder eines Turnschuhs an. Irgend so etwas.«

»Und wohin hat man Sie getreten?«

»Ins Genick... hierhin.«

»Was ist das nächste, woran Sie sich erinnern?«

»Ich wachte auf und sah meine Frau in einer Blutlache.«

»Was taten Sie?«

Ken zögerte. »Nach meiner ersten Reaktion von Entsetzen und Schock?«

»Ich habe Sie nicht nach Ihrer ersten Reaktion gefragt. Ich habe Sie gefragt, was Sie taten.«

»Ich fühlte ihren Puls, um festzustellen, ob sie noch lebte.«

»Und dann?«

»Telefonierte ich um Hilfe.«

»Dann?«

»Ich glaube, dann blieb ich einen Augenblick beim Telefon sitzen, und dann versuchte ich, auf den Balkon zu gehen, um nachzuschauen, ob ich die Einbrecher noch sehen konnte.«

»Was geschah, als Sie auf den Balkon kamen?«

»Mir war sehr schwindlig, und ich fiel wieder hin. Wurde wohl ohnmächtig.«

»Sie wurden ohnmächtig? Was ist das nächste, woran Sie sich erinnern?«

»Ich stand auf, ging zurück ins Zimmer und zur Dusche, um mich abzuwaschen.«

»Was meinen Sie damit, sich abzuwaschen?«

»Ich hatte Glassplitter und Blut an meinen Beinen.«

»Also versuchten Sie, das unter der Dusche abzuwaschen.«

»Ich versuchte, wieder auf die Beine zu kommen.«

»Was geschah dann?«

»Ich hörte, wie es an der Tür klopfte, und wurde wieder ohnmächtig.«

»Sie wurden wieder *ohnmächtig?*«

»Ja, mir war sehr, sehr schwindlig.«

»Ihnen war schwindlig?«

»Ja, von dem Schlag.«

»Haben Sie irgendwelche Narben oder Schnitte von diesem Schlag?«

»Ich habe nie gesagt, daß ich mit einem Messer verletzt wurde... an meinem Kopf war eine Beule.«

»Eine Beule?« fragte Chaiet. »Eine kleine Beule.«

»*Klein?* Lassen Sie mich mal diese Beule beschreiben. Ich würde sagen, sie war so groß wie ein Golfball.«

»...wurden Sie im Krankenhaus von Staten Island wegen der Schnitte an Ihren Beinen behandelt?«

»Nein, es waren nur kleine Wunden. Sie wurden nicht behandelt.«

Richter Farren fragte Ken: »Wie groß sind Sie?«

»Eins fünfundachtzig.«

»Und wieviel wiegen Sie?«

»So um die 100 Kilo.«

O Mann, dachte Venturi.

Dann sprach er Farren an: »Bei der Schwere der Dinge, die hier verhandelt werden, würde ich bei allem Respekt darauf Wert legen, daß die Beweise stichhaltig und über alle Zweifel erhaben sind... die Beweise müssen offensichtlich sein, eindeutig, klar und gesichert... ein Beweis sollte keinen Raum mehr für Spekulationen lassen.«

Die Aussagen von Al Benigno und José Romero seien »vollständig übereinstimmend« mit dem, was der Angeklagte ausgesagt hatte. Aber Derek Gore habe »erwiesenermaßen vor diesem Gericht falsche Aussagen gemacht, was die Unterzeichnung der Abtrittserklärung anging... Doktor Taylor hat die Erklärung noch in der Gegenwart von Gore unterschrieben... Teresa Taylor hat Gore nie gesehen, nie mit ihm gesprochen... Mr. Gores Job besteht vor allem darin, das Hotel aus allem rauszuhalten.«

Sorayda Peraino sei »verwirrt« gewesen. »Alles, was ihr angeblich Doktor Taylor gesagt hat, erfuhr sie in Wahrheit von der Polizei.«

Venturi wollte sich nicht länger bei dem Thema Sorayda aufhalten. »Euer Ehren, es ist unglaubwürdig, absolut unglaubwürdig, daß Teresa Taylor mit diesem Mann alleinbleiben würde, ganz allein in einem Krankenzimmer, in der Verfassung, in der sie sich befand, wenn sie auch nur eine Sekunde lang geglaubt hat, daß er mit dem, was ihr passiert war, irgend etwas zu tun hatte. Sie hätte ihn nie mehr akzeptieren können.«

Wieder einmal hing alles von den Grundsätzen zur Beweisaufnahme von New Jersey ab. Die Anhörung fand gemäß § 8 statt, die die Fragen der Zulässigkeit bestimmt – in diesem Fall, ob eine Ausnahme zu § 55 gestattet werden konnte, die es ermöglichen würde, Aussagen über ein früher begangenes Verbrechen, in das derselbe Ehemann und dieselbe Ehefrau verwickelt waren, als Beweismittel zuzulassen. Dem vorsitzenden Richter wurde bei der Entscheidung großer Freiraum gelassen.

»Also gut, meine Herren«, sagte Farren. »Wir haben die Beweisaufnahme, wie sie von § 8 vorgeschrieben wird, abgeschlossen, was die beantragte Zulassung von Material über ein zurückliegendes Verbrechen angeht, ein zurückliegendes angebliches Verbrechen, sollte ich sagen, das der Angeklagte am Opfer in Acapulco verübte, am 19. Juli 1983.«

Er bemerkte, daß § 8 vorschrieb, die Staatsanwaltschaft habe einen »eindeutigen und überzeugenden Beweis für diesen bestimmten Vorfall zu liefern«.

Um einer möglichen Beschwerde gegen ihn zuvorzukommen, lieferte er einen erschöpfenden Rückblick auf die Aussagen sämtlicher Zeugen, wobei er Derek Gores zweifelhafter Aussage besondere Aufmerksamkeit schenkte. »Mr. Gore sagte, er habe die Abtrittserklärung vorbereitet, die Mr. und Mrs. Taylor dann unterschrieben. Und diese Abtrittserklärung, wie Mr. Venturi deutlich machte, hatte offensichtlich den Zweck, das Hotel zu schützen. Aber es liegt keine Aussage vor, die bestreitet, daß die Erklärung von Mr. und Mrs. Taylor freiwillig unterzeichnet wurde.«

Und zum Schluß erklärte Farren: »Ich halte Sorayda Peraino für eine sehr glaubwürdige Zeugin. Ich bin der Meinung, daß sie keinen Nutzen aus einem bestimmten Ausgang des Prozesses zieht. Sie hat keine private Rechnung mit dem Angeklagten zu begleichen. Und tatsächlich habe ich aus ihrer Aussage geschlossen, daß sie im Grunde nicht einmal vor Gericht erscheinen wollte... Es war also nicht so, daß Sorayda Peraino in der Zeitung über diesen Prozeß las und beschloß, sich zu melden und dabei zu helfen, die Schuld des Angeklagten zu beweisen. Das war nicht der Fall. Sie zögerte, sich in diese Situation einzumischen, und gab an, der einzige Grund für ihre Aussage sei, daß sie es für ihre Pflicht hielt.«

Farren lobte Al Benigno. »Ich halte die Aussage von Mr.

Benigno für vollkommen glaubwürdig, trotz der Tatsache, daß er der Vater des verstorbenen Opfers ist. Er zeigte sich als glaubhafter Zeuge mit gutem Gedächtnis, der sehr genau weiß, was auf dem Spiel steht. Zweifellos war er besorgt um seine Tochter, aber er verfälschte die Äußerungen des Angeklagten ihm gegenüber nicht. Es wäre sehr einfach für ihn gewesen, eine Äußerung Teresas darüber zu erfinden, daß Ken sie geschlagen habe. Mit Sicherheit hätte niemand Mr. Benignos Aussage widersprechen können, denn Teresa ist jetzt tot. Aber er sagte es nicht. Er erklärte, Teresa habe gesagt: ›Ich weiß nicht, was passiert ist.‹ «

Dann sah Farren Venturi direkt an und sagte: »Was Mr. Taylors Aussage angeht, so halte ich sie nicht für glaubwürdig. Was mich stutzig macht, sind seine Behauptungen über sein Verhalten nach dem angeblichen Angriff. Wir haben es hier mit einem Menschen zu tun, der in den Flitterwochen ist und seine Frau angeblich innig liebt. Wir haben hier auch einen Menschen, der medizinische Kenntnisse hat, als Zahnarzt. Das ist sein Beruf, Medizin, sich um die Kranken zu kümmern und um Menschen, die Schmerzen leiden. Seine Version ist, daß er zu seiner Frau hinüberkroch, ihren Puls fühlte – dabei muß man im Auge behalten, daß sie zusammengekrümmt dalag, mit Kopf und Knien auf dem Boden. Laut Mr. Romero war sie blutüberströmt. Sie war in sehr schlechter Verfassung.«

Farren richtete seinen Blick auf Ken und sagte: »Nach den Berichten des Krankenhauses ging es ihr wirklich sehr schlecht. Kopf und Gesicht waren völlig entstellt, zerschlagen, offensichtlich mit einer zerbrochenen Flasche oder einer Flasche, die dabei zerbrach. Nach einem der medizinischen Berichte befand sich Glas in einem ihrer Augen.«

Farrens Tonfall wurde bissiger. »Und was tut *er*? Er fühlt ihren Puls, dann steht er auf und geht auf den Balkon hinaus. Angeblich wurde er ohnmächtig, dann ging er hinein und zur Dusche, um sich abzuwaschen, während seine Frau sterbend neben dem Bett lag. Und er hat nie versucht, ihr zu helfen. Er hat sie nicht aufs Bett gelegt. Er versuchte nicht, kalte Kompressen auf ihren Kopf zu legen. Er versuchte nicht, die Blutungen zu stoppen. Er tut überhaupt nichts. Er geht ins Bad und duscht.«

(DU DRECKSACK. ICH HABE MICH NICHT GEDUSCHT, ICH HABE WASSER AUF MEINE – VERDAMMTE SCHEISSE!)

»Ich kann auch seine Aussage, daß er auf den Kopf geschlagen wurde und das Bewußtsein verlor, nicht glaubwürdig finden. Wir haben es hier mit einem 1,85 Meter großen, 100 Kilo schweren Mann zu tun, der, wenn überhaupt, eine kleine Beule am Kopf hat. Wenn Einbrecher in die casita eingedrungen sind, dann waren sie doch wahrscheinlich viel mehr daran interessiert, Mr. Taylor außer Gefecht zu setzen als Mrs. Taylor.«

Farren zitierte mehrere Beispiele, um seine Behauptung zu stützen. »Der Anspruch auf eindeutige und überzeugende Beweise liegt irgendwo zwischen der üblichen Forderung nach einem ›überwiegenden Ergebnis der Beweisaufnahme‹ und dem Anspruch auf zweifelsfreie Beweise im Strafrecht.

Ich gehe davon aus, daß die Behauptung der Verteidigung, dieser Vorfall sei von Einbrechern verursacht worden, eine Möglichkeit darstellt. Ich halte es allerdings nicht für wahrscheinlich. Als Ergebnis meiner Überlegungen bin ich fest davon überzeugt, daß die Aussagen über diesen Vorfall, wie sie von der Staatsanwaltschaft geliefert wurden, der Wahrheit entsprechen.«

Er sah Chaiet zum ersten Mal direkt an. »Ich erlaube daher, daß die Aussagen über den Vorfall in Acapulco den Geschworenen vorgelegt werden.«

Ken wurde leichenblaß und sah sich instinktiv nach Jean und Zach um.

Jack Venturi legte Beschwerde wegen Befangenheit des Gerichts ein. »Es sieht so aus«, verkündete er beißend, »als hätte sich das Gericht nach der Aussage von Sorayda Peraino bereits eine endgültige Meinung gebildet.«

»Das entspricht absolut nicht den Tatsachen«, entgegnete Farren.

Die Anhörung dauerte zwei Tage. Als am 12. Juni die Verhandlung wiederaufgenommen wurde, wiederholten alle Zeugen der Anhörung ihre Aussagen vor den Geschworenen. Farren warnte die Geschworenen, wenn sie glaubten, der Angeklagte habe seine Frau in Acapulco geschlagen, bedeute das nicht unbedingt auch, »wenn er das in Mexiko getan hat, muß er es auch in Manalapan gewesen sein«. Sie sollten in ihre Überlegungen Kens »Geisteszustand« einbeziehen, als Teresa umgebracht wurde. In der Verhandlung ginge es um seine »Absicht« zu dieser Zeit und um seine Behauptung, »in Notwehr und zur Verteidigung seines Sohnes« gehandelt zu haben.

Venturi hörte voll hilfloser Wut zu. Es war unmöglich, daß die Geschworenen durch diese neuen Beweise nicht beeinflußt würden.

Er brachte erneut eine Beschwerde gegen Farrens Anweisungen ein. Notwehr habe mit dem Vorfall von Acapulco nichts zu tun. Aber wenn die Geschworenen der Ansicht waren, Ken habe Teresa in Mexiko angegriffen, würden sie unweigerlich auch daraus schließen, er habe »einen gewalttätigen Charakter, eine gewalttätige Persönlichkeit«. Das Argument der Notwehr könne man von diesem Moment an vergessen. Während der gesamten Anhörung, behauptete Venturi, habe Farren eine deutliche Voreingenommenheit für die Anklage und gegen die Verteidigung gezeigt.

Jetzt war Farren an der Reihe, wütende Blicke zu werfen. »In diesem Fall hat es keine Voreingenommenheit und keine Vorurteile zugunsten der einen oder der anderen Seite gegeben«, sagte er. Dann wies er die Beschwerde ab, instruierte die Geschworenen aber: »Sie müssen in Ihrer Entscheidung berücksichtigen, ob die Staatsanwaltschaft bewiesen hat, daß der Angeklagte vorsätzlich und mit vollem Bewußtsein den Tod der Verstorbenen verursacht hat. Vorsatz und Bewußtsein haben etwas mit der Absicht einer Person zu tun. Mr. Taylor sagt, er habe sie nicht umbringen wollen. Er sagt: ›Ich handelte in Notwehr und um meinen Sohn zu verteidigen.‹ Sie sehen also, bei dem Vorfall von Acapulco geht es um den Zusammenhang von Absicht und Notwehr, und er soll nicht beweisen, daß der Angeklagte ein schlechter Mensch ist. Wenn Sie der Meinung sind, daß dieser Vorfall stattgefunden hat und er schuldig ist, soll Ihnen nicht gezeigt werden, daß er schlecht ist, daß er eine Veranlagung zur Gewalttätigkeit hat. In diesem Sinne können Sie den Vorfall nicht benutzen.«

(UND WAS HAT ACAPULCO, SELBST WENN ICH ES GETAN HABE, DANN MIT DEM 11. 11. 1984 ZU TUN, 16 MONATE SPÄTER?)

Es blieb nur noch übrig zu klären, ob Ken vereidigt werden sollte oder nicht.

Und am Donnerstagnachmittag, den 13. Juni, fragte Farren Venturi: »Wird Mr. Taylor aussagen?«

Seit der Anhörung über Acapulco hatten sich Anwalt und Klient darüber gestritten, ohne Ergebnis. Venturi entschloß sich, Zeit zu schinden. Er brauchte Zeit bis Montag, damit er mit Ken über einige Berichte sprechen könne, die Chaiet ziemlich spät abgeliefert habe.

Verärgert schickte Farren die Geschworenen hinaus. »Welche Berichte?«

»Telefonakten und Berichte über Rezepte«, sagte Venturi.

Farren erklärte: »Diese Berichte sind nicht derartig wichtig, daß sie einen Aufschub rechtfertigen.«

Chaiet schloß sich an: »Es geht dabei nicht um besonders entscheidende Informationen.«

Das, erwiderte Venturi, hinge ja wohl vom Standpunkt ab.

(Tatsächlich hatte Venturi einigen Grund zur Beunruhigung. Ken hatte behauptet, daß viele der Rezepte für Kodein, die Fausak und McCormick gefunden hatten, Fälschungen waren. Er bezichtigte Phil Benigno dieser Fälschungen. Aber die Sachverständigen hatten versichert, daß es sich trotz einiger Abweichungen in Stil und Form immer um Kens eigene Unterschrift handelte.)

Farren erklärte: »Es fällt mir schwer, es scheint mir sogar beinahe unmöglich, zu glauben, daß Sie am siebten oder achten Tag der Verhandlung noch nicht entschieden haben, ob Dr. Taylor aussagen wird oder nicht.«

»Ohne die Möglichkeit, das Material gemeinsam mit Dr. Taylor durchzugehen, ohne dafür genügend Zeit zu haben, können wir keine angemessene Entscheidung darüber fällen, ob er aussagen wird.«

»Es ist jetzt 14.30 Uhr«, sagte Farren. »Wir machen eine Pause von fünf Minuten. Wenn ich um fünf nach halb drei wiederkomme, werden Sie mir Ihre Entscheidung mitteilen.«

(JACK IST BEGEISTERT! FARREN [sic] IST JETZT REIF FÜR EINEN BEFANGENHEITSANTRAG.)

Genau fünf Minuten später sagte Farren: »Mr. Venturi?«

»Euer Ehren, mit allem nötigen Respekt kann ich nur meinen Antrag erneuern, Sie wegen Befangenheit gegenüber dem Angeklagten Dr. Taylor von diesem Prozeß auszuschließen... Sie haben uns sozusagen die Pistole auf die Brust gesetzt, was unsere wichtigste Entscheidung in diesem Fall angeht: ob mein Klient aussagen wird oder nicht.«

»Wie ich bereits sagte«, fauchte Farren, »haben wir diese Verhandlung am 28. Mai begonnen, und jetzt muß entschieden werden, ob der Angeklagte aussagen wird oder nicht. Ich weise Ihren Befangenheitsantrag ab, ebenso wie Ihren Antrag auf Aufschub bis zum Montag.«

»Euer Ehren, ich habe die Angelegenheit mit Dr. Taylor besprochen, und obwohl es sein Wunsch gewesen ist, auszusagen, wird er sich an meinen Rat halten und es nicht tun.«

»Sie haben das mit Dr. Taylor besprochen?«

»Während der fünf Minuten, die uns zur Verfügung standen. Ja.«

Langsam breitete sich Röte über Farrens Gesicht aus. »Mr. Venturi, da Sie versuchen, dies ins Protokoll zu bekommen, lassen Sie mich ebenfalls zu Protokoll geben, daß ich bereits seit einiger Zeit immer wieder nachgefragt habe, ob Dr. Taylor aussagen wird... Wenn Sie also zu Protokoll geben, daß Sie nur fünf Minuten hatten, mit ihm darüber zu sprechen, verhalten Sie sich dem Gericht gegenüber nicht korrekt. Sie verhalten sich dem Gericht gegenüber absolut unkorrekt!«

Venturi fragte sich, ob er wohl zu weit gegangen war. Die ganze Angelegenheit war riskant. Aber so etwas sah bei einer Berufung ausgesprochen vorteilhaft aus.

»Dr. Taylor«, sagte Farren, »trifft es zu, daß Sie in dieser Angelegenheit nicht aussagen werden?«

Ken antwortete, wie Venturi es ihm gesagt hatte: »Ja, Euer Ehren. Ursprünglich hatte ich aussagen wollen, aber auf Anraten meines Verteidigers habe ich mich entschlossen, es nicht zu tun.«

Farren warf Chaiet einen Blick zu. »Möchten Sie dagegen Einspruch erheben?«

Aber Chaiet wollte nichts damit zu tun haben. »Ich nehme an, der Verteidiger würde dann sein Mandat niederlegen«.

Beinahe ohne Vorwarnung war die Angelegenheit außer Kontrolle geraten. Irgendwo tief in Farren befanden sich Ego und Vorsicht in tödlichem Kampf. Farren warf Venturi einen haßerfüllten Blick zu. Schließlich sagte er, wobei die Muskeln an seinem Kinn heftig zuckten: »Ich möchte Dr. Taylor nicht in eine Position bringen, in der er seine Sichtweise der Angelegenheit nicht wiedergeben kann... Also werde ich meine Entscheidung von vorhin revidieren und Mr. Venturi bis Montag morgen um 9.00 Uhr Zeit geben.«

Er ließ die Geschworenen wieder hereinbitten. »Meine Damen und Herren, damit wird die Beweisaufnahme für heute abgeschlossen. Wie ich bereits angedeutet habe, habe ich am Freitag einen anderen Termin. Also werden wir am Montag fortfahren, vielleicht mit einer zusätzlichen Aussage. Sie kommen also zu einem verlängerten Wochenende. Bitte diskutieren Sie den Fall nicht. Lesen Sie nichts in der Zeitung darüber. Sie sind hiermit entlassen.«

Und damit verließ Farren den Richtertisch.

Das alles war eine Verschwörung, sagte Ken seinen Eltern. Hatten sie bemerkt, wie Farren und Chaiet sich gegen ihn zusammenrotteten, versuchten, ihm etwas anzuhängen?

Wenn er nur an diesem Sonntag in Manalapan nicht ohne einen Anwalt mit der Polizei gesprochen hätte, meinte Jean. Warum hatte er das nur getan?

»Ich weiß es nicht, Mom. Ich kann dir keine Antwort geben.«

»Dieses Peraino-Weib hätte nie aussagen dürfen«, erklärte Zach. »Es ist doch absolut unglaubwürdig, daß du etwas in der Richtung zu ihr gesagt hast. Wieso um alles in der Welt hättest du das tun sollen?«

Niemand schien die Verbindung zwischen diesen beiden verwirrenden Tatsachen zu sehen.

Sie trösteten sich damit, daß in der Berufung alles anders werden würde. Die Anhörung über Acapulco hätte vor dem Prozeß stattfinden sollen und nicht mittendrin. Der Richter hatte die Geschworenen angewiesen, nichts über die Anhörung zu lesen. »Was für ein Schwachsinn«, schnaubte Zach. Und an den Autopsiefotos war mit Sicherheit »herumgefummelt« worden. Sogar der Gerichtsreporter hatte ihm erzählt, berichtete Zach, daß er in siebzehn Jahren dieser Tätigkeit noch nie »so bunte« Fotos gesehen hatte.

Das Videoband von Teresa und dem Baby hätte man ebenfalls nie zulassen dürfen. Es war »aufrührerisch«, meinte

Zach. »Niemand hat behauptet, Teresa sei keine gute Mutter gewesen.« Dann errötete er, als er sich plötzlich erinnerte. Wieso hatte Venturi sich nicht an sein Versprechen gehalten, Dreck über sie auszugraben?

»Ja«, meinte Jean, »sie war nicht das, wofür man sie auf den ersten Blick hielt.« Und Venturi hätte sich mehr anstrengen müssen, zu zeigen, daß Ken Teresa nicht »vorsätzlich« getötet hatte. Sie hatte Venturi gesagt: »Es ist einfach so, daß immer mal was geschieht, das einen durchdrehen läßt.«

»Jack will nicht, daß ich aussage«, sagte Ken. »Aber er hatte seine eigenen Vorstellungen. Er wollte, daß ihn die Geschworenen als »Mensch« sehen, nicht als »Angeklagten«, nicht als den »Verursacher«, wie er es ausdrückte, der »Leiche«.

Jean meinte, er müsse auf jeden Fall Gelegenheit haben, sich zu verteidigen, wenn er auf Notwehr plädiere. Die gesamte Baptistengemeinde von Marion betete für sie. Der Pastor selbst hatte angerufen. Für Ken beteten sie selbstverständlich auch.

Am Samstag traf sich Venturi mit Ken.

Ken hatte eine Idee. Chaiet würde ihm im Zeugenstand zusetzen, verlangen, die Wahrheit zu erfahren, und Ken würde »ganz unschuldig« damit herausplatzen, wenn Chaiet unbedingt die Wahrheit wissen wolle, wieso ließe er dann die Geschworenen das Band mit dem »Wahrheitsserum«-Gespräch nicht sehen? Gut, der Richter würde ihn wegen Mißachtung oder so etwas zur Ordnung rufen, aber die Geschworenen hätten von dem Band erfahren. Es würde ihre Neugier »reizen«, sie würden sich fragen, was da los war, was man ihnen vorenthielt.

Venturi war entsetzt. Er versuchte, Ken klarzumachen, daß es hier um eine wirkliche Verhandlung ging, nicht um eine Fernsehshow. Kein magisches Eingreifen könne den

Prozeß retten. Es bestand immer noch eine Möglichkeit, einer Verurteilung wegen Mordes zu entgehen, wenn Ken nicht aussagte. »Wenn Sie aussagen, können Sie das vergessen.«

Bei der Anhörung war Ken bestenfalls kalt und berechnend erschienen. In den schlimmsten Augenblicken hatte seine Körpersprache »einen finsteren, unbarmherzigen, gewalttätigen Eindruck« vermittelt. Chaiet hatte ihn fertiggemacht. Danach hatte der Richter Ken als völlig unglaubwürdig charakterisiert. Was würde der Richter wohl den Geschworenen erzählen, nachdem Chaiet ihn ins Kreuzverhör genommen hatte?

Kens Aussage vor der Polizei, soviel Schaden sie angerichtet hatte, konnte nicht im Kreuzverhör überprüft werden. Chaiet würde ihn auseinandernehmen. Ken könnte die Aussage nicht mehr besser machen – was er nach Teresas Tod getan hatte, wieso er verschiedene Geschichten darüber erzählt hatte, was zwischen ihnen vorgefallen war, wieso er die Leiche in den Kofferraum gepackt hatte, wieso er nach Indiana gefahren war, wieso er auch noch seine Exfrau besucht hatte, wieso er die Leiche in Pennsylvania gelassen hatte. Nichts davon würde sich als stichhaltig erweisen.

Und dann waren da noch diese Sex-Telefonate.

Wollte Ken von der Geschichte des unschuldig Schlafenden abweichen und seine Version aus dem Sodiumamytal-Test von ekstatischem oralen und analen Sex erzählen?

»Die Anrufe liefen über ihre Kreditkarte«, sagte Ken. »Ich habe überhaupt keine Kreditkarten.«

Venturi konnte sich vorstellen, wie Chaiet diesen Einwand umgehen würde – er würde behaupten, daß Teresa zu diesem Zeitpunkt wahrscheinlich bereits tot war.

Venturi hatte recht. Chaiet hätte Ken nur zu gerne ins Kreuzverhör genommen, besonders über diese Sex-Telefonate. Als er an diesem Wochenende ein mögliches Kreuzverhör vorbereitete, war er ziemlich sicher, daß Ken und Venturi eins nicht bemerkt hatten: in der langen Liste von Anrufen, die er Venturi geschickt hatte, war eine der Nummern, die in der Nacht von Teresas Tod gewählt worden war, schon zuvor einmal aufgelistet, zu einem Zeitpunkt, als Teresa noch im Krankenhaus war, kurz nach Philips Geburt.

Im Gefängnis von Monmouth County sagte Ken Venturi abrupt: »Also gut, ich richte mich nach Ihnen. Es ist mir scheißegal.«

Venturi nahm daraufhin an, daß sein Klient nie wirklich hatte aussagen wollen. Es waren alles Scheingefechte gewesen. Vor etwa sechs Monaten noch, bei ihrer ersten Begegnung, hatte sich alles um Freispruch gedreht. Jetzt wollte Ken nur noch der Verurteilung wegen Mordes entgehen.

Kapitel Siebzehn

Wo Freispruch so gut wie ausgeschlossen war, brauchte Venturi für sein Schlußplädoyer jedes nur mögliche Argument, um eine Verurteilung wegen Mordes zu verhindern.

Konzentriere dich darauf, schrieb er in seinen Notizen, was die Anklage wirklich bietet: »Verdächtigungen, Spekulationen, Andeutungen.«

Und er schrieb: »Entschuldige dich.«

In den letzten Tagen hatte er von den Geschworenen keine positiven Rückmeldungen mehr bekommen. Keinen freundlichen Gruß auf dem Parkplatz mehr, seit seiner anhaltenden Auseinandersetzungen mit Chaiet und Farren, während derer die Geschworenen immer den Saal hatten verlassen müssen, meist, weil die Verteidigung Anträge eingebracht und Streitereien angefangen hatte.

Und obwohl die Anklage auf Mord lautete und die Verteidigung offiziell auf Notwehr plädierte, mußte er die Geschworenen dazu bringen, Totschlag in Erwägung zu ziehen.

Er schenkte den Geschworenen sein jungenhaftes Lächeln.

Er wollte ihnen für ihre Aufmerksamkeit danken. »Es war schwierig, weil Sie immer wieder hin- und hergeschickt wurden. Eine Menge juristischer Streitereien haben stattgefunden, während Sie nicht hier waren... Und ich bin sicher, Sie verstehen, daß so etwas während einer Verhandlung passieren kann, es gibt Gezänk, Stimmen werden lauter... Vielleicht ist einiges geschehen, das Sie bedauern und gern nicht miterlebt hätten. Aber ich bin sicher, Sie verstehen, daß ich nur in Verteidigung meines Klienten, Dr. Taylor, handelte. Bitte nehmen Sie ihm das nicht übel.«

Sein Klient hatte auf seinen Rat hin nicht ausgesagt, weil die Staatsanwaltschaft es nicht geschafft hatte, jenseits jeden Zweifels zu beweisen, daß er sich des Mordes schuldig gemacht hatte. »Wir haben Sie, die Geschworenen, sehr sorgfältig ausgesucht, und unter den Dingen, zu denen Sie sich bei Ihrem Eid verpflichtet haben, gehört auch, den Fall nur aufgrund der vorgelegten Beweise zu bewerten.

Lassen Sie bitte so etwas wie Verdacht, Spekulation oder Andeutungen nicht in Ihre Entscheidungen einfließen – besonders keine Andeutungen, denn diese Andeutungen dienten der Anklage nur dazu, ein negatives Bild dieses Mannes aufzubauen.«

Venturi schwieg einen Moment lang.

Es gab auch noch andere, »geringfügigere« Formen des Totschlags, die die Geschworenen bedenken sollten, zum Beispiel grob fahrlässigen Totschlag oder Totschlag im Affekt. Der Richter würde die Geschworenen darüber informieren. Aber auch dann lag die Beweispflicht beim Ankläger.

Er erinnerte die Geschworenen daran, daß er nie behauptet hatte, Teresa habe sich im »Drogenwahn« befunden. »Ich sagte, sie sei in einem ›wahnartigen Zustand‹.« Viele Elemente waren zusammengekommen und hatten ihr Verhalten in jener »schrecklichen Nacht« ihres Todes beeinflußt. Kodein hatte sie gegen die Schmerzen genommen, Kokain, um die durch das Kodein hervorgerufene Benommenheit zu bekämpfen. Dazu ihre Diätpillen und »andere Drogen, nach denen in der Analyse nicht gesucht wurde«. »Sie litt unter Schlaflosigkeit, ihre Periode hatte gerade begonnen. Außerdem hatte sie hin und wieder Depressionen.

Der Toxikologe der Anklage hat bezeugt, daß man in Teresa Taylors Körper nur Spuren einer ›zur Entspannung üblichen‹ Dosis von Kokain gefunden hat. Was ist eine zur Entspannung übliche Dosis? Ein viertel Gramm? Ein Gramm hin und wieder? Zwei Gramm im Verlauf eines Wochenendes? Das Problem ist, daß es so etwas wie ›die übliche Dosis‹ nicht gibt. *Es hängt von der Konstitution des einzelnen* ab. Der Toxikologe hat die Menge der Spuren des Zerfallsproduktes angegeben. Wie kann man nach einer Analyse, die fünf Tage nach dem Tod erfolgte, solche Angaben machen? Verstößt das nicht gegen den gesunden Menschenverstand? Sie wissen, wenn Gutachter aufgerufen werden und Dinge bezeugen, sind sie Zeugen für eine bestimmte Partei. Dr. Taylor ist nicht Klaus von Bülow. Er verfügt nicht über die finanziellen Mittel, aus der ganzen Welt Gutachter zusammenzutrommeln. Aber Sie, meine Damen und Herren, haben Ihren gesunden Menschenverstand zum Glück nicht vor der Tür dieses Gerichtssaals gelassen.«

Venturi beschwor den »schockierenden und unglaublichen Anblick« herauf, dem Ken sich gegenübergesehen hatte. »Können Sie sich die Wut des Vaters vorstellen?« fragte er. »...ich bin sicher, der Ankläger wird Sie darauf hinweisen, daß mein Klient ein voll entwickelter, starker Mann ist. Daß Mrs. Taylor nur 1,60 Meter groß war. Sie müssen Ihren gesunden Menschenverstand benutzen und die Situation durch die Augen einer Person sehen, die dort war.

Fragen Sie sich selbst, ob man angesichts einer erhobenen Hantel unvoreingenommenes Denken erwarten kann. Ob man *unvoreingenommenes Denken* erwarten kann, wenn zu befürchten ist, daß sich diese Person in ihrem Zustand auf das Baby stürzt? Sie müssen diese Frage einmal aus der Perspektive eines Vaters betrachten, der Angst um sein Kind hat.«

Danach, sagte er, war es »schrecklich« gewesen. »Es ist offensichtlich, daß die Leiche eingepackt, aus dem Haus geschafft und in einen Kofferraum gesteckt wurde. Die Wohnung wurde geputzt. Das leugnet niemand. Das alles führt nicht gerade dazu, Ihnen diesen Mann sympathisch zu machen. Auch nicht dazu, daß ich ihn mag. Niemand mag ihn deswegen. Aber es macht ihn auch nicht zum Mörder...

Ihm kam es darauf an, Zeit zu gewinnen, damit er seinen Sohn sicher seinen Eltern übergeben konnte. Was war das erste, was er sagte, als er ihnen seinen Sohn übergab? Er sagte: ›Sohn, du bist jetzt in guten Händen. Du bist jetzt in Sicherheit.‹ Das war seine Sorge als Vater.«

Er wies auf Ken hin, der weinte. »Und als die Leiche gefunden wurde und Ken Taylor sich der Polizei stellte, was unternahm man da, um seine Aussage zu sichern? Nichts! Kein Stenograph machte sich Notizen, keine Tonbandaufzeichnung... Wie sehr unterscheiden sich doch Nuancen wie ›gepackt‹ und ›geduckt‹! Er hat das vielleicht gesagt, aber wir werden es nie genau wissen, nicht wahr? Sie hörten, was sie hören wollten, nicht, was er sagte.

Und selbst wenn er es gesagt hat und kein Fall von Notwehr oder Verteidigung eines Dritten vorliegt, hat die Anklage immer noch nicht mehr als Totschlag bewiesen. Totschlag im Affekt, nachdem eine Provokation stattgefunden hatte.«

Venturi schien empört. »Ich habe Ihnen in meinem Eröffnungsplädoyer gesagt, daß die Anklage nur Beweise vorlegen würde, die diesen Mann als schlechten Menschen darstellen sollten, als eine Art Ungeheuer. Und genau das ist versucht worden in Zusammenhang mit der Falle, die meinem Mandanten in seinen Flitterwochen in Acapulco gestellt wurde... mit der – ich zitiere – ›geringfügigen Verletzung‹ von Dr. Taylor. Jeder, der sich mit Kampfsport auskennt, weiß, daß ein Tritt gegen die richtige Stelle im Nakken die Blutversorgung zum Hirn abschneidet.«

Chaiet hatte genug. »Darüber liegen keinerlei Beweise vor«, rief er.

Farren sagte: »Mr. Venturi, es gibt hier kein Beweismaterial, was die Arbeitsweise des Gehirns, Schläge und Tritte, Kampfsport usw. angeht. Beziehen Sie Ihre Anmerkungen bitte auf das Beweismaterial.«

Wo waren denn die mexikanischen Polizisten, fragte Venturi, die behauptet hatten, Dr. Taylor habe zugegeben, seine Frau angegriffen zu haben? »Sie alle haben die Aussage von Mrs. Peraino gehört. Nichts von dem, was sie sagte, konnte bestätigt werden. Woher denn auch? Wieso in Gottes Namen sollte er ihr erzählen, daß er seine Frau verprügelt habe, wenn er Geld von ihr wollte, um aus dem Gefängnis zu kommen und seine Frau sehen zu können? Kommt Ihnen das etwa schlüssig vor?«

Dies, so rief er, war das »Schmierentheater«, zu dem die Anklage Zuflucht genommen hatte. »Wie ich schon zu Anfang erklärte, meine Damen und Herren, das hier ist kein Mordfall, sondern eine Familientragödie. Ob er nun nur noch einen Tag oder den Rest seines Lebens im Gefängnis verbringt, Dr. Taylor kann nicht gewinnen. Er wird für den Rest seines Lebens von dem, was geschehen ist, verfolgt werden. Ich lege das Schicksal von Dr. Taylor in ihre Hände.«

Paul Chaiets Stimme dröhnte durch den Gerichtssaal.

»Teresa ist tot. Sie kann nicht mehr zu uns sprechen. Und Taylor ist ein Lügner. Also wird es ein paar unbeantwortete

Fragen geben, wenn Sie dort hinüber ins Geschworenenzimmer gehen. Aber es sollte kein Geheimnis sein, auf gar keinen Fall, daß wir es hier mit einem Mord zu tun haben und der Angeklagte ein Mörder ist.

Wir haben von einem Vorfall in Acapulco und einem Vorfall in Manalapan gehört. In beiden Fällen war Teresa das Opfer. In beiden Fällen strapazieren die Erklärungen des Angeklagten unseren gesunden Menschenverstand und unser Verständnis bis zum äußersten.

Von Manalapan haben wir gehört, daß der Angeklagte um acht Uhr aufstand, die Treppe herunterkam und beobachtete, wie Teresa oralen Sex mit dem Baby hatte. Als er das sah, schrie er auf, und sie rannte ins Nähzimmer, in das Zimmer mit den Hanteln und Gewichten. Vielleicht«, sagte Chaiet und zeigte auf Ken, »war sie wütend, weil er ihr Sexspiel mit einem fünf Monate alten Baby gestört hatte. Aber er sagte, sie griff ihn an. Und als diese ein Meter sechzig große Frau ihn angriff, nahm er ihr die Hantel ab und ›zeigte es ihr‹.

Was Acapulco angeht, haben wir von einem Kampf mit Einbrechern gehört. Aber wenn es einen Kampf gab, dann war es Teresa, die kämpfte, nicht dieser eins fünfundachtzig große, hundert Kilo schwere Mann. Wenn Sie Ihren gesunden Menschenverstand und Ihre Vernunft benutzen, brauchen Sie die Aussage von Sorayda Peraino überhaupt nicht mehr zu berücksichtigen... Aber welchen Grund sollte sie haben, hierher in den Gerichtssaal zu kommen und uns anzulügen? Wie kann man sich irren, wenn man mit einem Mann spricht, den man als Flitterwöchner kennengelernt hat und der einem jetzt erzählt, er habe seiner Frau die Zähne ausgeschlagen?«

Chaiet verfolgte Kens Aktionen nach dem Mord. In Pittsburgh verhielt er sich laut Aussage seiner Exfrau »normal«, bis er dann Teresa an einer Straße in Pennsylvania ablud. »Ist das die ›Familientragödie‹, von der die Verteidigung gesprochen hat?«

Chaiet ging um den Tisch des Verteidigers herum und stellte sich hinter Ken. »Können Sie sich einen Mann vorstellen, der die Schwester und den Bruder seiner ermordeten Frau mit zum Flughafen nach Newark nimmt, dort Fotos von ihr herumzeigt, mit ihnen in Bars geht und auf einen Flug wartet, wo er doch genau weiß, daß sie nicht an Bord ist? Und dann geht er zum Haus der Benignos und sagt zu Mrs. Benigno: ›Ich habe Hunger‹, und sie gibt ihm etwas zu essen, und er sagt: ›Danke, Mom.‹« Chaiet senkte die Stimme wieder. »Ein kalter, berechnender, verschlagener Lügner.«

»Zugegeben«, sagte er, »Teresa hatte Drogen genommen. Wir wissen aus der Autopsie und dem toxikologischen Gutachten, daß in ihrem Körper eine geringe Menge von Kodein und einem Zerfallsprodukt von Kokain gefunden wurde. Aber wo ist in all den Geschichten, die wir gehört haben, das auffällige Verhalten? Alle ihre Freunde haben ausgesagt, daß sie keine Schwierigkeiten hatte, sich um das Baby zu kümmern. Sie haben das Video gesehen. Sie arbeitete. Sie sagte zu Cindy Diaz: ›Ja, ich habe einen Kater.‹ An dem Abend, als Angela Rozek sie besuchte, war Teresa müde, aber ansonsten ging es ihr gut. Ein ganz normaler Abend. Wo bleibt das auffällige Verhalten?«

Nichts hatte Chaiet mehr verärgert als Venturis Bemerkungen über das »Schmierentheater« der Anklage. Chaiet war sicher, daß die Geschworenen jetzt auf seiner Seite waren, und nun ging er auf Venturi los. »Wir haben gesehen, wie Taylor hier im Gerichtssaal Tränen vergossen hat, und einmal wurde er vom Verteidiger getröstet. Ich sage Ihnen, dieser Mann weint nur, weil er jetzt hier im Gerichtssaal sitzt und sich den Folgen seiner Tat stellen muß. Und er kann diese Gefühle auf- und zudrehen wie in jenem Schmierentheater, das man uns vorwirft.

Es hat überhaupt keinen Kindesmißbrauch gegeben. Es hat keine Notwehr gegeben. Was ist geschehen? Was hat es ausgelöst? Ich weiß es nicht. Wieso die Vaseline? Ich weiß es nicht. Um welche Zeit? Er sagt, um acht Uhr morgens. Ich sage, ich weiß es nicht, aber ist es nicht merkwürdig, daß Teresa in denselben Kleidern gefunden wurde, die sie am Abend zuvor getragen hatte, mit einer Armbanduhr, einem Armband, mit Ohrringen und Halsketten?

Aber was wissen wir schon? Wir wissen, daß es keinen Grund dafür gibt, wieso diese fünfundzwanzigjährige Frau tot sein sollte. Dafür, daß das Baby keine Mutter mehr hat. Dafür, daß ihre Eltern eine Tochter verloren haben. Und wenn es keinen Grund für ihren Tod gibt, dann gibt es auch keinen Grund, diesen Angeklagten nicht für ihren Tod verantwortlich zu machen... Ich bitte Sie, diesen Angeklagten des Mordes schuldig zu sprechen, denn das ist es, was er getan hat, er hat Teresa Taylor ermordet.«

Daraufhin mußte Celeste, hilflos schluchzend, von ihrem Vater aus dem Saal gebracht werden.

(HA! CELESTES GROSSER AUFTRITT!)

In seinen Anweisungen an die Geschworenen definierte Richter Farren noch einmal die fünf möglichen Schuldsprüche, die nach den Gesetzen von New Jersey möglich waren. Alles hing vom »Vorsatz« ab, »dem Plan, dem Entschluß und der Zielstrebigkeit, mit der eine Person handelt«. Alles mußte zweifelsfrei bewiesen werden.

Die Anklage lautete auf Mord – »die gesetzwidrige Tötung einer Person, vorsätzlich und wissentlich, durch eine andere«. Vorsätzlich bedeutete, daß der Angeklagte die »bewußte Absicht hat, den Tod oder schwere körperliche Schäden, die zum Tod führen«, hervorzurufen. Wissentlich bedeutete, daß er sich dessen »bewußt« war, was er tat.

»Solche Aspekte wie der Schauplatz der Tat, die benutzte Waffe, die Anzahl, Plazierung und Art der Wunden und alles, was der Angeklagte zuvor sagte oder tat, was mit dem Tod des Opfers verbunden ist und darauf unmittelbar folgt, gehörten zu den Umständen, die bedacht werden müssen.«

Die Anklage war nicht verpflichtet, ein Motiv nachzuweisen, sagte Farren, aber die Abwesenheit eines Motives sollte bedacht werden.

Die Geschworenen waren auch verpflichtet, drei Arten von Totschlag in Erwägung zu ziehen, obwohl die Anklage nicht auf Totschlag lautete.

Die erste und schwerste war der Totschlag ohne mildernde Umstände, wenn eine Person »rücksichtslos den Tod einer anderen Person verursacht, mit der grob fahrlässigen Gleichgültigkeit gegenüber der hohen Wahrscheinlichkeit eines tödlichen Ausgangs«. Extreme Gleichgültigkeit, erklärte der Richter, »bezieht sich nicht auf den Geisteszustand des Angeklagten, sondern auf die Umstände, unter denen er handelte«.

Die zweite war grob fahrlässiger Totschlag, wenn eine Person »bewußt ein gewichtiges und unberechtigtes Risiko ignoriert, das aus ihrem Verhalten entstehen wird«.

Die dritte Möglichkeit war Totschlag im Affekt, hervorgerufen durch eine Provokation. »Die Provokation muß in diesem Fall von solcher Art gewesen sein«, erklärte Farren, »daß sie mit großer Wahrscheinlichkeit bei einer durchschnittlichen Person zum Verlust der Selbstkontrolle führt und sie in einen Zustand unkontrollierter Wut versetzt. Die Provokation muß solcher Art sein und zeitlich so kurz vor der Tötung liegen, daß im Augenblick der Tötung der Angeklagte nicht als Herr seiner selbst betrachtet werden kann.«

Schließlich gab es noch die Möglichkeit eines Freispruchs, weil der Angeklagte in Notwehr gehandelt hatte. »Der Angeklagte behauptet, er habe in Notwehr gehandelt und außerdem das getan, was wir als Verteidigung Dritter bezeichnen, in diesem Fall seines kleinen Kindes... Sie müssen über die folgenden Punkte entscheiden: A. Glaubte der Angeklagte Kenneth Taylor berechtigterweise, daß er in akuter Gefahr von solche Art war, daß sie nur durch Gewalt abgewehrt werden konnte? B. Hat der Angeklagte Gewalt nur in solchem Maß angewandt, wie sie unter den gegebenen Umständen als notwendig betrachtet werden kann? C. Hat der Angeklagte Grund zu der Annahme gehabt, daß die Gewalt, die von der anderen Person, Teresa Taylor, angewandt wurde oder angewandt werden würde, ungesetzlich war?«

Die Geschworenen zogen sich um 15.30 Uhr zurück, um mit ihren Beratungen zu beginnen.

Ken wurde in eine Zelle im Keller des Gerichtsgebäudes gebracht. Kettenrauchend, Chaiet und Farren und Chaiets »Schweine« verfluchend, ging er hier auf und ab, sieben Schritte von einem Ende der Zelle bis zum anderen. Er fürchtete, was die Zukunft ihm bringen würde. Würde er für den Rest seines Lebens so auf und ab laufen?

Es war gegen achtzehn Uhr, als ein Aufseher kam und ihn aufforderte, Sakko und Krawatte wieder anzuziehen.

»Was ist los? Haben Sie sich etwa schon entschieden?«

»Nein, die Geschworenen sind über etwas verwirrt«, erklärte der Aufseher. »Sie wollen dem Richter ein paar Fragen stellen. Hey, Doc, vielleicht haben Sie doch noch Glück.«

Journalisten belagerten den Gerichtssaal. Ken sah die abweisenden Mienen der Benignos, die verhärmten Gesichter von Jean und Zach.

Nachdem die Geschworenen wieder Platz genommen hatten, erklärte Farren, er habe ihre Bitte um »weitere Erklärungen und Erläuterungen« zu vieren der möglichen Schuldsprüche erhalten – es ging um Mord und die drei Grade von Totschlag. Weil es schon spät war, würde er die Geschworenen jetzt entlassen. Er würde die Erklärungen am nächsten Morgen geben.

»Glauben Sie, daß sie an Totschlag denken?« fragte Ken Venturi flüsternd.

»Ja«, antwortete Venturi. Wer weiß? dachte er.

Chaiet wußte es ebenfalls nicht. Er versetzte sich in Gedanken zurück zu jenem anderen Mordfall, wo er über einem Tonband gebrütet hatte, das unzweifelhaft einen kaltblütigen Mord bewies, und sich gefragt hatte, worüber die Geschworenen noch so lange beraten mußten.

Nur Guy McCormick blieb vollkommen selbstsicher. »Es muß einfach Mord sein«, sagte er zu Bob Fausak. »Sie wollen nur sichergehen, daß sie alles richtig machen.«

Wieder in seiner Zelle, hörte Ken mit dem Auf- und Ablaufen auf. Die Geschworenen diskutierten nicht nur über Mord. Sie waren verwirrt! Er erinnerte sich an Farrens verdrießliche Miene. Gott sei Dank, dachte er. *Halleluja!*

Um acht Uhr am nächsten Morgen nahmen die Geschworenen ihre Beratungen wieder auf. Um zehn Uhr verlangten sie weitere Informationen von Farren. Zusätzlich zu den Erklärungen und Erläuterungen wollten sie Fallbeispiele hören. Er erklärte, solche Beispiele könne er ihnen nicht geben. Das würde sie nur von dem anstehenden Fall ablenken.

Dann ging er mit ihnen die möglichen Schuldsprüche noch einmal durch. Die meiste Zeit verbrachte er damit, die Unterschiede zwischen Totschlag ohne mildernde Umstände und grob fahrlässigem Totschlag zu erklären. Freudig erregt schloß Ken daraus, daß Farren glaubte, die Geschworenen konzentrierten sich auf Totschlag.

Alles hatte mit einem graduellen Unterschied zu tun, erklärte Farren. »Grob fahrlässiger Totschlag ist dasselbe wie Totschlag ohne mildernde Umstände ohne den Zusatz ›unter Umständen, die eine extreme Gleichgültigkeit einem Menschenleben gegenüber offenbaren‹. Sie sehen also, es ist ein Grad weniger.« Die offizielle Formulierung im zweiten Fall lautete »Nichtachtung eines gewichtigen und nicht zu rechtfertigenden Risikos«.

Gut, dachte Ken. Es hört sich immer noch verwirrend an.

Aber dieses Mal blieb Ken kaum mehr als eine Stunde in seiner kleinen Zelle, als der Aufseher sagte: »Sie haben einen Urteilsspruch.«

Venturi sah es sofort. Als die Geschworenen hereinkamen, sah keiner von ihnen ihn an – oder Ken.

»Wir halten den Angeklagten für schuldig im Sinne der Anklage«, sagte der Sprecher der Geschworenen.

Später würde Venturi erfahren, daß die erste Abstimmung neun zu drei für Mord ausgefallen war. Drei der Geschworenen hatten sich für Totschlag entschieden.

Im Hinblick auf die vorgeschriebene dreißigjährige Haftstrafe, die Ken bevorstand, beantragte Chaiet, die Kaution – »ohne Anzahlung« – auf eine Million Dollar zu erhöhen.

Farren erklärte, er würde sie auf 750000 Dollar erhöhen. Die Urteilsverkündung wurde auf den 27. September 1985, 9.00 Uhr, festgelegt.

Venturi sagte in einem Interview, daß zweifellos Berufung eingelegt würde, begründet mit der »kumulativen Wirkung« durch die Zulassung von drei Beweisstücken: des Anschlags von Las Brisas, der vergrößerten Farbfotos der Verstorbenen, die »koloriert« gewesen seien, und des Videobandes von Teresa mit dem Kind.

Chaiet meinte, ein Berufungsantrag würde ihn nicht überraschen. »Wenn Ihnen dreißig Jahre ohne Bewährung bevorstünden«, meinte er, »würden Sie wahrscheinlich auch in die Berufung gehen.«

Zach Taylor blieb im Gerichtssaal, und Tränen liefen ihm über das Gesicht. Jean zeigte keinerlei Emotionen. Als sie gingen, lehnten sie jeden Kommentar ab.

Die Journalisten scharten sich um die Benignos.

Louise Benigno soll gesagt haben, Ken verdiene die Todesstrafe.

Al Benigno sagte: »Es gibt keinen Grund zum Feiern. Hier gibt es keine Gewinner.«

Am nächsten Tag erhielt Venturi einen Brief von Ken:

Jack,
danke für das, was Sie tun konnten. Ich bin so entsetzt über diesen Schuldspruch. Ich war dort, ich weiß, was geschehen ist und warum. Bedeutet meine Panik und meine Depression über den Tod meiner Frau, daß ich ein Mörder bin? Jack, ich war in Mexiko unschuldig. Chaiet und Ferron [sic] *hatten kein Recht, diese wackligen »Beweise« vorzulegen.*

Es ist vorbei. Jetzt ist alles zu spät, und man kann nichts mehr ändern, jedenfalls nicht in der nahen Zukunft. Ich bleibe mit Ihnen in Verbindung. Bitte tun Sie Ihr Bestes, um sicherzustellen, daß mein Sohn dorthin kommt, wo Teresa und ich ihn im Fall einer derartigen Tragödie haben wollten – bei meinen Eltern. Das ist alles, was ich im Augenblick noch will. Gott segne Sie bei Ihren Anstrengungen. Es bedeutet die ganze Welt für mich.

Ich danke Ihnen nochmals – ich weiß, Sie haben Ihr Bestes getan, und Ihnen lag nur mein Wohlergehen am Herzen.

Aufrichtig, Ken.

Zwei weitere Briefe, die mit dem Fall zu tun hatten, kamen an diesem Tag ebenfalls an. Einer enthielt eine Rechnung und das Gutachten des Toxikologen aus Philadelphia, S. K. Niyogi, der unbeirrt bestätigte, daß »Teresa Taylor zum Zeitpunkt ihres Todes nicht unter dem stimulierenden Einfluß von Kokain (›Drogenwahn‹) stand«.

Der andere kam vom Außenministerium. Während alle Versuche Chaiets, einen Bericht aus Washington über den Vorfall in Acapulco zu erhalten, fruchtlos geblieben waren, brachte Venturis Anfrage jetzt Ergebnisse, allerdings keine willkommenen. Der Brief war am 16. Juli 1984 datiert, zwei Tage nach Kens Verhaftung, und bestätigte Sorayda Perainos Aussage:

In Sachen TAYLOR, KENNETH ZACHARY.

Habe Taylor besucht – Informationen für Berichtstelegramm: Er will nicht, daß irgend jemand informiert wird. Er sagte, seine Frau habe Drogen genommen, sie hätten getrunken, sich gestritten, er hätte sie geschlagen.

Später besuchte ich Teresa *[sic]* im Centro Medico. Teresa war übel zusammengeschlagen worden, einige Zeit lang war ihr Zustand bedrohlich gewesen, aber sie sprach und schien sich zu erholen. Sie sagte, sie wisse nicht, was passiert sei.

Dann kamen Jean und Zach zu Venturi, direkt nach einem Besuch im Gefängnis. In Gegenwart von Jean fühlte Venturi sich immer unbehaglich. Die Gründe dafür waren nur schwer festzumachen. Aber er hatte das deutliche Gefühl, daß Jean eigentlich die Weisungen gab, daß die beiden zuvor alles besprochen hatten und Zach jetzt nur als ihr Sprachrohr fungierte.

Venturi glaubte immer noch, daß es in Kens Vergangenheit, in seiner sexuellen Entwicklung, tiefe psychische Wunden gegeben hatte, über die er nie etwas erfahren würde. Ebensowenig, wie er jemals erfahren sollte, was in jener Nacht in Manalapan geschehen war. Eigentlich war Venturi davon überzeugt, daß Ken völlig high war und wahrscheinlich analen Sex wollte und nichts funktionierte, sogar die Sex-Telefonate nicht, und er schließlich versucht hatte, seine Frau zu vergewaltigen. Dann hatte er sie erschlagen.

Zach, kochend vor Wut, wollte wissen, wieso die Verteidigung keinen eigenen Toxikologen in den Zeugenstand gerufen hatte. Venturi zeigte ihm den Bericht von Niyogi. Er fragte sich, was Ken seinen Eltern wohl erzählt hatte. Es war ganz gut, etwas Schriftliches zu haben.

Zach wandte sich einem anderen Thema zu. »Was können wir wegen Acapulco unternehmen?«

Venturi zeigte ihm Urbaneks Bericht. Zach sah aus, als hätte man ihm in den Magen getreten. Jean allerdings blieb so gefaßt wie immer.

Im Grunde war alles vorüber. Aber der dunkle Schatten von Dr. Kenneth Z. Taylor wollte nicht weichen.

TEIL 4
DAS KIND

Kapitel Achtzehn

Der Schatten drohte bereits, ehe der Prozeß begonnen hatte.

Wer würde am Ende das Sorgerecht für das letzte Opfer der ganzen Geschichte, das Baby Philip, bekommen?

Von Anfang an war Ken Taylor offensiv vorgegangen.

Philip, informierte er einen Beamten des Jugendamtes, war protestantisch »getauft« worden. Jean und Zach waren nicht nur die Großeltern des Jungen, sondern auch seine Paten. Der Junge mußte in »protestantischem Glauben erzogen werden« – und die Benignos waren »fromme Katholiken«.

Außerdem sollte Philip in dem »gesunden, moralischen, christlichen Umfeld« von Indiana aufwachsen, weit entfernt vom dekadenten New York.

Ken sah voraus, daß das Alter seiner Eltern ein Hinderungsgrund sein könnte, und erklärte, sein jüngerer Bruder Tom würde sich gerne um Philip kümmern, sollten Jean oder Zach einmal nicht mehr in der Lage dazu sein. Niemand, Ken und seine Eltern vielleicht ausgeschlossen, wußte zu dieser Zeit, daß Tom – dessen einstmals vielversprechende Sportlerkarriere hinter ihm lag, der immer noch unverheiratet war und immer wieder einmal zu seinen Eltern zurückzog und sich ab und zu bei Sportereignissen ein paar Dollar verdiente – in einer Welt der Drogen versunken war, in Kokain, Hasch und Pot. Später würde Jean behaupten, daß er erst abhängig geworden war, nachdem er mit ihr für die langen Monate zwischen Kens Verhaftung und dem Prozeß nach Manalapan gekommen war. Er hatte vorübergehend eine Stelle als Sicherheitsmann gefunden.

Und dann war da noch Kens Schwester. Obwohl sie nicht das geringste davon wußte – zu dieser Zeit lebte sie im Süden mit zwei Söhnen und ihrem Ehemann, der inzwischen nicht mehr beim Militär war und sich von einer schweren Krankheit erholte –, behauptete Ken, sie sei bereit, sofort mit ihrer ganzen Familie nach Marion zurückzukehren und sich um Philip zu kümmern.

Auch Zach Taylor zählte begeistert die Vorteile auf, im Mittelwesten aufzuwachsen, in einem »guten, christlichen Heim«, wo »die alten Werte« noch etwas galten.

Jean schloß sich an. Der ruhige Lebensstil in Indiana war erheblich besser zur Erziehung eines Kindes geeignet als »die hastige, hektische Art von New York«, eine Lebensweise, die, wie sie meinte, für den Kummer verantwortlich war, der über Ken hereingebrochen war.

Ein Bericht über die familiäre Situation der Taylors vom Jugendamt in Marion traf am 30. April 1985 ein. Ken wurde hier als »Witwer« geführt. Das Haus der Taylors befand sich in »einer ziemlich ruhigen Nachbarschaft im Nordwestteil der Stadt«. Der Bericht gab an, daß Zachs Jahreseinkommen bei 39000 Dollar lag und daß er, abgesehen von einer Hypothek über 17000 Dollar, schuldenfrei war.

Der Bericht zitierte Ernest J. Dalton, den Leiter des Jugendamtes von Grant County: »Ich kenne Mr. und Mrs. Taylor und ihre Familie seit 25 oder 30 Jahren, sie sind beispielhafte Bürger der Stadt Marion, Indiana.« Dalton erklärte, die Familie habe zu allen Aspekten des Gemeindelebens intensiv beigetragen.

Der Bericht schloß, daß »das Kind bei Mr. und Mrs. Taylor bestens aufgehoben wäre«. Ernest Dalton war auch ein wichtiges Mitglied in der Baptistengemeinde von Marion, der besonders Jean so viel von ihrer Zeit für ehrenamtliche Arbeiten gewidmet hatte.

In Marion kam bald das Gerücht auf, die Benignos hätten Kontakte zur Mafia. Es war nicht schwer, es zu verbreiten.

Ken erklärte weiterhin, er sei sicher, bei einer Berufung würde sich seine Unschuld erweisen. In diesem Fall würde er sofort mit seinen Eltern nach Indiana zurückkehren. Wenn er allerdings seine Gefängnisstrafe antreten müsse, sei er nicht dagegen, daß seine Eltern Philip bis zu seiner Entlassung »adoptieren«. »Bei ihnen hat er es am besten«, sagte er.

Ken zufolge hatten Jeff und Celeste White »äußerst fragwürdige Moralvorstellungen«, Jeff rauche nicht nur täglich Marihuana, sondern handele auch damit. Celeste, sagte er, sei »vollkommen zerstreut«. Ihre einzige Motivation sei »Rache«. Die Whites hatten bereits ein Kind, um daß sie sich kümmern mußten, »und mit einem zweiten würden sie nicht mehr zurechtkommen«. Kens größte Angst allerdings war angeblich, »daß sie Philip gegen mich aufhetzten und ihn glauben lassen, sein Vater sei ein schrecklicher Mensch, der seine Mutter ermordet hat. Dabei trifft diese Behauptung doch überhaupt nicht zu.«

In einem entsprechenden Bericht über die Whites wurde aufgeführt, daß Jeff White 25 000 Dollar jährlich als Mechaniker im Dienst des Staten Island Ferry Service verdiene. Die »helle und saubere« kleine Wohnung, die er und Celeste bewohnten, wurde als »angemessen« für die Bedürfnisse zweier kleiner Kinder angesehen, allerdings würde später eine größere Wohnung notwendig werden.

Jeff und Celeste beriefen sich vor allem auf das Alter der Taylors. Sie waren zweifellos »reizende, wohlmeinende Großeltern«, aber wenn Philip zehn Jahre alt wäre, würden sie auf die Siebzig zugehen, und »bei allem guten Willen wären sie nicht in der Lage, mit ihm Schritt zu halten«. Jeff und Celeste hatten nichts dagegen, daß die Taylors Philip besuchten, aber sie waren absolut gegen einen Kontakt mit Ken. Sie wollten »Philip seine eigene Entscheidung treffen lassen, wenn er älter ist«.

Celeste sagte, sie liebe den Jungen sehr. Sie wünschte sich nichts so sehr, als die Stelle ihrer Schwester als seine Mutter einzunehmen. »Sie hat eine neugeborene Tochter, Christina, und will sie und Philip wie Geschwister aufwachsen lassen.«

Obwohl Jeff kein Blutsverwandter von Philip war, gab der Bericht an, der Junge stehe ihm so nahe wie ein eigenes Kind. Es wurde auch vermerkt, daß Jeffs Vater die Familie verlassen hatte, als Jeff erst vier Jahre alt war, und daß er wußte, was es bedeutete, ohne Vater aufzuwachsen. »Die Vorstellung, daß das Kind weiter hin- und hergeschoben wird, quält ihn, und er möchte, daß diese Situation so oder so ein Ende findet.«

Trotz Jeans Beschuldigungen, daß Philip »überdreht und verwirrt« von seinen Aufenthalten bei den Whites zurückgekommen war, bezeichnete ihn das Jugendamt von Monmouth als »bei bester Gesundheit«. Es sprach die Empfehlung aus, das Kind sollte den Whites übergeben werden. George Warren, der staatliche Vormund des Kindes, hielt es für unwahrscheinlich, daß die Taylors und die Whites je ihre Differenzen beilegen konnten. Er plädierte dafür, »in der Frage des ständigen Sorgerechtes Celeste und Jefferson White den Vorzug zu geben«.

Aber Richterin Julia L. Ashbey, die in der Zeit vor Kens Prozeß das gemeinsame Sorgerecht angeordnet hatte, hielt die endgültige Entscheidung immer noch zurück. Sie wollte zusätzlich psychologische Gutachten.

Für die folgende Anhörung beauftragten die Taylors Barry Shapiro, den Anwalt, der Ken damals vor dem Haftrichter vertreten hatte. Shapiro sollte später zugeben, sich gefühlsmäßig zu sehr engagiert zu haben. Obwohl er ein Nachbar von Ken in der Valley Road gewesen war, war er ihm zwar nie begegnet. Aber während der Monate vor dem Prozeß hatte er Jean und Zach gut kennengelernt und hielt sie für

»beispielhaft anständige, ehrliche, fromme Menschen«. Shapiro legt besonderen Wert darauf, seinen Auftrag auch mit der Bibel zu begründen. In diesem Fall sagte er: »Die Sünden des Sohnes sollen nicht über die Eltern kommen.«

Um den Untersuchungsergebnissen des Psychologen, den die Whites beauftragt hatte, zu widersprechen, wandte sich Shapiro an einen weiteren Psychologen zur Unterstützung der Taylors. Als sich schließlich beide Seiten auf keinen dritten, neutralen Experten einigen konnten, suchte Richterin Ashbey selbst eine Spezialistin für Kinderpsychologie namens Michele Rabinowitz aus, die eine beeindruckende, drei Seiten umfassende Liste ihrer beruflichen Qualifikationen und Erfolge vorlegte. Und sie war es, die entscheiden sollte.

Nach intensiven Tests und Gesprächen mit den Whites und den Taylors, in Gegenwart von Philip und ohne ihn, entschied sich Dr. Rabinowitz für Celeste und Jeff. In dem Alter, in dem sich das Kind befand, schrieb sie, waren »Bindungen« kritisch: »Daher ist es von äußerster Wichtigkeit, daß die Entscheidung über das Sorgerecht sofort gefällt wird, damit dem Kind die Möglichkeit gegeben wird, sich an ein einziges Elternpaar zu binden... In einer derartigen Situation, wo es keine ›Bösen‹ gibt, ist die Entscheidung darüber, was im Interesse Philips das Beste wäre, schwierig. Es ist allerdings meine Überzeugung, daß es für Philip Taylor am vorteilhaftesten sein wird, in die Obhut von Mr. und Mrs. Jefferson White übergeben zu werden... Philip wird die Sicherheit brauchen, die ihm wirkliche Eltern und wirkliche Bindung geben können. Diese Sicherheit wird vielleicht am besten gewährleistet, wenn Philip von Mr. und Mrs. White adoptiert würde. Ganz gleich, ob es zu einer Adoption kommt oder beim Sorgerecht bleibt, sollten Mr. und Mrs. Everett Taylor jedoch die Besuchsrechte haben, wie sie auch für normale Großeltern üblich sind.«

Ein Vergleich wurde von Shapiro und dem Anwalt der

Whites ausgearbeitet. Und am 27. August fällte Richterin Ashbey eine Entscheidung, die im Grunde beide Seiten nicht zufriedenstellte: vom 1. September bis zum 30. Juni jeden Jahres sollten Jeff und Celeste das Sorgerecht haben. Vom 1. Juli bis zum 31. August sollte Philip bei den Taylors sein, außerdem eine zusätzliche Woche nach Weihnachten.

Ken wurde ein Telefonat pro Woche mit Philip zugestanden. Celeste und Jeff sollten das Kind einmal im Monat zu einem Besuch ins Gefängnis bringen oder bringen lassen.

Die Taylors waren auch zu weiteren Besuchen berechtigt, einschließlich Besuchen, bei denen sie Philip für einen Nachmittag zu einem Ausflug mitnehmen durften, sofern dies rechtzeitig vorher angemeldet wurde.

Um die Erfüllung dieser Regeln zu gewährleisten, sollte jede Partei 2000 Dollar hinterlegen. Die Parteien wurden außerdem angewiesen, »miteinander Rücksprache zu nehmen und alle Belange, die die Gesundheit, Erziehung und das Wohlergehen des Kindes betrafen, miteinander zu besprechen«.

»Angemessene Zeit« sollten sie auch aufwenden, um »professionellen Rat und Anleitung zu erhalten, was die Art und Weise angeht, in der sie den Jungen über die Situation seiner natürlichen Eltern informierten«.

Wie kann sie es wagen! Mom und Dad haben viel mehr Erfahrung, wie man Kinder großzieht!

Im Gefängnis von Monmouth County verfluchte Ken Richterin Ashbey – und Dr. Rabinowitz –, wie er schon Chaiet und Farren verflucht hatte. Er wartete auf den Urteilsspruch, der auf den 4. Oktober verschoben worden war, und blieb so lange im Gefängniskrankenhaus. Er konnte sich nicht länger auf sein gebrochenes Fußgelenk berufen, aber da im Trakt zwei Zellen leerstanden, schien es einfacher, ihn dort zu lassen, wo er war. Jetzt, nach Ashbeys Anordnung, war die Zeit für den Ausbruch gekommen.

Insassen des Krankenhausflügels durften sich bis 23.00 Uhr frei im Gebäude bewegen. Ken hatte herausgefunden, daß in dem Fenster der anderen freien Zelle die untere Scheibe fehlte. Noch besser war, daß dies die einzige Zelle mit einer massiven Tür war, die statt der üblichen Gitter nur ein Guckloch hatte. Aber ein Ausbruch würde trotzdem nicht einfach werden. Das Fenster hatte immer noch einen Einsatz aus schwerem Draht, der mit verschließbaren Riegeln am Rahmen befestigt war, und eine Stahlstange anstelle der fehlenden Scheibe.

Ken sagte dem Aufseher, mit dem er sich wegen des Ausbruchs angefreundet hatte, er brauche einen Schraubenschlüssel für die Riegel und eine Säge für die Stahlstange. Er erklärte, seine Eltern würden am Sonntag, dem 1. September, das Haus in Manalapan verlassen und nach Marion fahren. Sie würden den Schlüssel unter der Matte vor der Haustür lassen, und alle Möbel und Geräte könnten Sonntagnacht abgeholt werden. Zwei Tage später, als Celeste und Jeff zur Valley Road fuhren, um mit einem vom Gericht zur Verfügung gestellten Schlüssel Philips Sachen zu holen, fanden sie das Haus geplündert. Sie riefen die Polizei an, die die Taylors benachrichtigte. Zach beschuldigte die Whites, alles gestohlen zu haben.

Am darauffolgenden Freitag, dem 13. September, brachte der Aufseher Ken den Schraubenschlüssel und die Säge. Sie waren im Rücken eines Romans von Stephen King versteckt, den er aus der Gefängnisbibliothek geholt hatte. Als nächstes schlich sich Ken in die freie Zelle und lehnte die Tür hinter sich an. Die anderen Insassen wußten, was geschah, aber keiner meldete etwas. Dann ging einer zu Ken hinein, um zu helfen. Ken konnte Hilfe brauchen. Der Schraubenschlüssel hatte nicht die richtige Größe, und es dauerte unerträglich lange, die Riegel zu lösen. Der Drahteinsatz fiel scheppernd auf den Boden, aber das Geräusch ging unter in dem Lärm, der aus dem Fernseher des Flügels kam. Dann drehte sich die Stahlstange, als die beiden Männer versuchten, sie durchzusägen. Schließlich stopfte Ken Bleistifte in die Aufhängung der Stange, um sie festzuklemmen. Sie hatten noch einen knappen Zentimeter vor sich, als um 23.00 Uhr die Nachtruhe begann.

Das Unvermeidliche geschah: am Morgen hatte ihn einer der Insassen verpfiffen. Ken stritt ab, etwas von dem Ausbruchsversuch zu wissen. Der Informant und ein anderer Insasse des Flügels verrieten den Aufseher, mit dem Ken die Flucht geplant hatte. Auch er stritt alles ab. Man versuchte, herauszufinden, wer den Roman aus der Bibliothek entliehen hatte, aber nur juristische Fachbücher mußten bei der Ausleihe abgezeichnet werden. Der Aufseher mußte kündigen. Er erklärte, das mache ihm nichts aus. Er hatte ohnehin geplant, mit seiner Freundin nach Florida zu ziehen. Ken wurde in eine Zelle im Keller des Gefängnisses gesteckt, in Isolationshaft.

Am 4. Oktober wurde er zur Urteilsverkündung gebracht.

Paul Chaiet teilte Richter Farren mit, er sehe keinen Grund, die vorgesehene Strafe von 30 Jahren ohne Bewährung nicht auf fünfzig Jahre hinaufzusetzen. Chaiet erklärte: »Wenn der Angeklagte jemals entlassen wird, besteht ein echtes Risiko, daß er weitere Verbrechen begeht.«

Farren stimmte zu, daß der Mord an Teresa ganz besonders »abscheulich und brutal« gewesen war, Ken habe »seine Frau im wahrsten Sinne des Wortes niedergemetzelt und ihre Leiche in einen Teppich gepackt«, und er sei »mit ihr durch das halbe Land gefahren, um seine Exfrau zu besuchen, während die Verstorbene immer noch im Kofferraum seines Wagens lag«.

Er erklärte, Chaiets Bitte nur zu gern nachkommen zu wollen. Aber seine Lesart der Gesetze erlaubte es nicht. Er richtete sich nach dem üblichen Vorgehen. Es würden 30 Jahre werden. Der Angeklagte könne frühestens im Alter von 66 Jahren entlassen werden, im Jahr 2015.

Am selben Nachmittag wurde Ken in Handschellen in ein staatliches Gefängnis gebracht, wo er auf den Antritt seiner endgültigen Strafe wartete. Drei Wochen später wurde er in einen Hochsicherheitstrakt des Hauptgefängnisses von New Jersey eingeliefert, in das 150 Jahre alte Staatsgefängnis von Trenton – »Old Dusty« genannt, nach seinem ausgedehnten Hof, in dem nicht ein Grashalm wuchs.

Ein Pflichtverteidiger wurde eingesetzt, um sich um den Berufungsantrag zu kümmern.

Celeste ging ans Telefon. Die Vermittlung sagte: »Ein Anruf für Philip von Dr. Ken Taylor.« Celeste wurde übel. Sie knallte den Hörer auf und lief ins Badezimmer, wo sie sich übergeben mußte.

Eine halbe Stunde später klingelte das Telefon wieder. Diesmal nahm Jeff ab. Er hörte zu. Kens Stimme unterbrach die Vermittlung. »Ich möchte mit ihm reden.«

»Es tut mir leid«, sagte Jeff, »er schläft gerade«, und hängte auf.

Plötzlich zerbrach die gefaßte, kühle Fassade von Jean Taylor.

Der Brief, datiert vom 12. November, war an Richterin Ashbey adressiert. Angeblich ging es darum, daß die Anordnung der Richterin, die Whites sollten Anrufe von Ken entgegennehmen, nicht befolgt worden war. Sie hatten auch das Kind nicht zum Gefängnis gebracht, um seinen »Daddy« zu sehen. Außerdem war Jeans und Zachs Bitte, das Kind zu Thanksgiving besuchen zu dürfen. unbeantwortet geblieben.

Aber Jeans Brief war vor allem eine Zurschaustellung lange aufgestauter, blinder Wut. Da ging es zum Beispiel um Kens angeblichen Ausbruchsversuch:

Ein paar Wochen, bevor Ken das Gefängnis von Monmouth County verließ, versuchte ein Insasse zu entkommen, indem er die Gitterstäbe in seiner Zelle ansägte. Ken hat gehört, daß der Onkel des Insassen Aufseher im Gefängnis ist, und offensichtlich hat dieser Onkel dem Insassen die Säge gebracht. Der Polizeibeamte, der die Insassen verhörte, war ein Mexikaner [Reyes Quinones], der auch bei Kens Prozeß war und für die Staatsanwaltschaft arbeitet. Er kannte Ken, und wir glauben, daß die Information über den Ausbruchsversuch dazu benutzt wurde, Ken bis zu seinem Abtransport in Isolationshaft zu halten. Der Insasse, der versucht hatte auszubrechen, wurde schnell in ein anderes Gefängnis verlegt. Jetzt klagt man Ken auch noch an, daß er ausbrechen wollte. Es ist alles so unfair… Und jetzt versuchen sie, diese Unwahrheit zu benutzen, um die Besuche zu unterbinden, die es ohnehin nie gegeben hat. Die Umstände sind einfach weiterhin unfair.«

Dann waren da noch die Möbel und Geräte, die in dem Haus in Manalapan fehlten:

Die Anordnung des Gerichts war, daß die Whites Philips Möbel haben sollten. Jeff und Celeste und ihre Eltern wollten am 31. August zu Kens Haus kommen und Philip abholen. Wir waren sehr erschrocken über die Entscheidung, denn wir kannten die Situation der White-Benigno-Familie und das Leben, das Philip vor sich hatte. Sie wollten kommen, als wir noch dort waren, aber wir konnten es nicht ertragen, daß sie Philip und auch seine Möbel mitnehmen würden. Also sagten wir ihnen, sie sollten die Möbel und das andere Zeug nach unserer Abreise holen… Jemand oder eine Gruppe von Leuten holten Geräte und Möbel ab und richteten in Kens Heim Schäden an, und wir sind angeblich dafür verantwortlich. Das ist wirklich eine Beleidigung und wirft ein Licht auf ihren Charakter. Wir haben Beweise, daß wir zu Hause (in Indiana) waren, als die Whites Philips Möbel abholen wollten. Everett ist seit diesem Tag wieder zur Arbeit gegangen. Das ist nur wieder eine neue Verleumdung. Celeste und Jeff haben in ihrer Wohnung einen ähnlichen Schein-Einbruch inszeniert, ihre eigenen Sachen gestohlen und sie im Keller der Benignos versteckt und die Versicherungsprämie kassiert, aber wir können es nicht beweisen. Philip Benigno und Jeff White verbrennen Autos und kassieren die Versicherungssummen. Unser Detektiv hat die Versicherung gefunden und das Datum und die Forderung, aber der Fall war abgeschlossen, und die Gesellschaft hat wegen der Kosten nicht weiter ermitteln wollen usw.

Die Erinnerung an »Kens Haus« schien ihre Wut anzufachen:

Ich habe saubergemacht und die Fußböden gebohnert, Fenster geputzt, die Schränke poliert, die Fußböden gesaugt, die Badezimmer saubergemacht und abgestaubt. Unser Sohn Tom hat den Rasen gemäht, als er dort war, er hat uns unterstützt, und als wir nach Hause fuhren, konnte ich den Rasen nicht mähen, und wir haben 180 Dollar bezahlt, um ihn mähen zu lassen. Wir haben Klempnerarbeiten für 125 Dollar durchführen lassen und Elektroarbeiten für 20 Dollar. Wir haben die Hypothek weiter abbezahlt, Wasser, Abfluß, Gas, Telefon und die Ausgaben für Philips Arzt, Medizin gegen das Wundsein, Kleidung, Windeln, Essen. Vom 18. November bis wir wieder zurückgefahren sind, am 31. August, haben wir 12000 Dollar von unserem Geld dafür ausgegeben, in Kens Haus zu wohnen und uns um Philip zu kümmern. Jetzt behauptet Mr George Warren [Philips offizieller Vormund in Finanzangelegenheiten], *wir hätten uns nicht um Haus und Eigentum gekümmert und will uns für den Verlust und die Schäden zahlen lassen. Ich frage mich, was er wohl glaubt, wer die Hypothek bezahlt hat usw.*

Wir haben eine Umzugsfirma bezahlt, um Kens Kleidung, Bücher, das Bücherregal und seine Stereoanlage (er hatte sie schon vor der Heirat), seine Golfschläger und den Kindersitz zu verschicken. Jeff White wollte nicht, daß wir den Kindersitz nehmen, aber da die Anordnung des Gerichts vorsieht, daß wir Philip selbst abholen müssen, hielten wir es nur für fair, den Kindersitz zu nehmen.

Sie grub die Geschichte mit dem Wundsein wieder aus:

Im Januar, nachdem Celeste ihr Baby hatte, wurde Philip wegen Wundsein behandelt, es war wirklich schlimm... Das ist immer und immer wieder passiert, und wir mußten ihn zum Doktor bringen und dreimal Medikamente verschreiben lassen und haben die Behandlung durchgeführt, die der Dr. empfohlen hat (Bäder, dreimal am Tag eine Viertelstunde, und vor dem Wickeln eine bestimmte Salbe verwenden). Manchmal war er so wund, daß er auch anfing zu weinen, wenn man ihn in warmes Wasser legte... Wir haben Fotos gemacht, und ich habe Tagebuch geführt, und es wurde bei verschiedenen Gelegenheiten bestätigt, daß er von den Windeln wund war... Im August fragte mich Celeste: »Wie machen Sie das, daß Philip nicht wund wird?« Schließlich wurde es besser. Jetzt, wo sie beide Babys hat, weiß ich nicht, wie es ihm geht. Ich mache mir große Sorgen.

Celeste wäre als Mutter nicht nur so unfähig, daß sie nicht einmal ein Ei kochen konnte, nein, Teresa wäre sich auch der Mängel ihrer Schwester voll bewußt gewesen:

Teresa hielt nicht viel von ihrer Schwester Celeste, und sie haben sich nicht gut verstanden. Teresa bat mich und meinen Mann, zu ihr zu kommen und mich um sie und Philip zu kümmern, nachdem sie aus dem Krankenhaus entlassen wurde. Sie wollte nicht, daß ihre Schwester und ihre Mom sich um sie kümmerten. Wir waren froh, helfen zu können, und es hat uns Spaß gemacht. Ken und Teresa waren sehr glücklich mit ihrem Sohn und miteinander. Teresa wollte Philip in unserer Kirche taufen lassen, und wir waren seine Paten. Teresa hat es wirklich in Indiana gefallen. Sie sagte: »Wenn einem von uns irgend etwas passiert, sollte der andere das Kind nach Indiana bringen.« Dr. Rabinowitz hat in ihrem Bericht mehrere Male von dem ruhigen Lebensstil von Mr. und Mrs. Taylor in Indiana gesprochen. Richterin Ashbey sagte, es sei ein viel besserer Ort, um ein Kind zu erziehen, als das hektische New York.

Eine böswillige Verschwörung gegen sie und ihren Mann sei am Werk:

Als das Sorgerecht geregelt wurde, war die Entscheidung unfair. Der Bericht des Jugendamtes von New Jersey war nicht vollständig. George Warrens Bericht war sehr einseitig. Dr. Rabinowitz' Bericht konnten wir einfach nicht glauben! Wir glauben, daß jemand oder etwas Dr. Rabinowitz beeinflußt hat... Die Whites kommen mit allem davon!

Und in einem abschließenden bitteren Ausbruch machte Jean Taylor klar, wie sie, ganz anders als Jeff und Celeste, damit umgehen würde, Philip von Teresas Tod erzählen zu müssen.

Sie wollen ihm die volle Wahrheit nicht sagen, was seine Mommy ihm angetan hat, daß man in ihrer Leiche mindestens drei unterschiedliche Drogen gefunden hat, daß sie versucht hat, seinen Daddy umzubringen... daß sie ihn mißbraucht hat und damit auch weitergemacht hätte, wäre sie nicht erwischt worden. Was wäre aus Philip geworden, wenn Teresa ihn weiter sexuell mißbraucht hätte? Wenn er alt genug ist, zu verstehen, was wird dann?

Jeff und Celeste klammerten sich an einen Abschnitt in Dr. Rabinowitz' Bericht, der besagte, daß seine Großeltern zwar Besuchsrechte haben sollten, aber diese Besuche sollten »nicht dem natürlichen und normalen Bindungsprozeß entgegenwirken«.

Ein neuer, älterer Richter, Walter H. Gehricke, hatte im Familiengericht die Stelle von Julia Ashbey eingenommen. Und im Oktober, nach einer Untersuchung durch einen Psychologen aus Staten Island, beantragten die Whites, die Besuche der Taylors sollten auf »Tagesbesuche« reduziert werden. Der Psychologe, Lewis Hill, hatte bemerkt, daß die Taylors dagegen opponierten, daß »andere Personen als Mutter oder Vater auftreten«, und empfahl, »den Kontakt mit dem leiblichen Vater abzubrechen, bis Philip alt genug ist, sich dem Problem zu stellen«. Trocken hielt Lewis fest: »Eine weitere Komplikation ist dadurch gegeben, daß der Vater einsitzt, weil er Philips leibliche Mutter umgebracht hat.«

Im November brachte Barry Shapiro eine Beschwerde vor, weil die Whites sich angeblich konsequent weigerten, sich an die festgelegten Richtlinien zu halten, insbesondere hatten sie nicht auf eine Bitte um Besuchsmöglichkeit zu Thanksgiving geantwortet.

Gehricke ordnete einen dreitägigen Besuch nach dem Feiertag an. Dann hörte Celeste, daß Jean und Zach an zweien dieser drei Tage das Kind ins Gefängnis von Trenton mitgenommen hatten.

Spontan fragte sie Jean: »Sie haben ihn doch nicht mit ins Gefängnis genommen?«

»Doch«, sagte Jean herausfordernd.

Die Vorstellung eines achtzehn Monate alten Kindes in Kens Armen war zuviel für Celeste. Und im Dezember, nach eingehender juristischer Beratung, beantragten sie, daß der Staat New York die Vormundschaft für Philip übernehmen solle.

Das verhinderte zunächst einmal den einwöchigen Besuch nach Weihnachten bei Jean und Zach Taylor, der Teil der ursprünglichen Regelung gewesen war. Bevor die Taylors auch nur davon erfuhren, hatte Zach jedoch schon bei Jeff angerufen und erklärt, daß sie ihren Besuch absagen wollten. Sie wollten Philip nicht die Möglichkeit nehmen, sich an seinem neuen Spielzeug zu freuen, das er doch sicher bekommen würde. Sie würden etwas für später ausmachen, vielleicht für Januar.

Celeste würde sich immer daran erinnern. Es war so untypisch für die Taylors gewesen, so rücksichtsvoll. Irgendwie machte es ihr Angst.

Das Verfahren in New York zog sich bis Ende März hin. Dann fiel die Entscheidung gegen Jeff und Celeste, weil man Sorgerechtskonflikte zwischen den einzelnen Bundesstaaten vermeiden wollte. Die Begründung lautete, Philip habe nicht lange genug in New York gelebt. Außerdem sei sein leiblicher Vater immer noch ein Bürger von New Jersey.

Es war eine totale, unerwartete Niederlage, die erste, die die Whites erlitten. Sie waren am Boden zerstört. Wie konnte ihr eigener Staat sie so im Stich lassen?

Juli und August waren nicht mehr weit, und dann sollte Philip nach Indiana gebracht werden. Das konnten sie nicht zulassen. Celeste hatte immer wiederkehrende Alpträume über eine Unterbrechung jener Bindung, von der die Psychologen gesprochen hatten. *Sie* war jetzt Philips Mutter. Philip und Christina verstanden sich wunderbar. Sie hatte den Brief gelesen, den Jean Taylor an Richterin Ashbey geschrieben hatte. Was würden die Taylors über Teresa erzählen? Sie würden sicher dafür sorgen, daß Philip immer in Verbindung mit Ken blieb. Mit Sicherheit würden sie ihn mitnehmen, wenn sie den Mörder ihrer Schwester besuchten. Und Celeste war davon überzeugt, wenn Philip erst einmal in Indiana war, würden sie ihn nie wiedersehen.

Die Angst, Philip zu verlieren, verzehrte Jeff und Celeste. Nach der Entscheidung von New York waren sie durch ihre schlimmen Vorahnungen am Boden zerstört. Jede kleinste Einzelheit schien gegen sie zu sprechen. Der weißhaarige Richter Gehricke, an den sie sich nun wieder wenden mußten, war sogar noch älter als die Taylors. Gehricke würde sie als Kinder betrachten, die nicht in der Lage waren, zurechtzukommen. Körperlich gesehen waren die Taylors so gediegen und freundlich wie Personen auf einem Bild von Norman Rockwell.

Celeste und Jeff fürchteten, wieder vor Gericht ziehen zu müssen. Jedesmal brachte das schreckliche Erinnerungen an Teresa mit sich. Und was für eine Chance hatten sie denn? Sie liebten ihre kleine Wohnung, aber wie konnte sie gegen das Haus der Taylors in Marion ankommen mit seinen drei Schlafzimmern, dem großen Garten, dem Pool? Die Taylors waren angesehene Bürger. Zach Taylor verdiente viel mehr Geld als Jeff. Irgendwie, sagte Celeste, mußten sie auch an ein Haus mit einem Garten kommen. Irgend etwas mußten sie gegen diesen zweimonatigen Besuch unternehmen. Sie und Jeff liebäugelten mit der Idee, mit Philip und Christina nach Kanada zu flüchten. Jeff würde dort schon einen neuen Job finden. Sie waren jung genug, ein neues Leben anzufangen, und sie würden in Sicherheit sein.

Aber sie blieben wie gelähmt vor Ort. Die Vorstellung, vor Richter Gehricke auftreten zu müssen, machte sie nervös. Obwohl der Antrag, alles nach New York zu verlegen, vollkommen legal und einwandfrei gewesen war, war Gehricke sicherlich nicht erfreut darüber.

Dann kam ihnen Barry Shapiro zuvor. Am 29. Mai reichte er einen Antrag auf eine Anhörung vor Gehricke gegen Jeff und Celeste ein, da sie gegen Anordnungen von Richterin Ashbey und von Gehricke selbst verstoßen hatten.

Eine ganze Liste von Beschwerden war beigelegt. Die Whites hatten die geforderten 2000 Dollar nicht hinterlegt;

sie hatten Besuche Philips bei Ken Taylor verhindert; sie hatten Telefonate sowohl Kens als auch seiner Eltern mit Philip verhindert; sie hatten ihren Anteil am Honorar für Shapiro nicht gezahlt, nachdem er gezwungen gewesen war, sich wegen des Thanksgiving-Besuches an Gehricke zu wenden; und jetzt versuchten sie, den zweimonatigen Besuch Philips in Indiana zu verhindern.

Shapiro verlangte, der Besuch solle erzwungen werden. Eine Entscheidung über den Antrag wurde für den 16. Juni angekündigt.

Nach einem anfänglichen Schock sagte Jeff zu Celeste: »Wir waren Idioten! Wir sind keine Kinder, verdammt noch mal, wir sind erwachsene Menschen. Wir können hier nicht nur sitzen und heulen. Wir sind dafür verantwortlich, daß Philip ein normales, glückliches Leben führt, also werden wir kämpfen, auch wenn es lange dauert. He, wir sind doch die Guten! Und die Guten gewinnen immer, daran glaube ich. Hören wir endlich auf zu jammern und zu klagen!«

Aufgeregt rief Celeste bei der Anwaltskammer an. Sie bat, ihr einen Anwalt zu empfehlen, der sich mit Sorgerechtsfällen auskannte. »Es ist dringend.« Man nannte ihr die Namen zweier Anwälte, beides Männer. Nein, hörte Celeste sich sagen, sie wollte keinen Mann. Sie wollte eine Anwältin. Am besten eine, die selbst Mutter war – jemand, der die Qualen, die sie durchmachte, verstehen konnte. Man machte ihr zwei weitere Vorschläge. Dann sagte die Frau am Telefon: »Eigentlich sollte ich so etwas nicht tun, aber wenden Sie sich am besten an Janice Miller. Sie ist wirklich sehr engagiert.«

Celeste rief Janice Miller am 10. Juni an. Aus ihr sprudelten die Worte nur so hervor. »Ich muß Sie sofort sehen. Ich bin die Schwester von Teresa Taylor, die von ihrem Mann so brutal ermordet wurde. Daran erinnern Sie sich doch, oder?«

Janice dachte nach. Ja, sie erinnerte sich. Der Zahnarzt in

Manalapan, der seine Frau totgeschlagen hatte, etwa vor einem Jahr.

Celeste erklärte, worum es ging. Psychologische Gutachten hatten gezeigt, daß die Besuchsrechte der Großeltern väterlicherseits stark eingeschränkt werden sollten. Es blieb nicht mehr viel Zeit. Eine Anhörung sollte schon in einer Woche stattfinden.

In einer Woche? Das machte es beinahe unmöglich. Hatte Mrs. White in der Vergangenheit nicht andere Anwälte gehabt? »Ja«, sagte Celeste, »sogar zwei, bei unterschiedlichen Gelegenheiten. Aber die haben sich nicht genug eingesetzt. Ich brauche jemanden, der wirklich kämpft.« Nun, so etwas hatte Janice Miller schon häufiger gehört.

Dann erhielt Celeste noch mehr schlechte Nachrichten. Janice Miller sagte, sie verlange 125 Dollar pro Stunde und einen Vorschuß von 2000 Dollar.

O Gott, dachte Celeste. Sie hatten immer noch 8000 Dollar Schulden bei den anderen Anwälten, die sie in New Jersey und New York vertreten hatten, und mit Hilfe von Al und Louise zahlten sie diese Schulden in 200-Dollar-Raten die Woche ab. Und darüber hinaus hatten sie sich gerade für ein Haus entschieden, damit kein Sozialarbeiter mehr sagen konnte, ihre Wohnung wäre zu klein für Philip. Das Haus war nichts Großartiges, aber es hatte drei Schlafzimmer und einen kleinen Hof. Sie würden noch mehr Geld von ihren Eltern leihen müssen.

»Bitte«, flehte Celeste, »ich weiß nicht, an wen ich mich noch wenden soll. Alles, was ich weiß, ist, daß uns eine Frau vertreten soll.«

Janice lebte mit ihrem Mann, Frank Gaudio, zusammen, der ebenfalls Anwalt war. Sie wohnten in einem verfallenen Haus in Monmouth County, an dem immer noch renoviert wurde. Dort hatten sie sowohl ihre Wohnung als auch die Kanzlei mit Aussicht auf den Neversink River. Beim Abendessen erzählte sie von Celestes Anruf.

»Wie hast du dich entschieden?« fragte Frank.

»Ich habe ihr zugesagt, daß ich mich mit ihr treffe«, sagte sie. »Es lag etwas in ihrer Stimme, dem ich mich nicht entziehen konnte.«

Als Celeste und Jeff am folgenden Abend vorbeikamen, hatten sie den Scheck mit dem Vorschuß dabei. Celeste sprach beinahe drei Stunden lang, aus ihr sprudelten die Worte nur so hervor wie bereits am Telefon, mit Tränen in den hellgrauen Augen. Janice war gegen ihren Willen beeindruckt von ihrem offensichtlichen Kampfgeist, ihrem Schmerz und ihrer Liebe zu Philip.

Und Jeff beeindruckte sie auf seine Art noch mehr. Obwohl es überwiegend Celeste war, die redete, waren seine Ehrlichkeit und die Loyalität, die er seiner Frau entgegenbrachte, nicht zu übersehen. Im Grunde, dachte Janice, könnte er auch gut sagen, er brauche das alles nicht. Bei der Heirat mit Celeste hatte er nicht geahnt, was auf ihn zukommen würde. Teresa Taylor war nicht seine Schwester gewesen. Aber er fühlte sich Philip eindeutig ebenso verpflichtet wie seine Frau.

Und da gab es noch etwas.

Janice stellte die Frage nicht, die praktisch jeder früher oder später gestellt hatte: Wieso war Teresa bei solch einem Mann geblieben? Selbst wenn sie sich nicht an Acapulco erinnern konnte, hätte ihr ihr gesunder Menschenverstand nicht sagen müssen, was passiert war?

Janice fragte nicht, weil sie die Antwort schon kannte.

Janice, 44 Jahre alt, zierlich, mit kurzem, lockigem blonden Haar, kannte die versteckte Scham und Demütigung einer geschlagenen Frau. Neun Jahre lang war sie von ihrem ersten Mann geschlagen worden. Sie stammte aus einer Bauernfamilie aus New Jersey. Mit 16 hatte sie geheiratet, im zweiten Monat schwanger, ohne die High-School abzuschließen. Mit 21 hatte sie vier Kinder. Während der gesamten neun Jahre ihrer Ehe hatte sie keinem von den Schlägen erzählt, die sie zu Hause bekam, sie hatte sich tagelang versteckt, damit Freunde und Nachbarn nicht ihre blaugeschlagenen Augen und geplatzten Lippen sehen sollten. Schließlich kam sie 1967, nach einem besonders brutalen Angriff, der mit einer schweren Kopfverletzung endete – ihr Mann hatte dem Arzt gesagt, sie sei die Treppe heruntergefallen, und sie hatte ihm nicht widersprochen –, zu einer erschreckenden Erkenntnis. Wenn er sie noch einmal anfassen würde, würde sie ihn umbringen. Also floh sie.

Und danach gab sie nicht mehr auf. Sie erarbeitete sich ein Diplom, das sie zum Studium berechtigte. Während der nächsten fünfzehn Jahre zog sie ihre zwei Söhne und zwei Töchter auf und ernährte die Familie durch alle möglichen Jobs – als Kellnerin, Putzfrau, Zeitungsfrau. Sie nahm Kurse in Schreibmaschine und Steno und fing an, sich für das Rechtswesen zu interessieren, als sie eine Stelle als Anwaltsgehilfin bekam. Sie machte ihren Abschluß am Douglass College an der Rutgers University. Es war so etwas wie höhere Gerechtigkeit, daß sie das Geld für das Jurastudium in Philadelphia durch eine besonders erfolgreiche Klage wegen sexueller Diskriminierung erhielt, die sie gegen eine Anwaltskanzlei anstrengte, in der sie beschäftigt gewesen war.

Während des Studiums begegnete sie Frank Gaudio, einem fünfzehn Jahre jüngeren Jurastudenten. Auch er hatte ein ereignisreiches Leben hinter sich. Er war der Sohn eines Bauarbeiters aus Kalabrien und mit sechs Jahren in die Staaten gekommen. In der ersten Klasse der Hauptschule konnte er kein Wort Englisch. In der High-School war er dann der beliebteste Redner der Klasse. Er arbeitete mit Janice in einem Projekt über die rechtliche Situation mißhandelter Frauen zusammen. In ihrem dritten Studienjahr erhielten sie ein Stipendium, um die rechtliche Stellung der Frauen in Europa zu untersuchen. Trotz des Altersunterschiedes verliebten sie sich ineinander.

Sie waren zwei Jahre verheiratet, als Celeste und Jeff in ihr Leben traten. Ihre Kanzlei, die sich überwiegend mit Zivilprozessen beschäftigte, zeigte erste Anzeichen von Erfolg. Janice opferte jede freie Minute für Beratungen in einem Haus für mißhandelte Frauen. Das letzte, was sie brauchten, war ein langwieriger Sorgerechtsprozeß mit Klienten, die knapp bei Kasse waren. Janice sagte Frank, sie nehme nicht an, daß es sich so lange hinziehen würde. Aber sie konnte ohnehin nicht mehr zurück. Es war, wie sie sagte, ein klassisches Beispiel dafür, daß Gewalttätigkeit in einer Familie am Ende alle betraf.

Was sie mehr als alles andere entsetzte, war die Auflage, daß Celeste Telefonate vom Mörder ihrer Schwester entgegennehmen und Philip einmal im Monat zu Besuch ins Gefängnis bringen sollte. Eine solche Mißachtung grundlegender menschlicher Gefühle! Und sie mußte immer an Celestes Angst denken, daß Philip, wenn er erst einmal in Indiana war, nicht mehr zu ihr zurückgelassen würde.

Sie entschloß sich, direkt anzugreifen und ebenfalls Beschwerde einzulegen, statt auf Shapiros Beschwerde zu reagieren. Nach einem kurzen Auftritt mit Shapiro vor Gehricke am 18. Juni wurde die Anhörung auf den 1. Juli vertagt. Jetzt hatte sie ein wenig Luft. Bei der Durchsicht der Unterlagen, die ihr Jeff und Celeste übergeben hatten, stellte sie fest, daß Dr. Rabinowitz der Schlüssel zu allem war. Rabinowitz war die einzige objektive Instanz, von der Richterin selbst ausgewählt und hoch geachtet beim Familiengericht von New Jersey. Sie war die einzige Gutachterin, die persönlich sowohl die Whites als auch die Taylors beobachtet hatte.

Janice Miller war noch überzeugter, nachdem sie die Psychologin angerufen und sie gebeten hatte, für die Whites auszusagen. »Ich sage für niemanden aus, nur für das Kind«, sagte Michele Rabinowitz. »Philip ist der einzige, der mich interessiert.« Auf dieser Grundlage stehe sie zur Verfügung.

Das war genau die Art von Offenheit, die Janice bevorzugte. Richter Gehricke würde das noch zu spüren bekommen. Sie könnten mit Dr. Rabinowitz anfangen, und vielleicht würde das schon genügen.

Am Tag vor dem Anhörungstermin rief die Sekretärin von Dr. Rabinowitz an. Die Psychologin, eine begeisterte Reiterin, hatte einen Unfall gehabt. Sie war bettlägerig, hatte einen Bänderriß am Knie und große Schmerzen. Sie konnte unmöglich zum vorgesehenen Termin vor Gericht erscheinen.

Am 1. Juli bat Janice Gehricke um einen Aufschub bis zur Gesundung von Dr. Rabinowitz. Gehricke lehnte ab. Es würde keine weiteren Aufschübe geben. Und plötzlich schien Celestes Unruhe wegen Gehricke begründet. Er kündigte an, es gäbe keinen Grund, diese Angelegenheit nicht schnell zu erledigen. Diese Sache fange an, ihm auf die Nerven zu gehen. Man brauche keine weiteren Untersuchungen. Es sei ein einfacher Fall. Die Whites hatten einer Anordnung des Gerichts nicht Folge geleistet. Die Großeltern des Kindes waren weit gereist, um herzukommen. Wenn sie an dem Kind kein Interesse hätten, wären sie nicht gekommen. Er war selbst Großvater. Er wußte, was es bedeute, von seinen Enkeln getrennt zu werden. Nach einer kurzen Unterbrechung sollte die Anhörung weitergehen. Er hatte einen vollen Terminkalender.

Um Zeit zu gewinnen, »verlief« sich Janice Miller im Gerichtsgebäude. Sie zog sich in eine Ecke zurück, wo man die Lautsprecherdurchsagen nicht hören und nicht gefunden werden konnte. Alle machten so etwas hin und wieder. Die Richter konnten immer noch über andere Angelegenheiten nachdenken oder mit anderen Anwälten, die schon warteten, diskutieren. Gegen 12.30 Uhr kam sie zurück und erklärte, sie müsse sich wegen des Problems wegen der Gutachterin mit ihren Klienten beraten. Ohne Kommentar zog sich Gehricke zur Mittagspause zurück. Nun gut, sie hatte den Morgen gewonnen. Wenn es ihr gelingen würde, die Anhörung bis zum 3. Juli hinauszuzögern, würde es am 4. Juli eine Unterbrechung wegen des Feiertags geben, und mit etwas Glück konnte Dr. Rabinowitz dann wieder humpeln.

Celeste, ihre erste Zeugin, sagte, sie würde Besuche der Großeltern bei Philip willkommen heißen – solange sie nicht über Nacht andauerten. Sie und Jeff würden ihn unter diesen Umständen sogar nach Indiana bringen. Aber als Shapiro sie einem Kreuzverhör unterzog, wurde sie immer verwirrter und fing an, sich zu verteidigen, versuchte, zu erklären, wieso sie die Anordnungen, auch Gehrickes, nicht befolgt hatte. Shapiro warf ein, er wolle keine Erklärungen, er wolle Antworten.

Plötzlich glaubte Janice, eine Veränderung in Gehrickes Haltung zu erkennen. Es war der zweite Tag der Anhörung, und Dr. Lewis Hill, der Psychologe, den die Whites beauftragt hatten, war gerade zum Ende seiner Aussage gekommen. Janice zitierte Abschnitte aus Jeans wütendem Brief an Richterin Ashbey, in dem Jean geschrieben hatte, die Whites würden Philip nie die Wahrheit über Teresas Tod und Kens Unschuld mitteilen. Obwohl Ashbey den Brief zu den Akten gelegt hatte, schien er Gehricke bisher unbekannt zu sein.

Und er hörte genau zu, als Hill erklärte, der Brief zeige eine extreme Feindseligkeit Jeans den Whites gegenüber und außerdem, daß sie vorhabe, Philip schädliche Auskünfte über seine Mutter zu geben.

»Wie würde sich so etwas auswirken?« fragte Gehricke.

Es würde, sagte Hill, zu einem schwerwiegenden Bruch im Selbstbild des Kindes führen. Es könnte »dem Kind nur schaden«.

Shapiro war als Anwalt Jeans und Zachs anwesend, aber man hatte Ken erlaubt, sich bei der Anhörung selbst zu vertreten. Und nun warf ihm Gehricke einen langen, abschätzenden Blick zu, als Ken mit Hills Befragung begann.

»Sind Sie gegen die Besuche meines Sohnes im Gefängnis?«

»Ja.«

»Nun, ich habe Berufung gegen das Urteil eingelegt. Wird es nicht einfacher für ihn sein, sich an mich zu gewöhnen, wenn ich erst wieder frei bin?«

Hill war einen Augenblick lang sprachlos. Dann sagte er: »Es könnte etwas einfacher werden. Andererseits, wenn Sie verlieren, wird es für das Kind sehr hart.«

Jeff White erwies sich als erstaunlich brauchbarer Zeuge. Das war, dachte Janice, eine Folge derselben grundlegenden Ehrlichkeit, die sie bei ihrer ersten Begegnung so beeindruckt hatte.

Er sprach über seine Gefühle für das Kind und darüber, daß er die Schmerzen eines Kindes kannte, weil sein Vater ihn verlassen hatte, als er vier war.

»Wie ist Ihre Beziehung zu Philip?«

»Ich betrachte mich als seinen Vater«, sagte Jeff. »Ich habe ihn sehr gern. Als wir das Sorgerecht zum ersten Mal bekamen, hatte ich ihn wohl gern, weil er mir so leid tat. Aber seitdem ist viel Zeit vergangen, und jetzt liebe ich ihn« – er suchte nach Worten – »wie ich meine Tochter liebe. Er ist mein Sohn.«

Am nächsten Tag, dem 3. Juli, wurde Janice ein unerwarteter Aufschub geschenkt. Ken wurde jeden Morgen aus dem Gefängnis gebracht, und diesmal war es beinahe elf Uhr, bis er eintraf. Jeff war immer noch im Zeugenstand. Und die Taylors mußten auch noch aussagen.

Gehricke seufzte. Er hatte nach dem Feiertag einen vollen Terminkalender. Die nächste Sitzung setzte er für den 29. Juli fest.

Ken erhob sich. Er führte aus, daß seine Eltern das Sorgerecht seit dem 1. Juli haben sollten. Er setzte voraus, daß in der Zwischenzeit Philip bei Zach und Jean bleiben würde.

Gehricke schoß zurück: »Das setzten Sie ungerechtfertigterweise voraus. Diese Anhörung wird fortgesetzt und abgeschlossen werden, und bis dahin wird alles beim derzeitigen Stand bleiben.«

Dann bat er Janice Miller und Shapiro in sein Zimmer. Er wollte die Angelegenheit jetzt endlich hinter sich bringen. Seine Vorstellung war, Philip solle statt der zwei Monate drei Wochen in Indiana verbringen, und dann noch einmal zwei Wochen in der Weihnachtszeit. Es klang so, als wolle er diese Regelung auf jeden Fall verabschieden, falls sich die beiden Seiten nicht einigen konnten. Janice, meinte er, könne so viel Berufungen einlegen wie sie wolle.

»Auf keinen Fall«, erklärte Celeste.

Und am 29. Juli wurde Michele Rabinowitz, auf Krücken, endlich vereidigt. Kinder in Philips Alter befanden sich in einer kritischen Gewöhnungsphase, sagte sie. Es gab eine ganz normale, entwicklungsbedingte Angst, die »Trennungsangst«. Sie setzte im Alter von etwa zwölf Monaten ein, erreichte ihren Höhepunkt bei 18 Monaten und verschwand etwa, wenn das Kind zweieinhalb Jahre alt war. Ein Kind in diesem Alter von den Mutter- und Vaterfiguren zu trennen, würde psychische Traumata hervorrufen.

In ihrer Neubewertung stellte sie fest, daß die gemeinsame Sorgerechtsregelung »nicht dem Wohl des Kindes« diene.

Sie erklärte, daß eine sofortige, schnelle Entscheidung getroffen werden müsse, »damit es sich psychisch an ein Elternpaar binden kann«.

Sie beschrieb Jeff und Celeste als »sehr positive, liebevolle Eltern« für Philip. Die Begriffe »Mutter« und »Vater« seien für sie völlig angemessen.

Sie empfahl »sehr eingeschränktes Besuchsrecht« für die Großeltern »während der nächsten Jahre«. Im Augenblick wären jegliche Besuche, bei denen Philip über Nacht von Jeff und Celeste getrennt war, »ausgesprochen kritisch und vermutlich schwer traumatisierend«.

Die Großeltern könnten Philip in diesem Jahr durchaus zwei Wochen lang besuchen, aber es sollte keine Trennung über Nacht von den »Eltern« stattfinden. Sie könnten Philip für den Tag abholen und ihn zur Schlafenszeit wieder zurückbringen. Im Alter von drei Jahren wäre vielleicht eine Übernachtung bei den Großeltern möglich. Philip wäre nicht für einen ein- oder zweimonatigen Aufenthalt bereit, bis er etwa zehn Jahre alt wäre. In jedem Fall, meinte Dr. Rabinowitz, seien »Besuche bei Großeltern von ein- oder zweimonatiger Dauer sehr unüblich und würden die normale familiäre Entwicklung stören«.

Das Gericht solle »die hohe Wahrscheinlichkeit psychischer Traumata bedenken, die Philip erleiden wird, wenn man ihn in dieser sehr verwundbaren Zeit von seiner ›Kernfamilie‹ trennt«. Sie sagte: »Dieses Kind hat in seinem Leben schon genug Traumatisches erlitten.«

Beim Kreuzverhör hatte Janice Miller erfahren, daß Ken Berufung gegen das Urteil eingelegt hatte. Wie solle man damit umgehen?

»Ich glaube, es ist in Philips Interesse, wenn er keinen Kontakt mit seinem leiblichen Vater hat, bis die Berufung entschieden ist.«

»Und wenn entschieden wird, daß Kenneth Taylor seine Gefängnisstrafe antreten muß, würden Sie dann empfehlen, daß Philip seinen Vater regelmäßig sieht?«

»Nicht, bevor er es selbst wünscht.«

An diesem Nachmittag näherte sich Barry Shapiro, der plötzlich sehr freundlich geworden war, Janice im Flur vor dem Gerichtssaal. »Wir sollten uns wirklich einigen«, meinte er. »Sie sehen ja, der Richter will es unbedingt.«

Janice Miller sprach darüber mit Celeste und Jeff. Sie war sicher, daß Gehricke zu ihrer Seite tendierte, aber sie war auch sicher, daß er den Taylors immerhin etwas zugestehen wollte. Angenommen, sie würde Shapiro eine Woche Besuch in Indiana anbieten? Das würde Gehricke immerhin zeigen, daß sie nicht unversöhnlich waren.

»In Ordnung«, sagte Celeste schließlich. »Was können die Taylors schon in einer Woche anrichten?«

Zu Janices Erstaunen wies Shapiro das Angebot nicht sofort zurück. Er erklärte, er müsse mit seinen Klienten darüber reden. Oha, dachte sie, Barry sieht sich wirklich auf dem absteigenden Ast.

Am nächsten Morgen kam Shapiro mit einem überraschend zurückhaltenden Gegenvorschlag auf sie zu. Wie sah es mit zwei Wochen aus?

Darüber war sich Celeste nicht mehr so sicher.

»Sehen Sie«, erklärte ihr Janice, »mehr können wir nicht erreichen. Gehricke hat schon von drei Wochen gesprochen. Wer weiß, wie er entscheidet, wenn er sich aufregt?«

Am Freitag, dem 1. August, kehrten alle in den Gerichtssaal zurück. In letzter Sekunde, als Gehricke gerade verkünden wollte, worauf man sich geeinigt hatte, erklärte Celeste, sie wolle Dr. Rabinowitz befragen, was sie von den zwei Wochen halte.

Entnervt erwiderte Gehricke, das hätte sie längst tun können, aber gut, er würde es gestatten.

Michele Rabinowitz sagte Celeste, sie würde dieser Regelung nur zustimmen, wenn Philip während der ersten Woche zweimal täglich mit Celeste telefonieren dürfe und in der zweiten Woche Jeff und sie nach Marion fahren würden, um mindestens eine Stunde am Tag mit dem Kind zu verbringen.

Als Celeste dies berichtete, seufzte Gehricke noch einmal und sagte dann: »Na gut, Dr. Rabinowitz ist die Expertin. Wenn sie das will, wird sie es bekommen.«

Vom 1. bis zum 16. August sollten die Taylors das Kind in Indiana haben.

Am Samstag, dem 9. August, würde Celeste Philip im Haus der Taylors für zwei Stunden besuchen, und danach für eine weitere Stunde jeden Tag.

In der Woche nach Weihnachten würden die Taylors nach Staten Island kommen und Philip für eine Woche besuchen.

Danach würde alles weitere »unter Berücksichtigung des Kindswohls« entschieden werden.

In Gesprächen mit Philip sollten die Taylors die Whites immer als »Mutter« und »Vater« bezeichnen. Die Taylors sollten als »Großmutter« und »Großvater« angesprochen werden.

»Unter keinen Umständen«, sagte Gehricke, »werden Everett und Jean Taylor irgendwelchen Kontakt zwischen Philip Taylor und Kenneth Taylor erlauben. Es wird keine Besuche mit dem Kind im Staatsgefängnis von Trenton geben, wo er einsitzt. Es wird keine telefonische Kommunikation zwischen Kenneth Taylor und Philip Taylor geben, und Everett und Jean Taylor werden Philip keine Briefe von Kenneth Taylor vorlesen.«

Gehricke fragte Ken, ob er noch etwas dazu zu sagen habe.

»Nicht jetzt«, erwiderte er.

Dann, als er hinausgeführt wurde, sah Celeste, wie er seinen Eltern zuzwinkerte. Sie lief hinter Janice her und umklammerte ihren Arm. War ihr das Zwinkern nicht aufgefallen? Was hatte das zu bedeuten?

Janice sagte nein, sie habe es nicht bemerkt. Und sie wisse nicht, was es zu bedeuten habe. »Ich weiß nur, daß wir unter diesen Umständen das bestmögliche Ergebnis erreicht haben.«

Am selben Abend noch fuhren Jean und Zach in ihrem Toyota Minicruiser nach Staten Island, um Philip abzuholen. Er schien verwirrt und fing an zu weinen. Celeste versuchte, ihn zu trösten. Er würde mit seinen Großeltern eine wunderbare Reise machen.

Sie gab ihm sein Kissen und seinen großen gelben Vogel aus der »Sesamstraße« mit, den er jede Nacht mit ins Bett nahm. Sie gab ihm auch einen Kalender, in den sie Bilder von Christina und dem Haus in Staten Island gemalt hatte, und auf das Blatt für Samstag, den 9. August, hatte sie sich selbst und Jeff gezeichnet und mit ›Mommy‹ und ›Daddy‹ beschriftet. Sie zeigte Philip, daß sie ihn an diesem Tag wiedersehen würden. Und sie würde jeden Tag mit ihm telefonieren. Schon in ein paar Tagen würde sie vorbeikommen, um ihn zu besuchen, und sie zählte ihm die Blätter vor, um ihm zu zeigen, wie viele Tage das noch waren.

Erleichtert wandte sich Janice Miller den anderen Fällen zu, die inzwischen drängten.

Gegen 23.00 Uhr am Mittwoch, dem 6. August, gingen Frank und sie ins Bett. Aber sie konnte einfach nicht einschlafen. Sie wälzte sich fast zwei Stunden lang schlaflos herum. Es war sinnlos. Sie hatte einen regelrechten Angstanfall, ohne jeden offensichtlichen Grund. Was war los mit ihr? Sie warf Frank, der friedlich schlief, einen neiderfüllten Blick zu. Schließlich stand sie wieder auf und ging hinunter in ihr Büro, um Papierkram zu erledigen. Selten hatte sie so fieberhaft gearbeitet und derart die Zeit vergessen: Als Frank auftauchte und sagte, es sei Zeit, zu frühstücken, erschrak sie richtiggehend. Er hatte keine Ahnung, daß sie die ganze Nacht wach gewesen war. Sie tranken wie üblich Orangensaft und Kaffee, und dann fuhr Frank nach Freeholt ins Gericht. Er hatte mit einer großangelegten Klage wegen ärztlicher Kunstfehler zu tun, und sie wünschte ihm Glück.

Merkwürdigerweise war sie nicht im geringsten müde.

Zur selben Zeit am Donnerstagmorgen wählte Celeste die Nummer der Taylors, um mit ihnen über ihre Ankunft in Marion am Samstag zu sprechen.

Nebenan machte sich ein Nachbar, Jack Pierro, fertig, um zur Arbeit zu gehen. Er hatte schon vor einiger Zeit Jeff zu seiner Schicht auf der Fähre fahren sehen. Plötzlich hörte Pierro einen schrillen Aufschrei. Es war Celeste.

Pierro schoß nach draußen zur Haustür der Whites. Sie war verschlossen. Er rannte den schmalen Weg zwischen den Häusern entlang zur Hintertür. Er sah Celeste, über den

Küchentisch gebeugt, mit den Fäusten auf den Tisch einhämmernd. Sie schluchzte.

»Celeste, was ist los?«

Sie schluchzte und schrie: »Diese Dreckschweine. Sie haben es getan! Sie haben es wirklich getan!«

»Was? Was getan? Wer?«

Sie sah Pierro verzweifelt an und schüttele dann den Kopf, als wolle sie sich zusammenreißen. Sie ging zum Telefon an der Küchenwand. Der Hörer baumelte noch an der Schnur.

Sie legte ihn zurück und rief dann Janice Miller an. »Es ist mir egal, was sie gerade macht«, sagte sie der Sekretärin. »Ich muß *sofort* mit ihr sprechen!«

Dann war Janice am Apparat. Was war los?

Die Taylors, weinte Celeste. Sie hatte sie wegen der Ankunftszeit angerufen. Jean war am Telefon gewesen. Zuerst hatte Celeste gefragt, wie es Philip ging, und Jean hatte sehr freundlich gesagt, Zach wolle ihr etwas mitteilen.

Und als sie Zach am Apparat hatte, fragte sie, was los sei, und er antwortete ihr: »Sie brauchen nicht mehr nach Marion zu kommen. Wir haben Philip soeben adoptiert. Sie werden ihn nie wieder zu sehen bekommen.«

KAPITEL NEUNZEHN

Von Anfang bis zum Ende war Ken Taylor der Kopf dieser Verschwörung gewesen. Sie hatte sechs Monate nach seiner Verurteilung feste Formen angenommen, etwa zu der Zeit, als Zach Philips Weihnachtsbesuch 1985 in Indiana abgesagt hatte, weil zu diesem Zeitpunkt wegen der Feiertage alle Gerichte in Marion geschlossen waren.

Ken hatte seine Eltern angewiesen, von Barry Shapiro zu erfragen, was New Jersey unternehmen könne, falls Philip in Indiana adoptiert würde. Sie berichteten, daß Barry Shapiro keinerlei Möglichkeiten seitens des Staates New Jersey sah, wenn das Kind erst einmal in Indiana war. Sie zitierten Shapiro: »Sie können den Jungen mit nach Indiana nehmen und ihn adoptieren. Es wird Jahre dauern, bis irgend etwas Konkretes geschehen kann. Aber sagen Sie niemand, daß ich Ihnen diese Auskunft gegeben habe.«*

Als nächstes mußte in Marion ein passender Anwalt gefunden werden. Jean und Zach brauchten sich nur in ihrer Baptistengemeinde umzusehen. Patrick N. Ryan war ein zuverlässiges Mitglied der Kirchengemeinde und er genoß einen gewissen Ruf als prozeßfreudiger Anwalt. Es war ganz gleich, wer oder was gerade bei Gericht allgemein anerkannt war, pflegten ›alte Hasen‹ zu sagen, ›Old Pat‹ war dagegen.

Ryan ließ Ken der Adoption des Jungen durch seine Eltern formell zustimmen, und stellte einen entsprechenden Antrag beim Bezirksgericht von Grant County.

Am 17. Januar 1986, während der Antrag um Verlegung des Falls in den Staat New York noch lief, legte Ryan einen Antrag auf Adoption des Jungen durch die Taylors vor. Er war ausgesprochen kunstvoll aufgebaut.

Nachdem er die Taylors als Großeltern väterlicherseits des »besagten Kindes« und Bürger von Marion genannt hatte, gab der Antrag nur an, die Mutter des Kindes sei »verstorben«, ohne sich über die Umstände ihres Todes auszulassen. Großeltern mütterlicherseits wurden nicht erwähnt.

Der Antrag besagte, der »Vater des Kindes, Kenneth Zachary Taylor«, habe der Adoption zugestimmt. Was Kens Zustimmung bewirkt hatte oder wo er sich zur Zeit aufhielt – nämlich im Staatsgefängnis von Trenton – oder der Grund seines Aufenthalts dort wurde ebenfalls nicht angeführt.

* Shapiro würde später behaupten, sich nicht an ein solches Gespräch erinnern zu können, aber er gab zu, es sei kein Geheimnis gewesen, daß die Taylors den Jungen wollten. Immerhin hätten auch Jeff und Celeste einige Hinterlist an den Tag gelegt mit ihrem Versuch, den gesamten Fall nach New York zu übertragen. »Wenn es tatsächlich ein Gespräch über Adoption gegeben hat«, erklärte Shapiro, »hatte es mit Sicherheit nichts Illegales zum Thema.«

Das Kind, so der Antrag, »hat vom 12. November 1984 (dem Tag, als Ken Philip nach Marion gebracht hatte) bis zum 1. September 1985 bei den Antragstellern gelebt«. Kein Wort darüber, daß während dieser Zeit das Sorgerecht mit Celeste und Jeff geteilt worden war oder daß nach dem 1. September die Whites mehr Befugnisse innerhalb des Sorgerechts erhalten hatten, oder daß Philip in diesem Zeitraum – außer während der sechs Tage nach dem Mord an Teresa – in einem anderen Bundesstaat gelebt hatte.

Der Antrag gab weiterhin an, daß das Kind »keinen Besitz« habe, und vergaß dabei unter anderem die Versicherung, die Ken für Teresa abgeschlossen hatte und deren Begünstigter Philip jetzt war. Später würde Zach Taylor behaupten, er habe »Versicherungen« nicht für »Eigentum« gehalten.

Schließlich erklärte der Antrag, daß die Adoption »den Interessen des Kindes dienen« würde, ohne anzuführen, daß dies ausgesprochen umstritten war.

Dann autorisierten die Taylors Barry Shapiro, die Beschwerde gegen Celeste und Jeff einzulegen – um sicherzustellen, daß Philip auch nach Marion kommen würde.

Während Shapiro mit Janice über einen ein- oder zweiwöchigen Besuch verhandelte, fragte Ken seine Eltern, ob zwei Wochen genügen würden. Sie holten bei Pat Ryan Auskunft ein. Alles war vorbereitet.

Am Freitag, den 1. August, rief Zach Ryan an, bevor sie Philip abholten. »Wir machen uns jetzt auf den Weg. Samstag nacht oder spätestens Sonntag früh werden wir in Marion sein.«

Ryan nahm Kontakt zum Sozialamt von Grant County auf, um eine Einschätzung der Taylors zu veranlassen, die für eine Adoption unerläßlich war. Diese Einschätzung betraf vor allem die Wohnlage der Antragsteller: Wie viele Zimmer und Betten sie hatten und in welchem Zustand sich die Wohnung befand; außerdem wurde der finanzielle Hintergrund der Antragsteller und ihr Umgang mit dem Kind untersucht.

Ryan trieb zur Eile. Die Adoption stand nun seit sieben Monaten an, es war Zeit, ernst zu machen. Alle anderen notwendigen Dokumente lagen bereits vor.

Am Dienstagmorgen traf eine Sozialarbeiterin bei den Taylors ein. Sie verbrachte anderthalb Stunden dort. Die Zusammenfassung ihres vierseitigen Berichtes bestätigte, daß die Mutter des Jungen »verstorben« war.

Am Mittwoch, nachdem auch dieser Bericht eingereicht war, rief Ryan Charles W. Hunt an. Hunt war der Bezirksrichter von Grant County, der sich um die Adoption kümmerte. »Ich habe hier einen Adoptionsantrag«, sagte Ryan. »Kann ich morgen früh vorbeikommen, bevor die Verhandlungen beginnen? Es ist alles in Ordnung. Die Mutter des Jungen ist verstorben. Vater kann sich nicht um ihn kümmern. Wunderbare Großeltern in Marion bereit, einzuspringen. Hervorragender Bericht des Sozialamts über sie liegt vor. Wirklich Indiana – Amerika – von seiner besten Seite. Es kommen einem beinahe die Tränen.«

Ryan bereitete alle Papiere für Hunts Unterschrift vor. Er achtete darauf, auf Nummer Sicher zu gehen: »Das Gericht hat sich aus den vorliegenden Unterlagen ausführlich informiert. Der leibliche Vater des Kindes hat der Adoption zugestimmt... Die Mutter des Kindes ist verstorben. Das Gericht hat zur Kenntnis genommen, daß in Monmouth County, New Jersey noch eine Sorgerechtsklage anhängt; daß die Antragsteller die Großeltern väterlicherseits von Philip Andrew Taylor sind; daß sie das Kind als ihr eigenes adoptieren wollen und daß eine solche Adoption dem Wohl des Kindes dient.«

Am Morgen des Donnerstag, des 7. August, beschwor Ryan vor Richter Hunt noch einmal die unglaubliche Liebe und Großzügigkeit der Großeltern herauf. »Man findet heute kaum mehr solche Menschen.«

Hunt warf einen kurzen Blick auf die Akte, die Ryan ihm gerade lange genug überlassen hatte, um feststellen zu können, daß sie auch den Bericht des Sozialamts enthielt. Trotzdem blieb Hunts Blick an dem Satz mit der »anhängigen« Sorgerechtsklage hängen. Worum ging es da?

»Oh«, erklärte Hunt, »machen Sie sich deswegen keine Sorgen. Eine Tante und ein Onkel des Kindes bemühen sich um die Vormundschaft, um an das Geld der Versicherung für den Tod der Mutter ranzukommen.«

Die gesamte Prozedur dauerte etwa fünf Minuten, höchstens zehn. Jean, Zach und Philip wurden hereingeholt, und Hunt unterschrieb den Antrag. Jean erzählte später, Hunt habe gelächelt und gesagt: »Mir ist Ihre Situation bewußt. Ich hoffe, das wird Ihnen helfen.«

Ryan blieb noch im Gerichtssaal. Er sagte Hunt, es könne am Wochenende zu Protesten aus New Jersey kommen wegen dieser Versicherungsangelegenheit und der Vormundschaft. »Man weiß ja nie mit diesem geldgierigen Volk da im Osten. Ich möchte, daß Sie mir versichern, daß vor Montag nichts entschieden wird und ich eine Chance bekomme, mich gegen alle Angriffe zur Wehr zu setzen. Schließlich setzt eine Adoption immer das Sorgerecht außer Kraft.« Hunt versicherte ihm: »Ich rufe Sie an, und wir setzen eine Anhörung an.«

Innerhalb einer Stunde nach Jeans und Zachs Heimkehr hatte Celeste angerufen, und Zach hatte ihr gesagt, sie brauche nicht mehr nach Marion zu kommen. Dann rief er Barry Shapiro an und teilte ihm die guten Nachrichten mit.

(Shapiro würde später darauf bestehen, daß er von nichts wußte, bevor es geschehen war. Sobald er von der Adoption gehört habe, habe er Zach gebeten, sich einen anderen Anwalt zu suchen.)

Inzwischen bereitete Ken im Staatsgefängnis von Trenton mit fünf anderen Insassen einen spektakulären Ausbruch vor.

Gleich nachdem sie am 7. August Celestes hysterischen Anruf bekommen hatte, rief Janice Miller bei der Anwaltskammer von Indiana an, um sich einen Anwalt in Marion nennen zu lassen. Man sagte ihr, sie solle sich an den örtlichen Leiter des Berufsverbands, Jules Walker, wenden. Sie rief Walker an. Walker bestätigte, daß Richter Hunt tatsächlich die Adoptionspapiere unterschrieben hatte.

Sie rief Hunt an. Sie stellte sich vor und informierte ihn über Gehrickes Sorgerechtsanordnung. Er solle die Adoption rückgängig machen. Janice Miller zufolge sagte Hunt, er brauche eine Kopie von Gehrickes Anordnung und eine von Gehricke unterschriebene Anweisung, das Kind von den Taylors wegzuholen.

Janice eilte zu Gehrickes Amtszimmer in Freehold. Erschüttert hörte der Richter ihr zu. Er rief Hunt selbst an und sagte ihm, man habe ihn wohl »übers Ohr gehauen«. Er erklärte: »Es hat eine sehr langwierige Anhörung gegeben, und diese Leute haben das Kind gestohlen, um meine Anordnung zu umgehen.«

Hunt sagte: »Ich wußte nichts davon.« Jetzt stand das Wochenende bevor. Wenn er die entsprechenden Dokumente am nächsten Tag – Freitag – erhielte, würde er sich »um alles kümmern«.

(Hunt erinnert sich an diese Vorfälle ein wenig anders. So ein »Anwaltsmädchen« habe ihn angerufen, und dann ein »Richter«. Er habe keine Ahnung gehabt, wer sie waren oder ob ihre Behauptungen zutrafen. Er habe gesagt: »Wenn alles, was ihr mir da erzählt, stimmt, dann schreibt ein Gesuch und ich setze eine Anhörung an.«)

Hunt zufolge kam später am Nachmittag Jules Walker, der nun Janice Miller und die Whites vertrat, »ins Amtszimmer spaziert«. »Miz Miller« würde am nächsten Tag nach Marion kommen. Hunt meine, sie solle besser bis Mittag hier sein. Er habe einen Termin drüben in Wabash als Richter in einem Scheidungsfall.

Nachdem sie die entsprechenden Dokumente erhalten hatte, traf sich Janice mit Jeff und Celeste am Flughafen Newark. Sie wollten an diesem Abend nach Indianapolis fliegen. Aber im Mittelwesten tobten gewaltige Gewitter. Ihr Flug wurde zunächst verspätet angesagt und dann endgültig gestrichen. Schließlich flogen sie gegen 22.00 Uhr nach Chicago. Der Flug war ein Alptraum. Celeste hing gebeugt in ihrem Sitz und stöhnte: »Warum habe ich ihn nur gehen lassen?« Jeff hielt sie im Arm, als das Flugzeug durch die Luftlöcher sackte. Es war sein erster Flug.

Sie blieben über Nacht in einem Hotel am O'Hare-Flughafen. Am Morgen rief Janice Walker an. Sie würden den ersten möglichen Flug nehmen – nach Fort Wayne, hundert Meilen nordöstlich von Marion.

Walker informierte Hunt.

»Bis Mittag«, sagte Hunt.

Janice traf mit den Whites gegen ein Uhr in Walkers Büro ein. Sobald sie Walker sah, wußte sie, daß sie einen Fehler gemacht hatte. Jedermann in Grant County war der Ansicht, daß Jules Walker ein ganz reizender Mensch war, weshalb man ihn auch zum Vorsitzenden des Berufsverbandes gemacht hatte. Es war auch allgemein bekannt, daß niemand besser mit einem Tennisschläger umgehen konnte als Jules Walker. Aber er war kein Kämpfer. Hauptsächlich agierte er als Treuhänder bei Bankrotten. Konfrontationen waren nicht eben seine starke Seite.

Walker rief Hunt an und erfuhr, daß der Richter, wie angekündigt, nach Wabash gefahren war. Niemand schien zu wissen, wann man ihn zurückerwarten konnte. Walker erklärte, er wolle hinüber ins Gerichtsgebäude gehen. Vor Ort könne man immer das eine oder andere aufschnappen.

Janice wartete nervös. Celeste wurde immer unruhiger. Selbst Jeff zeigte erste Anzeichen von Nervosität.

Als Walker schließlich zurückkehrte, sagte er, sein Versuch, Hunt in Wabash zu erreichen, sei fehlgeschlagen.

Hunts Schwiegervater hatte irgendwo am See eine Hütte. Man erzählte sich, der Richter sei übers Wochenende Fischen gegangen.

Fischen? Wo so viel auf dem Spiel stand? Bei Janice gingen die Alarmsirenen los. Wenn die Taylors diese heimliche Adoption eingefädelt hatten – die, wie sie jetzt wußte, bereits lange vorbereitet war –, wozu waren sie noch fähig? Wenn sie herausfinden würden, daß Janice und die Whites in Marion waren, konnten sie gleich alles vergessen.

Walker berichtete, er habe sich mit Tom Wright getroffen. Er war einer der beiden Richter aus Grant County am Landgericht, saß also auf einer der zusätzlichen Stellen, die in Indiana geschaffen worden waren für den Fall, daß die Bezirksrichter wie Hunt überlastet waren. Wright kümmerte sich um alle Jugendstrafverfahren im County. Walker hatte mit ihm über die Situation gesprochen, und Wright hatte zugestimmt, mit ihnen zu Warren Haas, dem Anwalt des Sozialamts, zu fahren.

Es war gegen 15.30 Uhr, und Warren Haas wollte gerade nach Hause gehen. Heute war sein 30. Geburtstag, und seine Frau und er wollten das Wochenende in Chicago verbringen. Einer der Höhepunkte sollte ein Spiel seiner Lieblingsmannschaft, der Cubs, sein.

Haas stammte aus Crawfordsville, etwa 50 Meilen südwestlich von Indianapolis. Sein sanftmütiges Auftreten täuschte viele über seine Stärken hinweg. An der Universität von Indiana hatte er vor allem in Sprachen geglänzt und sich auf Deutsch spezialisiert. Schließlich war er als Lehrer in Marion gelandet und hatte sich entschlossen, Jura zu studieren. Er hatte eine Kanzlei und arbeitete außerdem für das Sozialamt. Vor Gericht ließ er sich nichts gefallen. Manchmal wurden diese Sozialfälle besonders unangenehm, und er hatte sich wegen seiner deutschen Abstammung den Spitznamen »Sturmtruppe« erworben. Das störte ihn überhaupt nicht. Hin und wieder kam es bei einem dieser Fälle schon vor, daß er der Partei, die nach seiner Ansicht eindeutig im Recht war, am liebsten geraten hätte, doch einfach mit dem Kind zu verschwinden, aber dann erinnerte er sich wieder daran, daß dies sowohl mit seinem beruflichen als auch mit seinem privaten Ehrenkodex nicht zu vereinbaren war.

Ohne Voranmeldung tauchten Jules Walker, Janice und die Whites in seinem Büro auf. Walker versuchte zu erklären, wieso sie hier waren. Dann mischte sich Janice ein. Haas war von ihr sehr beeindruckt. Sie listete die Probleme nacheinander auf. Er hörte zu und sah sich dann die Papiere an, die sie mitgebracht hatte.

Neugierig studierte er den Bericht der Sozialarbeiterin, der an Hunt gegangen war. Er gab dem Haus der Taylors gute Noten und gab an, Philip sei ein »normales, glückliches Kind«. Aber er führte auch auf, daß Ken eine dreißigjährige Haftstrafe absaß, »für den Tod seiner Frau«, der »in einer häuslichen Auseinandersetzung mit ihrem Ehemann Kenneth Taylor eingetreten war«. Den Taylors zufolge war die Mutter »vor ihrem Tod drogensüchtig gewesen und hatte Kodein, Kokain und Alkohol gleichzeitig genommen«. Gegen Ende des Berichts stand: »Das Kind befindet sich derzeit in der Obhut einer anderen Familie, die im Staat New York lebt. Es befindet sich zur Zeit für zwei Wochen bei den Großeltern, den Taylors. Wir hoffen, daß diese Informationen helfen können, vor Gericht eine Entscheidung zu treffen.«

Man mußte zugeben, dachte Haas, der Bericht hätte ausführlicher sein können, aber es war alles vorhanden. Die Sozialarbeiterin hatte gute Arbeit geleistet. Wie hatte Hunt die Papiere unterschreiben können, ohne weitere Nachforschungen anzustellen? Er hatte eindeutig keinen Satz des Berichtes gelesen.

Walker berichtete Haas dann, daß er mit Hunt gesprochen hatte, und Hunt habe gesagt, er stehe am Freitag zur Verfügung, habe das dann später jedoch eingeschränkt.

»Jules«, sagte Haas, »du kannst nicht einfach rumrennen und versuchen, einen Richter festzunageln. Wenn du ihn nicht erreichen kannst, mußt du eben bis Montag warten.«

Er erklärte Janice, daß es noch eine andere Möglichkeit gab. Er konnte ein »Kind in Not«-Gesuch einreichen. Das war ohne die Autorisierung durch einen Richter möglich. Aber es mußte sich um einen Notfall handeln. Was hielt Janice davon? »Ich kann nicht behaupten, daß eine körperliche Gefahr für Philip besteht. Aber wie sieht es mit seinem psychischen Wohlergehen aus?« Selbst bei ihrem Gespräch mit der Sozialarbeiterin hatten die Taylors Teresa angeklagt, drogensüchtig zu sein und angegeben, sie wollten eine enge Beziehung zwischen Ken und Philip fördern. Janice erzählte Haas, was Jean Taylor an Richtern Ashbey geschrieben hatte – wenn das Kind bei Jeff und Celeste bliebe, würde es nie die »Wahrheit« über seine Mutter erfahren. In dieser Situation war Janice langsam bereit, alles zu glauben. Was, wenn die Taylors mit Philip fliehen würden?

Haas stimmte zu, das Gesuch einzureichen.

Zur Sicherheit rief er noch Richter Wright an. Hatte der Richter die Whites zu ihm geschickt, damit ein »Kind in Not«-Gesuch verfaßt werden könnte?

»Nun«, meinte Wright vorsichtig, »ich dachte zumindest an die Möglichkeit. Sie kennen sich da besser aus als ich. Ich persönlich habe keine Entscheidung getroffen.«

Haas erklärte, er wolle vorstellig werden. Unter den gegebenen Umständen war keine Zeit, ein Gesuch zu verfassen. Er würde die Sorgerechtsanordnung aus New Jersey einreichen. Sie war ebensogut wie eine Anordnung eines Gerichts in Indiana.

Zum ersten Mal faßte Janice Miller wieder Hoffnung. Haas wußte offensichtlich, was er tat.

Haas forderte eine Sozialarbeiterin an. Zusammen fuhren sie zum Sheriff, um einen der Deputies mitzunehmen. »Man weiß ja nie«, sagte Haas.

Ihr Ziel war das Haus der Taylors, etwa fünf Meilen entfernt, im Nordwestteil von Marion, in einer Siedlung namens Avondale.

Haas bat Celeste und Jeff, sich im Hintergrund zu halten. Er klopfte an die Tür. Zach öffnete. Haas stellte sich vor, erklärte, wieso er gekommen war und forderte Einlaß. Zach weigerte sich. Wenn er einen Durchsuchungsbefehl habe, solle er ihn unter der Tür durchschieben. Haas sagte: »Ich brauche keinen Durchsuchungsbefehl. Öffnen Sie die Tür.« Zach weigerte sich nochmals.

Auch der Deputy schritt jetzt ein. Zach gab nicht nach. Der Deputy erklärte, er komme jetzt hinein. Zach bat um eine Minute Zeit. Er wolle den Hund in den Garten schaffen. Dann rannte er ans Telefon und rief Pat Ryan an.

»Laß sie nicht rein«, sagte Ryan.

»Pat, sie werden die Tür aufbrechen!«

»Ich sagte dir, Zach, laß sie nicht rein. Ich bin gleich da.«

Der Deputy hämmerte weiter. Schließlich gab Zach auf. Haas betrat das Haus, begleitet vom Deputy, und nahm Philip auf den Arm. Er hatte ihn gerade der Sozialarbeiterin übergeben, als Ryan eintraf. Er rannte direkt auf Haas zu und schrie: »Das können Sie nicht tun. Ich habe das alles mit Richter Hunt abgesprochen.«

Haas trat zwischen Ryan und die Sozialarbeiterin. Er versuchte sein Bestes, Ryan zu beruhigen. »Pat, Sie haben vielleicht recht, aber wir sollten uns jetzt hier nicht streiten. Das sollten wir vor Gericht tun.«

Zach schrie Haas an: »Du verdammter Nazi, du Kidnapper!«

Ryan schob Haas zur Seite und schoß auf die Sozialarbeiterin zu, aber die saß schon im Wagen und ließ den Motor an. Alles, was Ryan tun konnte, war, auf das Fenster zu hämmern, als sie wegfuhr.

Haas bat den Deputy, über Funk Verstärkung zu rufen.

Zach nannte Janice Miller ein »mieses Dreckstück«. Ryan

bedrohte sie mit erhobener Faust. Sie wich zurück, überzeugt, daß er sie schlagen würde. Aber im letzten Augenblick tat er es nicht. Gott sei Dank, daß der Deputy hier ist, dachte sie.

Irgendwo hinter sich hörte Haas Celeste schreien: »Ihr Schweine!« Er entdeckte Jean Taylor an der Haustür. Es war unheimlich, sagte er später. In all dem Aufruhr blieb sie absolut reglos stehen und beobachtete alles »wie eine Statue«.

Plötzlich war es dann vorbei. Fluchend zogen sich Zach und Ryan ins Haus zurück. Haas bat den Deputy, die Verstärkung wieder abzusagen. Erleichtert, daß es nicht schlimmer gewesen war, kehrte Haas mit dem Deputy zum Büro des Sheriffs zurück und schrieb dort einen Bericht, während Janice, Jeff, Celeste und Jules Walker draußen warteten.

Zufällig war Richter Hunt nicht zum Fischen gegangen. Er war in seinem Garten in Marion, wo ein Grillfest stattfand, als Jean Taylor ihn anrief und die »schrecklichen Ereignisse« beschrieb, die gerade stattfanden. Hunt hörte zu und sagte: »Ich darf nicht mit Ihnen reden, Mrs. Taylor. Ihr Anwalt muß mich anrufen.«

Minuten später fauchte Ryan ihn an: »Sie haben mir Ihr Wort gegeben, daß Sie nichts ohne eine Anhörung unternehmen.«

Hunt erreichte Haas telefonisch im Büro des Sheriffs. Er schrie ihn an: »Was, zum Teufel, machen Sie da? Ihr verdammter Bericht vom Sozialamt sagt aus, diese Leute seien zur Adoption geeignet, also richte ich mich danach, und plötzlich stimmt alles nicht mehr. Bringen Sie dieses Kind wieder dahin zurück, wo es hingehört.«

»Richter«, sagte Haas, »es tut mir leid, ich habe diesen Bericht gelesen. Was Sie darüber sagen, trifft nicht zu. Alles, was Sie wissen sollten, stand in dem Bericht. Ich habe entschieden, daß es sich um einen Notfall handelt. Vielleicht habe ich unrecht, aber ich gebe das Kind nicht zurück. Wir können das Montag früh vor Gericht besprechen.«

»Darauf können Sie wetten«, sagte Hunt und knallte den Hörer auf die Gabel.

An diesem Abend kam es zu einer erneuten Krise. Haas hatte arrangiert, daß ein junges Paar aus Marion, das selbst zwei Kinder hatte, sich um Philip kümmern sollte. Er ließ Jeff und Celeste auf das Sozialamt kommen, damit sie beruhigt würden. Aber in all der Verwirrung hatte Celeste etwas mißverstanden. Sie glaubte, Philip sofort zurückzubekommen. Sie durfte ihn ein paar Minuten im Arm halten. Als man ihn ihr wegnahm, weinte er und streckte die Arme nach ihr aus, und sie brach schluchzend zusammen. Und Jeff, der versuchte, sie zu trösten, verlor schließlich auch die Nerven. Er brülle Janice an: »Wieso unternehmen Sie nichts? Wo sind wir denn hier, in Rußland?«

Haas brachte sie ins Sheraton. Sie aßen ein paar belegte Brote, bevor Haas wieder in sein Büro fuhr, um Janice Miller und Walker bei der Vorbereitung weiterer Anträge zu helfen.

Nach zwei Uhr nachts kam Haas schließlich nach Hause. Er und seine Frau fuhren zusammen nach Chicago. Er schaffte es noch, rechtzeitig ins Stadion zu kommen, aber mitten im Spiel schlief er ein.

Mit der Illusion, es ginge nur noch darum, alles wieder zurechtzurücken, flogen Janice, Jeff und Celeste am Samstag nach Newark zurück. Die Whites sollten von dort aus wieder nach Marion fahren. Al Benigno würde mitkommen. Für den Fall, daß sie länger aufgehalten würden, hängte Jeff zur Sicherheit einen kleinen Wohnwagen ans Auto, mit dem sie sonst Ausflüge mit den Kindern machten. Sie würden ihn auf einem Campingplatz bei Marion abstellen, bis alles geklärt war.

Am Sonntagabend hatte Richter Hunt alle schlechten Nachrichten erfahren. Zum Beispiel, daß während der Tage von Philips erstem Aufenthalt in Marion seine Mutter ebenfalls dort gewesen war – tot, in einem Kofferraum.

Hunt war wütend. Er war wütend auf Pat Ryan, weil der ihn reingelegt hatte. Er war besonders wütend auf Warren Haas, weil er alles an die Öffentlichkeit gezerrt hatte. Und er war ganz allgemein wütend. Im Alter von 39 Jahren, hochgewachsen und mit entschlossenem Auftreten, hoffte er, ins Berufungsgericht von Indiana versetzt zu werden. Hunt konnte sich gut vorstellen, wie sich die Juristengemeinde von Marion auf seine Kosten lustig machte – morgens beim Kaffee in der Marion-Cafeteria und beim Mittagessen im Nobby Grill, nur eine Straßenecke vom Gericht entfernt.

Als erstes ließ er am Montag seinen Ärger an Richter Wright aus, weil der sich in etwas eingemischt hatte, das ihn nichts anging. Wright zog sich sofort zurück. Dann verblüffte Hunt jedermann, indem er den Fall ebenfalls niederlegte. Seine Entschuldigung war, daß er mit zu vielen Leuten gesprochen hatte, mit denen er als Richter nicht hätte sprechen dürfen – außerhalb des Gerichtssaales. Im Nobby Grill jedoch stimmte man überein, daß Hunt nur weitere Peinlichkeiten verhindern wollte. Celeste und Jeff waren verzweifelt. Was hatte das zu bedeuten?

Man sagte ihnen, daß der Eingriff des Sozialamtes damit nichtig war. Philip müsse zu den Taylors zurückgebracht werden. Es bedeutete auch, daß nach den Gesetzen von Indiana drei Richter aus anderen Bezirken aufgestellt würden. Jede Seite durfte einen Richter ablehnen. Der verbleibende Richter wäre dann für den Fall zuständig. Und all das würde Zeit kosten.

Alle Beteiligten waren mit den Nerven fertig. Wütend behauptete Al Benigno, daß offenbar einige Leute bestochen worden seien. Wen müsse er kaufen? Das war sogar für Haas zuviel. »Mr. Benigno, Sie wissen nicht mehr, was Sie sagen.«

Janice Miller wurde sich darüber klar, daß sie einen neuen Anwalt in Marion brauchte. Jules Walker mochte ein netter Mensch sein, aber nicht der richtige Mann für diesen Fall.

Am Dienstagmorgen trank Richard A. Green seinen obligatorischen Kaffee in der Marion-Cafeteria. Er war ein hochgewachsener, kräftig gebauter Mann und Mitglied der Basketballmannschaft seiner Schule gewesen. Nach seinem Abschuß an der Butler University hatte er für eine ortsansässige Bank gearbeitet. Dann entschloß er sich, Jura zu studieren und nahm eine Stelle bei einer Bank in Indianapolis an. An den Abenden widmete er sich seinem Studium. Er baute eine gutgehende Kanzlei in Marion auf und hatte den Ruf, ein harter, in vielen Bereichen bewanderter Allroundman zu sein. Er und seine Frau Sandra, die ebenfalls aus Marion stammte, flogen gern zu Theaterabenden nach New York und hin und wieder nach Europa. Zur Zeit reisten die Greens allerdings nicht viel. Er hatte eine zweite Kanzlei im aufstrebenden Urlaubsort Syracuse eröffnet, siebzig Meilen nördlich von Indianas größtem natürlichem See, dem Lake Wawasee. Am See dort wollte er sich ein Haus bauen und danach dort leben und arbeiten.

An diesem Morgen in der Marion-Cafeteria klopfte ihm ein Kollege auf die Schulter. »Du wirst in etwa fünfundvierzig Minuten einen Anruf von einer Anwältin aus New Jersey bekommen«, sagte er. »Sie hat sich an mich gewandt, aber ich habe nicht genug Erfahrung in solchen Sachen. Ich habe dich empfohlen. Sie hat da eine Situation, die dich tatsächlich umhauen wird.«

»Worum geht es denn?«

»Um Hunts verpatzte Adoption.«

Selbstverständlich hatte er den Tratsch gehört. Janice berichtete ihm die Einzelheiten. Ihre Klienten, sagte sie, hielten sich immer noch in Marion auf, auf einem Campingplatz. Sie würden sie anrufen. »Kann ich ihnen Ihre Nummer geben?«

»Ja«, antwortete er. »Wenn ich den Fall übernehme, müssen Sie ein paar Dokumente unterschreiben.«

Janice warnte ihn, daß die Whites kein Geld für einen Vorschuß hatten, aber sie garantierte ihm persönlich sein Honorar. Zu diesem Zeitpunkt war ihm das gleichgültig. Es schien eine einfache Sache zu sein, eine Adoption, die eindeutig rechtswidrig war. Nachdem er mit Warren Haas gesprochen und sich die Akten angesehen hatte, war er nur noch mehr davon überzeugt.

An diesem Nachmittag trafen Al Benigno, Celeste und Jeff in Greens Kanzlei ein, schmutzig und verängstigt. Zu allem anderen Unheil waren auch noch die Duschen auf dem Campingplatz defekt. »Bitte, Mr. Green«, sagte Celeste, »ich möchte einfach nur mein Baby zurück.«

Sobald sie einen neuen Richter hatten, erklärte er ihr, würde es sicher nicht mehr lange dauern. Green unterschätzte allerdings nicht Pat Ryans Kampfgeist. Ryan war ein erfahrener alter Hase vor Gericht. Er würde aus der ganzen Sache einen Zirkus um »grundsätzliche Fragen« machen – das Wohl des Kindes, Loyalität zu Indiana, Sympathie für diese leidenden Großeltern; seine These, daß eine Adoption das Sorgerecht aufhob. Aus jedem Satz der Verfassung der Vereinigten Staaten würde Ryan lesen, daß die Taylors das Kind haben sollten. Aber hier ging es nicht um Grundsatzfragen, die waren bereits in New Jersey entschieden worden. Hier ging es um das Gesetz, und Green würde Ryan nicht davonkommen lassen.

Zwei Wochen später wurde Green noch mehr ermutigt, als ein Richter, Bruce Embrey, für den Fall ausgewählt wurde. Embrey hatte einen Richterstuhl in Peru, im Nachbarstaat Florida, inne und einen erstklassigen Ruf. Green stellte einen neuen Antrag, die Adoption für nichtig zu erklären. Er beantragte auch einen möglichst kurzfristigen Verhandlungstermin. Zeit war in diesem Fall das Wesentlichste.

In den folgenden Monaten würde Dick Green noch oft darüber nachdenken, wie leer diese Worte im nachhinein klangen.

Die Mutter von Celestes bester Freundin Linda Valente hatte die Idee gehabt, ein Straßenfest zu veranstalten, um Geld aufzutreiben. Das Fest sollte auf dem Cannon Boulevard in Staten Island stattfinden, wo Louise und Al Benigno lebten.

Die gesamte Nachbarschaft reagierte einmütig: »Wieso erst jetzt?« Leute sprachen Jeff und Celeste an und sagten: »Wir wollten es ja schon vorschlagen, aber wir wollten euch nicht unter Druck setzen.«

Inzwischen waren die Ereignisse in Marion in den Zeitungen von Staten Island und New Jersey Tagesthema. Der *Staten Island Advance* berichtete Sorgerechtstreit um »Sohn des Mordopfers (2) entbrannt«. Diese und andere Schlagzeilen standen auch auf einem Flugblatt, das der Mann einer anderen Freundin Celestes bei Xerox, wo er arbeitete, drukken ließ. Die Titelzeile des Flugblatts lautete. »STRASSENFEST MIT FLOHMARKT! HELFT, DEN KLEINEN PHILIP NACH HAUSE ZU HOLEN!« Ein Schildermaler aus der Straße bereitete Spruchbänder mit derselben Aufschrift vor.

Celeste und ihre Freundinnen verteilten das Flugblatt in Einkaufszentren, an Windschutzscheiben, in Briefkästen. Ein Freund eines Freundes stellte einen Hot-dog-Stand zur Verfügung. Ein Metzger spendierte die Würstchen. Ein anderer Freund brachte sein Pony mit, damit die Kinder reiten könnten. Noch ein Freund, verkleidet als Clown, wollte die Kinder schminken. Ein Geschenkartikelladen stiftete Arrangements künstlicher Blumen für eine Verlosung. Eine Pizzeria spendete Pasteten, die stückweise verkauft werden sollten. Ein chinesisches Restaurant schickte Frühlingsrollen, Klößchen und Rippchen. Ein jüdischer Feinkostladen stiftete eine riesige kalte Platte. Ein Supermarkt versorgte das Fest mit Papierservietten, Tellern und Bechern. Ein weiterer Laden bot Weihnachtsbäume aus Keramik für eine andere Verlosung an.

Mitten auf der Straße wurde ein großer Plastikkrug für die Geldspenden aufgestellt. Der Sohn einer Freundin von

Louise brachte seine Band und die Anlage mit. Am ganzen Cannon Boulevard und in den Seitenstraßen wurden in den Küchen Sonderschichten eingelegt – gebratene Auberginen, Frikadellen, italienische Würste. Die Nachbarn suchten auf ihren Speichern nach Sachen für den Flohmarkt – und kauften sie für den drei- oder vierfachen Preis zurück. Auch die Nonnen von St. Charles, wo Teresa zur Schule gegangen war, machten mit.

Das Straßenfest fand am Samstag und am Sonntag statt, am 20. und 21. September. In letzter Sekunde gab es noch eine Hürde. Niemand hatte daran gedacht, eine Genehmigung zu besorgen. Die Polizei fuhr vor, aber als Jeff erklärte, worum es ging, sagte der Sergeant nur: »Kein Problem.« Danach stellten die Polizisten Straßensperren auf, damit nicht aus Versehen ein Auto in die feiernde Menge fuhr.

Insgesamt kamen mehr als 6000 Dollar für Anwaltskosten in Indiana zusammen. Am folgenden Abend jedoch fand Jeff, als er von der Schicht kam, Celeste in Tränen aufgelöst. Ein paar Freunde hatten sie besucht und gefragt: »Warum fährst du nicht einfach mit Jeff hin und schnappst dir Philip?«

»Hör zu«, sagte Jeff. »Das können wir nicht. Wenn wir so etwas tun, gibt es keinen Unterschied mehr zwischen denen und uns.«

Ein paar Tage später gab es wieder Grund zur Freude. Sie war wieder schwanger. Wenn Philip zurückkam, würde er noch eine Schwester oder einen Bruder haben. Das ist ein gutes Omen, ein Segen, sagte sie. Sie war sich ganz sicher.

Gegen Ende September waren Kens Ausbruchspläne ausgereift. Seine fünf Bundesgenossen waren Gefangene, die ebenfalls lange Haftstrafen absaßen, für Mord, Entführung und bewaffneten Raubüberfall. Sie arbeiteten in verschiedenen Bereichen in den Handwerksbetrieben des Gefängnisses. Einer von ihnen, der eine lebenslange Strafe wegen Mordes verbüßte, war in der Polsterwerkstatt im zweiten Stock des Hauptgebäudes beschäftigt. In einem leeren Speicherraum direkt über der Werkstatt hatte er ein Fenster ohne Gitter entdeckt, das auf gleicher Höhe lag wie die zehn Meter entfernte Gefängnismauer. Das Problem war ein Wachturm in der Nähe. »Es war ein sehr mutiger, sehr erfindungsreicher Plan«, urteilte ein Angestellter des Gefängnisses später.

Sie bauten eine zusammensetzbare Holzbrücke, um die Mauer zu erreichen. Sie war mit Stahlplatten verstärkt und sollte mit Bolzen zusammengehalten werden. Um den Wächter auf dem Turm auszuschalten, bauten sie einen Bogen mit Stahlpfeilen. Andere Aufseher im Gebäude sollten mit einem Hagel von Nägeln aus einem Gewehr beschossen werden, das einer Bazooka nachgebaut war und Druck von einem Kompressor erhielt. Auch ein halbes Dutzend Molotowcocktails waren vorbereitet. Die Ausrüstung wurde Stück für Stück zusammengetragen und auf dem Speicher versteckt. Einer der Gefangenen hatte arrangiert, daß auf der anderen Seite der Mauer ein Komplize mit Gewehren warten würde. Der Ausbruch sollte am 4. Oktober stattfinden.

Aber jemand verpfiff den Plan, und diesmal war es Ken selbst. Später erklärte er dem Untersuchungsrichter, er hätte einfach die Verantwortung für die Morde nicht auf sich nehmen können, die zweifellos bei dem Ausbruch begangen worden wären. Zynischere Beobachter glauben inzwischen, daß er sich auf einen anderen, diskreteren Ausbruchsversuch in weniger scharf abgesicherter Umgebung vorbereitete. Wenn er das wirklich von vornherein geplant hatte, war er durchaus erfolgreich gewesen. Allerdings kam bald heraus, daß er seine Genossen verpfiffen hatte. Er wurde schnellstens in Schutzhaft genommen. Dann schickte man ihn bei einem Gefangenenaustausch, der in Situationen wie dieser helfen sollte, nach Virginia.

Er kam zunächst ins Gefängnis in Powhattan bei Richmond, und nach vier Monaten wurde er nach Augusta verlegt, einen neuen Gebäudekomplex in einem einsamen, nebelüberzogenen Tal in den Appalachen. Wegen seiner akademischen Ausbildung setzte man ihn dazu ein, andere Gefangene zu unterrichten, die ihren High-School-Abschluß nachholen wollten. Wenn er nicht arbeitete oder sich bei den Appellen morgens, nachmittags und abends einfinden mußte, konnte er tun und lassen, was er wollte.

Ken fing sofort an, nach Ausbruchsmöglichkeiten Ausschau zu halten.

Kapitel Zwanzig

Nach dem Straßenfest rief Celeste immer wieder bei Dick Green an, und Janice Miller tat dasselbe. Was lief falsch? Warum ging es nicht weiter? Selbst Janice befürchtete langsam das Schlimmste.

Green war wirklich in Verlegenheit. Zugegeben, beinahe jeder in Marion, der an dem Fall beteiligt gewesen war, hatte sich ungeschickt angestellt. Aber er versuchte zu erklären, daß der Aufschub nichts mit einer Verschwörung zu tun hatte. Es war das Rechtssystem von Indiana. Richter Embrey, drüben in Miami, war ausgewählt worden, sich mit dem Fall zu befassen, aber Embrey mußte nach Marion kommen, um sich offiziell dafür einzutragen. Green war in einem Dilemma. Er wußte, daß Embrey mit einer Flut von Fällen überlastet war. Er hätte Druck auf ihn ausüben können, aber er beschloß, es nicht zu tun. Embrey war genau die Art von Richter, die er sich gewünscht hatte. Es wäre ungeschickt gewesen, ihn sinnlos gegen sich aufzubringen.

Dann hatte Janice im September eine Idee für eine Abkürzung der weitschweifigen juristischen Wege.Sie ließ Celeste in New Jersey Anzeige erstatten. Richter Gehrickes Anordnung zuwiderzuhandeln, war ein Vergehen, und zwar eines, das die Auslieferung über Staatsgrenzen hinweg nach sich zog. Eine Anklage erging, ein Haftbefehl wurde erlassen, und man teilte dem Büro des Sheriffs von Grant County via Fernschreiber mit, daß die Taylors flüchtige Kriminelle seien.

Das lenkte die Aufmerksamkeit der Presse wieder auf den Fall. Al Benigno wurde zitiert: »Es ist verrückt. Wenn sie damit davonkommen können, dann kann jeder ein Kind entführen und es in einen anderen Bundesstaat bringen und adoptieren.«

Aber in Marion geschah nichts. Ein Deputy namens Mark Florence erklärte, daß das Fernschreiben nicht »genug Einzelheiten« darüber enthalten hatte, wieso die Taylors gesucht wurden.

In Freehold versprach Staatsanwalt Paul Chaiet, eine komplette Kopie sämtlicher Akten mit Eilpost an die zuständigen Stellen in Grant County zu schicken.

Deputy Florence gab zu, die Dokumente erhalten zu haben, behauptete aber, ein Haftbefehl könne nicht ausgestellt werden, da kein Richter zur Verfügung stand, ihn zu unterschreiben. Alle drei Richter befanden sich auf einer Konferenz. Er verwies bei weiteren Nachfragen an den Staatsanwalt Stephen Johnson. Aber auch dieser hatte angeblich dienstlich außerhalb zu tun.

Pat Ryan höhnte, die Klage gegen die Taylors sei »erstunken und erlogen«. Er verkündete, sie würden selbstverständlich gegen eine Auslieferung kämpfen, wenn es so weit käme. »Die Frage ist strittig«, sagte er und gab dann seine eigene Interpretation des Bundesgesetzes über das Sorgerecht zum besten: »Ein solches Vorgehen ist nur rechtmäßig in Fällen von Kindesmißhandlung oder nach einer Scheidung, wenn ein Ehepartner das Kind von dem Partner, der das Sorgerecht hat, entführt. Hier in Indiana setzt eine Adoption die Frage nach dem Sorgerecht außer Kraft, und der Junge wurde im August adoptiert. Es besteht keinerlei Notwendigkeit für weitere Aktionen. Die Anordnungen des Gerichts in

New Jersey waren befristet. Eine Adoption ist etwas Endgültiges.«

In dieser Situation schickte Chaiet im Namen von Monmouth County ein formales Auslieferungsgesuch an den Gouverneur von New Jersey, Thomas Kean, der es an den Gouverneur von Indiana, Robert D. Orr, weiterleitete.

Orr ordnete den Vollzug an. Jetzt gab es für die Behörden in Marion keine Wahl mehr. Jean und Zach Taylor wurden dem dritten der Richter von Grant County, Gary O. Thompson, vorgeführt. Sie wurden gegen 500 Dollar Kaution wieder entlassen. Thompson setzte eine Anhörung für den 20. Oktober an.

»Es war einfach schrecklich, wie ein gemeiner Krimineller behandelt zu werden«, erzählte Jean den entsetzten Teilnehmern ihrer Bibelklasse. Sie meinte jedoch auch: »Aber da war noch dieser nette Deputy, Mark Florence, der damals, als mein Sohn Tom Basketball spielte, Manager der Mannschaft war. Er meinte, es tue ihm wirklich sehr leid, und Zach erklärte: ›Wir verstehen das, es ist eben Ihr Job.‹ Mark sagte: ›Ich lasse auch keine Fingerabdrücke von Ihnen nehmen. Ich müßte es tun, aber ich tue es nicht.‹

»Lobet den Herren!« sagte eine ihrer Zuhörerinnen.

Ein Journalist bat Dr. Rabinowitz um ihren Kommentar. »Eine Trennung von den Eltern, an die sich das Kind zwischenzeitlich gewöhnt hat, für länger als zwei Wochen ist im höchsten Maß traumatisierend«, sagte sie. »Das Kind wird das wahre Opfer sein.«

Am 2. Oktober sah es allerdings so aus, als sei die Auslieferungs-Taktik nicht mehr nötig. Richter Embrey schrieb sich endlich in Marion ein. Er ließ verlauten, daß er sich dem Fall bald widmen werde. Die ganze Aufmerksamkeit der Medien für den Fall hatte sich ausgewirkt, dachte Dick Green.

Dann kam die Katastrophe. Der *Indianapolis Star*, die größte Zeitung des Staates, veröffentlichte einen längeren

Artikel über den Fall. Richter Hunt wurde ausführlich zitiert. »Um die Wahrheit zu sagen«, erklärte er, »ich hatte einen blinden Fleck. Ich wurde nie vollständig über den Fall in New Jersey informiert. Ich habe mich von dem Fall zurückgezogen, weil ich befürchtete, nicht fair sein zu können.«

Auch Richter Embrey wurde von den Journalisten zitiert. Unachtsam sagte er, er könne zwar nur hypothetisch sprechen, aber wenn die Fakten zutrafen, wie man sie ihm übermittelt habe, bestehe »eine gewisse Wahrscheinlichkeit, daß die Adoption rückgängig gemacht wird«.

Green stöhnte, als er das las. Er wußte genau, was Pat Ryan jetzt tun würde. Ryan war nicht gerade froh gewesen, es mit einem Richter von Embreys Format zu tun zu haben. Und er wollte so viel Zeit herausschinden wie möglich. Je länger alles hinausgeschoben werden konnte, desto stärker konnte er ins Feld führen, wie herzzerreißend es wäre, das Kind von seinen liebenden Großeltern zu trennen.

Augenblicklich forderte Ryan, Embrey solle den Fall wegen seiner voreingenommenen Äußerungen abgeben. Embrey weigerte sich. Aber dann wurde er aus Gerichtskreisen in Indianpolis darauf hingewiesen, daß es unter diesen Umständen besser wäre, von dem Fall zurückzutreten, und er tat es.

Der ganze Ablauf würde wieder von vorn anfangen. Zunächst mußten wieder drei Richter vorgestellt und dann einer von ihnen ausgewählt werden, und dann ging das Warten wieder los.

Jetzt war die Auslieferung entscheidend.

Die Anhörung sollte am 20. Oktober stattfinden, nachdem Richter Thompson seine Prozesse abgeschlossen hatte. Theoretisch war der Ablauf geregelt, wenn die Fakten erst einmal festgestellt waren: daß ein Verbrechen begangen worden war und man die Gesuchten tatsächlich korrekt identifiziert hatte. Die einzige Ausnahme, an die Green sich erinnern konnte, war, als ein Flüchtiger nachweisen konnte, daß er unter der Rechtsprechung des Staates, der ihn ausgeliefert haben wollte, keinen fairen Prozeß bekommen konnte. Das stand hier eindeutig nicht zur Debatte.

Aber Janice war nach der Embrey-Affäre unruhig und fürchtete, die Taylors könnten vor der Anhörung aus Marion fliehen.

»Wie weit könnten sie mit ihrem Campingmobil schon kommen?« meinte Green.

»Nun«, sagte sie, »sie könnten verschwinden und schließlich wieder zurückkommen, und dann gäbe es einen weiteren Aufschub und wir würden noch mehr Zeit verlieren.« Also arrangierte Green eine Überwachung durch Privatdetektive. Pat Ryan hatte allerdings eine andere Strategie.

An diesem Tag war das Hauptgesprächsthema im Nobby Grill die bevorstehende Wahl. Jeder stimmte zu, daß Steve Johnson, der sich um die Wiederwahl als Oberster Staatsanwalt bewarb, den Sieg in der Tasche hatte. Kaum jemand erwähnte die Auslieferung, das schien alles erledigt zu sein.

Mehr aus Neugier ging Dick Green bei Gericht vorbei, um sich die Anhörung anzusehen, die von der Staatsanwaltschaft durchgeführt wurde. Ryan würde die Taylors vertreten. Zur Debatte stand, ob die Taylors wirklich die Gesuchten waren, ob sie tatsächlich auf der Flucht waren und ob der Auslieferungsantrag gerechtfertigt war. Der Richter ging systematisch vor.

Green stand hinten im Gerichtssaal. Zu seinem Erstaunen füllte sich der Saal gegen fünf Uhr mit Leuten meist mittleren Alters, viele von ihnen Paare. Was hatte das zu bedeuten? Dann erspähte er den Pastor der Baptistengemeinde, Darrel Parris. Einige drängten sich um ihn, flüsterten und nickten.

Plötzlich schoß Green das Wort »Herde« durch den Kopf. Es war genau der richtige Begriff, stellte er fest. Was er hier sah, war eine Herde von Gläubigen, die sich um ihren Hirten gescharrt hatten. Green war nicht mehr der einzige, der stand. Der Gerichtssaal war voll. Man applaudierte, als Jean und Zach hereingeführt wurden. Richter Thompson ließ den Hammer niedersausen. Green hörte, wie jemand flüsterte: »Diese armen Leute. Sie sind den ganzen Nachmittag im Gefängnis gewesen.« Ein Nachzügler schob sich an ihm vorbei: »Ich habe gerade erst die Nachricht bekommen. Habe ich was verpaßt?«

Es gab verärgertes Gemurmel, als der stellvertretende Staatsanwalt kurz die Fakten auflistete und beantragte, daß dem Auslieferungsantrag gegen die Taylors stattgegeben würde. »Das ist nicht recht«, rief jemand. »Sie haben nichts Falsches getan.« Andere Stimmen ertönten. Noch einmal bemühte sich Thompson um Schweigen.

Jubel begrüßte Ryan, als er erklärte, das Ganze sei eine Farce. Seine Klienten seien gesetzestreue Bürger von Marion, Grant County und Indiana. Nichts Illegales sei geschehen. »Diese liebevollen Großeltern sind die einzigen geeigneten Menschen in der ganzen Welt, das Kind zu adoptieren, denn der Vater des Kindes hat dem zugestimmt.«

Jemand rief: »Amen.«

Verblüfft fragte sich Dick Green, ob er sich hier bei einer Anhörung oder auf einem Bekehrungsgottesdienst befand.

Ryan erklärte, der Antrag sei nur gestellt worden, »um die verletzten Gefühle eines Richters in New Jersey zu beschwichtigen«.

Der Staatsanwalt erhob Einspruch wegen der Irrelevanz der Äußerungen des Verteidigers. Als Thompson dem Einspruch stattgab, hörte man wütendes Protestgeschrei.

»Hier steht das Wohl des Kindes auf dem Spiel«, sagte Ryan. »Eine Adoption macht vorausgegangene Sorgerechtsregelungen nichtig.«

Es folgte ein weiterer Einspruch, dem stattgegeben wurde. Ein Chor von »Buhs« ertönte. Vergeblich hämmerte Thompson auf den Richtertisch.

Als Ryan Jean in den Zeugenstand holte, wurde es still. Einige Frauen im Saal begannen zu weinen, als sie aussagte, daß sie doch für ihren kleinen Enkel sorgen und ihn in einer christlichen Umgebung erziehen wolle.

Dann schwang sich Zach zu weitschweifigen Berichten über die Prüfungen auf, denen sie im Osten ausgesetzt gewesen waren, wie man dort Anordnung um Anordnung des Gerichts mißachtet hatte, wie ein hinterhältiger Versuch unternommen worden war, den Fall nach New York zu verlegen. Die Erwähnung von New York schien jedermann zu entflammen. Green dachte: Er hätte ebensogut Sodom und Gomorrha sagen können.

»Wir lieben diesen kleinen Jungen«, sagte Zach. »Er gehört zu uns, er gehört hierher, nach Marion!« Richter Thompson hatte keine andere Wahl, als einem weiteren Einspruch stattzugeben.

»Laßt den Mann reden!« schrie jemand.

Thompson versuchte, sich Gehör zu verschaffen, aber der Lärm dauerte an. Es wurde langsam unangenehm. Green hatte eine Vision, in der alle im Raum den Richtertisch stürmten.

Dieser Gedanke war vielleicht auch Richter Thompson gekommen. Abrupt setzte er der Anhörung ein Ende. Beiden Seiten wurden drei Tage gegeben, Zusammenfassungen abzugeben. Jean und Zach würden unter »Hausarrest« bleiben. Der Richter erklärte betont, es würde keine offizielle Überwachung ihrer Bewegungen angeordnet. Dann zog Thompson sich in sein Amtszimmer zurück.

Langsam gingen die Leute an Green vorbei nach draußen. Unter ihnen erkannte er Ernest J. Dalton, den Leiter des Jugendamts, der sich bei dem ursprünglichen Antrag so deutlich für die Taylors als Adoptiveltern ausgesprochen hatte. »Wenn man mich fragt«, hörte Dick Green Dalton sagen, »steht hier das Gesetz der Menschen gegen das Gesetz Gottes.«

Einer der ersten Leserbriefe an den *Marion Chronicle* zu diesem Thema stammte von Reverend Parris persönlich. Er zielte auf die anstehende Wiederwahl:

Wenn diese Auslieferung von unseren hiesigen Autoritäten gestattet wird, dann sollten wir uns bei der kommenden Wahl für diejenigen entscheiden, die die Guten von den Bösen unterscheiden können.

Aber wir vertrauen den Staatsanwälten und Richtern hier, daß sie sich die Menschen ansehen, die Tatsachen des angeblichen Verbrechens, und daß sie dann nach Gerechtigkeit streben. In diesem Fall ist der Gerechtigkeit mit einer Auslieferung nicht gedient.

Laßt uns die wirklichen Kriminellen hinter Gitter bringen, diejenigen, die verletzen und verstümmeln. Wenn diejenigen, die hier das Gesetz vertreten, nicht den Unterschied zu einem Fall wie dem vorliegenden sehen können, dann ist es Zeit, sie durch andere zu ersetzen, die es können.

Ein weiterer Brief wiederholte Parris' Drohung:

Wie konnte der Gerichtshof von Grant County einen Antrag auf Auslieferung gutheißen, wenn Richter von Grant County bereits die Adoptionspapiere unterzeichnet hatten?

Die Taylors, die seit über 20 Jahren als gottesfürchtige Bürger in unserer Gemeinde leben, haben kein Verbrechen begangen. Es wird Zeit, daß die Bürger von Marion aufstehen und verlangen, daß hier der Gerechtigkeit Genüge getan wird. Laßt uns nicht gleichgültig sein! Sagt Eure Meinung!

Wenn unsere gewählten Vertreter nicht hören wollen, haben wir immer noch das Privileg, sie am Wahltag ihrer Positionen zu entheben. Also los, Bürger von Grand County! Handelt verantwortlich! Ihr habt in dieser Sache eine Stimme!

Und ein dritter Brief:

Wieso sollten gesetzesfürchtige Bürger wie Mr. und Mrs. Taylor dafür verhaftet werden, ihren Enkel adoptiert zu haben?

...Mr. und Mrs. Taylor bieten ihrem Enkel ein gutes christliches Zuhause. Schon diese Tatsache sollte die Entscheidung des Gerichts beeinflussen.

Als Bürger sollten wir genau über ein Rechtssystem nachdenken, das erlaubt, irgend jemanden unter diesen Umständen zu verhaften.

Die Taylors sind keine Kriminellen. Sie wollen nur das Beste für das Kind.

Das Gericht von Marion sollte über diesen Fall entscheiden und das Beste für das Kind tun und gleichzeitig die Taylors wie gesetzesfürchtige Bürger und nicht wie Kriminelle behandeln.

Ein vierter erklärte:

...Offensichtlich haben die Großeltern mütterlicherseits das Sorgerecht für das Kind nicht übernehmen wollen oder können. Die Großeltern väterlicherseits haben es getan. Jean Taylor ist die nächste Verwandte, die das Kind außer seinem leiblichen Vater hat, der sich, unter den derzeitigen Umständen, nicht um das Kind kümmern kann.

Wie kann auch nur ein einziges Gericht auf dieser Welt den Großeltern das Sorgerecht verweigern, wenn sie es fordern?

Die Taylors brauchen jegliche juristische und geistige Unterstützung, die sie von den Bürgern Marions und Indianas bekommen können.

Unter all diesen Briefen war nur einer, in dem eine abweichende Meinung vertreten wurde:

Auch ich bin entsetzt über die Ungerechtigkeit in dem Sorgerechtsstreit um Everett und Jean Taylor. In der letzten

Woche habe ich einen Brief diesen Inhalts an diese Zeitung geschrieben, aber weil meine Ansicht der verschiedener Leute entgegensteht, die sich immer nach der Mehrheit richten (darunter offenbar auch die *Chronicle-Tribune*), wurde er nicht abgedruckt.

Es fällt mir nicht schwer zu glauben, daß die Taylors gute, aufrechte Bürger sind, die ihren Enkel sehr lieben, und ich würde sie nicht gerne nach New Jersey ausgeliefert sehen, weil ich fürchte, sie würden dort so behandelt, wie die andere Partei dieses Streitfalls hier in Grant County behandelt wird.

Stellen Sie sich doch einmal vor, was diese Menschen durchgemacht haben. Zuerst wurde ihre Schwester und Tochter vom Sohn der Taylors umgebracht. Sie erhielten das Sorgerecht für das einzige Kind ihrer hingeschlachteten Verwandten.

Nachdem dieser kleine Junge ein Jahr lang wie ein eigenes Kind für sie war, informierte man sie, daß der Junge während eines zweiwöchigen Besuches bei seinen Großeltern ›legal‹ adoptiert wurde, also sollten sie ihn besser vergessen.

Ja, ich bete für die Taylors. Aber ich bete auch für die Benigno-Whites. Und unter umfassenderen Gesichtspunkten muß ich für Grant County und sein Rechtssystem beten. Hätte Richter Hunt die Fakten genauer studiert, wäre dies wahrscheinlich nie geschehen.

Aber vielleicht brauchen wir ja etwas, was uns über den Rest des Bundesstaates oder die Nation erhebt. Wir könnten an den Stadtgrenzen Schilder aufstellen: Marion – Zentrum für illegale Adoptionen.

Niemand außer Jean und Zach wußte zu diesem Zeitpunkt, daß Pastor Parris nach Indianapolis gereist war, um sich mit Linley E. Pearson, dem Justizminister von Indiana, zu unterhalten. Bevor er nach Marion gekommen war, hatte Parris eine Gemeinde im westlichen Teil des Staates, in Frankfort, geleitet, und Pearson war Mitglied dieser Gemeinde gewesen.

Parris erklärte, daß die Taylors Unglaublichem ausgesetzt seien. »Sie sind gute Menschen, die sich nie etwas zuschulden kommen ließen. Ich muß sagen, wenn so etwas passieren kann, sollte das Auslieferungsgesetz geändert werden.«

»Was soll ich denn tun?« soll Pearson laut Parris gesagt haben.

»Liefern Sie sie nicht aus.«

»Ich werde darüber nachdenken«, erklärte Pearson.

Zwei Tage später machte sich Steve Johnson von seinen Verpflichtungen im Wahlkampf um das Amt des Staatsanwalts frei und fuhr ebenfalls nach Indianapolis.

Bei seiner Rückkehr kündigte er große Neuigkeiten an. Bis eine weitere Untersuchung stattgefunden hatte, zog Gouverneur Orr seine Erlaubnis zur Auslieferung zurück. Orr tat dies nicht nur auf Empfehlung des Justizministers Pearson, sondern auch auf Johnsons Rat hin – alle drei waren Mitglieder der Republikanischen Partei. »Ich glaube, im Interesse der Gerechtigkeit ist eine weitere Untersuchung erforderlich«, sagte Johnson. Er fügte hinzu, daß er keine Einzelheiten bekanntgeben dürfe, bevor die Angelegenheit verhandelt würde.

In Indianapolis erklärte der Pressesprecher des Gouverneurs: »Wir wollen jede Möglichkeit nutzen, Bürger von Indiana zu schützen, wenn sie das Recht haben, geschützt zu werden.« Er sagte, die Untersuchung des Falls läge in den Händen des stellvertretenden Generalstaatsanwalts David Arthur.

In Monmouth County nötigte Paul Chaiet den Berater des Gouverneurs von New Jersey, Kean, bei Orr eine schnelle Durchführung der Untersuchung durchzusetzen.

Janice Miller und Dick Green hatten weder die Zeit noch die Energie, gegen Wände zu rennen.

Ein neuer Richter, R. Alan Brubaker aus Kokomo, wurde eingesetzt, um über die Adoption zu entscheiden. Aber bevor eine Anhörung zur Annullierung der Adoption stattfinden konnte, mußte ein entsprechender Antrag gestellt und von Brubaker angenommen werden. Auf den ersten Blick sahen Jeff und Celeste White in diesem Fall wie die Geschädigten aus. Aber unter den herrschenden Umständen hatten sie vor einem Gericht in Indiana überhaupt keine Position. Sie waren an der Adoption nicht beteiligt gewesen. Ihr gemeinsamer Anspruch – ihre Verbindung mit Philip – mußte zunächst einmal festgestellt werden, und dieser Anspruch würde dann ihren Prozeßbeitritt erlauben. Wenn sie nicht zugelassen würden, könnte das schwerwiegende Folgen haben.

Es ging im Grunde um juristische Spitzfindigkeiten, schriftliche Informationen, gefolgt von mündlichen Diskussionen über die Gesetze von Indiana. Aber angesichts der öffentlichen Meinung wurde die Angelegenheit schwierig. Man konnte darauf zählen, daß Pat Ryan jede Gelegenheit nutzen würde, Sympathien für die Taylors herauszuschlagen und zu betonen, es sei besonders wichtig, in diesem Fall die patriotische Treue gegenüber Indiana zu beweisen. Und ein Erfolg war unbedingt notwendig. Ohne das Recht zum Prozeßbeitritt konnten Celeste und Jeff sich nicht gegen die Adoption aussprechen.

Entscheidender als alles andere jedoch war, daß Janice Miller damals im Juli in Freehold, als man eine Übereinkunft über den zweiwöchigen Aufenthalt in Marion erreicht hatte, so beharrlich auf der Übertragung des alleinigen, permanenten Sorgerechts für Philip auf die Whites bestanden hatte. Daran war nichts Zeitweiliges und nichts Gemeinsames. Der Besuch Philips bei den Taylors als Folge von Richter Gehrickes Anordnung war nur ein Besuch und nicht mehr.

Dieses eindeutig dauerhafte, alleinige Sorgerecht war der

Eckpfeiler von Dick Greens Argumentation, das und die Tatsache, daß die Whites nicht, wie es das Gesetz von Indiana und die Bundesgesetze erforderten, vor der Adoption über die Pläne benachrichtigt worden waren.

Die Anhörung vor Richter Brubaker begann am 2. Dezember.

Ryan zog alle Register.

Er erklärte, New Jersey habe keinerlei Gerichtshoheit, irgendwelche Anordnungen zu erlassen, denn »Philip hat dort seit dem Tod seiner Mutter nicht gelebt«. New Jersey war nicht sein »Heimatstaat«, selbst nicht nach dem Bundesgesetz.

Er pickte sich Brocken aus dem staatlichen Verfahrensrecht und aus Klauseln, wie sie ihm gerade paßten. Nur die Zustimmung leiblicher Eltern sei zur Adoption eines »legitimen Kindes« erforderlich.

Celeste und Jeff hätten kein Recht zum Prozeßbeitritt. »Die Whites«, behauptete er, »können der Adoption weder widersprechen noch ihr zustimmen. Wenn das Gesetz keine Zustimmung einer Person vorsieht, muß sie auch nicht benachrichtigt werden.«

Er beschrieb einen Präzedenzfall bei einer anderen Adoption in Indiana, bei der das Gericht sich folgendermaßen ausgesprochen hatte: »Wenn das Kind noch lebende Eltern hat, können sie allein Widerspruch gegen die Adoption einlegen.«

»Eine Adoption«, beharrte er, »schafft ein neues Eltern-Kind-Verhältnis und beendet jegliche vorhergehende Sorgerechtsregelung.«

Er behauptete, Richter Hunt habe in den Papieren, die er unterschrieben hatte, sehr wohl bemerkt, daß noch ein Sorgerechtsverfahren in New Jersey anstand. Hunt habe alle betreffenden Dokumente studiert – und den Antrag ohne Zögern unterschrieben.

Ryan rief laut aus: »Wieso sind wir dann überhaupt hier?

Es liegt ein Adoptionsbeschluß eines Gerichtes von Indiana vor, der alle anderen Anordnungen aller Gerichte der Welt nichtig macht!«

Aber schließlich konnte er doch gegen die endgültige Entscheidung in Richter Gehrickes Anordnung nicht ankommen. Sie hatte nichts Vorübergehendes an sich. Sie war in Übereinstimmung mit den Sorgerechtsgesetzen der Vereinigten Staaten ergangen, die sowohl New Jersey als auch Indiana Wort für Wort unterzeichnet hatten.

Richter Brubaker entschied, daß Jeff und Celeste zum Prozeß zugelassen werden sollten. Und er setzte als Termin für eine Anhörung, in der entschieden werden sollte, ob die Adoption gültig war, den 18. Dezember fest.

Es sah so aus, als würde dies die letzte Runde werden.

Jeff und Celeste trafen sich mit Janice in Marion. Es war sehr wohl möglich, daß die Adoption auf der Stelle rückgängig gemacht würde und sie mit Philip nach Staten Island zurückkehren könnten.

Die Strategie, für die sich Janice und Dick Green entschieden hatten, bestand darin, sich streng auf eine juristische Argumentation zu konzentrieren – darauf, daß hier ein Gesetz gebrochen worden war –, um zu vermeiden, daß Ryan mit dem Wohl des Kindes und all den anderen Grundsatzfragen argumentierte, die er immer wieder einzubringen versuchte.

Sie würden ihre Argumentation auf Gerichtsdokumente stützen, die nicht mehr hinterfragt werden konnten – vor allem auf die Anordnungen des Gerichts von New Jersey –, und auf weitere Dokumente, die zum Beispiel zeigten, daß zwar im Adoptionsantrag behauptet wird, Philip habe keinerlei Eigentum, er aber tatsächlich mehr als 110000 Dollar besaß.

Sie hatten vor, nur einen einzigen Zeugen aufzurufen, Richter Hunt. Sie wollten beweisen, daß bei der Adoption auch Betrug und Täuschung eine Rolle gespielt hatten. In seinem Schriftsatz zur Unterstützung der Adoption sagte

Ryan: »Wäre Hunt betrogen worden, hätte er die Adoption rückgängig gemacht und den Anwalt angezeigt.« Ryan behauptete außerdem, Hunt habe den gesamten Bericht des Sozialamts gelesen, bevor er die Papiere unterschrieben hatte.

Wie schmerzlich das auch für Hunt sein mochte, Green brauchte seine Aussage, um dieser Behauptung zu widersprechen. Während der vergangenen Monate hatte er Hunt gegenüber erwähnt, daß er ihn vielleicht als Zeugen aufrufen würde. »In Ordnung, kein Problem«, hatte Hunt geantwortet. Es war so eindeutig, daß Hunt aussagen würde, daß Green überhaupt nicht mehr daran dachte, ihn vorladen zu lassen.

Tatsächlich sagte Green Hunt am Morgen des 18. Dezember, daß er ihn am Nachmittag in den Zeugenstand rufen würde, und Hunt erwiderte: »In Ordnung, ich werde da sein.«

Die Anhörung sollte um 12.00 Uhr beginnen.

Dick Green kam ein wenig früher ins Gericht. Als er das Gebäude betrat, überfiel ihn eine Ahnung, die ganze Geschichte könnte sich noch länger hinziehen. Er ging in den Aufenthaltsraum für Richter und sah Richter Alan Brubaker, der gerade aus Kokomo angekommen war, wie er die Unterlagen durchblätterte. Es war deutlich, daß er sie zum ersten Mal sah, und von Hunts Aussage abgesehen, stellten sie fast Greens und Millers gesamtes Beweismaterial dar.

Green ging hinaus vor das Gebäude, um auf Celeste, Jeff und Janice zu warten. Hunt ging an ihm vorbei. Er war auf dem Weg zum Mittagessen. Es ist ein bißchen spät zum Mittagessen, dachte Green, aber vielleicht hat eine Verhandlung länger gedauert.

»Also bis später«, sagte Green.

»Ja, ja«, erwiderte Hunt.

Pat Ryan und die Taylors betraten den Gerichtssaal in Begleitung von Reverend Harris. Auch eine Handvoll Gemeindemitglieder kam dazu. Aber es gab keine Wiederholung der Szene bei der Auslieferungs-Anhörung. Es schien, als ob jedermanns Emotionen erschöpft waren. »Betet für unseren Bruder und unsere Schwester, für Everett und Jean Taylor«, hatte Parris seine Gemeinde am vergangenen Sonntag aufgefordert.

Green begann damit, Brubaker Papiere vorzulegen und das Gericht zu bitten, »richterliche Kenntnis« von Gehrikkes letzter Sorgerechtsanordnung zu nehmen, die nach dem allgemeinen Bundesrecht auch in Indiana volle Gültigkeit hatte, und dann legte er eine beglaubigte Kopie einer Liste von Philips Eigentum vor.

Ryan hatte behauptet, Philip habe seit Teresas Tod bei Jean und Zach gelebt, als hätte dies alles in Indiana stattgefunden. Green reichte Brubaker die erste Anordnung von Richterin Ashbey, die nur zwei Wochen nach dem Mord erlassen wurde und die zeigte, daß es nicht nur ein gemeinsames Sorgerecht mit den Whites gegeben, sondern daß sich das alles zudem in New Jersey abgespielt hatte. Er übergab auch ihre Anordnung vom August 1985, die Jeff und Celeste das Sorgerecht für zehn Monate im Jahr gab.

Green bat um richterliche Kenntnisnahme, daß in Kens Zustimmung zur Adoption sein Wohnsitz – das Staatsgefängnis von Trenton – nicht angeführt war, wie es das Gesetz von Indiana erforderte. Außerdem war die Zustimmung nicht richterlich oder notariell beglaubigt worden.

Keine Benachrichtigung über die Adoption war an Philips gerichtliche Vormunde, Celeste und Jeff, gegangen oder an das Gericht in New Jersey, das die Kontrolle über das Sorgerecht ausübte, oder an den Philip vom Staat zugeordneten finanziellen Vormund – alles Vorgänge, die das Gesetz von Indiana erforderte.

Zusätzliche Dokumente wurden vorgelegt, um zu zeigen,

daß die Adoption »in direktem Widerspruch zu den Sorgerechtsgesetzen von New Jersey und Indiana stand«.

Schließlich wurde auch noch der Vorwurf des Betrugs erhoben.

Greens Ausführungen dauerten etwa zwanzig Minuten.

Der Papierstapel vor Richter Brubaker war beinahe acht Zentimeter hoch. Brubaker sah verblüfft aus. Wollte Green keine Zeugen aufrufen?

»Ja, Euer Ehren, Richter Hunt.«

Die Verblüffung in Brubakers Miene nahm zu. »Sind Sie sicher, daß Sie das wollen?«

»Ja.«

Brubaker warf Green einen Blick zu. »Sie sollten besser darüber nachdenken.«

Green bemerkte, daß Brubaker dem Gerichtsdiener kein Zeichen gegeben hatte, Hunt hereinzuholen.

»Was ist denn los?« flüsterte Janice.

»Ich weiß es nicht«, erwiderte Green. Er bat um eine Pause. Als er und Janice auf die Tür für Anwälte zueilten, stießen sie beinahe mit Brubaker zusammen. Green fragte ihn: »Was ist los?«

Brubaker sagte: »Haben Sie schon mit Hunt gesprochen?«

»Ja, heute früh erst.«

»Nun ja, Sie reden besser noch einmal mit ihm.«

Green ging zu Hunts Amtszimmer. Er war nicht dort. Green flüsterte mit Janice, während Celeste und Jeff besorgt in der Nähe standen. Offensichtlich wollte ihnen jemand ein Zeichen geben. Hunt würde nicht wie erwartet aussagen, oder Brubaker wollte seinen Richterkollegen keiner Verlegenheit aussetzen. Ganz gleich, die Drohung lief darauf hinaus, daß sie es bereuen würden, wenn sie darauf bestanden, Hunt in den Zeugenstand zu rufen.

Im Gerichtssaal teilte Green Brubaker mit, daß er Hunt nicht aufrufen wollte. Erleichtert fragte Brubaker nach ihrem nächsten Zeugen.

Green sagte, es gäbe keinen. Er und Janice Miller wollten die Beweisführung damit abschließen. »Alles Wichtige befindet sich in den Dokumenten, die dort vor Ihnen liegen.« Brubaker starrte die Papiere ungläubig an. Pat Ryan schien ebenso verblüfft.

»Keine Zeugen mehr?« fragte Brubaker.

»Nein, Euer Ehren.«

Jetzt bat Ryan um eine Unterbrechung.

Green jubilierte. Er hatte Ryan keinerlei Gelegenheit gegeben, durch das Kreuzverhör seiner Zeugen den Fall zu wenden. Die schriftlich vorgelegten Begründungen für eine Annullierung der Adoption waren überwältigend. Alles, was Brubaker tun mußte, war, sich das Material anzusehen. Aber dann, als sie vor dem Gerichtssaal standen, war Green an der Reihe, verblüfft zu werden. Ein Freund Greens, ein Mitglied der Juristenverbindung von Marion, kam eilig auf ihn zu. Hunt war wunderbarerweise wieder aufgetaucht, nach einem ausgedehnten Mittagessen. Greens Freund kam gerade aus seinem Arbeitszimmer. »Ich fürchte, du hast ein Problem«, sagte er.

»Wovon redest du?«

Brubaker war zu Hunt hereingestürmt und hatte sich über Greens Taktik beschwert. Hunt fragte: »Was meinen Sie damit?« und Brubaker hatte gesagt: »Er hat bisher noch keinen einzigen Beweis vorgelegt, keine Zeugen, nur einen Stapel Papier.«

Zum ersten Mal geriet Dick Greens Glaube an ein positives Ergebnis der Anhörung ins Wanken. Er fürchtete, daß Brubaker entweder zu faul war, die Dokumente durchzugehen, oder zu dumm, um zu bemerken, daß die Entscheidung darüber, wer das Sorgerecht für Philip hatte, bereits gefällt worden war – in New Jersey.

Reverend Parris war Ryans erster Zeuge. Er bezeugte, daß Teresa mit ihm darüber gesprochen hatte, seinen Sohn in der Kirche zu weihen. Green erhob Einspruch. Das hatte mit der anstehenden Entscheidung nichts zu tun.

Brubaker rief die drei Anwälte zu sich. Worauf lief diese Befragung hinaus? Nun, sagte Ryan, eine Menge unflätiger Bemerkungen seien über seine Klienten gemacht worden. Es war nur angemessen, dem Gericht deutlich zu machen, daß es überhaupt keine anständigeren Menschen gäbe als die Taylors, daß sie nur den Wünschen der »verstorbenen« Mutter des Kindes folgten und denen seines Vaters. Brubaker entschied mit unbehaglicher Miene, dies solle nicht ins Protokoll aufgenommen werden.

Schließlich beendete Ryan die Befragung Parris'. Er rief Zach in den Zeugenstand.

Hatte sein Enkel seit der Adoption ständig bei ihm und seiner Frau gelebt? Hatte es Unterbrechungen gegeben?

Ja, eine, erklärte Zach. »Das war, äh, am Freitagabend, am 8. August, einen Tag nach der Adoption. Wir aßen gegen 18.00 Uhr zu Abend, meine Frau, Philip und ich, als ich ein lautes Klopfen an der Tür hörte. Ich ging zur Tür, und – es sah aus, als stünde da eine Armee vor meiner Tür. Es waren zwei Anwälte da, Mr. Jules Walker und Mr. Warren Haas. Dann waren da noch zwei oder drei Deputies, eine Dame vom Sozialamt und Jeff und Celeste White und Miz Janice Miller.«

Green erhob Einspruch. »Euer Ehren, er ist weit genug gekommen, daß man sehen kann, daß dies nichts mit dem Streitfall zu tun hat.«

Ryan sagte, man habe seine Klienten des Betruges bezichtigt. Er wollte nur zeigen, daß die anderen in diesem Fall das Gericht benutzt hatten, »einen Betrug durchzuführen, und dies ist eines der Beispiele, die ich anführen wollte«.

Brubaker schlug vor, Ryan solle fortfahren.

»In Ordnung«, sagte Ryan. »Wo war Philip, nachdem Sie vom, äh, Tod seiner Mutter erfahren hatten? Bei wem lebte er?«

»Philip lebte vom 12. November bis zum 1. September 1985 bei mir und meiner Frau. Einen Teil der Zeit war er hier in Indiana, und den Rest der Zeit in New Jersey.«

»Was geschah nach dem 1. September?«

Green erhob Einspruch. »Euer Ehren, das hat ebenfalls nichts mit dem vorliegenden Streitpunkt zu tun. Das hier ist keine Anhörung, in der es um das Wohl des Kindes geht.«

Brubaker lehnte den Einspruch ab.

Zach sagte aus: »Wir sollten ihn in unserem Heim in Indiana für sieben Tage haben, vom 26. Dezember an, Weihnachten 85.«

»Euer Ehren«, sagte Green, »wir sind nicht hier, um uns mit diesen Angelegenheiten zu befassen – wo das Kind lebte, bei wem es jetzt ist und so weiter.«

Noch einmal wies Brubaker den Einspruch zurück.

»Bekamen Sie Philip am 26. Dezember?«

»Nein.«

»Gab es dafür einen Grund?«

Jetzt erhob Janice Einspruch. »Wir sind nicht hier, um wiederaufzunehmen, was bereits im vergangenen Sommer verhandelt wurde. Ich möchte das Gericht mit allem Respekt bitten, den Einspruch dagegen zu unterstützen, daß Mr. Taylor jedes kleine Detail berichtet. Ob er Probleme hatte, ob meine Klienten Probleme hatten, was auch immer. Das bringt uns nur von der Entscheidung ab, die heute hier gefällt werden soll.«

»Das ist schon möglich«, sagte Brubaker. »Aber schließlich geht es doch um das Kind. Ich muß ein bißchen Fleisch auf diese nackten Knochen des Informationsgerippes bekommen.«

Zach gab an, daß er und Jean den Besuch freiwillig verschoben hatten, damit Philip seine Weihnachtsgeschenke genießen konnte. Dann ging Ryan schnell weiter zu Jeffs und Celestes Versuch, die Taylors nach New York zu »zerren«.

Brubaker wies Janices Einspruch dagegen zurück, daß es

sich hier um einen Streitfall über Gerichtsbarkeit handele, der nichts mit New Jersey und Indiana oder der Anhörung zu tun habe.

Dick Green erhob Einspruch gegen den Begriff »zerren«. Auch dieser Einspruch wurde abgelehnt.

Ryan fragte: »Wann bekamen Sie das Kind zum nächsten Mal?«

»Wir hatten ihn eigentlich nie, bis zum 1. August 1986... Dann hat man uns erlaubt, ihn hierher zurückzubringen.«

»Und dann«, fuhr Ryan fort, »gab es eine Zeit, in der Sie nicht wußten, ob Richter Hunt einer Adoption zustimmen würde, nicht wahr?«

»Wir wußten nicht, was passieren würde. Wir hofften, es würde klappen.«

»Und Philip ist gerne mit Ihnen gegangen?«

»Ja. Er hat sich gefreut.«

»Das ist alles.«

»Er hat sich gefreut«, wiederholte Zach.

Es war nicht gutgegangen, dachte Green. Brubaker hatte zugelassen, daß Ryan ständig abschweifte. Er mußte das Interesse des Richters wieder auf die Anordnung aus New Jersey lenken.

Im Kreuzverhör sagte er. »Mr. Taylor, Sie waren im Gericht in Monmouth County, New Jersey, vor Richter Gehricke, am 1. August?«

»Ja.«

»Und Sie waren beteiligt an einem Abkommen, das von Mr. Shapiro, Ihrem Anwalt, und Mrs. Miller zu Protokoll gegeben wurde?«

»Ich war an einem provisorischen Abkommen beteiligt.«

»... Würden Sie mir bitte erklären, was ›provisorisch‹ ist an einem Abkommen, das zu Protokoll gegeben wurde und aus dem Sie sofortigen Nutzen gezogen haben?«

»Der, äh, provisorische Teil war, daß es noch in Form eines Dokumentes von Mrs. Miller aufgesetzt werden sollte. Das war der provisorische Teil. Das Abkommen wurde nicht unter Eid geschlossen.«

»Mr. Shapiro hat Sie in diesem Verfahren vertreten, nicht wahr?«

»Ja.«

»Und Sie hörten, wie das Abkommen dem Richter verlesen wurde?«

»Ich hörte es, ja.«

»Sah das Abkommen vor, daß Sie das Kind am 1. August mitnehmen und für einen sechzehntägigen Besuch behalten durften?«

»Ja.«

»Haben Sie das Kind erhalten?«

»Ja.«

»... Sie haben also einen Nutzen aus dieser Anhörung gehabt?«

»Wir... wir bekamen die Möglichkeit, daß Philip uns besuchte, ja.«

»Hatten Sie vor, ihn am 16. August zurückzubringen?«

»Nein.« Dann sagte Zach nach einem Zögern, als sei ihm klargeworden, daß er das Falsche gesagt hatte: »Es tut mir leid. Kann ich die Frage noch einmal beantworten?«

»Ich bitte darum.«

»Äh, das Abkommen, das vor Gericht verlesen wurde, das provisorische Abkommen war, daß Jeff und Celeste ihn am 16. August mit zurücknehmen sollten. Wir waren nicht verpflichtet, Philip zurückzubringen.«

»Wollen Sie damit sagen, daß Mr. und Mrs. White am 16. nicht auftauchten, um Philip zu holen?«

»Inzwischen war etwas passiert.«

»Was war passiert?«

»Er war am 7. August adoptiert worden.«

»Sie wußten, als Sie New Jersey und New York verließen, daß Sie diese Adoption durchführen wollten, nicht wahr?«

»Wir wußten, daß wir es versuchen würden. Ja.«

»Wieso haben Sie angegeben, daß Philip kein Eigentum hat?«

»Als ich – als ich das in dem – stand das im Antrag?«

»Ja.«

»Als ich das gelesen habe, äh, habe ich nur an... an Eigentum wie, äh, Immobilien und so gedacht.«

»Mr. Taylor«, sagte Green, »als die Whites das Sorgerechtverfahren nach New York verlegen wollten, wurden Sie benachrichtigt, nicht wahr?«

»Ja.«

»Als Sie die Adoption in Indiana beantragten, wurden die Whites nicht benachrichtigt, oder?«

»Nein.«

»Keine Fragen mehr.«

In seinem Schlußplädoyer sagte Ryan: »Mr. Green hat uns nichts Neues gesagt. Wir haben mehr Beweise, mehr Zeugen erwartet.«

Die Bundesgesetze über das Sorgerecht, fuhr er fort, bezogen sich nicht auf Adoptionen. Die »Einkerkerung« von Kenneth Taylor habe keinen Einfluß auf die Gültigkeit seiner Zustimmung. Und John Hunt wußte davon, daß ein Sorgerechtsverfahren anhängig war. Alles, was im Adoptionsantrag fehlte, wurde im Bericht des Sozialamts behandelt, den Hunt gelesen hatte.

Dick Green erklärte, all seine Beweise seien in den Papieren enthalten, die vor Richter Brubaker lagen. Er beantragte, seinen Schriftsatz noch abändern und weitere Beweise für den Betrug bei Stellung des Adoptionsantrags hinzufügen zu dürfen.

Nervös lehnte Brubaker diesen Antrag ab. Das hätte Richter Hunt nämlich wieder in Zusammenhang mit dem Verfahren gebracht.

Er wies auch Ryans Antrag ab, den Fall aus Mangel an Beweisen zu schließen.

Dann setzte er jeder Hoffnung auf eine baldige Entscheidung ein Ende. Er verkündete, er wolle den Fall begutachten. Er verlangte Schriftsätze von beiden Seiten. Mit einem Seitenblick auf Green zeigte er auf den Stapel von Dokumenten, die Green eingereicht hatte, und erklärte, er sei kein »Geschichtsprofessor«.

Er wollte, daß sich die Schriftsätze auf drei Gegenstände beschränkten: die Benachrichtigung über die anstehende Adoption, wie sie die Gesetze von Indiana erforderten; die Zustimmung, die für eine Adoption notwendig war; und die Gültigkeit der Sorgerechtsanordnung aus New Jersey.

Die Schriftsätze sollten bis zum 13. Februar abgeliefert werden. Von da an hatte Richter Brubaker sechzig Tage, um eine Entscheidung zu fällen. Wenn er das nicht tat, konnten Green und Janice Miller den Antrag stellen, ihm den Fall zu entziehen. Das bedeutete, den ganzen Ablauf wieder von vorn anzufangen, mit der Auswahl eines weiteren Richters.

Green konnte nur hoffen, daß jemand – vielleicht Hunt – Brubaker sagen würde, daß Dokumente ebenso als Beweise anerkannt waren wie Zeugen.

Niedergeschlagen und mit leeren Händen kehrten Jeff und Celeste, nun im vierten Monat schwanger, nach Staten Island zurück. Bevor Celeste ging, tat Warren Haas sein Bestes, sie aufzuheitern: »Es ist noch nicht aller Tage Abend.«

Es war ein trauriges Weihnachtsfest. Der kleine Junge Philip war verschwunden in einem juristischen Dickicht von Anträgen, Schriftsätzen und Anhörungen. Celeste war untröstlich. Sie hätte auf ihre Freunde hören sollen, sich Philip einfach schnappen und davonrennen sollen.

In Marion sagte Pat Ryan den Taylors, er glaube, »gute Siegeschancen« zu haben. Und selbst bei einer Niederlage würde er durch alle Berufsinstanzen gehen. Jahrelang.

KAPITEL EINUNDZWANZIG

Anfang März 1987 schrieb ich an einem Roman, der ironischerweise den Titel ›Vater und Sohn‹ hatte. Damals hörte ich zum ersten Mal von den Ereignissen, die gerade in Indiana stattgefunden hatten.

Eines Morgens las mir meine Frau aus einem Brief vor, den sie von einer Freundin in San Francisco bekommen hatte. Die Freundin hatte einmal in der Kanzlei von Janice Miller gearbeitet. Meine Frau erzählte, sie sei Janice ein- oder zweimal begegnet. Der Brief handelte von den Schwierigkeiten, denen Janice Miller in einem schrecklichen Sorgerechtsfall gegenüberstand. Ich dachte zu der Zeit, daß es um einen Streit zwischen den Großeltern mütterlicherseits und denen väterlicherseits ging. Außerdem schrieb die Freundin meiner Frau, daß Janice verzweifelt nach einem Druckmittel außerhalb des Gerichts suchte, einer journalistischen Möglichkeit, die helfen könnte, den festgefahrenen Fall wieder in Bewegung zu bringen. Sie fragte an, ob ich interessiert sei.

Ich sagte, ich würde darüber nachdenken. Und dann vergaß ich über der Arbeit an dem Roman wieder alles. Am Abend traf ich mich mit ein paar Freunden. Einer von ihnen erwähnte zufällig eine Sendung, die er vor kurzem im Fernsehen gesehen hatte, »60 Minutes«. Die Sendung hatte ihn sehr beeindruckt. Das Thema waren Sorgerechtsprozesse gewesen. Wenn man z. B. in Norwegen geboren war und das Kind, um das verhandelt wurde, nach Norwegen schaffen konnte, würde die norwegische Regierung unter allen Umständen dafür sorgen, daß das Kind nie wieder herausgegeben würde. Ich erinnerte mich wieder an den Brief: Norwegen war weit weg, aber Indiana ging auch mich etwas an.

Ich rief Janice an. Und dann traf ich mich mit ihr und ihrem Mann zum Essen in New York. Janice erzählte, was bisher geschehen war, angefangen bei Celestes Anruf im Juni 1986. Jetzt lief ihnen die Zeit davon. Sie glaubte, daß wahrscheinlich keine Entscheidung gefällt würde und daß sie und die Whites wieder von vorn anfangen müßten.

Als ich ihr zuhörte, wurde mir klar, daß sie nie für ihren Zeitaufwand angemessen entschädigt werden könnte. Wieso hatte sie sich so für den Fall engagiert? Dann erfuhr ich, daß sie selbst von ihrem ersten Mann geschlagen worden war und viel tat, um Frauen zu helfen, die ähnliches durchmachten. »Der Mord an Teresa Taylor und was daraus folgte«, sagte sie, »ist ein hervorragendes Beispiel für alles, wogegen ich kämpfe.«

Ich sagte ihr, es erschiene mir kaum glaubhaft, daß in diesem Land und in unserer Zeit so etwas wie eine staatlich abgesegnete Kindesentführung stattfinden könne. Ich erklärte, wenn ich jemals herausfinden sollte, daß sie an irgendeiner Stelle ihres Berichtes übertrieben hatte, würde es ihr leid tun, mir je begegnet zu sein.

Janice hatte besonders die verhinderte Auslieferung der Taylors als Beweis für die feindselige Stimmung in Indiana betont.

Ich fuhr nach New Jersey, um Paul Chaiet in seinem Büro in Freehold aufzusuchen. Chaiet erzählte mir von dem Prozeß gegen Ken Taylor, wobei er nicht viel Zeit auf die Schwierigkeiten verschwendete, die er gehabt hatte, überhaupt eine Verurteilung wegen Mordes durchzusetzen. Was die Auslieferung anging, so hatte er gerade vor ein paar Wochen einen weiteren Brief an John Hayden, einen der Berater von Gouverneur Kean, geschrieben. Chaiet bezog sich in diesem Brief auf seine früheren Bitten, etwas zu unternehmen. Er bemerkte, die Taylors seien angeklagt worden und »die Staatsanwaltschaft von Monmouth County hat darauf hingewiesen, daß eine Strafverfolgung mit allen gesetzlichen Mitteln wünschenswert ist«. Er habe »keine schriftliche Erklärung erhalten, wieso sich diese Routineprozedur so außerordentlich lange Zeit hingezogen« hatte. Er bat in seinem Brief darum, daß »einer der offiziell Verantwortlichen ihm schriftlich mitteilt, wieso es zu dieser Verzögerung kommen konnte«.

Bisher hatte man ihm nicht geantwortet. Kean wurde als möglicher Kandidat der Republikaner für die Vizepräsidentschaft gehandelt. Ich fragte Chaiet, ob er annehme, Politik hätte etwas mit den Ereignissen zu tun gehabt, vor allem, weil auch der Gouverneur von Indiana, Orr, Republikaner war.

Er erklärte: »Dazu kann ich mich nicht äußern. Sie müssen Ihre eigenen Schlüsse ziehen.« Danach erhielt ich von ihm zusätzlich zu den Unterlagen, mit denen Janice mich versorgt hatte, noch weitere Berichte aus dem Gericht von Monmouth County, darunter Jean Taylors Brief an Richterin Ashbey, in dem sie sich darüber ausließ, was Philip über Teresas Tod erfahren würde oder nicht.

Als ich die Akten durcharbeitete, fand ich wenig, das nicht Janices Angaben bestätigt hätte. Ich sprach mit den Benignos und mit Jeff und Celeste und war danach überzeugt, daß sie Furchtbares durchmachten.

Ich versuchte nicht, Ken Taylor zu erreichen, der im Gefängnis in Virginia einsaß. Er wurde nicht als direkter Beteiligter am Sorgerechtstreit erwähnt, und ich hatte damals keine Ahnung von seiner wahren Rolle in dieser Tragödie.

Da die Zeit lief – eine Entscheidung für eine der beiden Parteien oder keine Entscheidung sollte bis Mitte April vorliegen –, wandte ich mich an den Herausgeber des Sonntagsmagazins der *New York Times*, dem einzigen Medium, das mir sowohl schnell als auch einflußreich genug schien. Zunächst gab es einigen Widerstand, »schon wieder ein Sorgerechtsfall!«. Ich erklärte, daß dieser Fall nach meiner Ansicht noch viel mehr beinhalte, daß es ganz unmittelbar um das gesamte Rechtssystem ginge und schlichtweg um alles, wofür Amerika in der Welt steht. Einen Tag später bekam ich grünes Licht.

Ich fuhr nach Marion.

An meinem ersten Morgen machte ich einen Spaziergang, um ein Gefühl für die Stadt zu bekommen. Ich schlenderte unter den großen Ulmen am Gerichtsgebäude vorbei, auch unter denen, an denen man Jahrzehnte vorher die beiden schwarzen Jungen aufgehängt hatte. Ich entdeckte, daß das Hauptgesprächsthema in der Stadt der befürchtete Angriff der Stare auf diese Bäume war, den man jetzt jeden Tag erwarten mußte, Zehntausende von Staren, vielleicht Hunderttausende, sogar Millionen. Niemand wußte es genau. Sie waren vor etwa drei Jahren zum ersten Mal gekommen und bis Oktober geblieben. Als ich zu Marions höchstem Gebäude, dem Summit, kam, wo so viele Anwälte ihre Kanzleien hatten, sah ich, daß alle dem Gericht zugewandten Fenster mit kleinen Gegenständen behängt waren (winzige Glöckchen waren sehr beliebt) oder mit Ballons, um die Stare von den Fensterbrettern wegzuhalten. Man hatte aufblasbare Plastikbeutel in die Bäume gehängt. In den vergangenen Jahren hatte man Schrot in die Baumkronen geschossen und Lautsprecherwagen um das Gebäude fahren lassen, die die Bäume mit Musik und anderen Geräuschen, die die Vögel abschrecken sollten, beschallt hatten. Bis auf Haubitzen hatte man so ungefähr alles versucht. Aber nichts hatte geholfen. Die kreischenden Stare und ihre Hinterlassenschaften kamen wieder und wieder, und der Platz um das Gericht wurde auf eine erneute Belagerung vorbereitet.

Ich traf mich mit Warren Haas. Er bestätigte Janices Berichte über den Abend, als er mit ihr, Jeff und Celeste und dem Deputy zum Haus der Taylors gegangen war. Er machte ganz deutlich, wo er in dieser Angelegenheit stand. Seitdem hatte er jedesmal, wenn in einem Bericht des Sozialamts die kleinste Schwierigkeit erwähnt wurde, angeordnet, diese Stellen für den Richter besonders zu kennzeichnen. Zu diesem Zeitpunkt war ihm Richter Brubakers Kommentar schon bekannt, es lägen keine Beweise vor, nur Papiere. Er schüttelte den Kopf. Er hatte nicht die geringste Ahnung, wie der Fall ausgehen würde. Normalerweise, sagte er, war die Zeit am Ende der Sieger. Die Menschen waren einfach erschöpft und gaben auf. Es war wirklich bemerkenswert, wie Jeff und Celeste »am Ball geblieben« waren.

Im Nobby Grill wurde noch einmal die Geschichte aufgewärmt, wie Richter Hunt »einen Bock geschossen« hatte. Man wunderte sich, daß der Fall immer noch nicht erledigt war.

Dick Green verfolgte für mich alle Schritte noch einmal zurück bis zu Janices erstem Anruf bei ihm. Am wütendsten machte ihn die Erklärung der Taylors, daß ihr Sohn Tom zur Verfügung stünde, sollte ihnen etwas zustoßen. Green erzählte, er habe verläßliche Informationen darüber, daß Tom kokainsüchtig sei. Und wenn er diese Gerüchte belegen könnte, würde er nicht zögern, die Informationen vor Gericht zu verwenden. Er wies die Erklärung zurück, daß Toms zerstörte Sportlerkarriere für seinen Drogenkonsum verantwortlich sei. Er selbst war auch Mitglied einer Universitätsmannschaft gewesen, sagte er, und er kannte viele Sportler, deren Karrieren eine Verletzung ein frühes Ende bereitet hatte. Das hatte sie nicht davon abgehalten, weiterhin ein produktives Leben zu führen. Nach seiner Ansicht hatte Toms Problem seine Wurzeln da, wo er aufgewachsen war, in seinem Elternhaus.

(Drei Monate später fiel zwei Streifenpolizisten im nächtlichen Süd-Marion eine verdächtige Person auf. Es war Tom. Sie verfolgten ihn bis zu seinem Wagen und entdeckten, daß er zwei Spritzen bei sich hatte, eine davon frisch benutzt und blutig. Der Bericht gibt an: »Bei der Durchsuchung des Wagens wurden ein Löffel, Streichhölzer und eine kleine Plastiktüte mit einer weißen kristallinen Substanz unter dem Fahrersitz gefunden. Die Substanz wurde im Polizeirevier untersucht und als Kokain erwiesen.« Er wurde zu einer Bewährungsstrafe verurteilt und mußte sich einer Entziehungskur unterziehen.)

Als ich Green traf, vertraute er immer noch darauf, daß alles in Ordnung kommen würde. Es hatte allerdings bereits einen Mißton gegeben. Er war vor kurzem in Kokomo gewesen. Er hatte vorgehabt, unter einem Vorwand bei Richter Brubaker vorbeizusehen. Aber das hatte sich als sinnlos erwiesen. Brubaker war auf einer Juristenkonferenz in Kalifornien. Niemand war sicher, wie lange diese Konferenz dauern würde. Mindestens aber zwei Wochen. Na, das ist ja großartig, hatte Green gedacht.

Weil der Fall immer noch nicht abgeschlossen war, war keiner der Richter, die damit zu tun hatten, für mich zu erreichen. Ich versuchte, durch Pat Ryan, ihren Anwalt, Kontakt zu den Taylors aufzunehmen. Sie weigerten sich, mit mir zu sprechen. Ryan allerdings gestand mir ein Treffen zu.

Er benahm sich, wie es seinem Ruf entsprach. Beim Frühstück erzählte er mir, alles, was zählte, sei die Adoption. Jeder andere Aspekt des Falles, auch die Sorgerechtsanordnung des Gerichts in New Jersey, sei »Schrott«. Obwohl Dr. Michele Rabinowitz ursprünglich vom Gericht als Gutachterin bestellt worden war, bezeichnete Ryan die Psychologin als »gekauften Killer« im Dienste der Whites und charakterisierte sie als »total überspannt«.

In ihrem Brief an Richterin Ashbey hatte Jean Taylor angegeben, sie zweifle nicht an Kens Version der Ereignisse in der Mordnacht. Ich fragte Ryan, ob sie auch ihrem Enkel davon erzählte. Er sagte, das wisse er nicht. Er hatte seinen Klienten empfohlen, sich mit mir zu treffen, aber sie waren eisern bei ihrer Weigerung geblieben.

Ja, sagte er, ihr Sohn Tom würde einspringen, sofern das nötig sein würde. Soweit er wüßte, sei Tom »in Ordnung«. Und dann war da auch noch Kens Schwester. Ryan wurde in diesem Zusammenhang ein wenig vage. Alles, was er mir sagen konnte, war, daß sie irgendwo im Süden lebe und mit »einem Mann von der Army oder so« verheiratet sei.

Ich fragte ihn nach den diversen Auslassungen in dem Adoptionsantrag, den er für die Taylors ausgearbeitet hatte. Er sah mich argwöhnisch an. Niemand, erklärte er, habe ihn je des Betruges bezichtigt. Die Andeutung war klar: ich sollte mich besser auch davor hüten. Als wir uns trennten, sagte er, er sei sicher, daß Richter Brubaker eine für seine Klienten vorteilhafte Entscheidung treffen würde. Wenn nicht, sei der Fall alles andere als erledigt.

Ich traf mich mit Steve Johnson, dem Staatsanwalt von Grant County, der im vergangenen November so geschickt seine Wiederwahl erreicht hatte. Ich fragte ihn, wieso er die Auslieferung der Taylors hintertrieben hatte.

In diesem Fall, sagte er, habe noch mehr auf dem Spiel gestanden, als für Außenstehende sichtbar gewesen sei. Ich bat ihn um genauere Auskunft. Nun, antwortete er, es könnte sein, daß der Anwalt der Taylors sie »hinters Licht geführt« habe.

Ich erklärte, ich sei zwar kein Anwalt, aber das wäre ja wohl etwas, worüber die Gerichte von New Jersey befinden müßten.

Johnson kniff die Lippen zusammen. Er stand auf. »Nett, Sie kennengelernt zu haben«, sagte er. »Sie müssen mich jetzt entschuldigen. Ich habe einen Termin bei Gericht.«

In New Jersey hatte ich mich bereits an John Hayden aus Gouverneur Keans Büro gewandt, um anzufragen, was wegen der Auslieferung geschehen würde. Er sagte mir, er sei deswegen in ständigem Kontakt mit der Staatsanwaltschaft in Indiana. Ich fragte nach der Korrespondenz, die dies belegen könne. Er erklärte, er müsse in den Akten nachsehen. Ich hörte nie wieder von ihm.

Und in Indiana wandte ich mich an David Arthur, den stellvertretenden Staatsanwalt, der dafür zuständig war, zu untersuchen, ob eine Auslieferung gerechtfertigt war. Ich fragte ihn, was los sei. Er antwortete, man warte ab, wie es mit der Adoption weitergehen würde. Ich erklärte, juristisch gesehen habe das eine ja wohl nichts mit dem anderen zu tun. »Sehen Sie«, meinte Arthur, »das ist wirklich alles sehr kompliziert, wenn Sie wissen, was ich meine.«

Mein Artikel erschien am 12. April im Sonntagsmagazin der *Times* unter dem Titel »Das Vermächtnis einer Mutter«. Das Magazin wurde, wie immer, vor dem Nachrichtenteil gedruckt, und Vorausexemplare wurden an ausgewählte Empfänger geschickt. Ich erhielt schon am Mittwoch zwei Exemplare und reichte eines an Janice Miller weiter.

Ohne daß ich davon erfuhr, rief Janice Richter Brubaker am Donnerstag gegen 13.30 Uhr in seinem Büro an. Eine Mitarbeiterin Brubakers, mit der Janice schon öfter gesprochen hatte, sagte, es gäbe nichts Neues im Fall Taylor. »Es wurde noch keine endgültige Entscheidung gefällt.« Der Richter habe bei Gericht zu tun.

Wütend teilte Janice ihr mit, sie wolle den Richter wissen lassen, daß am Sonntag ein ausführlicher Artikel über den Fall in der *Times* erscheinen würde. Dieser Artikel würde sich genauestens mit den unentschuldbaren juristischen Machenschaften befassen, die dazu geführt hatten, daß ein drei Jahre altes Kind jetzt herumgereicht würde wie ein Basketball in dem Spiel, für das der Staat so berühmt war. Sie las ein paar Absätze aus dem Artikel vor. »Der Richter möchte ihn sich vielleicht ansehen«, sagte sie.

»Ich werde es ihm ausrichten«, erwiderte die Frau mit eisigem Ton.

Janice legte verzweifelt auf.

Dann, am späten Freitagnachmittag, hörte Janices Mann, wie seine sonst so gelassene Frau im Nachbarbüro einen schrillen Schrei ausstieß. Er rannte hinüber, um zu erfahren, was los war.

»Wir haben gewonnen!« rief sie ihm zu.

Nach ihrem Anruf in Kokomo am Dienstag hatte sie nun wieder dort angerufen und erfahren, daß ein endgültiger Entschluß gefällt worden war. Und dann hatte sie mit Dick Green gesprochen. Die Adoption war für ungültig erklärt worden. Die Entscheidung war soeben schriftlich bei Gericht in Marion vorgelegt worden. Nach all diesen Monaten, dachte sie, mußte der Artikel den Ausschlag gegeben haben.

Sie rief Celeste an. »Wir haben gewonnen!« rief sie wieder. »Wir haben gewonnen!«

Celeste brach in Tränen aus, unfähig zu sprechen. Jeff sagte: »Ist es jetzt wirklich vorüber?«

Plötzlich ernüchtert meinte Janice: »Das hoffe ich.«

Janice flog am Sonntagabend nach Indiana. Jeff würde ihr folgen, sobald nähere Einzelheiten bekannt waren. Er würde allein kommen. Celeste stand kurz vor der Geburt ihres zweiten Kindes und durfte auf Anordnung des Arztes nicht mehr reisen.

Die Schlagzeile auf der ersten Seite der *Chronicle-Tribune* von Marion lautete:

Richter entscheidet:
Taylors verlieren Sorgerecht für Enkel

Über einem zweiten Artikel stand:

Bericht über Sorgerechtsfall Taylor
Im ›New York Times Magazin‹

Der einleitende Abschnitt lautete: »Im ganzen Land konnte man am Sonntag lesen, wie ein Mann von der Ostküste Marion sieht. Der Autor berichtet über den Streit um das Sorgerecht für einen zweijährigen Jungen zwischen dem Mittelwesten und der Ostküste, zwischen Großeltern aus Marion und Tante und Onkel aus New York City.«

Richter Brubakers Entscheidung war offenbar in großer Hast getroffen worden. Sie erkannte zwar an, daß eine Anordnung aus New Jersey Jeff und Celeste das Sorgerecht zugestanden hatte, aber dies war nicht der entscheidende Faktor gewesen. Brubaker begründete seinen Entschluß mit Formalien. Nach den Gesetzen von Indiana hätten die Whites, rein theoretisch, nicht von der Adoption benachrichtigt werden müssen. Allerdings verlange »der Geist der Adoptionsgesetze von Indiana, den Vormund, Gerichte oder Organe, die das Sorgerecht oder direkten Kontakt mit dem Kind haben, zu informieren«.

Na gut, dachte Janice, wir nehmen die Entscheidung an, ganz gleich, wie die Begründung lautet.

Pat Ryan beantragte einen Aufschub bis zur Berufung. Es sei nicht fair, das Kind hin- und herzuschieben.

Ryan holte Zach in den Zeugenstand. Es war dasselbe alte Lied. Er erklärte, sein Enkel sei in Indiana glücklich. Indiana sei ein besserer Ort, Kinder aufzuziehen, als New York, wo die Häuser »so dicht aneinanderstehen«. Wenn Philip in Indiana wäre, bliebe es ihm erspart, in die unangenehmeren Details des Todes seiner Mutter eingeweiht zu werden. Ohne zu erwähnen, daß er selbst einen großen Swimmingpool besaß, erzählte er, die Whites hätten einen kleinen Pool für die Kinder in ihrem Garten, der gefährlich werden könnte für einen Dreijährigen, der nicht schwimmen kann.

In seiner Antwort erklärte Dick Green, wenn ein Aufschub zugestanden würde, ohne daß ein »Notfall« – drohender physischer oder psychischer Mißbrauch des Kindes – drohe, würde damit ein Präzedenzfall geschaffen, und was sei dann die Anordnung eines Gerichts noch wert?

Brubaker wies den Antrag auf Aufschub der Urteilsvollstreckung zurück. Philip solle dem Sozialamt von Grant County übergeben werden und dann am Dienstag, dem 14. April, seinen Vormunden.

Green warnte Janice Miller davor, zu glauben, jetzt sei alles vorüber. Er hatte Ryan im Gerichtsgebäude im Gespräch mit einem Anwalt aus Indianapolis namens Frank Spencer gesehen. Spencer war auf Berufungsfälle spezialisiert. »Ich gehe jede Wette ein«, sagte Green, »daß Ryan sich an das Berufungsgericht von Indiana wendet.«

An diesem Abend, am Montag, den 13. April, traf Jeff in Marion ein.

Während des folgenden Vormittags erhielten sie stündlich Berichte aus Indianapolis. Kein Antrag war eingebracht worden. Es wurde Mittag und dann Nachmittag. Kein Philip.

Green fing an, eine Vorladung wegen Mißachtung des Gerichts vorzubereiten. Er rief in Kokomo an, bekam aber nur Brubakers Sekretärin ans Telefon. Der Richter saß einer Verhandlung über Drogenhandel vor. Green erklärte, er würde nach Kokomo fahren, um Brubakers Unterschrift unter die Vorladung zu bekommen.

In Greens Büro starrte Jeff Janice an. Wo war Philip? Sie nahm sich selbst übel, daß sie die Taylors nicht hatte überwachen lassen.

Philip war tatsächlich bei Jean. Sie hielt sich an Pat Ryans Anweisungen und fuhr mit ihm im Auto kreuz und quer durch Marion, wobei sie in gewissen Abständen telefonierte, um herauszufinden, ob das Berufungsgericht bereits einen Aufschub gewährt hatte. Gegen 12.30 Uhr war es dann soweit. Sie konnte nach Hause fahren.

Minuten später erfuhr auch Green die Neuigkeiten. Tränen liefen Jeff über das Gesicht. Er würde Philip an diesem Tag nicht mitnehmen können.

Es war das erste Mal, daß Janice ihn weinen sah.

Ryans Manöver hatte Green vielleicht das Leben gerettet.

Der Anwalt des Angeklagten in dem Drogenprozeß in Kokomo, dem Richter Brubaker vorsaß, war ein Freund Greens.

Dick wäre kurz vor 14.00 Uhr im Gerichtsgebäude angekommen, als gerade eine Unterbrechung angesetzt worden war. In der Pause hätte er sich sicher mit seinem Freund unterhalten, während er wartete, von Brubaker vorgelassen zu werden. Um 14.00 Uhr hatte der Angeklagte eine Bombe gezündet, die ihn tötete und den Anwalt und den Sheriff schwer verletzte.

Aber zu diesem Zeitpunkt wußte Green noch nichts davon. Er, Janice und Jeff rasten nach Indianapolis.

Eine neue Schlagzeile der *Chronicle-Tribune* lautete:

Anordnung in letzter Minute verhindert
Übergabe des Sorgerechts

In Indianapolis arbeiteten Green, Janice und Jeff den Rest des Tages mit dem Anwalt, der sie vor dem Berufungsgericht vertreten würde, Peter Tamulonis. Sie ordneten sorgfältig ihre Argumente und wiederholten die gesamte quälende Geschichte des Falls, angefangen bei der Sorgerechtsanordnung des Gerichts von New Jersey.

Schwere Gewitter gingen über der Stadt nieder. Aber bis zum Sonnenuntergang hatten Regen und Blitze aufgehört, und der Himmel klarte auf. Als sie zum Hotel eilten, um sich dort ein wenig auszuruhen, fragte Green Janice plötzlich: »Glauben Sie an Vorzeichen?«

»Was meinen Sie damit?«

»Sehen Sie mal dort«, sagte Dick und zeigte auf einen Regenbogen. »Sehen Sie das Gebäude, über dem er endet?«

»Ja.«

»Dort werden wir morgen sein. Und unseren Topf mit Gold finden, wie in dem Märchen.«

Am nächsten Morgen erschienen sie vor einem Gremium von drei Richtern des Berufungsgerichts.

Der Vertreter der Taylors, Frank Spencer, argumentierte,

daß Jeff und Celeste mit ihren Aktionen gegen die Adoption zu lange gewartet hatten. Die vorgeschriebenen 60 Tage waren bereits vergangen. Außerdem haben sie mit der Adoption ohnehin nichts zu tun; Sorgerecht in New Jersey und Adoption in Indiana seien zwei völlig verschiedene Formen des Anrechts auf ein Kind.

»Ich kann Ihren Standpunkt in diesem Fall nur als lächerlich bezeichnen«, kommentierte Richter Paul. H. Buchanan jr.

Peter Tamulonis führte an, daß das Gesuch der Whites nur deshalb verspätet eingereicht worden war, weil kein Richter zur Verfügung gestanden hätte, es anzunehmen. Und nachdem er die Anordnung des Gerichts zitiert hatte, die den Whites das ständige Sorgerecht gab, fügte er hinzu: »Was in Indiana geschehen ist, stellte nichts als einen Versuch dar, die Anordnungen des Gerichts von New Jersey zu umgehen.«

Eine Berufungsrichterin, V. Sue Shields, stellte laut die Frage, ob hier nicht auch Betrug zur Debatte stehen müßte.

Das Berufungsgremium zog sich zehn Minuten zur Beratung zurück.

Der Antrag auf ein Berufungsverfahren wurde ohne Kommentar abgelehnt.

Dick, Janice und Jeff eilten nach Marion zurück.

Warren Haas und eine Sozialarbeiterin gingen zum Haus der Taylors. Es gab keine Wiederholung der Szene bei Haas' letztem Besuch. Zach und Jean bemühten sich, Haltung zu bewahren. Haas sagte Jean, er wisse dies zu schätzen. »Es hat ihr vielleicht nichts bedeutet«, sagte er, »aber mir.« Tom war ebenfalls dort, hielt sich aber im Hintergrund »wie ein Schatten«.

Die Sozialarbeiterin nahm Philip. Haas trug einen kleinen Koffer mit den Kleidern des Jungen. Philip wirkte recht munter, sagte aber nichts. Es war unmöglich zu erfahren, was während der ganzen Zeit in seinem kleinen Kopf vorgegangen war.

Um den Journalisten aus dem Weg zu gehen, die vor dem Sozialamt warteten, fuhr Haas zum Haus von Freunden, die Kinder in Philips Alter hatten. Vorsichtig begann der Junge, mit ihnen zu spielen. Gegen 17.00 Uhr trafen Jeff und Janice ein. Jeff, so erinnerte sich Haas später, benahm sich großartig. Er nahm Philip in die Arme und sagte: »Hallo, großer Junge! Du erinnerst dich sicher nicht mehr an mich.«

Aber Philip nickte und klammerte sich an ihn.

Dann stiegen sie in den Mietwagen und fuhren nach Ohio. »Wir wollen lieber schnell über die Staatsgrenze kommen, bevor noch etwas passiert«, meinte Jeff.

Janice fiel auf, daß Philip kein Wort sprach. Jeff hatte ein paar Spielsachen mitgebracht. Er packte sie aus und sagte: »Zeig mir, was dir davon gefällt.«

Nach etwa einer Stunde fragte Jeff: »Wo ist Daddy?«, und Philip zeigte auf ihn.

»Ich sag dir was: Wenn du mich Daddy nennst, gebe ich dir einen Kuß.« Und jetzt redete Philip endlich: »Daddy! Daddy!« rief er, und Jeff küßte ihn wieder und wieder.

Sie verbrachten die Nacht in einem Motel nahe dem Flughafen Drayton. Philip schlief im selben Bett wie Jeff. Am Morgen, als Jeff den Koffer des Jungen öffnete, sah er, daß keines der Kleidungsstücke paßte. Es waren dieselben, mit denen er vor zehn Monaten nach Marion gefahren war.

Als sie in Newark landeten, warteten schon Journalisten und Fernsehteams auf sie. Ich war ebenfalls dort und sah, wie Jeff Philip vor Celeste hinstellte. Ich sah, wie sie auf die Knie fiel und schluchzend den Sohn ihrer toten Schwester umarmte. »Mein Kind, mein liebes Kind!«

Alle lokalen Nachrichtensendungen und die Zeitungen in New York und New Jersey berichteten über Philips Rückkehr. Auch die Agenturen und großen Nachrichtensendungen informierten über das Ereignis.

Man interviewte die Taylors in Marion, und sie sagten, der Verlust ihres Enkels mache sie sehr traurig. »Es war falsch«, sagte Zach, »im Zusammenhang mit der Adoption immer wieder den Mord an Teresa zu erwähnen.« Befragt, ob ihr Sohn Ken irgend etwas zum Ergebnis des Rechtsstreits geäußert hatte, antwortete Jean, er habe nun allen Glauben an Recht und Gerechtigkeit verloren.

Zu Hause richtete Jeff Celeste die besten Grüße von Warren Haas aus.

»Du lieber Himmel, ich muß ihn unbedingt anrufen!« Und dann sagte sie am Telefon: »Mr. Haas, jetzt kann für mich aller Tage Abend sein.«

Am selben Tag fand Ken Taylor heraus, wie er aus dem Augusta Correctional Center entkommen konnte.

Er war allein in dem Schulgebäude, wo er andere Insassen unterrichtete. Wütend über die Nachrichten aus Marion lief er auf und ab und trat nach einem Riegel an der Tür am Ende des Korridors. Es war eine Verriegelung wie bei Feuerschutztüren üblich, und er hatte immer angenommen, daß sie selbstverständlich verschlossen war. Zu seiner Verwunderung war das nicht der Fall. Er wartete darauf, daß ein Alarm ertönte. Nichts geschah.

Er sah sich um. Etwas mehr als einen Meter entfernt war ein schwerer Maschendrahtzaun, sechs Meter hoch, mit rasiermesserscharfem Draht an der Oberkante. Er war wie eine zweite Mauer. Die Zellenblocks selbst bildeten die erste Mauer. Hinter dem Zaun lag dichter Wald.

Links vor Ken endete der Zaun am Verwaltungsgebäude. Der letzte Pfosten des Zauns erhob sich etwa einen halben Meter über die Drahtspiralen hinaus. Ken war in bester körperlicher Verfassung, er war jeden Tag gelaufen und hatte im Fitneßraum trainiert. Er könnte den Zaunpfahl erklettern, bis über den scharfen Draht hinaus, darüber springen und sich am Boden abrollen wie ein Fallschirmspringer.

Ken vertraute seine Entdeckung seinem Zellengenossen an, der ebenfalls als Lehrer arbeitete, der aber nicht daran interessiert war.

Würde er Ken trotzdem helfen?

»Klar, Doc, wenn du willst.«

Das einstöckige Unterrichtsgebäude hatte eine abgesenkte Decke. In einem kleinen Nebenraum, wo man die Putzmittel und -geräte aufbewahrte, benutzte Ken einen Besenstiel, um ein paar der Deckenpaneele aufzustemmen. Er stieg auf die Schultern seines Zellengenossen und konnte sich umsehen. Heizungs- und Lüftungsrohre wanden sich durch den Zwischenraum. Ein dickes Rohr führte unter einem Betonträger entlang. Zwischen der Oberseite des Rohres und der Unterseite des Trägers war ein Zwischenraum, der keinen Sinn zu haben schien. Vielleicht, dachte Ken, hatte man früher hier etwas vorgesehen und war dann wieder von den ursprünglichen Plänen abgekommen. Jedenfalls konnte er sich hinter dem Rohr verstecken.

Sein Plan war, dort drei Nächte zu bleiben, während man nach ihm suchte. Bis dahin würde die Suche weit vom Gefängnis entfernt stattfinden. Man hatte ihm gesagt, daß es etwa zwei Kilometer weit westlich einen Laden mit einem Telefon gab. Er würde von dort aus seine Eltern anrufen und sich abholen lassen.

Ausgerüstet mit Schokoladenriegeln, ein paar Dosen Wasser und ein wenig Geld aus Pokergewinnen schob er sich nach dem Unterricht durch die Paneele nach oben. Sein Zellengenosse sollte den Abdruck seines Turnschuhs wieder von der Wand abwischen. Er kroch am Rohr entlang. Die leeren Getränkedosen wollte er für seinen Urin benutzen.

Er hörte, wie es nach dem Nachmittagsappell unter ihm unruhig wurde. Es hörte sich an, als wären vier oder fünf Aufseher auf der Suche nach ihm. Er sah, wie der Lichtstrahl einer Taschenlampe über die Wände des Zwischenraums tanzte. Eine Stimme sagte: »Hier oben ist niemand.«

Dann entfernten sich die Stimmen. Er hatte es geschafft. Später am Nachmittag waren dann mehr Stimmen zu hören, erheblich mehr. Diesmal wußte Ken, daß es ernst würde. Sein Zellengenosse mußte ihn verpfiffen haben.

Eine Minute später wurden dieselben Paneele, durch die Ken hinaufgekrochen war, entfernt. Eine Stimme sagte: »Sieht das nicht aus wie ein Fußabdruck?«

Noch einmal flackerte ein Lichtstrahl über die Wände und Rohre. Aber dann hörte er eine andere Stimme: »Ich sage euch doch, er ist nicht hier.«

»Such weiter. Er muß da sein.«

Er sah, wie der Lichtstrahl über die Oberseite des Rohres wanderte, direkt unter der Unterseite des Trägers entlang, hinter dem er sich versteckt hielt. Er bog sich nach oben, um nicht in den Lichtkegel zu geraten. Dann kam das Licht wieder zurück.

»Warte mal. Ich sehe da was. Eine Coladose. Ja, er ist hier.«

Ken hatte sie völlig vergessen – die Dose, in die er uriniert hatte. Er rief laut: »Immer mit der Ruhe. Ich komme runter.«

Man verurteilte ihn zu weiteren vier Jahren.

Am Tag nach seiner Rückkehr nach Staten Island bekam Philip eine neue Schwester, Jacqueline.

An seinem dritten Geburtstag, am 11. Juni, erzählte mir Celeste, es gäbe immer noch Probleme. Philip war noch nicht sauber und verspannte sich sofort, wenn er nur die Toilette betreten sollte. Und er wehrte sich so energisch dagegen, gebadet zu werden, daß sie ihn mit dem Schwamm waschen mußte.

»Aber das wird schon werden«, sagte Jeff. »Es geht hier so ruhig und ordentlich zu, wie man es von einem Haushalt mit einem Dreijährigen, einer Zweijährigen und einem zwei Monate alten Baby erwarten kann.«

Celeste erklärte, sie wolle gern noch ein Kind haben.

Als im Juli Jacquelines Taufe gefeiert wurde, waren die Probleme bereits verschwunden. Es war ein drückend heißer Tag. Ein paar von Jeffs Freunden sprangen in den flachen Pool, um sich abzukühlen. Philip lief los, um seine Schwimmflügel zu holen, weil er mitmachen wollte. Ich sah zu, wie die Männer ihn durch die Luft schwangen und ihn sich gegenseitig zuwarfen.

»Mehr, mehr!« jauchzte er immer wieder.

Kapitel Zweiundzwanzig

Im Frühjahr 1989 traf ich mich mit Ken Taylor im alten Hauptgefängnis von Virginia, dem Powhattan Correctional Center, 20 Meilen westlich von Richmond.

Damals war eine Revision seiner Verurteilung wegen Mordes – aufgrund der voreingenommenen Berichterstattung vor der Verhandlung, der ›kolorierten‹ Fotos von Teresas zerschlagenem Gesicht und Kopf und der Zulassung von Beweismaterial über Acapulco – bereits vom Berufungsgericht von New Jersey abgelehnt worden. Der Oberste Gerichtshof von New Jersey hatte das Urteil aufrechterhalten, und der Oberste Gerichtshof der USA weigerte sich, weitere Schriftsätze zu diesem Thema entgegenzunehmen.

Jean und Zach waren freiwillig nach New Jersey zurückgekehrt, um sich der Anklage zu stellen. Sie wurden verpflichtet, Arbeiten für wohltätige Institutionen zu verrichten.

In Indiana wurde ihr Antrag, Richter Hunts Adoptionsgenehmigung wieder in Kraft zu setzen, sowohl vom Berufungsgericht als auch vom Obersten Gerichtshof abgewiesen.

In New Jersey verlor Ken alle elterlichen Rechte an Philip, der daraufhin von Celeste und Jeff adoptiert wurde.

Die Taylors legten Widerspruch gegen die Adoption ein. In einem denkwürdigen Augenblick wurde Jean gefragt, wie sie als Mutter mit dem Drogenkonsum ihres Sohnes Tom umging.

»Bei uns zu Hause sprechen wir nicht über Drogen«, sagte sie.

Nach seinem Ausbruchsversuch aus Craigsville hatte Ken unter strengeren Bedingungen im Mecklenburg Correctional Center an der Grenze von North Carolina eingesessen. Dort, so nahm man an, hatte er sich an einer Verschwörung mit zwei anderen Insassen beteiligt, die das Ziel hatte, einen der Aufseher umzubringen. Er wurde für etwa zehn Monate »eingeschlossen« und dann wieder nach Powhattan gebracht, der ersten Station seiner Gefängnisaufenthalte in Virginia.

Ich hatte ihm geschrieben und ihn um ein Gespräch für dieses Buch gebeten.

Zunächst weigerte er sich. Meinen Artikel in der Times hatte er für sehr voreingenommen gehalten. Darüber hinaus hatte er selbst gerade einen ersten Versuch, seine Seite der Geschichte zu beschreiben, so gut wie abgeschlossen. Er hoffte, seinen Bericht veröffentlichen zu können. Gegen Ende seiner Arbeit hatte er sogar einen Großteil des Materials einem Literaturagenten in New York übergeben, der jetzt nach einem Schriftsteller suchte, der das Material in eine brauchbare Form bringen sollte.

Ich antwortete, obwohl ich mich gern mit ihm unterhalten hätte, würde ich mein Projekt auf jeden Fall fortsetzen. Ich übermittelte ihm meine besten Wünsche.

Plötzlich schrieb er: »Ich freue mich auf Ihren Besuch.«

Ken war erst ein paar Tage wieder in Powhattan, als wir uns trafen. Er war immer noch im Hochsicherheitstrakt des Gefängnisses untergebracht. Ich erwartete zwar keine dramatischen Enthüllungen von ihm, aber ich wollte mir einen persönlichen Eindruck verschaffen – ganz besonders interessierte mich, wieso er so stark auf bestimmte Frauen wirkte.

Das immerhin war schnell festzustellen.

Obwohl er an Händen und Füßen Handschellen hatte, einen orangefarbenen Gefängnisoverall trug und sein blondes Haar jetzt langsam ausfiel, war sein Äußeres beeindruckend. Er sprach mit sanfter Stimme. Er hatte ein einschmeichelndes Lächeln. Er trug die ernsthafte, beinahe schüchterne Haltung eines Mannes zur Schau, der vom Schicksal gebeutelt worden war, es aber mannhaft ertrug. Er wirkte, nun ja, schlichtweg charmant. Sein Kettenrauchen war das einzige sichtbare Anzeichen von Spannung. Trotz seiner Handschellen zündete er die Zigaretten gewandt an und nahm von mir erst Feuer entgegen – mit höflichem Dank –, nachdem ihm seine eigenen Streichhölzer ausgegangen waren.

Dann lernte ich eine andere Seite Ken Taylors kennen, einen unerwartet harten, autoritären Mann. Powhattan sah im Grunde keine Möglichkeit für die Art von Gespräch vor, wie ich es geplant hatte. Und während man arrangierte, daß wir in einem Glaskasten für Besucher in einem dunklen, direkt vor dem Hochsicherheitstrakt liegenden Korridor miteinander reden konnten, sprachen wir in der Wäscherei des Hochsicherheitstrakts miteinander.

Ein schwarzer Gefängnisinsasse, etwa so groß wie Ken, ebenfalls mit Hand- und Fußschellen, hatte uns durch eine offene Tür gesehen. Als wir aufstanden, um den Hochsicherheitstrakt zu verlassen, standen sie sich direkt gegenüber.

»Und wer bist du?« forderte ihn der Schwarze heraus, als wäre sonst niemand anwesend.

Kens Miene verhärtete sich sofort. Er beugte sich leicht nach vorn, so daß ihre Gesichter keine fünfzehn Zentimeter mehr voneinander entfernt waren. »Und wer bist *du*?« fragte er.

Für einen Augenblick, der mir wie eine Ewigkeit vorkam, starrten sie einander wütend an, ihre einzigen Waffen waren Blicke. Dann wandte der Schwarze den Blick ab.

Danach, als Ken neben mir den Flur entlangschlurfte,

sagte er: »Hier drin gibt es 80 Prozent Schwarze. Man darf sich nicht gefallen lassen, daß sie einen rumschubsen.«

Sofort erzählte er mir, daß er eine neue Berufung einlegen wollte. Der Grund sollte diesmal die Unfähigkeit seines Verteidigers sein. Jack Venturi, sein Anwalt, hätte ihn wirklich hängenlassen.

Ich wandte ein, dies könne schwierig werden. Die meisten Gefängnisse in Amerika wären leer, wenn sich alle Insassen erfolgreich auf Fehler der Verteidiger berufen könnten.

Ja, das wußte er, aber Jack hätte auf zeitweilige Unzurechnungsfähigkeit plädieren sollen. Das hätte im Grunde auch der Wahrheit entsprochen. Das schlimmste sei gewesen, daß Jack keinen Toxikologen gefunden hätte, der auf seiner Seite stand. Es war unglaublich, daß man aus einer »verwesenden« Blutprobe darauf geschlossen hatte, wieviel Kokain Teresa in jener Nacht in ihrem Blut hatte.

Ich erklärte, ich hätte Belege dafür, daß Venturi sich auch an andere Toxikologen gewandt hatte. Alle hatten sich der Aussage des Toxikologen der Anklage angeschlossen. Wenn man bedachte, was auf dem Spiel stand, konnte ich nicht glauben, daß Venturi ihn nicht davon unterrichtet hatte.

Ken bestand darauf, nichts davon zu wissen. Schließlich könne er mir nur sagen, woran er sich erinnerte. Solche Äußerungen würde ich von ihm noch öfter zu hören bekommen. Nach dem Gespräch schrieb er an mich: »Vielleicht ist Venturi schließlich vorsichtig geworden und hat den einen oder anderen Laborbericht angefordert, um sich abzusichern.«

Seine Kindheit sei idyllisch gewesen, erzählte er mir in Powhattan. Er hätte mit keinen besseren, gottesfürchtigeren Eltern gesegnet sein können. Was dann später geschehen war – »als ich Scheiße gebaut habe« –, sei sein eigener Fehler gewesen.

Er liebte Teresa. Und Philip. Er liebte Marilyn. Und auch

Astrid. Wenn man ihm zuhörte, schien es keine Unterschiede zwischen diesen Menschen zu geben. Sein Lächeln war entwaffnend. »Was kann ich schon sagen? So ist es nun einmal.«

Er erinnerte sich an seine erste Begegnung mit Marilyn. »Sie war so weltgewandt und sah so verdammt gut und sexy aus. Sie hatte irgend etwas an sich. Sie war – ich denke, sie war etwa 1,70 groß, 60 Kilo schwer, schlank – mit wirklich langen Beinen, langem rotem Haar, einfach umwerfend. Sie war umwerfend. Und sie kam auf mich zu. Was den Sex angeht, hat sie den ersten Schritt gemacht.«

Schließlich gewann aber Teresa die Oberhand, wenn er über seine Liebe zu beiden Frauen sprach. »Ich habe sie so sehr geliebt. Sie fehlt mir so. Es ist eine Tragödie, was geschehen ist. Ich habe meine Geliebte und meine beste Freundin verloren.«

Ganz Psychopath, sah er sich selbst als das eigentliche Opfer. »Warum«, fragte er, »versteht niemand, was ich durchgemacht habe?«

Dann wurden seine Erinnerungen an Marilyn unangenehmer. »Ich hatte genug von ihrem Gemecker. Von ihrer Selbstgerechtigkeit. Sie glaubte, die richtige, moralische Lebensweise gepachtet zu haben: alles nur zu tun, wenn sie es wollte. Sex zu haben, wenn sie Sex wollte, ins Kino zu gehen, wenn sie ins Kino wollte, essen zu gehen, wenn sie essen gehen wollte. Es ist schwer, Einzelheiten aufzuführen. Ich kann Ihnen nur schildern, wie es im allgemeinen war.«

Er erklärte, ungeheure »Qualen« zu leiden, weil er nicht bei seinen Kindern sein konnte. Er bestand darauf, daß die Tochter seiner ersten Frau nicht von ihm war. Wieso hatte er dann nicht gestattet, daß ihr zweiter Mann das Kind adoptierte? Das war so unnötig hart gewesen. Er erklärte, man hätte ihn dann immer noch zu Unterhaltszahlungen zwingen können. Als ich ihn darauf aufmerksam machte, daß dies einfach nicht der Fall sei, geriet das Gespräch wieder in eine Sackgasse. »Ich kann Ihnen nur sagen, was man mir berichtet hat.«

Obwohl sein Versuch, Marilyn mit Chloroform zu töten, nicht als Beweismaterial im Mordprozeß zugelassen war, hatte er reichlich widersprüchliche Begründungen für diese Tat abgegeben. Welche traf zu? Er lächelte zögernd, beinahe hilflos. »Sagen Sie's mir«, meinte er. »Ob ich sie erschrekken wollte, sie vergewaltigen oder töten, bleibt mir selbst ein Rätsel. In jener Nacht war ich eine Art Zombie.«

Er schien nicht zu wissen, daß Paul Chaiets Ermittler entdeckt hatte, daß eine der Telefonnummern, die in der Mordnacht von ihrem Apparat aus gewählt worden war – die eines Bordells in Manhattan –, auch schon auf der Liste der angewählten Nummern für den Zeitraum stand, als Teresa nach der Geburt Philips noch im Krankenhaus gewesen war.

Jetzt erhellte ein breites Lächeln sein Gesicht, als freue er sich, einmal ehrlich sein zu können. »Offensichtlich«, sagte er, »habe ich dort angerufen.« Er hatte den »Mädels« erzählen wollen, daß er jetzt ein stolzer Vater war. »Ich kann mir nicht erklären, wie Teresa später an diese Nummer gekommen ist.«

Als ich ihn in einem Brief noch einmal danach fragte, erwiderte er, sie müsse die Nummer in seiner Brieftasche gefunden haben.

Acapulco, sagte er, hätte nie zum Prozeß zugelassen werden dürfen. Sorayda Peraino blieb ein »Rätsel« für ihn. Warum hätte er ihr etwas gestehen sollen? Also wirklich, das ergab doch absolut keinen Sinn!

Nachdem ich erfahren hatte, daß der Bevollmächtigte des Außenministeriums in Acapulco Ken im Gefängnis besucht und von ihm in etwa dasselbe Geständnis gehört hatte, fragte ich, wie das möglich sein konnte. Er vermutete, Chaiets Ermittler hätten Urbanek beeinflußt. Meine nächste Frage – wieso die Anklage ihn dann nicht als Zeugen angeführt habe – war im Grunde sinnlos. Ich kannte die Antwort ja schon. Er war schließlich nicht der Ankläger. Warum fragte ich nicht Chaiet selbst?

Vor meinem ersten Treffen mit Ken hatte ich ihm erklärt, ich würde zwar meine eigenen Schlüsse ziehen, aber zweifellos seine Seite der Geschichte abwägen. Der Sodiumamytal-Test, meinte er, beweise seine Unschuld – daß er sich schlimmstenfalls »unbeabsichtigten Totschlags« schuldig gemacht habe.

Ich erinnerte ihn daran, daß er in dem Gespräch mit Sadoff behauptet hatte, er kenne einen anderen Fall von sexuellem Mißbrauch durch die Mutter – »so ein verrücktes Paar in Ohio«.

Ich bat ihn, mehr darüber zu erzählen.

»Oh«, sagte er und zuckte die Achseln, »das muß in einem Film vorgekommen sein, den ich gesehen habe.«

Später stellte ich noch eine andere Frage, die den Sodiumamytal-Test betraf. Wieso hatte er den Angriff auf Teresa in Acapulco, den Mord an ihr in Manalapan und seinen Mordversuch an Marilyn in Connecticut als Beispiele seiner psychosexuellen Probleme zusammengefaßt?

Seine Antwort konnte nicht verbergen, wie wütend er war. »Ich verstehe nicht, worum es bei dieser Frage geht«, schrie er, »und, ehrlich gesagt, erscheint sie mir unangemessen und unhöflich. Ich versuche, fair zu sein, und das hat nichts mit meinem Begriff von Fairneß zu tun.«

In Powhattan fragte ich Ken nach einer Liste, die man nach seinem Ausbruchsversuch aus dem Gefängnis von Craigsville gefunden hatte, als man seine Habseligkeiten durchsuchte. Es war eine Art ›Schwarze Liste‹, auf der unter anderem Chaiet, Richter Farren und Celeste standen.

Er erklärte, selbst wenn es eine solche Liste gegeben habe, sei sie für ihn nicht mehr relevant. Er hatte alle Gedanken an Rache aufgegeben. Er hatte genug über die Todesstrafe gehört, über die tödlichen Injektionen, die man den Verurteilten in New Jersey gab. Das war nichts für ihn. Er wollte leben. »Falls ich es je schaffe, hier rauszukommen, setze ich mich in die Berge ab.«

Er konnte allerdings seinen Haß auf Celeste und Jeff nicht verheimlichen. Besonders auf Celeste. Jeff war »ein Nichts«. Ich erhielt den Eindruck, daß ihn an dem ganzen Sorgerechtsstreit nicht der Verlust seines Sohnes in solche Wut versetzte, sondern die Tatsache, daß es ausgerechnet Celeste gewesen war – diese »taube Nuß«, ihm intellektuell absolut unterlegen – die ihn besiegt hatte.

Das konnte er nicht ertragen.

Ich kehrte nach Marion zurück.

Seit meinem letzten Besuch hatte eine beinahe dramatische Veränderung stattgefunden. In der Mittagssonne sah das Gerichtsgebäude aus wie eine altgewordene, ihres gesamten Schmuckes beraubte Kurtisane. All die großen schattenspendenden Ulmen waren nicht mehr – abgesägt, in einem letzten verzweifelten Versuch, die Stadt vor den Staren zu schützen. Am Tag darauf, zu spät, war ein Fachmann von der Universität Purdue eingetroffen und hatte gewarnt, es würde nichts nützen. Und er hatte recht gehabt. Die Stare schwärmten einfach zu anderen Bäumen in nahegelegenen Wohngebieten. Sie hockten weiterhin, trotz der Ballons und der Glöckchen, in Massen auf den Fensterbrettern des Summit. Man hatte angekündigt, daß neue Bäume und Sträucher gepflanzt werden sollten. Und außerdem, so witzelte man in Marion, standen für die nächste Zeit ohnehin keine Lynchaktionen an.

Richter Hunt schob bei unserem Gespräch die gesamte Schuld dem Sozialamt zu. »Pat Ryan, der Anwalt, kam herein«, erzählte er, »und sagte, es ginge um diese Adoption. Er gab mir die Akte und erklärte, der Bericht des Sozialamts sei darin enthalten. Ich las den Bericht. Und man schien mit diesen Leuten sehr zufrieden gewesen zu sein. Also verließ ich mich selbstverständlich darauf, daß man mir hier mitteilte, die Familie Taylor sei zur Adoption des Kindes bestens geeignet.«

Er sagte: »Es ist unmöglich für mich, bei jedem Fall unabhängige Untersuchungen anzustellen. Deshalb verlasse ich mich bei Adoptionen auf das Sozialamt. Sie führen Untersuchungen für das Gericht durch. Also kannten sie sich aus, was den Hintergrund des Falls anging, oder sollten sich zumindest auskennen.«

Angeblich hatte Hunt nicht gewußt, daß Ken Teresa umgebracht hatte und dafür im Gefängnis saß. »Ich erinnere mich, daß man mir sagte, die Mutter sei verstorben und der Vater habe der Adoption zugestimmt – man zeigte mir das entsprechende Dokument –, daß seine Eltern das Kind adoptierten... Mr. Ryan hat mir tatsächlich etwas von einem Onkel und einer Tante in New Jersey oder New York erzählt. Sie versuchten angeblich, die Vormundschaft zu bekommen, weil das Kind wegen des Todes der Mutter Versicherungsgelder erhalten würde. Aber das Kind sei schon lange Zeit bei den Großeltern gewesen... also stimmte ich schließlich der Adoption zu. Eine Routinesache.«

Hunt erinnerte sich, daß ihn Janice Miller und Richter Gehricke nicht lange danach angerufen hatten. Wenn jedermann auf ihn gehört hätte, meinte er, wäre nichts weiter passiert. Er hätte für Montag früh eine Anhörung angesetzt und angesichts der Fakten vermutlich selbst die Adoption rückgängig gemacht.

Statt dessen war er sehr wütend geworden, als er erfuhr, daß Warren Haas den Taylors das Kind weggenommen hatte. »Ich fragte ihn, was los sei, und er erklärte, weil ich nicht zu erreichen war, seien die Whites zu ihm gekommen. Dann waren sie zusammen zu Richter Wright gegangen, und Haas hatte Wright dazu gebracht, zu intervenieren. An diesem Punkt verlor ich die Nerven. Das hätte vielleicht nicht passieren dürfen, aber ich war so wütend, weil das Sozialamt – das mir zwei Tage zuvor mitgeteilt hatte, diese Leute seien vollkommen geeignet, das Kind zu adoptieren – ganz plötzlich seine Ansicht geändert hatte und behauptete, die Umgebung tue dem Kind nicht gut. Ich war wütend, weil sie sich einfach einen anderen Richter gesucht hatten.«

Jedermann schien über den Inhalt des Berichts anderer Ansicht zu sein. Ich bat Haas, den Bericht einsehen zu dürfen. Er hätte ihn mir gern gegeben, aber es war nicht möglich. Der Bericht war vom Gericht versiegelt worden. Trotzdem gelang es mir, mir eine Kopie zu verschaffen.

Ein paar Tage später traf ich Hunt wieder. Um fair zu ihm zu sein, erzählte ich, daß ich inzwischen den Bericht gelesen hatte und daß er alles enthielt, von dem er behauptet hatte, es wäre nicht der Fall – Kens Verurteilung wegen Mordes, die Tatsache, daß Jeff und Celeste das Sorgerecht hatten und daß Philip nur für zwei Wochen in Indiana zu Besuch war eingeschlossen.

Er war erstaunt. »Das stand alles im Bericht?« fragte er. »Ich kann mich nicht daran erinnern.« Er starrte mich an. »Äh, ich will ja nicht leugnen, daß ich ihn vielleicht ein wenig hastig gelesen habe. Das ist schon möglich. Ich bin vor Gericht sehr beschäftigt und muß gewaltige Mengen von Akten lesen. Ich halte mich nicht für unfehlbar. Ich behaupte wirklich nicht, daß ich nie Fehler mache.«

Er fuhr fort: »Das Berufungsgericht hat mich hin und wieder darauf aufmerksam gemacht, daß ich Fehler mache. Und das kann ich akzeptieren. Ich halte es durchaus für möglich, daß ich den Bericht nicht so genau gelesen habe, wie es vielleicht notwendig gewesen wäre.«

Glaubte er, daß Pat Ryan ihn hereingelegt hatte?

Hunt erwiderte, dazu wolle er lieber keinen Kommentar abgeben.

In der Baptistenkirche von Marion gab Reverend Darrell Parris unumwunden zu, mit dem Justizminister von Indiana darüber gesprochen zu haben – ebenso wie mit dem Staatsanwalt vor Ort –, ob Jean und Zach Taylor ausgeliefert werden sollten.

Er erzählte, er sei über die Andeutung verärgert gewesen, das Kind würde von den Taylors falsch behandelt.

Als ich fragte: »Welche Andeutungen?«, bezog er sich auf das Wochenende, an dem Warren Philip aus dem Haus der Taylors geholt hatte. Er behauptete, Jeff und Celeste hätten »Lügen« verbreitet.

»Irgend jemand«, meinte er, »mußte vortreten und deutlich machen, was für gute Menschen Jean und Zach Taylor sind.«

Seine Maxime bei dieser Angelegenheit, soweit sie Ken betraf, sei »Liebe den Sünder, verachte die Sünde« gewesen. Parris hatte auch einen Flugschein, und während des langen Rechtsstreits über die Adoption war er nach Virginia geflogen – in seiner Piper Cherokee –, um Ken ein wenig aufzumuntern.

Und er meinte, er habe absolut deutlich gemacht, wie er über »das Ereignis« von Teresas Tod dachte. »Kenny«, hatte er angeblich gesagt, »was du getan hast, war nicht recht. Was du getan hast, war falsch. Das ist nicht die richtige Art, mit Streitigkeiten umzugehen.« Und Ken hatte, wie Parris es ausdrückte, zugegeben, »sich nicht angemessen verhalten zu haben«.

Was Jean und Zach anging, erklärte er: »Es ist meine Pflicht, den Trauernden zu helfen. All das war ein schrecklicher Schock für sie. Ich mußte diesen Vater und diese Mutter stützen, als sie durch dieses Tal gingen. Ich mußte ihnen auf diesem schweren Weg helfen.«

Er sagte mir, er sei absolut überzeugt, daß Teresa das Kind nicht »in derselben Richtung« aufwachsen lassen wollte, in der sie aufgewachsen war. Als er Ken und ihr empfohlen hatte, sich eine Kirche näher an ihrem Wohnort zu suchen, war sie eisern geblieben. Sie wollte, daß Philip »genau hier, in Marion« geweiht würde.

Parris erklärte, er glaube nicht, daß man die Taylors »in New Jersey fair behandelt hatte«. Außerdem hätte »all dies« vielleicht vermieden werden können, wenn die Whites nur den ursprünglichen Anordnungen des Gerichts Folge geleistet hätten. Ihr »unmoralisches Verhalten war nicht besser als das von Kenny«.

Aber was hätte die Taylors während des zweimonatigen Besuchs des Jungen von der Adoption abhalten sollen, als sie noch das Sorgerecht mit den Whites teilten? Es war doch sehr wahrscheinlich, daß sie unter diesen Umständen genauso gehandelt hätten.

»Wir werden es nie erfahren«, räumte Parris ein.

Diesmal hatten die Taylors nichts dagegen, sich mit mir zu treffen.

Was immer seine Eltern Ken als Kind angetan hatten, zahlte er ihnen jetzt doppelt und dreifach heim.

Belastet mit den Kosten für Prozesse und Anwälte, mußten sie eine neue Hypothek auf ihr Haus aufnehmen. Der Ruin drohte. Alle Träume vom Ruhestand, von den Runden auf dem Golfplatz, auf die Zach sich gefreut hatte, waren ausgeträumt. Und der französische Konzern, dem jetzt die Bildröhrenfabrik gehörte, hatte scharfe Rationalisierungsmaßnahmen durchgeführt. Zach war wieder als Vorarbeiter am Band, in der Nachtschicht. »Für jemanden in meinem Alter ist das hart«, sagte er.

Ihr Haus im Ranch-Stil war recht bescheiden. Links gab es eine ›gute Stube‹, dahinter lag die Küche, verbunden mit dem Eßzimmer, das zugleich auch der Wohnraum der Familie war, mit Sofa und Fernseher. »Etwas anderes tun wir ohnehin nicht«, erklärte Zach. »Wir sehen fern. Etwas anderes können wir uns nicht leisten.«

Dann versuchte er, das Beste daraus zu machen. »Jeannie ist sowieso nie gern ausgegangen.«

Rechts lagen drei Schlafzimmer. Tom bewohnte eines von ihnen und Jeans Mutter das zweite. Das war ein weiteres Kreuz, das die Taylors zu tragen hatten. Jean zufolge war ihre Mutter, mit der sie sich nie gut verstanden hatte, jetzt senil und bettlägerig. Angeblich setzte sie sich manchmal im Bett auf und schrie Jean an: »Du bist nicht meine Tochter!«

Auf gläsernen Regalböden in einer Ecke des Flurs war eine Art Schrein aufgebaut, mit Erinnerungen an Ken, vor allem Sporttrophäen für Football, Basketball und Baseball. »Diese da«, zeigte Jean, »hat er in der fünften Klasse bekommen, zwei Jahre, bevor er in die Schulmannschaft aufgenommen wurde.«

Andere Medaillen hatte er im Softball erhalten, während seines Studiums und in der Indiana Softball Association. »Und die da«, erklärte Jean, »bekam er als bester Spieler in der Softballmannschaft des Marinestützpunkts. Sehen Sie nur, hier sind seine Leistungen und Rekorde aufgezählt!« Sie erwähnte nicht, daß er im selben Jahr versucht hatte, Marilyn mit Chloroform zu töten.

Jean und Zach schienen kaum in der Lage zu begreifen, was über sie hereingebrochen war, und noch weniger setzten sie sich mit den Ursachen auseinander.

Zach, ein großer Mann mit Bauch, kahl bis auf einen grauen Haarkranz, fühlte sich offenbar auf dem hochlehnigen Sofa der ›guten Stube‹ unbehaglich. Schließlich erklärte er, an allem sei Teresas Kokainsucht schuld. »Das ist der Kern der ganzen Sache«, meinte er.

Jean konnte die Haltung von Kens geschiedenen Frauen nicht begreifen. Sie zeigte mir einen Brief von Emily Latrelle, die ihnen schroff jeglichen Kontakt mit der Tochter, die Ken verleugnet hatte, untersagte.

Und sie hatte auch einen Brief von Marilyn, den diese nach ihrer Scheidung geschrieben hatte. Darin äußerte sie ihr Mitleid mit den Taylors, weil nun ihre beiden Söhne ihr Leben mit Drogen verpfuscht hatten – der eine seine Karriere, der andere seine Ehe.

Hatte das Jean nicht alarmiert? Nein, sie hatte sich nicht darum gekümmert. Und überhaupt war der Brief geschrieben worden, bevor »all das« passiert war – der »Vorfall« in Manalapan und »Tommys Verhaftung«.

Wie standen sie jetzt zu Kens Version der Ereignisse in Acapulco? Zach lief vor Wut rot an. »Es waren Einbrecher«, sagte er. »Man hätte es nie zur Beweisaufnahme zulassen dürfen.«

Zu meiner Überraschung sagte Jean nach einem Augenblick, sie könne nicht sicher sagen, was geschehen sei. Kenny sei manchmal so schrecklich aufbrausend. Vielleicht brauche er ärztliche Hilfe.

Aber war nicht seine Geschichte, daß Teresa das Baby sexuell mißbraucht habe, völlig unglaubwürdig?

Auf keinen Fall, sagte Jean. Sie saß ganz aufrecht und hatte die Hände fest gefaltet im Schoß. Sorgfältig frisiert und zurechtgemacht, sah sie in ihrem peinlich sauberen, akkurat gebügelten Baumwollkleid zehn Jahre jünger aus. Tatsächlich, erzählte sie, habe sie einmal in einer Talkshow im Fernsehen gehört – sie konnte sich nicht mehr erinnern, welche Show das gewesen war –, daß ein Kinderarzt berichtete, Mütter täten »so etwas« häufig, damit ihre Kinder beim Zahnen nicht so viel schrien.

Als er seine Version von Teresas Tod niederschrieb, hatte Ken auch angefangen, Kurzgeschichten zu verfassen. Er schickte mir ein paar Versuche und bat mich um mein Urteil.

In einer Geschichte ging es um einen Mann, um einen Arzt, der wegen Mordes verurteilt wurde. Er entkommt, flieht nach Brasilien, trifft eine schöne Frau, sie heiraten, haben Kinder und leben glücklich bis an ihr Ende.

Eine zweite Geschichte war allerdings informativer. Sie beginnt in New York an einem unerträglich heißen Sommertag. Er beschreibt eine junge Frau mit BH-Größe D, die schwitzend in ihrer Wohnung sitzt. Sie denkt an ihren Mann in seinem klimatisierten Büro. Wieso soll sie diese Hitze in der Wohnung ertragen? Sie geht an einen Nacktbadestrand, streckt sich aus und döst in der Sonne. Dann hört sie ein Klicken, blickt auf und sieht einen Mann mit einer Kamera, der zufällig mit ihrer besten Freundin befreundet ist. Ihr wird klar, daß er Fotos von ihr gemacht hat. Er setzt sich neben sie. Sie fragt, wo ihre Freundin sei. Er erklärt, sie sei verreist. Wolle sie nicht heute Abend zu ihm in die Wohnung kommen? Die Andeutung ist klar: Wenn sie nicht kommt, wird er ihrem Mann die Fotos schicken.

Sie hat keine Wahl. Obwohl sie nicht freiwillig geht, schildert Ken ausführlich, wie sie sich parfümiert und ihre aufregendsten Kleider anzieht und Schuhe mit zehn Zentimeter hohen Absätzen. Ihr Erpresser öffnet ihr die Tür, führt sie zur Stereoanlage und sagt ihr, sie solle sich eine passende Musik zu einem Striptease aussuchen. Als sie vor ihm tanzt, schreibt Ken, spürt sie, wie ihre Erregung wächst. Dann folgen stundenlange Orgien. Erschöpft und dankbar geht sie nach Hause, aber sie plant schon ihren nächsten Besuch. Sie kann es kaum erwarten.

In Staten Island, bei den Benignos und den Whites, ist langsam wieder der Alltag eingekehrt. Alle drei Kinder – Philip, Christina und Jacqueline – gedeihen prächtig. Jeff und Celeste haben ihr Haus mit genügend Gewinn verkauft, um die Anzahlung für ein größeres Haus machen zu können, für ihre wachsende Familie. Jeff und einige seiner Freunde haben den Keller ausgebaut, und die kleine Wohnung wurde an ein junges Paar vermietet, was den Whites hilft, die Hypothek abzuzahlen. Und Celeste hofft, wieder schwanger zu werden.

In Powhattan geriet Ken Taylor 1989 in Verdacht, aus der Gefängnisdruckerei sieben Metallklingen herausgeschmuggelt zu haben. Die Klingen wurden in der Pritsche unter der Kens gefunden. Eine Stange des Fenstergitters war zum Teil schon durchgesägt. Man fand auch einen Bolzenschneider aus einer der Werkstätten in der Zelle. Einem Informanten zufolge war Ken der Anführer eines Fluchtversuchs – des vierten seit seiner Verurteilung –, an dem noch drei weitere Insassen beteiligt waren. Er kam wieder in den Hochsicherheitstrakt, obwohl man nicht genügend Beweise gegen ihn fand. Später schrieb er mir allerdings: »Es war verdammt schade. Wir waren so nahe dran.«

Und er ließ mir noch eine weitere Botschaft zukommen:
»Ich habe nicht vor, im Gefängnis zu bleiben.«

GOLDMANN

Bestseller

Tom Clancy und Sidney Sheldon, Utta Danella und Danielle Steel, Heinz G. Konsalik und Marie Louise Fischer, Colleen McCullough und Gillian Bradshaw, Charlotte Link und Irina Korschunow – internationale Weltbestseller garantieren Spannung und Unterhaltung auf höchstem Niveau.

Barbara Taylor Bradford,
Des Lebens bittere Süße 9264

Johanna Kingsley,
Traumlichter 8975

Judith Krantz,
Skrupel 6713

Sandra Paretti,
Die Pächter der Erde 9249

Goldmann · Der Bestseller-Verlag